水浒传

书名题字／沈尹默

插图本

中国古典小说藏本

水浒传(上)

施耐庵 罗贯中 著

张琳 插图

人民文学出版社

图书在版编目（CIP）数据

水浒传：全3册 /（明）施耐庵，（明）罗贯中著；张琳插图. —2版. —北京：人民文学出版社，2020（2021.1 重印）
（中国古典小说藏本：插图本）
ISBN 978-7-02-013853-1

Ⅰ. ①水… Ⅱ. ①施…②罗…③张… Ⅲ. ①章回小说—中国—明代 Ⅳ. ①I242.4

中国版本图书馆 CIP 数据核字（2018）第 037689 号

责任编辑　李　俊
装帧设计　刘　静
责任印制　王重艺

出版发行　人民文学出版社
社　　址　北京市朝内大街 166 号
邮政编码　100705
网　　址　http://www.rw-cn.com

印　　刷　北京新华印刷有限公司
经　　销　全国新华书店等

字　　数　958 千字
开　　本　787 毫米×1092 毫米　1/32
印　　张　45.75　插页 30
印　　数　10001—13000
版　　次　1975 年 10 月北京第 1 版　1997 年 1 月北京第 2 版
印　　次　2021 年 1 月第 2 次印刷
书　　号　978-7-02-013853-1
定　　价　116.00 元（全三册）

如有印装质量问题，请与本社图书销售中心调换。电话：010-65233595

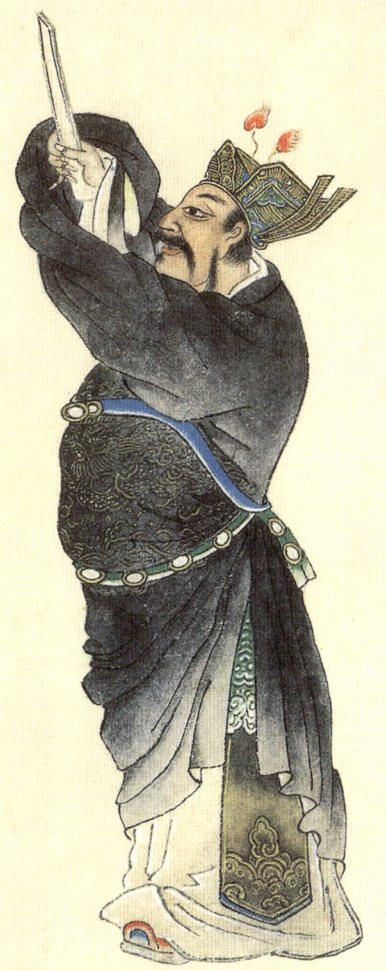

天魁星呼保义宋江

天罡星玉麒麟盧俊義

天机星智多星吴用

天勇星大刀关胜

天魁星豹子头林冲

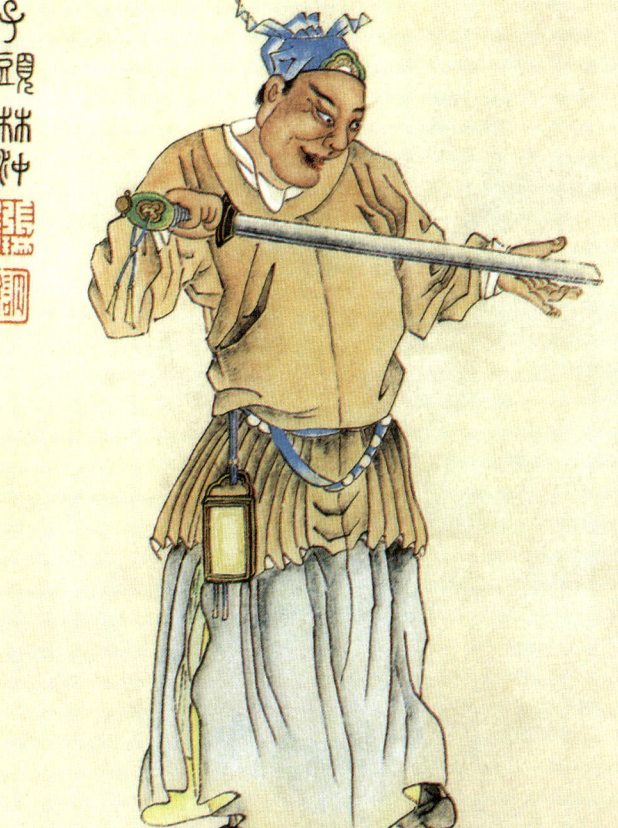

天雄星豹子头林冲

天英星小李广花荣

天贵星小旋风柴进

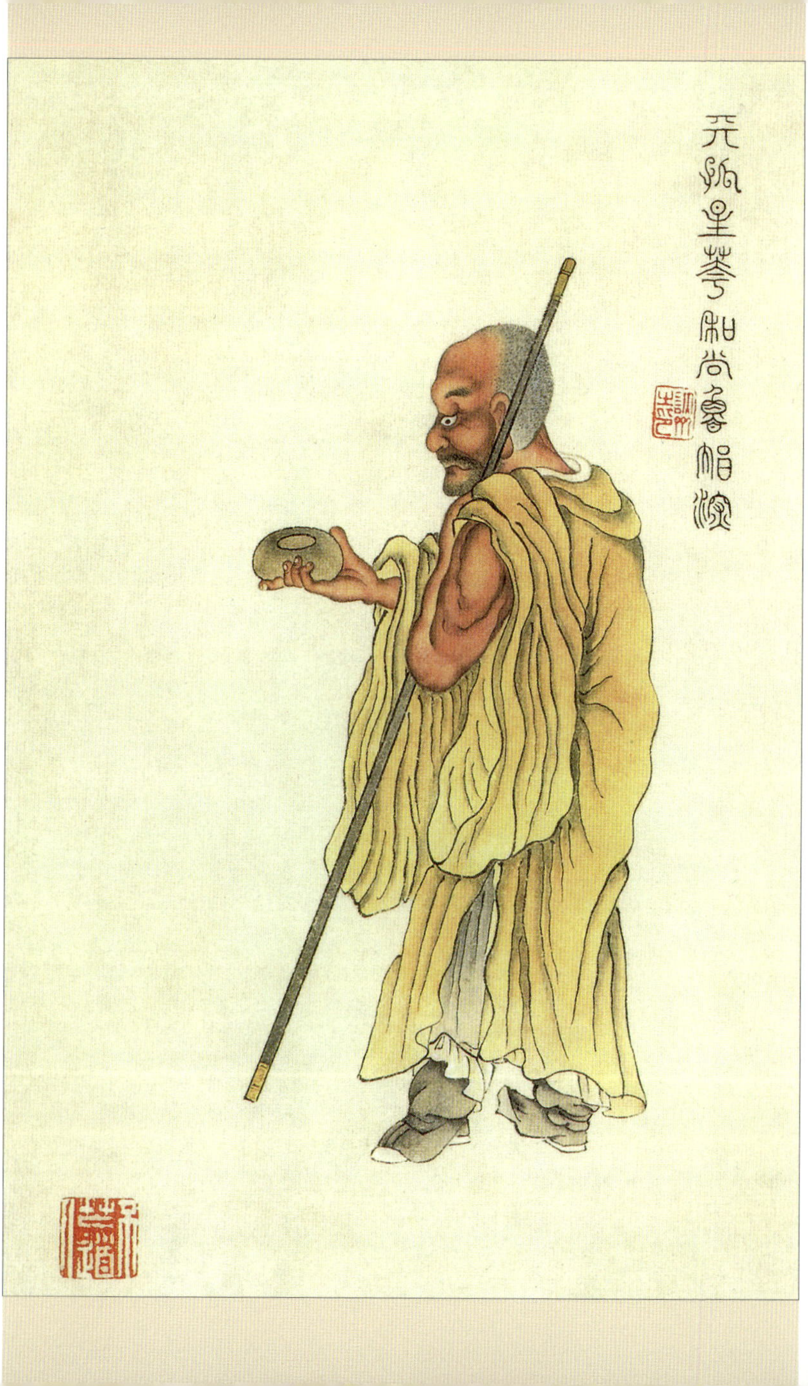

天孤星花和尚魯智深

天伤星行者武松

天暗星青面兽杨志

天速星神行太保戴宗

天杀星黑旋风李逵

天寿星混江龙李俊

天剑星立地太岁阮小二

天慧星拚命三郎石秀

天巧星浪子燕青

天巧星浪子燕青

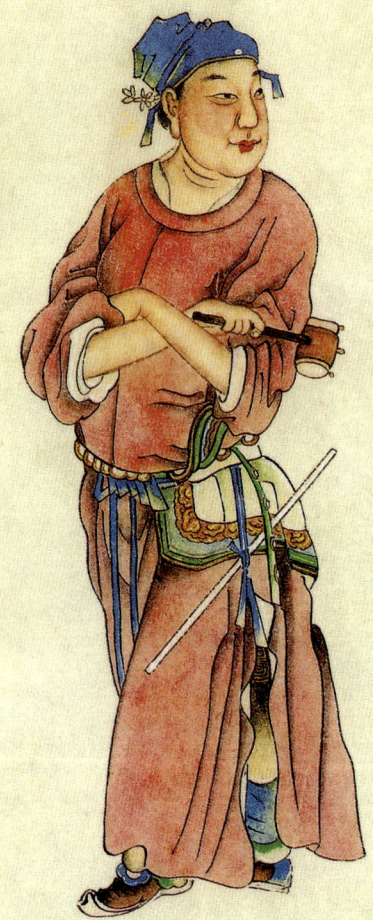

出版说明

中国古典小说源远流长、佳作如林,是蕴含与传承中华优秀传统文化的重要文学体裁,在中国文学史乃至世界文学史上占有重要地位。人民文学出版社在成立之初即致力于中国古典小说的整理与出版,半个多世纪以来陆续出版了几乎所有重要的中国古典小说作品。这些作品的整理者,均为古典文学研究名家,如聂绀弩、张友鸾、张友鹤、张慧剑、黄肃秋、顾学颉、陈迩冬、戴鸿森、启功、冯其庸、袁世硕、朱其铠、李伯齐等,他们精心的校勘、标点、注释使这些读本成为影响几代读者的经典。

此次我们推出"中国古典小说藏本(插图本)"丛书,将这些优秀的经典之作集结在一起,再次进行全面细致的修订和编校,以期更加完善;所选插图为名家绘图或精美绣像,如孙温绘《红楼梦》、孙继芳绘《镜花缘》、金协中绘《三国演义》、程十髪绘《儒林外史》等,以丰富读者的阅读体验。

人民文学出版社编辑部
2020 年 1 月

目　录

前言__001

整理说明__001

引首__001

第 一 回	张天师祈禳瘟疫	洪太尉误走妖魔__005
第 二 回	王教头私走延安府	九纹龙大闹史家村__017
第 三 回	史大郎夜走华阴县	鲁提辖拳打镇关西__043
第 四 回	赵员外重修文殊院	鲁智深大闹五台山__058
第 五 回	小霸王醉入销金帐	花和尚大闹桃花村__079
第 六 回	九纹龙剪径赤松林	鲁智深火烧瓦罐寺__093
第 七 回	花和尚倒拔垂杨柳	豹子头误入白虎堂__107
第 八 回	林教头刺配沧州道	鲁智深大闹野猪林__120
第 九 回	柴进门招天下客	林冲棒打洪教头__130
第 十 回	林教头风雪山神庙	陆虞候火烧草料场__144
第十一回	朱贵水亭施号箭	林冲雪夜上梁山__155
第十二回	梁山泊林冲落草	汴京城杨志卖刀__167
第十三回	急先锋东郭争功	青面兽北京斗武__178
第十四回	赤发鬼醉卧灵官殿	晁天王认义东溪村__189

第十五回	吴学究说三阮撞筹	公孙胜应七星聚义___200
第十六回	杨志押送金银担	吴用智取生辰纲___213
第十七回	花和尚单打二龙山	青面兽双夺宝珠寺___228
第十八回	美髯公智稳插翅虎	宋公明私放晁天王___244
第十九回	林冲水寨大并火	晁盖梁山小夺泊___258
第二十回	梁山泊义士尊晁盖	郓城县月夜走刘唐___272
第二十一回	虔婆醉打唐牛儿	宋江怒杀阎婆惜___284
第二十二回	阎婆大闹郓城县	朱仝义释宋公明___304
第二十三回	横海郡柴进留宾	景阳冈武松打虎___316
第二十四回	王婆贪贿说风情	郓哥不忿闹茶肆___329
第二十五回	王婆计啜西门庆	淫妇药鸩武大郎___363
第二十六回	郓哥大闹授官厅	武松斗杀西门庆___375
第二十七回	母夜叉孟州道卖人肉	武都头十字坡遇张青___392
第二十八回	武松威镇安平寨	施恩义夺快活林___403
第二十九回	施恩重霸孟州道	武松醉打蒋门神___413
第三十回	施恩三入死囚牢	武松大闹飞云浦___423
第三十一回	张都监血溅鸳鸯楼	武行者夜走蜈蚣岭___437
第三十二回	武行者醉打孔亮	锦毛虎义释宋江___451
第三十三回	宋江夜看小鳌山	花荣大闹清风寨___470
第三十四回	镇三山大闹青州道	霹雳火夜走瓦砾场___485
第三十五回	石将军村店寄书	小李广梁山射雁___499
第三十六回	梁山泊吴用举戴宗	揭阳岭宋江逢李俊___514

第三十七回	没遮拦追赶及时雨	船火儿夜闹浔阳江___527
第三十八回	及时雨会神行太保	黑旋风斗浪里白跳___542
第三十九回	浔阳楼宋江吟反诗	梁山泊戴宗传假信___558
第四十回	梁山泊好汉劫法场	白龙庙英雄小聚义___579
第四十一回	宋江智取无为军	张顺活捉黄文炳___591
第四十二回	还道村受三卷天书	宋公明遇九天玄女___608
第四十三回	假李逵剪径劫单人	黑旋风沂岭杀四虎___622
第四十四回	锦豹子小径逢戴宗	病关索长街遇石秀___639
第四十五回	杨雄醉骂潘巧云	石秀智杀裴如海___656
第四十六回	病关索大闹翠屏山	拼命三火烧祝家庄___676
第四十七回	扑天雕双修生死书	宋公明一打祝家庄___689
第四十八回	一丈青单捉王矮虎	宋公明两打祝家庄___704
第四十九回	解珍解宝双越狱	孙立孙新大劫牢___714
第五十回	吴学究双用连环计	宋公明三打祝家庄___730
第五十一回	插翅虎枷打白秀英	美髯公误失小衙内___742
第五十二回	李逵打死殷天锡	柴进失陷高唐州___757
第五十三回	戴宗智取公孙胜	李逵斧劈罗真人___770
第五十四回	入云龙斗法破高廉	黑旋风探穴救柴进___787
第五十五回	高太尉大兴三路兵	呼延灼摆布连环马___800
第五十六回	吴用使时迁盗甲	汤隆赚徐宁上山___812
第五十七回	徐宁教使钩镰枪	宋江大破连环马___825
第五十八回	三山聚义打青州	众虎同心归水泊___839

第五十九回	吴用赚金铃吊挂	宋江闹西岳华山	852
第六十回	公孙胜芒砀山降魔	晁天王曾头市中箭	865
第六十一回	吴用智赚玉麒麟	张顺夜闹金沙渡	879
第六十二回	放冷箭燕青救主	劫法场石秀跳楼	896
第六十三回	宋江兵打北京城	关胜议取梁山泊	914
第六十四回	呼延灼夜月赚关胜	宋公明雪天擒索超	927
第六十五回	托塔天王梦中显圣	浪里白跳水上报冤	939
第六十六回	时迁火烧翠云楼	吴用智取大名府	951
第六十七回	宋江赏马步三军	关胜降水火二将	963
第六十八回	宋公明夜打曾头市	卢俊义活捉史文恭	977
第六十九回	东平府误陷九纹龙	宋公明义释双枪将	991
第七十回	没羽箭飞石打英雄	宋公明弃粮擒壮士	1002
第七十一回	忠义堂石碣受天文	梁山泊英雄排座次	1013
第七十二回	柴进簪花入禁院	李逵元夜闹东京	1029
第七十三回	黑旋风乔捉鬼	梁山泊双献头	1042
第七十四回	燕青智扑擎天柱	李逵寿张乔坐衙	1055
第七十五回	活阎罗倒船偷御酒	黑旋风扯诏谤徽宗	1069
第七十六回	吴加亮布四斗五方旗	宋公明排九宫八卦阵	1078
第七十七回	梁山泊十面埋伏	宋公明两赢童贯	1094
第七十八回	十节度议取梁山泊	宋公明一败高太尉	1106
第七十九回	刘唐放火烧战船	宋江两败高太尉	1118
第八十回	张顺凿漏海鳅船	宋江三败高太尉	1129

第八十一回	燕青月夜遇道君	戴宗定计赚萧让	1146
第八十二回	梁山泊分金大买市	宋公明全伙受招安	1160
第八十三回	宋公明奉诏破大辽	陈桥驿滴泪斩小卒	1177
第八十四回	宋公明兵打蓟州城	卢俊义大战玉田县	1191
第八十五回	宋公明夜度益津关	吴学究智取文安县	1204
第八十六回	宋公明大战独鹿山	卢俊义兵陷青石峪	1218
第八十七回	宋公明大战幽州	呼延灼力擒番将	1229
第八十八回	颜统军阵列混天象	宋公明梦授玄女法	1239
第八十九回	宋公明破阵成功	宿太尉颁恩降诏	1254
第九十回	五台山宋江参禅	双林渡燕青射雁	1267
第九十一回	张顺夜伏金山寺	宋江智取润州城	1284
第九十二回	卢俊义分兵宣州道	宋公明大战毗陵郡	1298
第九十三回	混江龙太湖小结义	宋公明苏州大会垓	1311
第九十四回	宁海军宋江吊孝	涌金门张顺归神	1325
第九十五回	张顺魂捉方天定	宋江智取宁海军	1341
第九十六回	卢俊义分兵歙州道	宋公明大战乌龙岭	1357
第九十七回	睦州城箭射邓元觉	乌龙岭神助宋公明	1369
第九十八回	卢俊义大战昱岭关	宋公明智取清溪洞	1383
第九十九回	鲁智深浙江坐化	宋公明衣锦还乡	1400
第一百回	宋公明神聚蓼儿洼	徽宗帝梦游梁山泊	1422

【附录一】 容与堂刻本书前四篇评论文字__1439

【附录二】《忠义水浒传》叙__1442

前　言

《水浒传》是我国第一部以农民起义为题材,而且有很大成就的长篇小说,在中国和世界文学史上占有极重要的地位。

《水浒传》的作者,明人记载不一。郎瑛《七修类稿》说:"《三国》、《宋江》二书,乃杭人罗本贯中所编。予意旧必有本,故曰编。《宋江》又曰钱塘施耐庵的本。"高儒《百川书志》载:"《忠义水浒传》一百卷。钱塘施耐庵的本,罗贯中编次。"李贽《忠义水浒传叙》中提到作者时,说是"施、罗二公"。此外,田汝成《西湖游览志馀》和王圻《稗史汇编》都记罗贯中作。胡应麟《少室山房笔丛》则说是"武林施某所编","世传施号耐庵"。综上所说,明人大致有三种说法:施耐庵作,罗贯中作和施、罗合作。现在学术界大都认为是施耐庵作。

施耐庵生平不详,一般认为是元末明初钱塘人。《新闻报》1928年11月8日登载胡瑞亭《施耐庵世籍考》一文,谓苏北大丰白驹镇施氏宗祠中,所供十五世祖,讳耐庵,即著《水浒》之施耐庵。以后在兴化、大丰一带又发现《施氏长门谱》等文物史料。很多研究者对上述材料的真伪持怀疑态度,尚待进一步研究。

《水浒传》版本可分为繁本和简本两大系统。繁本指文繁事简本,简本指文简事繁本。简本多草率质朴,因而流行的多是繁本。繁本主要是一百回本,题作《忠义水浒传》。著名的有郭勋刻本、《百川书志》著录本、天都外臣序本、李卓吾评本等。另有一百二十回本,多题《忠义水浒全传》,杨定见序。百回本和百二十回本在七十五回以后涉及的有关诏书、表文、文告中所署年月,均相同。如宋江破辽后,两种本子都有"宣和四年冬月"的诏书(见八十九回),宋江破方腊后上给朝廷的表文署"宣和五年九月"(百回本九十九回,百二十回本百十九回)。而百二十回本"征田虎""征王庆"二十回(第九十一回到一百十回)故事,却根本没有留给活动的时间,矛盾显然,明代万历间有《新刊京本全像插增田虎王庆忠义水浒传》的本子,明标"插增",可见是后人补写后硬插进去的。还有七十回本,研究界早已考定为清人金圣叹所删改,并不存在删改者所宣扬的"古本"。所以,只有百回本可能是《水浒》故事定型成书的最早本子,也最接近传说故事的原貌。

《水浒传》的成书,取材于北宋末年宋江起义的故事。宋·王偁《东都事略·徽宗纪》云:"宣和三年二月,方腊陷楚州。淮南盗宋江陷淮阳军,又犯京东、河北,入楚海州。夏四月庚寅,童贯以其将辛兴宗与方腊战于青溪,擒之。五月丙申,宋江就擒。"又《张叔夜传》云:"张叔夜……以徽猷阁待制出知海州。会剧贼宋江剽掠至郡,趋海岸,劫巨舰十数。叔夜募死士千人,距十数里,大张旗帜,诱之使战。密伏壮士匿海旁,约候兵合,即焚其舟。舟既焚,贼大恐,无复斗志,伏兵乘之,江乃降。"另外,还有许多文献,如《三朝北盟会编》、《皇宋十朝纲要》、李若水《捕盗偶成》诗、范圭《宋故武功大夫河东第二将折公墓志铭》以及元代修撰的《宋史》等,也分别对起义军的声势、活动地区、受招安或被镇压以及征方腊作了详略不同和互有歧异的记载。这首先为《水浒传》的编撰提供了历史依据。

宋江起义的故事具有一定的传奇性，加上当时的特定环境，水浒故事便容易在民间流传，成为"街谈巷语"的内容，自然也就进入了文艺领域。宋·罗烨《醉翁谈录》记载宋代的"说话"，有"青面兽杨志"、"花和尚鲁智深"、"行者武松"等目录。南宋人龚开作《宋江三十六人赞》并《序》，完整地记载了三十六人的姓名绰号，交代了水浒故事后面的一些情节，赞扬宋江心存忠义，不反皇帝："不假称王，而呼保义。岂若狂卓，专犯忌讳？"可说定下了《水浒传》中宋江性格以及全书的基调。元代无名氏编撰的《大宋宣和遗事》中，有关于水浒故事的一段描写，主要记叙三个故事，即杨志卖刀、晁盖等劫生辰纲和宋江杀阎婆惜，对水浒故事的传播起了一定的作用。特别是其中有了宋江受招安及征方腊这两大情节，奠定了《水浒传》的基本结构。元代杂剧中有一些水浒戏，如康进之《李逵负荆》、高文秀《双献功》、李文蔚《燕青博鱼》、无名氏《还牢末》、《三虎下山》、《黄花峪》等。这些水浒戏，在水浒故事的流传中，首先是扩大了描写对象，除话本中出现的杨志、武松、鲁智深，《大宋宣和遗事》中描写的宋江、晁盖外，还将李逵、花荣、李应、卢俊义、王矮虎、燕青等作为主角来写。第二是人物姓名绰号更接近后来的《水浒传》。第三是稳定了以前的一些说法和描写，如"聚三十六大伙，七十二小伙"、"寨名水浒，泊号梁山"、晁盖中箭身亡等。这些对《水浒传》的创作，都起了推动作用。

《水浒传》的内容极为矛盾复杂,从它的结构可分为两大段。前七十回是第一大段。这一段主要写了两方面的内容,即抨击统治阶级的腐朽残忍和歌颂起义英雄的反抗行动。书中首先出场的高俅,本是浮浪破落户子弟,只因踢得一脚好气球,被昏君抬举做了殿帅府太尉职事。王进母子夜奔,林冲夫妇死别,杨志怀才流落,都是由于他的迫害。这样的开头,确如金圣叹所评的那样,是为揭示"乱自上作"。在高俅周围,形成了一个封建关系网:高衙内是他的螟蛉之子,高唐州知府高廉是他的叔伯兄弟,蔡京、童贯是他的朋党,江州知府蔡得章是蔡京的儿子,北京留守梁世杰是蔡京的女婿,华州贺太守是蔡京的门人。在他们下面,则是一些贪官污吏、土豪恶霸,从上到下,狼狈为奸,残害忠良,欺压良善,对人民进行残酷的剥削和压迫,反映了阶级之间的尖锐矛盾。有压迫就有反抗。作者用大量篇幅从正面描写并歌颂了反抗英雄。起先是个人的反抗,如鲁达、林冲的反抗。接着便是集体反抗,如智取生辰纲、江州劫法场。由攻打地主武装到抗击朝廷大军,如三打祝家庄、大破连环马。梁山泊招兵买马,屯粮造船,成立了政权,提出了"八方共域,异姓一家",不管什么出身"都一般儿哥弟称呼,不分贵贱"的政治主张,反对封建社会的阶级剥削和政治压迫,反映了广大受压迫人民的愿望。七十一回以后,写受招安、征辽、征方腊,是另一大段。前半写人民反官府,是反映阶级矛盾的;后半写忠臣反奸臣,则反映统治阶级内部矛盾。宋江被招安以后,水浒英雄始终受奸臣排挤、打击和陷害,最后宋江等被奸臣害死。这样的悲剧结局,指出了统治者与被统治者、忠与奸的矛盾的不可调和性,揭示了农民起义的一般归宿,指出了农民阶级的局限性。这实际上寄托了作者深沉的感慨、对历史的深刻的思索。总之,《水浒传》作者以其高度的艺术表现力,生动丰富的文学语言,叙述了许多引人入胜的故事,塑造了众多可爱的个性鲜明的英雄形象。后世的农民起义军从中受到鼓舞,文学艺术作品得到了丰富题材和艺术启迪。

英、美、德、法、日等国大百科全书对《水浒传》都有很高的评价。如《大英百科全书》说:"元末明初的小说《水浒》因以通俗的口语形式出现于历史杰作的行列而获得普遍的喝彩,它被认为是最有意义的一部文学作品。"它在世界上广为流传,对一些国家的文学产生了巨大的影响。国外各大图书馆收藏了《水浒传》的重要版本。世界各国文字翻译《水浒传》,有拉丁文、英文、法文、德文、意大利文、俄文、匈牙利文、捷克斯洛伐克文、波兰文、朝鲜文、越南文、泰文、日文等。各国文字的研究论著更是经久不衰。

人民文学出版社以容与堂本为底本,参照天都外臣序本、杨定见序本等整理出版此书,初版于1975年,1981年修订重印,在社会上和学术界都产生了很好的影响。今次出版,又重新校订一遍,并增加了注释,使整理工作更臻完善,可谓精益求精。校注蒇事,编辑部命余操作"前言",乐于从之,并记如上。

朱一玄

1994年10月于天津南开大学

整理说明

《水浒传》流传的版本很多,通行的有百回本、百二十回本、七十回本。

对于版本间的关系,一般而言,百回本和百二十回本在七十五回以后涉及的有关诏书、表文、文告中所署年月,均相同。如宋江破辽后,两种本子都有"宣和四年冬月"的诏书(见八十九回),宋江破方腊后上给进行朝廷的表文署"宣和五年九月"(百回本九十九回,百二十回本百十九回)。而百二十回本"征田虎"、"征王庆"二十回(第九十一回到一百十回)故事,却根本没有留给活动的时间,矛盾显然,明代万历间有《新刊京本全像插增田虎王庆忠义水浒传》的本子,明标"插增",可见是后人补写后硬插进去的。至于七十回本,研究界也早已考定为清人金人瑞(圣叹)所删改,并不存在删改者所宣扬的"古本"。所以,只有百回本可能是《水浒》故事定型成书的最早本子,也最接近传说故事的原貌。

今存百回本的最早版本之一,是万历末年(1610年左右)杭州容与堂刻本(藏北京图书馆)。原书一百卷一百回,题为《李卓吾先生批评水浒传》,书前有四篇评论文字,正文有眉批、行间夹批和回末总评,每回前附有两幅颇为精美的木刻插图。这个版本上,没有署作者名字。

本书即根据容与堂刻本标点排印,初版于 1975 年。这次重印,订正了若干初版排校错误。

有关本书的整理情况,说明如下:

一、定名为《水浒传》,并根据底本所附的《〈水浒传〉一百回文字优劣》所述,署撰写者为施耐庵、罗贯中。

二、全书目录,原在"引首"后,改移书前,以便读者检阅;底本书前所附四篇评论文字,改为附录,附书后。底本中的眉批、行间夹批及回末评语,均省略未录。

三、底本部分书页的文字有漶漫残缺,根据北京图书馆和文学研究所收藏的两种容与堂刻本的残本以及明万历年间天都外臣序本校补。

四、底本明显的错夺衍误文字,参照一百回天都外臣序本,一百二十回杨定见序本等加以订正。对各本均误的文字,除显系刻误的错别字酌予改正外,其余仍保留原状。

五、底本有不少词语,前后用字不一致,校点时对意思完全相同而用字过于混乱的词语,酌加统一,一般仍保留原书的歧异。

六、本书采用简化字排版,个别有歧义、易误解的字,仍用繁体。

本书的整理工作,如仍有不妥以至错误的地方,恳望广大读者指正。

人民文学出版社编辑部

1981 年 4 月

引　首

词曰：

试看书林隐处，几多俊逸儒流。虚名薄利不关愁，裁冰及剪雪，谈笑看吴钩。评议前王并后帝，分真伪占据中州，七雄扰扰乱春秋。兴亡如脆柳，身世类虚舟。见成名无数，图形无数，更有那逃名无数。霎时新月下长川，江湖变桑田古路。讶求鱼缘木，拟穷猿择木，恐伤弓远之曲木。不如且覆掌中杯，再听取新声曲度。

诗曰：

纷纷五代乱离间，一旦云开复见天。

草木百年新雨露，车书万里旧江山。

寻常巷陌陈罗绮，几处楼台奏管弦。

人乐太平无事日，莺花无限日高眠。

话说这八句诗，乃是故宋神宗天子朝中一个名儒，姓邵，讳尧夫，道号康节先生所作。为叹五代残唐天下干戈不息，那时朝属梁，暮属晋，正谓是："朱李石刘郭，梁唐晋汉周，都来十五帝，播乱五十秋。"后来感的天道循环，向甲马营中生下太祖武德皇帝来。这朝圣人出世，红光满天，异香经宿不散，乃是上界霹雳大仙下降。英雄勇猛，智量宽洪，自古帝王都不及这朝天子。一条杆棒等身齐，打四百座军州都姓赵。那天子扫清寰宇，荡静中原，国号大宋，建都汴梁。九朝八帝班头，四百年开基帝主。因此上邵尧夫先生赞道："一旦云开复见天。"正如教百姓再见天日之面。不则这个先生吟赞，那时西岳华山有个陈抟处士，是个道高有德之人，能辨风云气色。一日骑驴下山，向那华阴道中正行之间，听得路上客人传说："如今东京[1]柴世宗让位与赵检点登基。"那陈抟先生听得，心中欢喜，以手加额，在驴背上大笑，撇下驴来。人问其故，那先生道："天下从此定矣。"正应上合天心，下合地理，中合人和。自庚申年间受禅，开基即位，在位一十七年，天下太平，自此定矣。传位与御弟太宗即位。太宗皇帝在位二十二年，传位与真宗皇帝。真宗又传位与仁宗。

这仁宗皇帝，乃是上界赤脚大仙。降生之时，昼夜啼哭不止。朝廷出给黄榜[2]，召人医治。感动天庭，差遣太白金星下界，化作一老叟，前来揭了黄榜，能治太子啼哭。看榜官员引至殿下，朝见真宗天子。圣旨教进内苑，看视太子。那老叟直至宫中，抱着太子，耳边低低说了八个字，太子便不啼哭。那老叟不言姓名，只见化一阵清风而去。耳边道八个甚字？道是："文有文曲，武有武曲。"端的[3]是玉帝差遣紫微宫中两座星辰，下来辅佐这朝天子。文曲星乃是南衙

---

[1] 东京——宋建都在汴梁（开封），称东京。又称河南府（现在洛阳地方）做西京，应天府（现在商丘地方）做南京，大名府（现在大名地方）做北京。西京、南京、北京的设置，是对东京而言，为陪都，政治地位高于其它一般的城市。
[2] 黄榜——皇帝的公告，用黄纸书写，叫做黄榜。
[3] 端的——真的、果然的意思。有时也作究竟解释。

开封府主龙图阁大学士包拯，武曲星乃是征西夏国大元帅狄青。这两个贤臣，出来辅佐。

这朝皇帝，庙号仁宗天子，在位四十二年，改了九个年号。自天圣元年癸亥登基，至天圣九年，那时天下太平，五谷丰登，万民乐业，路不拾遗，户不夜闭，这九年谓之一登。自明道元年至皇祐三年，这九年亦是丰富，谓之二登。自皇祐四年至嘉祐二年，这九年田禾大熟，谓之三登。一连三九二十七年，号为三登之世。那时百姓受了些快乐。谁想道乐极悲生：嘉祐三年上春间，天下瘟疫盛行，自江南直至两京，无一处人民不染此症。天下各州各府，雪片也似申奏将来。

且说东京城里城外，军民无其太半。开封府主包待制亲将惠民和济局方，自出俸资合药，救治万民，那里医治得住，瘟疫越盛。文武百官商议，都向待漏院〔1〕中聚会，伺候早朝，奏闻天子，专要祈祷，禳谢瘟疫。

不因此事，如何教三十六员天罡下临凡世，七十二座地煞降在人间，哄动宋国乾坤，闹遍赵家社稷。有诗为证：

诗曰：

　　万姓熙熙化育中，三登之世乐无穷。

　　岂知礼乐笙镛治，变作兵戈剑戟丛。

　　水浒寨中屯节侠，梁山泊内聚英雄。

　　细推治乱兴亡数，尽属阴阳造化功。

---

〔1〕待漏院——宋时官员朝见皇帝的朝房。皇帝五更临朝，官员半夜就要进宫在朝房里等候。古人的计时方法用铜壶滴漏，待漏的意思就指等候时间。

第一回

张天师祈禳瘟疫　　洪太尉误走妖魔

诗曰：

绛帻鸡人报晓筹，尚衣方进翠云裘。

九天阊阖开宫殿，万国衣冠拜冕旒。

日色才临仙掌动，香烟欲傍衮龙浮。

朝罢须裁五色诏，佩声归到凤池头。

话说大宋仁宗天子在位，嘉祐三年三月三日五更三点，天子驾坐紫宸殿，受百官朝贺。但见：

祥云迷凤阁，瑞气罩龙楼。含烟御柳拂旌旗，带露宫花迎剑戟。天香影里，玉簪珠履聚丹墀；仙乐声中，绣袄锦衣扶御驾。珍珠帘卷，黄金殿上现金舆；凤尾扇开，白玉阶前停宝辇。隐隐净鞭三下响，层层文武两班齐。

当有殿头官喝道："有事出班早奏，无事卷帘退朝。"只见班部丛中，宰相赵哲、参政文彦博出班奏曰："目今京师瘟疫盛行，民不聊生，伤损军民多矣。伏望陛下释罪宽恩，省刑薄税，以禳天灾，救济万民。"天子听奏，急敕翰林院随即草诏：一面降赦天下罪囚，应有民间税赋悉皆赦免；一面命在京宫观寺院，修设好事禳灾。不料其年瘟疫转盛。仁宗天子闻知，龙体不安，复会百官，众皆计议。向那班部中，有一大臣越班启奏。天子看时,乃是参知政事范仲淹。拜罢起居,奏曰:"目今天灾盛行,军民涂炭,日夕不能聊生,人遭缧绁之厄。以臣愚意,要禳此灾,可宣嗣汉天师星夜临朝,就京师禁院修设三千六百分罗天大醮,奏闻上帝,可以禳保民间瘟疫。"仁宗天子准奏。急令翰林学士草诏一道,天子御笔亲书,并降御香一炷,钦差内外提点殿前太尉洪信为天使,前往江西信州龙虎山,宣请嗣汉天师张真人星夜临朝,祈禳瘟疫。就金殿上焚起御香,亲将丹诏[1]付与洪太尉为使,即便登程前去。

洪信领了圣敕,辞别天子,不敢久停。从人背了诏书,金盒子盛了御香,带了数十人,上了铺马[2],一行部从,离了东京,取路径投信州贵溪县来。于路上但见:

遥山叠翠,远水澄清。奇花绽锦绣铺林,嫩柳舞金丝拂地。风和日暖,时过野店山村;路直沙平,夜宿邮亭驿馆。罗衣荡漾红尘内,骏马驱驰紫陌中。

且说太尉洪信赍擎御书丹诏,一行人从上了路途,夜宿邮亭,朝行驿站,远程近接,渴饮饥餐,不止一日,来到江西信州。大小官员出郭迎接,随即差人报知龙虎山上清宫住持[3]道众,准备接诏。次日,众位官同送太尉到于龙虎山下,只见上清宫许多道众,鸣钟击鼓,

----

[1] 丹诏——诏,皇帝发出的文书;丹诏,皇帝用朱笔亲写的诏。
[2] 铺马——铺,驿站,古代供传递政府文书的人休息、住宿或换马的地方;铺马,驿站所备的马。
[3] 住持——主持的意思。也可用作对僧寺、道院主持人的称呼。

香花灯烛,幢幡宝盖,一派仙乐,都下山来迎接丹诏,直至上清宫前下马。太尉看那宫殿时,端的是好座上清宫。但见:

青松屈曲,翠柏阴森。门悬敕额金书,户列灵符玉篆。虚皇坛畔,依稀垂柳名花;炼药炉边,掩映苍松老桧。左壁厢天丁力士,参随着太乙真君;右势下玉女金童,簇捧定紫微大帝。披发仗剑,北方真武踏龟蛇;靸履顶冠,南极老人伏龙虎。前排二十八宿星君,后列三十二帝天子。阶砌下流水潺湲,墙院后好山环绕。鹤生丹顶,龟长绿毛。树梢头献果苍猿,莎草内衔芝白鹿。三清殿上鸣金钟,道士步虚;四圣堂前敲玉磬,真人礼斗。献香台砌,彩霞光射碧琉璃;召将瑶坛,赤日影摇红玛瑙。早来门外祥云现,疑是天师送老君。

当下上至住持真人,下及道童侍从,前迎后引,接至三清殿上,请将诏书,居中供养着。洪太尉便问监宫真人道:"天师今在何处?"住持真人向前禀道:"好教太尉得知:这代祖师号曰'虚靖天师',性好清高,倦于迎送,自向龙虎山顶结一茅庵,修真养性,因此不住本宫。"太尉道:"目今天子宣诏,如何得见?"真人答道:"容禀:诏敕权供在殿上,贫道等亦不敢开读。且请太尉到方丈[1]献茶,再烦计议。"当时将丹诏供养在三清殿上,与众官都到方丈。太尉居中坐下,执事人等献茶,就进斋供,水陆俱备。斋罢,太尉再问真人道:

---

〔1〕 方丈——僧寺、道院主持人住用的房间。也可用作对僧寺、道院主持人的称呼。

"既然天师在山顶庵中,何不着人请将下来相见,开宣丹诏?"真人禀道:"太尉,这代祖师虽在山顶,其实道行非常,清高自在,倦惹凡尘,能驾雾兴云,踪迹不定,未尝下山。贫道等如常亦难得见,怎生[1]教人请得下来!"太尉道:"似此如何得见!目今京师瘟疫盛行,今上天子特遣下官为使,赍捧御书丹诏,亲奉龙香,来请天师,要做三千六百分罗天大醮,以禳天灾,救济万民。似此怎生奈何?"真人禀道:"朝廷天子要救万民,只除是太尉办一点志诚心,斋戒沐浴,更换布衣,休带从人,自背诏书,焚烧御香,步行上山礼拜,叩请天师,方许得见。如若心不志诚,空走一遭,亦难得见。"太尉听说便道:"俺从京师食素到此,如何心不志诚!既然恁地[2],依着你说,明日绝早上山。"当晚各自权歇。

次日五更时分,众道士起来,备下香汤斋供。请太尉起来,香汤沐浴,换了一身新鲜布衣,脚下穿上麻鞋草履,吃了素斋,取过丹诏,用黄罗包袱背在脊梁上,手里提着银手炉,降降地烧着御香。许多道众人等,送到后山,指与路径。真人又禀道:"太尉要救万民,休生退悔之心,只顾志诚上去。"太尉别了众人,口诵天尊[3]宝号,纵步上山来。将至半山,望见大顶直侵霄汉,果然好座大山。正是:

根盘地角,顶接天心。远观磨断乱云痕,近看平吞明月魄。

高低不等谓之山,侧石通道谓之岫,孤岭崎岖谓之路,上面极平

---

[1] 怎生——怎么、怎么地的意思。有时也写作"怎地"、"怎生地"。
[2] 恁(nèn)地——这样的意思。
[3] 天尊——道教尊奉的最高的天神。

谓之顶,头圆下壮谓之峦,隐虎藏豹谓之穴,隐风隐云谓之岩,高人隐居谓之洞,有境有界谓之府,樵人出没谓之径,能通车马谓之道,流水有声谓之涧,古渡源头谓之溪,岩崖滴水谓之泉。左壁为掩,右壁为映。出的是云,纳的是雾。锥尖像小,崎峻似峭,悬空似险,削蜡如平。千峰竞秀,万壑争流。瀑布斜飞,藤萝倒挂。虎啸时风生谷口,猿啼时月坠山腰。恰似青黛染成千块玉,碧纱笼罩万堆烟。

这洪太尉独自一个,行了一回,盘坡转径,揽葛攀藤,约莫走过了数个山头,三二里多路,看看脚酸腿软,正走不动,口里不说,肚里踌躇,心中想道:"我是朝廷贵官公子,在京师时重茵而卧,列鼎而食,尚兀自[1]倦怠,何曾穿草鞋,走这般山路!知他天师在那里,却教下官受这般苦!"又行不到三五十步,掇[2]着肩气喘。只见山凹里起一阵风,风过处,向那松树背后奔雷也似吼一声,扑地跳出一个吊睛白额锦毛大虫[3]来。洪太尉吃了一惊,叫声:"阿呀!"扑地望后便倒。偷眼看那大虫时,但见:

毛披一带黄金色,爪露银钩十八只。

睛如闪电尾如鞭,口似血盆牙似戟。

伸腰展臂势狰狞,摆尾摇头声霹雳。

山中狐兔尽潜藏,涧下獐狍皆敛迹。

---

[1] 兀自——径自、公然的意思。
[2] 掇(duō)——耸动。后文有时作拿或者挖、撬解释。
[3] 大虫——老虎。古时鸟兽虫鱼等动物都叫虫。

那大虫望着洪太尉，左盘右旋，咆哮了一回，托地[1]望后山坡下跳了去。洪太尉倒在树根底下，唬的三十六个牙齿捉对儿厮[2]打，那心头一似十五个吊桶，七上八落的响，浑身却如重风麻木，两腿一似斗败公鸡，口里连声叫苦。大虫去了一盏茶时，方才爬将起来，再收拾地上香炉，还把龙香烧着，再上山来，务要寻见天师。又行过三五十步，口里叹了数口气，怨道："皇帝御限，差俺来这里，教我受这场惊恐。"说犹未了，只觉得那里又一阵风，吹得毒气直冲将来。太尉定睛看时，山边竹藤里簌簌地响，抢出一条吊桶大小、雪花也似蛇来。太尉见了，又吃一惊，撇了手炉，叫一声："我今番死也！"望后便倒在盘砣石[3]边。微闪开眼来看那蛇时，但见：

> 昂首惊飙起，掣目电光生。动荡则折峡倒冈，呼吸则吹云吐雾。鳞甲乱分千片玉，尾梢斜卷一堆银。

那条大蛇径抢到盘砣石边，朝着洪太尉盘做一堆，两只眼迸出金光，张开巨口，吐出舌头，喷那毒气在洪太尉脸上，惊得太尉三魂荡荡，七魄悠悠。那蛇看了洪太尉一回，望山下一溜，却早不见了。太尉方才爬得起来，说道："惭愧[4]！惊杀下官！"看身上时，寒粟子比馉饳儿[5]

------

[1] 托地——突然、很快的意思。
[2] 厮——这里作相互解释。本书内厮打、厮杀、厮熟、厮见，就是相打、相杀、相熟、相见。
[3] 盘砣石——盘砣，螺旋形。盘砣石，螺旋形石头。盘砣路（后文第四十八回），螺旋形道路。
[4] 惭愧——惊喜之词，含有侥幸的意思，不单作羞惭解释。
[5] 馉饳（gǔ duò）儿——一种小型的面果。

大小，口里骂那道士："叵耐[1]无礼，戏弄下官，教俺受这般惊恐！若山上寻不见天师，下去和他别有话说。"再拿了银提炉，整顿身上诏敕并衣服巾帻，却待再要上山去。正欲移步，只听得松树背后隐隐地笛声吹响，渐渐近来。太尉定睛看时，只见那一个道童，倒骑着一头黄牛，横吹着一管铁笛，转出山凹来。太尉看那道童时，但见：

> 头绾两枚丫髻，身穿一领青衣；腰间绦结草来编，脚下芒鞋麻间隔。明眸皓齿，飘飘并不染尘埃；绿鬓朱颜，耿耿全然无俗态。

昔日吕洞宾有首牧童诗道得好：

> 草铺横野六七里，笛弄晚风三四声。
>
> 归来饱饭黄昏后，不脱蓑衣卧月明。

只见那个道童，笑吟吟地骑着黄牛，横吹着那管铁笛，正过山来。洪太尉见了，便唤那个道童："你从那里来？认得我么？"道童不采，只顾吹笛。太尉连问数声，道童呵呵大笑，拿着铁笛，指着洪太尉说道："你来此间，莫非要见天师么？"太尉大惊，便道："你是牧童，如何得知？"道童笑说："我早间在草庵中伏侍天师，听得天师说道：'朝中今上仁宗天子，差个洪太尉赍擎丹诏御香，到来山中，宣我往东京做三千六百分罗天大醮，祈禳天下瘟疫。我如今乘鹤驾云去也。'这早晚想是去了，不在庵中。你休上去，山内毒虫猛兽极多，恐伤害了你性命。"太尉再问道："你不要说谎？"道童笑了一声，也不回应，又吹

---

[1] 叵（pǒ）耐——叵是"不可"二字说快了的变音。叵耐，就是不可耐。这里有可恨的意思。有时也写作"叵奈"。

着铁笛转过山坡去了。太尉寻思道："这小的如何尽知此事？想是天师分付他，已定是了。"欲待再上山去，方才惊唬的苦，争些儿〔1〕送了性命，不如下山去罢。

太尉拿着提炉，再寻旧路，奔下山来。众道士接着，请至方丈坐下。真人便问太尉道："曾见天师么？"太尉说道："我是朝廷中贵官，如何教俺走得山路，吃了这般辛苦，争些儿送了性命！为头上至半山里，跳出一只吊睛白额大虫，惊得下官魂魄都没了。又行不过一个山嘴，竹藤里抢出一条雪花大蛇来，盘做一堆，拦住去路。若不是俺福分大，如何得性命回京。尽是你这道众戏弄下官！"真人复道："贫道等怎敢轻慢大臣，这是祖师试探太尉之心。本山虽有蛇虎，并不伤人。"太尉又道："我正走不动，方欲再上山坡，只见松树傍边转出一个道童，骑着一头黄牛，吹着管铁笛，正过山来。我便问他：'那里来？识得俺么？'他道：'已都知了。'说天师分付，早晨乘鹤驾云望东京去了。下官因此回来。"真人道："太尉可惜错过，这个牧童正是天师。"太尉道："他既是天师，如何这等猥獕？"真人答道："这代天师非同小可，虽然年幼，其实道行非常。他是额外之人，四方显化，极是灵验，世人皆称为道通祖师。"洪太尉道："我直如此有眼不识真师，当面错过！"真人道："太尉但请放心，既然祖师法旨道是去了，比及太尉回京之日，这场醮事祖师已都完了。"太尉见说，方才放心。真人一面教安排筵宴，管待太尉；请将丹诏收藏于御书匣内放了，留在上

---

〔1〕 争些儿——这里的"争"字是相差的意思。争些儿，就是几乎、差一点儿。

清宫中,龙香就三清殿上烧了。当日方丈内大排斋供,设宴饮酌。至晚席罢,止宿到晓。

次日早膳已后,真人道众并提点执事人等请太尉游山。太尉大喜。许多人从跟随着,步行出方丈,前面两个道童引路,行至宫前宫后,看玩许多景致。三清殿上,富贵不可尽言。左廊下,九天殿、紫微殿、北极殿;右廊下,太乙殿、三官殿、驱邪殿。诸宫看遍,行到右廊后一所去处。洪太尉看时,另外一所殿宇:一遭都是捣椒红泥墙;正面两扇朱红槅子;门上使着胳膊大锁锁着,交叉上面贴着十数道封皮,封皮上又是重重叠叠使着朱印;檐前一面朱红漆金字牌额,上书四个金字,写道:"伏魔之殿"。太尉指着门道:"此殿是甚么去处?"真人答道:"此乃是前代老祖天师锁镇魔王之殿。"太尉又问道:"如何上面重重叠叠贴着许多封皮?"真人答道:"此是祖老大唐洞玄国师封锁魔王在此。但是经传一代天师,亲手便添一道封皮,使其子子孙孙不敢妄开。走了魔君,非常利害。今经八九代祖师,誓不敢开。锁用铜汁灌铸,谁知里面的事。小道自来住持本宫三十馀年,也只听闻。"洪太尉听了,心中惊怪,想道:"我且试看魔王一看。"便对真人说道:"你且开门来,我看魔王甚么模样。"真人告道:"太尉,此殿决不敢开。先祖天师叮咛告戒:今后诸人不许擅开。"太尉笑道:"胡说!你等要妄生怪事,煽惑百姓良民,故意安排这等去处,假称锁镇魔王,显耀你们道术。我读一鉴之书〔1〕,何曾见锁魔之法。神鬼之

---

〔1〕一鉴之书——国子监所藏的全部书籍。鉴,同"监",指国子监,封建时代的教育管理机关和最高学府。

道,处隔幽冥,我不信有魔王在内。快疾与我打开,我看魔王如何!"真人三回五次禀说:"此殿开不得,恐惹利害,有伤于人。"太尉大怒,指着道众说道:"你等不开与我看,回到朝廷,先奏你们众道士阻当[1]宣诏,违别[2]圣旨,不令我见天师的罪犯;后奏你等私设此殿,假称锁镇魔王,煽惑军民百姓。把你都追了度牒[3],刺配[4]远恶军州受苦。"真人等惧怕太尉权势,只得唤几个火工道人来,先把封皮揭了,将铁锤打开大锁。众人把门推开,看里面时,黑洞洞地,但见:

> 昏昏默默,杳杳冥冥。数百年不见太阳光,亿万载难瞻明月影。不分南北,怎辨东西。黑烟霭霭扑人寒,冷气阴阴侵体颤。人迹不到之处,妖精往来之乡。闪开双目有如盲,伸出两手不见掌。常如三十夜,却似五更时。

众人一齐都到殿内,黑暗暗不见一物。太尉教从人取十数个火把点着,将[5]来打一照时,四边并无别物,只中央一个石碑,约高五六尺,下面石龟趺坐,太半陷在泥里。照那碑碣上时,前面都是龙章凤篆,天书符箓,人皆不识;照那碑后时,却有四个真字大书,凿着

---

[1] 当——这里同"挡"。
[2] 违别——违背的意思。
[3] 度牒——官厅发给和尚、道士的出家执照。"追了度牒",就是收回出家执照。参看第四回"买度牒"注。
[4] 刺配——配是流放、充军。刺配是在流放、充军罪犯的脸上刺字,刺出应该配往的地名,涂上黑色,以防止逃亡。
[5] 将——这里是取、拿的意思。后文第七回"将娘子下楼"的将字,是陪同的意思。

"遇洪而开"。却不是一来天罡星合当出世,二来宋朝必显忠良,三来凑巧遇着洪信,岂不是天数!洪太尉看了这四个字,大喜,便对真人说道:"你等阻当我,却怎地数百年前已注我姓字在此?'遇洪而开',分明是教我开看,却何妨!我想这个魔王,都只在石碑底下。汝等从人与我多唤几个火工人等,将锄头铁锹来掘开。"真人慌忙谏道:"太尉,不可掘动!恐有利害,伤犯于人,不当稳便[1]。"太尉大怒,喝道:"你等道众,省得甚么!碑上分明凿着遇我教开,你如何阻当!快与我唤人来开。"真人又三回五次禀道:"恐有不好。"太尉那里肯听。只得聚集众人,先把石碑放倒,一齐并力掘那石龟,半日方才掘得起。又掘下去,约有三四尺深,见一片大青石板,可方丈围。洪太尉叫再掘起来,真人又苦禀道:"不可掘动!"太尉那里肯听。众人只得把石板一齐扛起,看时,石板底下却是一个万丈深浅地穴。只见穴内刮刺刺一声响亮,那响非同小可,恰似:

  天摧地塌,岳撼山崩。钱塘江上,潮头浪拥出海门来;泰华山头,巨灵神一劈山峰碎。共工奋怒,去盔撞倒了不周山;力士施威,飞锤击碎了始皇辇。一风撼折千竿竹,十万军中半夜雷。

  那一声响亮处,只见一道黑气,从穴里滚将起来,掀塌了半个殿角。那道黑气直冲上半天里,空中散作百十道金光,望四面八方去了。众人吃了一惊,发声喊,都走了,撇下锄头铁锹,尽从殿内奔将出来,推倒撷翻无数。惊得洪太尉目睁痴呆,罔知所措,面色如土,奔到

---

〔1〕 不当稳便——这里的不当,是"不大很"的变音。不当稳便,就是不太妥当。

廊下,只见真人向前叫苦不迭。太尉问道:"走了的却是甚么妖魔?"那真人言不过数句,话不过一席,说出这个缘由。有分教:一朝皇帝,夜眠不稳,昼食忘餐。直使宛子城中藏猛虎,蓼儿洼内聚飞龙。毕竟龙虎山真人说出甚言语来,且听下回分解。

第二回

王教头私走延安府　九纹龙大闹史家村

诗曰：

千古幽扃一旦开，天罡地煞出泉台。

自来无事多生事，本为禳灾却惹灾。

社稷从今云扰扰，兵戈到处闹垓垓。

高俅奸佞虽堪恨，洪信从今酿祸胎。

话说当时住持真人对洪太尉说道："太尉不知，此殿中当初是祖老天师洞玄真人传下法符，嘱付道：'此殿内镇锁着三十六员天罡星，七十二座地煞星，共是一百单八个魔君在里面。上立石碑，凿着龙章凤篆天符，镇住在此。若还放他出世，必恼下方生灵。'如今太尉放他走了，怎生是好！他日必为后患。"洪太尉听罢，浑身冷汗，捉颤不住，急急收拾行李，引了从人，下山回京。真人并道众送官已罢，自回宫内修整殿宇，竖立石碑，不在话下。

再说洪太尉在路上分付从人，教把走妖魔一节休说与外人知道，恐天子知而见责。于路无话，星夜回至京师。进得汴梁城，闻人所说：天师在东京禁院做了七昼夜好事，普施符箓，禳救灾病，瘟疫尽消，军民安泰。天师辞朝，乘鹤驾云，自回龙虎山去了。洪太尉次日早朝，见了天子，奏说："天师乘鹤驾云，先到京师。臣等驿站而来，才得到此。"仁宗准奏,赏赐洪信,复还旧职,亦不在话下。

后来仁宗天子在位共四十二年晏驾,无有太子,传位濮安懿王允让之子,太祖皇帝的孙,立帝号曰英宗。在位四年,传位与太子神宗天子。在位一十八年,传位与太子哲宗皇帝登基。那时天下尽皆太平,四方无事。

且说东京开封府汴梁宣武军,一个浮浪破落户子弟,姓高,排行第二,自小不成家业,只好刺枪使棒,最是踢得好脚气毬[1]。京师人口顺,不叫高二,却都叫他做高毬。后来发迹,便将气毬那字去了毛傍,添作立人,便改作姓高名俅。这人吹弹歌舞,刺枪使棒,相扑顽耍,颇能诗书词赋;若论仁义礼智,信行忠良,却是不会,只在东京城里城外帮闲。因帮了一个生铁王员外儿子使钱,每日三瓦两舍[2],风花雪月,被他父亲开封府里告了一纸文状。府尹把高俅断了四十脊杖,迭配[3]出界发放。东京城里人民,不许容他在家宿食。高俅无计奈何,只得来淮西临淮州投奔一个开赌坊的闲汉柳大郎,名唤柳世权。他平生专好惜客养闲人,招纳四方干隔涝[4]汉子。高俅投

---

[1] 气毬——"毬"就是"球"。古时踢的球,外面是皮,里面是羽毛;到宋时气球才盛行。宋时人踢气球,动作近似现在踢毽子。
[2] 三瓦两舍——瓦舍是宋时游戏场和妓院、茶楼、酒馆、赌博场等等集中的场所。三瓦两舍,漫指一些瓦舍。
[3] 迭配——就是递配。把罪犯按境解送到他处。
[4] 隔涝——疥疮。干隔涝,干疥疮。开封、杭州都有这话。这里是不干不净、不清不楚的意思。

托得柳大郎家,一住三年。

后来哲宗天子因拜南郊,感得风调雨顺,放宽恩大赦天下。那高俅在临淮州,因得了赦宥罪犯,思乡要回东京。这柳世权却和东京城里金梁桥下开生药铺的董将士〔1〕是亲戚,写了一封书札,收拾些人事盘缠,赍发高俅回东京,投奔董将士家过活。

当时高俅辞了柳大郎,背上包裹,离了临淮州,迤逦回到东京,竟来金梁桥下董生药家,下了这封书。董将士一见高俅,看了柳世权来书,自肚里寻思道:"这高俅,我家如何安着得他!若是个志诚老实的人,可以容他在家出入,也教孩儿们学些好。他却是个帮闲的破落户,没信行的人,亦且当初有过犯来,被开封府断配出境的人。倘或留住在家中,倒惹得孩儿们不学好了;待不收留他,又撇不过柳大郎面皮。"当时只得权且欢天喜地,相留在家宿歇,每日酒食管待。住了十数日,董将士思量出一个缘由,将出一套衣服,写了一封书简,对高俅说道:"小人家下萤火之光,照人不亮,恐后误了足下。我转荐足下与小苏学士处,久后也得个出身。足下意内如何?"高俅大喜,谢了董将士。董将士使个人将着书简,引领高俅竟到学士府内。门吏转报小苏学士,出来见了高俅,看罢来书,知道高俅原是帮闲浮浪的人,心下想道:"我这里如何安着得他!不如做个人情,荐他去驸马王晋卿府里,做个亲随。人都唤他做'小王都太尉',便喜欢这样

---

〔1〕 将士——"士"应为"仕"。将仕本是将仕郎(官名)的简称,后用来称呼那些没有官职的富豪。

的人。"当时回了董将士书札,留高俅在府里住了一夜。次日,写了一封书呈,使个干人[1],送高俅去那小王都太尉处。

这太尉乃是哲宗皇帝妹夫,神宗皇帝的驸马。他喜爱风流人物,正用这样的人。一见小苏学士差人驰书送这高俅来,拜见了,便喜。随即写回书,收留高俅在府内做个亲随。自此高俅遭际在王都尉府中,出入如同家人一般。自古道:日远日疏,日亲日近。忽一日,小王都太尉庆诞生辰,分付府中安排筵宴,专请小舅端王。这端王乃是神宗天子第十一子,哲宗皇帝御弟,见[2]掌东驾,排号九大王,是个聪明俊俏人物。这浮浪子弟门风,帮闲之事,无一般不晓,无一般不会,更无般不爱。更兼琴棋书画,儒释道教,无所不通;踢球打弹,品竹调丝,吹弹歌舞,自不必说。当日王都尉府中准备筵宴,水陆俱备。但见:

> 香焚宝鼎,花插金瓶。仙音院竞奏新声,教坊司频逞妙艺。水晶壶内,尽都是紫府琼浆;琥珀杯中,满泛着瑶池玉液。玳瑁盘堆仙桃异果,玻璃碗供熊掌驼蹄。鳞鳞脍切银丝,细细茶烹玉蕊。红裙舞女,尽随着象板鸾箫;翠袖歌姬,簇捧定龙笙凤管。两行珠翠立阶前,一派笙歌临座上。

且说这端王来王都尉府中赴宴,都尉设席,请端王居中坐定,太尉对席相陪。酒进数杯,食供两套,那端王起身净手,偶来书院里少

---

[1] 干人——官府中的办事人员,又称"府干"。
[2] 见——这里同"现"。

歇,猛见书案上一对儿羊脂玉碾成的镇纸狮子,极是做得好,细巧玲珑。端王拿起狮子,不落手看了一回,道:"好!"王都尉见端王心爱,便说道:"再有一个玉龙笔架,也是这个匠人一手做的,却不在手头,明日取来,一并相送。"端王大喜道:"深谢厚意。想那笔架必是更妙。"王都尉道:"明日取出来,送至宫中便见。"端王又谢了。两个依旧入席饮宴,至暮尽醉方散。端王相别回宫去了。

次日,小王都太尉取出玉龙笔架和两个镇纸玉狮子,着一个小金盒子盛了,用黄罗包袱包了,写了一封书呈,却使高俅送去。高俅领了王都尉钧旨,将着两般玉玩器,怀中揣了书呈,径投端王宫中来。把门官吏转报与院公。没多时,院公出来问:"你是那个府里来的人?"高俅施礼罢,答道:"小人是王驸马府中,特送玉玩器来进大王。"院公道:"殿下在庭心里和小黄门踢气球,你自过去。"高俅道:"相烦引进。"院公引到庭前。高俅看时,见端王头戴软纱唐巾,身穿紫绣龙袍,腰系文武双穗绦,把绣龙袍前襟拽扎起,揣在绦儿边,足穿一双嵌金线飞凤靴,三五个小黄门,相伴着蹴气球。高俅不敢过去冲撞,立在从人背后伺候。也是高俅合当发迹,时运到来,那个气球腾地起来,端王接个不着,向人丛里直滚到高俅身边。那高俅见气球来,也是一时的胆量,使个鸳鸯拐,踢还端王。端王见了大喜,便问道:"你是甚人?"高俅向前跪下道:"小的是王都尉亲随,受东人使令,赍送两般玉玩器来进献大王。有书呈在此拜上。"端王听罢,笑道:"姐夫直如此挂心。"高俅取出书呈进上。端王开盒子看了玩器,都递与堂候官收了去。

那端王且不理玉玩器下落,却先问高俅道:"你原来会踢气球。你唤做甚么?"高俅叉手〔1〕跪复道:"小的叫做高俅,胡踢得几脚。"端王道:"好!你便下场来踢一回耍。"高俅拜道:"小的是何等样人,敢与恩王下脚。"端王道:"这是'齐云社'〔2〕,名为'天下圆',但踢何伤。"高俅再拜道:"怎敢。"三回五次告辞。端王定要他踢,高俅只得叩头谢罪,解膝下场。才踢几脚,端王喝采。高俅只得把平生本事都使出来,奉承端王。那身分模样,这气球一似鳔胶粘在身上的。端王大喜,那里肯放高俅回府去,就留在宫中过了一夜。次日,排个筵会,专请王都尉宫中赴宴。

却说王都尉当日晚不见高俅回来,正疑思间,只见次日门子报道:"九大王差人来传令旨,请太尉到宫中赴宴。"王都尉出来见了干人,看了令旨,随即上马来到九大王府前,下马入宫来,见了端王。端王大喜,称谢两般玉玩器。入席饮宴间,端王说道:"这高俅踢得两脚好气球,孤欲索此人做亲随,如何?"王都尉答道:"殿下既用此人,就留在宫中伏侍殿下。"端王欢喜,执杯相谢。二人又闲话一回,至晚席散,王都尉自回驸马府去,不在话下。

且说端王自从索得高俅做伴之后,就留在宫中宿食。高俅自此遭际端王,每日跟着,寸步不离。却在宫中未及两个月,哲宗皇帝晏驾,无有太子。文武百官商议,册立端王为天子,立帝号曰徽宗,便是

---

〔1〕 叉手——两手交叉放在胸前,是恭敬的拱手姿势。
〔2〕 齐云社——宋时踢球的团体组织。

玉清教主微妙道君皇帝[1]。登基之后，一向无事。忽一日，与高俅道："朕欲要抬举你，但有边功，方可升迁。先教枢密院与你入名，只是做随驾迁转的人。"后来没半年之间，直抬举高俅做到殿帅府太尉职事。

且说高俅得做了殿帅府太尉，选拣吉日良辰，去殿帅府里到任。所有一应合属公吏衙将，都军禁军，马步人等，尽来参拜，各呈手本[2]，开报花名。高殿帅一一点过，于内只欠一名八十万禁军教头王进，半月之前，已有病状在官，患病未痊，不曾入衙门管事。高殿帅大怒，喝道："胡说！既有手本呈来，却不是那厮[3]抗拒官府，搪塞下官。此人即系推病在家，快与我拿来！"随即差人到王进家来，捉拿王进。

且说这王进却无妻子，止有一个老母，年已六旬之上。牌头与教头王进说道："如今高殿帅新来上任，点你不着。军正司禀说染患在家，见有病患状在官。高殿帅焦躁，那里肯信，定要拿你，只道是教头诈病在家，教头只得去走一遭。若还不去，定连累众人，小人也有罪犯。"王进听罢，只得捱着病来，进得殿帅府前，参见太尉，拜了四拜，躬身唱个喏[4]，起来立在一边。高俅道："你那厮便是都军教头王升的儿子？"王进禀道："小人便是。"高俅喝道："这厮！你爷是街市

---

[1] 玉清教主微妙道君皇帝——赵佶（宋徽宗）酷信道教，道士们恭维他，送给他这样一个尊号。也省称作"道君皇帝"或"道君"。
[2] 手本——官吏的履历帖子，在谒见长官时用的。
[3] 厮——这里是指人而言，对男子的贱称，犹如说家伙、小子。
[4] 唱喏（rě）——一面拱揖，一面口中作喏声，这种敬礼方式，叫做唱喏。躬身特别弯屈、声音特别响亮的叫做唱肥喏、大喏。这是宋时的一种礼俗。宋时以后，还有些地区把拱揖叫做唱喏，但只有动作，并不发声。

上使花棒卖药的,你省的甚么武艺！前官没眼,参你做个教头,如何敢小觑我,不伏俺点视！你托谁的势要,推病在家安闲快乐！"王进告道:"小人怎敢！其实患病未痊。"高太尉骂道:"贼配军！你既害病,如何来得？"王进又告道:"太尉呼唤,安敢不来。"高殿帅大怒,喝令左右,教拿下王进,"加力与我打这厮！"众多牙将都是和王进好的,只得与军正司同告道:"今日是太尉上任好日头,权免此人这一次。"高太尉喝道:"你这贼配军,且看众将之面,饶恕你今日之犯,明日却和你理会〔1〕！"

王进谢罪罢,起来抬头看了,认得是高俅。出得衙门,叹口气道:"俺的性命今番难保了！俺道是甚么高殿帅,却原来正是东京帮闲的圆社〔2〕高二。比先时曾学使棒,被我父亲一棒打翻,三四个月将息不起,有此之仇。他今日发迹,得做殿帅府太尉,正待要报仇,我不想正属他管。自古道:不怕官,只怕管。俺如何与他争得！怎生奈何〔3〕是好？"回到家中,闷闷不已。对娘说知此事,母子二人抱头而哭。娘道:"我儿,三十六着,走为上着。只恐没处走。"王进道:"母亲说得是。儿子寻思,也是这般计较。只有延安府老种经略相公镇守边庭〔4〕,他

---

〔1〕 理会——这里是解决、办理的意思。有时也作了解、懂得和关心、注意解释。
〔2〕 圆社——球社。这里用作对球社中陪客踢球的专门职业者的称呼。
〔3〕 奈何——原意是如之何。这里是对付、处理的意思。
〔4〕 北宋时,种世衡和他的子孙,先后在西北一带任边防重要职务,其中种谔、种师道、种师中战绩最著;谔任军职时间久;师道老年时威望甚高,人民把他当作抗金的主要旗帜,称他作"老种";师中是在抗金战役中牺牲的。本书中的"老种经略",当时是指种谔;"小种经略",是指种师道。

手下军官，多有曾到京师，爱儿子使枪棒的极多，何不逃去投奔他们？那里是用人去处，足可安身立命。"娘儿两个商议定了。其母又道："我儿，和你要私走，只恐门前两个牌军，是殿帅府拨来伏侍你的，他若得知，须走不脱。"王进道："不妨。母亲放心，儿子自有道理措置他。"

　　当下日晚未昏，王进先叫张牌入来，分付道："你先吃了些晚饭，我使你一处去干事。"张牌道："教头使小人那里去？"王进道："我因前日病患，许下酸枣门外岳庙里香愿，明日早要去烧炷头香。你可今晚先去，分付庙祝，教他来日早开些庙门，等我来烧炷头香，就要三牲献刘李王。你就庙里歇了等我。"张牌答应，先吃了晚饭，叫了安置[1]，望庙中去了。当夜，子母二人收拾了行李衣服，细软银两，做一担儿打挟了；又装两个料袋袱驼[2]，拴在马上。等到五更天色未明，王进叫起李牌，分付道："你与我将这些银两去岳庙里，和张牌买个三牲煮熟，在那里等候。我买些纸烛，随后便来。"李牌将银子望庙中去了。王进自去备了马，牵出后槽，将料袋袱驼搭上，把索子拴缚牢了，牵在后门外，扶娘上了马。家中粗重都弃了，锁上前后门，挑了担儿，跟在马后，趁五更天色未明，乘势出了西华门，取路望延安府来。

　　且说两个牌军买了福物[3]煮熟，在庙等到巳牌，也不见来。李牌心焦，走回到家中寻时，见锁了门，两头无路，寻了半日，并无有人

---

[1] 安置——就寝，安歇。后来用作称别人就寝的敬词。
[2] 袱驼——驮在马背上的包袱、包裹。也写作"袱驮"。
[3] 福物——祭神的肉类食品。祭过神，将祭物散给大家吃，叫做散福。

曾见。看看待晚,岳庙里张牌疑忌,一直奔回家来,又和李牌寻了一黄昏。看看黑了,两个见他当夜不归,又不见了他老娘。次日,两个牌军又去他亲戚之家访问,亦无寻处。两个恐怕连累,只得去殿帅府首告:"王教头弃家在逃,子母不知去向。"高太尉见告了,大怒道:"贼配军在逃,看那厮待走那里去!"随即押下文书,行开诸州各府,捉拿逃军王进。二人首告,免其罪责,不在话下。

且说王教头母子二人,自离了东京,在路免不得饥餐渴饮,夜住晓行,在路上一月有馀。忽一日,天色将晚,王进挑着担儿跟在娘的马后,口里与母亲说道:"天可怜见,惭愧了我子母两个,脱了这天罗地网之厄。此去延安府不远了,高太尉便要差人拿我也拿不着了。"子母两个欢喜,在路上不觉错过了宿头。走了这一晚,不遇着一处村坊,那里去投宿是好。正没理会处,只见远远地林子里闪出一道灯光来。王进看了道:"好了!遮莫〔1〕去那里陪个小心,借宿一宵,明日早行。"当时转入林子里来看时,却是一所大庄院,一周遭都是土墙,墙外却有二三百株大柳树。看那庄院,但见:

> 前通官道,后靠溪冈。一周遭杨柳绿阴浓,四下里乔松青似染。草堂高起,尽按五运山庄;亭馆低轩,直造倚山临水。转屋角牛羊满地,打麦场鹅鸭成群。田园广野,负佣庄客有千人;家眷轩昂,女使儿童难计数。正是:家有馀粮鸡犬饱,户多书籍子

---

〔1〕 遮莫——有尽管、那怕、拼着、无论、莫非等意思。又写作"折莫"。

孙贤。

当时王教头来到庄前,敲门多时,只见一个庄客出来。王进放下担儿,与他施礼。庄客道:"来俺庄上有甚事?"王进答道:"实不相瞒,小人子母二人,贪行了些路程,错过了宿店。来到这里,前不巴[1]村,后不巴店,欲投贵庄借宿一宵,明日早行,依例拜纳房金。万望周全方便。"庄客道:"既是如此,且等一等,待我去问庄主太公,肯时,但歇不妨。"王进又道:"大哥方便。"庄客入去多时,出来说道:"庄主太公教你两个入来。"王进请娘下了马。王进挑着担儿,就牵了马,随庄客到里面打麦场上,歇下担儿,把马拴在柳树上。子母两个直到草堂上来见太公。

那太公年近六旬之上,须发皆白,头戴遮尘暖帽,身穿直缝宽衫,腰系皂丝绦,足穿熟皮靴。王进见了便拜,太公连忙道:"客人休拜,且请起来。你们是行路的人,辛苦风霜,且坐一坐。"王进母子两个叙礼罢,都坐定。太公问道:"你们是那里来?如何昏晚到此?"王进答道:"小人姓张,原是京师人,今来消折了本钱,无可营用,要去延安府投奔亲眷。不想今日路上贪行了些程途,错过了宿店,欲投贵庄借宿一宵,来日早行。房金依例拜纳。"太公道:"不妨。如今世上人,那个顶着房屋走哩。你母子二位,敢未打火[2]?"叫庄客安排饭来。没多时,就厅上放开条桌子,庄客托出一桶盘,四样菜蔬,一盘牛

---

[1] 巴——靠近。后文第十六回"巴到岗子上"的巴,是爬的意思。
[2] 打火——指行人在旅途中做饭或者吃饭。

肉,铺放桌子上,先盪酒来筛下。太公道:"村落中无甚相待,休得见怪。"王进起身谢道:"小人子母无故相扰,得蒙厚意,此恩难报。"太公道:"休这般说,且请吃酒。"一面劝了五七杯酒,搬出饭来,二人吃了,收拾碗碟。太公起身,引王进子母到客房中安歇。王进告道:"小人母亲骑的头口,相烦寄养,草料望乞应付,一发拜还。"太公道:"这个亦不妨。我家也有头口骡马,教庄客牵去后槽,一发喂养,草料亦不用忧心。"王进谢了,挑那担儿到客房里来。庄客点上灯火,一面提汤来洗了脚。太公自回里面去了。王进子母二人谢了庄客,掩上房门,收拾歇息。

次日,睡到天晓,不见起来。庄主太公来到客房前过,听得王进子母在房中声唤。太公问道:"客官失晓,好起了。"王进听得,慌忙出房来,见太公施礼,说道:"小人起多时了。夜来多多搅扰,甚是不当。"太公问道:"谁人如此声唤?"王进道:"实不敢瞒太公说,老母鞍马劳倦,昨夜心疼病发。"太公道:"既然如此,客人休要烦恼,教你老母且在老夫庄上住几日。我有个医心疼的方,叫庄客去县里撮药来,与你老母亲吃。教他放心,慢慢地将息。"王进谢了。

话休絮繁。自此王进子母两个,在太公庄上服药。住了五七日,觉道母亲病患痊了,王进收拾要行。当日因来后槽看马,只见空地上一个后生,脱膊着,刺着一身青龙[1],银盘也似一个面皮,约有十八

---

[1] 刺着一身青龙——为了表示英雄好汉,在身上刺花纹,叫做锦体,是宋时盛行的风俗。花纹都涂上青色,因之也叫雕青。

九岁,拿条棒在那里使。王进看了半晌,不觉失口道:"这棒也使得好了。只是有破绽,赢不得真好汉。"那后生听得大怒,喝道:"你是甚么人,敢来笑话我的本事!俺经了七八个有名的师父,我不信倒不如你,你敢和我扠一扠么?"说犹未了,太公到来,喝那后生:"不得无礼!"那后生道:"叵耐这厮笑话我的棒法。"太公道:"客人莫不会使枪棒?"王进道:"颇晓得些。敢问长上,这后生是宅上的谁?"太公道:"是老汉的儿子。"王进道:"既然是宅内小官人,若爱学时,小人点拨他端正如何?"太公道:"恁地时,十分好。"便教那后生来拜师父。那后生那里肯拜,心中越怒,道:"阿爹休听这厮胡说!若吃他赢得我这条棒时,我便拜他为师。"王进道:"小官人若是不当村〔1〕时,较量一棒耍子。"那后生就空地当中,把一条棒使得风车儿似转,向王进道:"你来,你来!怕的不算好汉!"王进只是笑,不肯动手。太公道:"客官既是肯教小顽时,使一棒何妨?"王进笑道:"恐冲撞了令郎时,须不好看。"太公道:"这个不妨。若是打折了手脚,也是他自作自受。"王进道:"恕无礼。"去枪架上拿了一条棒在手里,来到空地上,使个旗鼓〔2〕。那后生看了一看,拿条棒滚将入来,径奔王进。王进托地拖了棒便走,那后生抡着棒又赶入来。王进回身,把棒望空地里劈将下来。那后生见棒劈来,用棒来隔。王进却不打下来,将棒一掣,却望后生怀里直搠将来,只一缴,那后生的棒丢在一边,扑地望

---

〔1〕 村——冲撞,冒犯。又作粗野、愚蠢解释。
〔2〕 旗鼓——这里是架势、姿势的意思。

后倒了。王进连忙撇下棒,向前扶住道:"休怪,休怪!"那后生爬将起来,便去傍边掇条凳子,纳王进坐,便拜道:"我枉自经了许多师家,原来不值半分。师父,没奈何,只得请教。"王进道:"我子母二人,连日在此搅扰宅上,无恩可报,当以效力。"

太公大喜,叫那后生穿了衣裳,一同来后堂坐下。叫庄客杀一个羊,安排了酒食果品之类,就请王进的母亲一同赴席。四个人坐定,一面把盏,太公起身劝了一杯酒,说道:"师父如此高强,必是个教头。小儿有眼不识泰山。"王进笑道:"奸不厮欺,俏不厮瞒。〔1〕小人不姓张,俺是东京八十万禁军教头王进的便是,这枪棒终日搏弄。为因新任一个高太尉,原被先父打翻,今做殿帅府太尉,怀挟旧仇,要奈何王进。小人不合属他所管,和他争不得,只得子母二人逃上延安府去,投托老种经略相公处勾当。不想来到这里,得遇长上父子二位如此看待;又蒙救了老母病患,连日管顾,甚是不当。既然令郎肯学时,小人一力奉教。只是令郎学的都是花棒,只好看,上阵无用。小人从新点拨他。"太公见说了,便道:"我儿,可知输了,快来再拜师父。"那后生又拜了王进。太公道:"教头在上,老汉祖居在这华阴县界,前面便是少华山,这村便唤做史家村。村中总有三四百家,都姓史。老汉的儿子从小不务农业,只爱刺枪使棒。母亲说他不得,呕气死了。老汉只得随他性子,不知使了多少钱财,投师父教他。又请高手匠人,与他刺了这身花绣,肩臂胸膛总有九条龙,满县人口顺,都叫

〔1〕 奸不厮欺,俏不厮瞒——真人面前不说假话的意思。

他做九纹龙史进。教头今日既到这里,一发成全了他亦好。老汉自当重重酬谢。"王进大喜道:"太公放心,既然如此说时,小人一发教了令郎方去。"自当日为始,吃了酒食,留住王教头子母二人在庄上。史进每日求王教头点拨,十八般武艺,一一从头指教。那十八般武艺?

矛锤弓弩铳,鞭简剑链挝,

斧钺并戈戟,牌棒与枪杈。

话说这史进每日在庄上管待王教头母子二人,指教武艺。史太公自去华阴县中承当里正,不在话下。不觉荏苒光阴,早过半年之上。正是:

窗外日光弹指过,席间花影坐前移。

一杯未进笙歌送,阶下辰牌又报时。

前后得半年之上,史进把这十八般武艺,从新学得十分精熟。多得王进尽心指教,点拨得件件都有奥妙。王进见他学得精熟了,自思:"在此虽好,只是不了。"一日想起来,相辞要上延安府去。史进那里肯放,说道:"师父,只在此间过了。小弟奉养你母子二人,以终天年,多少是好!"王进道:"贤弟,多蒙你好心,在此十分之好。只恐高太尉追捕到来,负累了你,恐教贤弟亦遭缧绁之厄,不当稳便,以此两难。我一心要去延安府,投着在老种经略处勾当,那里是镇守边庭,用人之际,足可安身立命。"史进并太公苦留不住,只得安排一个筵席送行。托出一盘,两个段子[1],一百两花银谢师。次日,王进

---

[1] 两个段子——这里"段"字同"缎"。两个段子,就是两匹缎子。

收拾了担儿,备了马,子母二人相辞史太公、史进。请娘乘了马,望延安府路途进发。史进叫庄客挑了担儿,亲送十里之程,中心难舍。史进当时拜别了师父,洒泪分手,和庄客自回。王教头依旧自挑了担儿,跟着马,和娘两个,自取关西路里去了。

话中不说王进去投军役,只说史进回到庄上,每日只是打熬[1]气力,亦且壮年,又没老小[2],半夜三更起来演习武艺,白日里只在庄后射弓走马。不到半载之间,史进父亲太公染患病症,数日不起。史进使人远近请医士看治,不能痊可,呜呼哀哉,太公殁了。史进一面备棺椁盛殓,请僧修设好事,追斋理七[3],荐拔太公。又请道士建立斋醮,超度生天。整做了十数坛好事功果道场,选了吉日良时,出丧安葬。满村中三四百史家庄户,都来送丧挂孝,埋殡在村西山上祖坟内了。史进家自此无人管业,史进又不肯务农,只要寻人使家生[4],较量枪棒。

自史太公死后,又早过了三四个月日。时当六月中旬,炎天正热。那一日,史进无可消遣,捉个交床[5],坐在打麦场边柳阴树下乘凉。对面松林透过风来,史进喝采道:"好凉风!"正乘凉哩,只见

------

[1] 打熬——锻炼的意思。有时也作忍耐、坚持解释。
[2] 老小——这里专指老婆,有时也用以泛称一家老幼,犹如后来说的"家眷"。
[3] 理七——人死之后,生者每七天斋供他一次,找和尚来念一回经;四十九天,共设斋供七次,叫做理七。最后的一个七天,叫做断七。
[4] 家生——家伙、器具。这里指的是武器。
[5] 交床——有靠背、能折叠的椅子。也叫胡床、交椅。

一个人,探头探脑在那里张望。史进喝道:"作怪!谁在那里张俺庄上?"史进跳起身来,转过树背后,打一看时,认得是猎户撺兔李吉。史进喝道:"李吉!张我庄内做甚么?莫不来相脚头[1]?"李吉向前声喏道:"大郎,小人要寻庄上矮丘乙郎吃碗酒,因见大郎在此乘凉,不敢过来冲撞。"史进道:"我且问你,往常时,你只是担些野味来我庄上卖,我又不曾亏了你,如何一向不将来卖与我?敢是欺负我没钱?"李吉答道:"小人怎敢!一向没有野味,以此不敢来。"史进道:"胡说!偌大一个少华山,恁地广阔,不信没有个獐儿兔儿。"李吉道:"大郎原来不知。如今近日上面添了一伙强人,扎下个山寨,在上面聚集着五七百个小喽啰[2],有百十匹好马。为头那个大王唤做神机军师朱武,第二个唤做跳涧虎陈达,第三个唤做白花蛇杨春。这三个为头,打家劫舍。华阴县里不敢捉他,出三千贯赏钱召人拿他。谁敢上去惹他?因此上小人们不敢上山打捕野味,那讨来卖!"史进道:"我也听得说有强人,不想那厮们如此大弄,必然要恼人。李吉,你今后有野味时,寻些来。"李吉唱个喏,自去了。

史进归到厅前,寻思:这厮们大弄,必要来薅恼[3]村坊。既然如此,便叫庄客拣两头肥水牛来杀了,庄内自有造下的好酒,先烧了

---

[1] 相脚头——相,看,观察。相脚头,就是踩盘子,宋时江湖上的隐语。详见下文"踩盘"注。

[2] 喽啰——旧时对占有固定地盘的强人部众的称呼。有时也作伶俐、机警解释。

[3] 薅(hāo)恼——搅扰。也写作"蒿恼"。

一陌顺溜纸[1],便叫庄客去请这当村里三四百史家庄户,都到家中草堂上,序齿坐下。教庄客一面把盏劝酒,史进对众人说道:"我听得少华山上有三个强人,聚集着五七百小喽啰,打家劫舍。这厮们既然大弄,必然早晚要来俺村中啰唣[2]。我今特请你众人来商议,倘若那厮们来时,各家准备。我庄上打起榔子,你众人可各执枪棒前来救应。你各家有事,亦是如此。递相救护,共保村坊。如若强人自来,都是我来理会。"众人道:"我等村农,只靠大郎做主。榔子响时,谁敢不来。"当晚众人谢酒,各自分付,回家准备器械。自此史进修整门户墙垣,安排庄院,拴束衣甲,整顿刀马,提防贼寇,不在话下。

且说少华山寨中,三个头领坐定商议。为头的神机军师朱武,虽无本事,广有谋略。朱武当与陈达、杨春说道:"如今我听知华阴县里出三千贯赏钱,召人捉我们。诚恐来时,要与他厮杀。只是山寨钱粮欠少,如何不去劫掳些来,以供山寨之用。聚积些粮食在寨里,防备官军来时,好和他打熬。"跳涧虎陈达道:"说得是。如今便去华阴县里先问他借粮,看他如何。"白花蛇杨春道:"不要华阴县去,只去蒲城县,万无一失。"陈达道:"蒲城县人户稀少,钱粮不多。不如只打华阴县,那里人民丰富,钱粮广有。"杨春道:"哥哥不知,若去打华阴县时,须从史家村过。那个九纹龙史进是个大虫,不可去撩拨他。

---

[1] 一陌顺溜纸———一刀纸钱。迷信的传说:举行任何仪式,都要烧纸钱给鬼神,才能求得顺溜(吉利)。后文常有"烧纸"一语,就指的烧纸钱。一陌本是一百张,通常指的一刀或者一垛。

[2] 啰唣———吵闹,纠缠,骚扰。

他如何肯放我们过去?"陈达道:"兄弟好懦弱!一个村坊过去不得,怎地敢抵敌官军?"杨春道:"哥哥不可小觑了他,那人端的了得。"朱武道:"我也曾闻他十分英雄,说这人真有本事。兄弟休去罢。"陈达叫将起来,说道:"你两个闭了鸟嘴! 长别人志气,灭自己威风。也只是一个人,须不三头六臂,我不信。"喝叫小喽啰:"快备我的马来!如今便去先打史家庄,后取华阴县。"朱武、杨春再三谏劝,陈达那里肯听,随即披挂上马,点了一百四五十小喽啰,鸣锣擂鼓,下山望史家村去了。

且说史进正在庄内整制刀马,只见庄客报知此事。史进听得,就庄上敲起梆子来。那庄前庄后,庄东庄西,三四百史家庄户,听得梆子响,都拖枪拽棒,聚起三四百人,一齐都到史家庄上。看了史进头戴一字巾,身披朱红甲,上穿青锦袄,下着抹绿靴,腰系皮搭膊[1],前后铁掩心,一张弓,一壶箭,手里拿一把三尖两刃四窍八环刀。庄客牵过那匹火炭赤马,史进上了马,绰[2]了刀,前面摆着三四十壮健的庄客,后面列着八九十村蠢的乡夫,各史家庄户都跟在后头,一齐呐喊,直到村北路口摆开。却早望见来军,但见:

  红旗闪闪,赤帜翩翩。小喽啰乱搠叉枪,莽撞汉齐担刀斧。头巾歪整,浑如三月桃花;衲袄紧拴,却似九秋落叶。个个圆睁横死眼,人人辄起夜叉心。

---

〔1〕 搭膊——一种束衣的腰巾。多由布或其他织物制成,呈袋状,中间开口,束在腰间,可装钱物。
〔2〕 绰——抄、抓、提。

那少华山陈达,引了人马,飞奔到山坡下,便将小喽啰摆开。史进看时,见陈达头戴干红凹面巾,身披裹金生铁甲,上穿一领红衲袄,脚穿一对吊墩靴,腰系七尺攒线搭膊,坐骑一匹高头白马,手中横着丈八点钢矛。小喽啰两势下呐喊,二员将就马上相见。

陈达在马上看着史进,欠身施礼。史进喝道:"汝等杀人放火,打家劫舍,犯着迷天大罪,都是该死的人。你也须有耳朵,好大胆,直来太岁头上动土〔1〕!"陈达在马上答道:"俺山寨里欠少些粮食,欲往华阴县借粮,经由贵庄,借一条路,并不敢动一根草。可放我们过去,回来自当拜谢。"史进道:"胡说!俺家见当里正,正要来拿你这伙贼。今日到来,经由我村中过,却不拿你,倒放你过去?本县知道,须连累于我。"陈达道:"四海之内,皆兄弟也。相烦借一条路。"史进道:"甚么闲话!我便肯时,有一个不肯,你问得他肯便去。"陈达道:"好汉教我问谁?"史进道:"你问得我手里这口刀肯,便放你去。"陈达大怒道:"赶人不要赶上〔2〕,休得要逞精神!"史进也怒,抢手中刀,骤坐下马,来战陈达。陈达也拍马挺枪来迎史进。两个交马,但见:

> 一来一往,一上一下。一来一往,有如深水戏珠龙;一上一下,却似半岩争食虎。左盘右旋,好似张飞敌吕布;前回后转,浑如敬德战秦琼。九纹龙忿怒,三尖刀只望顶门飞;跳涧虎生嗔,

---

〔1〕 太岁头上动土——自找倒霉的意思。古人迷信,称木星做"太岁",认为是凶煞;如若朝着木星出现的方向动土建筑,就要发生灾祸。
〔2〕 赶人不要赶上——意思是不要逼人太甚。

丈八矛不离心坎刺。好手中间逞好手,红心里面夺红心。

史进、陈达两个斗了多时,只见战马咆哮,踢起手中军器;枪刀来往,各防架隔遮拦。两个斗到间深里,史进卖个破绽,让陈达把枪望心窝里搠来,史进却把腰一闪,陈达和枪攛入怀里来。史进轻舒猿臂,款扭狼腰,只一挟,把陈达轻轻摘离了嵌花鞍,款款揪住了线搭膊,丢在马前受降。那匹战马拨风也似去了。史进叫庄客将陈达绑缚了。众人把小喽啰一赶,都走了。史进回到庄上,将陈达绑在庭心内柱上,等待一发拿了那两个贼首,一并解官请赏。且把酒来赏了众人,教权且散。众人喝采:"不枉了史大郎如此豪杰!"

休说众人欢喜饮酒,却说朱武、杨春两个,正在寨里猜疑,捉摸不定,且教小喽啰再去探听消息。只见回去的人牵着空马,奔到山前,只叫道:"苦也!陈家哥哥不听二位哥哥所说,送了性命。"朱武问其缘故,小喽啰备说交锋一节,怎当史进英勇。朱武道:"我的言语不听,果有此祸。"杨春道:"我们尽数都去,和他死并如何?"朱武道:"亦是不可。他尚自输了,你如何并得他过。我有一条苦计,若救他不得,我和你都休。"杨春问道:"如何苦计?"朱武附耳低言,说道:"只除恁地。"杨春道:"好计!我和你便去,事不宜迟。"

再说史进正在庄上,忿怒未消,只见庄客飞报道:"山寨里朱武、杨春自来了。"史进道:"这厮合休,我教他两个一发解官。快牵过马来。"一面打起梆子,众人早都到来。史进上了马,正待出庄门,只见朱武、杨春步行已到庄前,两个双双跪下,擎着两眼泪。史进下马来喝道:"你两个跪下如何说?"朱武哭道:"小人等三个,累被官司逼迫，不得已上山落草[1]。当初发愿道：'不求同日生，只愿同日死。'虽不及关、张、刘备的义气，其心则同。今日小弟陈达不听好言，误犯虎威，已被英雄擒捉在贵庄，无计恳求，今来一径就死。望英雄将我三人一发解官请赏，誓不皱眉。我等就英雄手内请死，并无怨心。"史进听了，寻思道："他们直恁义气！我若拿他去解官请赏时，反教天下好汉们耻笑我不英雄。自古道：大虫不吃伏肉。"史进便道："你两个且跟我进来。"朱武、杨春并无惧怯，随了史进直到后厅前跪下，又教史进绑缚。史进三回五次叫起来，那两个那里肯起来。惺惺惜惺惺，好汉识好汉。史进道："你们既然如此义气深重，我若送了你们，不是好汉。我放陈达还你如何？"朱武道："休得连累了英雄，不当稳便。宁可把我们去解官请赏。"史进道："如何使得。你肯吃我酒食么？"朱武道："一死尚然不惧，何况酒肉乎！"当时史进大喜，解放陈达，就后厅上座置酒设席，管待三人。朱武、杨春、陈达拜谢大恩。酒至数杯，少添春色。酒罢，三人谢了史进，回山去了。史进送出庄门，自回庄上。

却说朱武等三人归到寨中坐下，朱武道："我们不是这条苦计，怎得性命在此。虽然救了一人，却也难得史进为义气上放了我们。过几日备些礼物送去，谢他救命之恩。"

话休絮繁。过了十数日，朱武等三人收拾得三十两蒜条金，使两个小喽啰，趁月黑夜送去史家庄上。当夜初更时分，小喽啰敲门，庄

---

[1] 落草——旧时把逃往山林为盗称做落草。

客报知史进。史进火急披衣，来到门前，问小喽啰："有甚话说？"小喽啰道："三个头领再三拜复，特地使小校送些薄礼，酬谢大郎不杀之恩。不要推却，望乞笑留。"取出金子递与。史进初时推却，次后寻思道："既然送来，回礼可酬。"受了金子，叫庄客置酒，管待小校。吃了半夜酒，把些零碎银两赏了小校回山去了。又过半月有余，朱武等三人在寨中商议，掳掠得一串好大珠子，又使小喽啰连夜送来史家庄上。史进受了，不在话下。

又过了半月，史进寻思道："也难得这三个敬重我，我也备些礼物回奉他。"次日，叫庄客寻个裁缝，自去县里买了三匹红锦，裁成三领锦袄子；又拣肥羊煮了三个，将大盒子盛了，委两个庄客去送。史进庄上，有个为头的庄客王四，此人颇能答应官府，口舌利便，满庄人都叫他做赛伯当。史进教他同一个得力庄客，挑了盒担，直送到山下。小喽啰问了备细，引到山寨里，见了朱武等。三个头领大喜，受了锦袄子并肥羊酒礼，把十两银子赏了庄客。每人吃了十数碗酒，下山回归庄内，见了史进，说道："山上头领多多上复。"史进自此常常与朱武等三人往来，不时间只是王四去山寨里送物事，不则一日。寨里头领也频频地使人送金银来与史进。

荏苒光阴，时遇八月中秋到来。史进要和三人说话，约至十五夜来庄上赏月饮酒。先使庄客王四赍一封请书，直去少华山上，请朱武、陈达、杨春来庄上赴席。王四驰书径到山寨里，见了三位头领，下了来书。朱武看了大喜，三个应允，随即写封回书，赏了王四五两银子，吃了十来碗酒。王四下得山来，正撞着如常送物事来的小喽啰，一把抱住，那里肯放，又拖去山路边村酒店里，吃了十数碗酒。王四相别了回庄，一面走着，被山风一吹，酒却涌上来，跟跟跄跄，一步一撷，走不得十里之路，见座林子，奔到里面，望着那绿茸茸莎草地上，扑地倒了。

原来摽兔李吉正在那山坡下张兔儿，认得是史家庄上王四，赶入林子里来扶他，那里扶得动。只见王四搭膊里突出银子来，李吉寻思道："这厮醉了。那里讨得许多！何不拿他些？"也是天罡星合当聚会，自然生出机会来。李吉解那搭膊，望地下只一抖，那封回书和银子都抖出来。李吉拿起，颇识几字，将书拆开看时，见上面写着少华山朱武、陈达、杨春，中间多有兼文带武的言语，却不识得，只认得三个名字。李吉道："我做猎户，几时能勾发迹。算命道我今年有大财，却在这里！华阴县里见出三千贯赏钱，捕捉他三个贼人。叵耐史进那厮，前日我去他庄上寻矮丘乙郎，他道我来相脚头踩盘[1]。你原来倒和贼人来往！"银子并书都拿去了，望华阴县里来出首。

却说庄客王四一觉直睡到二更，方醒觉来。看见月光微微照在身上，王四吃了一惊，跳将起来，却见四边都是松树。便去腰里摸时，搭膊和书都不见了。四下里寻时，只见空搭膊在莎草地上，王四只管叫苦，寻思道："银子不打紧，这封回书却怎生好！正不知被甚人拿去了？"眉头一纵，计上心来，自道："若回去庄上，说脱了回书，大郎必然焦躁，定是赶我出去。不如只说不曾有回书，那里查照。"计较

---

[1] 踩盘——窃贼事先探行路线。是宋时江湖上的隐语。

定了,飞也似取路归来庄上,却好五更天气。

史进见王四回来,问道:"你如何方才归来?"王四道:"托主人福荫,寨中三个头领都不肯放,留住王四,吃了半夜酒,因此回来迟了。"史进又问:"曾有回书么?"王四道:"三个头领要写回书,却是小人道:三位头领既然准来赴席,何必回书? 小人又有杯酒,路上恐有些失支脱节,不是耍处。"史进听了大喜,说道:"不枉了诸人叫做赛伯当,真个了得!"王四应道:"小人怎敢差迟,路上不曾住脚,一直奔回庄上。"史进道:"既然如此,教人去县里买些果品案酒〔1〕伺候。"

不觉中秋节至,是日晴明得好。史进当日分付家中庄客,宰了一腔大羊,杀了百十个鸡鹅,准备下酒食筵宴。看看天色晚来,怎见得好个中秋? 但见:

午夜初长,黄昏已半,一轮月挂如银。冰盘如昼,赏玩正宜人。清影十分圆满,桂花玉兔交馨。帘栊高卷,金杯频劝酒,欢笑贺升平。年年当此节,酩酊醉醺醺。莫辞终夕饮,银汉露华新。

且说少华山上朱武、陈达、杨春三个头领,分付小喽啰看守寨栅,只带三五个做伴,将了朴刀,各跨口腰刀,不骑鞍马,步行下山,径来到史家庄上。史进接着,各叙礼罢,请入后园。庄内已安排下筵宴,史进请三位头领上坐,史进对席相陪,便叫庄客把前后庄门拴了。一面饮酒,庄内庄客轮流把盏,一边割羊劝酒。酒至数杯,却早东边推

---

〔1〕 案酒——原是用菜肴下酒的意思,通常指下酒的菜肴。有时也写作"按酒"。

起那轮明月,但见:

> 桂花离海峤,云叶散天衢。彩霞照万里如银,素魄映千山似水。一轮爽垲,能分宇宙澄清;四海团圞,射映乾坤皎洁。影横旷野,惊独宿之乌鸦;光射平湖,照双栖之鸿雁。冰轮展出三千里,玉兔平吞四百州。

史进正和三个头领在后园饮酒,赏玩中秋,叙说旧话新言,只听得墙外一声喊起,火把乱明。史进大惊,跳起身来,分付:"三位贤友且坐,待我去看。"喝叫庄客不要开门,掇条梯子,上墙打一看时,只见是华阴县县尉在马上,引着两个都头,带着三四百土兵,围住庄院。史进和三个头领只管叫苦。外面火把光中,照见钢叉、朴刀、五股叉、留客住[1],摆得似麻林一般。两个都头口里叫道:"不要走了强贼!"

不是这伙人来捉史进并三个头领,有分教:史进先杀了一两个人,结识了十数个好汉,大闹动河北,直使天罡地煞一齐相会。直教芦花深处屯兵士,荷叶阴中治战船。毕竟史进与三个头领怎地脱身,且听下回分解。

---

[1] 留客住——一种有倒钩的武器。

第三回

史大郎夜走华阴县　鲁提辖拳打镇关西

诗曰：

　　暑往寒来春夏秋，夕阳西下水东流。

　　时来富贵皆因命，运去贫穷亦有由。

　　事遇机关须进步，人当得意便回头。

　　将军战马今何在？野草闲花满地愁。

话说当时史进道："却怎生是好？"朱武等三个头领跪下道："哥哥，你是干净的人，休为我等连累了。大郎可把索来绑缚我三个出去请赏，免得负累了你不好看。"史进道："如何使得！恁地时，是我赚你们来捉你请赏，枉惹天下人笑我。若是死时，与你们同死，活时同活。你等起来，放心，别作缘便[1]。且等我问个来历缘故情由。"

史进上梯子问道："你两个都头，何故半夜三更来劫我庄上？"那两个都头答道："大郎，你兀自赖哩。见有原告人李吉在这里。"史进喝道："李吉，你如何诬告平人？"李吉应道："我本不知，林子里拾得王四的回书，一时间把在县前看，因此事发。"史进叫王四问道："你说无回书，如何却又有书？"王四道："便是小人一时醉了，忘记了回

---

[1] 缘便——机缘便利。这里指方法、办法。

书。"史进大喝道:"畜生,却怎生好!"外面都头人等惧怕史进了得,不敢奔入庄里来捉人。三个头领把手指道:"且答应外面。"史进会意,在梯子上叫道:"你两个都头都不要闹动,权退一步,我自绑缚出来解官请赏。"那两个都头却怕史进,只得应道:"我们都是没事的,等你绑出来同去请赏。"史进下梯子,来到厅前,先叫王四,带进后园,把来一刀杀了。喝教许多庄客,把庄里有的没的〔1〕细软等物,即便收拾,尽教打叠〔2〕起了,一壁点起三四十个火把。庄里史进和三个头领,全身披挂,枪架上各人跨了腰刀,拿了朴刀,拽扎起,把庄后草屋点着。庄客各自打拴了包裹。外面见里面火起,都奔来后面看。

且说史进就中堂又放起火来,大开了庄门,呐声喊,杀将出来。史进当头,朱武、杨春在中,陈达在后,和小喽啰并庄客,一冲一撞,指东杀西。史进却是个大虫,那里拦当得住!后面火光竟起,杀开条路,冲将出来,正迎着两个都头并李吉。史进见了大怒,仇人相见,分外眼明。两个都头见头势〔3〕不好,转身便走。李吉也却待回身,史进早到,手起一朴刀,把李吉斩做两段。两个都头正待走时,陈达、杨春赶上,一家一朴刀,结果了两个性命。县尉惊得跑马走回去了。众土兵那里敢向前,各自逃命散了,不知去向。史进引着一行人,且杀且走,众官兵不敢赶来,各自散了。史进和朱武、陈达、杨春并庄客人

---

〔1〕 有的没的——全部,所有的。
〔2〕 打叠——就是打点。收拾、料理的意思。
〔3〕 头势——形势。有时也写作"势头"。

等,都到少华山上寨内坐下,喘息方定。朱武等到寨中,忙教小喽啰一面杀牛宰马,贺喜饮宴,不在话下。

一连过了几日,史进寻思:"一时间要救三人,放火烧了庄院,虽是有些细软,家财粗重什物尽皆没了。"心内踌躇,在此不了,开言对朱武等说道:"我的师父王教头,在关西经略府勾当,我先要去寻他,只因父亲死了,不曾去得。今来家私庄院废尽,我如今要去寻他。"朱武三人道:"哥哥休去,只在我寨中且过几时,又作商议。如是哥哥不愿落草时,待平静了,小弟们与哥哥重整庄院,再作良民。"史进道:"虽是你们的好情分,只是我心去意难留。我想家私什物尽已没了,再要去重整庄院,想不能勾。我今去寻师父,也要那里讨个出身,求半世快乐。"朱武道:"哥哥便只在此间做个寨主,却不快活。虽然寨小,不堪歇马。"史进道:"我是个清白好汉,如何肯把父母遗体来点污了。你劝我落草,再也休题。"

史进住了几日,定要去,朱武等苦留不住。史进带去的庄客,都留在山寨,只自收拾了些少碎银两,打拴一个包裹,馀者多的尽数寄留在山寨。史进头带白范阳毡大帽,上撒一撮红缨,帽儿下裹一顶混青抓角软头巾,项上明黄缕带,身穿一领白绽丝两上领战袍,腰系一条查五指梅红攒线搭膊,青白间道行缠绞脚,衬着踏山透土多耳麻鞋,跨一口铜钹磬口雁翎刀,背上包裹,提了朴刀,辞别朱武等三人。众多小喽啰都送下山来,朱武等洒泪而别,自回山寨去了。

只说史进提了朴刀,离了少华山,取路投关西五路,望延安府路上来。但见：

  崎岖山岭，寂寞孤村。披云雾夜宿荒林，带晓月朝登险道。落日趱行闻犬吠，严霜早促听鸡鸣。山影将沉，柳阴渐没。断霞映水散红光，日暮转收生碧雾。溪边渔父归村去，野外樵夫负重回。

史进在路，免不得饥餐渴饮，夜住晓行，独自一个，行了半月之上，来到渭州。"这里也有经略府，莫非师父王教头在这里？"史进便入城来看时，依然有六街三市，只见一个小小茶坊，正在路口。史进便入茶坊里来，拣一副坐位坐了。茶博士问道："客官吃甚茶？"史进道："吃个泡茶。"茶博士点个泡茶，放在史进面前。史进问道："这里经略府在何处？"茶博士道："只在前面便是。"史进道："借问经略府内有个东京来的教头王进么？"茶博士道："这府里教头极多，有三四个姓王的，不知那个是王进。"道犹未了，只见一个大汉大踏步竟入来，走进茶坊里。史进看他时，是个军官模样。怎生结束？但见：

  头裹芝麻罗万字顶头巾，脑后两个太原府纽丝金环，上穿一领鹦哥绿纻丝战袍，腰系一条文武双股鸦青绦，足穿一双鹰爪皮四缝干黄靴。生得面圆耳大，鼻直口方，腮边一部貉獠胡须。身长八尺，腰阔十围。

那人入到茶坊里面坐下，茶博士便道："客官要寻王教头，只问这个提辖便都认得。"史进忙起身施礼，便道："官人请坐拜茶。"那人见了史进长大魁伟，像条好汉，便来与他施礼。两个坐下，史进道：

"小人大胆,敢问官人高姓大名?"那人道:"洒家[1]是经略府提辖,姓鲁,讳个达字。敢问阿哥,你姓甚么?"史进道:"小人是华州华阴县人氏,姓史名进。请问官人,小人有个师父,是东京八十万禁军教头,姓王名进,不知在此经略府中有也无?"鲁提辖道:"阿哥,你莫不是史家村甚么九纹龙史大郎?"史进拜道:"小人便是。"鲁提辖连忙还礼,说道:"闻名不如见面,见面胜似闻名。你要寻王教头,莫不是在东京恶了高太尉的王进?"史进道:"正是那人。"鲁达道:"俺也闻他名字。那个阿哥不在这里。洒家听得说,他在延安府老种经略相公处勾当。俺这渭州,却是小种经略相公镇守,那人不在这里。你既是史大郎时,多闻你的好名字,你且和我上街去吃杯酒。"鲁提辖挽了史进的手,便出茶坊来。鲁达回头道:"茶钱洒家自还你。"茶博士应道:"提辖但吃不妨,只顾去。"

两个挽了胳膊,出得茶坊来,上街行得三五十步,只见一簇众人围住白地[2]上。史进道:"兄长,我们看一看。"分开人众看时,中间里一个人,仗着十来条杆棒,地上摊着十数个膏药,一盘子盛着,插把纸标儿在上面,却原来是江湖上使枪棒卖药的。史进看了,却认的他,原来是教史进开手的师父,叫做打虎将李忠。史进就人丛中叫道:"师父,多时不见。"李忠道:"贤弟如何到这里?"鲁提辖道:"既是史大郎的师父,同和俺去吃三杯。"李忠道:"待小子卖了膏药,讨了

---

〔1〕 洒(sǎ)家——宋时陕甘一带人的自称。
〔2〕 白地——空地、空场。

回钱,一同和提辖去。"鲁达道:"谁奈烦等你,去便同去。"李忠道:"小人的衣饭,无计奈何。提辖先行,小人便寻将来。贤弟,你和提辖先行一步。"鲁达焦躁,把那看的人一推一跤,便骂道:"这厮们挟着屁眼撒开,不去的洒家便打。"众人见是鲁提辖,一哄都走了。李忠见鲁达凶猛,敢怒而不敢言,只得陪笑道:"好急性的人。"当下收拾了行头药囊,寄顿了枪棒,三个人转湾抹角,来到州桥之下一个潘家有名的酒店。门前挑出望竿,挂着酒旆〔1〕,漾在空中飘荡。怎见得好座酒肆?正是:李白点头便饮,渊明招手回来。有诗为证:

风拂烟笼锦旆扬,太平时节日初长。

能添壮士英雄胆,善解佳人愁闷肠。

三尺晓垂杨柳外,一竿斜插杏花傍。

男儿未遂平生志,且乐高歌入醉乡。

三人上到潘家酒楼上,拣个济楚阁儿里坐下。鲁提辖坐了主位,李忠对席,史进下首坐了。酒保唱了喏,认得是鲁提辖,便道:"提辖官人,打多少酒?"鲁达道:"先打四角〔2〕酒来。"一面铺下菜蔬果品案酒,又问道:"官人,吃甚下饭〔3〕?"鲁达道:"问甚么!但有,只顾卖来,一发算钱还你。这厮只顾来聒噪〔4〕!"酒保下去,随即盪酒上

---

〔1〕 酒旆——长的旗帜叫做旆。酒店悬长旗做标志,叫做酒旆,也叫酒幌子、酒望子。旗竿就叫望竿。
〔2〕 角——盛酒的器具,古时是用兽角做的;宋时不用兽角了,却还称做角,用来指盛一定分量的酒具。
〔3〕 下饭——原是用菜肴下饭的意思,通常指下饭的菜肴。有时也写作"嗄饭"。
〔4〕 聒噪——吵闹、打搅、麻烦的意思。

来,但是下口肉食,只顾将来,摆一桌子。三个酒至数杯,正说些闲话,较量些枪法,说得入港[1],只听得隔壁阁子里有人哽哽咽咽啼哭。鲁达焦躁,便把碟儿盏儿都丢在楼板上。酒保听得,慌忙上来看时,见鲁提辖气愤愤地。酒保抄手道:"官人要甚东西,分付卖来。"鲁达道:"洒家要甚么!你也须认的洒家,却怎地教甚么人在间壁吱吱的哭,搅俺弟兄们吃酒。洒家须不曾少了你酒钱。"酒保道:"官人息怒。小人怎敢教人啼哭,打搅官人吃酒。这个哭的,是绰酒座儿唱的[2]父子两人,不知官人们在此吃酒,一时间自苦了啼哭。"鲁提辖道:"可是作怪,你与我唤的他来。"酒保去叫,不多时,只见两个到来。前面一个十八九岁的妇人,背后一个五六十岁的老儿,手里拿串拍板,都来到面前。看那妇人,虽无十分的容貌,也有些动人的颜色。但见:

  鬅松云髻,插一枝青玉簪儿;袅娜纤腰,系六幅红罗裙子。素白旧衫笼雪体,淡黄软袜衬弓鞋。蛾眉紧蹙,汪汪泪眼落珍珠;粉面低垂,细细香肌消玉雪。若非雨病云愁,定是怀忧积恨。大体还他肌骨好,不搽脂粉也风流。

那妇人拭着泪眼,向前来深深的道了三个万福[3]。那老儿也都相见了。鲁达问道:"你两个是那里人家?为甚啼哭?"那妇人便

---

[1] 入港——投合、来劲的意思。
[2] 绰酒座儿唱的——专在酒馆巡回卖唱的歌妓,也叫做擦坐、赶座子唱的。
[3] 万福——妇女敬礼时,双手在襟前合拜,口中说着"万福"。后来就用万福作为这种敬礼的代用语。

道:"官人不知,容奴告禀。奴家是东京人氏,因同父母来这渭州投奔亲眷,不想搬移南京去了。母亲在客店里染病身故,子父二人流落在此生受[1]。此间有个财主,叫做镇关西郑大官人,因见奴家,便使强媒硬保,要奴作妾。谁想写了三千贯文书,虚钱实契,要了奴家身体。未及三个月,他家大娘子好生利害,将奴赶打出来,不容完聚。着落店主人家,追要原典身钱三千贯。父亲懦弱,和他争执不的,他又有钱有势。当初不曾得他一文,如今那讨钱来还他。没计奈何,父亲自小教得奴家些小曲儿,来这里酒楼上赶座子。每日但得些钱来,将大半还他,留些少子父们盘缠。这两日酒客稀少,违了他钱限,怕他来讨时,受他羞耻。子父们想起这苦楚来,无处告诉,因此啼哭。不想误触犯了官人,望乞恕罪,高抬贵手。"鲁提辖又问道:"你姓甚么?在那个客店里歇?那个镇关西郑大官人在那里住?"老儿答道:"老汉姓金,排行第二。孩儿小字翠莲。郑大官人便是此间状元桥下卖肉的郑屠,绰号镇关西。老汉父子两个,只在前面东门里鲁家客店安下。"鲁达听了道:"呸!俺只道那个郑大官人,却原来是杀猪的郑屠。这个腌臜泼才[2],投托着俺小种经略相公门下,做个肉铺户,却原来这等欺负人。"回头看着李忠、史进道:"你两个且在这里,等洒家去打死了那厮便来。"史进、李忠抱住劝道:"哥哥息怒,明日却理会。"两个三回五次劝得他住。

---

[1] 生受——说自己的时候,是受苦、受罪(活受罪)的意思;对别人说,是难为、辛苦、有劳的意思。

[2] 腌臜(ā za)泼才——腌臜,现在写作"肮脏"。泼才,指撒泼的流氓、无赖。

鲁达又道:"老儿,你来。洒家与你些盘缠,明日便回东京去如何?"父子两个告道:"若是能勾得回乡去时,便是重生父母,再长爷娘。只是店主人家如何肯放?郑大官人须着落他要钱。"鲁提辖道:"这个不妨事,俺自有道理。"便去身边摸出五两来银子,放在桌上,看着史进道:"洒家今日不曾多带得些出来,你有银子借些与俺,洒家明日便送还你。"史进道:"直〔1〕甚么,要哥哥还。"去包裹里取出一锭十两银子,放在桌上。鲁达看着李忠道:"你也借些出来与洒家。"李忠去身边摸出二两来银子。鲁提辖看了,见少,便道:"也是个不爽利的人。"鲁达只把这十五两银子与了金老,分付道:"你父子两个将去做盘缠,一面收拾行李。俺明日清早来发付你两个起身,看那个店主人敢留你!"金老并女儿拜谢去了。

鲁达把这二两银子丢还了李忠。三人再吃了两角酒,下楼来叫道:"主人家,酒钱洒家明日送来还你。"主人家连声应道:"提辖只顾自去,但吃不妨,只怕提辖不来赊。"三个人出了潘家酒肆,到街上分手,史进、李忠各自投客店去了。只说鲁提辖回到经略府前下处,到房里,晚饭也不吃,气愤愤的睡了。主人家又不敢问他。

再说金老得了这一十五两银子,回到店中,安顿了女儿,先去城外远处觅下一辆车儿,回来收拾了行李,还了房宿钱,算清了柴米钱,只等来日天明。当夜无事。次早五更起来,子父两个先打火做饭,吃罢,收拾了。天色微明,只见鲁提辖大踏步走入店里来,高声叫道:

---

〔1〕 直——这里同"值"。

"店小二,那里是金老歇处?"小二哥道:"金公,提辖在此寻你。"金老开了房门,便道:"提辖官人里面请坐。"鲁达道:"坐甚么!你去便去,等甚么!"金老引了女儿,挑了担儿,作谢提辖,便待出门。店小二拦住道:"金公,那里去?"鲁达问道:"他少你房钱?"小二道:"小人房钱,昨夜都算还了。须欠郑大官人典身钱,着落在小人身上看管他哩。"鲁提辖道:"郑屠的钱,洒家自还他。你放这老儿还乡去。"那店小二那里肯放。鲁达大怒,叉开五指,去那店小二脸上只一掌,打的那店小二口中吐血,再复一拳,打下当门两个牙齿。小二扒将起来,一道烟走了。店主人那里敢出来拦他。金老父子两个,忙忙离了店中,出城自去寻昨日觅下的车儿去了。

且说鲁达寻思,恐怕店小二赶去拦截他,且向店里掇条凳子,坐了两个时辰。约莫金公去的远了,方才起身,径投状元桥来。

且说郑屠开着两间门面,两副肉案,悬挂着三五片猪肉。郑屠正在门前柜身内坐定,看那十来个刀手卖肉。鲁达走到门前,叫声:"郑屠!"郑屠看时,见是鲁提辖,慌忙出柜身来唱喏道:"提辖恕罪。"便叫副手掇条凳子来:"提辖请坐。"鲁达坐下道:"奉着经略相公钧旨,要十斤精肉,切做臊子[1],不要见半点肥的在上头。"郑屠道:"使头,你们快选好的切十斤去。"鲁提辖道:"不要那等腌臜厮们动手,你自与我切。"郑屠道:"说得是,小人自切便了。"自去肉案上拣了十斤精肉,细细切做臊子。那店小二把手帕包了头,正来郑屠家报

----

[1] 臊子——碎肉。

说金老之事,却见鲁提辖坐在肉案门边,不敢拢来,只得远远的立住在房檐下望。这郑屠整整的自切了半个时辰,用荷叶包了,道:"提辖,教人送去?"鲁达道:"送甚么!且住,再要十斤都是肥的,不要见些精的在上面,也要切做臊子。"郑屠道:"却才精的,怕府里要裹馄饨,肥的臊子何用?"鲁达睁着眼道:"相公钧旨分付洒家,谁敢问他。"郑屠道:"是。合用的东西,小人切便了。"又选了十斤实膘的肥肉,也细细的切做臊子,把荷叶来包了。整弄了一早辰,却得饭罢时候。那店小二那里敢过来,连那正要买肉的主顾也不敢拢来。郑屠道:"着人与提辖拿了,送将府里去。"鲁达道:"再要十斤寸金软骨,也要细细地剁做臊子,不要见些肉在上面。"郑屠笑道:"却不是特地来消遣[1]我。"鲁达听罢,跳起身来,拿着那两包臊子在手里,睁眼看着郑屠说道:"洒家特的要消遣你!"把两包臊子劈面打将去,却似下了一阵的肉雨。郑屠大怒,两条忿气从脚底下直冲到顶门,心头那一把无明业火,焰腾腾的按纳不住,从肉案上抢了一把剔骨尖刀,托地跳将下来。鲁提辖早拨步在当街上。众邻舍并十来个火家[2],那个敢向前来劝,两边过路的人都立住了脚,和那店小二也惊的呆了。

郑屠右手拿刀,左手便来要揪鲁达,被这鲁提辖就势按住左手,赶将入去,望小腹上只一脚,腾地踢倒了在当街上。鲁达再入一步,

---

〔1〕 消遣——戏弄,捉弄。
〔2〕 火家——伙计。

踏住胸脯，提起那醋钵儿大小拳头，看着这郑屠道："洒家始投老种经略相公，做到关西五路廉访使，也不枉了叫做镇关西。你是个卖肉的操刀屠户，狗一般的人，也叫做镇关西！你如何强骗了金翠莲？"扑的只一拳，正打在鼻子上，打得鲜血迸流，鼻子歪在半边，却便似开了个油酱铺，咸的、酸的、辣的，一发都滚出来。郑屠挣不起来，那把尖刀也丢在一边，口里只叫："打得好！"鲁达骂道："直娘贼，还敢应口！"提起拳头来就眼眶际眉梢只一拳，打得眼棱缝裂，乌珠迸出，也似开了个彩帛铺的，红的、黑的、绛的，都滚将出来。两边看的人惧怕鲁提辖，谁敢向前来劝？郑屠当不过讨饶。鲁达喝道："咄！你是个破落户，若是和俺硬到底，洒家倒饶了你。你如何叫俺讨饶，洒家却不饶你！"又只一拳，太阳上正着，却似做了一个全堂水陆的道场，磬儿、钹儿、铙儿一齐响。鲁达看时，只见郑屠挺在地下，口里只有出的气，没了入的气，动掸不得。鲁提辖假意道："你这厮诈死，洒家再打。"只见面皮渐渐的变了，鲁达寻思道："俺只指望痛打这厮一顿，不想三拳真个打死了他。洒家须吃官司，又没人送饭，不如及早撒开。"拔步便走，回头指着郑屠尸道："你诈死，洒家和你慢慢理会。"一头骂，一头大踏步去了。街坊邻舍并郑屠的火家，谁敢向前来拦他。

鲁提辖回到下处，急急卷了些衣服盘缠，细软银两，但是旧衣粗重都弃了。提了一条齐眉短棒，奔出南门，一道烟走了。

且说郑屠家中众人，救了半日不活，呜呼死了。老小邻人径来州衙告状，正直府尹升厅，接了状子，看罢，道："鲁达系是经略府提辖。"不敢擅自径来捕捉凶身。府尹随即上轿，来到经略府前，下了轿子，把门军士入去报知。经略听得，教请到厅上，与府尹施礼罢。经略问道："何来？"府尹禀道："好教相公得知，府中提辖鲁达，无故用拳打死市上郑屠。不曾禀过相公，不敢擅自捉拿凶身。"经略听说，吃了一惊，寻思道："这鲁达虽好武艺，只是性格粗卤，今番做出人命事，俺如何护得短？须教他推问使得。"经略回府尹道："鲁达这人，原是我父亲老经略处军官。为因俺这里无人帮护，拨他来做提辖。既然犯了人命罪过，你可拿他依法度取问。如若供招明白，拟罪已定，也须教我父亲知道，方可断决，怕日后父亲处边上要这个人时，却不好看。"府尹禀道："下官问了情由，合行申禀老经略相公知道，方敢断遣。"府尹辞了经略相公，出到府前，上了轿，回到州衙里，升厅坐下，便唤当日缉捕使臣押下文书，捉拿犯人鲁达。

当时王观察领了公文，将带二十来个做公的人，径到鲁提辖下处。只见房主人道："却才挈了些包裹，提了短棒，出去了。小人只道奉着差使，又不敢问他。"王观察听了，教打开他房门看时，只有些旧衣旧裳和些被卧在里面。王观察就带了房主人，东西四下里去跟寻，州南走到州北，捉拿不见。王观察又捉了两家邻舍并房主人，同到州衙厅上回话道："鲁提辖惧罪在逃，不知去向。只拿得房主人并邻舍在此。"府尹见说，且教监下，一面教拘集郑屠家邻佑人等，点了仵作行人[1]，着仰[2]本地坊官人并坊厢里正，再三检验已了。郑

---

[1] 仵作行人——专门检验死、伤的役吏。
[2] 仰——旧时公文用语。用于上级对下级的公文表示命令，用于下级对上级的公文则表示恭敬。

屠家自备棺木盛殓,寄在寺院。一面叠成文案,一壁差人杖限[1]缉捕凶身。原告人保领回家;邻佑杖断[2]有失救应;房主人并下处邻舍,止得个不应。鲁达在逃,行开个海捕文书,各处追捉。出赏钱一千贯,写了鲁达的年甲贯址,画了他的模样,到处张挂。一干人等疏放听候。郑屠家亲人自去做孝,不在话下。

且说鲁达自离了渭州,东逃西奔,却似:

> 失群的孤雁,趁月明独自贴天飞;漏网的活鱼,乘水势翻身冲浪跃。不分远近,岂顾高低。心忙撞倒路行人,脚快有如临阵马。

这鲁提辖忙忙似丧家之犬,急急如漏网之鱼,行过了几处州府。正是:逃生不避路,到处便为家。自古有几般:饥不择食,寒不择衣,慌不择路,贫不择妻。鲁达心慌抢路,正不知投那里去是,一迷地行了半月之上,在路却走到代州雁门县。入得城来,见这市井闹热,人烟辏集,车马骈驰,一百二十行经商买卖,诸物行货[3]都有,端的整齐。虽然是个县治,胜如州府。鲁提辖正行之间,不觉见一簇人众,

---

[1] 杖限——官厅限期命令役吏或轮差的老百姓完成一定的工作、差役,到期查验,如若没有完成,就打板子。这种查验叫做"比"。查验是有周期性的,周期性的限期叫做"比限"。因此杖限也叫做"杖比"。

[2] 杖断——用打一顿板子作为对罪犯的判决。本书常有断了几十脊杖再刺配他方之类,那是打一顿板子之后再执行正式判决。

[3] 行货——商品、东西、家伙。

围住了十字街口看榜。但见：

> 扶肩搭背，交颈并头。纷纷不辨贤愚，攘攘难分贵贱。张三蠢胖，不识字只把头摇；李四矮矬，看别人也将脚踏。白头老叟，尽将拐棒柱髭须；绿鬓书生，却把文房抄款目。行行总是萧何法，句句俱依律令行。

鲁达看见众人看榜，挨满在十字路口，也钻在丛里听时，鲁达却不识字，只听得众人读道："代州雁门县，依奉太原府指挥使司该准渭州文字，捕捉打死郑屠犯人鲁达，即系经略府提辖。如有人停藏在家宿食，与犯人同罪；若有人捕获前来，或首告到官，支给赏钱一千贯文。"鲁提辖正听到那里，只听得背后一个人大叫道："张大哥，你如何在这里？"拦腰抱住，直扯近县前来。

不是这个人看见了，横拖倒拽将去，有分教：鲁提辖剃除头发，削去髭须，倒换过杀人姓名，薅恼杀诸佛罗汉。直教禅杖打开危险路，戒刀杀尽不平人。毕竟扯住鲁提辖的是甚人，且听下回分解。

第四回

赵员外重修文殊院　　鲁智深大闹五台山

诗曰：

躲难逃灾入代州，恩人相遇喜相酬。

只因法网重重布，且向空门好好修。

打坐参禅求解脱，粗茶淡饭度春秋。

他年证果尘缘满，好向弥陀国里游。

话说当下鲁提辖扭过身来看时，拖扯的不是别人，却是渭州酒楼上救了的金老。那老儿直拖鲁达到僻静处，说道："恩人，你好大胆！见今明明地张挂榜文，出一千贯赏钱捉你，你缘何却去看榜？若不是老汉遇见时，却不被做公的拿了。榜上见写着你年甲貌相贯址。"鲁达道："洒家不瞒你说，因为你上，就那日回到状元桥下，正迎着郑屠那厮，被洒家三拳打死了。因此上在逃，一到处撞了四五十日，不想来到这里。你缘何不回东京去，也来到这里？"金老道："恩人在上，自从得恩人救了，老汉寻得一辆车子，本欲要回东京去，又怕这厮赶来，亦无恩人在彼搭救，因此不上东京去。随路望北来，撞见一个京师古邻[1]，来这里做买卖，就带老汉父子两口儿到这里。亏杀了

---
[1] 古邻——老邻居。

他,就与老汉女儿做媒,结交此间一个大财主赵员外,养做外宅。衣食丰足,皆出于恩人。我女儿常常对他孤老[1]说提辖大恩。那个员外也爱刺枪使棒,常说道:'怎地得恩人相会一面也好。'想念如何能勾得见。且请恩人到家,过几日却再商议。"

鲁提辖便和金老行不得半里,到门首,只见老儿揭起帘子,叫道:"我儿,大恩人在此。"那女孩儿浓妆艳裹,从里面出来,请鲁达居中坐了,插烛也似拜了六拜,说道:"若非恩人垂救,怎能勾有今日!"鲁达看那女子时,另是一般丰韵,比前不同。但见:

> 金钗斜插,掩映乌云;翠袖巧裁,轻笼瑞雪。樱桃口浅晕微红,春笋手半舒嫩玉。纤腰袅娜,绿罗裙微露金莲,素体轻盈,红绣袄偏宜玉体。脸堆三月娇花,眉扫初春嫩柳。香肌扑簌瑶台月,翠鬓笼松楚岫云。

那女子拜罢,便请鲁提辖道:"恩人上楼去请坐。"鲁达道:"不须生受,洒家便要去。"金老便道:"恩人既到这里,如何肯放教你便去。"老儿接了杆棒包裹,请到楼上坐定。老儿分付道:"我儿陪侍恩人坐一坐,我去安排来。"鲁达道:"不消多事,随分[2]便好。"老儿道:"提辖恩念,杀身难报。量些粗食薄味,何足挂齿。"女子留住鲁达在楼上坐地[3],金老下来,叫了家中新讨的小厮,分付那个丫嬛

------

[1] 孤老——娼妓对长期固定的客人、非正式夫妻关系中的妇女对所结识的男人,称孤老。帮闲等辈有时也称他所倚靠接济的人做孤老(如后文第二十一回唐牛儿称宋江)。孤老的意思略近于官人之类。
[2] 随分——随便、随意、照平常的样子的意思。
[3] 坐地——地,语助词,犹如说"着"。坐地,就是坐着。

一面烧着火,老儿和这小厮上街来,买了些鲜鱼、嫩鸡、酿鹅、肥鲊〔1〕、时新果子之类归来。一面开酒,收拾菜蔬,都早摆了,搬上楼来。春台〔2〕上放下三个盏子,三双箸,铺下菜蔬果子下饭等物。丫嬛将银酒壶盪上酒来,子父二人轮番把盏。金老倒地便拜,鲁提辖道:"老人家,如何恁地下礼?折杀俺也。"金老说道:"恩人听禀,前日老汉初到这里,写个红纸牌儿,且夕一炷香,子父两个兀自拜哩。今日恩人亲身到此,如何不拜。"鲁达道:"却也难得你这片心。"

三人慢慢地饮酒,将及晚也,只听得楼下打将起来。鲁提辖开窗看时,只见楼下三二十人,各执白木棍棒,口里都叫:"拿将下来!"人丛里一个人骑在马上,口里大喝道:"休教走了这贼!"鲁达见不是头,拿起凳子,从楼上打将下来。金老连忙拍手叫道:"都不要动手。"那老儿抢下楼去,直至那骑马的官人身边,说了几句言语。那官人笑将起来,便喝散了那二三十人,各自去了。

那官人下马,入到里面,老儿请下鲁提辖来。那官人扑翻身便拜道:"闻名不如见面,见面胜似闻名。义士提辖受礼。"鲁达便问那金老道:"这官人是谁?素不相识,缘何便拜洒家?"老儿道:"这个便是我儿的官人赵员外。却才只道老汉引甚么郎君子弟在楼上吃酒,因此引庄客来厮打。老汉说知,方才喝散了。"鲁达道:"原来如此,怪员外不得。"赵员外再请鲁提辖上楼坐定,金老重整杯盘,再备酒食

---

〔1〕 鲊(zhǎ)——糟醃的鱼类、肉类,生烫的鱼片,都叫做鲊。一般指糟醃鱼。
〔2〕 春台——饭桌。

相待。赵员外让鲁达上首坐地,鲁达道:"洒家怎敢。"员外道:"聊表小弟相敬之礼。多闻提辖如此豪杰,今日天赐相见,实为万幸。"鲁达道:"洒家是个粗卤汉子,又犯了该死的罪过,若蒙员外不弃贫贱,结为相识,但有用洒家处,便与你去。"赵员外大喜,动问打死郑屠一事,说些闲话,较量些枪法,吃了半夜酒,各自歇了。

次日天明,赵员外道:"此处恐不稳便,可请提辖到敝庄住几时。"鲁达问道:"贵庄在何处?"员外道:"离此间十里多路,地名七宝村便是。"鲁达道:"最好。"员外先使人去庄上,叫牵两匹马来。未及晌午,马已到来,员外便请鲁提辖上马,叫庄客担了行李。鲁达相辞了金老父子二人,和赵员外上了马,两个并马行程,于路说些旧话,投七宝村来。不多时,早到庄前下马,赵员外携住鲁达的手,直至草堂上,分宾而坐,一面叫杀羊置酒相待。晚间收拾客房安歇,次日又备酒食管待。鲁达道:"员外错爱,洒家如何报答。"赵员外便道:"四海之内,皆兄弟也。如何言报答之事。"

话休絮繁。鲁达自此之后,在这赵员外庄上住了五七日。忽一日,两个正在书院里闲坐说话,只见金老急急奔来庄上,径到书院里,见了赵员外并鲁提辖。见没人,便对鲁达道:"恩人,不是老汉心多,为是恩人前日老汉请在楼上吃酒,员外误听人报,引领庄客来闹了街坊,后却散了,人都有些疑心,说开去。昨日有三四个做公的来邻舍街坊打听得紧,只怕要来村里缉捕恩人。倘或有些疏失,如之奈何?"鲁达道:"恁地时,洒家自去便了。"赵员外道:"若是留提辖在此,诚恐有些山高水低,教提辖怨怅;若不留提辖来,许多面皮都不好看。赵某却有个道理,教提辖万无一失,足可安身避难,只怕提辖不肯。"鲁达道:"洒家是个该死的人,但得一处安身便了,做甚么不肯。"赵员外道:"若如此,最好。离此间三十馀里有座山,唤做五台山,山上有一个文殊院,原是文殊菩萨道场。寺里有五七百僧人,为头智真长老,是我弟兄。我祖上曾舍钱在寺里,是本寺的施主檀越。我曾许下剃度一僧在寺里,已买下一道五花度牒在此[1],只不曾有个心腹之人了这条愿心。如是提辖肯时,一应费用都是赵某备办。委实肯落发做和尚么?"鲁达寻思:"如今便要去时,那里投奔人?不如就了这条路罢。"便道:"既蒙员外做主,洒家情愿做了和尚,专靠员外照管。"当时说定了,连夜收拾衣服盘缠,段匹礼物,排担了。次日早起来,叫庄客挑了,两个取路望五台山来。辰牌以后,早到那山下。鲁提辖看那五台山时,果然好座大山。但见:

  云遮峰顶,日转山腰。嵯峨仿佛接天关,萃嵂参差侵汉表。岩前花木,舞春风暗吐清香;洞口藤萝,披宿雨倒悬嫩线。飞云瀑布,银河影浸月光寒;峭壁苍松,铁角铃摇龙尾动。宜是由揉蓝染出,天生工积翠妆成。根盘直压三千丈,气势平吞四百州。

赵员外与鲁提辖两乘轿子抬上山来,一面使庄客前去通报。到

---

[1] 宋时政府出卖空头僧、道度牒。买了度牒,通过了寺、观,在度牒上填了名字,凭它做执照,才算正式出家的僧、道;免地税,免兵役。有钱有势的人,可以买度牒送给别人,让别人去做僧、道;他认为这是他的替身代他出家,是自己修行的好事;这个出家的僧、道,在寺、观中一切费用,相当时期之内,都由他负担。

得寺前，早有寺中都寺、监寺出来迎接。两个下了轿子，去山门外亭子上坐定。寺内智真长老得知，引着首座、侍者，出山门外来迎接。赵员外和鲁达向前施礼，真长老打了问讯[1]，说道："施主远出不易。"赵员外答道："有些小事，特来上刹相浼。"真长老便道："且请员外方丈吃茶。"赵员外前行，鲁达跟在背后。看那文殊寺，果然是好座大刹。但见：

> 山门侵峻岭，佛殿接青云。钟楼与月窟相连，经阁共峰峦对立。香积厨通一泓泉水，众僧寮纳四面烟霞。老僧方丈斗牛边，禅客经堂云雾里。白面猿时时献果，将怪石敲响木鱼；黄斑鹿日日衔花，向宝殿供养金佛。七层宝塔接丹霄，千古圣僧来大刹。

当时真长老请赵员外并鲁达到方丈。长老邀员外向客席而坐，鲁达便去下首坐在禅椅上。员外叫鲁达附耳低言："你来这里出家，如何便对长老坐地？"鲁达道："洒家不省得。"起身立在员外肩下。面前首座、维那、侍者、监寺、都寺、知客、书记，依次排立东西两班。庄客把轿子安顿了，一齐搬将盒子入方丈来，摆在面前。长老道："何故又将礼物来？寺中多有相渎檀越处。"赵员外道："些小薄礼，何足称谢。"道人、行童收拾去了。赵员外起身道："一事启堂头大和尚：赵某旧有一条愿心，许剃一僧在上刹，度牒词簿都已有了，到今不曾剃得。今有这个表弟，姓鲁名达，军汉出身，因见尘世艰辛，情愿弃俗出家。万望长老收录，慈悲慈悲，看赵某薄面，披剃为僧。一应所

---

[1] 问讯——出家人的常礼，合掌当胸。也叫做合十。

用,小子自当准备,烦望长老玉成,幸甚!"长老见说,答道:"这个事缘,是光辉老僧山门,容易容易。且请拜茶。"只见行童托出茶来。怎见得那盏茶的好处?有诗为证:

　　玉蕊金芽真绝品,僧家制造甚工夫。

　　兔毫盏内香云白,蟹眼汤中细浪铺。

　　战退睡魔离枕席,增添清气入肌肤。

　　仙茶自合桃源种,不许移根傍帝都。

真长老与赵员外众人茶罢,收了盏托。真长老便唤首座、维那商议剃度这人,分付监寺、都寺安排斋。只见首座与众僧自去商议道:"这个人不似出家的模样,一双眼恰似贼一般。"众僧道:"知客,你去邀请客人坐地,我们与长老计较。"知客出来请赵员外、鲁达到客馆里坐地。首座、众僧禀长老说道:"却才这个要出家的人,形容丑恶,貌相凶顽,不可剃度他,恐久后累及山门。"长老道:"他是赵员外檀越的兄弟,如何别得他的面皮。你等众人且休疑心,待我看一看。"焚起一炷信香[1],长老上禅椅盘膝而坐,口诵咒语,入定[2]去了。一炷香过,却好回来,对众僧说道:"只顾剃度他。此人上应天星,心地刚直。虽然时下凶顽,命中驳杂,久后却得清净,正果非凡,汝等皆不及他。可记吾言,勿得推阻。"首座道:"长老只是护短,

---

〔1〕信香——佛教的说法:香是信心的使者。虔诚地烧香,香的气味便可以达到神的面前,神就能知道他的愿望。

〔2〕入定——佛教的说法:闭目打坐,就可以做到不生杂念,和鬼神相通,知道世间一切过去、未来的事情。

我等只得从他。不谏不是,谏他不从便了。"

长老叫备斋食,请赵员外等方丈会斋。斋罢,监寺打了单帐,赵员外取出银两,教人买办物料,一面在寺里做僧鞋、僧衣、僧帽、袈裟、拜具。一两日都已完备。长老选了吉日良时,教鸣鸿钟,击动法鼓,就法堂内会集大众。整整齐齐五六百僧人,尽披袈裟,都到法座下合掌作礼,分作两班。赵员外取出银锭、表礼〔1〕、信香,向法座前礼拜了,表白宣疏已罢,行童引鲁达到法座下。维那教鲁达除了巾帻,把头发分做九路绾了,捆撺起来。净发人先把一周遭都剃了,却待剃髭须,鲁达道:"留了这些儿还洒家也好。"众僧忍笑不住。真长老在法座上道:"大众听偈。"念道:

"寸草不留,六根清净。与汝剃了,免得争竞。"

长老念罢偈言,喝一声:"咄,尽皆剃去!"净发人只一刀,尽皆剃了。首座呈将度牒上法座前,请长老赐法名。长老拿着空头度牒而说偈曰:

"灵光一点,价值千金。佛法广大,赐名智深。"

长老赐名已罢,把度牒转将下来。书记僧填写了度牒,付与鲁智深收受。长老又赐法衣袈裟,教智深穿了。监寺引上法座前,长老用手与他摩顶受记道:"一要归依三宝,二要归奉佛法,三要归敬师友:此是三归。五戒者:一不要杀生,二不要偷盗,三不要邪淫,四不要贪酒,五不要妄语。"智深不晓得禅宗答应"是""否"两字,却便道:"洒家

---

〔1〕 表礼——旧时赏赐或送人用的衣料。也写作"表里"。

记得。"众僧都笑。受记已罢,赵员外请众僧到云堂里坐下,焚香设斋供献。大小职事僧人,各有上贺礼物。都寺引鲁智深参拜了众师兄师弟,又引去僧堂背后丛林里选佛场坐地。当夜无事。

次日,赵员外要回,告辞。长老留连不住,早斋已罢,并众僧都送出山门。赵员外合掌道:"长老在上,众师父在此,凡事慈悲。小弟智深乃是愚卤直人,早晚礼数不到,言语冒渎,误犯清规,万望觑赵某薄面,恕免恕免。"长老道:"员外放心,老僧自慢慢地教他念经诵咒,办道参禅。"员外道:"日后自得报答。"人丛里唤智深到松树下,低低分付道:"贤弟,你从今日难比往常,凡事自宜省戒,切不可托大〔1〕。倘有不然,难以相见,保重保重。早晚衣服,我自使人送来。"智深道:"不索〔2〕哥哥说,洒家都依了。"当时赵员外相辞长老,再别了众人上轿,引了庄客,挑了一乘空轿,取了盒子,下山回家去了。当下长老自引了众僧回寺。

话说鲁智深回到丛林选佛场中禅床上,扑倒头便睡。上下肩两个禅和子〔3〕推他起来,说道:"使不得,既要出家,如何不学坐禅?"智深道:"洒家自睡,干你甚事?"禅和子道:"善哉!"智深裸袖道:"团鱼洒家也吃,甚么善哉〔4〕!"禅和子道:"却是苦也。"智深便道:"团鱼大腹,又肥甜了,好吃,那得苦也?"上下肩禅和子都不采他,由他

---

〔1〕 托大——由自信过强而来的不在乎、大意和摆架子、瞧不起人。
〔2〕 不索——不消、不须的意思。后文还有"只索"一词,就是只消、只须的意思。
〔3〕 禅和子——佛教名词。参禅之人的通称,就是和尚。也叫"禅和"。
〔4〕 善哉本是感叹之词,这里鲁智深故意把善哉的"善"与鳝鱼的"鳝"混在一起,取笑对方。团鱼,就是鳖。

自睡了。次日,要去对长老说知智深如此无礼,首座劝道:"长老说道,他后来正果非凡,我等皆不及他,只是护短。你们且没奈何,休与他一般见识。"禅和子自去了。智深见没人说他,到晚放翻身体,横罗十字〔1〕,倒在禅床上睡。夜间鼻如雷响,如要起来净手,大惊小怪,只在佛殿后撒尿撒屎,遍地都是。侍者禀长老说:"智深好生无礼,全没些个出家人体面。丛林中如何安着得此等之人。"长老喝道:"胡说!且看檀越之面,后来必改。"自此无人敢说。

鲁智深在五台山寺中,不觉搅了四五个月。时遇初冬天气,智深久静思动。当日晴明得好,智深穿了皂布直裰,系了鸦青绦,换了僧鞋,大踏步走出山门来。信步行到半山亭子上,坐在鹅项懒凳〔2〕上,寻思道:"干鸟么!俺往常好酒好肉每日不离口,如今教洒家做了和尚,饿得干瘪。赵员外这几日又不使人送些东西来与洒家吃,口中淡出鸟来,这早晚怎地得些酒来吃也好。"正想酒哩,只见远远地一个汉子,挑着一副担桶,唱上山来,上面盖着桶盖。那汉子手里拿着一个旋子,唱着上来。唱道:

"九里山前作战场,牧童拾得旧刀枪。

顺风吹动乌江水,好似虞姬别霸王。"

鲁智深观见那汉子担担桶上来,坐在亭子上,看这汉子也来亭子上歇下担桶。智深道:"兀那〔3〕汉子,你那桶里甚么东西?"那汉子

---

〔1〕 横罗十字——伸开两臂,横摊在床上,身体像个十字。
〔2〕 鹅项懒凳——狭长的矮凳。
〔3〕 兀那——就是"那"。"兀"是发音词,无意义。

道:"好酒。"智深道:"多少钱一桶?"那汉子道:"和尚,你真个也是作耍?"智深道:"洒家和你耍甚么!"那汉子道:"我这酒挑上去,只卖与寺内火工道人、直厅轿夫、老郎[1]们做生活的吃。本寺长老已有法旨,但卖与和尚们吃了,我们都被长老责罚,追了本钱,赶出屋去。我们见关[2]着本寺的本钱,见住着本寺的屋宇,如何敢卖与你吃?"智深道:"真个不卖?"那汉子道:"杀了我也不卖。"智深道:"洒家也不杀你,只要问你买酒吃。"那汉子见不是头,挑了担桶便走。智深赶下亭子来,双手拿住扁担,只一脚,交当踢着,那汉子双手掩着做一堆,蹲在地下,半日起不得。智深把那两桶酒,都提在亭子上,地下拾起旋子,开了桶盖,只顾舀冷酒吃。无移时,两桶酒吃了一桶。智深道:"汉子,明日来寺里讨钱。"那汉子方才疼止,又怕寺里长老得知,坏了衣饭,忍气吞声,那里敢讨钱。把酒分做两半桶挑了,拿了旋子,飞也似下山去了。

只说鲁智深在亭子上坐了半日,酒却上来;下得亭子,松树根边又坐了半歇,酒越涌上来。智深把皂直裰褪膊下来,把两只袖子缠在腰里,露出脊背上花绣来,扇着两个膀子上山来。看时,但见:

头重脚轻,对明月眼红面赤;前合后仰,趁清风东倒西歪。

踉踉跄跄上山来,似当风之鹤;摆摆摇摇回寺去,如出水之龟。

---

[1] 老郎——指寺庙里的粗杂工。后文第十九回"选了几个老郎做公的"的老郎,是老练的意思。第七十回"昔日老郎有一篇言语"的老郎,是元、明时说书艺人对本行前辈的尊称,犹如称老先生。

[2] 关——支取、领取的意思。有时也作发给解释。

脚尖曾踢涧中龙,拳头要打山下虎。指定天宫,叫骂天蓬元帅;踏开地府,要拿催命判官。裸形赤体醉魔君,放火杀人花和尚。

鲁智深看看来到山门下,两个门子远远地望见,拿着竹篦[1]来到山门下,拦住鲁智深便喝道:"你是佛家弟子,如何噇[2]得烂醉了上山来。你须不瞎,也见库局里贴的晓示:但凡和尚破戒吃酒,决打四十竹篦,赶出寺去;如门子纵容醉的僧人入寺,也吃十下。你快下山去,饶你几下竹篦。"鲁智深一者初做和尚,二来旧性未改,睁起双眼骂道:"直娘贼!你两个要打洒家,俺便和你厮打!"门子见势头不好,一个飞也似入来报监寺,一个虚拖竹篦拦他。智深用手隔过,叉开五指,去那门子脸上只一掌,打得踉踉跄跄。却待挣侧,智深再复一拳,打倒在山门下,只是叫苦。智深道:"洒家饶你这厮。"踉踉跄跄擞入寺里来。

监寺听得门子报说,叫起老郎、火工、直厅轿夫三二十人,各执白木棍棒,从西廊下抢出来,却好迎着智深。智深望见,大吼了一声,却似嘴边起个霹雳,大踏步抢入来。众人初时不知他是军官出身,次后见他行得凶了,慌忙都退入藏殿里去,便把亮槅关上。智深抢入阶来,一拳一脚,打开亮槅,三二十人都赶得没路。夺条棒,从藏殿里打将出来。

监寺慌忙报知长老。长老听得,急引了三五个侍者,直来廊下,

---

[1] 竹篦——刑具:竹棍,一端是整的,一端是劈开的;或是把一束竹片,绑扎一起。也写作"批头"。
[2] 噇(chuáng)——毫无节制拼命地吃喝。

喝道："智深不得无礼！"智深虽然酒醉，却认得是长老，撇了棒，向前来打个问讯，指着廊下，对长老道："智深吃了两碗酒，又不曾撩拨他们，他众人又引人来打洒家。"长老道："你看我面，快去睡了，明日却说。"鲁智深道："俺不看长老面，洒家直打死你那几个秃驴。"长老叫侍者扶智深到禅床上，扑地便倒了，齁齁地睡了。众多职事僧人围定长老，告诉道："向日徒弟们曾谏长老来，今日如何？本寺那里容得这等野猫，乱了清规。"长老道："虽是如今眼下有些啰唣，后来却成得正果。无奈何，且看赵员外檀越之面，容恕他这一番。我自明日叫去埋冤他便了。"众僧冷笑道："好个没分晓的长老！"各自散去歇息。

次日早斋罢，长老使侍者到僧堂里坐禅处唤智深时，尚兀自未起。待他起来，穿了直裰，赤着脚，一道烟走出僧堂来。侍者吃了一惊，赶出外来寻时，却走在佛殿后撒屎。侍者忍笑不住，等他净了手，说道："长老请你说话。"智深跟着侍者到方丈，长老道："智深，虽是个武夫出身，今来赵员外檀越剃度了你，我与你摩顶受记，教你一不可杀生，二不可偷盗，三不可邪淫，四不可贪酒，五不可妄语。此五戒，乃僧家常理。出家人第一不可贪酒，你如何夜来吃得大醉，打了门子，伤坏了藏殿上朱红槅子，又把火工道人都打走了，口出喊声。如何这般所为？"智深跪下道："今番不敢了。"长老道："既然出家，如何先破了酒戒，又乱了清规？我不看你施主赵员外面，定赶你出寺。再后休犯。"智深起来合掌道："不敢，不敢。"长老留在方丈里，安排早饭与他吃，又用好言语劝他。取一领细布直裰，一双僧鞋，与了智深，教回僧堂去了。

昔大唐一个名贤,姓张名旭,作一篇《醉歌行》,单说那酒。端的做得好,道是:

> 金瓯潋滟倾欢伯,双手擎来两眸白。
> 延颈长舒似玉虹,咽吞犹恨江湖窄。
> 昔年侍宴玉皇前,敌饮都无两三客。
> 蟠桃烂熟堆珊瑚,琼液浓斟浮琥珀。
> 流霞畅饮数百杯,肌肤润泽腮微赤。
> 天地闻知酒量洪,敕令受赐三千石。
> 飞仙劝我不记数,酩酊神清爽筋骨。
> 东君命我赋新诗,笑指三山咏标格。
> 信笔挥成五百言,不觉尊前堕巾帻。
> 宴罢昏迷不记归,乘鸾误入云光宅。
> 仙童扶下紫云来,不辨东西与南北。
> 一饮千钟百首诗,草书乱散纵横划。

但凡饮酒,不可尽欢。常言酒能成事,酒能败事,便是小胆的吃了,也胡乱做了大胆,何况性高的人。

再说这鲁智深自从吃酒醉闹了这一场,一连三四个月不敢出寺门去。忽一日,天色暴热,是二月间天气。离了僧房,信步踱出山门外立地,看着五台山,喝采一回。猛听得山下叮叮当当的响声,顺风吹上山来。智深再回僧堂里,取了些银两,揣在怀里,一步步走下山来。出得那"五台福地"的牌楼来看时,原来却是一个市井,约有五七百人家。智深看那市镇上时,也有卖肉的,也有卖菜的,也有酒店、面店。智深寻思道:"干呆么!俺早知有这个去处,不夺他那桶酒吃,也自下来买些吃。这几日熬得清水流,且过去看有甚东西买些吃。"听得那响处,却是打铁的在那里打铁。间壁一家门上,写着"父子客店"。

智深走到铁匠铺门前看时,见三个人打铁。智深便道:"兀那待诏〔1〕,有好钢铁么?"那打铁的看见鲁智深腮边新剃暴长短须,戗戗地〔2〕好渗濑〔3〕人,先有五分怕他。那待诏住了手道:"师父请坐,要打甚么生活〔4〕?"智深道:"洒家要打条禅杖,一口戒刀,不知有上等好铁么?"待诏道:"小人这里正有些好铁,不知师父要打多少重的禅杖?戒刀但凭分付。"智深道:"洒家只要打一条一百斤重的。"待诏笑道:"重了,师父。小人打怕不打了,只恐师父如何使得动。便是关王刀,也则只有八十一斤重。"智深焦躁道:"俺便不及关王?他也只是个人。"待诏道:"小人好心,只可打条四五十斤的,也十分重了。"智深道:"便依你说,比关王刀,也打八十一斤的。"待诏道:"师父,肥了不好看,又不中使。依着小人,好生打一条六十二斤的水磨禅杖与师父,使不动时,休怪小人。戒刀已说了,不用分付,小人自用

---

〔1〕 待诏——对手艺人的尊称。意思是说他技术高明,随时皇帝会要找他去工作。
〔2〕 戗(qiāng)戗地——有不顺的、倒长的、旁边伸出来的等意思。
〔3〕 渗濑——可怕,使人毛骨悚然地那样瘆人。
〔4〕 生活——手艺人在制造过程中的工作和他的制成品,都叫做生活。这里指的是铁器;后文第二十四回"收拾起生活"、"取出生活"的生活,指的是针黹缝纫品。

十分好铁打造在此。"智深道:"两件家生要几两银子?"待诏道:"不讨价,实要五两银子。"智深道:"俺便依你五两银子,你若打得好时,再有赏你。"那待诏接了银两道:"小人便打在此。"智深道:"俺有些碎银子在这里,和你买碗酒吃。"待诏道:"师父稳便。小人赶趁〔1〕些生活,不及相陪。"

智深离了铁匠人家,行不到三二十步,见一个酒望子挑出在房檐上。智深掀起帘子,入到里面坐下,敲那桌子叫道:"将酒来!"卖酒的主人家说道:"师父少罪,小人住的房屋也是寺里的,本钱也是寺里的,长老已有法旨,但是小人们卖酒与寺里僧人吃了,便要追了小人们本钱,又赶出屋。因此只得休怪。"智深道:"胡乱卖些与洒家吃,俺须不说是你家便了。"店主人道:"胡乱不得,师父别处去吃,休怪休怪。"智深只得起身,便道:"洒家别处吃得,却来和你说话。"出得店门,行了几步,又望见一家酒旗儿直挑出在门前。智深一直走进去,坐下叫道:"主人家,快把酒来卖与俺吃。"店主人道:"师父,你好不晓事。长老已有法旨,你须也知,却来坏我们衣饭。"智深不肯动身,三回五次,那里肯卖。智深情知不肯,起身又走,连走了三五家,都不肯卖。智深寻思一计:"若不生个道理,如何能勾酒吃。"远远地杏花深处,市梢尽头,一家挑出个草帚儿〔2〕来。智深走到那里看时,却是个傍村小酒店。但见:

---

〔1〕 赶趁——这里是赶着做的意思。后文第二十一回"来县前赶趁"的赶趁,指小商小贩做生意;有时也指艺人卖艺。

〔2〕 草帚儿——小酒店的酒旗,用草帚代替。

傍村酒肆已多年，斜插桑麻古道边。

白板凳铺宾客坐，矮篱笆用棘荆编。

破瓮榨成黄米酒，柴门挑出布青帘。

更有一般堪笑处，牛屎泥墙画酒仙。

鲁智深揭起帘子，走入村店里来，倚着小窗坐下，便叫道："主人家，过往僧人买碗酒吃！"庄家看了一看道："和尚，你那里来？"智深道："俺是行脚僧人，游方到此经过，要买碗酒吃。"庄家道："和尚若是五台山寺里的师父，我却不敢卖与你吃。"智深道："洒家不是。你快将酒卖来。"庄家看见鲁智深这般模样，声音各别，便道："你要打多少酒？"智深道："休问多少，大碗只顾筛来。"约莫也吃了十来碗酒，智深问道："有甚肉，把一盘来吃。"庄家道："早来有些牛肉，都卖没了，只有些菜蔬在此。"智深猛闻得一阵肉香，走出空地上看时，只见墙边沙锅里煮着一只狗在那里。智深便道："你家见有狗肉，如何不卖与俺吃？"庄家道："我怕你是出家人不吃狗肉，因此不来问你。"智深道："洒家的银子有在这里。"就将银子递与庄家道："你且卖半只与俺吃。"那庄家连忙取半只熟狗肉，捣些蒜泥，将来放在智深面前。智深大喜，用手扯那狗肉，蘸着蒜泥吃，一连又吃了十来碗酒。吃得口滑，只顾要吃，那里肯住。庄家倒都呆了，叫道："和尚只恁地罢！"智深睁起眼道："洒家又不白吃你的，管俺怎地！"庄家道："再要多少？"智深道："再打一桶来。"庄家只得又舀一桶来。智深无移时又吃了这桶酒，剩下一脚狗腿，把来揣在怀里。临出门又道："多的银子，明日又来吃。"吓得庄家目睁口呆，罔知所措，看见他早望五台山上去了。

智深走到半山亭子上,坐了一回,酒却涌上来,跳起身,口里道:"俺好些时不曾搋拳使脚,觉道身体都困倦了,洒家且使几路看。"下得亭子,把两只袖子搭在手里,上下左右使了一回。使得力发,只一膀子搧在亭子柱上,只听得刮剌剌一声响亮,把亭子柱打折了,坍了亭子半边。门子听得半山里响,高处看时,只见鲁智深一步一撅,抢上山来。两个门子叫道:"苦也!前日这畜生醉了,今番又醉得不小可!"便把山门关上,把拴拴了,只在门缝里张时,见智深抢到山门下,见关了门,把拳头擂鼓也似敲门,两个门子那里敢开。智深敲了一回,扭过身来,看了左边的金刚,喝一声道:"你这个鸟大汉,不替俺敲门,却拿着拳头吓洒家,俺须不怕你。"跳上台基,把栅剌子〔1〕只一拔,却似揑〔2〕葱般拔开了。拿起一根折木头,去那金刚腿上便打,簌簌的泥和颜色都脱下来。门子张见道:"苦也!"只得报知长老。智深等了一回,调转身来看着右边金刚,喝一声道:"你这厮张开大口,也来笑洒家。"便跳过右边台基上,把那金刚脚上打了两下,只听得一声震天价响,那尊金刚从台基上倒撞下来。智深提着折木头大笑。

两个门子去报长老,长老道:"休要惹他,你们自去。"只见这首座、监寺、都寺,并一应职事僧人,都到方丈禀说:"这野猫今日醉得

---

〔1〕 栅剌子——栅栏。也写作"杉剌子"。
〔2〕 揑(juē)——同撅,折断的意思。

不好,把半山亭子、山门下金刚都打坏了,如何是好?"长老道:"自古天子尚且避醉汉,何况老僧乎?若是打坏了金刚,请他的施主赵员外自来塑新的;倒了亭子,也要他修盖。这个且由他。"众僧道:"金刚乃是山门之主,如何把来换过?"长老道:"休说坏了金刚,便是打坏了殿上三世佛,也没奈何,只可回避他。你们见前日的行凶么?"众僧出得方丈,都道:"好个囫囵粥[1]的长老!门子,你且休开门,只在里面听。"智深在外面大叫道:"直娘的秃驴们!不放洒家入寺时,山门外讨把火来,烧了这个鸟寺。"众僧听得叫,只得叫门子:"拽了大拴,由那畜生入来。若不开时,真个做出来!"门子只得捻脚捻手,把拴拽了,飞也似闪入房里躲了。众僧也各自回避。

只说那鲁智深双手把山门尽力一推,扑地攧将入来,吃[2]了一跤。扒将起来,把头摸一摸,直奔僧堂来。到得选佛场中,禅和子正打坐间,看见智深揭起帘子,钻将入来,都吃一惊,尽低了头。智深到得禅床边,喉咙里咯咯地响,看着地下便吐。众僧都闻不得那臭,个个道:"善哉!"齐掩了口鼻。智深吐了一回,扒上禅床,解下绦,把直裰带子都必必剥剥扯断了,脱下那脚狗腿来。智深道:"好,好!正肚饥哩。"扯来便吃。众僧看见,便把袖子遮了脸,上下肩两个禅和子远远地躲开。智深见他躲开,便扯一块狗肉,看着上首的道:"你也到口。"上首的那和尚把两只袖子死掩了脸,智深道:"你不吃?"把

---

[1] 囫囵粥——糊涂的意思。山东、河南等地称粥为糊涂。
[2] 吃——是被、让、受的意思。

肉望下首的禅和子嘴边塞将去。那和尚躲不迭,却待下禅床,智深把他劈耳朵揪住,将肉便塞。对床四五个禅和子跳过来劝时,智深撇了狗肉,提起拳头,去那光脑袋上必必剥剥只顾凿。满堂僧众大喊起来,都去柜中取了衣钵要走。此乱唤做"卷堂大散",首座那里禁约得住。

智深一味地打将出来,大半禅客都躲出廊下来。监寺、都寺不与长老说知,叫起一班职事僧人,点起老郎、火工道人、直厅轿夫,约有一二百人,都执杖叉棍棒,尽使手巾盘头,一齐打入僧堂来。智深见了,大吼一声,别无器械,抢入僧堂里佛面前,推翻供桌,撅两条桌脚,从堂里打将出来。但见:

> 心头火起,口角雷鸣。奋八九尺猛兽身躯,吐三千丈凌云志气。按不住杀人怪胆,圆睁起卷海双睛。直截横冲,似中箭投崖虎豹;前奔后涌,如着枪跳涧豺狼。直饶揭帝也难当,便是金刚须拱手。恰似顿断绒绦锦鹞子,犹如扯开铁锁火猢狲。

当时鲁智深轮两条桌脚,打将出来。众多僧行见他来得凶了,都拖了棒,退到廊下。智深两条桌脚着地卷将来,众僧早两下合拢来。智深大怒,指东打西,指南打北,只饶了两头的。当时智深直打到法堂下,只见长老喝道:"智深不得无礼!众僧也休动手。"两边众人被打伤了十数个,见长老来,各自退去。智深见众人退散,撇了桌脚,叫道:"长老与洒家做主。"此时酒已七八分醒了。长老道:"智深,你连累杀老僧。前番醉了一次,搅扰了一场,我教你兄赵员外得知,他写书来与众僧陪话。今番你又如此大醉无礼,乱了清规,打坍了亭子,又打坏了金刚,这个且由他。你搅得众僧卷堂而走,这个罪业非小。我这里五台山文殊菩萨道场,千百年清净香火去处,如何容得你这等秽污。你且随我来方丈里过几日,我安排你一个去处。"智深随长老到方丈去。长老一面叫职事僧人留住众禅客,再回僧堂,自去坐禅;打伤了的和尚,自去将息。长老领智深到方丈歇了一夜。

次日,真长老与首座商议,收拾了些银两赍发他,教他别处去,可先说与赵员外知道。长老随即修书一封,使两个直厅道人径到赵员外庄上说知就里,立等回报。赵员外看了来书,好生不然,回书来拜复长老,说道:"坏了的金刚、亭子,赵某随即备价来修。智深任从长老发遣。"长老得了回书,便叫侍者取领皂布直裰,一双僧鞋,十两白银,房中唤过智深。长老道:"智深,你前番一次大醉,闹了僧堂,便是误犯。今次又大醉,打坏了金刚,坍了亭子,卷堂闹了选佛场,你这罪业非轻。又把众禅客打伤了。我这里出家是个清净去处,你这等做,甚是不好。看你赵檀越面皮,与你这封书,投一个去处安身,我这里决然安你不得了。我夜来看了,赠汝四句偈言,终身受用。"智深道:"师父教弟子那里去安身立命?愿听俺师四句偈言。"

真长老指着鲁智深,说出这几句言语,去这个去处。有分教:这人笑挥禅杖,战天下英雄好汉;怒掣戒刀,砍世上逆子谗臣。直教名驰塞北三千里,证果江南第一州。毕竟真长老与智深说出甚言语来,且听下回分解。

第五回

小霸王醉入销金帐　花和尚大闹桃花村

诗曰：

禅林辞去入禅林，知己相逢义断金。

且把威风惊贼胆，谩将妙理悦禅心。

绰名久唤花和尚，道号亲名鲁智深。

俗愿了时终证果，眼前争奈没知音。

话说当日智真长老道："智深，你此间决不可住了。我有一个师弟，见在东京大相国寺住持，唤做智清禅师。我与你这封书去投他那里，讨个职事僧做。我夜来看了，赠汝四句偈言，你可终身受用，记取今日之言。"智深跪下道："洒家愿听偈言。"长老道：

"遇林而起，遇山而富，遇水而兴，遇江而止。"

鲁智深听了四句偈言，拜了长老九拜，背了包裹、腰包、肚包，藏了书信，辞了长老并众僧人，离了五台山，径到铁匠间壁客店里歇了，等候打了禅杖、戒刀，完备就行。寺内众僧得鲁智深去了，无一个不欢喜。长老教火工道人自来收拾打坏了的金刚、亭子。过不得数日，赵员外自将若干钱物来五台山，再塑起金刚，重修起半山亭子，不在话下。

再说这鲁智深就客店里住了几日，等得两件家生都已完备，做了刀鞘，把戒刀插放鞘内，禅杖却把漆来裹了。将些碎银子赏了铁匠，

背了包裹,跨了戒刀,提了禅杖,作别了客店主人并铁匠,行程上路。过往人看了,果然是个莽和尚。但见:

> 皂直裰背穿双袖,青圆绦斜绾双头。戒刀灿三尺春冰,深藏鞘内;禅杖挥一条玉蟒,横在肩头。鹭鸶腿紧系脚绷,蜘蛛肚牢拴衣钵。嘴缝边攒千条断头铁线,胸脯上露一带盖胆寒毛。生成食肉餐鱼脸,不是看经念佛人。

且说鲁智深自离了五台山文殊院,取路投东京来,行了半月之上。于路不投寺院去歇,只是客店内打火安身,白日间酒肆里买吃。在路免不得饥餐渴饮,夜住晓行。一日正行之间,贪看山明水秀,不觉天色已晚。但见:

> 山影深沉,槐阴渐没。绿杨影里,时闻鸟雀归林;红杏村中,每见牛羊入圈。落日带烟生碧雾,断霞映水散红光。溪边钓叟移舟去,野外村童跨犊归。

鲁智深因见山水秀丽,贪行了半日,赶不上宿头,路中又没人作伴,那里投宿是好。又赶了三二十里田地,过了一条板桥,远远地望见一簇红霞,树木丛中闪着一所庄院,庄后重重叠叠都是乱山。鲁智深道:"只得投庄上去借宿。"径奔到庄前看时,见数十个庄家忙忙急急搬东搬西。鲁智深到庄前,倚了禅杖,与庄客打个问讯。庄客道:"和尚,日晚来我庄上做甚的?"智深道:"小僧赶不上宿头,欲借贵庄投宿一宵,明早便行。"庄客道:"我庄上今夜有事,歇不得。"智深道:"胡乱借洒家歇一夜,明日便行。"庄客道:"和尚快走,休在这里讨死。"智深道:"也是怪哉!歇一夜打甚么不紧,怎地便是讨死?"庄家道:"去便去,不去时便捉来缚在这里。"鲁智深大怒道:"你这厮村人,好没道理。俺又不曾说甚的,便要绑缚洒家。"庄家们也有骂的,也有劝的。鲁智深提起禅杖,却待要发作,只见庄里走出一个老人来。但见:

> 髭须似雪,发鬓如霜。行时肩曲头低,坐后耳聋眼暗。头裹三山暖帽,足穿四缝宽靴。腰间绦系佛头青,身上罗衫鱼肚白。好似山前都土地,正如海底老龙君。

那老人年近六旬之上,挂一条过头拄杖,走将出来,喝问庄客:"你们闹甚么?"庄客道:"可奈[1]这个和尚要打我们。"智深便道:"小僧是五台山来的和尚,要上东京去干事,今晚赶不上宿头,借贵庄投宿一宵。庄家那厮无礼,要绑缚洒家。"那老人道:"既是五台山来的僧人,随我进来。"智深跟那老人直到正堂上,分宾主坐下。那老人道:"师父休要怪,庄家们不省得师父是活佛去处[2]来的,他作繁华一例相看。老汉从来敬重佛天三宝[3],虽是我庄上今夜有事,权且留师父歇一宵了去。"智深将禅杖倚了,起身打个问讯,谢道:"感承施主。小僧不敢动问贵庄高姓?"老人道:"老汉姓刘,此间唤做桃花村,乡人都叫老汉做桃花庄刘太公。敢问师父俗姓,唤做甚么讳字?"智深道:"俺的师父是智真长老,与俺取了个讳字,因洒家姓

---

〔1〕 可奈——怎奈。和第一回的"叵耐"用法相同。
〔2〕 活佛去处——去处,指地方。佛教的说法:有佛祖在五台山修行得道,那里是圣地。因之,信佛教的都说那里是有活佛的地方。
〔3〕 佛天三宝——佛教中指佛、佛法经典、僧人为三宝。

鲁,唤做鲁智深。"太公道:"师父请吃些晚饭,不知肯吃荤腥也不?"鲁智深道:"洒家不忌荤酒,遮莫甚么浑清白酒,都不拣选;牛肉狗肉,但有便吃。"太公道:"既然师父不忌荤酒,先叫庄客取酒肉来。"没多时,庄客掇张桌子,放下一盘牛肉,三四样菜蔬,一双箸,放在鲁智深面前。智深解下腰包、肚包坐定。那庄客旋了一壶酒[1],拿一只盏子筛下酒[2],与智深吃。这鲁智深也不谦让,也不推辞,无一时,一壶酒、一盘肉都吃了。太公对席看见,呆了半晌。庄客搬饭来,又吃了。

抬过桌子,太公分付道:"胡乱教师父在外面耳房中歇一宵,夜间如若外面热闹,不可出来窥望。"智深道:"敢问贵庄今夜有甚事?"太公道:"非是你出家人闲管的事。"智深道:"太公缘何模样不甚喜欢,莫不怪小僧来搅扰你么?明日洒家算还你房钱便了。"太公道:"师父听说,我家如常斋僧布施,那争师父一个。只是我家今夜小女招夫,以此烦恼。"鲁智深呵呵大笑道:"男大须婚,女大必嫁。这是人伦大事,五常之礼,何故烦恼?"太公道:"师父不知,这头亲事不是情愿与的。"智深大笑道:"太公,你也是个痴汉,既然不两相情愿,如何招赘做个女婿?"太公道:"老汉止有这个小女,今年方得一十九岁。被此间有座山,唤做桃花山,近来山上有两个大王,扎了寨栅,聚集着五七百人,打家劫舍。此间青州官军捕盗,禁他不得。因来老汉

----

[1] 旋酒——烫酒。
[2] 筛酒——斟酒。

庄上讨进奉，见了老汉女儿，撇下二十两金子，一匹红锦为定礼，选着今夜好日，晚间来入赘老汉庄上。又和他争执不得，只得与他，因此烦恼。非是争师父一个人。"智深听了道："原来如此！小僧有个道理，教他回心转意，不要娶你女儿如何？"太公道："他是个杀人不眨眼魔君，你如何能勾得他回心转意？"智深道："洒家在五台山真长老处，学得说因缘，便是铁石人也劝得他转。今晚可教你女儿别处藏了，俺就你女儿房内说因缘劝他，便回心转意。"太公道："好却甚好，只是不要捋虎须。"智深道："洒家的不是性命？你只依着俺行，并不要说有洒家。"太公道："却是好也，我家有福，得遇这个活佛下降！"庄客听得，都吃一惊。

太公问智深："再要饭吃么？"智深道："饭便不要吃，有酒再将些来吃。"太公道："有，有。"随即叫庄客取一只熟鹅，大碗斟将酒来，叫智深尽意吃了三二十碗，那只熟鹅也吃了。叫庄客将了包裹，先安放房里，提了禅杖，带了戒刀，问道："太公，你的女儿躲过了不曾？"太公道："老汉已把女儿寄送在邻舍庄里去了。"智深道："引洒家新妇房内去。"太公引至房边，指道："这里面便是。"智深道："你们自去躲了。"太公与众庄客自出外面，安排筵席。智深把房中一椅独桌都掇过了，将戒刀放在床头，禅杖把来倚在床边，把销金帐子下了，脱得赤条条地，跳上床去坐了。

太公见天色看看黑了，叫庄客前后点起灯烛荧煌，就打麦场上放下一条桌子，上面摆着香花灯烛。一面叫庄客大盘盛着肉，大壶温着酒。约莫初更时分，只听得山边锣鸣鼓响。这刘太公怀着鬼胎，庄家

们都捏着两把汗,尽出庄门外看时,只见远远地四五十火把,照耀如同白日,一簇人马飞奔庄上来。但见:

雾锁青山影里,滚出一伙没头神;烟迷绿树林边,摆着几行争食鬼。人人凶恶,个个狰狞。头巾都戴茜根红,衲袄尽披枫叶赤。缨枪对对,围遮定吃人心肝的小魔王;梢棒双双,簇捧着不养爹娘的真太岁。高声齐道贺新郎,山上大虫来下马。

刘太公看见,便叫庄客大开庄门,前来迎接。只见前遮后拥,明晃晃的都是器械,旗枪尽把红绿绢帛缚着,小喽啰头巾边乱插着野花。前面摆着四五对红纱灯笼,照着马上那个大王。怎生打扮?但见:

头戴撮尖干红凹面巾,鬓傍边插一枝罗帛像生花。上穿一领围虎体挽绒金绣绿罗袍,腰系一条称狼身销金包肚红搭膊。着一双对掩云跟牛皮靴,骑一匹高头卷毛大白马。

那大王来到庄前下了马,只见众小喽啰齐声贺道:"帽儿光光,今夜做个新郎。衣衫窄窄,今夜做个娇客。"刘太公慌忙亲捧台盏,斟下一杯好酒,跪在地下。众庄客都跪着。那大王把手来扶道:"你是我的丈人,如何倒跪我?"太公道:"休说这话,老汉只是大王治下管的人户。"那大王已有七八分醉了,呵呵大笑道:"我与你家做个女婿,也不亏负了你。你的女儿匹配我,也好。我的哥哥大头领不下山来,教传示你。"刘太公把了下马杯。来到打麦场上,见了香花灯烛,便道:"泰山何须如此迎接?"那里又饮了三杯,来到厅上,唤小喽啰教把马去系在绿杨树上。小喽啰把鼓乐就厅前擂将起来,大王上厅坐下，叫道："丈人，我的夫人在那里？"太公道："便是怕羞，不敢出来。"大王笑道："且将酒来，我与丈人回敬。"那大王把了一杯，便道："我且和夫人厮见了，却来吃酒未迟。"那刘太公一心只要那和尚劝他，便道："老汉自引大王去。"拿了烛台，引着大王，转入屏风背后，直到新人房前。太公指与道："此间便是，请大王自入去。"太公拿了烛台，一直去了。未知凶吉如何，先办一条走路。

那大王推开房门，见里面黑洞洞地。大王道："你看我那丈人是个做家的人，房里也不点碗灯，由我那夫人黑地里坐地。明日叫小喽啰山寨里扛一桶好油来与他点。"鲁智深坐在帐子里都听得，忍住笑不做一声。那大王摸进房中，叫道："娘子，你如何不出来接我？你休要怕羞，我明日要你做压寨夫人。"一头叫娘子，一面摸来摸去。一摸摸着销金帐子，便揭起来，探一只手入去摸时，摸着鲁智深的肚皮，被鲁智深就势劈头巾带角儿揪住，一按按将下床来。那大王却待挣扎，鲁智深把右手捏起拳头，骂一声："直娘贼！"连耳根带脖子只一拳。那大王叫一声："做甚么便打老公？"鲁智深喝道："教你认的老婆！"拖倒在床边，拳头脚尖一齐上，打得大王叫救人。刘太公惊得呆了：只道这早晚正说因缘劝那大王，却听的里面叫救人。太公慌忙把着灯烛，引了小喽啰，一齐抢将入来。众人灯下打一看时，只见一个胖大和尚，赤条条不着一丝，骑翻大王在床面前打。为头的小喽啰叫道："你众人都来救大王。"众小喽啰一齐拖枪拽棒，打将入来救时，鲁智深见了，撇下大王，床边绰了禅杖，着地打将出来。小喽啰见来得凶猛，发声喊，都走了。刘太公只管叫苦。打闹里，那大王扒出房门,奔到门前,摸着空马,树上折枝柳条,托地跳在马背上,把柳条便打那马,却跑不去。大王道:"苦也!畜生也来欺负我。"再看时,原来心慌不曾解得缰绳,连忙扯断了,骑着护马[1]飞走。出得庄门,大骂刘太公:"老驴休慌!不怕你飞了。"把马打上两柳条,不喇喇地驮了大王上山去。

刘太公扯住鲁智深道:"和尚,你苦了老汉一家儿了。"鲁智深说道:"休怪无礼也。且取衣服和直裰来,洒家穿了说话。"庄家去房里取来,智深穿了。太公道:"我当初只指望你说因缘,劝他回心转意,谁想你便下拳打他一顿。定是去报山寨里大队强人来杀我家。"智深道:"太公休慌。俺说与你,洒家不是别人,俺是延安府老种经略相公帐前提辖官,为因打死了人,出家做和尚。休道这两个鸟人,便是一二千军马来,洒家也不怕他。你们众人不信时,提俺禅杖看。"庄客们那里提得动。智深接过来手里,一似捻灯草一般使起来。太公道:"师父休要走了去,却要救护我们一家儿使得。"智深道:"甚么闲话!俺死也不走。"太公道:"且将些酒来师父吃,休得要抵死醉了。"鲁智深道:"洒家一分酒只有一分本事,十分酒便有十分的气力。"太公道:"恁地时最好。我这里有的是酒肉,只顾教师父吃。"

且说这桃花山大头领坐在寨里,正欲差人下山来探听做女婿的二头领如何,只见数个小喽啰,气急败坏,走到山寨里叫道:"苦也,

---

[1] 护马——同骒,没有鞍辔的光背马。

苦也!"大头领连忙问道:"有甚么事,慌做一团?"小喽啰道:"二哥哥吃打坏了。"大头领大惊,正问备细,只见报道:"二哥哥来了。"大头领看时,只见二头领红巾也没了,身上绿袍扯得粉碎,下得马,倒在厅前,口里说道:"哥哥救我一救。"大头领问道:"怎么来?"二头领道:"兄弟下得山,到他庄上,入进房里去。叵耐那老驴把女儿藏过了,却教一个胖和尚躲在他女儿床上。我却不提防,揭起帐子摸一摸,吃那厮揪住,一顿拳头脚尖,打得一身伤损。那厮见众人入来救应,放了手,提起禅杖,打将出去。因此我得脱了身,拾得性命。哥哥与我做主报仇。"大头领道:"原来恁地。你去房中将息,我与你去拿那贼秃来。"喝叫左右:"快备我的马来。众小喽啰都去。"大头领上了马,绰枪在手,尽数引了小喽啰,一齐呐喊,下山去了。

再说鲁智深正吃酒哩,庄客报道:"山上大头领尽数都来了。"智深道:"你等休慌,洒家但打翻的,你们只顾缚了,解去官司请赏。取俺的戒刀来。"鲁智深把直裰脱了,拽扎起下面衣服,跨了戒刀,大踏步提了禅杖,出到打麦场上。只见大头领在火把丛中,一骑马抢到庄前,马上挺着长枪,高声喝道:"那秃驴在那里,早早出来决个胜负。"鲁智深大怒,骂道:"腌臜打脊[1]泼才,叫你认得洒家。"轮起禅杖,着地卷将来。那大头领逼住枪,大叫道:"和尚且休要动手,你的声音好厮熟。你且通个姓名。"鲁智深道:"洒家不是别人,老种经略相公帐前提辖鲁达的便是。如今出了家做和尚,唤做鲁智深。"那大头

---

[1] 打脊——鞭打脊背,是宋、元时肉刑的一种。这里是骂人的话,该打的意思。

领呵呵大笑,滚鞍下马,撇了枪,扑翻身便拜道:"哥哥别来无恙,可知二哥着了你手。"鲁智深只道赚他,托地跳退数步,把禅杖收住,定睛看时,火把下认得不是别人,却是江湖上使枪棒卖药的教头打虎将李忠。原来强人下拜,不说此二字,为军中不利,只唤做"剪拂",此乃吉利的字样。李忠当下剪拂了起来,扶住鲁智深道:"哥哥缘何做了和尚?"智深道:"且和你到里面说话。"刘太公见了,又只叫苦:"这和尚原来也是一路。"

鲁智深到里面,再把直裰穿了,和李忠都到厅上叙旧。鲁智深坐在正面,唤刘太公出来。那老儿不敢向前,智深道:"太公休怕他,他是俺的兄弟。"李忠坐了第二位,太公坐了第三位。鲁智深道:"你二位在此。俺自从渭州三拳打死了镇关西,逃走到代州雁门县,因见了洒家赍发他的金老。那老儿不曾回东京去,却随个相识也在雁门县住,他那个女儿就与了本处一个财主赵员外。和俺厮见了,好生相敬。不想官司追捉的洒家要紧,那员外赔钱去送俺五台山智真长老处落发为僧。洒家因两番酒后闹了僧堂,本师长老与俺一封书,教洒家去东京大相国寺投托智清禅师,讨个职事僧做。因为天晚,到这庄上投宿,不想与兄弟相见。却才俺打的那汉是谁?你如何又在这里?"李忠道:"小弟自从那日与哥哥在渭州酒楼前同史进三人分散,次日听得说哥哥打死了郑屠,我去寻史进商议,他又不知投那里去了。小弟听得差人缉捕,慌忙也走了。却从这山下经过。却才被哥哥打的那汉,先在这里桃花山扎寨,唤做小霸王周通。那时引人下山来,和小弟厮杀,被我赢了他,留小弟在山上为寨主,让第一把交椅教小弟坐了，以此在这里落草。"智深道："既然兄弟在此，刘太公这头亲事再也休题。他止有这个女儿，要养终身。不争[1]被你把了去，教他老人家失所。"太公见说了，大喜，安排酒食出来，管待二位。小喽啰们每人两个馒头，两块肉，一大碗酒，都教吃饱了。太公将出原定的金子段匹，鲁智深道："李忠兄弟，你与他收了去，这件事都在你身上。"李忠道："这个不妨事。且请哥哥去小寨住几时，刘太公也走一遭。"太公叫庄客安排轿子，抬了鲁智深，带了禅杖、戒刀、行李，李忠也上了马，太公也坐了一乘小轿，却早天色大明。

众人上山来，智深、太公到得寨前，下了轿子，李忠也下了马，邀请智深入到寨中，向这聚义厅上三人坐定。李忠叫请周通出来。周通见了和尚，心中怒道："哥哥却不与我报仇，倒请他来寨里，让他上面坐。"李忠道："兄弟，你认得这和尚么？"周通道："我若认得他时，却不吃他打了。"李忠笑道："这和尚便是我日常和你说的，三拳打死镇关西的便是他。"周通把头摸一摸，叫声："呵呀！"扑翻身便剪拂。鲁智深答礼道："休怪冲撞。"三个坐定，刘太公立在面前。鲁智深便道："周家兄弟，你来听俺说。刘太公这头亲事，你却不知，他只有这个女儿养老送终，承祀香火，都在他身上。你若娶了，教他老人家失所，他心里怕不情愿。你依着洒家，把来弃了，别选一个好的。原定的金子段匹，将在这里。你心下如何？"周通道："并听大哥言语，兄弟再不敢登门。"智深道："大丈夫作事，却休要翻悔。"周通折箭为

---

[1] 不争——这里是如果的意思。

誓。刘太公拜谢了,纳还金子段匹,自下山回庄去了。

李忠、周通椎牛宰马,安排筵席,管待了数日。引鲁智深山前山后,观看景致,果是好座桃花山,生得凶怪,四围险峻,单单只一条路上去,四下里漫漫都是乱草。智深看了道:"果然好险隘去处。"住了几日,鲁智深见李忠、周通不是个慷慨之人,作事悭吝,只要下山。两个苦留,那里肯住,只推道:"俺如今既出了家,如何肯落草。"李忠、周通道:"哥哥既然不肯落草,要去时,我等明日下山,但得多少,尽送与哥哥作路费。"次日,山寨里一面杀羊宰猪,且做送路筵席,安排整顿,却将金银酒器设放在桌上。正待入席饮酒,只见小喽啰报来:"见山下有两辆车,十数个人来也。"李忠、周通见报了,点起众多小喽啰,只留一两个伏侍鲁智深饮酒。两个好汉道:"哥哥只顾请自在吃两杯,我两个下山去取得财来,就与哥哥送行。"分付已罢,引领众人下山去了。

且说这鲁智深寻思道:"这两个人好生悭吝,见放着有许多金银,却不送与俺,直等他去打劫得别人的送与洒家。这个不是把官路当人情,只苦别人!洒家且教这厮吃俺一惊。"便唤这几个小喽啰近前来筛酒吃,方才吃得两盏,跳起身来,两拳打翻两个小喽啰,便解搭膊,做一块儿捆了,口里都塞了些麻核桃[1]。便取出包裹打开,没要紧的都撇了,只拿了桌上金银酒器,都踏匾了,拴在包里,胸前度牒袋内,藏了真长老的书信,跨了戒刀,提了禅杖,顶了衣包,便出寨来。

---

〔1〕麻核桃——用粗麻绳打的结。

到后山打一望时，都是险峻之处，又没深草存躲。"洒家从前山去时，一定吃那厮们撞见，不如就此间滚将下去。"先把戒刀和包裹拴了，望下丢落去，又把禅杖也掼落去，却把身望下只一滚，骨碌碌直滚到山脚边，并无伤损。鲁智深跳将起来，寻了包裹，跨了戒刀，拿了禅杖，拽开脚手，投东京便走。

再说李忠、周通下到山边，正迎着那数十个人，各有器械。李忠、周通挺着枪，小喽啰呐着喊，抢向前来，喝道："兀那客人，会事的留下买路钱！"那客人内有一个便捻着朴刀来斗李忠，一来一往，一去一回，斗了十馀合，不分胜负。周通大怒，赶向前来，喝一声，众小喽啰一齐都上。那伙客人抵当不住，转身便走，有那走得迟的，尽被搠死七八个。劫了车子财物，和着凯歌，慢慢地上山来。到得寨里，打一看时，只见两个小喽啰捆做一块在亭柱边，桌子上金银酒器都不见了。周通解了小喽啰，问其备细："鲁智深那里去了？"小喽啰说道："把我两个打翻捆缚了，卷了若干器皿，都拿了去。"周通道："这贼秃不是好人，倒着了那厮手脚。却从那里去了？"团团寻踪迹到后山，见一带草木平平地都滚倒了。周通看了道："这秃驴倒是个老贼，这般险峻山冈，从这里滚了下去。"李忠道："我们赶上去问他讨，也羞那厮一场。"周通道："罢，罢！贼去了关门，那里去赶！便赶得着时，也问他取不成。倘有些不然起来，我和你又敌他不过，后来倒难厮见了。不如罢手，后来倒好相见。我们且自把车子上包裹打开，将金银段匹分作三分，我和你各捉一分，一分赏了众小喽啰。"李忠道："是我不合引他上山，折了你许多东西，我的这一分都与了你。"周通道：

"哥哥,我和你同死同生,休恁地计较。"看官牢记话头,这李忠、周通自在桃花山打劫。

再说鲁智深离了桃花山,放开脚步,从早晨直走到午后,约莫走了五六十里多路,肚里又饥,路上又没个打火处,寻思:"早起只顾贪走,不曾吃得些东西,却投那里去好?"东观西望,猛然听得远远地铃铎之声。鲁智深听得道:"好了!不是寺院,便是宫观,风吹得檐前铃铎之声,洒家且寻去那里投斋。"

不是鲁智深投那个去处,有分教:到那里断送了十馀条性命生灵,一把火烧了有名的灵山古迹。直教黄金殿上生红焰,碧玉堂前起黑烟。毕竟鲁智深投甚么寺观来,且听下回分解。

第六回

九纹龙剪径[1]赤松林　鲁智深火烧瓦罐寺

诗曰：

萍踪浪迹入东京，行尽山林数十程。

古刹今番经劫火，中原从此动刀兵。

相国寺中重挂搭，种蔬园内且经营。

自古白云无去住，几多变化任纵横。

话说鲁智深走过数个山坡，见一座大松林，一条山路。随着那山路行去，走不得半里，抬头看时，却见一所败落寺院，被风吹得铃铎响。看那山门时，上有一面旧朱红牌额，内有四个金字，都昏了，写着"瓦罐之寺"。又行不得四五十步，过座石桥，再看时，一座古寺，已有年代。入得山门里，仔细看来，虽是大刹，好生崩损。但见：

钟楼倒塌，殿宇崩摧。山门尽长苍苔，经阁都生碧藓。释迦佛芦芽穿膝，浑如在雪岭之时；观世音荆棘缠身，却似守香山之日。诸天坏损，怀中鸟雀营巢；帝释欹斜，口内蜘蛛结网。方丈凄凉，廊房寂寞。没头罗汉，这法身也受灾殃；折臂金刚，有神通如何施展。香积厨中藏兔穴，龙华台上印狐踪。

---

[1] 剪径——指拦路抢劫。犹如说截路、短路。

鲁智深入得寺来,便投知客寮去。只见知客寮门前大门也没了,四围壁落全无。智深寻思道:"这个大寺,如何败落的恁地?"直入方丈前看时,只见满地都是燕子粪,门上一把锁锁着,锁上尽是蜘蛛网。智深把禅杖就地下搠着,叫道:"过往僧人来投斋。"叫了半日,没一个答应。回到香积厨[1]下看时,锅也没了,灶头都塌损。智深把包裹解下,放在监斋使者[2]面前,提了禅杖,到处寻去。寻到厨房后面一间小屋,见几个老和尚坐地,一个个面黄肌瘦。智深喝一声道:"你们这和尚好没道理!由洒家叫唤,没一个应。"那和尚摇手道:"不要高声。"智深道:"俺是过往僧人,讨顿饭吃,有甚利害?"老和尚道:"我们三日不曾有饭落肚,那里讨饭与你吃。"智深道:"俺是五台山来的僧人,粥也胡乱请洒家吃半碗。"老和尚道:"你是活佛去处来的僧,我们合当斋你。争[3]奈我寺中僧众走散,并无一粒斋粮,老僧等端的饿了三日。"智深道:"胡说!这等一个大去处,不信没斋粮。"老和尚道:"我这里是个非细[4]去处。只因是十方常住[5],被一个云游和尚引着一个道人来此住持,把常住有的没的都毁坏了。他两个无所不为,把众僧赶出去了。我几个老的走不动,只得在这里过,因此没饭吃。"智深道:"胡说!量他一个和尚,一个道人,做得甚

---

[1] 香积厨——庙里的厨房。
[2] 监斋使者——庙里厨房供的神。
[3] 争——这里同"怎"。
[4] 细——这里是小的意思。
[5] 十方常住——佛教称不变做常住;庙宇是不变的,因此就称庙宇做常住。十方常住,就是说各方都来礼拜的庙宇。

事,却不去官府告他?"老和尚道:"师父你不知,这里衙门又远,便是官军也禁不的他。这和尚、道人好生了得,都是杀人放火的人,如今向方丈后面一个去处安身。"智深道:"这两个唤做甚么?"老和尚道:"那和尚姓崔,法号道成,绰号生铁佛;道人姓丘,排行小乙,绰号飞天夜叉〔1〕。这两个那里似个出家人,只是绿林中强贼一般,把这出家影占〔2〕身体。"

智深正问间,猛闻得一阵香来。智深提了禅杖,趱〔3〕过后面,打一看时,见一个土灶,盖着一个草盖,气腾腾撞将起来。智深揭起看时,煮着一锅粟米粥。智深骂道:"你这几个老和尚没道理!只说三日没饭吃,如今见煮一锅粥。出家人何故说谎?"那几个老和尚吃智深寻出粥来,只叫得苦,把碗、碟、铃头、杓子、水桶,都抢过了。智深肚饥,没奈何,见了粥要吃,没做道理处,只见灶边破漆春台,只有些灰尘在面上。智深见了,人急智生,便把禅杖倚了,就灶边拾把草,把春台揩抹了灰尘,双手把锅掇起来,把粥望春台只一倾。那几个老和尚都来抢粥吃,才吃几口,被智深一推一跤,倒的倒了,走的走了。智深却把手来捧那粥吃。才吃几口,那老和尚道:"我等端的三日没吃饭,却才去村里抄化得这些粟米,胡乱熬些粥吃,你又吃我们的。"智深吃五七口,听得了这话,便撇了不吃。

---

〔1〕 飞天夜叉——佛教的神话:夜叉是天神的名称,有两种,一种在陆地上的,叫做"地夜叉";一种能在空中飞行的,叫做"天夜叉"。
〔2〕 影占——原是占据的意思。这里作遮掩、隐蔽解释。
〔3〕 趱(xué)——行走,是诡秘地、转来转去地、往返不断地行走。

只听得外面有人嘲歌[1]，智深洗了手，提了禅杖，出来看时，破壁子里望见一个道人，头戴皂巾，身穿布衫，腰系杂色绦，脚穿麻鞋，挑着一担儿：一头是一个竹篮儿，里面露些鱼尾并荷叶托着些肉；一头担着一瓶酒，也是荷叶盖着。口里嘲歌着，唱道：

"你在东时我在西，你无男子我无妻。

我无妻时犹闲可，你无夫时好孤恓。"

那几个老和尚赶出来，指与智深道："这个道人便是飞天夜叉丘小乙！"智深见指说了，便提着禅杖，随后跟去。那道人不知智深在后面跟来，只顾走入方丈后墙里去。智深随即跟到里面看时，见绿槐树下放着一条桌子，铺着些盘馔，三个盏子，三双箸子，当中坐着一个胖和尚，生的眉如漆刷，眼似黑墨，肐肐的一身横肉，胸脯下露出黑肚皮来。边厢坐着一个年幼妇人。那道人把竹篮放下，也来坐地。

智深走到面前，那和尚吃了一惊，跳起身来，便道："请师兄坐，同吃一盏。"智深提着禅杖道："你这两个如何把寺来废了？"那和尚便道："师兄请坐，听小僧说。"智深睁着眼道："你说，你说！"那和尚道："在先敝寺十分好个去处，田庄又广，僧众极多，只被廊下那几个老和尚吃酒撒泼，将钱养女，长老禁约他们不得，又把长老排告了出去。因此把寺来都废了，僧众尽皆走散，田土已都卖了。小僧却和这个道人新来住持此间，正欲要整理山门，修盖殿宇。"智深道："这妇

---

[1] 嘲歌——随口唱歌。

人是谁？却在这里吃酒。"那和尚道："师兄容禀：这个娘子，他是前村王有金的女儿。在先他的父亲是本寺檀越，如今消乏[1]了家私，近日好生狼狈，家间人口都没了，丈夫又患病，因来敝寺借米。小僧看施主檀越面，取酒相待，别无他意，只是敬礼。师兄休听那几个老畜生说。"智深听了他这篇话，又见他如此小心，便道："叵耐几个老僧戏弄洒家！"提了禅杖，再回香积厨来。这几个老僧方才吃些饭，正在那里看。见智深嗔忿的出来，指着老和尚道："原来是你这几个坏了常住，犹自在俺面前说谎。"老和尚们一齐都道："师兄休听他说，见今养着一个妇女在那里。他恰才见你有戒刀、禅杖，他无器械，不敢与你相争。你若不信时，再去走遭，看他和你怎地。师兄，你自寻思：他们吃酒吃肉，我们粥也没的吃，恰才只怕师兄吃了。"智深道："也说得是。"倒提了禅杖，再往方丈后来，见那角门却早关了。智深大怒，只一脚踢开了，抢入里面看时，只见那生铁佛崔道成，仗着一条朴刀，从里面赶到槐树下来抢智深。智深见了，大吼一声，轮起手中禅杖，来斗崔道成。怎见的两个和尚比试？

  一个把袈裟不着，手中斜刺朴刀来；一个将直裰牢拴，掌内横飞禅杖去。一个咬牙必剥，浑如敬德战秦琼；一个睁眼圆辉，好似张飞迎吕布。一个尽世不看梁武忏，一个半生懒念法华经。

那个生铁佛崔道成，手中拈着朴刀，与智深厮并。两个一来一往，一去一回，斗了十四五合。那崔道成斗智深不过，只有架隔遮拦，

---

[1]消乏——消耗。

掣仗躲闪，抵当不住，却待要走。这丘道人见他当不住，却从背后拿了条朴刀，大踏步搠将来。智深正斗间，只听的背后脚步响，却又不敢回头看他，不时见一个人影来，知道有暗算的人，叫一声："着！"那崔道成心慌，只道着他禅杖，托地跳出圈子外去。智深却待回身，正好三个摘脚儿厮见。崔道成和丘道人两个，又并十合之上。智深一来肚里无食，二来走了许多路途，三者当不的他两个生力，只得卖个破绽，拖了禅杖便走。两个拈着朴刀，直杀出山门外来。智深又斗了十合，斗他两个不过，掣了禅杖便走。两个赶到石桥下，坐在阑干上，再不来赶。

智深走了二里，喘息方定，寻思道："洒家的包裹放在监斋使者面前，只顾走来，不曾拿得。路上又没一分盘缠，又是饥饿，如何是好？待要回去，又敌他不过，他两个并我一个，枉送了性命。"信步望前面去。行一步，懒一步，走了几里，见前面一个大林子，都是赤松树。但见：

虬枝错落，盘数千条赤脚老龙；怪影参差，立几万道红鳞巨蟒。远观却似判官须，近看宛如魔鬼发。谁将鲜血洒树梢，疑是朱砂铺树顶。

鲁智深看了道："好座猛恶林子！"观看之间，只见树影里一个人探头探脑，望了一望，吐了一口唾，闪入去了。智深看了道："俺猜着这个撮鸟，是个剪径的强人，正在此间等买卖，见洒家是个和尚，他道不利市，吐一口唾，走入去了。那厮却不是鸟晦气，撞了洒家。洒家又一肚皮鸟气，正没处发落，且剥那厮衣裳当酒吃。"提了禅杖，径抢到松林边,喝一声:"兀那林子里的撮鸟,快出来!"

那汉在林子里听的,大笑道:"我晦气,他倒来惹我!"就从林子里拿着朴刀,背翻身跳出来,喝一声:"秃驴!你自当死,不是我来寻你。"智深道:"教你认的洒家!"轮起禅杖抢那汉。那汉拈着朴刀,来斗和尚,恰待向前,肚里寻思道:"这和尚声音好熟。"便道:"兀那和尚,你的声音好熟。你姓甚?"智深道:"俺且和你斗三百合,却说姓名。"那汉大怒,仗手中朴刀,来迎禅杖。两个斗了十数合,那汉暗暗的喝采道:"好个莽和尚!"又斗了四五合,那汉叫道:"少歇,我有话说。"两个都跳出圈子外来。那汉便问道:"你端的姓甚名谁?声音好熟。"智深说姓名毕,那汉撇了朴刀,翻身便剪拂,说道:"认得史进么?"智深笑道:"原来是史大郎。"两个再剪拂了,同到林子里坐定。智深问道:"史大郎,自渭州别后,你一向在何处?"史进答道:"自那日酒楼前与哥哥分手,次日听得哥哥打死了郑屠,逃走去了。有缉捕的访知史进和哥哥赉发那唱的金老,因此小弟也便离了渭州,寻师父王进,直到延州,又寻不着。回到北京,住了几时,盘缠使尽,以此来在这里寻些盘缠,不想得遇。哥哥缘何做了和尚?"智深把前面过的话,从头说了一遍。

史进道:"哥哥既是肚饥,小弟有干肉烧饼在此。"便取出来与智深吃。史进又道:"哥哥既有包裹在寺内,我和你讨去。若还不肯时,一发结果了那厮。"智深道:"是。"当下和史进吃得饱了,各拿了器械,同回瓦罐寺来。到寺前,看见那崔道成、丘小乙两个,兀自在桥上坐地。智深大喝一声道:"你这厮们,来,来!今番和你斗个你死我活!"那和尚笑道:"你是我手里败将,如何再来敢厮并?"智深大怒,轮起铁禅杖,奔过桥来。那生铁佛生嗔,仗着朴刀,杀下桥去。智深一者得了史进,肚里胆壮,二乃吃得饱了,那精神气力越使得出来。两个斗到八九合,崔道成渐渐力怯,只办得走路。那飞天夜叉丘道人见和尚输了,便仗着朴刀来协助。这边史进见了,便从树林子里跳将出来,大喝一声:"都不要走!"掀起笠儿,挺着朴刀,来战丘小乙。四个人两对厮杀,斗的一似画阁上的。但见:

和尚嚣顽,禅僧勇猛。铁禅杖飞一条玉蟒,锋朴刀迸万道霞光。壮士翻身,恨不得平吞了宇宙;道人纵步,只待要撼动了乾坤。八臂相交,有如三战吕布;一声响亮,不若四座天王。溪边斗处鬼神惊,桥上战时山石裂。

智深与崔道成正斗到间深里,智深得便处,喝一声:"着!"只一禅杖,把生铁佛打下桥去。那道人见倒了和尚,无心恋战,卖个破绽便走。史进喝道:"那里去!"赶上望后心一朴刀,扑地一声响,道人倒在一边。史进踏入去,调转朴刀,望下面只顾肐肢肐察的搠。智深赶下桥去,把崔道成后身一禅杖。可怜两个强徒,化作南柯一梦。正是:从前作过事,无幸一齐来。

智深、史进把这丘小乙、崔道成两个尸首,都缚了搠在涧里,两个再打入寺里来。香积厨下那几个老和尚,因见智深输了去,怕崔道成、丘小乙来杀他,已自都吊死了。智深、史进直走入方丈后角门内看时,那个掳来的妇人,投井而死。直寻到里面八九间小屋,打将入去,并无一人。只见包裹已拿在彼,未曾打开。智深道:"既有了包裹,依原背了。"再寻到里面,只见床上三四包衣服,史进打开,都是衣裳,包了些金银,拣好的包了一包袱,背在身上。寻到厨房,见有酒有肉,两个都吃饱了。灶前缚了两个火把,拨开火,炉炭上点着,焰腾腾的先烧着后面小屋,烧到门前;再缚几个火把,直来佛殿下后檐点着,烧起来。凑巧风紧,刮刮杂杂地火起,竟天价烧起来。怎见的好火?但见:

浓烟滚滚,烈焰腾腾。须臾间燎彻天关,顷刻时烧开地户。燎飞禽翅尽坠云霄,烧走兽毛焦投涧壑。多无一霎,佛殿尽通红;那有半朝,僧房俱变赤。恰似老君推倒炼丹炉,一块火山连地滚。

智深与史进看着,等了一回,四下火都着了。二人道:"梁园虽好,不是久恋之家〔1〕。俺二人只好撒开。"二人厮赶着行了一夜。天色微明,两个远远地望见一簇人家,看来是个村镇。两个投那村镇上来。独木桥边,一个小小酒店。但见:

柴门半掩,布幕低垂。酸醨酒瓮土床边,墨画神仙尘壁上。村童量酒,想非涤器之相如;丑妇当垆,不是当时之卓氏。壁间大字,村中学究醉时题;架上蓑衣,野外渔郎乘兴当。

智深、史进来到村中酒店内,一面吃酒,一面叫酒保买些肉来,借些米来,打火做饭。两个吃酒,诉说路上许多事务。吃了酒饭,智深

---

〔1〕梁园虽好,不是久恋之家——汉时,刘武(汉文帝刘恒的儿子,封梁孝王)在开封盖了一个很大的花园宾馆,接待各方宾客。这个宾馆名为梁园。梁园虽好,总不是宾客们自己的家,不可久恋。因此后来有这两句谚语。

便向史进道:"你今投那里去?"史进道:"我如今只得再回少华山,去投奔朱武等三人入了伙,且过几时,却再理会。"智深见说了,道:"兄弟,也是。"便打开包裹,取些金银,与了史进。二人拴了包裹,拿了器械,还了酒钱。二人出得店门,离了村镇,又行不过五七里,到一个三岔路口,智深道:"兄弟,须要分手。洒家投东京去,你休相送。你打华州,须从这条路去。他日却得相会。若有个便人,可通个信息来往。"史进拜辞了智深,各自分了路,史进去了。

只说智深自往东京,在路又行了八九日,早望见东京。入得城来,但见:

千门万户,纷纷朱翠交辉;三市六街,济济衣冠聚集。凤阁列九重金玉,龙楼显一派玻璃。鸾笙凤管沸歌台,象板银筝鸣舞榭。满目军民相庆,乐太平丰稔之年;四方商旅交通,聚富贵荣华之地。花街柳陌,众多娇艳名姬;楚馆秦楼,无限风流歌妓。豪门富户呼卢,公子王孙买笑。景物奢华无比并,只疑阆苑与蓬莱。

智深看见东京热闹,市井喧哗,来到城中,陪个小心,问人道:"大相国寺在何处?"街坊人答道:"前面州桥便是。"智深提了禅杖便走,早来到寺前,入得山门看时,端的好一座大刹。但见:

山门高耸,梵宇清幽。当头敕额字分明,两下金刚形势猛。五间大殿,龙鳞瓦砌碧成行;四壁僧房,龟背磨砖花嵌缝。钟楼森立,经阁巍峨。幡竿高峻接青云,宝塔依稀侵碧汉。木鱼横挂,云板高悬。佛前灯烛荧煌,炉内香烟缭绕。幢幡不断,观音殿接祖师堂;宝盖相连,水陆会通罗汉院。时时护法诸天降,岁岁降魔尊者来。

智深进得寺来,东西廊下看时,径投知客寮内去。道人撞见,报与知客。无移时,知客僧出来,见了智深生的凶猛,提着铁禅杖,跨着戒刀,背着个大包裹,先有五分惧他。知客问道:"师兄何方来?"智深放下包裹禅杖,打个问讯,知客回了问讯。智深说道:"小徒五台山来。本师真长老有书在此,着小僧来投上刹清大师长老处,讨个职事僧做。"知客道:"既是真大师长老有书札,合当同到方丈里去。"知客引了智深,直到方丈,解开包裹,取出书来,拿在手里。知客道:"师兄,你如何不知体面?即目长老出来,你可解了戒刀,取出那七条〔1〕、坐具、信香来,礼拜长老使得。"智深道:"你却何不早说。"随即解了戒刀,包裹内取出片香一炷,坐具、七条半晌没做道理处。知客又与他披了袈裟,教他先铺坐具。知客问道:"有信香在那里?"智深道:"甚么信香?只有一炷香在此。"知客再不和他说,肚里自疑忌了。

少刻,只见智清禅师两个使者引着出来,禅椅上坐了。知客向前打个问讯,禀道:"这僧人从五台山来,有真禅师书在此,上达本师。"清长老道:"好,好!师兄多时不曾有法帖来。"知客叫智深道:"师兄,把书来礼拜长老。"只见智深先把那炷香插在炉内,拜了三拜,将

---

〔1〕 七条——就是七条衣,僧人在礼诵、听讲、说戒时穿的一种袈裟。

书呈上。清长老接书,把来拆开看时,上面写道:

"智真和尚合掌白言贤弟清公大德禅师:不觉天长地隔,别颜瞬远。虽南北分宗,千里同意。今有小浼:敝寺檀越赵员外剃度僧人智深,俗姓是延安府老种经略相公帐前提辖官鲁达,为因打死了人,情愿落发为僧。二次因醉闹了僧堂,职事人不能和顺。特来上刹,万望作职事人员收录,幸甚!切不可推故。此僧久后正果非常,千万容留。珍重,珍重!"

清长老读罢来书,便道:"远来僧人且去僧堂中暂歇,吃些斋饭。"智深谢了,收拾起坐具、七条,提了包裹,拿了禅杖、戒刀,跟着行童去了。

清长老唤集两班许多职事僧人,尽到方丈,乃言:"汝等众僧在此,你看我师兄智真禅师好没分晓!这个来的僧人,原来是经略府军官,为因打死了人,落发为僧,二次在彼闹了僧堂,因此难着他。你那里安他不的,却推来与我。待要不收留他,师兄如此万千嘱付,不可推故;待要着他在这里,倘或乱了清规,如何使得。"知客道:"便是弟子们看那僧人,全不似出家人模样,本寺如何安着得他?"都寺便道:"弟子寻思起来,只有酸枣门外退居〔1〕廨宇后那片菜园,如常被营内军健们并门外那二十来个破落户时常来侵害,纵放羊马,好生啰唣。一个老和尚在那里住持,那里敢管他。何不教智深去那里住持,倒敢管的下。"清长老道:"都寺说的是。教侍者去僧堂内客房里,等

---

〔1〕 退居——舍弃不再住人之屋。

他吃罢饭,便唤将他来。"侍者去不多时,引着智深到方丈里。清长老道:"你既是我师兄真大师荐将来我这寺中挂搭[1],做个职事人员。我这敝寺有个大菜园,在酸枣门外岳庙间壁,你可去那里住持管领。每日教种地人纳十担菜蔬,馀者都属你用度。"智深便道:"本师真长老着小僧投大刹讨个职事僧做,却不教俺做个都寺、监寺,如何教洒家去管菜园?"首座便道:"师兄,你不省得。你新来挂搭,又不曾有功劳,如何便做得都寺?这管菜园也是个大职事人员了。"智深道:"洒家不管菜园,俺只要做都寺、监寺。"首座又道:"你听我说与你。僧门中职事人员,各有头项。且如小僧,做个知客,只理会管待往来客官僧众。假如维那、侍者、书记、首座,这都是清职,不容易得做。都寺、监寺、提点、院主,这个都是掌管常住财物。你才到的方丈,怎便得上等职事?还有那管藏的唤做藏主,管殿的唤做殿主,管阁的唤做阁主,管化缘的唤做化主,管浴堂的唤做浴主,这个都是主事人员,中等职事。还有那管塔的塔头,管饭的饭头,管茶的茶头,管菜园的菜头,管东厕的净头,这个都是头事人员,末等职事。假如师兄你管了一年菜园,好,便升你做个塔头;又管了一年,好,升你做个浴主;又一年,好,才做监寺。"智深道:"既然如此,也有出身时,洒家明日便去。"话休絮繁,清长老见智深肯去,就留在方丈里歇了。当日议定了职事,随即写了榜文,先使人去菜园里退居廨宇内挂起库司

---

[1] 挂搭——和尚寄住别的庙里,因为含有临时性质,把随身用的简单东西都挂在禅房的挂钩上,所以叫做挂搭。有时也写作"挂褡"或"挂单"。

榜文，明日交割。当晚各自散了。次早，清长老升法座，押了法帖，委智深管菜园。智深到座前领了法帖，辞了长老，背上包裹，跨了戒刀，提了禅杖，和两个送入院的和尚直来酸枣门外廨宇里来住持。

且说菜园左近，有二三十个赌博不成才破落户泼皮，泛常在园内偷盗菜蔬，靠着养身。因来偷菜，看见廨宇门上新挂一道库司榜文，上说："大相国寺仰委管菜园僧人鲁智深前来住持，自明日为始掌管，并不许闲杂人等入园搅扰。"那几个泼皮看了，便去与众破落户商议道："大相国寺里差一个和尚，甚么鲁智深，来管菜园。我们趁他新来，寻一场闹，一顿打下头来，教那厮伏我们。"数中一个道："我有一个道理。他又不曾认的我，我们如何便去寻的闹？等他来时，诱他去粪窖边，只做恭贺他，双手抢住脚，翻筋斗擞那厮下粪窖去，只是小耍他。"众泼皮道："好，好！"商量已定，且看他来。

却说鲁智深来到廨宇退居内房中，安顿了包裹、行李，倚了禅杖，挂了戒刀。那数个种地道人都来参拜了，但有一应锁钥，尽行交割。那两个和尚同旧住持老和尚，相别了尽回寺去。

且说智深出到菜园地上，东观西望，看那园圃。只见这二三十个泼皮，拿着些果盒酒礼，都嘻嘻的笑道："闻知和尚新来住持，我们邻舍街坊都来作庆。"智深不知是计，直走到粪窖边来。那伙泼皮一齐向前，一个来抢左脚，一个来抢右脚，指望来擞智深。只教智深：脚尖起处，山前猛虎心惊；拳头落时，海内蛟龙丧胆。正是：方圆一片闲园圃，目下排成小战场。那伙泼皮怎的来擞智深，且听下回分解。

第七回

花和尚倒拔垂杨柳　豹子头误入白虎堂

诗曰：

在世为人保七旬，何劳日夜弄精神。

世事到头终有尽，浮花过眼总非真。

贫穷富贵天之命，事业功名隙里尘。

得便宜处休欢喜，远在儿孙近在身。

话说那酸枣门外三二十个泼皮破落户中间，有两个为头的，一个叫做过街老鼠张三，一个叫做青草蛇李四。这两个为头接将来，智深也却好去粪窖边，看见这伙人都不走动，只立在窖边，齐道："俺特来与和尚作庆。"智深道："你们既是邻舍街坊，都来廨宇里坐地。"张三、李四便拜在地上，不肯起来，只指望和尚来扶他，便要动手。智深见了，心里早疑忌道："这伙人不三不四，又不肯近前来，莫不要撧洒家？那厮却是倒来捋虎须，俺且走向前去，教那厮看洒家手脚。"

智深大踏步近前，去众人面前来。那张三、李四便道："小人兄弟们特来参拜师父。"口里说，便向前去，一个来抢左脚，一个来抢右脚。智深不等他占身，右脚早起，腾的把李四先踢下粪窖里去。张三恰待走，智深左脚早起，两个泼皮都踢在粪窖里挣侧。后头那二三十个破落户，惊的目瞪痴呆，都待要走，智深喝道："一个走的，一个下去！两个走的,两个下去！"众泼皮都不敢动掸。只见那张三、李四在粪窖里探起头来。原来那座粪窖没底似深,两个一身臭屎,头发上蛆虫盘满,立在粪窖里,叫道:"师父,饶恕我们！"智深喝道:"你那众泼皮,快扶那鸟上来,我便饶你众人。"众人打一救,挽到葫芦架边,臭秽不可近前。智深呵呵大笑道:"兀那蠢物,你且去菜园池子里洗了来,和你众人说话。"两个泼皮洗了一回,众人脱件衣服与他两个穿了。

智深叫道:"都来廨宇里坐地说话。"智深先居中坐了,指着众人道:"你那伙鸟人,休要瞒洒家,你等都是什么鸟人,来这里戏弄洒家?"那张三、李四并众火伴一齐跪下,说道:"小人祖居在这里,都只靠赌博讨钱为生。这片菜园是俺们衣饭碗,大相国寺里几番使钱要奈何我们不得。师父却是那里来的长老? 怎的了得！相国寺里不曾见有师父。今日我等愿情伏侍。"智深道:"洒家是关西延安府老种经略相公帐前提辖官,只为杀的人多,因此情愿出家,五台山来到这里。洒家俗姓鲁,法名智深。休说你这三二十个人直什么,便是千军万马队中,俺敢直杀的入去出来！"众泼皮喏喏连声,拜谢了去。智深自来廨宇里房内,收拾整顿歇卧。

次日,众泼皮商量,凑些钱物,买了十瓶酒,牵了一个猪,来请智深。都在廨宇安排了,请鲁智深居中坐了,两边一带坐定那二三十泼皮饮酒。智深道:"什么道理,叫你众人们坏钞。"众人道:"我们有福,今日得师父在这里,与我等众人做主。"智深大喜。吃到半酣里,也有唱的,也有说的,也有拍手的,也有笑的。正在那里喧哄,只听得门外老鸦哇哇的叫。众人有扣齿〔1〕的,齐道:"赤口上天,白舌入地〔2〕。"智深道:"你们做什么鸟乱?"众人道:"老鸦叫,怕有口舌。"智深道:"那里取这话!"那种地道人笑道:"墙角边绿杨树上新添了一个老鸦巢,每日只聒到晚。"众人道:"把梯子去上面拆了那巢便了。"有几个道:"我们便去。"智深也乘着酒兴,都到外面看时,果然绿杨树上一个老鸦巢。众人道:"把梯子上去拆了,也得耳根清净。"李四便道:"我与你盘上去,不要梯子。"智深相了一相,走到树前,把直裰脱了,用右手向下,把身倒缴着,却把左手拔住上截,把腰只一趁,将那株绿杨树带根拔起。众泼皮见了,一齐拜倒在地,只叫:"师父非是凡人,正是真罗汉!身体无千万斤气力,如何拔得起!"智深道:"打甚鸟紧!明日都看洒家演武使器械。"众泼皮当晚各自散了。从明日为始,这二三十个破落户见智深匾匾的伏,每日将酒肉来请智深,看他演武使拳。

过了数日,智深寻思道:"每日吃他们酒食多矣,洒家今日也安排些还席。"叫道人去城中买了几般果子,沽了两三担酒,杀翻一口猪,一腔羊。那时正是三月尽,天气正热。智深道:"天色热!"叫道人绿槐树下铺了芦席,请那许多泼皮团团坐定。大碗斟酒,大块切肉,叫众人吃得饱了,再取果子吃酒。又吃得正浓,众泼皮道:"这几日见师父演力,不曾见师父家生器械,怎得师父教我们看一看也

---

〔1〕 扣齿——迷信的传说:在向神祷告之前,要把上下牙齿不住地对击,这个祷告才有效。扣齿,就指的这个动作。
〔2〕 赤口、白舌——指由口舌招惹来的是非。

好。"智深道："说的是。"自去房内取出浑铁禅杖，头尾长五尺，重六十二斤。众人看了，尽皆吃惊，都道："两臂膊没水牛大小气力，怎使得动！"智深接过来，飕飕的使动，浑身上下，没半点儿参差。众人看了，一齐喝采。

智深正使得活泛，只见墙外一个官人看见，喝采道："端的使得好！"智深听得，收住了手看时，只见墙缺边立着一个官人。怎生打扮？但见：

> 头戴一顶青纱抓角儿头巾，脑后两个白玉圈连珠鬓环。身穿一领单绿罗团花战袍，腰系一条双搭尾龟背银带。穿一对磕瓜头朝样皂靴，手中执一把折叠纸西川扇子。

那官人生的豹头环眼，燕颔虎须，八尺长短身材，三十四五年纪，口里道："这个师父端的非凡，使的好器械！"众泼皮道："这位教师喝采，必然是好。"智深问道："那军官是谁？"众人道："这官人是八十万禁军枪棒教头林武师，名唤林冲。"智深道："何不就请来厮见？"那林教头便跳入墙来。两个就槐树下相见了，一同坐地。林教头便问道："师兄何处人氏？法讳唤做甚么？"智深道："洒家是关西鲁达的便是。只为杀的人多，情愿为僧。年幼时也曾到东京，认得令尊林提辖。"林冲大喜，就当结义智深为兄。智深道："教头今日缘何到此？"林冲答道："恰才与拙荆一同来间壁岳庙里还香愿。林冲听得使棒，看得入眼，着女使锦儿自和荆妇去庙里烧香，林冲就只此间相等，不想得遇师兄。"智深道："洒家初到这里，正没相识，得这几个大哥每日相伴，如今又得教头不弃，结为弟兄，十分好了。"便叫道人再添酒来相待。

恰才饮得三杯，只见女使锦儿慌慌急急，红了脸，在墙缺边叫道："官人，休要坐地！娘子在庙中和人合口[1]！"林冲连忙问道："在那里？"锦儿道："正在五岳楼下来，撞见了诈奸不级的，把娘子拦住了，不肯放。"林冲慌忙道："却再来望师兄，休怪，休怪！"林冲别了智深，急跳过墙缺，和锦儿径奔岳庙里来。抢到五岳楼看时，见了数个人拿着弹弓、吹筒、粘竿，都立在栏干边。胡梯上一个年小的后生，独自背立着，把林冲的娘子拦着道："你且上楼去，和你说话。"林冲娘子红了脸道："清平世界，是何道理，把良人调戏！"林冲赶到跟前，把那后生肩胛只一扳过来，喝道："调戏良人妻子，当得何罪！"恰待下拳打时，认的是本管高太尉螟蛉之子高衙内。原来高俅新发迹，不曾有亲儿，无人帮助，因此过房这高阿叔高三郎儿子在房内为子。本是叔伯弟兄，却与他做干儿子，因此高太尉爱惜他。那厮在东京倚势豪强，专一爱淫垢人家妻女。京师人惧怕他权势，谁敢与他争口，叫他做花花太岁。

当时林冲扳将过来，却认得是本管高衙内，先自手软了。高衙内说道："林冲，干你甚事，你来多管？"原来高衙内不认得他是林冲的娘子，若还认得时，也没这场事。见林冲不动手，他发这话。众多闲汉见闹，一齐拢来劝道："教头休怪，衙内不认的，多有冲撞。"林冲怒气未消，一双眼睁着瞅那高衙内。众闲汉劝了林冲，和哄高衙内出庙

---

[1] 合口——斗嘴、吵架。

上马去了。

林冲将引妻小并使女锦儿,也转出廊下来,只见智深提着铁禅杖,引着那二三十个破落户,大踏步抢入庙来。林冲见了,叫道:"师兄,那里去?"智深道:"我来帮你厮打!"林冲道:"原来是本官[1]高太尉的衙内,不认得荆妇,时间无礼。林冲本待要痛打那厮一顿,太尉面上须不好看。自古道:不怕官,只怕管。林冲不合吃着他的请受[2],权且让他这一次。"智深道:"你却怕他本官太尉,洒家怕他甚鸟!俺若撞见那撮鸟时,且教他吃洒家三百禅杖了去。"林冲见智深醉了,便道:"师兄说得是。林冲一时被众人劝了,权且饶他。"智深道:"但有事时,便来唤洒家与你去。"众泼皮见智深醉了,扶着道:"师父,俺们且去,明日再得相会。"智深提着禅杖道:"阿嫂休怪,莫要笑话。阿哥,明日再得相会。"智深相别,自和泼皮去了。林冲领了娘子并锦儿取路回家,心中只是郁郁不乐。

且说这高衙内引了一班儿闲汉,自见了林冲娘子,又被他冲散了,心中好生着迷,快快不乐,回到府中纳闷。过了三两日,众多闲汉都来伺候,见衙内自焦,没撩没乱[3],众人散了。数内有一个帮闲的,唤作干鸟头富安,理会得高衙内意思,独自一个到府中伺候。见

---

[1] 本官——指本部门的主管官员,即顶头上司。后文第八十一回"若得本官于天子前早晚题奏"的本官,却是该官、此官的意思。
[2] 请受——粮饷、薪俸。
[3] 没撩没乱——心绪不宁、老觉着有事搅扰的意思。

衙内在书房中闲坐,那富安走近前去道:"衙内近日面色清减,心中少乐,必然有件不悦之事。"高衙内道:"你如何省得?"富安道:"小子一猜便着。"衙内道:"你猜我心中甚事不乐?"富安道:"衙内是思想那'双木'的。这猜如何?"衙内笑道:"你猜得是。只没个道理得他。"富安道:"有何难哉!衙内怕林冲是个好汉,不敢欺他,这个无伤。他见在帐下听使唤,大请大受,怎敢恶了太尉?轻则便刺配了他,重则害了他性命。小闲〔1〕寻思有一计,使衙内能勾得他。"高衙内听的,便道:"自见了多少好女娘,不知怎的只爱他,心中着迷,郁郁不乐。你有甚见识能勾他时,我自重重的赏你。"富安道:"门下知心腹的陆虞候陆谦,他和林冲最好。明日衙内躲在陆虞候楼上深阁,摆下些酒食,却叫陆谦去请林冲出来吃酒。教他直去樊楼〔2〕上深阁里吃酒,小闲便去他家对林冲娘子说道:'你丈夫教头和陆谦吃酒,一时重气,闷倒在楼上,叫娘子快去看哩。'赚得他来到楼上。妇人家水性,见了衙内这般风流人物,再着些甜话儿调和他,不由他不肯。小闲这一计如何?"高衙内喝采道:"好条计!就今晚着人去唤陆虞候来分付了。"原来陆虞候只在高太尉家隔壁巷内。次日,商量了计策,陆虞候一时听允,也没奈何,只要衙内欢喜,却顾不得朋友交情。

且说林冲连日闷闷不已,懒上街去,巳牌时,听得门首有人叫道:

---

〔1〕 小闲——帮闲的人的自称,含有卑下的意思。
〔2〕 樊楼——宋时东京一座有名的酒楼。

"教头在家么?"林冲出来看时,却是陆虞候,慌忙道:"陆兄何来?"陆谦道:"特来探望,兄何故连日街前不见?"林冲道:"心里闷,不曾出去。"陆谦道:"我同兄长去吃三杯解闷。"林冲道:"少坐拜茶。"两个吃了茶起身。陆虞候道:"阿嫂,我同兄长到家去吃三杯。"林冲娘子赶到布帘下,叫道:"大哥,少饮早归。"

林冲与陆谦出得门来,街上闲走了一回。陆虞候道:"兄长,我们休家去,只就樊楼内吃两杯。"当时两个上到樊楼内,占个阁儿,唤酒保分付,叫取两瓶上色好酒,希奇果子案酒。两个叙说闲话,林冲叹了一口气,陆虞候道:"兄长何故叹气?"林冲道:"贤弟不知,男子汉空有一身本事,不遇明主,屈沉在小人之下,受这般腌臜的气!"陆虞候道:"如今禁军中虽有几个教头,谁人及得兄长的本事,太尉又看承得好,却受谁的气?"林冲把前日高衙内的事告诉陆虞候一遍,陆虞候道:"衙内必不认的嫂子。如此也不打紧,兄长不必忍气,只顾饮酒。"林冲吃了八九杯酒,因要小遗,起身道:"我去净手了来。"林冲下得楼来,出酒店门,投东小巷内去净了手。回身转出巷口,只见女使锦儿叫道:"官人,寻得我苦,却在这里!"林冲慌忙问题:"做甚么?"锦儿道:"官人和陆虞候出来,没半个时辰,只见一个汉子慌慌急急奔来家里,对娘子说道:'我是陆虞候家邻舍。你家教头和陆谦吃酒,只见教头一口气不来,便重倒了,只叫娘子且快来看视。'娘子听得,连忙央间壁王婆看了家,和我跟那汉子去,直到太府前小巷内一家人家。上至楼上,只见桌子上摆着些酒食,不见官人。恰待下楼,只见前日在岳庙里啰唣娘子的那后生出来道:'娘子少坐,你丈夫来也。'锦儿慌慌下的楼时,只听得娘子在楼上叫'杀人'。因此,我一地里寻官人不见,正撞着卖药的张先生道:'我在樊楼前过,见教头和一个人入去吃酒。'因此特奔到这里。官人快去!"

林冲见说,吃了一惊,也不顾女使锦儿,三步做一步,跑到陆虞候家。抢到胡梯上,却关着楼门,只听得娘子叫道:"清平世界,如何把我良人妻子关在这里!"又听得高衙内道:"娘子,可怜见救俺!便是铁石人,也告的回转!"林冲立在胡梯上,叫道:"大嫂开门!"那妇人听的是丈夫声音,只顾来开门,高衙内吃了一惊,斡[1]开了楼窗,跳墙走了。林冲上的楼上,寻不见高衙内,问娘子道:"不曾被这厮点污了?"娘子道:"不曾。"林冲把陆虞候家打得粉碎,将娘子下楼。出得门外看时,邻舍两边都闭了门。女使锦儿接着,三个人一处归家去了。

林冲拿了一把解腕尖刀,径奔到樊楼前去寻陆虞候,也不见了。却回来他门前等了一晚,不见回家,林冲自归。娘子劝道:"我又不曾被他骗了,你休得胡做。"林冲道:"叵耐这陆谦畜生,我和你如兄若弟,你也来骗我!只怕不撞见高衙内,也照管着他头面。"娘子苦劝,那里肯放他出门。陆虞候只躲在太尉府内,亦不敢回家。林冲一连等了三日,并不见面。府前人见林冲面色不好,谁敢问他。

第四日饭时候,鲁智深径寻到林冲家相探,问道:"教头如何连日不见面?"林冲答道:"小弟少冗,不曾探得师兄。既蒙到我寒舍,

---

[1] 斡(wò)——旋转。这里指推移。

本当草酌三杯，争奈一时不能周备，且和师兄一同上街闲玩一遭，市沽两盏，如何？"智深道："最好。"两个同上街来，吃了一日酒，又约明日相会。自此，每日与智深上街吃酒，把这件事都放慢了。

且说高衙内自从那日在陆虞候家楼上吃了那惊，跳墙脱走，不敢对太尉说知，因此在府中卧病。陆虞候和富安两个来府里望衙内，见他容颜不好，精神憔悴，陆谦道："衙内何故如此精神少乐？"衙内道："实不瞒你们说，我为林冲老婆，两次不能勾得他，又吃他那一惊，这病越添得重了。眼见的半年三个月，性命难保。"二人道："衙内且宽心，只在小人两个身上，好歹要共那妇人完聚，只除他自缢死了便罢。"正说间，府里老都管也来看衙内病症。只见：

> 不痒不疼，浑身上或寒或热；没撩没乱，满腹中又饱又饥。白昼忘餐，黄昏废寝。对爷娘怎诉心中恨，见相识难遮脸上羞。七魄悠悠，等候鬼门关上去；三魂荡荡，安排横死案中来。

那陆虞候和富安见老都管来问病，两个商量道："只除恁的。"等候老都管看病已了出来，两个邀老都管僻静处说道："若要衙内病好，只除教太尉得知，害了林冲性命，方能勾得他老婆和衙内在一处，这病便得好。若不如此，已定送了衙内性命。"老都管道："这个容易，老汉今晚便禀太尉得知。"两个道："我们已有了计，只等你回话。"

老都管至晚来见太尉，说道："衙内不害别的症，却害林冲的老婆。"高俅道："几时见了他的浑家？"都管禀道："便是前月二十八日，在岳庙里见来，今经一月有馀。"又把陆虞候设的计备细说了。高俅道："如此，因为他浑家怎地害他？我寻思起来，若为惜林冲一个人时,须送了我孩儿性命,却怎生是好?"都管道:"陆虞候和富安有计较〔1〕。"高俅道:"既是如此,教唤二人来商议。"老都管随即唤陆谦、富安,入到堂里,唱了喏。高俅问道:"我这小衙内的事,你两个有甚计较?救得我孩儿好了时,我自抬举你二人。"陆虞候向前禀道:"恩相在上,只除如此如此使得。"高俅见说了,喝采道:"好计!你两个明日便与我行。"不在话下。

再说林冲每日和智深吃酒,把这件事不记心了。那一日,两个同行到阅武坊巷口,见一条大汉,头戴一顶抓角儿头巾,穿一领旧战袍,手里拿着一口宝刀,插着个草标儿,立在街上,口里自言自语说道:"不遇识者,屈沉了我这口宝刀!"林冲也不理会,只顾和智深说着话走。那汉又跟在背后道:"好口宝刀,可惜不遇识者!"林冲只顾和智深走着,说得入港。那汉又在背后说道:"偌大一个东京,没一个识的军器的!"林冲听的说,回过头来,那汉飕的把那口刀掣将出来,明晃晃的夺人眼目。林冲合当有事,猛可地〔2〕道:"将来看!"那汉递将过来,林冲接在手内,同智深看了。但见:

> 清光夺目,冷气侵人。远看如玉沼春冰,近看似琼台瑞雪。花纹密布,鬼神见后心惊;气象纵横,奸党遇时胆裂。太阿巨阙应难比,干将莫邪亦等闲。

当时林冲看了,吃了一惊,失口道:"好刀!你要卖几钱?"那汉

---
〔1〕 计较——原意是斤斤较量。这里作计议、主意解释,有时也作盘算、考虑等解释。
〔2〕 猛可地——可,语助词;猛可地,犹如说猛然地。

道:"索价三千贯,实价二千贯。"林冲道:"值是值二千贯,只没个识主。你若一千贯肯时,我买你的。"那汉道:"我急要些钱使,你若端的要时,饶你五百贯,实要一千五百贯。"林冲道:"只是一千贯,我便买了。"那汉叹口气道:"金子做生铁卖了。罢,罢!一文也不要少了我的。"林冲道:"跟我来家中,取钱还你。"回身却与智深道:"师兄且在茶房里少待,小弟便来。"智深道:"洒家且回去,明日再相见。"林冲别了智深,自引了卖刀的那汉,去家去取钱与他。将银子折算价贯,准还与他,就问那汉道:"你这口刀那里得来?"那汉道:"小人祖上留下。因为家道消乏,没奈何,将出来卖了。"林冲道:"你祖上是谁?"那汉道:"若说时,辱没杀人!"林冲再也不问。那汉得了银两自去。林冲把这口刀翻来复去看了一回,喝采道:"端的好把刀!高太尉府中有一口宝刀,胡乱不肯教人看,我几番借看,也不肯将出来。今日我也买了这口好刀,慢慢和他比试。"林冲当晚不落手看了一晚,夜间挂在壁上,未等天明,又去看那刀。

次日巳牌时分,只听得门首有两个承局[1]叫道:"林教头,太尉钧旨,道你买一口好刀,就叫你将去比看。太尉在府里专等。"林冲听得,说道:"又是甚么多口的报知了。"两个承局催得林冲穿了衣服,拿了那口刀,随这两个承局来。一路上,林冲道:"我在府中不认的你。"两个人说道:"小人新近参随。"却早来到府前,进得到厅前,林冲立住了脚。两个又道:"太尉在里面后堂内坐地。"转入屏风,至后堂,又不

---

[1] 承局——官府里的差役。

见太尉,林冲又住了脚。两个又道:"太尉直在里面等你,叫引教头进来。"又过了两三重门,到一个去处,一周遭都是绿栏杆。两个又引林冲到堂前,说道:"教头,你只在此少待,等我入去禀太尉。"

林冲拿着刀,立在檐前,两个人自入去了。一盏茶时,不见出来。林冲心疑,探头入帘看时,只见檐前额上有四个青字,写道"白虎节堂"。林冲猛省道:"这节堂是商议军机大事处,如何敢无故辄入,不是礼!"急待回身,只听的靴履响、脚步鸣,一个人从外面入来,林冲看时,不是别人,却是本管高太尉。林冲见了,执刀向前声喏。太尉喝道:"林冲,你又无呼唤,安敢辄入白虎节堂!你知法度否?你手里拿着刀,莫非来刺杀下官?有人对我说,你两三日前拿刀在府前伺候,必有歹心。"林冲躬身禀道:"恩相,恰才蒙两个承局呼唤林冲,将刀来比看。"太尉喝道:"承局在那里?"林冲道:"恩相,他两个已投堂里去了。"太尉道:"胡说!甚么承局敢进我府堂里去。左右,与我拿下这厮!"说犹未了,旁边耳房里走出二十馀人,把林冲横推倒拽,恰似皂雕追紫燕,浑如猛虎啖羊羔。高太尉大怒道:"你既是禁军教头,法度也还不知道。因何手执利刃,故入节堂,欲杀本官?"叫左右把林冲推下,不知性命如何。

不因此等,有分教:大闹中原,纵横海内。直教农夫背上添心号[1],渔父舟中插认旗[2]。毕竟看林冲性命如何,且听下回分解。

---

[1] 心号——军士的号衣,胸前背上都做上符号字样,那东西叫做心号。
[2] 认旗——就是认军旗。如本书中"风流双枪将"、"河北玉麒麟"之类的旗子。

第八回

林教头刺配沧州道　鲁智深大闹野猪林

诗曰：

　　头上青天只恁欺，害人性命霸人妻。

　　须知奸恶千般计，要使英雄一命危。

　　忠义萦心由秉赋，贪嗔转念是慈悲。

　　林冲合是灾星退，却笑高俅枉作为。

话说当时太尉喝叫左右排列军校，拿下林冲要斩，林冲大叫冤屈。太尉道："你来节堂有何事务？见今手里拿着利刃，如何不是来杀下官？"林冲告道："太尉不唤，如何敢见！有两个承局望堂里去了，故赚林冲到此。"太尉喝道："胡说！我府中那有承局。这厮不服断遣！"喝叫左右："解去开封府，分付滕府尹好生推问，勘理明白处决。就把宝刀封了去。"左右领了钧旨，监押林冲投开封府来，恰好府尹坐衙未退。但见：

　　绯罗缴壁，紫绶卓围。当头额挂朱红，四下帘垂斑竹。官僚守正，戒石上刻御制四行；令史谨严，漆牌中书低声二字。提辖官能掌机密，客帐司专管牌单。吏兵沉重，节级严威。执藤条祗候立阶前，持大杖离班分左右。庞眉狱卒挈沉枷，显耀狰狞；竖目押牢提铁锁，施逞猛勇。户婚词讼，断时有似玉衡明；斗殴相争，判断恰如金镜照。虽然一群宰臣官，果是四方民父母。直使囚从冰上立，尽教人向镜中行。说不尽许多威仪，似塑就一堂神道。

高太尉干人把林冲押到府前，跪在阶下。府干将太尉言语对滕府尹说了，将上太尉封的那把刀，放在林冲面前。府尹道："林冲，你是个禁军教头，如何不知法度，手执利刃，故入节堂？这是该死的罪犯！"林冲告道："恩相明镜，念林冲负屈衔冤。小人虽是粗卤的军汉，颇识些法度，如何敢擅入节堂。为是前月二十八日，林冲与妻到岳庙还香愿，正迎见高太尉的小衙内把妻子调戏，被小人喝散了。次后，又使陆虞候赚小人吃酒，却使富安来骗林冲妻子到陆虞候家楼上调戏，亦被小人赶去，是把陆虞候家打了一场。两次虽不成奸，皆有人证。次日，林冲自买这口刀。今日，太尉差两个承局来家呼唤林冲，叫将刀来府里比看，因此林冲同二人到节堂下。两个承局进堂里去了，不想太尉从外面进来，设计陷害林冲。望恩相做主！"府尹听了林冲口词，且叫与了回文，一面取刑具枷杻〔1〕来枷了，推入牢里监下。林冲家里自来送饭，一面使钱。林冲的丈人张教头亦来买上告下，使用财帛。

正值有个当案孔目，姓孙名定，为人最鲠直，十分好善，只要周全人，因此人都唤做孙佛儿。他明知道这件事，转转宛宛在府上说知就里〔2〕，禀道："此事果是屈了林冲，只可周全他。"府尹道："他做下

---

〔1〕 枷杻——刑具；枷，套在颈上的；杻，铐住双手的。
〔2〕 就里——这里是内情、原因的意思。

这般罪,高太尉批仰定罪,定要问他'手执利刃,故入节堂,杀害本官',怎周全得他?"孙定道:"这南衙开封府不是朝廷的,是高太尉家的?"府尹道:"胡说!"孙定道:"谁不知高太尉当权,倚势豪强,更兼他府里无般不做,但有人小小触犯,便发来开封府,要杀便杀,要剐便剐,却不是他家官府?"府尹道:"据你说时,林冲事怎的方便他,施行断遣?"孙定道:"看林冲口词,是个无罪的人,只是没拿那两个承局处。如今着他招认做'不合腰悬利刃,误入节堂',脊杖二十,刺配远恶军州。"滕府尹也知这件事了,自去高太尉面前,再三禀说林冲口词。高俅情知理短,又碍府尹,只得准了。

就此日,府尹回来升厅,叫林冲除了长枷,断了二十脊杖,唤个文笔匠刺了面颊,量地方远近,该配沧州牢城。当厅打一面七斤半团头铁叶护身枷钉了,贴上封皮,押了一道牒文,差两个防送公人监押前去。两个人是董超、薛霸。二人领了公文,押送林冲出开封府来。只见众邻舍并林冲的丈人张教头,都在府前接着,同林冲两个公人,到州桥下酒店里坐定。林冲道:"多得孙孔目维持,这棒不毒,因此走得动掸。"张教头叫酒保安排案酒果子,管待两个公人。酒至数杯,只见张教头将出银两,赍发他两个防送公人已了。林冲执手对丈人说道:"泰山在上,年灾月厄,撞了高衙内,吃了一场屈官司。今日有句话说,上禀泰山。自蒙泰山错爱,将令爱嫁事小人,已经三载,不曾有半些儿差池。虽不曾生半个儿女,未曾面红面赤,半点相争。今小人遭这场横事,配去沧州,生死存亡未保。娘子在家,小人心去不稳,诚恐高衙内威逼这头亲事;况兼青春年少,休为林冲误了前程。却是林冲自行主张，非他人逼迫，小人今日就高邻在此，明白立纸休书，任从改嫁，并无争执。如此，林冲去的心稳，免得高衙内陷害。"张教头道："林冲，甚么言语！你是天年不齐[1]，遭了横事，又不是你作将出来的。今日权且去沧州躲灾避难，早晚天可怜见，放你回来时，依旧夫妻完聚。老汉家中也颇有些过活，明日便取了我女家去，并锦儿，不拣怎的，三年五载，养赡得他。又不叫他出入，高衙内便要见也不能勾。休要忧心，都在老汉身上。你在沧州牢城，我自频频寄书并衣服与你。休得要胡思乱想，只顾放心去。"林冲道："感谢泰山厚意，只是林冲放心不下，枉自两相耽误。泰山可怜见林冲，依允小人，便死也瞑目。"张教头那里肯应承，众邻舍亦说行不得。林冲道："若不依允小人之时，林冲便挣侧得回来，誓不与娘子相聚！"张教头道："既然如此行时，权且由你写下，我只不把女儿嫁人便了。"当时叫酒保寻个写文书的人来，买了一张纸来，那人写，林冲说，道是：

"东京八十万禁军教头林冲，为因身犯重罪，断配沧州，去后存亡不保。有妻张氏年少，情愿立此休书，任从改嫁，永无争执。委是自行情愿，即非相逼。恐后无凭，立此文约为照。年月日。"

林冲当下看人写了，借过笔来，去年月下押个花字，打个手模。正在阁里写了，欲付与泰山收时，只见林冲的娘子号天哭地叫将来，女使锦儿抱着一包衣服，一路寻到酒店里。林冲见了，起身接着道：

---

[1] 天年不齐——命运不好，犹如说流年不利。

"娘子，小人有句话说，已禀过泰山了。为是林冲年灾月厄，遭这场屈事，今去沧州，生死不保，诚恐误了娘子青春，今已写下几字在此。万望娘子休等小人，有好头脑[1]，自行招嫁，莫为林冲误了贤妻。"那妇人听罢，哭将起来，说道："丈夫！我不曾有半些儿点污，如何把我休了？"林冲道："娘子，我是好意，恐怕日后两下相误，赚了你。"张教头便道："我儿放心，虽是林冲恁的主张，我终不成下得[2]将你来再嫁人。这事且由他放心去。他便不来时，我也安排你一世的终身盘费，只教你守志便了。"那妇人听得说，心中哽咽，又见了这封书，一时哭倒，声绝在地。未知五脏如何，先见四肢不动。但见：

荆山玉损，可惜数十年结发成亲；宝鉴花残，枉费九十日东君匹配。花容倒卧，有如西苑芍药倚朱栏；檀口无言，一似南海观音来入定。小园昨夜春风恶，吹折江梅就地横。

林冲与泰山张教头救得起来，半晌方才苏醒，也自哭不住。林冲把休书与教头收了。众邻舍亦有妇人来劝林冲娘子，搀扶回去。张教头嘱付林冲道："你顾前程去，挣扎回来厮见。你的老小，我明白便取回去养在家里，待你回来完聚。你但放心去，不要挂念。如有便人，千万频频寄些书信来。"林冲起身谢了，拜辞泰山并众邻舍，背了包裹，随着公人去了。张教头同邻舍取路回家，不在话下。

且说两个防送公人把林冲带来使臣房里寄了监。董超、薛霸各

----

[1] 头脑——人物。
[2] 下得——忍心、硬心肠，犹如现在说舍得。

自回家，收拾行李。只说董超正在家里拴束包裹，只见巷口酒店里酒保来说道："董端公，一位官人在小人店里请说话。"董超道："是谁？"酒保道："小人不认的，只叫请端公便来。"原来宋时的公人都称呼"端公"。当时董超便和酒保径到店中阁儿内看时，见坐着一个人，头戴顶万字头巾，身穿领皂纱背子，下面皂靴净袜。见了董超，慌忙作揖道："端公请坐。"董超道："小人自来不曾拜识尊颜，不知呼唤有何使令？"那人道："请坐，少间便知。"董超坐在对席。酒保一面铺下酒盏，菜蔬果品案酒都搬来摆了一桌。那人问道："薛端公在何处住？"董超道："只在前边巷内。"那人唤酒保问了底脚[1]："与我去请将来。"酒保去了一盏茶时，只见请得薛霸到阁儿里。董超道："这位官人请俺说话。"薛霸道："不敢动问大人高姓？"那人又道："少刻便知，且请饮酒。"三人坐定，一面酒保筛酒。酒至数杯，那人去袖子里取出十两金子，放在桌上，说道："二位端公各收五两，有些小事烦及。"二人道："小人素不认得尊官，何故与我金子？"那人道："二位莫不投沧州去？"董超道："小人两个奉本府差遣，监押林冲直到那里。"那人道："既是如此，相烦二位。我是高太尉府心腹人陆虞候便是。"董超、薛霸喏喏连声，说道："小人何等样人，敢共对席。"陆谦道："你二位也知林冲和太尉是对头。今奉着太尉钧旨，教将这十两金子送与二位，望你两个领诺，不必远去，只就前面僻静去处把林冲结果了，就彼处讨纸回状回来便了。若开封府但有话说，太尉自行分付，并不

---

[1] 底脚——住址。

妨事。"董超道:"却怕使不的。开封府公文只叫解活的去,却不曾教结果了他。亦且本人年纪又不高大,如何作的这缘故? 倘有些兜答[1],恐不方便。"薛霸道:"董超,你听我说。高太尉便叫你我死,也只得依他,莫说使这官人又送金子与俺。你不要多说,和你分了罢,落得做人情,日后也有照顾俺处。前头有的是大松林猛恶去处,不拣怎的与他结果了罢。"当下薛霸收了金子,说道:"官人放心,多是五站路,少只两程,便有分晓。"陆谦大喜道:"还是薛端公真是爽利,明日到地了时,是必揭取林冲脸上金印回来做表证,陆谦再包办二位十两金子相谢。专等好音,切不可相误。"原来宋时,但是犯人徒流迁徙的,都脸上刺字,怕人恨怪,只唤做"打金印"。三个人又吃了一会酒,陆虞候算了酒钱。三人出酒肆来,各自分手。

只说董超、薛霸将金子分受入己,送回家中,取了行李包裹,拿了水火棍[2],便来使臣房里取了林冲,监押上路。当日出得城来,离城三十里多路歇了。宋时途路上客店人家,但是公人监押囚人来歇,不要房钱。当下董、薛二人带林冲到客店里,歇了一夜。第二日天明起来,打火吃了饮食,投沧州路上来。时遇六月天气,炎暑正热。林冲初吃棒时,倒也无事,次后三两日间,天道盛热,棒疮却发,又是个新吃棒的人,路上一步挨一步,走不动。董超道:"你好不晓事! 此去沧州二千里有馀的路,你这样般走,几时得到。"林冲道:"小人在

---

[1] 兜答——原意是勾引、诱惑、攀附、包围,这里作周折、麻烦解释。也写作"兜搭"。
[2] 水火棍——役吏所用一半红色、一半黑色的硬木短棍。

太尉府里折了些便宜[1],前日方才吃棒,棒疮举发,这般炎热,上下[2]只得担待一步。"薛霸道:"你自慢慢的走,休听咭咶。"董超一路上喃喃咄咄的,口里埋冤叫苦,说道:"却是老爷们晦气,撞着你这个魔头。"看看天色又晚,但见:

> 红轮低坠,玉镜将明。遥观樵子归来,近睹柴门半掩。僧投古寺,疏林穰穰鸦飞;客奔孤村,断岸嗷嗷犬吠。佳人秉烛归房,渔父收纶罢钓。唧唧乱蛩鸣腐草,纷纷宿鹭下莎汀。

当晚三个人投村中客店里来。到得房内,两个公人放了棍棒,解下包裹。林冲也把包来解了,不等公人开口,去包里取些碎银两,央店小二买些酒肉,籴些米来,安排盘馔,请两个防送公人坐了吃。董超、薛霸又添酒来,把林冲灌的醉了,和枷倒在一边。薛霸去烧一锅百沸滚汤,提将来倾在脚盆内,叫道:"林教头,你也洗了脚好睡。"林冲挣的起来,被枷碍了,曲身不得。薛霸便道:"我替你洗。"林冲忙道:"使不得!"薛霸道:"出路人那里计较的许多。"林冲不知是计,只顾伸下脚来,被薛霸只一按,按在滚汤里。林冲叫一声:"哎也!"急缩得起时,泡得脚面红肿了。林冲道:"不消生受。"薛霸道:"只见罪人伏侍公人,那曾有公人伏侍罪人。好意叫他洗脚,颠倒嫌冷嫌热,却不是好心不得好报。"口里喃喃的骂了半夜,林冲那里敢回话,自

---

[1] 折了些便宜——折,作亏损解释。折了些便宜,犹如说吃了些亏。
[2] 上下——本是指天地而言,古人多用做父母的代用语,宋时则用做对"公人"的尊称。

去倒在一边。他两个泼了这水,自换些水去外边洗了脚收拾。睡到四更,同店人都未起,薛霸起来烧了面汤,安排打火做饭吃。林冲起来,晕了,吃不得,又走不动。薛霸拿了水火棍,催促动身。董超去腰里解下一双新草鞋,耳朵并索儿却是麻编的,叫林冲穿。林冲看时,脚上满面都是燎浆泡,只得寻觅旧草鞋穿,那里去讨,没奈何,只得把新鞋穿上。叫店小二算过酒钱,两个公人带了林冲出店,却是五更天气。

林冲走不到三二里,脚上泡被新草鞋打破了,鲜血淋漓,正走不动,声唤不止。薛霸骂道:"走便快走,不走便大棍擗将起来。"林冲道:"上下方便,小人岂敢怠慢,俄延程途,其实是脚疼走不动。"董超道:"我扶着你走便了。"搀着林冲,又行不动,只得又挨了四五里路。看看正走动了,早望见前面烟笼雾锁,一座猛恶林子。但见:

层层如雨脚,郁郁似云头。权枒如鸾凤之巢,屈曲似龙蛇之势。根盘地角,弯环有似蟒盘旋;影拂烟霄,高耸直教禽打捉。直饶胆硬心刚汉,也作魂飞魄散人。

这座猛恶林子,有名唤做"野猪林",此是东京去沧州路上第一个险峻去处。宋时,这座林子内,但有些冤仇的,使用些钱与公人,带到这里,不知结果了多少好汉在此处。今日这两个公人带林冲奔入这林子里来。董超道:"走了一五更,走不得十里路程,似此沧州怎的得到。"薛霸道:"我也走不得了,且就林子里歇一歇。"

三个人奔到里面,解下行李包裹,都搬在树根头。林冲叫声:"呵也!"靠着一株大树便倒了。只见董超说道:"行一步,等一步,倒走得我困倦起来,且睡一睡却行。"放下水火棍,便倒在树边,略略闭得眼,从地下叫将起来。林冲道:"上下做甚么?"董超、薛霸道:"俺两个正要睡一睡,这里又无关锁,只怕你走了。我们放心不下,以此睡不稳。"林冲答道:"小人是个好汉,官司既已吃了,一世也不走。"董超道:"那里信得你说。要我们心稳,须得缚一缚。"林冲道:"上下要缚便缚,小人敢道怎地。"薛霸腰里解下索子来,把林冲连手带脚和枷紧紧的绑在树上。两个跳将起来,转过身来,拿起水火棍,看着林冲,说道:"不是俺要结果你,自是前日来时,有那陆虞候传着高太尉钧旨,教我两个到这里结果你,立等金印回去回话。便多走的几日,也是死数。只今日就这里,倒作成我两个回去快些。休得要怨我弟兄两个,只是上司差遣,不由自己。你须精细着,明年今日是你周年。我等已限定日期,亦要早回话。"林冲见说,泪如雨下,便道:"上下!我与你二位,往日无仇,近日无冤。你二位如何救得小人,生死不忘。"董超道:"说甚么闲话!救你不得。"薛霸便提起水火棍来,望着林冲脑袋上劈将来。可怜豪杰,等闲来赴鬼门关;惜哉英雄,到此翻为槐国梦[1]。万里黄泉无旅店,三魂今夜落谁家?毕竟看林冲性命如何,且听下回分解。

---

[1] 槐国梦——出自唐代李公佐的传奇小说《南柯太守传》。说的是广陵淳于棼醉后梦入右槐树下蚁穴内的大槐安国,被招为驸马,任南柯郡太守三十年,享尽荣华富贵的故事。后世多用这个故事比喻人生如梦、富贵无常。又写作"槐安梦"、"南柯梦"。

第九回

柴进门招天下客　林冲棒打洪教头

《鹧鸪天》：

千古高风聚义亭，英雄豪杰尽堪惊。智深不救林冲死，柴进焉能擅大名。　　人猛烈，马狰狞，相逢较艺论专精。展开缚虎屠龙手，来战移山跨海人。

话说当时薛霸双手举起棍来，望林冲脑袋上便劈下来。说时迟，那时快，薛霸的棍恰举起来，只见松树背后雷鸣也似一声，那条铁禅杖飞将来，把这水火棍一隔，丢去九霄云外，跳出一个胖大和尚来，喝道："洒家在林子里听你多时！"两个公人看那和尚时，穿一领皂布直裰，跨一口戒刀，提起禅杖，轮起来打两个公人。林冲方才闪开眼看时，认得是鲁智深。林冲连忙叫道："师兄，不可下手！我有话说。"智深听得，收住禅杖。两个公人呆了半晌，动掸不得。林冲道："非干他两个事，尽是高太尉使陆虞候分付他两个公人，要害我性命。他两个怎不依他。你若打杀他两个，也是冤屈。"

鲁智深扯出戒刀，把索子都割断了，便扶起林冲，叫："兄弟，俺自从和你买刀那日相别之后，洒家忧得你苦。自从你受官司，俺又无处去救你。打听的你断配沧州，洒家在开封府前又寻不见，却听得人说监在使臣房内。又见酒保来请两个公人，说道：'店里一位官人寻说话。'以此洒家疑心,放你不下,恐这厮们路上害你,俺特地跟将来。见这两个撮鸟带你入店里去,洒家也在那店里歇。夜间听得那厮两个做神做鬼,把滚汤赚了你脚,那时俺便要杀这两个撮鸟,却被客店里人多,恐妨救了。洒家见这厮们不怀好心,越放你不下。你五更里出门时,洒家先投奔这林子里来,等杀这厮两个撮鸟。他倒来这里害你,正好杀这厮两个。"林冲劝道:"既然师兄救了我,你休害他两个性命。"鲁智深喝道:"你这两个撮鸟,洒家不看兄弟面时,把你这两个都剁做肉酱!且看兄弟面皮,饶你两个性命。"就那里插了戒刀,喝道:"你这两个撮鸟,快搀兄弟,都跟洒家来!"提了禅杖先走。两个公人那里敢回话,只叫:"林教头救俺两个!"依前背上包裹,提了水火棍,扶着林冲,又替他挎了包裹,一同跟出林子来。行得三四里路程,见一座小小酒店在村口,四个人入来坐下。看那店时,但见:

  前临驿路,后接溪村。数株槐柳绿阴浓,几处葵榴红影乱。门外森森麻麦,窗前猗猗荷花。轻轻酒旆舞薰风,短短芦帘遮酷日。壁边瓦瓮,白泠泠满贮村醪;架上磁瓶,香喷喷新开社酝。白发田翁亲涤器,红颜村女笑当垆。

当下深、冲、超、霸四人在村酒店中坐下,唤酒保买五七斤肉,打两角酒来吃,回[1]些面米打饼。酒保一面整治,把酒来筛。两个公人道:"不敢拜问师父,在那个寺里住持?"智深笑道:"你两个撮鸟,问俺住处做甚么?莫不去教高俅做甚么奈何洒家?别人怕他,俺不

---

〔1〕 回——买进,转买。

怕他。洒家若撞着那厮，教他吃三百禅杖。"两个公人那里敢再开口，吃了些酒肉，收拾了行李，还了酒钱，出离了村店。林冲问道："师兄，今投那里去？"鲁智深道："杀人须见血，救人须救彻。洒家放你不下，直送兄弟到沧州。"两个公人听了道："苦也！却是坏了我们的勾当，转去时怎回话！"且只得随顺他一处行路。

正在途中，被鲁智深要行便行，要歇便歇，那里敢扭他。好便骂，不好便打，两个公人不敢高声，更怕和尚发作。行了两程，讨了一辆车子，林冲上车将息，三个跟着车子行着。两个公人怀着鬼胎，各自要保性命，只得小心随顺着行。鲁智深一路买酒买肉将息林冲，那两个公人也吃。遇着客店，早歇晚行，都是那两个公人打火做饭，谁敢不依他。二人暗商量："我们被这和尚监押定了，明日回去，高太尉必然奈何俺。"薛霸道："我听得大相国寺菜园廨宇里新来了一个僧人，唤做鲁智深，想来必是他。回去实说，俺要在野猪林结果他，被这和尚救了，一路护送到沧州，因此下手不得。舍着还了他十两金子，着陆谦自去寻这和尚便了。我和你只要躲得身上干净。"董超道："也说的是。"两个暗商量了不题。

话休絮繁，被智深监押不离，行了十七八日，近沧州只有七十来里路程，一路去都有人家，再无僻静处也。鲁智深打听得实了，就松林里少歇。智深对林冲道："兄弟，此去沧州不远，前路都有人家，别无僻静去处，洒家已打听实了。俺如今和你分手，异日再得相见。"林冲道："师兄回去，泰山处可说知。防护之恩，不死当以厚报。"鲁智深又取出一二十两银子与林冲，把三二两与两个公人道：

"你两个撮鸟,本是路上砍了你两个头,兄弟面上饶你两个鸟命。如今没多路了,休生歹心。"两个道:"再怎敢,皆是太尉差遣。"接了银子,却待分手,鲁智深看着两个公人道:"你两个撮鸟的头,硬似这松树么?"二人答道:"小人头是父母皮肉包着些骨头。"智深轮起禅杖,把松树只一下,打的树有二寸深痕,齐齐折了,喝一声道:"你两个撮鸟,但有歹心,教你头也似这树一般。"摆着手,拖了禅杖,叫声:"兄弟保重!"自回去了。

董超、薛霸都吐出舌头来,半晌缩不入去。林冲道:"上下,俺们自去罢。"两个公人道:"好个莽和尚,一下打折了一株树!"林冲道:"这个直得甚么,相国寺一株柳树,连根也拔将起来。"二人只把头来摇,方才得知是实。三人当下离了松林,行到晌午,早望见官道上一座酒店。但见:

古道孤村,路傍酒店。杨柳岸晓垂锦旆,杏花村风拂青帘。刘伶仰卧画床前,李白醉眠描壁上。闻香驻马,果然隔壁醉三家;知味停舟,真乃透瓶香十里。社酝壮农夫之胆,村醪助野叟之容。神仙玉佩曾留下,卿相金貂也当来。

三个人入酒店里来,林冲让两个公人上首坐了。董、薛二人半日方才得自在。那酒店里满厨桌酒肉,店里有三五个筛酒的酒保,都手忙脚乱,搬东搬西。林冲与两个公人坐了半个时辰,酒保并不来问。林冲等得不耐烦,把桌子敲着说道:"你这店主人好欺客,见我是个犯人,便不来睬着,我须不白吃你的,是甚道理?"主人说道:"你这人原来不知我的好意。"林冲道:"不卖酒肉与我,有甚好意?"店主人道:"你不知,俺这村中有个大财主,姓柴名进,此间称为柴大官人,江湖上都唤做小旋风。他是大周柴世宗嫡派子孙,自陈桥让位有德,太祖武德皇帝敕赐与他誓书铁券在家中,谁敢欺负他。专一招接天下往来的好汉,三五十个养在家中。常常嘱付我们:'酒店里如有流配来的犯人,可叫他投我庄上来,我自资助他。'我如今卖酒肉与你,吃得面皮红了,他道你自有盘缠,便不助你。我是好意。"林冲听了,对两个公人道:"我在东京教军时,常常听得军中人传说柴大官人名字,却原来在这里。我们何不同去投奔他?"董超、薛霸寻思道:"既然如此,有甚亏了我们处。"就便收拾包裹,和林冲问道:"酒店主人,柴大官人庄在何处?我等正要寻他。"店主人道:"只在前面,约过三二里路,大石桥边,转湾抹角那个大庄院便是。"林冲等谢了店主人,三个出门,果然三二里见座大石桥。过得桥来,一条平坦大路,早望见绿柳阴中,显出那座庄院。四下一周遭一条阔河,两岸边都是垂杨大树,树阴中一遭粉墙。转湾来到庄前看时,好个大庄院。但见:

  门迎黄道,山接青龙。万株桃绽武陵溪,千树花开金谷苑。聚贤堂上,四时有不谢奇花;百卉厅前,八节赛长春佳景。堂悬敕额金牌,家有誓书铁券。朱甍碧瓦,掩映着九级高堂;画栋雕梁,真乃是三微精舍。仗义疏财欺卓茂,招贤纳士胜田文。

三个人来到庄上,见条阔板桥上坐着四五个庄客,都在那里乘凉。三个人来到桥边,与庄客施礼罢,林冲说道:"相烦大哥报与大官人知道,京师有个犯人迭配牢城姓林的求见。"庄客齐道:"你没福,若是大官人在家时,有酒食钱财与你。今早出猎去了。"林冲道:

"不知几时回来?"庄客道:"说不定,敢怕投东庄去歇也不见得。许你不得。"林冲道:"如此是我没福,不得相遇。我们去罢。"别了众庄客,和两个公人再回旧路,肚里好生愁闷。行了半里多路,只见远远的从林子深处一簇人马来。但见:

> 人人俊丽,个个英雄。数十匹骏马嘶风,两三面绣旗弄日。粉青毡笠,似倒翻荷叶高擎;绛色红缨,如烂熳莲花乱插。飞鱼袋内,高插着描金雀画细轻弓;狮子壶中,整攒着点翠雕翎端正箭。牵几只赶獐细犬,擎数对拿兔苍鹰。穿云俊鹘顿绒绦,脱帽锦雕寻护指。摽枪风利,就鞍边微露寒光;画鼓团圞,向鞍上时闻响震。辔边拴系,都缘是天外飞禽;马上擎抬,莫不是山中走兽。好似晋王临紫塞,浑如汉武到长杨。

那簇人马飞奔庄上来,中间捧着一位官人,骑一匹雪白卷毛马。马上那人生得龙眉凤目,皓齿朱唇,三牙掩口髭须,三十四五年纪,头戴一顶皂纱转角簇花巾,身穿一领紫绣团龙云肩袍,腰系一条玲珑嵌宝玉绦环,足穿一双金线抹绿皂朝靴,带一张弓,插一壶箭,引领从人,都到庄上来。林冲看了,寻思道:"敢是柴大官人么?"又不敢问他,只自肚里踌躇。只见那马上年少的官人纵马前来,问道:"这位带枷的是甚人?"林冲慌忙躬身答道:"小人是东京禁军教头姓林名冲,为因恶[1]了高太尉,寻事发下开封府问罪,断遣刺配此沧州。闻得前面酒店里说,这里有个招贤纳士好汉柴大官人,因此特来相

---

[1] 恶(wù)——得罪、冒犯。

投。不遇官人，当以实诉。"那官人滚鞍下马，飞近前来，说道："柴进有失迎迎。"就草地上便拜。林冲连忙答礼。那官人携住林冲的手，同行到庄上来。那庄客们看见，大开了庄门，柴进直请到厅前。两个叙礼罢，柴进说道："小可[1]久闻教头大名，不期今日来踏贱地，足称平生渴仰之愿。"林冲答道："微贱林冲，闻大人贵名传播海宇，谁人不敬。不想今日因得罪犯，流配来此，得识尊颜，宿生万幸！"柴进再三谦让，林冲坐了客席，董超、薛霸也一带坐了。跟柴进的伴当各自牵了马，去后院歇息，不在话下。

柴进便唤庄客，叫将酒来。不移时，只见数个庄客托出一盘肉，一盘饼，温一壶酒；又一个盘子，托出一斗白米，米上放着十贯钱，都一发将出来。柴进见了道："村夫不知高下，教头到此，如何恁地轻意！快将进去。先把果盒酒来，随即杀羊，然后相待。快去整治！"林冲起身谢道："大官人不必多赐，只此十分勾了，感谢不当。"柴进道："休如此说。难得教头到此，岂可轻慢。"庄客不敢违命，先捧出果盒酒来。柴进起身，一面手执三杯。林冲谢了柴进，饮酒罢，两个公人一同饮了。柴进说："教头请里面少坐。"柴进随即解了弓袋、箭壶，就请两个公人一同饮酒。柴进当下坐了主席，林冲坐了客席，两个公人在林冲肩下，叙说些闲话，江湖上的勾当。

不觉红日西沉，安排得酒食果品海味，摆在桌上，抬在各人面前。柴进亲自举杯，把了三巡，坐下叫道："且将汤来吃。"吃得一道汤，五

---
[1] 小可——自称的谦词。

七杯酒，只见庄客来报道："教师来也。"柴进道："就请来一处坐地相会亦可。快抬一张桌来。"林冲起身看时，只见那个教师入来，歪戴着一顶头巾，挺着脯子，来到后堂。林冲寻思道："庄客称他做教师，必是大官人的师父。"急躬身唱喏道："林冲谨参。"那人全不采着，也不还礼。林冲不敢抬头。柴进指着林冲对洪教头道："这位便是东京八十万禁军枪棒教头，林武师林冲的便是，就请相见。"林冲听了，看着洪教头便拜。那洪教头说道："休拜，起来。"却不躬身答礼。柴进看了，心中好不快意。林冲拜了两拜，起身让洪教头坐。洪教头亦不相让，便去上首便坐。柴进看了，又不喜欢。林冲只得肩下坐了，两个公人亦各坐了。

洪教头便问道："大官人，今日何故厚礼管待配军？"柴进道："这位非比其他的，乃是八十万禁军教头。师父如何轻慢？"洪教头道："大官人只因好习枪棒上头，往往流配军人都来倚草附木，皆道我是枪棒教师，来投庄上，诱些酒食钱米。大官人如何忒[1]认真。"林冲听了，并不做声。柴进说道："凡人不可易相，休小觑他。"洪教头怪这柴进说"休小觑他"，便跳起身来道："我不信他。他敢和我使一棒看，我便道他是真教头。"柴进大笑道："也好，也好。林武师你心下如何？"林冲道："小人却是不敢。"洪教头心中忖量道："那人必是不会，心中先怯了。"因此越来惹林冲使棒。柴进一来要看林冲本事，二者要林冲赢他，灭那厮嘴。柴进道："且把酒来吃着，待月上来

---
[1] 忒——就是太。过于、很的意思。

也罢。"

当下又吃过了五七杯酒,却早月上来了,照见厅堂里面如同白日。柴进起身道:"二位教头较量一棒。"林冲自肚里寻思道:"这洪教头必是柴大官人师父,不争我一棒打翻了他,须不好看。"柴进见林冲踌躇,便道:"此位洪教头也到此不多时,此间又无对手,林武师休得要推辞。小可也正要看二位教头的本事。"柴进说这话,原来只怕林冲碍柴进的面皮,不肯使出本事来。林冲见柴进说开就里,方才放心。只见洪教头先起身道:"来,来,来!和你使一棒看。"一齐都哄出堂后空地上。庄客拿一束杆棒来,放在地下。洪教头先脱了衣裳,拽扎起裙子,掣条棒使个旗鼓,喝道:"来,来,来!"柴进道:"林武师,请较量一棒。"林冲道:"大官人休要笑话。"就地也拿了一条棒起来道:"师父请教。"洪教头看了,恨不得一口水吞了他。林冲拿着棒,使出山东大擂,打将入来。洪教头把棒就地下鞭了一棒,来抢林冲。两个教师就明月地上交手,真个好看。怎见是山东大擂?但见:

　　山东大擂,河北夹枪。大擂棒是鳅鱼穴内喷来,夹枪棒是巨蟒窠中拔出。大擂棒似连根拔怪树,夹枪棒如遍地卷枯藤。两条海内抢珠龙,一对岩前争食虎。

两个教头在月明地上交手,使了四五合棒,只见林冲托地跳出圈子外来,叫一声:"少歇!"柴进道:"教头如何不使本事?"林冲道:"小人输了。"柴进道:"未见二位较量,怎便是输了?"林冲道:"小人只多这具枷,因此权当输了。"柴进道:"是小可一时失了计较。"大笑着道:"这个容易。"便叫庄客取十两银来,当时将至。柴进对押解两个公人道:"小可大胆,相烦二位下顾,权把林教头枷开了,明日牢城营内但有事务,都在小可身上。白银十两相送。"董超、薛霸见了柴进人物轩昂,不敢违他,落得做人情,又得了十两银子,亦不怕他走了。薛霸随即把林冲护身枷开了。柴进大喜道:"今番两位教师再试一棒。"

洪教头见他却才棒法怯了,肚里平欺他做,提起棒却待要使。柴进叫道:"且住。"叫庄客取出一锭银来,重二十五两,无一时,至面前。柴进乃言:"二位教头比试,非比其他,这锭银子权为利物[1]。若是赢的,便将此银子去。"柴进心中只要林冲把出本事来,故意将银子丢在地下。洪教头深怪林冲来,又要争这个大银子,又怕输了锐气,把棒来尽心使个旗鼓,吐个门户,唤做把火烧天势。林冲想道:"柴大官人心里只要我赢他。"也横着棒,使个门户,吐个势,唤做拨草寻蛇势。洪教头喝一声:"来,来,来!"便使棒盖将入来。林冲望后一退,洪教头赶入一步,提起棒又复一棒下来。林冲看他步已乱了,被林冲把棒从地下一跳,洪教头措手不及,就那一跳里和身一转,那棒直扫着洪教头臁儿骨[2]上,撇了棒,扑地倒了。柴进大喜,叫快将酒来把盏。众人一齐大笑。洪教头那里挣侧起来?众庄客一头笑着扶了。洪教头羞颜满面,自投庄外去了。

柴进携住林冲的手,再入后堂饮酒,叫将利物来送还教师。林冲

---

[1] 利物——彩头。
[2] 臁(lián)儿骨——小腿胫骨。

那里肯受,推托不过,只得收了。柴进留在庄上一连住了几日,每日好酒好食管待。又住了五七日,两个公人催促要行。柴进又置席面相待送行,又写两封书,分付林冲道:"沧州大尹也与柴进好,牢城管营、差拨亦与柴进交厚,可将这两封书去下,必然看觑教头。"再将二十五两一锭大银送与林冲,又将银五两赍发两个公人,吃了一夜酒。次日天明,吃了早饭,叫庄客挑了三个的行李,林冲依旧带上枷,辞了柴进便行。柴进送出庄门作别,分付道:"待几日小可自使人送冬衣来与教头。"林冲谢道:"如何报谢大官人。"两个公人相谢了,三人取路投沧州来。

午牌时候,已到沧州城里。虽是个小去处,亦有六街三市。径到州衙里下了公文,当厅引林冲参见了州官大尹,当下收了林冲,押了回文,一面帖下判送牢城营内来。两个公人自领了回文,相辞了回东京去,不在话下。只说林冲送到牢城营内来,看那牢城营时,但见:

> 门高墙壮,地阔池深。天王堂畔,两行垂柳绿如烟;点视厅前,一簇乔松青泼黛。来往的,尽是咬钉嚼铁汉;出入的,无非降龙缚虎人。埋藏聂政、荆轲士,深隐专诸、豫让徒。

沧州牢城营内收管林冲,发在单身房里,听候点视。却有那一般的罪人,都来看觑他,对林冲说道:"此间管营、差拨十分害人,只是要诈人钱物。若有人情钱物送与他时,便觑的你好;若是无钱,将你撇在土牢里,求生不生,求死不死。若得了人情,入门便不打你一百杀威棒,只说有病把来寄下;若不得人情时,这一百棒打得七死八活。"林冲道:"众兄长如此指教,且如要使钱,把多少与他?"众人道:

"若要使得好时,管营把五两银子与他,差拨也得五两银子送他,十分好了。"正说之间,只见差拨过来,问道:"那个是新来配军?"林冲见问,向前答应道:"小人便是。"那差拨不见他把钱出来,变了面皮,指着林冲骂道:"你这个贼配军,见我如何不下拜,却来唱喏?你这厮可知在东京做出事来,见我还是大剌剌的。我看这贼配军满脸都是饿文[1],一世也不发迹。打不死、拷不杀的顽囚,你这把贼骨头好歹落在我手里,教你粉骨碎身,少间叫你便见功效。"林冲只骂的一佛出世[2],那里敢抬头应答。众人见骂,各自散了。

林冲等他发作过了,却取五两银子,陪着笑脸告道:"差拨哥哥,些小薄礼,休嫌小微。"差拨看了道:"你教我送与管营和俺的都在里面?"林冲道:"只是送与差拨哥哥的。另有十两银子,就烦差拨哥哥送与管营。"差拨见了,看着林冲笑道:"林教头,我也闻你的好名字,端的是个好男子,想是高太尉陷害了你。虽然目下暂时受苦,久后必然发迹。据你的大名,这表人物,必不是等闲之人,久后必做大官。"林冲笑道:"皆赖差拨照顾。"差拨道:"你只管放心。"又取出柴大官人的书礼,说道:"相烦老哥将这两封书下一下。"差拨道:"既有柴大官人的书,烦恼做甚!这一封书值一锭金子。我一面与你下书,少间管营来点你,要打一百杀威棒时,你便只说你一路患病未曾痊可。我

---

〔1〕 饿文——就是"饿纹"。迷信的说法:人脸上的皱纹,如果延长伸进嘴里,这人后来定要饿死。因此,称伸进嘴里的皱纹叫做饿纹。
〔2〕 一佛出世——常与"二佛涅槃"(和尚死了,佛教称为圆寂,或称涅槃、灭度)或"二佛生天"连用。是死去活来的意思。

自来与你支吾,要瞒生人的眼目。"林冲道:"多谢指教。"差拨拿了银子并书,离了单身房自去了。林冲叹口气道:"有钱可以通神,此语不差。端的有这般的苦处。"原来差拨落了五两银子,只将五两银子并书来见管营,备说:"林冲是个好汉,柴大官人有书相荐在此呈上。已是高太尉陷害,配他到此,又无十分大事。"管营道:"况是柴大官人有书,必须要看顾他。"便教唤林冲来见。

且说林冲正在单身房里闷坐,只见牌头叫道:"管营在厅上叫唤新到罪人林冲来点视。"林冲听得呼唤,来到厅前。管营道:"你是新到犯人,太祖武德皇帝留下旧制,新入配军,须吃一百杀威棒。左右,与我驮起来。"林冲告道:"小人于路感冒风寒,未曾痊可,告寄打。"差拨道:"这人见今有病,乞赐怜恕。"管营道:"果是这人症候在身,权且寄下,待病痊可却打。"差拨道:"见今天王堂看守的多时满了,可叫林冲去替换他。"就厅上押了帖文,差拨领了林冲,单身房里取了行李,来天王堂交替。差拨道:"林教头,我十分周全你。教看天王堂时,这是营中第一样省气力的勾当,早晚只烧香扫地便了。你看别的囚徒,从早起直做到晚,尚不饶他。还有一等无人情的,拨他在土牢里,求生不生,求死不死。"林冲道:"谢得照顾。"又取三二两银子与差拨道:"烦望哥哥一发周全,开了项上枷亦好。"差拨接了银子,便道:"都在我身上。"连忙去禀了管营,就将枷也开了。林冲自此在天王堂内安排宿食处,每日只是烧香扫地,不觉光阴早过了四五十日。那管营、差拨得了贿赂,日久情熟,由他自在,亦不来拘管他。柴大官人又使人来送冬衣并人事与他。那满营内囚徒,亦得林冲救济。

　　话不絮繁。时遇冬深将近,忽一日,林冲巳牌时分偶出营前闲走,正行之间,只听得背后有人叫道:"林教头,如何却在这里?"林冲回头过来看时,见了那人,有分教:林冲火烟堆里,争些断送了馀生;风雪途中,几被伤残性命。直使宛子城中屯甲马,梁山泊上列旌旗。毕竟林冲见了的是甚人,且听下回分解。

第十回

林教头风雪山神庙　　陆虞候火烧草料场

诗曰：

天理昭昭不可诬，莫将奸恶作良图。

若非风雪沽村酒，定被焚烧化朽枯。

自谓冥中施计毒，谁知暗里有神扶。

最怜万死逃生地，真是瑰奇伟丈夫。

话说当日林冲正闲走间，忽然背后人叫，回头看时，却认得是酒生儿[1]李小二。当初在东京时，多得林冲看顾。这李小二先前在东京时，不合偷了店主人家财，被捉住了，要送官司问罪。却得林冲主张陪话，救了他免送官司，又与他陪了些钱财，方得脱免。京中安不得身，又亏林冲赍发他盘缠，于路投奔人，不想今日却在这里撞见。林冲道："小二哥，你如何也在这里？"李小二便拜道："自从得恩人救济，赍发小人，一地里[2]投奔人不着，迤逦不想来到沧州，投托一个酒店里，姓王，留小人在店中做过卖[3]。因见小人勤谨，安排的好

---
〔1〕酒生儿——酒店里的伙计。
〔2〕一地里——到处。
〔3〕过卖——堂倌，酒食店里照料座儿的伙计。

菜蔬，调和的好汁水，来吃的人都喝采，以此买卖顺当。主人家有个女儿，就招了小人做女婿。如今丈人丈母都死了，只剩得小人夫妻两个，权在营前开了个茶酒店。因讨钱过来，遇见恩人。恩人不知为何事在这里？"林冲指着脸上道："我因恶了高太尉，生事陷害，受了一场官司，刺配到这里。如今叫我管天王堂，未知久后如何。不想今日到此遇见。"

李小二就请林冲到家里面坐定，叫妻子出来拜了恩人。两口儿欢喜道："我夫妻二人正没个亲眷，今日得恩人到来，便是从天降下。"林冲道："我是罪囚，恐怕玷辱你夫妻两个。"李小二道："谁不知恩人大名，休恁地说。但有衣服，便拿来家里浆洗缝补。"当时管待林冲酒食，至晚送回天王堂。次日，又来相请。因此，林冲得李小二家来往，不时间送汤送水来营里与林冲吃。林冲因见他两口儿恭勤孝顺，常把些银两与他做本钱，不在话下。有诗为证：

才离寂寞神堂路，又守萧条草料场。

李二夫妻能爱客，供茶送酒意偏长。

且把闲话休题，只说正话。迅速光阴，却早冬来。林冲的绵衣裙袄，都是李小二浑家整治缝补。忽一日，李小二正在门前安排菜蔬下饭，只见一个人闪将进来，酒店里坐下，随后又一人入来。看时，前面那个人是军官打扮，后面这个走卒模样，跟着也来坐下。李小二入来问道："要吃酒？"只见那个人将出一两银子与小二道："且收放柜上，取三四瓶好酒来。客到时，果品酒馔只顾将来，不必要问。"李小二道："官人请甚客？"那人道："烦你与我去营里请管营、差拨两个来说话。问时，你只说有个官人请说话，商议些事务。专等，专等。"李小二应承了，来到牢城里，先请了差拨，同到管营家里，请了管营，都到酒店里。只见那个官人和管营、差拨两个讲了礼。管营道："素不相识，动问官人高姓大名？"那人道："有书在此，少刻便知。且取酒来。"李小二连忙开了酒，一面铺下菜蔬果品酒馔。那人叫讨副劝盘来，把了盏，相让坐了。小二独自一个，撺梭也似伏侍不暇。那跟来的人讨了汤桶，自行盪酒。约计吃过十数杯，再讨了按酒，铺放桌上。只见那人说道："我自有伴当盪酒，不叫你休来。我等自要说话。"

　　李小二应了，自来门首叫老婆道："大姐，这两个人来的不尴尬〔1〕。"老婆道："怎么的不尴尬？"小二道："这两个人语言声音是东京人，初时又不认得管营，向后我将按酒入去，只听得差拨口里讷出一句'高太尉'三个字来。这人莫不与林教头身上有些干碍？我自在门前理会，你且去阁子背后，听说甚么。"老婆道："你去营中寻林教头来，认他一认。"李小二道："你不省得，林教头是个性急的人，摸不着便要杀人放火。倘或叫的他来看了，正是前日说的甚么陆虞候，他肯便罢？做出事来，须连累了我和你。你只去听一听，再理会。"老婆道："说的是。"便入去听了一个时辰，出来说道："他那三四个交头接耳说话，正不听得说甚么。只见那一个军官模样的人，去伴当怀里取出一帕子物事，递与管营和差拨。帕子里面的莫不是金银？

---

〔1〕　不尴尬（gān gà）——对人而言，是指的鬼祟、不正派；对事而言，是指的有问题、有麻烦、叫人困窘。有时也写作"尴尬"、"不尴不尬"。

只听差拨口里说道：'都在我身上，好歹要结果了他性命。'"正说之间，阁子里叫："将汤来。"李小二急去里面换汤时，看见管营手里拿着一封书。小二换了汤，添些下饭。又吃了半个时辰，算还了酒钱，管营、差拨先去了。次后，那两个低着头也去了。转背没多时，只见林冲走将入店里来，说道："小二哥，连日好买卖。"李小二慌忙道："恩人请坐，小人却待正要寻恩人，有些要紧话说。"有诗为证：

  潜为奸计害英雄，一线天教把信通。

  亏杀有情贤李二，暗中回护有奇功。

当下林冲问道："甚么要紧的事？"小二哥请林冲到里面坐下，说道："却才有个东京来的尴尬人，在我这里请管营、差拨吃了半日酒。差拨口里讷出高太尉三个字来。小人心下疑，又着浑家听了一个时辰，他却交头接耳说话，都不听得。临了，只见差拨口里应道：'都在我两个身上，好歹要结果了他。'那两个把一包金银递与管营、差拨，又吃一回酒，各自散了。不知甚么样人。小人心下疑，只怕恩人身上有些妨碍。"林冲道："那人生得甚么模样？"李小二道："五短身材，白净面皮，没甚髭须，约有三十馀岁。那跟的也不长大，紫棠色面皮。"林冲听了大惊道："这三十岁的正是陆虞候。那泼贱贼也敢来这里害我！休要撞着我，只教他骨肉为泥！"李小二道："只要提防他便了，岂不闻古人言：吃饭防噎，走路防跌。"林冲大怒，离了李小二家，先去街上买把解腕尖刀，带在身上，前街后巷一地里去寻。李小二夫妻两个，捏着两把汗。

当晚无事，次日天明起来，早洗漱罢，带了刀又去沧州城里城外，小街夹巷,团团寻了一日。牢城营里都没动静。林冲又来对李小二道:"今日又无事。"小二道:"恩人,只愿如此。只是自放仔细便了。"林冲自回天王堂,过了一夜。街上寻了三五日,不见消耗[1],林冲也自心下慢了。到第六日,只见管营叫唤林冲到点视厅上,说道:"你来这里许多时,柴大官人面皮,不曾抬举的你。此间东门外十五里,有座大军草场,每月但是纳草纳料的,有些常例钱取觅,原是一个老军看管。我如今抬举你去替那老军来守天王堂,你在那里阒[2]几贯盘缠。你可和差拨便去那里交割。"林冲应道:"小人便去。"当时离了营中,径到李小二家,对他夫妻两个说道:"今日管营拨我去大军草场管事,却如何?"李小二道:"这个差使又好似天王堂。那里收草料时,有些常例钱钞。往常不使钱时,不能勾这差使。"林冲道:"却不害我,倒与我好差使,正不知何意?"李小二道:"恩人休要疑心,只要没事便好了。只是小人家离得远了,过几时那[3]工夫来望恩人。"就时家里安排几杯酒,请林冲吃了。

话不絮烦,两个相别了。林冲自来天王堂,取了包裹,带了尖刀,拿了条花枪,与差拨一同辞了管营,两个取路投草料场来。正是严冬天气,彤云密布,朔风渐起,却早纷纷扬扬卷下一天大雪来。那雪早下得密了。怎见得好雪?有《临江仙》词为证:

> 作阵成团空里下,这回忒杀堪怜。剡溪冻住子猷船。玉龙

---

[1] 消耗——这里指音信。"消"是消息,"耗"是音耗。
[2] 阒(chuài)——挣。
[3] 那——这里同"挪",作抽、移等解释。

鳞甲舞,江海尽平填。宇宙楼台都压倒,长空飘絮飞绵。三千世界玉相连。冰交河北岸,冻了十馀年。

大雪下的正紧,林冲和差拨两个在路上又没买酒吃处,早来到草料场外。看时,一周遭有些黄土墙,两扇大门。推开看里面时,七八间草房做着仓廒,四下里都是马草堆,中间两座草厅。到那厅里,只见那老军在里面向火。差拨说道:"管营差这个林冲来替你回天王堂看守,你可即便交割。"老军拿了钥匙,引着林冲,分付道:"仓廒内自有官司封记,这几堆草一堆堆都有数目。"老军都点见了堆数,又引林冲到草厅上。老军收拾行李,临了说道:"火盆、锅子、碗碟,都借与你。"林冲道:"天王堂内我也有在那里,你要便拿了去。"老军指壁上挂一个大葫芦,说道:"你若买酒吃时,只出草场,投东大路去三二里,便有市井。"老军自和差拨回营里来。

只说林冲就床上放了包裹被卧,就坐下生些焰火起来。屋边有一堆柴炭,拿几块来生在地炉里。仰面看那草屋时,四下里崩坏了,又被朔风吹撼,摇振得动。林冲道:"这屋如何过得一冬?待雪晴了,去城中唤个泥水匠来修理。"向了一回火,觉得身上寒冷,寻思:"却才老军所说五里路外有那市井,何不去沽些酒来吃?"便去包里取些碎银子,把花枪挑了酒葫芦,将火炭盖了,取毡笠子戴上,拿了钥匙,出来把草厅门拽上。出到大门首,把两扇草场门反拽上锁了,带了钥匙,信步投东。雪地里踏着碎琼乱玉,迤逦背着北风而行。那雪正下得紧。

行不上半里多路,看见一所古庙。林冲顶礼道:"神明庇佑,改日来烧钱纸。"又行了一回,望见一簇人家。林冲住脚看时,见篱笆中挑着一个草帚儿在露天里。林冲径到店里,主人道:"客人那里来?"林冲道:"你认得这个葫芦么?"主人看了道:"这葫芦是草料场老军的。"林冲道:"如何便认的?"店主道:"既是草料场看守大哥,且请少坐。天气寒冷,且酌三杯权当接风。"店家切一盘熟牛肉,盪一壶热酒,请林冲吃。又自买了些牛肉,又吃了数杯,就又买了一葫芦酒,包了那两块牛肉,留下碎银子,把花枪挑了酒葫芦,怀内揣了牛肉,叫声相扰,便出篱笆门,依旧迎着朔风回来。看那雪,到晚越下的紧了。古时有个书生,做了一个词,单题那贫苦的恨雪:

广莫严风刮地,这雪儿下的正好。扯絮挦绵,裁几片大如栲栳。见林间竹屋茅茨,争些儿被他压倒。富室豪家,却言道压瘴犹嫌少。向的是兽炭红炉,穿的是绵衣絮袄。手捻梅花,唱道国家祥瑞,不念贫民些小。高卧有幽人,吟咏多诗草。

再说林冲踏着那瑞雪,迎着北风,飞也似奔到草场门口,开了锁,入内看时,只叫得苦。原来天理昭然,佑护善人义士,因这场大雪,救了林冲的性命。那两间草厅已被雪压倒了。林冲寻思:"怎地好?"放下花枪、葫芦在雪里,恐怕火盆内有火炭延烧起来,搬开破壁子,探半身入去摸时,火盆内火种都被雪水浸灭了。林冲把手床上摸时,只拽得一条絮被。林冲钻将出来,见天色黑了,寻思:"又没打火处,怎生安排?"想起离了这半里路上,有个古庙,可以安身。"我且去那里宿一夜,等到天明却做理会。"把被卷了,花枪挑着酒葫芦,依旧把门拽上锁了,望那庙里来。入的庙门,再把门掩上,傍边止有一块大石头,掇将过来,靠了门。入的里面看时,殿上做着一尊金甲山神,两边一个判官,一个小鬼,侧边堆着一堆纸。团团看来,又没邻舍,又无庙主。林冲把枪和酒葫芦放在纸堆上,将那条絮被放开,先取下毡笠子,把身上雪都抖了,把上盖[1]白布衫脱将下来,早有五分湿了,和毡笠放在供桌上,把被扯来盖了半截下身。却把葫芦冷酒提来便吃,就将怀中牛肉下酒。正吃时,只听得外面必必剥剥地爆响。林冲跳起身来,就壁缝里看时,只见草料场里火起,刮刮杂杂烧着。看那火时,但见:

> 一点灵台,五行造化,丙丁在世传流。无明心内,灾祸起沧州。烹铁鼎能成万物,铸金丹还与重楼。思今古,南方离位,荧惑最为头。绿窗归焰烬,隔花深处,掩映钓渔舟。鏖兵赤壁,公瑾喜成谋。李晋王醉存馆驿,田单在即墨驱牛。周褒姒骊山一笑,因此戏诸侯。

当时张见草场内火起,四下里烧着,林冲便拿枪,却待开门来救火,只听得前面有人说将话来。林冲就伏在庙听时,是三个人脚步声,且奔庙里来。用手推门,却被林冲靠住了,推也推不开。三人在庙檐下立地看火,数内一个道:"这条计好么?"一个应道:"端的亏管营、差拨两位用心。回到京师,禀过太尉,都保你二位做大官。这番张教头没的推故。"那人道:"林冲今番直吃我们对付了,高衙内这病必然好了。"又一个道:"张教头那厮,三回五次托人情去说'你的女

---

[1] 上盖——上身的外衣。

婿殁了'，张教头越不肯应承。因此衙内病患看看重了，太尉特使俺两个央浼二位干这件事，不想而今完备了。"又一个道："小人直爬入墙里去，四下草堆上点了十来个火把，待走那里去！"那一个道："这早晚烧个八分过了。"又听一个道："便逃得性命时，烧了大军草料场，也得个死罪。"又一个道："我们回城里去罢。"一个道："再看一看，拾得他一两块骨头回京，府里见太尉和衙内时，也道我们也能会干事。"

林冲听那三个人时，一个是差拨，一个是陆虞候，一个是富安。林冲道："天可怜见林冲，若不是倒了草厅，我准定被这厮们烧死了。"轻轻把石头掇开，挺着花枪，一手拽开庙门，大喝一声："泼贼那里去！"三个人急要走时，惊得呆了，正走不动。林冲举手胳察的一枪，先戳倒差拨。陆虞候叫声："饶命！"吓的慌了手脚，走不动。那富安走不到十来步，被林冲赶上，后心只一枪，又戳倒了。翻身回来，陆虞候却才行的三四步，林冲喝声道："奸贼！你待那里去！"批胸只一提，丢翻在雪地上，把枪搠在地里，用脚踏住胸脯，身边取出那口刀来，便去陆谦脸上阁着，喝道："泼贼！我自来又和你无甚么冤仇，你如何这等害我！正是杀人可恕，情理难容。"陆虞候告道："不干小人事，太尉差遣，不敢不来。"林冲骂道："奸贼，我与你自幼相交，今日倒来害我，怎不干你事！且吃我一刀。"把陆谦上身衣服扯开，把尖刀向心窝里只一剜，七窍迸出血来，将心肝提在手里。回头看时，差拨正爬将起来要走。林冲按住喝道："你这厮原来也恁的歹！且吃我一刀。"又早把头割下来，挑在枪上。回来把富安、陆谦头都割下来,把尖刀插了,将三个人头发结做一处,提入庙里来,都摆在山神面前供桌上。再穿了白布衫,系了搭膊,把毡笠子带上,将葫芦里冷酒都吃尽了。被与葫芦都丢了不要,提了枪,便出庙门投东去。走不到三五里,早见近村人家都拿着水桶、钩子来救火。林冲道:"你们快去救应,我去报官了来。"提着枪只顾走。那雪越下的猛,但见:

> 凛凛严凝雾气昏,空中祥瑞降纷纷。须臾四野难分路,顷刻千山不见痕。银世界,玉乾坤,望中隐隐接昆仑。若还下到三更后,仿佛填平玉帝门。

林冲投东去了两个更次,身上单寒,当不过那冷。在雪地里看时,离的草场远了,只见前面疏林深处,树木交杂,远远地数间草屋,被雪压着,破壁缝里透出火光来。林冲径投那草屋来,推开门,只见那中间坐着一个老庄家,周围坐着四五个小庄家向火,地炉里面焰焰地烧着柴火。林冲走到面前,叫道:"众位拜揖。小人是牢城营差使人,被雪打湿了衣裳,借此火烘一烘,望乞方便。"庄客道:"你自烘便了,何妨得。"林冲烘着身上湿衣服,略有些干,只见火炭边煨着一个瓮儿,里面透出酒香。林冲便道:"小人身边有些碎银子,望烦回些酒吃。"老庄客道:"我们每夜轮流看米囤,如今四更,天气正冷,我们这几个吃尚且不勾,那得回与你。休要指望。"林冲又道:"胡乱只回三五碗,与小人荡寒。"老庄家道:"你那人休缠,休缠!"林冲闻得酒香,越要吃,说道:"没奈何,回些罢。"众庄客道:"好意着你烘衣裳向火,便来要酒吃。去便去,不去时将来吊在这里。"林冲怒道:"这厮们好无道理。"把手中枪看着块焰焰着的火柴头,望老庄家脸上只一挑将起来，又把枪去火炉里只一搅，那老庄家的髭须焰焰的烧着。众庄客都跳将起来，林冲把枪杆乱打。老庄家先走了。庄家们都动掸不得，被林冲赶打一顿，都走了。林冲道："都走了，老爷快活吃酒。"土炕上却有两个椰瓢，取一个下来，倾那瓮酒来吃了一会，剩了一半，提了枪出门便走。一步高，一步低，踉踉跄跄捉脚不住，走不过一里路，被朔风一掉，随着那山涧边倒了，那里挣得起来。凡醉人一倒，便起不得。醉倒在雪地上。

却说众庄客引了二十馀人，拖枪拽棒，都奔草屋下看时，不见了林冲。却寻着踪迹赶将来，只见倒在雪地里。庄客齐道："你却倒在这里。"花枪丢在一边。众庄客一发上手，就地拿起林冲来，将一条索缚了，趁五更时分，把林冲解投那个去处来。不是别处，有分教：蓼儿洼内，前后摆数千只战舰艨艟；水浒寨中，左右列百十个英雄好汉。搅扰得道君皇帝，盘龙椅上魂惊，丹凤楼中胆裂。正是：说时杀气侵人冷，讲处悲风透骨寒。毕竟看林冲被庄客解投甚处来，且听下回分解。

第十一回

朱贵水亭施号箭[1]　林冲雪夜上梁山

词曰：

天丁震怒，掀翻银海，散乱珠箔。六出奇花飞滚滚，平填了山中丘壑。皓虎颠狂，素麟猖獗，掣断珍珠索。玉龙酣战，鳞甲满天飘落。　谁念万里关山，征夫僵立，缟带沾旗脚。色映戈矛，光摇剑戟，杀气横戎幕。貔虎豪雄，偏裨英勇，共与谈兵略。须拚一醉，看取碧空寥廓。

话说这篇词章名《百字令》，乃是大金完颜亮所作，单题着大雪，壮那胸中杀气。为是自家所说东京那筹好汉，姓林名冲，绰号豹子头，只因天降大雪，险些儿送了性命。那林冲当夜醉倒在雪里地上，挣扎不起，被众庄客向前绑缚了，解送来一个庄院。只见一个庄客从院里出来，说道："大官人未起。"众人且把林冲高吊起在门楼下。看看天色晓来，林冲酒醒，打一看时，果然好个大庄院。林冲大叫道："甚么人敢吊我在这里？"那庄客听得叫，手拿柴棍，从门房里走出来，喝道："你这厮还自好口！"那个被烧了髭须的老庄家说道："休要

---

[1]　号箭——一种用作号令、行动信号的箭。这种箭有一个中空、有眼的装置，射出时能发出响声，所以又叫"响箭"、"鸣镝"。

问他,只顾打。等大官人起来,好生推问。"众庄客一齐上。林冲被打,挣扎不得,只叫道:"不妨事,我有分辨处。"只见一个庄客来叫道:"大官人来了。"林冲看时,见那个官人背叉着手,行将出来,在廊下问道:"你等众人打甚么人?"众庄客答道:"昨夜捉得个偷米贼人。"那官人向前来看时,认得是林冲,慌忙喝退庄客,亲自解下,问道:"教头缘何被吊在这里?"众庄客看见,一齐走了。林冲看时,不是别人,却是柴进,连忙叫道:"大官人救我。"柴进道:"教头为何到此,被村夫耻辱?"林冲道:"一言难尽。"两个且到里面坐下,把这火烧草料场一事,备细告诉。柴进听罢,道:"兄长如此命蹇!今日天假其便,但请放心,这里是小弟的东庄,且住几时,却再商议。"叫庄客取一笼[1]衣裳出来,叫林冲彻里至外都换了,请去暖阁里坐地,安排酒食杯盘管待。自此林冲只在柴进东庄上,住了五七日。

沧州牢城营里管营,首告林冲杀死差拨、陆虞候、富安等三人,放火延烧大军草料场。州尹大惊,随即押了公文帖,仰缉捕人员,将带做公的,沿乡历邑,道店村坊,画影图形,出三千贯信赏钱,捉拿正犯林冲。看看挨捕甚紧,各处村坊讲动了。

且说林冲在柴大官人东庄上,听得这话,如坐针毡。伺候柴进回庄,林冲便说道:"非是大官人不留小弟,争奈官司追捕甚紧,排家[2]搜捉,倘或寻到大官人庄上时,须负累大官人不好。既蒙大官

---

[1] 笼——箱笼,盛衣服的器具。
[2] 排家——挨门挨户。

人仗义疏财,求借林冲些小盘缠,投奔他处栖身。异日不死,当以犬马之报。"柴进道:"既是兄长要行,小人有个去处,作书一封与兄长去,如何?"

豪杰蹉跎运未通,行藏随处被牢笼。

不因柴进修书荐,焉得驰名水浒中?

林冲道:"若得大官人如此周济,教小人安身立命,只不知投何处去?"柴进道:"是山东济州管下一个水乡,地名梁山泊,方圆八百馀里,中间是宛子城、蓼儿洼。如今有三个好汉在那里扎寨。为头的唤做白衣秀士王伦,第二个唤做摸着天杜迁,第三个唤做云里金刚宋万。那三个好汉聚集着七八百小喽啰,打家劫舍,多有做下迷天大罪的人,都投奔那里躲灾避难,他都收留在彼。三位好汉亦与我交厚,常寄书缄来。我今修一封书与兄长,去投那里入伙如何?"林冲道:"若得如此顾盼最好,深谢主盟。"柴进道:"只是沧州道口,见今官司张挂榜文,又差两个军官,在那里搜检,把住道口,兄长必用从那里经过。"柴进低头一想道:"再有个计策,送兄长过去。"林冲道:"若蒙周全,死而不忘。"柴进当日叫庄客背了包裹出关去等。柴进却备了三二十匹马,带了弓箭旗枪,驾了鹰雕,牵着猎狗,一行人马都打扮了,却把林冲杂在里面,一齐上马,都投关外。

却说把关军官坐在关上,看见是柴大官人,却都认得。原来这军官未袭职时,曾到柴进庄上,因此识熟。军官起身道:"大官人又去快活。"柴进下马问道:"二位官人缘何在此?"军官道:"沧州大尹行移文书,画影图形,捉拿犯人林冲,特差某等在此守把。但有过往客商,一一盘问,才放出关。"柴进笑道:"我这一伙人内,中间夹带着林冲,你缘何不认得?"军官也笑道:"大官人是识法度的,不到得[1]肯挟带了出去。请尊便上马。"柴进又笑道:"只恁地相托得过,拿得野味,回来相送。"作别了,一齐上马出关去了。行得十四五里,却见先去的庄客在那里等候。柴进叫林冲下了马,脱去打猎的衣服,却穿上庄客带来的自己衣裳,系了腰刀,戴上红缨毡笠,背上包裹,提了衮刀,相辞柴进,拜别了便行。

只说那柴进一行人,上马自去打猎,到晚方回。依旧过关,送些野味与军官,回庄上去了。

林冲与柴大官人别后,上路行了十数日,时遇暮冬天气,彤云密布,朔风紧起,又早纷纷扬扬下着满天大雪。行不到二十馀里,只见满地如银。但见:

冬深正清冷,昏晦路行难。长空皎洁,争看莹净,埋没遥山。反复风翻絮粉,缤纷轻点林峦。清沁茶烟湿,平铺濮水船。楼台银压瓦,松壑玉龙蟠。苍松髯发皓,拱星攒,珊瑚圆。轻柯渺漠,汀滩孤艇,独钓雪漫漫。村墟情冷落,凄惨少欣欢。

林冲踏着雪只顾走,看看天色冷得紧切,渐渐晚了。远远望见枕溪靠湖一个酒店,被雪漫漫地压着。但见:

银迷草舍,玉映茅檐。数十株老树杈枒,三五处小窗关闭。

---
[1] 不到得——不可能、不至于的意思。

疏荆篱落,浑如腻粉轻铺;黄土绕墙,却似铅华布就。千团柳絮飘帘幕,万片鹅毛舞酒旗。

林冲看见,奔入那酒店里来,揭起芦帘,拂身入去。到侧首看时,都是座头,拣一处坐下,倚了衮刀,解放包裹,抬了毡笠,把腰刀也挂了。只见一个酒保来问道:"客官打多少酒?"林冲道:"先取两角酒来。"酒保将个桶儿,打两角酒,将来放在桌上。林冲又问道:"有甚么下酒?"酒保道:"有生熟牛肉、肥鹅、嫩鸡。"林冲道:"先切二斤熟牛肉来。"酒保去不多时,将来铺下一大盘牛肉,数般菜蔬,放个大碗,一面筛酒。林冲吃了三四碗酒,只见店里一个人背叉着手,走出来门前看雪。那人问酒保道:"甚么人吃酒?"林冲看那人时,头戴深檐暖帽,身穿貂鼠皮袄,脚着一双獐皮窄勒靴,身材长大,貌相魁宏,双拳骨脸,三丫黄髯,只把头来摸着看雪。

林冲叫酒保只顾筛酒。林冲说道:"酒保,你也来吃碗酒。"酒保吃了一碗。林冲问道:"此间去梁山泊还有多少路?"酒保答道:"此间要去梁山泊,虽只数里,却是水路,全无旱路。若要去时,须用船去,方才渡得到那里。"林冲道:"你可与我觅只船儿。"酒保道:"这般大雪,天色又晚了,那里去寻船只?"林冲道:"我与你些钱,央你觅只船来,渡我过去。"酒保道:"却是没讨处。"林冲寻思道:"这般怎的好?"又吃了几碗酒,闷上心来,蓦然间想起:"以先在京师做教头,禁军中每日六街三市游玩吃酒,谁想今日被高俅这贼坑陷了我这一场,文了面,直断送到这里,闪得我有家难奔,有国难投,受此寂寞。"因感伤怀抱,问酒保借笔砚来,乘着一时酒兴,向那白粉壁上写下八句

五言诗。写道:

> "仗义是林冲,为人最朴忠。
>
> 江湖驰闻望,慷慨聚英雄。
>
> 身世悲浮梗,功名类转蓬。
>
> 他年若得志,威镇泰山东!"

林冲题罢诗,撇下笔,再取酒来。正饮之间,只见那汉子走向前来,把林冲劈腰揪住,说道:"你好大胆!你在沧州做下迷天大罪,却在这里。见今官司出三千贯信赏钱捉你,却是要怎的?"林冲道:"你道我是谁?"那汉道:"你不是林冲?"林冲道:"我自姓张。"那汉笑道:"你莫胡说。见今壁上写下名字,你脸上文着金印,如何耍赖得过。"林冲道:"你真个要拿我?"那汉笑道:"我却拿你做甚么。你跟我进来,到里面和你说话。"那汉放了手,林冲跟着,到后面一个水亭上,叫酒保点起灯来,和林冲施礼,对面坐下。那汉问道:"却才见兄长只顾问梁山泊路头,要寻船去。那里是强人山寨,你待要去做甚么?"林冲道:"实不相瞒,如今官司追捕小人紧急,无安身处,特投这山寨里好汉入伙,因此要去。"那汉道:"虽然如此,必有个人荐兄长来入伙。"林冲道:"沧州横海郡故友举荐将来。"那汉道:"莫非柴进么?"林冲道:"足下何以知之?"那汉道:"柴大官人与山寨中大王头领交厚,常有书信往来。"原来是王伦当初不得地之时,与杜迁投奔柴进,多得柴进留在庄子上住了几时,临起身又赍发盘缠银两,因此有恩。林冲听了便拜道:"有眼不识泰山,愿求大名。"那汉慌忙答礼,说道:"小人是王头领手下耳目。小人姓朱名贵,原是沂州沂水县人氏。山寨里教小弟在此间开酒店为名,专一探听往来客商经过。但有财帛者,便去山寨里报知。但是孤单客人到此,无财帛的放他过去;有财帛的来到这里,轻则蒙汗药麻翻,重则登时结果,将精肉片为㸑子〔1〕,肥肉煎油点灯。却才见兄长只顾问梁山泊路头,因此不敢下手。次后见写出大名来,曾有东京来的人,传说兄长的豪杰,不期今日得会。既有柴大官人书缄相荐,亦是兄长名震寰海,王头领必当重用。"随即叫酒保安排分例酒来相待。林冲道:"何故重赐分例酒食?拜扰不当。"朱贵道:"山寨中留下分例酒食,但有好汉经过,必教小弟相待。既是兄长来此入伙,怎敢有失祗应。"随即安排鱼肉盘馔酒肴,到来相待。两个在水亭上吃了半夜酒。林冲道:"如何能勾船来渡过去?"朱贵道:"这里自有船只,兄长放心。且暂宿一宵,五更却请起来同往。"

当时两个各自去歇息。睡到五更时分,朱贵自来叫林冲起来,洗漱罢,再取三五杯酒相待,吃了些肉食之类。此时天尚未明,朱贵把水亭上窗子开了,取出一张鹊画弓,搭上那一枝响箭,觑着对港败芦折苇里面射将去。林冲道:"此是何意?"朱贵道:"此是山寨里的号箭,少刻便有船来。"没多时,只见对过芦苇泊里,三五个小喽啰自摇着一只快船过来,径到水亭下。朱贵当时引了林冲,取了刀仗、行李下船。小喽啰把船摇开,望泊子里去,奔金沙滩来。林冲看时,见那八百里梁山水泊,果然是个陷人去处。但见:

---

〔1〕 㸑(bā)子——即干肉。也写作"巴子"。

山排巨浪,水接遥天。乱芦攒万万队刀枪,怪树列千千层剑戟。濠边鹿角,俱将骸骨攒成;寨内碗瓢,尽使骷髅做就。剥下人皮蒙战鼓,截来头发做缰绳。阻当官军,有无限断头港陌;遮拦盗贼,是许多绝径林峦。鹅卵石叠叠如山,苦竹枪森森如雨。战船来往,一周回埋伏有芦花;深港停藏,四壁下窝盘多草木。断金亭上愁云起,聚义厅前杀气生。

当时小喽啰把船摇到金沙滩岸边,朱贵同林冲上了岸,小喽啰背了包裹,拿了刀仗,两个好汉上山寨来。那几个小喽啰自把船摇去小港里去了。林冲看岸上时,两边都是合抱的大树,半山里一座断金亭子。再转将上来,见座大关,关前摆着刀枪剑戟,弓弩戈矛,四边都是擂木炮石。小喽啰先去报知。二人进得关来,两边夹道遍摆着队伍旗号。又过了两座关隘,方才到寨门口。林冲看见四面高山,三关雄壮,团团围定,中间里镜面也似一片平地,可方三五百丈;靠着山口才是正门,两边都是耳房。朱贵引着林冲来到聚义厅上,中间交椅上坐着王伦,左边交椅上坐着杜迁,右边交椅上坐着宋万。朱贵、林冲向前声喏了,林冲立在朱贵侧边。朱贵便道:"这位是东京八十万禁军教头,姓林名冲。因被高太尉陷害,刺配沧州,那里又被火烧了大军草料场,争奈杀死三人,逃走在柴大官人家。好生相敬,因此特写书来,举荐入伙。"林冲怀中取书递上。王伦接来拆开看了,便请林冲来坐第四位交椅,朱贵坐了第五位。一面叫小喽啰取酒来,把了三巡,动问柴大官人近日无恙。林冲答道:"每日只在郊外猎较乐情。"

王伦动问了一回,蓦地寻思道:"我却是个不及第的秀才,因鸟气合着杜迁来这里落草,续后宋万来,聚集这许多人马伴当。我又没十分本事,杜迁、宋万武艺也只平常。如今不争添了这个人,他是京师禁军教头,必然好武艺。倘若被他识破我们手段,他须占强,我们如何迎敌。不若只是一怪,推却事故,发付他下山去便了,免致后患;只是柴进面上却不好看,忘了日前之恩。如今也顾他不得。"有诗为证:

英勇多推林教头,荐贤柴进亦难俦。

斗筲可笑王伦量,抵死推辞不肯留。

当下王伦叫小喽啰一面安排酒食,整理筵宴,请林冲赴席,众好汉一同吃酒。将次席终,王伦叫小喽啰把一个盘子托出五十两白银,两匹纻丝来。王伦起来说道:"柴大官人举荐将教头来敝寨入伙,争奈小寨粮食缺少,屋宇不整,人力寡薄,恐日后误了足下,亦不好看。略有些薄礼,望乞笑留,寻个大寨安身歇马,切勿见怪。"林冲道:"三位头领容复:小人千里投名,万里投主,凭托柴大官人面皮,径投大寨入伙。林冲虽然不才,望赐收录,当以一死向前,并无谄佞,实为平生之幸。不为银两赍发而来,乞头领照察。"王伦道:"我这里是个小去处,如何安着得你。休怪,休怪!"朱贵见了,便谏道:"哥哥在上,莫怪小弟多言。山寨中粮食虽少,近村远镇,可以去借;山场水泊,木植广有,便要盖千间房屋却也无妨。这位是柴大官人力举荐来的人,如何教他别处去?抑且柴大官人自来与山上有恩,日后得知不纳此人,须不好看。这位又是有本事的人,他必然来出气力。"杜迁道:"山寨中那争他一个。哥哥若不收留,柴大官人知道时见怪,显的我们忘恩背义。日前多曾亏了他,今日荐个人来,便恁推却,发付他去。"宋万也劝道:"柴大官人面上,可容他在这里做个头领也好。不然见的我们无意气,使江湖上好汉见笑。"王伦道:"兄弟们不知,他在沧州虽是犯了迷天大罪,今日上山,却不知心腹。倘或来看虚实,如之奈何?"林冲道:"小人一身犯了死罪,因此来投入伙,何故相疑。"王伦道:"既然如此,你若真心入伙时,把一个投名状来。"林冲便道:"小人颇识几字,乞纸笔来便写。"朱贵笑道:"教头,你错了。但凡好汉们入伙,须要纳投名状。是教你下山去杀得一个人,将头献纳,他便无疑心。这个便谓之投名状。"林冲道:"这事也不难,林冲便下山去等,只怕没人过。"王伦道:"与你三日限。若三日内有投名状来,便容你入伙;若三日内没时,只得休怪。"林冲应承了,自回房中宿歇,闷闷不已。正是:

愁怀郁郁苦难开,可恨王伦忒弄乖。

明日早寻山路去,不知那个送头来?

当晚席散,朱贵相别下山,自去守店。林冲到晚,取了刀仗、行李,小喽啰引去客房内歇了一夜。次日早起来,吃些茶饭,带了腰刀,提了朴刀,叫一个小喽啰领路下山,把船渡过去,僻静小路上等候客人过往。从朝至暮,等了一日,并无一个孤单客人经过。林冲闷闷不已,和小喽啰再过渡来,回到山寨中。王伦问道:"投名状何在?"林冲答道:"今日并无一个过往,以此不曾取得。"王伦道:"你明日若无投名状时,也难在这里了。"林冲再不敢答应,心内自已不乐,来到房中,讨些饭吃了,又歇了一夜。

次日清早起来,和小喽啰吃了早饭,拿了朴刀,又下山来。小喽啰道:"俺们今日投南山路去等。"两个来到林里潜伏等候,并不见一个客人过往。伏到午时后,一伙客人约有三百馀人,结踪而过,林冲又不敢动手,让他过去。又等了一歇,看看天色晚来,又不见一个客人过。林冲对小喽啰道:"我恁地晦气,等了两日,不见一个孤单客人过往,何以是好?"小喽啰道:"哥哥且宽心,明日还有一日限,我和哥哥去东山路上等候。"当晚依旧上山。王伦说道:"今日投名状如何?"林冲不敢答应,只叹了一口气。王伦笑道:"想是今日又没了。我说与你三日限,今已两日了。若明日再无,不必相见了,便请那步下山,投别处去。"林冲回到房中,端的是心内好闷。有《临江仙》词一篇云:

闷似蛟龙离海岛,愁如猛虎困荒田,悲秋宋玉泪涟涟。江淹初去笔,霸王恨无船。　　高祖荥阳遭困厄,昭关伍相受忧煎,曹公赤壁火连天。李陵台上望,苏武陷居延。

当晚林冲仰天长叹道:"不想我今日被高俅那贼陷害,流落到此,直如此命蹇时乖!"过了一夜,次日天明起来,讨些饭食吃了,打拴了那包裹,撇在房中,跨了腰刀,提了朴刀,又和小喽啰下山过渡,投东山路上来。林冲道:"我今日若还取不得投名状时,只得去别处安身立命。"两个来到山下东路林子里潜伏等候,看看日头中了,又没一个人来。时遇残雪初晴,日色明朗,林冲提着朴刀,对小喽啰道:"眼见得又不济事了,不如趁早,天色未晚,取了行李,只得往别处去寻个所在。"小校用手指道:"好了,兀的不是一个人来!"林冲看时,叫声："惭愧！"只见那个人远远在山坡下，望见行来。待他来得较近，林冲把朴刀杆剪了一下，蓦地跳将出来。那汉子见了林冲，叫声："阿也！"撇了担子，转身便走。林冲赶将去，那里赶得上，那汉子闪过山坡去了。林冲道："你看我命苦么！等了三日，甫能等得一个人来，又吃他走了。"小校道："虽然不杀得人，这一担财帛可以抵当。"林冲道："你先挑了上山去，我再等一等。"小喽啰先把担儿挑上山去。只见山坡下转出一个大汉来，林冲见了，说道："天赐其便！"只见那人挺着朴刀，大叫如雷，喝道："泼贼，杀不尽的强徒！将俺行李那里去！洒家正要捉你这厮们，倒来拔虎须！"飞也似踊跃将来。林冲见他来得势猛，也使步迎他。

不是这个人来斗林冲，有分教：梁山泊内，添这个弄风白额大虫；水浒寨中，辏几只跳涧金睛猛兽。直教掀翻天地重扶起，戳破苍穹再补完。毕竟来与林冲斗的正是甚人，且听下回分解。

第十二回

梁山泊林冲落草　汴京城杨志卖刀

诗曰:

天罡地煞下凡尘,托化生身各有因。

落草固缘屠国士,卖刀岂可杀平人?

东京已降天蓬帅,北地生成黑煞神。

豹子头逢青面兽,同归水浒乱乾坤。

话说林冲打一看时,只见那汉子头戴一顶范阳毡笠,上撒着一把红缨,穿一领白段子征衫,系一条纵线绦,下面青白间道行缠,抓着裤子口,獐皮袜,带毛牛膀靴,跨口腰刀,提条朴刀,生得七尺五六身材,面皮上老大一搭青记,腮边微露些少赤须,把毡笠子掀在脊梁上,坦开胸脯,带着抓角儿软头巾,挺手中朴刀,高声喝道:"你那泼贼,将俺行李财帛那里去了?"林冲正没好气,那里答应,睁圆怪眼,倒竖虎须,挺着朴刀,抢将来斗那个大汉。但见:

残雪初晴,薄云方散。溪边踏一片寒冰,岸畔涌两条杀气。一上一下,似云中龙斗水中龙;一往一来,如岩下虎斗林下虎。一个是擎天白玉柱,一个是架海紫金梁。那个没些须破绽高低,这个有千般威风勇猛。一个尽气力望心窝对戳,一个弄精神向胁肋忙穿。架隔遮拦,却似马超逢翼德;盘旋点搠,浑如敬德战秦琼。斗来半晌没输赢,战到数番无胜败。果然巧笔画难成,便是鬼神须胆落。

林冲与那汉斗到三十来合,不分胜败。两个又斗了十数合,正斗到分际,只见山高处叫道:"两个好汉不要斗了。"林冲听得,蓦地跳出圈子外来。两个收住手中朴刀,看那山顶上时,却是王伦和杜迁、宋万,并许多小喽啰走下山来,将船渡过了河,说道:"两位好汉,端的好两口朴刀,神出鬼没。这个是俺的兄弟林冲。青面汉,你却是谁?愿通姓名。"那汉道:"洒家是三代将门之后,五侯杨令公之孙,姓杨名志,流落在此关西。年纪小时,曾应过武举,做到殿司制使官。道君因盖万岁山〔1〕,差一般十个制使,去太湖边搬运花石纲〔2〕赴京交纳。不想洒家时乖运蹇,押着那花石纲来到黄河里,遭风打翻了船,失陷了花石纲,不能回京赴任,逃去他处避难。如今赦了俺们罪犯,洒家今来收得一担儿钱物,待回东京,去枢密院使用,再理会本身的勾当。打从这里经过,雇倩庄家挑那担儿,不想被你们夺了。可把来还洒家如何?"王伦道:"你莫不是绰号唤青面兽的?"杨志道:"洒家便是。"王伦道:"既然是杨制使,就请到山寨吃三杯水酒,纳还行李如何?"杨志道:"好汉既然认得洒家,便还了俺行

---

〔1〕 万岁山——赵佶(宋徽宗)于一一一七年征发无数人工,大兴土役,在东京堆造一座大山,取名艮岳,也叫万岁山。为了装饰这座山,向南方搜括奇花异石,搬运前往。当时人民遭受了极大的骚扰,因之破家、死亡者甚众。

〔2〕 花石纲——成帮结队地输运货物叫做"纲",在宋时大都是官差性质,例如盐纲、茶纲等;花石纲就是输运花石,赵佶向南方搜括奇花异石运京,故有花石纲之名。后文的生辰纲,就是输运寿礼。

李,更强似请吃酒。"王伦道:"制使,小可数年前到东京应举时,便闻制使大名,今日幸得相见,如何教你空去。且请到山寨少叙片时,并无他意。"杨志听说了,只得跟了王伦一行人等过了河,上山寨来。就叫朱贵同上山寨相会,都来到寨中聚义厅上。左边一带四把交椅,却是王伦、杜迁、宋万、朱贵,右边一带两把交椅,上首杨志,下首林冲,都坐定了。王伦叫杀羊置酒,安排筵宴管待杨志,不在话下。

话休絮繁。酒至数杯,王伦指着林冲对杨志道:"这个兄弟,他是东京八十万禁军教头,唤做豹子头林冲。因这高太尉那厮安不得好人,把他寻事刺配沧州,那里又犯了事,如今也新到这里。却才制使要上东京干勾当,不是王伦纠合制使,小可兀自弃文就武,来此落草。制使又是有罪的人,虽经赦宥,难复前职。亦且高俅那厮见掌军权,他如何肯容你?不如只就小寨歇马,大秤分金银,大碗吃酒肉,同做好汉。不知制使心下主意若何?"杨志答道:"重蒙众头领如此带携,只是洒家有个亲眷,见在东京居住。前者官事连累了他,不曾酬谢得他,今日欲要投那里走一遭。望众头领还了洒家行李,如不肯还,杨志空手也去了。"王伦笑道:"既是制使不肯在此,如何敢勒逼入伙。且请宽心住一宵,明日早行。"杨志大喜。当日饮酒到二更方散,各自去歇息了。次日早起来,又置酒与杨志送行。吃了早饭,众头领叫一个小喽啰把昨夜担儿挑了,一齐都送下山来,到路口与杨志作别,教小喽啰渡河,送出大路。众人相别了,自回山寨。王伦自此方才肯教林冲坐第四位,朱贵做第五位。从此,五个好汉在梁山泊打家劫舍,不在话下。

只说杨志出了大路,寻个庄家挑了担子,发付小喽啰自回山寨。杨志取路投东京来,路上免不得饥餐渴饮,夜住晓行,不数日,来到东京。有诗为证:

清白传家杨制使,耻将身迹履危机。

岂知奸佞残忠义,顿使功名事已非。

那杨志入得城来,寻个客店安歇下。庄客交还担儿,与了些银两,自回去了。杨志到店中放下行李,解了腰刀、朴刀,叫店小二将些碎银子买些酒肉吃了。过数日,央人来枢密院打点理会本等[1]的勾当,将出那担儿内金银财物,买上告下,再要补殿司府制使职役。把许多东西都使尽了,方才得申文书,引去见殿帅高太尉。来到厅前,那高俅把从前历事文书都看了,大怒道:"既是你等十个制使去运花石纲,九个回到京师交纳了,偏你这厮把花石纲失陷了,又不来首告,倒又在逃,许多时捉拿不着。今日再要勾当,虽经赦宥所犯罪名,难以委用。"把文书一笔都批倒了,将杨志赶出殿司府来。

杨志闷闷不已,回到客店中,思量:"王伦劝俺,也见得是。只为洒家清白姓字,不肯将父母遗体来点污了。指望把一身本事,边庭上一枪一刀,博个封妻荫子,也与祖宗争口气,不想又吃这一闪!高太尉,你忒毒害,恁地克剥!"心中烦恼了一回,在客店里又住几日,盘

---

〔1〕 本等——本来、原来。

缠都使尽了。杨志寻思道:"却是怎地好!只有祖上留下这口宝刀,从来跟着洒家,如今事急无措,只得拿去街上货卖得千百贯钱钞,好做盘缠,投往他处安身。"当日将了宝刀,插了草标儿,上市去卖。走到马行街内,立了两个时辰,并无一个人问。将立到晌午时分,转来到天汉州桥热闹处去卖。杨志立未久,只见两边的人都跑入河下巷内去躲。杨志看时,只见都乱撺,口里说道:"快躲了,大虫来也。"杨志道:"好作怪!这等一片锦城池,却那得大虫来?"当下立住脚看时,只见远远地黑凛凛一大汉,吃得半醉,一步一攧撞将来。杨志看那人时,形貌生得粗丑。但见:

面目依稀似鬼,身材仿佛如人。权桠怪树,变为肮脏形骸;臭秽枯桩,化作腌臜魍魉。浑身遍体,都生渗渗濑濑沙鱼皮;夹脑连头,尽长拳拳弯弯卷螺发。胸前一片锦顽皮,额上三条强拗皱。

原来这人是京师有名的破落户泼皮,叫做没毛大虫牛二,专在街上撒泼行凶撞闹,连为几头官司,开封府也治他不下,以此满城人见那厮来都躲了。却说牛二抢到杨志面前,就手里把那口宝刀扯将出来,问道:"汉子,你这刀要卖几钱?"杨志道:"祖上留下宝刀,要卖三千贯。"牛二喝道:"甚么鸟刀,要卖许多钱!我三百文买一把,也切得肉,切得豆腐。你的鸟刀有甚好处,叫做宝刀?"杨志道:"洒家的须不是店上卖的白铁刀,这是宝刀。"牛二道:"怎地唤做宝刀?"杨志道:"第一件砍铜剁铁,刀口不卷;第二件吹毛得过;第三件杀人刀上没血。"牛二道:"你敢剁铜钱么?"杨志道:"你便将来,剁与你看。"牛二便去州桥下香椒铺里，讨了二十文当三钱[1]，一垛儿将来，放在州桥阑干上，叫杨志道："汉子，你若剁得开时，我还你三千贯。"那时看的人虽然不敢近前，向远远地围住了望。杨志道："这个直得甚么。"把衣袖卷起，拿刀在手，看的较胜，只一刀，把铜钱剁做两半。众人都喝采。牛二道："喝甚么鸟采！你且说第二件是甚么？"杨志道："吹毛过得。就把几根头发望刀口上只一吹，齐齐都断。"牛二道："我不信。"自把头上拔下一把头发，递与杨志："你且吹我看。"杨志左手接过头发，照着刀口上尽气力一吹，那头发都做两段，纷纷飘下地来。众人喝采，看的人越多了。牛二又问："第三件是甚么？"杨志道："杀人刀上没血。"牛二道："怎地杀人刀上没血？"杨志道："把人一刀砍了，并无血痕，只是个快。"牛二道："我不信！你把刀来剁一个人我看。"杨志道："禁城之中，如何敢杀人？你不信时，取一只狗来，杀与你看。"牛二道："你说杀人，不曾说杀狗。"杨志道："你不买便罢，只管缠人做甚么！"牛二道："你将来我看。"杨志道："你只顾没了当[2]！洒家又不是你撩拨的。"牛二道："你敢杀我？"杨志道："和你往日无冤，昔日无仇，一物不成，两物见在[3]，没来由杀你做甚么？"牛二紧揪住杨志说道："我鳖鸟买你这口刀。"杨志道："你要

----

〔1〕二十文当三钱——当三钱，是宋时一种制钱，一个钱当三个钱用的。二十文，指的二十个。

〔2〕没了当——了当，有妥当、完毕、干净利落等意思。没了当，就是没完没了、纠缠不清的意思。

〔3〕一物不成，两物见在——意思是说买卖不成，但双方钱物仍在，都没有受什么损失。

买,将钱来。"牛二道:"我没钱。"杨志道:"你没钱,揪住洒家怎地?"牛二道:"我要你这口刀。"杨志道:"俺不与你。"牛二道:"你好男子,剁我一刀。"杨志大怒,把牛二推了一跤。牛二爬将起来,钻入杨志怀里。杨志叫道:"街坊邻舍都是证见。杨志无盘缠,自卖这口刀。这个泼皮强夺洒家的刀,又把俺打。"街坊人都怕这牛二,谁敢向前来劝。牛二喝道:"你说我打你,便打杀直甚么!"口里说,一面挥起右手,一拳打来。杨志霍地躲过,拿着刀抢入来,一时性起,望牛二颡根上搠个着,扑地倒了。杨志赶入去,把牛二胸脯上又连搠了两刀,血流满地,死在地上。

杨志叫道:"洒家杀死这个泼皮,怎肯连累你们!泼皮既已死了,你们都来同洒家去官府里出首。"坊隅众人慌忙拢来,随同杨志,径投开封府出首,正值府尹坐衙。杨志拿着刀,和地方邻舍众人,都上厅来,一齐跪下,把刀放在面前。杨志告道:"小人原是殿司制使,为因失陷花石纲,削去本身职役,无有盘缠,将这口刀在街货卖。不期被个泼皮破落户牛二,强夺小人的刀,又用拳打小人,因此一时性起,将那人杀死。众邻舍都是证见。"众人亦替杨志告说,分诉了一回。府尹道:"既是自行前来出首,免了这厮入门的款打。"且叫取一面长枷枷了,差两员相官,带了仵作行人,监押杨志并众邻舍一干人犯,都来天汉州桥边,登场[1]检验了,叠成文案。众邻舍都出了供

---

[1] 登场——就是当场。后文第十四回的"登时",就是当时;"不相登",就是不相当。

状,保放随衙听候,当厅发落,将杨志于死囚牢里监收。但见:

推临狱内,拥入牢门。抬头参青面使者,转面见赤发鬼王。黄须节级,麻绳准备吊绷揪;黑面押牢,木匣安排牢锁镣。杀威棒,狱卒断时腰痛;撒子角,囚人见了心惊。休言死去见阎王,只此便为真地狱。

且说杨志押到死囚牢里,众多押牢禁子、节级见说杨志杀死没毛大虫牛二,都可怜他是个好男子,不来问他要钱,又好生看觑他。天汉州桥下众人,为是杨志除了街上害人之物,都敛些盘缠,凑些银两,来与他送饭,上下又替他使用。推司也觑他是个首身的好汉,又与东京街上除了一害,牛二家又没苦主,把款状都改得轻了。三推六问,却招做一时斗欧杀伤,误伤人命。待了六十日限满,当厅推司禀过府尹,将杨志带出厅前,除了长枷,断了二十脊杖,唤个文墨匠人,刺了两行金印,迭配北京大名府留守司充军。那口宝刀,没官入库。当厅押了文牒,差两个防送公人,免不得是张龙、赵虎,把七斤半铁叶子盘头护身枷钉了。分付两个公人,便教监押上路。天汉州桥那几个大户,科敛〔1〕些银两钱物,等候杨志到来,请他两个公人一同到酒店里吃了些酒食,把出银两赍发两位防送公人,说道:"念杨志是个好汉,与民除害。今去北京路途中,望乞二位上下照觑,好生看他一看。"张龙、赵虎道:"我两个也知他是好汉,亦不必你众位分付,但请放心。"杨志谢了众人。其馀多的银两,尽送与杨志做盘缠,众人各

------

〔1〕 科敛——摊派、征凑的意思。

自散了。

话里只说杨志同两个公人来到原下的客店里,算还了房钱饭钱,取了原寄的衣服行李,安排些酒食,请了两个公人,寻医士赎了几个杖疮的膏药贴了棒疮,便同两个公人上路,三个望北京进发。五里单牌,十里双牌,逢州过县,买些酒肉,不时间请张龙、赵虎吃。三个在路,夜宿旅馆,晓行驿道,不数日来到北京,入得城中,寻个客店安下。原来北京大名府留守司,上马管军,下马管民,最有权势。那留守唤做梁中书,讳世杰,他是东京当朝太师蔡京的女婿。当日是二月初九日,留守升厅,两个公人解杨志到留守司厅前,呈上开封府公文。梁中书看了,原在东京时也曾认得杨志,当下一见了,备问情由。杨志便把高太尉不容复职,使尽钱财,将宝刀货卖,因而杀死牛二的实情,通前一一告禀了。梁中书听得大喜,当厅就开了枷,留在厅前听用。押了批回与两个公人,自回东京,不在话下。

只说杨志自在梁中书府中,早晚殷勤,听候使唤。梁中书见他勤谨,有心要抬举他,欲要迁他做个军中副牌,月支一分请受。只恐众人不伏,因此传下号令,教军政司告示大小诸将人员,来日都要出东郭门教场中去演武试艺。当晚,梁中书唤杨志到厅前。梁中书道:"我有心要抬举你做个军中副牌,月支一分请受,只不知你武艺如何?"杨志禀道:"小人应过武举出身,曾做殿司府制使职役,这十八般武艺,自小习学。今日蒙恩相抬举,如拨云见日一般。杨志若得寸进,当效衔环背鞍之报。"梁中书大喜,赐与一副衣甲。当夜无事。有诗为证:

杨志英雄伟丈夫，卖刀市上杀无徒。

却教罪犯幽燕地，演武场中敌手无。

次日天晓，时当二月中旬，正值风和日暖。梁中书早饭已罢，带领杨志上马，前遮后拥，往东郭门来。到得教场中，大小军卒并许多官员接见，就演武厅前下马。到厅上，正面撒下一把浑银交椅坐下。左右两边齐臻臻地排着两行官员：指挥使、团练使、正制使、统领使、牙将、校尉、副牌军。前后周围恶狠狠地列着百员将校。正将台上立着两个都监：一个唤做李天王李成，一个唤做闻大刀闻达。二人皆有万夫不当之勇，统领着许多军马，一齐都来朝着梁中书呼三声喏。却早将台上竖起一面黄旗来。将台两边，左右列着三五十对金鼓手，一齐发起擂来，品了三通画角，发了三通擂鼓，教场里面谁敢高声。又见将台上竖起一面净平旗来，前后五军一齐整肃。将台上把一面引军红旗磨动，只见鼓声响处，五百军列成两阵，军士各执器械在手。将台上又把白旗招动，两阵马军齐齐地都立在面前，各把马勒住。

梁中书传下令来，叫唤副牌军周谨向前听令。右阵里周谨听得呼唤，跃马到厅前，跳下马，插了枪，暴雷也似声个大喏。梁中书道："着副牌军施逞本身武艺。"周谨得了将令，绰枪上马，在演武厅前左盘右旋，右盘左旋，将手中枪使了几路，众人喝采。梁中书道："叫东京对拨来的军健杨志。"杨志转过厅前，唱个大喏。梁中书道："杨志，我知你原是东京殿司府制使军官，犯罪配来此间。即目[1]盗贼

---

[1] 即目——正当、现在，犹如说即今、目下。

猖狂,国家用人之际,你敢与周谨比试武艺高低?如若赢时,便迁你充其职役。"杨志道:"若蒙恩相差遣,安敢有违钧旨。"梁中书叫取一匹战马来,教甲仗库随行官吏应付军器,教杨志披挂上马,与周谨比试。杨志去厅后把夜来衣甲穿了,拴束罢,带了头盔、弓箭、腰刀,手拿长枪上马,从厅后跑将出来。梁中书看了道:"着杨志与周谨先比枪。"周谨先怒道:"这个贼配军,敢来与我交枪!"谁知恼犯了这个好汉,来与周谨斗武。

不因杨志来与周谨比试,杨志在万马丛中闻姓字,千军队里夺头功。直教大斧横担来水浒,钢枪斜拽上梁山。毕竟杨志与周谨比试引出甚么人来,且听下回分解。

第十三回

急先锋东郭争功　青面兽北京斗武

诗曰：

> 得罪幽燕作配戎，当场比试较英雄。
> 棋逢敌手难藏幸，将遇良才怎用功。
> 鹊画弓弯欺满月，点钢枪刺耀霜风。
> 直饶射虎穿杨手，尽在输赢胜负中。

话说当时周谨、杨志两个勒马在于旗下，正欲出战交锋，只见兵马都监闻达喝道："且住！"自上厅来禀复梁中书道："复恩相：论这两个比试武艺，虽然未见本事高低，枪刀本是无情之物，只宜杀贼剿寇，今日军中自家比试，恐有伤损，轻则残疾，重则致命，此乃于军不利。可将两根枪去了枪头，各用毡片包裹，地下蘸了石灰，再各上马，都与皂衫穿着，但是枪尖厮搠，如白点多者当输。此理如何？"梁中书道："言之极当。"随即传令下去。两个领了言语，向这演武厅后去了枪尖，都用毡片包了，缚成骨朵[1]，身上各换了皂衫，各用枪去石灰桶

---

[1] 骨朵——古时守卫人拿的一种长柄仪仗兵器，头端形如金瓜、大蒜。后文第三十三回花荣射中的门神骨朵头，第五十九回宋江执着的骨朵，都是这种兵器。这里是说改造过的长枪形同骨朵。

里蘸了石灰,再各上马,出到阵前。杨志横枪立马看那周谨时,果是弓马熟闲。怎生结束?头戴皮盔,皂衫笼着一副熟铜甲,下穿一对战靴,系一条绯红包肚,骑一匹鹅黄马。那周谨跃马挺枪直取杨志,这杨志也拍战马拈手中枪来战周谨。两个在阵前来来往往,翻翻复复,搅做一团,扭做一块。鞍上人斗人,坐下马斗马,两个斗了四五十合。看周谨时,恰似打翻了豆腐的,斑斑点点,约有三五十处。看杨志时,只有左肩胛上一点白。梁中书大喜,叫唤周谨上厅看了迹,道:"前官参你做个军中副牌,量你这般武艺,如何南征北讨,怎生做的正请受的副牌?教杨志替此人职役。"

管军兵马都监李成上厅禀复梁中书道:"周谨枪法生疏,弓马熟闲,不争把他来逐了职事,恐怕慢了军心。再教周谨与杨志比箭如何?"梁中书道:"言之极当。"再传下将令来,叫杨志与周谨比箭。两个得了将令,都扎了枪,各关了弓箭。杨志就弓袋内取出那张弓来,扣得端正,擎了弓,跳上马,跑到厅前,立在马上,欠身禀复道:"恩相,弓箭发处,事不容情,恐有伤损,乞请钧旨。"梁中书道:"武夫比试,何虑伤残,但有本事,射死勿论。"杨志得令,回到阵前。李成传下言语,叫两个比箭好汉各关与一面遮箭牌,防护身体。两个各领了遮箭防牌,绾在臂上。杨志道:"你先射我三箭,后却还你三箭。"周谨听了,恨不得把杨志一箭射个透明。杨志终是个军官出身,识破了他手段,全不把他为事。怎见的两个比试?

  一个天姿英发,一个锐气豪强。一个曾向山中射虎,一个惯从风里穿杨。彀满处兔狐丧命,箭发时雕鹗魂伤。较艺术当场比并,施手段对众揄扬。一个磨鞅解实难抵当,一个闪身解不可提防。顷刻内要观胜负,霎时间要见存亡。虽然两个降龙手,必定其中有一强。

当时将台上早把青旗磨动。杨志拍马望南边去,周谨纵马赶来,将缰绳搭在马鞍鞒上,左手拿着弓,右手搭上箭,拽得满满地,望杨志后心飕地一箭。杨志听得背后弓弦响,霍地一闪,去镫里藏身,那枝箭早射个空。周谨见一箭射不着,却早慌了,再去壶中急取第二枝箭来,搭上弓弦,觑的杨志较亲,望后心再射一箭。杨志听得第二枝箭来,却不去镫里藏身。那枝箭风也似来,杨志那时也取弓在手,用弓梢只一拨,那枝箭滴溜溜拨下草地里去了。周谨见第二枝箭又射不着,心里越慌。杨志的马早跑到教场尽头,霍地把马一兜,那马便转身望正厅上走回来。周谨也把马只一勒,那马也跑回,就势里赶将来。去那绿茸茸芳草地上,八个马蹄翻盏撒钹相似,勃喇喇地风团儿也似般走。周谨再取第三枝箭,搭在弓弦上,扣得满满地,尽平生气力,眼睁睁地看着杨志后心窝上,只一箭射将来。杨志听得弓弦响,扭回身,就鞍上把那枝箭只一绰,绰在手里,便纵马入演武厅前,撇下周谨的箭。

梁中书见了大喜,传下号令,却叫杨志也射周谨三箭。将台上又把青旗磨动。周谨撇了弓箭,拿了防牌在手,拍马望南而走。杨志在马上把腰只一纵,略将脚一拍,那马勃喇喇的便赶。杨志先把弓虚扯一扯,周谨在马上听得脑后弓弦响,扭动转身来,便把防牌来迎,却早接个空。周谨寻思道:"那厮只会使枪,不会射箭。等我待他第二枝箭再虚诈时,我便喝住了他,便算我赢了。"周谨的马早到教场南尽头,那马便转望演武厅来。杨志的马见周谨马跑转来,那马也便回身。杨志早去壶中掣出一枝箭来,搭在弓弦上,心里想道:"射中他后心窝,必至伤了他性命。他和我又没冤仇,洒家只射他不致命处便了。"左手如托泰山,右手如抱婴孩,弓开如满月,箭去似流星,说时迟,那时快,一箭正中周谨左肩。周谨措手不及,翻身落马。那匹空马直跑过演武厅背后去了。众军卒自去救那周谨去了。

梁中书见了大喜,叫军政司便呈文案来,教杨志截替了周谨职役。杨志喜气洋洋,下了马,便向厅前来拜谢恩相,充其职役。只见阶下左边转上一个人来,叫道:"休要谢职!我和你两个比试。"杨志看那人时,身材凛凛,七尺以上长短,面圆耳大,唇阔口方,腮边一部落腮胡须,威风凛凛,相貌堂堂,直到梁中书面前声了喏,禀道:"周谨患病未痊,精神不在,因此误输与杨志。小将不才,愿与杨志比试武艺。如若小将折半点便宜与杨志,休教截替周谨,便教杨志替了小将职役,虽死而不怨。"梁中书看时,不是别人,却是大名府留守司正牌军索超。为是他性急,撮盐入火,为国家面上只要争气,当先厮杀,以此人都叫他做急先锋。

李成听得,便下将台来,直到厅前禀复道:"相公,这杨志既是殿司制使,必然好武艺。虽和周谨不是对手,正好与索正牌比试武艺,便见优劣。"梁中书听了,心中想道:"我指望一力要抬举杨志,众将不伏。一发等他赢了索超,他们也死而无怨,却无话说。"梁中书随即唤杨志上厅,问道:"你与索超比试武艺如何?"杨志禀道:"恩相将令,安敢有违。"梁中书道:"既然如此,你去厅后换了装束,好生披挂。"教甲仗库随行官吏,取应用军器给与,就叫:"牵我的战马,借与杨志骑。小心在意,休觑得等闲。"杨志谢了,自去结束。

却说李成分付索超道:"你却难比别人,周谨是你徒弟,先自输了。你若有些疏失,吃他把大名府军官都看得轻了。我有一匹惯曾上阵的战马并一副披挂,都借与你。小心在意,休教折了锐气!"索超谢了,也自去结束。

梁中书起身,走出阶前来。从人移转银交椅,直到月台栏干边放下,梁中书坐定。左右祗候两行,唤打伞的撑开那把银葫芦顶茶褐罗三檐凉伞来,盖定在梁中书背后。将台上传下将令,早把红旗招动。两边金鼓齐鸣,发一通擂,去那教场中两阵内各放了个炮。炮响处,索超跑马入阵内藏在门旗下。杨志也从阵里跑马入军中,直到门旗背后。将台上又把黄旗招动,又发了一通擂,两军齐呐一声喊。教场中谁敢做声,静荡荡的。再一声锣响,扯起净平白旗,两下众官没一个敢走动胡言说话,静静地立着。将台上又把青旗招动,只见第三通战鼓响处,去那左边阵内门旗下,看看分开,鸾铃响处,正牌军索超出马,直到阵前兜住马,拿军器在手,果是英雄。怎生打扮?但见:

> 头戴一顶熟铜狮子盔,脑后斗大来一颗红樱;身披一副铁叶攒成铠甲,腰系一条镀金兽面束带,前后两面青铜护心镜;上笼着一领绯红团花袍,上面垂两条绿绒缕额带;下穿一双斜皮气跨靴。左带一张弓,右悬一壶箭,手里横着一柄金蘸斧。坐下李都监那匹惯战能征雪白马。

看那匹马时,又是一匹好马。但见:

> 两耳如同玉箸,双睛凸似金铃。色按庚辛,仿佛南山白额虎;毛堆腻粉,如同北海玉麒麟。冲得阵,跳得溪,喜战鼓性如君子;负得重,走得远,惯嘶风必是龙媒。胜如伍相梨花马,赛过秦王白玉驹。

左阵上急先锋索超兜住马,挜[1]着金蘸斧,立马在阵前。右边阵内门旗下,看看分开,鸾铃响处,杨志提手中枪出马,直至阵前,勒住马,横着枪在手,果是勇猛。怎生结束?但见:

> 头戴一顶铺霜耀日镔铁盔,上撒着一把青缨;身穿一副钩嵌梅花榆叶甲,系一条红绒打就勒甲绦,前后兽面掩心;上笼着一领白罗生色花袍,垂着条紫绒飞带;脚登一双黄皮衬底靴。一张皮靶弓,数根凿子箭,手中挺着浑铁点钢枪。骑的是梁中书那匹火块赤千里嘶风马。

看时,又是一匹无敌的好马。但见:

> 鬃分火焰,尾摆朝霞。浑身乱扫胭脂,两耳对攒红叶。侵晨临紫塞,马蹄迸四点寒星;日暮转沙堤,就地滚一团火块。休言火德神驹,真乃寿亭赤兔。疑是南宫来猛兽,浑如北海出骊龙。

右阵上青面兽杨志,拈手中枪,勒坐下马,立于阵前。两边军将暗暗地喝采,虽不知武艺如何,先见威风出众。正南上旗牌官拿着销金令字旗,骤马而来,喝道:"奉相公钧旨,教你两个俱各用心。如有

---

[1] 挜(yà)——挥动。

亏误处,定行责罚;若是赢时,多有重赏。"二人得令,纵马出阵,都到教场中心,两马相交,二般兵器并举。索超忿怒,轮手中大斧,拍马来战杨志。杨志逞威,拈手中神枪,来迎索超。两个在教场中间,将台前面,二将相交,各赌平生本事。一来一往,一去一回,四条臂膊纵横,八只马蹄撩乱。但见:

> 征旗蔽日,杀气遮天。一个金蘸斧直奔顶门,一个浑铁枪不离心坎。这个是扶持社稷,毗沙门托塔李天王;那个是整顿江山,掌金阙天蓬大元帅。一个枪尖上吐一条火焰,一个斧刃中迸几道寒光。那个是七国中袁达重生,这个是三分内张飞出世。一个似巨灵神忿怒,挥大斧劈碎西华山;一个如华光藏生嗔,仗金枪搠透锁魔关。这个圆彪彪睁开双眼,眨查查斜砍斧头来;那个必剥剥咬碎牙关,火焰焰摇得枪杆断。这个弄精神,不放些儿空;那个觑破绽,安容半点闲。

当下杨志和索超两个斗到五十馀合,不分胜败。月台上梁中书看得呆了。两边众军官看了,喝采不迭。阵面上军士们递相斯觑道:"我们做了许多年军,也曾出了几遭征,何曾见这等一对好汉厮杀!"李成、闻达在将台上不住声叫道:"好斗!"闻达心里只恐两个内伤了一个,慌忙招呼旗牌官拿着令字旗,与他分了。将台上忽的一声锣响,杨志和索超斗到是处,各自要争功,那里肯回马。旗牌官飞来叫道:"两个好汉歇了,相公有令。"杨志、索超方才收了手中军器,勒坐下马,各跑回本阵来,立马在旗下,看那梁中书,只等将令。李成、闻达下将台来,直到月台下禀复梁中书道:"相公,据这两个武艺一般,皆可重用。"梁中书大喜,传下将令,叫唤杨志、索超。旗牌官传令,唤两个到厅前,都下了马,小校接了二人的军器。两个都上厅来,躬身听令。梁中书叫取两锭白银,两副表里来,赏赐二人。就叫军政司将两个都升做管军提辖使,便叫贴了文案,从今日便参了他两个。索超、杨志都拜谢了梁中书,将着赏赐下厅来。解了枪刀弓箭,卸了头盔衣甲,换了衣裳。索超也自去了披挂,换了锦袄。都上厅来,再拜谢了众军官,入班做了提辖。众军卒打着得胜鼓,把着那金鼓旗先散。梁中书和大小军官,都在演武厅上筵宴。

看看红日沉西,筵席已罢,众官皆欢。梁中书上了马,众官员都送归府。马头前摆着这两个新参的提辖,上下肩都骑着马,头上都带着花红,迎入东郭门来。两边街道扶老携幼,都看了欢喜。梁中书在马上问道:"你那百姓欢喜为何,莫非哂笑下官?"众老人都跪下禀道:"老汉等生在北京,长在大名府,不曾见今日这等两个好汉将军比试。今日教场中看了这般敌手,如何不欢喜!"梁中书在马上听了大喜。回到府中,众官各自散了。索超自有一班弟兄,请去作庆饮酒。杨志新来,未有相识,自去梁府宿歇,早晚殷勤,听候使唤。都不在话下。

且把这闲话丢过,只说正话。自东郭演武之后,梁中书十分爱惜杨志,早晚与他并不相离。月中又有一分请受,自渐渐地有人来结识他。那索超见了杨志手段高强,心中也自钦伏。不觉光阴迅速,又早春尽夏来,时逢端午,蕤宾节至。梁中书与蔡夫人在堂家宴,庆贺端阳。但见：

盆栽绿艾，瓶插红榴。水晶帘卷虾须，锦绣屏开孔雀。菖蒲切玉，佳人笑捧紫霞杯；角黍堆金，美女高擎青玉案。食烹异品，果献时新。弦管笙簧，奏一派声清韵美；绮罗珠翠，摆两行舞女歌儿。当筵象板撒红牙，遍体舞裙拖锦绣。消遣壶中闲日月，遨游身外醉乾坤。

当日梁中书正在后堂与蔡夫人家宴，庆赏端阳。酒至数杯，食供两套，只见蔡夫人道："相公自从出身，今日为一统帅，掌握国家重任，这功名富贵从何而来？"梁中书道："世杰自幼读书，颇知经史。人非草木，岂不知泰山之恩，提携之力，感激不尽。"蔡夫人道："丈夫既知我父亲之恩德，如何忘了他生辰？"梁中书道："下官如何不记得！泰山是六月十五日生辰，已使人将十万贯收买金珠宝贝，送上京师庆寿。一月之前，干人都关领去了，见今九分齐备。数日之间，也待打点停当，差人起程。只是一件，在此踌躇：上年收买了许多玩器并金珠宝贝，使人送去，不到半路，尽被贼人劫了，枉费了这一遭财物，至今严捕贼人不获。今年教谁人去好？"蔡夫人道："帐前见有许多军校，你选择知心腹的人去便了。"梁中书道："尚有四五十日，早晚催并礼物完足，那时选择去人未迟。夫人不必挂心，世杰自有理会。"当日家宴，午牌至二更方散，自此不在话下。

不说梁中书收买礼物玩器，选人上京去庆贺蔡太师生辰，且说山东济州郓城县新到任一个知县，姓时名文彬，当日升厅公座。但见：

为官清正，作事廉明。每怀恻隐之心，常有仁慈之念。争田夺地，辨曲直而后施行；斗殴相争，分轻重方才决断。闲暇抚琴会客，也应分理民情。虽然县治宰臣官，果是一方民父母。

当下知县时文彬升厅公座，左右两边排着公吏人等。知县随即叫唤尉司捕盗官员，并两个巡捕都头。本县尉司管下，有两个都头：一个唤做步兵都头，一个唤做马兵都头。这马兵都头管着二十匹坐马弓手，二十个土兵；那步兵都头管着二十个使枪的头目，二十个土兵。

这马兵都头姓朱名仝，身长八尺四五，有一部虎须髯，长一尺五寸，面如重枣，目若朗星，似关云长模样，满县人都称他做美髯公。原是本处富户，只因他仗义疏财，结识江湖上好汉，学得一身好武艺。怎见的朱仝气象？但见：

义胆忠肝豪杰，胸中武艺精通。超群出众果英雄。弯弓能射虎，提剑可诛龙。一表堂堂神鬼怕，形容凛凛威风。面如重枣色通红。云长重出世，人号美髯公。

那步兵都头姓雷名横，身长七尺五寸，紫棠色面皮，有一部扇圈胡须。为他膂力过人，能跳二三丈阔涧，满县人都称他做插翅虎。原是本县打铁匠人出身，后来开张碓坊，杀牛放赌。虽然仗义，只有些心匾窄。也学得一身好武艺。怎见得雷横气象？但见：

天上罡星临世上，就中一个偏能。都头好汉是雷横。拽拳神臂健，飞脚电光生。江海英雄当武勇，跳墙过涧身轻。豪雄谁敢与相争。山东插翅虎，寰海尽闻名。

因那朱仝、雷横两个,非是等闲人也,以此众人保他两个做了都头,专管擒拿贼盗。当日知县呼唤,两个上厅来,声了喏,取台旨。知县道:"我自到任以来,闻知本府济州管下所属水乡梁山泊,贼盗聚众打劫,拒敌官军。亦恐各处乡村,盗贼猖狂,小人甚多。今唤你等两个,休辞辛苦,与我将带本管土兵人等,一个出西门,一个出东门,分投巡捕。若有贼人,随即剿获申解,不可扰动乡民。体知东溪村山上有株大红叶树,别处皆无。你们众人采几片来县里呈纳,方表你们曾巡到那里;各人若无红叶,便是汝等虚妄,官府定行责罚不恕。"两个都头领了台旨,各自回归,点了本管土兵,分投自去巡察。

不说朱仝引人出西门自去巡捕,只说雷横当晚引了二十个土兵,出东门绕村巡察,遍地里走了一遭,回来到东溪村山上,众人采了那红叶,就下村来。行不到三二里,早到灵官庙前,见殿门不关,雷横道:"这殿里又没有庙祝,殿门不关,莫不有歹人在里面么?我们直入去看一看。"众人拿着火,一齐照将入来,只见供桌上赤条条地睡着一个大汉。天道又热,那汉子把些破衣裳团做一块作枕头,枕在项下,齁齁的沉睡着了在供桌上。雷横看了道:"好怪,好怪!知县相公忒神明,原来这东溪村真个有贼。"大喝一声,那汉却待要挣挫,被二十个土兵一齐向前,把那汉子一条索子绑了,押出庙门,投一个保正庄上来。

不是投那个去处,有分教:直使得东溪村里,聚三四筹好汉英雄;郓城县中,寻十万贯金珠宝贝。正是:天上罡星来聚会,人间地煞得相逢。毕竟雷横拿住那汉投解甚处来,且听下回分解。

第十四回

赤发鬼醉卧灵官殿　晁天王认义东溪村

诗曰：

勇悍刘唐命运乖，灵官殿里夜徘徊。

偶逢巡逻遭羁缚，遂使英雄困草莱。

卤莽雷横应堕计，仁慈晁盖独怜才。

生辰纲贡诸珍贝，总被斯人送将来。

话说当时雷横来到灵官殿上，见了这条大汉睡在供桌上，众土兵向前，把条索子绑了，捉离灵官殿来。天色却早是五更时分。雷横道："我们且押这厮去晁保正庄上，讨些点心吃了，却解去县里取问。"一行众人却都奔这保正庄上来。

原来那东溪村保正姓晁名盖，祖是本县本乡富户，平生仗义疏财，专爱结识天下好汉。但有人来投奔他的，不论好歹，便留在庄上住；若要去时，又将银两赍助他起身。最爱刺枪使棒，亦自身强力壮，不娶妻室，终日只是打熬筋骨。郓城县管下东门外有两个村坊，一个东溪村，一个西溪村，只隔着一条大溪。当初这西溪村常常有鬼，白日迷人下水在溪里，无可奈何。忽一日，有个僧人经过，村中人备细说知此事。僧人指个去处，教用青石凿个宝塔，放于所在，镇住溪边。其时西溪村的鬼，都赶过东溪村来。那时晁盖得知了大怒，从溪里走将过去，把青石宝塔独自夺了过来东溪边放下，因此人皆称他做托塔天王。晁盖独霸在那村坊，江湖上都闻他名字。

却早雷横并土兵押着那汉，来到庄前敲门。庄里庄客闻知，报与保正。此时晁盖未起，听得报是雷都头到来，慌忙叫开门。庄客开得庄门，众土兵先把那汉子吊在门房里，雷横自引了十数个为头的人，到草堂上坐下。晁盖起来接待，动问道："都头有甚公干到这里？"雷横答道："奉知县相公钧旨，着我与朱仝两个引了部下土兵，分投下乡村各处巡捕贼盗。因走得力乏，欲得少歇，径投贵庄暂息，有惊保正安寝。"晁盖道："这个何碍。"一面教庄客安排酒食管侍，先把汤来吃。晁盖动问道："敝村曾拿得个把小小贼么？"雷横道："却才前面灵官殿上，有个大汉睡着在那里。我看那厮不是良善君子，以定是醉了。就便着我们把索子缚绑了，本待便解去县里见官，一者忒早些，二者也要教保正知道，恐日后父母官问时，保正也好答应。见今吊在贵庄门房里。"晁盖听了，记在心，称谢道："多亏都头见报。"少刻庄客捧出盘馔酒食。晁盖喝道："此间不好说话，不如去后厅轩下少坐。"便叫庄客里面点起灯烛，请都头到里面酌杯。晁盖坐了主位，雷横坐了客席。两个坐定，庄客铺下果品案酒，菜蔬盘馔。庄客一面筛酒，晁盖又叫置酒与土兵众人吃。庄客请众人，都引去廊下客位里管待，大盘酒肉，只管教众人吃。

晁盖一头相待雷横吃酒，一面自肚里寻思："村中有甚小贼吃他拿了，我且自去看是谁？"相陪吃了五七杯酒，便叫家里一个主管出来："陪奉都头坐一坐，我去净了手便来。"那主管陪侍着雷横吃酒。晁盖却去里面拿了个灯笼,径来门楼下看时,土兵都去吃酒,没一个在外面。晁盖便问看门的庄客:"都头拿的贼吊在那里?"庄客道:"在门房里关着。"晁盖去推开门,打一看时,只见高高吊起那汉子在里面,露出一身黑肉,下面抓扎起两条黑魆魆毛腿,赤着一双脚。晁盖把灯照那人脸时,紫黑阔脸,鬓边一搭朱砂记,上面生一处黑黄毛。晁盖便问道:"汉子,你是那里人? 我村中不曾见有你。"那汉道:"小人是远乡客人,来这里投奔一个人,却把我来拿做贼,我须有分辨处。"晁盖道:"你来我这村中投奔谁?"那汉道:"我来这村里投奔一个好汉。"晁盖道:"这好汉叫做甚么?"那汉道:"他唤做晁保正。"晁盖道:"你却寻他有甚勾当?"那汉道:"他是天下闻名的义士好汉,如今我有一套富贵来与他说知,因此而来。"晁盖道:"你且住,只我便是晁保正。却要我救你,你只认我做娘舅之亲。少刻我送雷都头那人出来时,你便叫我做阿舅,我便认你做外甥。只说四五岁离了这里,今番来寻阿舅,因此不认得。"那汉道:"若得如此救护,深感厚恩。义士提携则个!"正是:

　　黑甜一枕古祠中,被捉高悬草舍东。

　　却是刘唐未应死,解围晁盖有奇功。

且说晁盖提了灯笼,自出房来,仍旧把门拽上,急入后厅来见雷横,说道:"甚是慢客。"雷横道:"且是多多相扰,理甚不当。"两个又吃了数杯酒,只见窗子外射入天光来,雷横道:"东方动了,小人告退,好去县画卯[1]。"晁盖道:"都头官身,不敢久留。若再到敝村公

---

[1] 画卯——卯时上班签到,酉时下班签退,叫做画卯、画酉。

干,千万来走一遭。"雷横道:"却得再来拜望,不须保正分付。请保正免送。"晁盖道:"却罢,也送到庄门口。"两个同走出来,那伙土兵众人,都得了酒食,吃得饱了,各自拿了枪棒,便去门房里解了那汉,背剪缚着带出门外。晁盖见了,说道:"好条大汉!"雷横道:"这厮便是灵官庙里捉的贼。"说犹未了,只见那汉叫一声:"阿舅,救我则个!"晁盖假意看他一看,喝问道:"兀的这厮不是王小三么?"那汉道:"我便是,阿舅救我。"众人吃了一惊。雷横便问晁盖道:"这人是谁?如何却认得保正?"晁盖道:"原来是我外甥王小三。这厮如何却在庙里歇?乃是家姐的孩儿,从小在这里过活,四五岁时随家姐夫和家姐上南京去住,一去了十数年。这厮十四五岁又来走了一遭,跟个本京客人来这里贩枣子,向后再不曾见面。多听得人说,这厮不成器,如何却在这里?小可本也认他不得,为他鬓边有这一搭朱砂记,因此影影认得。"

晁盖喝道:"小三!你如何不径来见我,却去村中做贼?"那汉叫道:"阿舅,我不曾做贼!"晁盖喝道:"你既不做贼,如何拿你在这里?"夺过土兵手里棍棒,劈头劈脸便打。雷横并众人劝道:"且不要打,听他说。"那汉道:"阿舅息怒,且听我说。自从十四五岁时来走了这遭,如今不是十年了?昨夜路上多吃了一杯酒,不敢来见阿舅,权去庙里睡得醒了,却来寻阿舅。不想被他们不问事由,将我拿了。却不曾做贼。"晁盖拿起棍来又要打,口里骂道:"畜生!你却不径来见我,且在路上贪噇这口黄汤。我家中没得与你吃,辱没杀人!"雷横劝道:"保正息怒,你令甥本不曾做贼。我们见他偌大一条大汉,在庙里睡得蹊跷[1],亦且面生,又不认得,因此设疑,捉了他来这里。若早知是保正的令甥,定不拿他。"唤土兵:"快解了绑缚的索子,放还保正。"众土兵登时解了那汉。雷横道:"保正休怪! 早知是令甥,不致如此。甚是得罪! 小人们回去。"晁盖道:"都头且住,请入小庄,再有话说。"

雷横放了那汉,一齐再入草堂里来。晁盖取出十两花银,送与雷横道:"都头休嫌轻微,望赐笑留。"雷横道:"不当如此。"晁盖道:"若是不肯收受时,便是怪小人。"雷横道:"既是保正厚意,权且收受,改日却得报答。"晁盖叫那汉拜谢了雷横。晁盖又取些银两赏了众土兵,再送出庄门外。雷横相别了,引着土兵自去。

晁盖却同那汉到后轩下,取几件衣裳与他换了,取顶头巾与他带了,便问那汉姓甚名谁,何处人氏。那汉道:"小人姓刘名唐,祖贯东潞州人氏,因这鬓边有这搭朱砂记,人都唤小人做赤发鬼。特地送一套富贵来与保正哥哥。昨夜晚了,因醉倒在庙里,不想被这厮们捉住,绑缚了来。正是:有缘千里来相会,无缘对面不相逢。今日幸得到此,哥哥坐定,受刘唐四拜。"拜罢,晁盖道:"你且说送一套富贵与我,见在何处?"刘唐道:"小人自幼飘荡江湖,多走途路,专好结识好汉,往往多闻哥哥大名,不期有缘得遇。曾见山东、河北做私商的,多曾来投奔哥哥,因此刘唐敢说这话。这里别无外人,方可倾心吐胆对哥哥说。"晁盖道:"这里都是我心腹人,但说不妨。"刘唐道:"小弟打

---

[1] 蹊跷——奇怪、不妥、使人诧异、其中有问题等意思。

听得北京大名府梁中书，收买十万贯金珠宝贝玩器等物，送上东京与他丈人蔡太师庆生辰。去年也曾送十万贯金珠宝贝，来到半路里，不知被谁人打劫了，至今也无捉处。今年又收买十万贯金珠宝贝，早晚安排起程，要赶这六月十五日生辰。小弟想此是一套不义之财，取而何碍！便可商议个道理，去半路上取了，天理知之，也不为罪。闻知哥哥大名，是个真男子，武艺过人。小弟不才，颇也学得本事，休道三五个汉子，便是一二千军马队中，拿条枪也不惧他。倘蒙哥哥不弃时，献此一套富贵，不知哥哥心内如何？"晁盖道："壮哉！且再计较。你既来这里，想你吃了些艰辛，且去客房里将息少歇。暂且待我从长商议，来日说话。"晁盖叫庄客引刘唐廊下客房里歇息。庄客引到房中，也自去干事了。

且说刘唐在房里寻思道："我着甚来由苦恼这遭，多亏晁盖完成，解脱了这件事。只叵奈雷横那厮，平白骗了晁保正十两银子，又吊我一夜。想那厮去未远，我不如拿了条棒赶上去，齐打翻了那厮们，却夺回那银子，送还晁盖，他必然敬我。此计大妙。"刘唐便出房门，去枪架上拿了一条朴刀，便出庄门，大踏步投南赶来。此时天色已明，但见：

> 北斗初横，东方渐白。天涯曙色才分，海角残星暂落。金鸡三唱，唤佳人傅粉施朱；宝马频嘶，催行客争名竞利。牧童樵子离庄，牝牡牛羊出圈。几缕晓霞横碧汉，一轮红日上扶桑。

这赤发鬼刘唐挺着朴刀，赶了五六里路，却早望见雷横引着土兵，慢慢地行将去。刘唐赶上来，大喝一声："兀那都头不要走！"雷横吃了一惊,回过头来,见是刘唐拖着朴刀赶来。雷横慌忙去土兵手里夺条朴刀拿着,喝道:"你那厮赶将来做甚么?"刘唐道:"你晓事的,留下那十两银子还了我,我便饶了你。"雷横道:"是你阿舅送我的,干你甚事!我若不看你阿舅面上,直结果了你这厮性命,划地〔1〕问我取银子!"刘唐道:"我须不是贼,你却把我吊了一夜,又骗我阿舅十两银子。是会的〔2〕将来还我,佛眼相看。你若不还,我叫你目前流血。"雷横大怒,指着刘唐大骂道:"辱门败户的谎贼,怎敢无礼!"刘唐道:"你那诈害百姓的腌臜泼才,怎敢骂我!"雷横又骂道:"贼头贼脸贼骨头,必然要连累晁盖。你这等贼心贼肝,我行〔3〕须使不得!"刘唐大怒道:"我来和你见个输赢。"拖着朴刀,直奔雷横。雷横见刘唐赶上来,呵呵大笑,挺手中朴刀来迎。两个就大路上厮并。但见:

  云山显翠,露草凝珠。天色初明林下,晓烟才起村边。一来一往,似凤翻身;一撞一冲,如鹰展翅。一个照搠尽依良法,一个遮拦自有悟头。这个丁字脚,抢将入来;那个四换头,奔将进去。两句道:虽然不上凌烟阁,只此堪描入画图。

当时雷横和刘唐就路上斗了五十馀合,不分胜败。众土兵见雷横赢不得刘唐,却待都要一齐上并他,只见侧首篱门开处,一个人掣两条铜链,叫道:"你们两个好汉且不要斗!我看了多时,权且歇一

---

〔1〕 划(chàn)地——反而、一味地、忽然、平白无端等意思。
〔2〕 会的——这里的意思犹如说识相的、懂事的。
〔3〕 我行(háng)——我面前、我处、冲着我。

歇,我有话说。"便把铜链就中一隔。两个都收住了朴刀,跳出圈子外来,立住了脚。看那人时,似秀才打扮:戴一顶桶子样抹眉梁头巾,穿一领皂沿边麻布宽衫,腰系一条茶褐銮带,下面丝鞋净袜;生得眉清目秀,面白须长。这秀才乃是智多星吴用,表字学究,道号加亮先生,祖贯本乡人氏。曾有一首《临江仙》,赞吴用的好处:

> 万卷经书曾读过,平生机巧心灵。六韬三略究来精。胸中藏战将,腹内隐雄兵。　　谋略敢欺诸葛亮,陈平岂敌才能。略施小计鬼神惊。名称吴学究,人号智多星。

当时吴用手提铜链,指着刘唐叫道:"那汉且住! 你因甚和都头争执?"刘唐光着眼[1]看吴用道:"不干你秀才事。"雷横便道:"教授[2]不知,这厮夜来赤条条地睡在灵官殿里,被我们拿了这厮,带到晁保正庄上,原来却是保正的外甥。看他母舅面上,放了他。晁天王请我们吃酒了,送些礼物与我。这厮瞒了他阿舅,直赶到这里问我取。你道这厮大胆么?"

吴用寻思道:"晁盖我都是自幼结交,但有些事,便和我相议计较。他的亲眷相识,我都知道,不曾见有这个外甥,亦且年甲也不相登,必有些跷蹊。我且劝开了这场闹,却再问他。"吴用便道:"大汉休执迷。你的母舅与我至交,又和这都头亦过得好。他便送些人情与这都头,你却来讨了,也须坏了你母舅面皮。且看小生面,我自与

---

〔1〕 光着眼——睁大眼睛。
〔2〕 教授——对私塾先生的尊称。

你母舅说。"刘唐道:"秀才,你不省得这个。不是我阿舅甘心与他,他诈取了我阿舅的银两。若是不还我,誓不回去。"雷横道:"只除是保正自来取,便还他,却不还你。"刘唐道:"你屈冤人做贼,诈了银子,怎地不还?"雷横道:"不是你的银子,不还,不还!"刘唐道:"你不还,只除问得我手里朴刀肯便罢。"吴用又劝:"你两个斗了半日,又没输赢,只管斗到几时是了?"刘唐道:"他不还我银子,直和他拚个你死我活便罢。"雷横大怒道:"我若怕你,添个土兵来并你,也不算好汉。我自好歹掀翻你便罢。"刘唐大怒,拍着胸前叫道:"不怕,不怕!"便赶上来。这边雷横便指手划脚,也赶拢来。两个又要厮并,这吴用横身在里面劝,那里劝得住。

刘唐拈着朴刀,只待钻将过来。雷横口里千贼万贼骂,挺起朴刀,正待要斗。只见众土兵指着:"保正来了。"刘唐回身看时,只见晁盖披着衣裳,前襟摊开,从大路上赶来,大喝道:"畜生不得无礼!"那吴用大笑道:"须是保正自来,方才劝得这场闹。"晁盖赶得气喘,问道:"怎的赶来这里斗朴刀?"雷横道:"你的令甥拿着朴刀赶来,问我取银子。小人道不还你,我自送还保正,非干你事。他和小人斗了五十合,教授解劝在此。"晁盖道:"这畜生!小人并不知道,都头看小人之面请回,自当改日登门陪话。"雷横道:"小人也知那厮胡为,不与他一般见识。又劳保正远出。"作别自去,不在话下。

且说吴用对晁盖说道:"不是保正自来,几乎做出一场大事。这个令甥端的非凡,是好武艺。小生在篱笆里看了,这个有名惯使朴刀的雷都头,也敌不过,只办得架隔遮拦。若再斗几合,雷横必然有失性命,因此小生慌忙出来间隔了。这个令甥从何而来?往常时,庄上不曾见有。"晁盖道:"却待正要来请先生到敝庄商议句话,正欲使人来,只见不见了他,枪架上朴刀又没寻处。只见牧童报说:'一个大汉,拿条朴刀,望南一直赶去。'我慌忙随后追得来,早是得教授谏劝住了。请尊步同到敝庄,有句话计较计较。"

那吴用还至书斋,挂了铜链在书房里,分付主人家道:"学生来时,说道先生今日有干,权放一日假。"拽上书斋门,将锁锁了,一同晁盖、刘唐,直到晁家庄上。晁盖竟邀入后堂深处,分宾而坐。吴用问道:"保正,此人是谁?"晁盖道:"江湖上好汉,此人姓刘名唐,是东潞州人氏。因有一套富贵,特来投奔我。夜来他醉卧在灵官庙里,却被雷横捉了,拿到我庄上,我因认他做外甥,方得脱身。他说有北京大名府梁中书,收买十万贯金珠宝贝,送上东京与他丈人蔡太师庆生辰,早晚从这里经过。此等不义之财,取之何碍!他来的意,正应我一梦。我昨夜梦见北斗七星,直坠在我屋脊上,斗柄上另有一颗小星,化道白光去了。我想星照本家,安得不利?今早正要求请教授商议,不想又是这一套。此一件事若何?"

吴用笑道:"小生见刘兄赶得来跷蹊,也猜个七八分了。此一事却好,只是一件,人多做不得,人少又做不得。宅上空有许多庄客,一个也用不得。如今只有保正、刘兄、小生三人,这件事如何团弄[1]?便是保正与兄十分了得,也担负不下这段事。须得七八个好汉方可,

---

〔1〕 团弄——办妥、圆成的意思。

多也无用。"晁盖道:"莫非要应梦之星数?"吴用便道:"兄长这一梦不凡,也非同小可,莫非北地上再有扶助的人来?"吴用寻思了半晌,眉头一纵,计上心来。说道:"有了,有了!"晁盖道:"先生既有心腹好汉,可以便去请来,成就这件事。"

吴用不慌不忙,叠两个指头,言无数句,话不一席,有分教:芦花丛里泊战船,却似打鱼船;荷叶乡中聚义汉,翻为真好汉。正是:指麾说地谈天口,来诱拿云捉雾人。毕竟智多星吴用说出甚么人来,且听下回分解。

第十五回

吴学究说三阮撞筹[1]　公孙胜应七星聚义

诗曰：

英雄聚会本无期，水浒山涯任指挥。

欲向生辰邀众宝，特扳三阮协神机。

一时豪侠欺黄屋，七宿光芒动紫微。

众守梁山同聚义，几多金帛尽俘归。

话说当时吴学究道："我寻思起来，有三个人，义胆包身，武艺出众，敢赴汤蹈火，同死同生，义气最重。只除非得这三个人，方才完得这件事。"晁盖道："这三个却是甚么样人？姓甚名谁？何处居住？"吴用道："这三个人是弟兄三个，在济州梁山泊边石碣村住，日常只打鱼为生，亦曾在泊子里做私商勾当。本身姓阮，弟兄三人：一个唤做立地太岁阮小二，一个唤做短命二郎阮小五，一个唤做活阎罗阮小七。这三个是亲弟兄，最有义气。小生旧日在那里住了数年，与他相交时，他虽是个不通文墨的人，为见他与人结交，真有义气，是个好男子，因此和他来往。今已二三年有馀，不曾相见。若得此三人，大事

---

[1] 撞筹——古人用算筹计数。撞筹，就是凑数、入伙。后文常有几筹好汉一语，就是几个好汉的意思。

必成。"晁盖道："我也曾闻这阮家三弟兄的名字，只不曾相会。石碣村离这里只有百十里以下路程，何不使人请他们来商议？"吴用道："着人去请，他们如何肯来。小生必须自去那里，凭三寸不烂之舌，说他们入伙。"晁盖大喜道："先生高见，几时可行？"吴用答道："事不宜迟，只今夜三更便去，明日晌午可到那里。"晁盖道："最好。"当时叫庄客且安排酒食来吃。吴用道："北京到东京也曾行到，只不知生辰纲从那条路来？再烦刘兄休辞生受，连夜去北京路上探听起程的日期，端的从那条路上来。"刘唐道："小弟只今夜也便去。"吴用道："且住。他生辰是六月十五日，如今却是五月初头，尚有四五十日。等小生先去说了三阮弟兄回来，那时却叫刘兄去。"晁盖道："也是。刘兄弟只在我庄上等候。"

话休絮烦。当日吃了半晌酒食，至三更时分，吴用起来洗漱罢，吃了些早饭，讨了些银两，藏在身边，穿上草鞋。晁盖、刘唐送出庄门，吴用连夜投石碣村来。行到晌午时分，早来到那村中。但见：

> 青郁郁山峰叠翠，绿依依桑柘堆云。四边流水绕孤村，几处疏篁沿小径。茅檐傍涧，古木成林。篱外高悬沽酒斾，柳阴闲缆钓鱼船。

吴学究自来认得，不用问人，来到石碣村中，径投阮小二家来。到得门前看时，只见枯桩上缆着数只小渔船，疏篱外晒着一张破鱼网，倚山傍水，约有十数间草房。吴用叫一声道："二哥在家么？"只见一个人从里面走出来，生得如何？但见：

> 眍兜脸两眉竖起，略绰口四面连拳。胸前一带盖胆黄毛，背

上两枝横生板肋。臂膊有千百斤气力,眼睛射几万道寒光。人称立地太岁,果然混世魔王。

那阮小二走将出来,头戴一顶破头巾,身穿一领旧衣服,赤着双脚,出来见了是吴用,慌忙声喏道:"教授何来? 甚风吹得到此?"吴用答道:"有些小事,特来相浼二郎。"阮小二道:"有何事,但说不妨。"吴用道:"小生自离了此间,又早二年。如今在一个大财主家做门馆,他要办筵席,用着十数尾重十四五斤的金色鲤鱼,因此特地来相投足下。"阮小二笑了一声,说道:"小人且和教授吃三杯却说。"吴用道:"小生的来意,也欲正要和二哥吃三杯。"阮小二道:"隔湖有几处酒店,我们就在船里荡将过去。"吴用道:"最好。也要就与五郎说句话,不知在家也不在?"阮小二道:"我们一同去寻他便了。"两个来到泊岸边,枯桩上缆的小船解了一只,便扶这吴用下船坐了。树根头拿了一把划揪[1],只顾荡,早荡将开去,望湖泊里来。正荡之间,只见阮小二把手一招,叫道:"七哥曾见五郎么?"吴用看时,只见芦苇丛中,摇出一只船来。那汉生的如何? 但见:

疙疸脸横生怪肉,玲珑眼突出双睛。腮边长短淡黄须,身上交加乌黑点。浑如生铁打成,疑是顽铜铸就。休言岳庙恶司神,果是人间刚直汉。村中唤作活阎罗,世上降生真五道。

这阮小七头戴一顶遮日黑箬笠,身上穿个棋子布背心,腰系着一条生布裙,把那船只荡着,问道:"二哥,你寻五哥做甚么?"吴用叫一

---

〔1〕 划揪——桨。后文的"划楫",也指桨。

声："七郎,小生特来相央你们说话。"阮小七道："教授恕罪,好几时不曾相见。"吴用道："一同和二哥去吃杯酒。"阮小七道："小人也欲和教授吃杯酒,只是一向不曾见面。"

两只船厮跟着在湖泊里,不多时,划到一个去处,团团都是水,高埠上有七八间草房。阮小二叫道："老娘,五哥在么?"那婆婆道："说不得。鱼又不得打,连日去赌钱,输得没了分文,却才讨了我头上钗儿,出镇上赌去了。"阮小二笑了一声,便把船划开。阮小七便在背后船上说道："哥哥正不知怎地,赌钱只是输,却不晦气。莫说哥哥不赢,我也输得赤条条地。"吴用暗想道："中了我的计。"

两只船厮并着,投石碣村镇上来。划了半个时辰,只见独木桥边一个汉子,把着两串铜钱,下来解船。阮小二道："五郎来了。"吴用看时,但见:

> 一双手浑如铁棒,两只眼有似铜铃。面皮上常有些笑容,心窝里深藏着鸩毒。能生横祸,善降非灾。拳打来狮子心寒,脚踢处蚖蛇丧胆。何处觅行瘟使者,只此是短命二郎。

那阮小五斜戴着一顶破头巾,鬓边插朵石榴花,披着一领旧布衫,露出胸前刺着的青郁郁一个豹子来;里面匾扎起裤子,上面围着一条间道棋子布手巾。吴用叫一声道："五郎得采么?"阮小五道："原来却是教授,好两年不曾见面。我在桥上望你们半日了。"阮小二道："我和教授直到你家寻你,老娘说道:'出镇上赌钱去了。'因此同来这里寻你。且来和教授去水阁上吃三杯。"阮小五慌忙去桥边,解了小船,跳在舱里,捉了划楫,只一划,三只船厮并着。划了一歇,

早到那个水阁酒店前。看时,但见:

> 前临湖泊,后映波心。数十株槐柳绿如烟,一两荡荷花红照水。凉亭上四面明窗,水阁中数般清致。当垆美女,红裙掩映翠纱衫;涤器山翁,白发偏宜麻布袄。休言三醉岳阳楼,只此便为蓬岛客。

当下三只船撑到水亭下荷花荡中,三只船都缆了。扶吴学究上了岸,入酒店里来,都到水阁内拣一副红油桌凳。阮小二便道:"先生,休怪我三个弟兄粗俗,请教授上坐。"吴用道:"却使不得。"阮小七道:"哥哥只顾坐主位,请教授坐客席,我兄弟两个便先坐了。"吴用道:"七郎只是性快。"四个人坐定了,叫酒保打一桶酒来。店小二把四只大盏子摆开,铺下四双箸,放下四般菜蔬,打一桶酒放在桌子上。阮小七道:"有甚么下口?"小二哥道:"新宰得一头黄牛,花糕也相似好肥肉。"阮小二道:"大块切十斤来。"阮小五道:"教授休笑话,没甚孝顺。"吴用道:"倒来相扰,多激恼你们。"阮小二道:"休恁地说。"催促小二哥只顾筛酒,早把牛肉切做两盘,将来放在桌上。阮家三兄弟让吴用吃了几块,便吃不得了。那三个狼餐虎食,吃了一回。

阮小五动问道:"教授到此贵干?"阮小二道:"教授如今在一个大财主家做门馆教学。今来要对付十数尾金色鲤鱼,要重十四五斤的,特来寻我们。"阮小七道:"若是每常,要三五十尾也有,莫说十数个,再要多些,我弟兄们也包办得。如今便要重十斤的也难得。"阮小五道:"教授远来,我们也对付十来个重五六斤的相送。"

吴用道："小生多有银两在此，随算价钱。只是不用小的，须得十四五斤重的便好。"阮小七道："教授，却没讨处。便是五哥许五六斤的，也不能勾，须是等得几日才得。我的船里有一桶小活鱼，就把来吃酒。"阮小七便去船内取将一桶小鱼上来，约有五七斤，自去灶上安排，盛做三盘，把来放在桌上。阮小七道："教授，胡乱吃些个。"

四个又吃了一回，看看天色渐晚，吴用寻思道："这酒店里须难说话。今夜必是他家权宿，到那里却又理会。"阮小二道："今夜天色晚了，请教授权在我家宿一宵，明日却再计较。"吴用道："小生来这里走一遭，千难万难，幸得你们弟兄今日做一处，眼见得这席酒不肯要小生还钱。今晚借二郎家歇一夜，小生有些须银子在此，相烦就此店中沽一瓮酒，买些肉，村中寻一对鸡，夜间同一醉如何？"阮小二道："那里要教授坏钱，我们弟兄自去整理，不烦恼没对付处。"吴用道："径来要请你们三位，若还不依小生时，只此告退。"阮小七道："既是教授这般说时，且顺情吃了，却再理会。"吴用道："还是七郎性直爽快。"吴用取出一两银子，付与阮小七，就问主人家沽了一瓮酒，借个大瓮盛了，买了二十斤生熟牛肉，一对大鸡。阮小二道："我的酒钱一发还你。"店主人道："最好，最好。"

四人离了酒店，再下了船，把酒肉都放在船舱里，解了缆索，径划将开去，一直投阮小二家来。到得门前，上了岸，把船仍旧缆在桩上，取了酒肉，四人一齐都到后面坐地，便叫点起灯烛。原来阮家弟兄三个，只有阮小二有老小，阮小五、阮小七都不曾婚娶。四个人都在阮小二家后面水亭上坐定。阮小七宰了鸡,叫阿嫂同讨的小猴子[1]在厨下安排。约有一更相次,酒肉都搬来摆在桌上。

吴用劝他弟兄们吃了几杯,又提起买鱼事来,说道:"你这里偌大一个去处,却怎地没了这等大鱼?"阮小二道:"实不瞒教授说,这般大鱼只除梁山泊里便有。我这石碣湖中狭小,存不得这等大鱼。"吴用道:"这里和梁山泊一望不远,相通一派之水,如何不去打些?"阮小二叹了一口气道:"休说。"吴用又问道:"二哥如何叹气?"阮小五接了说道:"教授不知,在先这梁山泊是我弟兄们的衣饭碗,如今绝不敢去。"吴用道:"偌大去处,终不成官司禁打鱼鲜?"阮小五道:"甚么官司敢来禁打鱼鲜,便是活阎王也禁治不得!"吴用道:"既没官司禁治,如何绝不敢去?"阮小五道:"原来教授不知来历,且和教授说知。"吴用道:"小生却不理会得。"阮小七接着便道:"这个梁山泊去处,难说难言!如今泊子里新有一伙强人占了,不容打鱼。"吴用道:"小生却不知,原来如今有强人,我那里并不曾闻得说。"阮小二道:"那伙强人,为头的是个秀才,落科举子,唤做白衣秀士王伦;第二个叫做摸着天杜迁;第三个叫做云里金刚宋万;以下有个旱地忽律[2]朱贵,见在李家道口开酒店,专一探听事情,也不打紧。如今新来一个好汉,是东京禁军教头,甚么豹子头林冲,十分好武艺。这伙人好生了得,都是有本事的。这几个贼男女聚集了五七百人,打家

---

[1] 小猴子——这里指小男孩。
[2] 忽律——鳄鱼。有时也写作"愆骓"。

劫舍,抢掳来往客人。我们有一年多不去那里打鱼。如今泊子里把住了,绝了我们的衣饭,因此一言难尽!"吴用道:"小生实是不知有这段事。如何官司不来捉他们?"阮小五道:"如今那官司,一处处动掸便害百姓。但一声下乡村来,倒先把好百姓家养的猪羊鸡鹅,尽都吃了,又要盘缠打发他。如今也好,教这伙人奈何,那捕盗官司的人,那里敢下乡村来。若是那上司官员差他们缉捕人来,都吓得尿屎齐流,怎敢正眼儿看他。"阮小七道:"我虽然不打得大鱼,也省了若干科差〔1〕。"吴用道:"恁地时,那厮们倒快活。"阮小五道:"他们不怕天,不怕地,不怕官司,论秤分金银,异样穿绸锦,成瓮吃酒,大块吃肉,如何不快活!我们弟兄三个空有一身本事,怎地学得他们。"吴用听了,暗暗地欢喜道:"正好用计了。"

阮小七又道:"人生一世,草生一秋。我们只管打鱼营生,学得他们过一日也好。"吴用道:"这等人学他做甚么!他做的勾当,不是笞杖五七十的罪犯,空自把一身虎威都撇下。倘或被官司拿住了,也是自做的罪。"阮小二道:"如今该管官司没甚分晓,一片糊突,千万犯了迷天大罪的倒都没事。我弟兄们不能快活,若是但有肯带挈我们的,也去了罢!"阮小五道:"我也常常这般思量。我弟兄三个的本事,又不是不如别人,谁是识我们的?"吴用道:"假如便有识你们的,你们便如何肯去?"阮小七道:"若是有识我们的,水里水里去,火里火里去。若能勾受用得一日,便死了开眉展眼。"吴用暗地想道:"这

---

〔1〕 科差——缴纳捐税和承当差役。

三个都有意了,我且慢慢地诱他。"吴用又劝他三个吃了两巡酒。正是:

> 只为奸邪屈有才,天教恶曜下凡来。
>
> 试看小阮三兄弟,劫取生辰不义财。

吴用又说道:"你们三个敢上梁山泊捉这伙贼么?"阮小七道:"便捉的他们,那里去请赏? 也吃江湖上好汉们笑话。"吴用道:"小生短见,假如你们怨恨打鱼不得,也去那里撞筹却不是好。"阮小二道:"先生你不知,我弟兄们几遍商量,要去入伙,听得那白衣秀士王伦的手下人,都说道他心地窄狭,安不得人。前番那个东京林冲上山,呕尽他的气。王伦那厮不肯胡乱着人,因此我弟兄们看了这般样,一齐都心懒了。"阮小七道:"他们若似老兄这等慷慨,爱我弟兄们便好。"阮小五道:"那王伦若得似教授这般情分时,我们也去了多时,不到今日。我弟兄三个便替他死也甘心!"吴用道:"量小生何足道哉! 如今山东、河北多少英雄豪杰的好汉。"阮小二道:"好汉们尽有,我弟兄自不曾遇着。"吴用道:"只此间郓城县东溪村晁保正,你们曾认得他么?"阮小五道:"莫不是叫做托塔天王的晁盖么?"吴用道:"正是此人。"阮小七道:"虽然与我们只隔着百十里路程,缘分浅薄,闻名不曾相会。"吴用道:"这等一个仗义疏财的好男子,如何不与他相见?"阮小二道:"我弟兄们无事,也不曾到那里,因此不能勾与他相见。"吴用道:"小生这几年也只在晁保正庄上左近教些村学。如今打听得他有一套富贵待取,特地来和你们商议,我等就那半路里拦住取了,如何?"阮小五道:"这个却使不得。他既是仗义疏财的好男子，我们却去坏他的道路[1]，须吃江湖上好汉们知时笑话。"吴用道："我只道你们弟兄心志不坚，原来真个惜客好义。我对你们实说，果有协助之心，我教你们知此一事。我如今见在晁保正庄上住，保正闻你三个大名，特地教我来请你们说话。"阮小二道："我弟兄三个，真真实实地并没半点儿假。晁保正敢[2]有件奢遮[3]的私商买卖，有心要带挈我们，以定是烦老兄来。若还端的有这事，我三个若舍不得性命相帮他时，残酒为誓，教我们都遭横事，恶病临身，死于非命。"阮小五和阮小七把手拍着脖项道："这腔热血，只要卖与识货的！"吴用道："你们三位弟兄在这里，不是我坏心术来诱你们，这件事，非同小可的勾当。目今朝内蔡太师是六月十五日生辰，他的女婿是北京大名府梁中书，即目起解十万贯金珠宝贝与他丈人庆生辰。今有一个好汉姓刘名唐，特来报知。如今欲要请你们去商议，聚几个好汉，向山凹僻静去处，取此一套富贵，不义之财，大家图个一世快活。因此特教小生只做买鱼，来请你们三个计较，成此一事。不知你们心意如何？"阮小五听了道："罢，罢！"叫道："七哥，我和你说甚么来？"阮小七跳起来道："一世的指望，今日还了愿心，正是搔着我痒处。我们几时去？"吴用道："请三位即便去来。明日起个五更，一齐都去晁天王庄上去。"阮家三弟兄大喜。有诗为证：

　　壮志淹留未得伸，今逢学究启其心。

---

　　[1] 道路——这里作生意、买卖解释。
　　[2] 敢——这里是莫非、大约的意思。
　　[3] 奢遮——了得、了不起的意思。

大家齐入梁山泊,邀取生辰宝共金。

当夜过了一宿。次早起来,吃了早饭,阮家三弟兄分付了家中,跟着吴学究,四个人离了石碣村,拽开脚步,取路投东溪村来。行了一日,早望见晁家庄,只见远远地绿槐树下晁盖和刘唐在那里等。望见吴用引着阮家三兄弟,直到槐树前,两下都厮见了。晁盖大喜道:"阮氏三雄,名不虚传。且请到庄里说话。"六人却从庄外入来,到得后堂,分宾主坐定。吴用把前话说了,晁盖大喜,便叫庄客宰杀猪羊,安排烧纸。阮家三弟兄见晁盖人物轩昂,语言洒落,三个说道:"我们最爱结识好汉,原来只在此间。今日不得吴教授相引,如何得会!"三个弟兄好生欢喜。当晚且吃了些饭,说了半夜话。次日天晓,去后堂前面,列了金钱纸马,摆了夜来煮的猪羊、烧纸。三阮见晁盖如此志诚,排列香花灯烛面前,个个说誓道:"梁中书在北京害民,诈得钱物,却把去东京与蔡太师庆生辰,此一等正是不义之财。我等六人中,但有私意者,天地诛灭,神明鉴察。"六人都说誓了,烧化钱纸。

六筹好汉正在后堂散福饮酒,只见一个庄客报说:"门前有个先生[1]要见保正化斋粮。"晁盖道:"你好不晓事!见我管待客人在此吃酒,你便与他三五升米便了,何须直来问我。"庄客道:"小人把米与他,他又不要,只要面见保正。"晁盖道:"以定是嫌少,你便再与他

---
[1] 先生——宋时对道士的称呼之一。有时也用以称呼以医、卜、星、相为职业的人。

三二斗米去。你说与他,保正今日在庄上请人吃酒,没工夫相见。"庄客去了多时,只见又来说道:"那先生,与了他三斗米,又不肯去;自称是一清道人,不为钱米而来,只要求见保正一面。"晁盖道:"你这厮不会答应。便说今日委实没工夫,教他改日却来相见拜茶。"庄客道:"小人也是这般说。那个先生说道:'我不为钱米斋粮,闻知保正是个义士,特求一见。'"晁盖道:"你也这般缠,全不替我分忧。他若再嫌少时,可与他三四斗米去,何必又来说。我若不和客人们饮时,便去厮见一面,打甚么紧。你去发付他罢,再休要来说。"庄客去了没半时,只听得庄门外热闹,又见一个庄客飞也似来报道:"那先生发怒,把十来个庄客都打倒了。"晁盖听得,吃了一惊,慌忙起身道:"众位弟兄少坐,晁盖自去看一看。"便从后堂出来,到庄门前看时,只见那个先生,身长八尺,道貌堂堂,威风凛凛,生得古怪,正在庄门外绿槐树下,打那众庄客。晁盖看那先生时,但见:

> 头绾两枚鬅松双丫髻,身穿一领巴山短褐袍,腰系杂色彩丝绦,背上松纹古铜剑。白肉脚衬着多耳麻鞋,绵囊手拿着鳖壳扇子。八字眉一双杏子眼,四方口一部落腮胡。

那先生一头打庄客,一头口里说道:"不识好人!"晁盖见了叫道:"先生息怒。你来寻晁保正,无非是投斋化缘,他已与了你米,何故嗔怪如此?"那先生哈哈大笑道:"贫道不为酒食钱米而来。我觑得十万贯如同等闲,特地来寻保正有句话说。叵耐村夫无礼,毁骂贫道,因此性发。"晁盖道:"你曾认得晁保正么?"那先生道:"只闻其名,不曾会面。"晁盖道:"小子便是。先生有甚话说?"那先生看了道:"保正休怪,贫道稽首。"晁盖道:"先生少请到庄里拜茶如何?"那先生道:"多感。"两人入庄里来。吴用见那先生入来,自和刘唐、三阮一处躲过。

且说晁盖请那先生到后堂吃茶已罢,那先生道:"这里不是说话处,别有甚么去处可坐?"晁盖见说,便邀那先生又到一处小小阁儿内,分宾坐定。晁盖道:"不敢拜问先生高姓? 贵乡何处?"那先生答道:"贫道复姓公孙,单讳一个胜字,道号一清先生。小道是蓟州人氏,自幼乡中好习枪棒,学成武艺多般,人但呼为公孙胜大郎。因为学得一家道术,亦能呼风唤雨,驾雾腾云,江湖上都称贫道做入云龙。贫道久闻郓城县东溪村保正大名,无缘不曾拜识。今有十万贯金珠宝贝,专送与保正作进见之礼,未知义士肯纳否?"晁盖大笑道:"先生所言,莫非北地生辰纲么?"那先生大惊道:"保正何以知之?"晁盖道:"小子胡猜,未知合先生意否?"公孙胜道:"此一套富贵,不可错过! 古人有云:当取不取,过后莫悔。保正心下如何?"

正说之间,只见一个人从阁子外抢将入来,劈胸揪住公孙胜,说道:"好呀! 明有王法,暗有神灵,你如何商量这等的勾当? 我听得多时也。"吓得这公孙胜面如土色。正是:机谋未就,争奈窗外人听;计策才施,又早萧墙祸起。直教七筹好汉当时聚,万贯资财指日空。毕竟抢来揪住公孙胜的却是何人,且听下回分解。

第十六回

杨志押送金银担　吴用智取生辰纲

《鹧鸪天》：

罡星起义在山东，杀曜纵横水浒中。可是七星成聚会，却于四海显英雄。　　人似虎，马如龙，黄泥冈上巧施功。满驮金贝归山寨，懊恨中书老相公。

话说当时公孙胜正在阁儿里对晁盖说："这北京生辰纲是不义之财，取之何碍。"只见一个人从外面抢将入来，揪住公孙胜道："你好大胆！却才商议的事，我都知了也。"那人却是智多星吴学究。晁盖笑道："先生休慌，且请相见。"两个叙礼罢，吴用道："江湖上久闻人说入云龙公孙胜一清大名，不期今日此处得会。"晁盖道："这位秀士先生，便是智多星吴学究。"公孙胜道："吾闻江湖上多人曾说加亮先生大名，岂知缘法却在保正庄上得会贤契。只是保正疏财仗义，以此天下豪杰都投门下。"晁盖道："再有几位相识在里面，一发请进后堂深处见。"三个人入到里面，就与刘唐、三阮都相见了。

众人道："今日此一会，应非偶然，须请保正哥哥正面而坐。"晁盖道："量小子是个穷主人，又无甚罕物相留好客，怎敢占上。"吴用道："保正哥哥，依着小生且请坐了。"晁盖只得坐了第一位，吴用坐了第二位，公孙胜坐了第三位，刘唐坐了第四位，阮小二坐了第五位，阮小五坐第六位，阮小七坐第七位，却才聚义饮酒。重整杯盘，再备酒肴，众人饮酌。

吴用道："保正梦见北斗七星坠在屋脊上，今日我等七人聚义举事，岂不应天垂象。此一套富贵，唾手而取。我等七人和会，并无一人晓得。想公孙胜先生江湖上仗义疏财之士，所以得知这件事，来投保正。所说央刘兄去探听路程从那里来，今日天晚，来早便请登程。"公孙胜道："这一事不须去了，贫道已打听知他来的路数了，只是黄泥冈大路上来。"晁盖道："黄泥冈东十里路，地名安乐村，有一个闲汉，叫做白日鼠白胜，也曾来投奔我，我曾赍助他盘缠。"吴用道："北斗上白光，莫不是应在这人？自有用他处。"刘唐道："此处黄泥冈较远，何处可以容身？"吴用道："只这个白胜家，便是我们安身处，亦还要用了白胜。"晁盖道："吴先生，我等还是软取，却是硬取？"吴用笑道："我已安排定了圈套，只看他来的光景，力则力取，智则智取。我有一条计策，不知中你们意否？如此如此。"晁盖听了大喜，攧着脚道："好妙计！不枉了称你做智多星，果然赛过诸葛亮。好计策！"吴用道："休得再提。常言道：隔墙须有耳，窗外岂无人。只可你知我知。"晁盖便道："阮家三兄且请回归，至期来小庄聚会。吴先生依旧自去教学。公孙先生并刘唐，只在敝庄权住。"当日饮酒至晚，各自去客房里歇息。

次日五更起来，安排早饭吃了。晁盖取出三十两花银送与阮家三兄弟道："权表薄意，切勿推却。"三阮那里肯受。吴用道："朋友之意，不可相阻。"三阮方才受了银两。一齐送出庄外来。吴用附耳低言道:"这般这般,至期不可有误。"阮家三弟兄相别了,自回石碣村去。晁盖留住吴学究与公孙胜、刘唐在庄上,每日议事。

话休絮繁。却说北京大名府梁中书,收买了十万贯庆贺生辰礼物完备,选日差人起程。当下一日在后堂坐下,只见蔡夫人问道:"相公,生辰纲几时起程?"梁中书道:"礼物都已完备,明后日便用起身。只是一件事在此踌躇未决。"蔡夫人道:"有甚事踌躇未决?"梁中书道:"上年费了十万贯收买金珠宝贝,送上东京去,只因用人不着,半路被贼人劫将去了,至今无获。今年帐前眼见得又没个了事[1]的人送去,在此踌躇未决。"蔡夫人指着阶下道:"你常说这个人十分了得,何不着他委纸领状送去走一遭,不致失误。"梁中书看阶下那人时,却是青面兽杨志。梁中书大喜,随即唤杨志上厅说道:"我正忘了你。你若与我送得生辰纲去,我自有抬举你处。"杨志叉手向前禀道:"恩相差遣,不敢不依。只不知怎地打点?几时起身?"梁中书道:"着落大名府差十辆太平车子[2],帐前拨十个厢禁军监押着车,每辆上各插一把黄旗,上写着'献贺太师生辰纲',每辆车子再使个军健跟着。三日内便要起身去。"杨志道:"非是小人推托,其实去不得。乞钧旨别差英雄精细的人去。"梁中书道:"我有心要抬举你,这献生辰纲的札子内另修一封书在中间,太师跟前重重保你,

---

〔1〕 了事——这里是能干、会办事的意思。
〔2〕 太平车子——可以载重几十石、用四五匹到十多匹牲口拉的大车。

受道敕命回来。如何倒生支调[1]，推辞不去？"杨志道："恩相在上：小人也曾听得上年已被贼人劫去了，至今未获。今岁途中盗贼又多，甚是不好。此去东京，又无水路，都是旱路，经过的是紫金山、二龙山、桃花山、伞盖山、黄泥冈、白沙坞、野云渡、赤松林，这几处都是强人出没的去处。更兼单身客人，亦不敢独自经过。他知道是金银宝物，如何不来抢劫？枉结果了性命。以此去不得。"梁中书道："恁地时，多着军校防护送去便了。"杨志道："恩相便差五百人去，也不济事。这厮们一声听得强人来时，都是先走了的。"梁中书道："你这般地说时，生辰纲不要送去了？"杨志又禀道："若依小人一件事，便敢送去。"梁中书道："我既委在你身上，如何不依你说。"杨志道："若依小人说时，并不要车子，把礼物都装做十馀条担子，只做客人的打扮行货，也点十个壮健的厢禁军，却装做脚夫挑着。只消一个人和小人去，却打扮做客人，悄悄连夜送上东京交付。恁地时方好。"梁中书道："你甚说的是。我写书呈，重重保你，受道诰命回来。"杨志道："深谢恩相抬举。"

当日便叫杨志一面打拴担脚，一面选拣军人。次日，叫杨志来厅前伺候，梁中书出厅来问道："杨志，你几时起身？"杨志禀道："告复恩相，只在明早准行，就委领状。"梁中书道："夫人也有一担礼物，另送与府中宝眷，也要你领。怕你不知头路，特地再教奶公谢都管并两

[1] 支调——支吾搪塞。

个虞候,和你一同去。"杨志告道:"恩相,杨志去不得了。"梁中书道:"礼物多已拴缚完备,如何又去不得?"杨志禀道:"此十担礼物都在小人身上,和他众人都由杨志,要早行便早行,要晚行便晚行,要住便住,要歇便歇,亦依杨志提调。如今又叫老都管并虞候和小人去,他是夫人行的人,又是太师府门下奶公,倘或路上与小人鳌拗起来,杨志如何敢和他争执得?若误了大事时,杨志那其间如何分说?"梁中书道:"这个也容易,我叫他三个都听你提调便了。"杨志答道:"若是如此禀过,小人情愿便委领状。倘有疏失,甘当重罪。"梁中书大喜道:"我也不枉了抬举你,真个有见识。"随即唤老谢都管并两个虞候出来,当厅分付道:"杨志提辖情愿委了一纸领状,监押生辰纲十一担金珠宝贝赴京,太师府交割,这干系都在他身上。你三人和他做伴去,一路上早起晚行住歇,都要听他言语,不可和他鳌拗。夫人处分付的勾当,你三人自理会。小心在意,早去早回,休教有失。"老都管一一都应了。当日杨志领了。

次日早起五更,在府里把担仗都摆在厅前,老都管和两个虞候又将一小担财帛,共十一担,拣了十一个壮健的厢禁军,都做脚夫打扮。杨志戴上凉笠儿,穿着青纱衫子,系了缠带行履麻鞋,跨口腰刀,提条朴刀。老都管也打扮做个客人模样,两个虞候假装做跟的伴当。各人都拿了条朴刀,又带几根藤条。梁中书付与了札付[1]书呈。一行人都吃得饱了,在厅上拜辞了梁中书。看那军人担仗起程,杨志和

---

[1] 札付——公文。也写作"扎付"。

谢都管、两个虞候监押着,一行共是十五人,离了梁府,出得北京城门,取大路投东京进发。五里单牌,十里双牌。此时正是五月半天气,虽是晴明得好,只是酷热难行。昔日吴七郡王有八句诗道:

玉屏四下朱阑绕,簇簇游鱼戏萍藻。

簟铺八尺白虾须,头枕一枚红玛瑙。

六龙惧热不敢行,海水煎沸蓬莱岛。

公子犹嫌扇力微,行人正在红尘道。

这八句诗单题着炎天暑月,那公子王孙在凉亭上水阁中,浸着浮瓜沉李,调冰雪藕避暑,尚兀自嫌热。怎知客人为些微名薄利,又无枷锁拘缚,三伏内只得在那途路中行。今日杨志这一行人,要取六月十五日生辰,只得在路途上行。自离了这北京五七日,端的只是起五更趁早凉便行,日中热时便歇。五七日后,人家渐少,行客又稀,一站站都是山路。杨志却要辰牌起身,申时便歇。那十一个厢禁军,担子又重,无有一个稍轻,天气热了,行不得,见着林子便要去歇息。杨志赶着催促要行,如若停住,轻则痛骂,重则藤条便打,逼赶要行。两个虞候虽只背些包裹行李,也气喘了行不上。杨志也嗔道:"你两个好不晓事!这干系须是俺的!你们不替洒家打这夫子,却在背后也慢慢地挨,这路上不是耍处。"那虞候道:"不是我两个要慢走,其实热了行不动,因此落后。前日只是趁早凉走,如今怎地正热里要行?正是好歹不均匀。"杨志道:"你这般说话,却似放屁。前日行的须是好地面,如今正是尴尬去处,若不日里赶过去,谁敢五更半夜走?"两个虞候口里不道,肚中寻思:"这厮不直得便骂人。"

杨志提了朴刀,拿着藤条,自去赶那担子。两个虞候坐在柳阴树下等得老都管来。两个虞候告诉道:"杨家那厮,强杀只是我相公门下一个提辖,直这般做大[1]!"老都管道:"须是我相公当面分付,道休要和他鳖拗,因此我不做声。这两日也看他不得,权且奈他。"两个虞候道:"相公也只是人情话儿,都管自做个主便了。"老都管又道:"且奈他一奈。"当日行到申牌时分,寻得一个客店里歇了。那十个厢禁军雨汗通流,都叹气吹嘘,对老都管说道:"我们不幸做了军健,情知道被差出来。这般火似热的天气,又挑着重担,这两日又不拣早凉行,动不动老大藤条打来,都是一般父母皮肉,我们直恁地苦!"老都管道:"你们不要怨怅,巴到东京时,我自赏你。"众军汉道:"若是似都管看待我们时,并不敢怨怅。"又过了一夜。次日天色未明,众人起来,趁早凉起身去。杨志跳起来喝道:"那里去!且睡了,却理会。"众军汉道:"趁早不走,日里热时走不得,却打我们。"杨志大骂道:"你们省得甚么!"拿了藤条要打。众军忍气吞声,只得睡了。当日直到辰牌时分,慢慢地打火,吃了饭走。一路上赶打着,不许投凉处歇。那十一个厢禁军口里喃喃讷讷地怨怅,两个虞候在老都管面前絮絮聒聒地搬口。老都管听了,也不着意,心内自恼他。

话休絮繁。似此行了十四五日,那十四个人,没一个不怨怅杨志。当日客店里,辰牌时分,慢慢地打火,吃了早饭行。正是六月初四日时节,天气未及晌午,一轮红日当天,没半点云彩,其日十分大

---

[1] 做大——摆架子。

热。古人有八句诗道:

> 祝融南来鞭火龙,火旗焰焰烧天红。
>
> 日轮当午凝不去,万国如在红炉中。
>
> 五岳翠干云彩灭,阳侯海底愁波竭。
>
> 何当一夕金风起,为我扫除天下热。

当日行的路,都是山僻崎岖小径,南山北岭。却监着那十一个军汉,约行了二十馀里路程。那军人们思量要去柳阴树下歇凉,被杨志拿着藤条打将来,喝道:"快走!教你早歇。"众军人看那天时,四下里无半点云彩,其时那热不可当。但见:

> 热气蒸人,嚣尘扑面。万里乾坤如甑,一轮火伞当天。四野无云,风突突波翻海沸;千山灼焰,刻剥剥石烈灰飞。空中鸟雀命将休,倒撇入树林深处;水底鱼龙鳞角脱,直钻入泥土窖里。直教石虎喘无休,便是铁人须汗落。

当时杨志催促一行人在山中僻路里行,看看日色当午,那石头上热了,脚疼走不得。众军汉道:"这般天气热,兀的不晒杀人。"杨志喝着军汉道:"快走!赶过前面冈子去,却再理会。"正行之间,前面迎着那土冈子。众人看这冈子时,但见:

> 顶上万株绿树,根头一派黄沙。嵯峨浑似老龙形,险峻但闻风雨响。山边茅草,乱丝丝攒遍地刀枪;满地石头,硁可可睡两行虎豹。休道西川蜀道险,须知此是太行山。

当时一行十五人奔上冈子来,歇下担仗,那十四人都去松阴树下睡倒了。杨志说道:"苦也!这里是甚么去处,你们却在这里歇凉!

第十六回　杨志押送金银担　吴用智取生辰纲 | 221

起来,快走!"众军汉道:"你便剁做我七八段,其实去不得了。"杨志拿起藤条,劈头劈脑打去。打得这个起来,那个睡倒,杨志无可奈何。只见两个虞候和老都管气喘急急,也巴到冈子上松树下坐了喘气。看这杨志打那军健,老都管见了,说道:"提辖,端的热了走不得,休见他罪过。"杨志道:"都管,你不知,这里正是强人出没的去处,地名叫做黄泥冈。闲常太平时节,白日里兀自出来劫人,休道是这般光景,谁敢在这里停脚!"两个虞候听杨志说了,便道:"我见你说好几遍了,只管把这话来惊吓人。"老都管道:"权且教他们众人歇一歇,略过日中行如何?"杨志道:"你也没分晓了,如何使得!这里下冈子去,兀自有七八里没人家,甚么去处,敢在此歇凉!"老都管道:"我自坐一坐了走,你自去赶他众人先走。"杨志拿着藤条喝道:"一个不走的,吃俺二十棍。"众军汉一齐叫将起来。数内一个分说道:"提辖,我们挑着百十斤担子,须不比你空手走的。你端的不把人当人!便是留守相公自来监押时,也容我们说一句。你好不知疼痒,只顾逞办!"杨志骂道:"这畜生不呕死俺,只是打便了。"拿起藤条,劈脸便打去。老都管喝道:"杨提辖且住,你听我说。我在东京太师府里做奶公时,门下官军见了无千无万,都向着我喏喏连声。不是我口浅,量你是个遭死的军人,相公可怜,抬举你做个提辖,比得草芥子大小的官职,直得恁地逞能。休说我是相公家都管,便是村庄一个老的,也合依我劝一劝,只顾把他们打,是何看待!"杨志道:"都管,你须是城里人,生长在相府里,那里知道途路上千难万难。"老都管道:"四川、两广也曾去来,不曾见你这般卖弄。"杨志道:"如今须不比太平时节。"都管道:"你说这话该剜口割舌,今日天下怎地不太平?"

杨志却待再要回言,只见对面松林里影着一个人在那里舒头探脑价望。杨志道:"俺说甚么,兀的不是歹人来了!"撇下藤条,拿了朴刀,赶入松林里来,喝一声道:"你这厮好大胆,怎敢看俺的行货!"只见松林里一字儿摆着七辆江州车儿[1],七个人脱得赤条条的在那里乘凉。一个鬓边老大一搭朱砂记,拿着一条朴刀,望杨志跟前来。七个人齐叫一声:"呵也!"都跳起来。杨志喝道:"你等是甚么人?"那七人道:"你是甚么人?"杨志又问道:"你等莫不是歹人?"那七人道:"你颠倒问,我等是小本经纪,那里有钱与你。"杨志道:"你等小本经纪人,偏俺有大本钱。"那七人问道:"你端的是甚么人?"杨志道:"你等且说那里来的人?"那七人道:"我等弟兄七人,是濠州人,贩枣子上东京去,路途打从这里经过。听得多人说,这里黄泥冈上如常有贼打劫客商。我等一面走,一头自说道:'我七个只有些枣子,别无甚财赋。'只顾过冈子来。上得冈子,当不过这热,权且在这林子里歇一歇,待晚凉了行。只听得有人上冈子来,我们只怕是歹人,因此使这个兄弟出来看一看。"杨志道:"原来如此,也是一般的客人。却才见你们窥望,惟恐是歹人,因此赶来看一看。"那七个人道:"客官请几个枣子了去。"杨志道:"不必。"提了朴刀,再回担边来。

老都管道:"既是有贼,我们去休。"杨志说道:"俺只道是歹人,

---

[1] 江州车儿——手推的独轮小车。

原来是几个贩枣子的客人。"老都管道："似你方才说时,他们都是没命的。"杨志道："不必相闹,俺只要没事便好。你们且歇了,等凉些走。"众军汉都笑了。杨志也把朴刀插在地上,自去一边树下坐了歇凉。没半碗饭时,只见远远地一个汉子,挑着一副担桶,唱上冈子来。唱道：

"赤日炎炎似火烧,野田禾稻半枯焦。

农夫心内如汤煮,楼上王孙把扇摇。"

那汉子口里唱着,走上冈子来,松林里头歇下担桶,坐地乘凉。众军看见了,便问那汉子道："你桶里是甚么东西?"那汉子应道："是白酒。"众军道："挑往那里去?"那汉子道："挑去村里卖。"众军道："多少钱一桶?"那汉子道："五贯足钱。"众军商量道："我们又热又渴,何不买些吃,也解暑气。"正在那里凑钱,杨志见了,喝道："你们又做么?"众军道："买碗酒吃。"杨志调过朴刀杆便打,骂道："你们不得洒家言语,胡乱便要买酒吃,好大胆!"众军道："没事又来鸟乱。我们自凑钱买酒吃,干你甚事,也来打人。"杨志道："你这村鸟理会的甚么! 到来只顾吃嘴,全不晓得路途上的勾当艰难。多少好汉,被蒙汗药麻翻了。"那挑酒的汉子看着杨志冷笑道："你这客官好不晓事,早是我不卖与你吃,却说出这般没气力的话来。"

正在松树边闹动争说,只见对面松林里那伙贩枣子的客人,都提着朴刀走出来问道："你们做甚么闹?"那挑酒的汉子道："我自挑这酒去冈子村里卖,热了在此歇凉。他众人要问我买些吃,我又不曾卖与他。这个客官道我酒里有甚么蒙汗药。你道好笑么? 说出这般话来!"那七个客人说道:"我只道有歹人出来,原来是如此。说一声也不打紧,我们倒着买一碗吃。既是他们疑心,且卖一桶与我们吃。"那挑酒的道:"不卖,不卖!"这七个客人道:"你这鸟汉子也不晓事,我们须不曾说你。你左右将到村里去卖,一般还你钱,便卖些与我们,打甚么不紧。看你不道得〔1〕舍施了茶汤,便又救了我们热渴。"那挑酒的汉子便道:"卖一桶与你不争,只是被他们说的不好。又没碗瓢舀吃。"那七人道:"你这汉子忒认真,便说了一声打甚么不紧。我们自有椰瓢在这里。"只见两个客人去车子前取出两个椰瓢来,一个捧出一大捧枣子来。七个人立在桶边,开了桶盖,轮替换着舀那酒吃,把枣子过口,无一时,一桶酒都吃尽了。七个客人道:"正不曾问得你多少价钱?"那汉道:"我一了〔2〕不说价,五贯足钱一桶,十贯一担。"七个客人道:"五贯便依你五贯,只饶我们一瓢吃。"那汉道:"饶不的,做定的价钱。"一个客人把钱还他,一个客人便去揭开桶盖,兜了一瓢,拿上便吃。那汉去夺时,这客人手拿半瓢酒,望松林里便走。那汉赶将去,只见这边一个客人从松林里走将出来,手里拿一个瓢,便来桶里舀了一瓢酒。那汉看见,抢来劈手夺住,望桶里一倾,便盖了桶盖,将瓢望地下一丢,口里说道:"你这客人好不君子相!戴头识脸的〔3〕,也这般啰唣。"

---

〔1〕 不道得——岂不是的意思。有时也作不至于、不见得、岂肯、难道解释。又写作"不道的"。
〔2〕 一了——一向、一直、向来、本来。
〔3〕 戴头识脸的——有面子的、有身分的。

那对过众军汉见了,心内痒起来,都待要吃。数中一个看着老都管道:"老爷爷,与我们说一声。那卖枣子的客人买他一桶吃了,我们胡乱也买他这桶吃,润一润喉也好。其实热渴了,没奈何,这里冈子上又没讨水吃处。老爷方便!"老都管见众军所说,自心里也要吃得些,竟来对杨志说:"那贩枣客人已买了他一桶酒吃,只有这一桶,胡乱教他们买了避暑气。冈子上端的没处讨水吃。"杨志寻思道:"俺在远远处望,这厮们都买他的酒吃了,那桶里当面也见吃了半瓢,想是好的。打了他们半日,胡乱容他买碗吃罢。"杨志道:"既然老都管说了,教这厮们买吃了便起身。"众军健听了这话,凑了五贯足钱来买酒吃。那卖酒的汉子道:"不卖了,不卖了!"便道:"这酒里有蒙汗药在里头。"众军陪着笑说道:"大哥,直得便还言语。"那汉道:"不卖了,休缠!"这贩枣子的客人劝道:"你这个鸟汉子,他也说得差了,你也忒认真,连累我们也吃你说了几声。须不关他众人之事,胡乱卖与他众人吃些。"那汉道:"没事讨别人疑心做甚么。"这贩枣子客人把那卖酒的汉子推开一边,只顾将这桶酒提与众军去吃。那军汉开了桶盖,无甚舀吃,陪个小心,问客人借这椰瓢用一用。众客人道:"就送这几个枣子与你们过酒。"众军谢道:"甚么道理。"客人道:"休要相谢,都是一般客人,何争在这百十个枣子上。"众军谢了,先兜两瓢,叫老都管吃一瓢,杨提辖吃一瓢。杨志那里肯吃。老都管自先吃了一瓢,两个虞候各吃一瓢。众军汉一发上,那桶酒登时吃尽了。杨志见众人吃了无事,自本不吃,一者天气甚热,二乃口渴难熬,拿起来,只吃了一半,枣子分几个吃了。那卖酒的汉子说道:

"这桶酒吃那客人饶两瓢吃了,少了你些酒,我今饶了你众人半贯钱罢。"众军汉把钱还他。那汉子收了钱,挑了空桶,依然唱着山歌,自下冈子去了。

只见那七个贩枣子的客人,立在松树旁边,指着这一十五人说道:"倒也,倒也!"只见这十五个人,头重脚轻,一个个面面厮觑,都软倒了。那七个客人从松树林里推出这七辆江州车儿,把车子上枣子都丢在地上,将这十一担金珠宝贝,却装在车子内,叫声:"聒噪!"一直望黄泥冈下推了去。杨志口里只是叫苦,软了身体,扎挣不起。十五人眼睁睁地看着那七个人都把这金宝装了去,只是起不来,挣不动,说不的。

我且问你:这七人端的是谁?不是别人,原来正是晁盖、吴用、公孙胜、刘唐、三阮这七个。却才那个挑酒的汉子,便是白日鼠白胜。却怎地用药?原来挑上冈子时,两桶都是好酒。七个人先吃了一桶,刘唐揭起桶盖,又兜了半瓢吃,故意要他们看着,只是教人死心塌地。次后,吴用去松林里取出药来,抖在瓢里,只做赶来饶他酒吃,把瓢去兜时,药已搅在酒里,假意兜半瓢吃,那白胜劈手夺来,倾在桶里。这个便是计策。那计较都是吴用主张。这个唤做"智取生辰纲"。

原来杨志吃的酒少,便醒得快,爬将起来,兀自捉脚不住。看那十四个人时,口角流涎,都动不得。正应俗语道:"饶你奸似鬼,吃了洗脚水。"杨志愤闷道:"不争你把了生辰纲去,教俺如何回去见得梁中书！这纸领状须缴不得！"就扯破了。"如今闪得俺有家难奔,有国难投,待走那里去？不如就这冈子上寻个死处！"撩衣破步,望黄泥冈下便跳。正是:虽然未得身荣贵,到此先须祸及身。正是:断送落花三月雨,摧残杨柳九秋霜。毕竟杨志在黄泥冈上寻死,性命如何,且听下回分解。

第十七回

花和尚单打二龙山　青面兽双夺宝珠寺

诗曰：

二龙山势耸云烟，松桧森森翠接天。

乳虎邓龙真啸聚，恶神杨志更雕镌。

人逢忠义情偏洽，事到颠危志益坚。

背绣僧同青面兽，宝珠夺得更周全。

话说杨志当时在黄泥冈上被取了生辰纲去，如何回转去见得梁中书，欲要就冈子上自寻死路。却待望黄泥冈下跃身一跳，猛可醒悟，拽住了脚，寻思道："爹娘生下洒家，堂堂一表，凛凛一躯，自小学成十八般武艺在身，终不成只这般休了！比及今日寻个死处，不如日后等他拿得着时，却再理会。"回身再看那十四个人时，只是眼睁睁地看着杨志，没个挣扎得起。杨志指着骂道："都是你这厮们不听我言语，因此做将出来，连累了洒家！"树根头拿了朴刀，挂了腰刀，周围看时，别无物件，杨志叹了口气，一直下冈子去了。

那十四个人直到二更方才得醒，一个个爬将起来，口里只叫得连珠箭的苦。老都管道："你们众人不听杨提辖的好言语，今日送[1]

---

〔1〕送——这里作断送、葬送解释。

了我也!"众人道:"老爷,今日事已做出来了,且通个商量。"老都管道:"你们有甚见识?"众人道:"是我们不是了。古人有言:火烧到身,各自去扫;蜂虿入怀,随即解衣。若还杨提辖在这里,我们都说不过。如今他自去的不知去向,我们回去见梁中书相公,何不都推在他身上。只说道:他一路上凌辱打骂众人,逼迫的我们都动不得。他和强人做一路,把蒙汗药将俺们麻翻了,缚了手脚,将金宝都掳去了。"老都管道:"这话也说的是。我们等天明先去本处官司首告,留下两个虞候随衙听候,捉拿贼人。我等众人连夜赶回北京,报与本官知道,教动文书,申复太师得知,着落济州府追获这伙强人便了。"次日天晓,老都管自和一行人来济州府该管官吏首告,不在话下。

且说杨志提着朴刀,闷闷不已,离黄泥冈望南行了半日,看看又走了半夜,去林子里歇了。寻思道:"盘缠又没了,举眼无个相识,却是怎地好!"渐渐天色明亮,只得赶早凉了行。又走了二十余里,前面到一酒店门前。杨志道:"若不得些酒吃,怎地打熬得过。"便入那酒店去,向这桑木桌凳座头上坐了,身边倚了朴刀。只见灶边一个妇人问道:"客官莫不要打火?"杨志道:"先取两角酒来吃,借些米来做饭,有肉安排些个。少停一发算钱还你。"只见那妇人先叫一个后生来面前筛酒,一面做饭,一边炒肉,都把来杨志吃了。杨志起身,绰了朴刀便出店门。那妇人道:"你的酒肉饭钱都不曾有。"杨志道:"待俺回来还你,权赊咱一赊。"说了便走。那筛酒的后生,赶将出来揪住,被杨志一拳打翻了。那妇人叫起屈来。杨志只顾走,只见背后一个人赶来叫道:"你那厮走那里去?"杨志回头看时,那人大脱膊着,拖条杆棒枪奔将来。杨志道:"这厮却不是晦气,倒来寻洒家。"立脚住了不走。看后面时,那筛酒后生也拿条榾叉,随后赶来。又引着两三个庄客,各拿杆棒,飞也似都来。杨志道:"结果了这厮一个,那厮们都不敢追来。"便挺了手中朴刀,来斗这汉。这汉也轮转手中杆棒枪来迎。两个斗了三二十合,这汉怎地敌的杨志,只办得架隔遮拦,上下躲闪。那后来的后生并庄客却待一发上,只见这汉托地跳出圈子外来,叫道:"且都不要动手!兀那使朴刀的大汉,你可通个姓名。"正是:

逃灾避难受辛艰,曹正相逢且破颜。

偶遇智深同戮力,三人计夺二龙山。

那杨志拍着胸道:"洒家行不更名,坐不改姓,青面兽杨志的便是。"这汉道:"莫不是东京殿司杨制使么?"杨志道:"你怎地知道洒家是杨制使?"这汉撇了枪棒便拜道:"小人有眼不识泰山。"杨志便扶这人起来,问道:"足下是谁?"这汉道:"小人原是开封府人氏,乃是八十万禁军都教头林冲的徒弟,姓曹名正,祖代屠户出身。小人杀得好牲口,挑筋剐骨,开剥推剪,只此被人唤做操刀鬼曹正。为因本处一个财主,将五千贯钱教小人来此山东做客,不想折本,回乡不得,在此入赘在这个庄农人家。却才灶边妇人,便是小人的浑家。这个拿榾叉的,便是小人的妻舅。却才小人和制使交手,见制使手段和小人师父林教师一般,因此抵敌不住。"杨志道:"原来你却是林教师的徒弟。你的师父被高太尉陷害,落草去了,如今见在梁山泊。"曹正道:"小人也听得人这般说将来,未知真实。且请制使到家少歇。"杨志便同曹正再回到酒店里来。曹正请杨志里面坐下,叫老婆和妻舅都来拜了杨志,一面再置酒食相待。

饮酒中间,曹正动问道:"制使缘何到此?"杨志把做制使失陷花石纲,并如今又失陷了梁中书的生辰纲一事,从头备细告诉了。曹正道:"既然如此,制使且在小人家里住几时,再有商议。"杨志道:"如此,却是深感你的厚意。只恐官司追捕将来,不敢久住。"曹正道:"制使这般说时,要投那里去?"杨志道:"洒家欲投梁山泊去,寻你师父林教头。俺先前在那里经过时,正撞着他下山来与洒家交手。王伦见了俺两个本事一般,因此都留在山寨里相会,以此认得你师父林冲。王伦当初苦苦相留洒家,俺却不肯落草。如今脸上又添了金印,却去投奔他时,好没志气。因此踌躇未决,进退两难。"曹正道:"制使见的是。小人也听的人传说,王伦那厮心地偏窄,安不得人;说我师父林教头上山时,受尽他的气。以此多人传说将来,方才知道。不若小人此间,离不远却是青州地面,有座山唤做二龙山,山上有座寺,唤做宝珠寺。那座山生来却好裹着这座寺,只有一条路上的去。如今寺里住持还了俗,养了头发,馀者和尚,都随顺了。说道他聚集的四五百人,打家劫舍。为头那人,唤做金眼虎邓龙。制使若有心落草时,到去那里入伙,足可安身。"杨志道:"既有这个去处,何不去夺来安身立命。"当下就曹正家里住了一宿,借了些盘缠,拿了朴刀,相别曹正,拽开脚步,投二龙山来。

行了一日,看看渐晚,却早望见一座高山。杨志道:"俺去林子里且歇一夜,明日却上山去。"转入林子里来,吃了一惊。只见一个胖大和尚,脱的赤条条的,背上刺着花绣,坐在松树根头乘凉。那和尚见了杨志,就树根头绰了禅杖,跳将起来,大喝道:"兀那撮鸟,你是那里来的?"杨志听了道:"原来也是关西和尚。俺和他是乡中[1],问他一声。"杨志叫道:"你是那里来的僧人?"那和尚也不回说,轮起手中禅杖,只顾打来。杨志道:"怎奈那秃厮无礼,且把他来出口气。"挺起手中朴刀来奔那和尚。两个就林子里一来一往,一上一下,两个放对[2]。但见:

> 两条龙竞宝,一对虎争餐。朴刀举露半截金蛇,禅杖起飞全身玉蟒。两条龙竞宝,搅长江,翻大海,鱼鳖惊惶;一对虎争餐,奔翠岭,撼青林,豺狼乱窜。崒聿聿,忽喇喇,天崩地塌,黑云中玉爪盘旋;恶狠狠,雄赳赳,雷吼风呼,杀气内金睛闪烁。两条龙竞宝,吓的那身长力壮、仗霜锋周处眼无光;一对虎争餐,惊的这胆大心粗、施雪刃卞庄魂魄丧。两条龙竞宝,眼珠放彩,尾摆得水母殿台摇;一对虎争餐,野兽奔驰,声震的山神毛发竖。花和尚不饶杨制使,抵死交锋;杨制使欲捉花和尚,设机力战。

当时杨志和那僧人斗到四五十合,不分胜败。那和尚卖个破绽,托地跳出圈子外来,喝一声:"且歇!"两个都住了手。杨志暗暗地喝彩道:"那里来的这个和尚,真个好本事,手段高,俺却刚刚地只敌的

---

[1] 乡中——同乡。有时也称乡里。
[2] 放对——对打。

他住。"那僧人叫道:"兀那青面汉子,你是甚么人?"杨志道:"洒家是东京制使杨志的便是。"那和尚道:"你不是在东京卖刀杀了破落户牛二的?"杨志道:"你不见俺脸上金印?"那和尚笑道:"却原来在这里相见。"杨志道:"不敢问师兄却是谁?缘何知道洒家卖刀?"那和尚道:"洒家不是别人,俺是延安府老种经略相公帐前军官鲁提辖的便是。为因三拳打死了镇关西,却去五台山净发为僧。人见洒家背上有花绣,都叫俺做花和尚鲁智深。"杨志笑道:"原来是自家乡里。俺在江湖上多闻师兄大名,听的说道师兄在大相国寺里挂搭,如今何故来在这里?"鲁智深道:"一言难尽。洒家在大相国寺管菜园,遇着那豹子头林冲被高太尉要陷害他性命。俺却路见不平,直送他到沧州,救了他一命。不想那两个防送公人回来对高俅那厮说道:'正要在野猪林里结果林冲,却被大相国寺鲁智深救了。那和尚直送到沧州,因此害他不得。'这日娘贼恨杀洒家,分付寺里长老不许俺挂搭,又差人来捉洒家。却得一伙泼皮通报,不是着了那厮的手。吃俺一把火烧了那菜园里廨宇,逃走在江湖上,东又不着,西又不着。来到孟州十字坡过,险些儿被个酒店里妇人害了性命,把洒家着蒙汗药麻翻了。得他的丈夫归来的早,见了洒家这般模样,又看了俺的禅杖、戒刀吃惊,连忙把解药救俺醒来。因问起洒家名字,留住俺过了数日,结义洒家做了弟兄。那人夫妻两个,亦是江湖上好汉,有名的,都叫他做菜园子张青,其妻母夜叉孙二娘,甚是好义气。住了四五日,打听的这里二龙山宝珠寺可以安身,洒家特地来奔他邓龙入伙,叵耐那厮不肯安着洒家在这山上。邓龙那厮和俺厮并,又敌洒家不过,只把这山下三座关牢牢地拴住,又没个道路上去。打紧[1]这座山生的险峻,又没别路上去,那撮鸟由你叫骂,只是不下来厮杀,气得洒家正苦,在这里没个委结[2]。不想却是大哥来。"

杨志大喜。两个就林子里剪拂了,就地坐了一夜。杨志诉说卖刀杀死了牛二的事,并解生辰纲失陷一节,都备细说了。又说曹正指点来此一事,便道:"既是闭了关隘,俺们休在这里,如何得他下来?不若且去曹正家商议。"两个厮赶着行,离了那林子,来到曹正酒店里。杨志引鲁智深与他相见了,曹正慌忙置酒相待,商量要打二龙山一事。曹正道:"若是端的闭了关时,休说道你二位,便有一万军马也上去不得。似此只可智取,不可力求。"鲁智深道:"叵耐那撮鸟,连输与洒家两遍。那厮小肚上被俺一脚点翻了,却待再要打那厮一顿,结果了他性命,被他那里人多,救了上山去,闭了这鸟关。由你自在下面骂,只是不肯下来厮杀。"杨志道:"既然好去处,俺和你如何不用心去打?"鲁智深道:"便是没做个道理上去,奈何不得他。"曹正道:"小人有条计策,不知中二位意也不中?"杨志道:"愿闻良策则个[3]。"曹正道:"制使也休这般打扮,只照依小人这里近村庄家穿着。小人把这位师父禅杖、戒刀都拿了,却叫小人的妻弟带六个火家,直送到那山下,把一条索子绑了师父,小人自会做活结头。却去山下叫道:'我们近村开酒店庄家。这和尚来我店中吃酒,吃得大醉

---

[1] 打紧——这里是实在、实在是的意思。
[2] 委结——了局、结果的意思。
[3] 则个——加重语气的语尾词。

了,不肯还钱,口里说道:去报人来打你山寨。因此我们听的,乘他醉了,把他绑缚在这里,献与大王。'那厮必然放我们上山去。到得他山寨里面,见邓龙时,把索子拽脱了活结头,小人便递过禅杖与师父。你两个好汉一发上,那厮走往那里去!若结果了他时,以下的人不敢不伏。此计若何?"鲁智深、杨志齐道:"妙哉,妙哉!"

当晚吃了酒食,又安排了些路上干粮。次日五更起来,众人都吃得饱了。鲁智深的行李包裹,都寄放在曹正家。当日杨志、鲁智深、曹正,带了小舅并五七个庄家,取路投二龙山来。晌午后,直到林子里,脱了衣裳,把鲁智深用活结头使索子绑了,教两个庄家牢牢地牵着索头。杨志戴了遮日头凉笠儿,身穿破布衫,手里倒提着朴刀。曹正拿着他的禅杖,众人都提着棍棒,在前后簇拥着。到得山下,看那关时,都摆着强弩硬弓,灰瓶炮石。小喽啰在关上看时,绑得这个和尚来,飞也似报上山去。

多样时,只见两个小头目上关来问道:"你等何处人?来我这里做甚么?那里捉得这个和尚来?"曹正答道:"小人等是这山下近村庄家,开着一个小酒店。这个胖和尚不时来我店中吃酒,吃得大醉,不肯还钱,口里说道:'要去梁山泊叫千百个人来打这二龙山,和你这近村坊都洗荡了。'因此小人只得又将好酒请他,灌得醉了,一条索子绑缚这厮,来献与大王,表我等村坊孝顺之心,免得村中后患。"两个小头目听了这话,欢天喜地说道:"好了!众人在此少待一时。"两个小头目就上山来,报知邓龙,说拿的那胖和尚来。邓龙听了大喜,叫:"解上山来!且取这厮的心肝来做下酒,消我这点冤仇之恨。"小喽啰得令,来把关隘门开了,便叫送上来。杨志、曹正紧押鲁智深,解上山来。看那三座关时,端的险峻:两下里山环绕将来,包住这座寺。山峰生得雄壮,中间只一条路。上关来,三重关上,摆着擂木炮石,硬弩强弓,苦竹枪密密地攒着。过得三处关闸,来到宝珠寺前看时,三座殿门,一段镜面也似平地,周遭都是木栅为城。寺前山门下立着七八个小喽啰,看见缚的鲁智深来,都指着骂道:"你这秃驴伤了大王,今日也吃拿了。慢慢的碎割了这厮!"鲁智深只不做声。押到佛殿看时,殿上都把佛来抬去了,中间放着一把虎皮交椅,众多小喽啰拿着枪棒,立在两边。

少刻,只见两个小喽啰扶出邓龙来,坐在交椅上。曹正、杨志紧紧地帮[1]着鲁智深到阶下。邓龙道:"你那厮秃驴!前日点翻了我,伤了小腹,至今青肿未消。今日也有见我的时节。"鲁智深睁圆怪眼,大喝一声:"撮鸟休走!"两个庄家把索头只一拽,拽脱了活结头,散开索子。鲁智深就曹正手里接过禅杖,云飞轮动。杨志撇了凉笠儿,提起手中朴刀,曹正又轮起杆棒,众庄家一齐发作,并力向前。邓龙急待挣扎时,早被鲁智深一禅杖当头打着,把脑盖劈做两半个,和交椅都打碎了。手下的小喽啰,早被杨志搠翻了四五个。

曹正叫道:"都来投降!若不从者,便行扫除处死!"寺前寺后五六百小喽啰,并几个小头目,惊吓的呆了,只得都来归降投伏。随即叫把邓龙等尸首扛抬去后山烧化了。一面去点仓厫,整顿房舍,再去

---

[1] 帮——靠拢挤住,使被挤者不能动。

看那寺后有多少物件,且把酒肉安排些来吃。鲁智深并杨志做了山寨之主,置酒设宴庆贺。小喽啰们尽皆投伏了,仍设小头目管领。曹正别了二位好汉,领了庄家自回家去,不在话下。看官听说,有诗为证:

　　古刹清幽隐翠微,邓龙雄据恣非为。
　　天生神力花和尚,斩草除根更可悲。

不说鲁智深、杨志自在二龙山落草,却说那押生辰纲老都管,并这几个厢禁军,晓行夜住,赶回北京。到的梁中书府,直至厅前,齐齐都拜翻在地下告罪。梁中书道:"你们路上辛苦,多亏了你众人。"又问:"杨提辖何在?"众人告道:"不可说!这人是个大胆忘恩的贼。自离了此间,五七日后,行得到黄泥冈,天气大热,都在林子里歇凉。不想杨志和七个贼人通同,假装做贩枣子客商。杨志约会与他做一路,先推七辆江州车儿在这黄泥冈上松林里等候,却叫一个汉子挑一担酒来冈子上歇下。小的众人不合买他酒吃,被那厮把蒙汗药都麻翻了,又将索子捆缚众人。杨志和那七个贼人,却把生辰纲财宝并行李尽装载车上将了去。见今去本管济州府陈告了,留两个虞候在那里随衙听候,捉拿贼人。小人等众人,星夜赶回来,告知恩相。"梁中书听了大惊,骂道:"这贼配军!你是犯罪的囚徒,我一力抬举你成人,怎敢做这等不仁忘恩的事!我若拿住他时,碎尸万段!"随即便唤书史写了文书,当时差人星夜来济州投下;又写一封家书,着人也连夜上东京报与太师知道。

且不说差人去济州下公文,只说着人上东京来到太师府报知,见了太师,呈上书札。蔡太师看了大惊道:"这班贼人甚是胆大!去年将我女婿送来的礼物打劫了去,至今未获贼人。今年又来无礼,更待干罢,恐后难治。"随即押了一纸公文,着一个府干亲自赍了,星夜望济州来,着落府尹,立等捉拿这伙贼人,便要回报。

且说济州府尹自从受了北京大名府留守司梁中书札付,每日理论不下。正忧闷间,只见门吏报道:"东京太师府里差府干见到厅前,有紧急公文要见相公。"府尹听的大惊道:"多管是生辰纲的事。"慌忙升厅来,与府干相见了,说道:"这件事下官已受了梁府虞候的状子,已经差缉捕的人跟捉贼人,未见踪迹。前日留守司又差人行札付到来,又经着仰尉司并缉捕观察,杖限跟捉,未曾得获。若有些动静消息,下官亲到相府回话。"府干道:"小人是太师府里心腹人。今奉太师钧旨,特差来这里要这一干人。临行时,太师亲自分付,教小人到本府,只就州衙里宿歇,立等相公要拿这七个贩枣子的并卖酒一人,在逃军官杨志各贼正身,限在十日捉拿完备,差人解赴东京。若十日不获得这件公事时,怕不先来请相公去沙门岛[1]走一遭,小人也难回太师府里去,性命亦不知如何。相公不信,请看太师府里行来的钧帖。"

府尹看罢大惊,随即便唤缉捕人等。只见阶下一人声喏,立在帘

---

[1] 沙门岛——山东蓬莱西北海中的小岛。在宋时是个荒凉、偏僻、流配犯人的地方。

前。太守道:"你是甚人?"那人禀道:"小人是三都缉捕使臣何涛。"太守道:"前日黄泥冈上打劫了去的生辰纲,是你该管么?"何涛答道:"禀复相公,何涛自从领了这件公事,昼夜无眠,差下本管眼明手快的公人去黄泥冈上往来缉捕。虽是累经杖责,到今未见踪迹。非是何涛怠慢官府,实出于无奈。"府尹喝道:"胡说!上不紧则下慢。我自进士出身,历任到这一郡诸侯,非同容易。今日东京太师府差一干办来到这里,领太师台旨,限十日内须要捕获各贼正身完备解京。若还违了限次,我非止罢官,必陷我投沙门岛走一遭。你是个缉捕使臣,倒不用心,以致祸及于我。先把你这厮迭配远恶军州雁飞不到去处!"便唤过文笔匠来,去何涛脸上刺下"迭配……州"字样,空着甚处州名,发落道:"何涛,你若获不得贼人,重罪决不饶恕!"

何涛领了台旨下厅,前来到使臣房里,会集许多做公的都到机密房中商议公事。众做公的都面面相觑,如箭穿雁嘴,钩搭鱼腮,尽无言语。何涛道:"你们闲常时都在这房里赚钱使用,如今有此一事难捉,都不做声。你众人也可怜我脸上刺的字样!"众人道:"上复观察:小人们人非草木,岂不省的。只是这一伙做客商的,必是他州外府深山旷野强人,遇着,一时劫了。他得财宝,自去山寨里快活,如何拿的着?便是知道,也只看得他一看。"何涛听了,当初只有三分烦恼,见说了这话,又添了五分烦恼。自离了使臣房里,上马回到家中,把马牵去后槽上拴了,独自一个,闷闷不已。正是:

眉头重上三锽锁,腹内填平万斛愁。

若是贼徒难捉获,定教徒配入军州。

只见老婆问道:"丈夫,你如何今日这般烦恼?"何涛道:"你不知,前日太守委我一纸批文,为因黄泥冈上一伙贼人打劫了梁中书与丈人蔡太师庆生辰的金珠宝贝,计十一担,正不知是甚么样人打劫了去。我自从领了这道钧批,到今未曾得获。今日正去转限,不想太师府又差干办来,立等要拿这一伙贼人解京。太守问我贼人消息,我回复道:'未见次第[1],不曾获的。'府尹将我脸上刺下'迭配……州'字样,只不曾填甚去处,在后知我性命如何!"老婆道:"似此怎地好?却是如何得了!"

正说之间,只见兄弟何清来望哥哥。何涛道:"你来做么?不去赌钱,却来怎地?"何涛的妻子乖觉,连忙招手说道:"阿叔,你且来厨下,和你说话。"何清当时跟了嫂嫂进到厨下坐了。嫂嫂安排些肉食菜蔬,溫几杯酒,请何清吃。何清问嫂嫂道:"哥哥忒杀欺负人!我不中也是你一个亲兄弟,你便奢遮杀,只做得个缉捕观察,便叫我一处吃盏酒,有甚么辱没了你?"阿嫂道:"阿叔,你不知道你哥哥心里自过活不得哩。"何清道:"他每日趁了大钱大物那里去了? 有的是钱和米,有甚么过活不得处?"阿嫂道:"你不知,为这黄泥冈上,前日一伙贩枣子的客人,打劫了北京梁中书庆贺蔡太师的生辰纲去,如今济州府尹奉着太师钧旨,限十日内定要捉拿各贼解京。若还捉不着正身时,都要刺配远恶军州去。你不见你哥哥先吃府尹刺了脸上'迭配……州'字样,只不曾填甚去处。早晚捉不着时,实是受苦。

---

[1] 次第——头绪。

他如何有心和你吃酒,我却才安排些酒食与你吃。他闷了几时了,你却怪他不的。"何清道:"我也诽诽地听的人说道,有贼打劫了生辰纲去。正在那里地面上?"阿嫂道:"只听的说道黄泥冈上。"何清道:"却是甚么样人劫了?"阿嫂道:"叔叔,你又不醉。我方才说了,是七个贩枣的客人打劫了去。"何清呵呵的大笑道:"原来恁地。知道是贩枣子的客人了,却闷怎地!何不差精细的人去捉?"阿嫂道:"你倒说得好,便是没捉处。"何清笑道:"嫂嫂,倒要你忧!哥哥放着常来的一般儿好酒肉弟兄,闲常不采的是亲兄弟。今日才有事,便叫没捉处。若是叫兄弟得知,赚得几贯钱使,量这伙小贼有甚难处。"阿嫂道:"阿叔,你倒敢知得些风路〔1〕?"何清笑道:"直等哥哥临危之际,兄弟却来,有个道理救他。"说了,便起身要去。阿嫂留住再吃两杯。

那妇人听了这说话的跷蹊,慌忙来对丈夫备细说了。何涛连忙叫请何清到面前。何涛陪着笑脸说道:"兄弟,你既知此贼去向,如何不救我?"何清道:"我不知甚么来历。我自和嫂子说耍,兄弟如何救的哥哥?"何涛道:"好兄弟,休得要看冷暖〔2〕。只想我日常的好处,休记我闲时的歹处,救我这条性命!"何清道:"哥哥,你管下许多眼明手快的公人,也有二三百个,何不与哥哥出些力气。量兄弟一个怎救的哥哥!"何涛道:"兄弟,休说他们,你的话眼里有些门路。休

---

〔1〕 风路——风声、路道、线索。
〔2〕 看冷暖——宋时俗语"世情看冷暖,人面逐高低"(见后文第三十七回)的省词。

要把别人做好汉,你且说与我些去向,我自有补报你处。正教我怎地宽心?"何清道:"有甚么去向,兄弟不省的。"何涛道:"你不要呕我,只看同胞共母之面。"何清道:"不要慌,且待到至急处,兄弟自来出些气力拿这伙小贼。"

阿嫂便道:"阿叔,胡乱救你哥哥,也是弟兄情分。如今被太师府钧帖,立等要这一干人。天来大事,你却说小贼,不知甚么去处,只这等无门路了。"何清道:"嫂嫂,你须知我只为赌钱上,吃哥哥多少言语,但是打骂,不曾和他争涉。闲常有酒有食,只和别人快活。今日兄弟也有用处!"何涛见他话眼有些来历,慌忙取一个十两银子放在桌上,说道:"兄弟,权将这锭银收了。日后捕得贼人时,金银段匹赏赐,我一力包办。"何清笑道:"哥哥正是急来抱佛脚,闲时不烧香。我却要你银子时,便是兄弟勒掯[1]你。你且把去收了,不要将来赚我。你若如此,我便不说。既是你两口儿我行陪话,我说与你,不要把银子出来惊我。"何涛道:"银两都是官司信赏出的,如何没三五百贯钱。兄弟,你休推却。我且问你:这伙贼却在那里有些来历?"何清拍着大腿道:"这伙贼,我都捉在便袋里了。"何涛大惊道:"兄弟,你如何说这伙贼在你便袋里?"何清道:"哥哥,你莫管我,自都有在这里便了。你只把银子收了去,不要将来赚我,只要常情便了。我却说与你知道。"

何清不慌不忙,叠着两个指头,言无数句,话不一席,有分教:郓

---

[1] 勒掯(kèn)——勒索、强迫、有意为难。也写作"掯勒"。

城县里,引出个仗义英雄;梁山泊中,聚一伙擎天好汉。直教红巾[1]名姓传千古,青史功勋播万年。毕竟何清对何涛说出甚人来,且听下回分解。

---

[1] 红巾——指绿林好汉。红巾裹头是他们的惯常装束。

第十八回

美髯公智稳插翅虎　宋公明私放晁天王

诗曰：

亲爱无过弟与兄，便从酒后露真情。

何清不笃同胞义，观察安知众贼名。

玩寇长奸人暗走，惊蛇打草事难成。

只因一纸闲文字，惹起天罡地煞兵。

当时何观察与兄弟何清道："这锭银子是官司信赏的，非是我把来赚你，后头再有重赏。兄弟，你且说这伙人如何在你便袋里？"只见何清去身边招文袋[1]内摸出一个经折儿[2]来，指道："这伙贼人都在上面。"何涛道："你且说怎地写在上面？"

何清道："不瞒哥哥说，兄弟前日为赌博输了，没一文盘缠。有个一般赌博的，引兄弟去北门外十五里，地名安乐村，有个王家客店内，凑些碎赌。为是官司行下文书来，着落本村，但凡开客店的，须要置立文簿，一面上用勘合印信。每夜有客商来歇宿，须要问他那里来，何处去，姓甚名谁，做甚买卖，都要抄写在簿子上。官司查照时，

---

〔1〕招文袋——挂在腰带上的小袋，古人用它做文件袋、公事包。

〔2〕经折儿——手折，古人用它做记事册、笔记本。

每月一次去里正处报名。为是小二哥不识字,央我替他抄了半个月。当日是六月初三日,有七个贩枣子的客人,推着七辆江州车儿来歇。我却认得一个为头的客人,是郓城县东溪村晁保正。因何认得他?我比先曾跟一个闲汉去投奔他,因此我认得。我写着文簿,问他道:'客人高姓?'只见一个三髭须白净面皮的抢将过来答应道:'我等姓李,从濠州来,贩枣子去东京卖。'我虽写了,有些疑心。第二日,他自去了。店主带我去里相赌,来到一处三叉路口,只见一个汉子挑两个桶来。我不认得他,店主人自与他厮叫道:'白大郎,那里去?'那人应道:'有担醋,将去村里财主家卖。'店主人和我说道:'这人叫做白日鼠白胜,他是个赌客。'我也只安在心里。后来听得沸沸扬扬地说道:'黄泥冈上一伙贩枣子的客人,把蒙汗药麻翻了人,劫了生辰纲去。'我猜不是晁保正却是兀谁!如今只捕了白胜,一问便知端的。这个经折儿是我抄的副本。"何涛听了大喜,随即引了兄弟何清径到州衙里,见了太守。府尹问道:"那公事有些下落么?"何涛禀道:"略有些消息了。"

府尹叫进后堂来说,仔细问了来历。何清一一禀说了。当下便差八个做公的,一同何涛、何清,连夜来到安乐村,叫了店主人作眼,径奔到白胜家里。却是三更时分,叫店主人赚开门来打火。只听得白胜在床上做声,问他老婆时,却说道:"害热病不曾得汗。"从床上拖将起来,见白胜面色红白,就把索子绑了,喝道:"黄泥冈上做得好事!"白胜那里肯认。把那妇人捆了,也不肯招。众做公的绕屋寻赃寻贼,寻到床底下,见地面不平,众人掘开,不到三尺深,众多公人发声喊，白胜面如土色，就地下取出一包金银。随即把白胜头脸包了，带他老婆，扛抬赃物，都连夜赶回济州城里来。却好五更天明时分，把白胜押到厅前，便将索子捆了，问他主情造意[1]。白胜抵赖，死不肯招晁保正等七人。连打三四顿，打的皮开肉绽，鲜血迸流。府尹喝道："告的正主招了赃物，捕人已知是郓城县东溪村晁保正了。你这厮如何赖得过？你快说那六人是谁，便不打你了。"白胜又捱了一歇，打熬不过，只得招道："为首的是晁保正。他自同六人来纠合白胜与他挑酒，其实不认得那六人。"知府道："这个不难。只拿住晁保正，那六人便有下落。"先取一面二十斤死枷枷了白胜；他的老婆也锁了，押去女牢里监收。随即押一纸公文，就差何涛亲自带领二十个眼明手快的公人，径去郓城县投下，着落本县，立等要捉晁保正并不知姓名六个正贼。就带原解生辰纲的两个虞候作眼拿人，一同何观察领了一行人，去时不要大惊小怪，只恐怕走透了消息。星夜来到郓城县，先把一行公人并两个虞候都藏在客店里，只带一两个跟着来下公文，径奔郓城县衙门前来。

当下巳牌时分，却值知县退了早衙，县前静悄悄地。何涛走去县对门一个茶坊里坐下，吃茶相等。吃了一个泡茶，问茶博士道："今日如何县前恁地静？"茶博士说道："知县相公早衙方散，一应公人和告状的都去吃饭了未来。"何涛又问道："今日县里不知是那个押司直日？"茶博士指着道："今日直日的押司来也。"何涛看时，只见县里

---

〔1〕 主情造意——主谋的，出主意的。

走出一个吏员来。看那人时,怎生模样?但见:

> 眼如丹凤,眉似卧蚕。滴溜溜两耳垂珠,明皎皎双睛点漆。唇方口正,髭须地阁轻盈;额阔顶平,皮肉天仓饱满。坐定时浑如虎相,走动时有若狼形。年及三旬,有养济万人之度量;身躯六尺,怀扫除四海之心机。上应星魁,感乾坤之秀气;下临凡世,聚山岳之降灵。志气轩昂,胸襟秀丽。刀笔敢欺萧相国,声名不让孟尝君。

那押司姓宋名江,表字公明,排行第三,祖居郓城县宋家村人氏。为他面黑身矮,人都唤他做黑宋江;又且于家大孝,为人仗义疏财,人皆称他做孝义黑三郎。上有父亲在堂,母亲丧早,下有一个兄弟,唤做铁扇子宋清,自和他父亲宋太公在村中务农,守些田园过活。这宋江自在郓城县做押司。他刀笔精通,吏道纯熟,更兼爱习枪棒,学得武艺多般。平生只好结识江湖上好汉:但有人来投奔他的,若高若低,无有不纳,便留在庄上馆谷〔1〕,终日追陪,并无厌倦;若要起身,尽力资助,端的是挥霍,视金似土。人问他求钱物,亦不推托。且好做方便,每每排难解纷,只是周全人性命。如常散施棺材药饵,济人贫苦,周人之急,扶人之困。以此山东、河北闻名,都称他做及时雨,却把他比的做天上下的及时雨一般,能救万物。曾有一首《临江仙》赞宋江好处:

> 起自花村刀笔吏,英灵上应天星。疏财仗义更多能。事亲

---

〔1〕 馆谷——供给客人的住宿和膳食。

行孝敬，待士有声名。　　济弱扶倾心慷慨，高名冰月双清。及时甘雨四方称。山东呼保义，豪杰宋公明。

当时宋江带着一个伴当[1]，走将出县前来。只见这何观察当街迎住，叫道："押司，此间请坐拜茶。"宋江见他似个公人打扮，慌忙答礼道："尊兄何处？"何涛道："且请押司到茶坊里面吃茶说话。"宋公明道："谨领。"两个入到茶坊里坐定，伴当都叫去门前等候。宋江道："不敢拜问尊兄高姓？"何涛答道："小人是济州府缉捕使臣何观察的便是。不敢动问押司高姓大名？"宋江道："贱眼不识观察，少罪。小吏姓宋名江的便是。"何涛倒地便拜，说道："久闻大名，无缘不曾拜识。"宋江道："惶恐！观察请上坐。"何涛道："小人是一小弟，安敢占上。"宋江道："观察是上司衙门的人，又是远来之客。"两个谦让了一回，宋江坐了主位，何涛坐了客席。宋江便叫："茶博士，将两杯茶来。"没多时，茶到。两个吃了茶，茶盏放在桌子上。

宋江道："观察到敝县，不知上司有何公务？"何涛道："实不相瞒押司，来贵县有几个要紧的人。"宋江道："莫非贼情公事否？"何涛道："有实封公文在此，敢烦押司作成。"宋江道："观察是上司差来该管的人，小吏怎敢怠慢。不知为甚么贼情紧事？"何涛道："押司是当案的人，便说也不妨。敝府管下黄泥冈上一伙贼人，共是八个，把蒙汗药麻翻了北京大名府梁中书差遣送蔡太师的生辰纲军健一十五人，劫去了十一担金珠宝贝，计该十万贯正赃。今捕得从贼一名白

---

[1] 伴当——伙计、仆从。

胜，指说七个正贼都在贵县。这是太师府特差一个干办，在本府立等要这件公事，望押司早早维持。"宋江道："休说太师府着落，便是观察自赍公文来要，敢不捕送。只不知道白胜供指那七人名字？"何涛道："不瞒押司说，是贵县东溪村晁保正为首。更有六名从贼，不识姓名，烦乞用心。"

宋江听罢，吃了一惊，肚里寻思道："晁盖是我心腹弟兄。他如今犯了迷天之罪，我不救他时，捕获将去，性命便休了。"心内自慌。宋江且答应道："晁盖这厮奸顽役户，本县内上下人没一个不怪他。今番做出来了，好教他受！"何涛道："相烦押司便行此事。"宋江道："不妨，这事容易，瓮中捉鳖，手到拿来。只是一件：这实封公文须是观察自己当厅投下，本官看了，便好施行发落，差人去捉，小吏如何敢私下擅开！这件公事非是小可，勿当轻泄于人。"何涛道："押司高见极明，相烦引进。"宋江道："本官发放一早晨事务，倦怠了少歇。观察略待一时，少刻坐厅时，小吏来请。"何涛道："望押司千万作成。"宋江道："理之当然，休这等说话。小吏略到寒舍分拨了些家务便到，观察少坐一坐。"何涛道："押司尊便，请治事。小弟只在此专等。"

宋江起身，出得阁儿，分付茶博士道："那官人要再用茶，一发我还茶钱。"离了茶坊，飞也似跑到下处，先分付伴当去叫直司在茶坊门前伺候："若知县坐衙时，便可去茶坊里安抚那公人道：'押司便来。'叫他略待一待。"却自槽上鞴〔1〕了马，牵出后门外去。宋江拿

------

〔1〕 鞴（bèi）——把鞍辔之类的东西套在马身上。

了鞭子,跳上马,慢慢地离了县治。出得东门,打上两鞭,那马不剌剌地望东溪村撺将去,没半个时辰,早到晁盖庄上。庄客见了,入去庄里报知。正是:

有仁有义宋公明,交结豪强秉志诚。

一旦阴谋皆外泄,六人星火夜逃生。

且说晁盖正和吴用、公孙胜、刘唐在后园葡萄树下吃酒。此时三阮已得了钱财,自回石碣村去了。晁盖见庄客报说宋押司在门前,晁盖问道:"有多少人随从着?"庄客道:"只独自一个飞马而来,说快要见保正。"晁盖道:"必然有事。"慌忙出来迎接。宋江道了一个喏,携了晁盖手,便投侧边小房里来。晁盖问道:"押司如何来的慌速?"宋江道:"哥哥不知,兄弟是心腹弟兄,我舍着条性命来救你。如今黄泥冈事发了!白胜已自拿在济州大牢里了,供出你等六人。济州府差一个何缉捕,带领若干人,奉着太师府钧帖并本州文字来捉你等七人,道你为首。天幸撞在我手里!我只推说知县睡着,且教何观察在县对门茶坊里等我,以此飞马而来报你。哥哥,三十六计,走为上计。若不快走时,更待甚么!我回去引他当厅下了公文,知县不移时便差人连夜下来。你们不可担阁,倘有些疏失,如之奈何!休怨小弟不来救你。"晁盖听罢,吃了一惊,道:"贤弟,大恩难报!"宋江道:"哥哥,你休要多说,只顾安排走路,不要缠障。我便回去也。"晁盖道:"七个人:三个是阮小二、阮小五、阮小七,已得了财,自回石碣村去了;后面有三个在这里,贤弟且见他一面。"宋江来到后园,晁盖指着道:"这三位:一个吴学究;一个公孙胜,蓟州来的;一个刘唐,东潞州人。"宋江略讲一礼,回身便走,嘱付道:"哥哥保重,作急快走!兄弟去也。"宋江出到庄前,上了马,打上两鞭,飞也似望县里来了。

且说晁盖与吴用、公孙胜、刘唐三人道:"你们认得进来相见的这个人么?"吴用道:"却怎地慌慌忙忙便去了?正是谁人?"晁盖道:"你三位还不知哩,我们不是他来时,性命只在咫尺休了!"三人大惊:"莫不走漏了消息,这件事发了?"晁盖道:"亏杀这个兄弟,担着血海也似干系来报与我们!原来白胜已自捉在济州大牢里了,供出我等七人。本州差个缉捕何观察,将带若干人,奉着太师钧帖来,着落郓城县立等要拿我们七个。亏了他稳住那公人在茶坊里挨候,他飞马先来报知我们。如今回去下了公文,少刻便差人连夜到来捕获我们。却是怎地好?"吴用道:"若非此人来报,都打在网里。这大恩人姓甚名谁?"晁盖道:"他便是本县押司,呼保义宋江的便是。"吴用道:"只闻宋押司大名,小生却不曾会。虽是住居咫尺,无缘难得见面。"公孙胜、刘唐都道:"莫不是江湖上传说的及时雨宋公明?"晁盖点头道:"正是此人。他和我心腹相交,结义弟兄。吴先生不曾得会。四海之内,名不虚传。结义得这个兄弟,也不枉了。"

晁盖问吴用道:"我们事在危急,却是怎地解救?"吴学究道:"兄长,不须商议。三十六计,走为上计。"晁盖道:"却才宋押司也教我们走为上计,却是走那里去好?"吴用道:"我已寻思在肚里了。如今我们收拾五七担挑了,一齐都走,奔石碣村三阮家里去。"晁盖道:"三阮是个打鱼人家,如何安得我等许多人?"吴用道:"兄长,你好不精细。石碣村那里,一步步近去,便是梁山泊。如今山寨里好生兴旺，官军捕盗，不敢正眼儿看他。若是赶得紧，我们一发入了伙！"晁盖道："这一论正合吾意。只恐怕他们不肯收留我们。"吴用道："我等有的是金银，送献些与他，便入了伙。"晁盖道："既然恁地，商量定了，事不宜迟！吴先生，你便和刘唐带了几个庄客，挑担先去阮家安顿了，却来旱路上接我们。我和公孙先生两个打并了便来。"吴用、刘唐把这生辰纲打劫得金珠宝贝做五六担装了，叫五六个庄客一发吃了酒食。吴用袖了铜链，刘唐提了朴刀，监押着五七担，一行十数人，投石碣村来。晁盖和公孙胜在庄上收拾。有些不肯去的庄客，赍发他些钱物，从他去投别主；愿去的，都在庄上并叠财物，打拴行李。有诗为证：

太师符督下州来，晁盖逡巡受祸胎。

不是宋江潜往报，七人难免这场灾。

再说宋江飞马去到下处，连忙到茶坊里来，只见何观察正在门前望。宋江道："观察久等。却被村里有个亲戚，在下处说些家务，因此担阁了些。"何涛道："有烦押司引进。"宋江道："请观察到县里。"两个人得衙门来，正直知县时文彬在厅上发落事务。宋江将着实封公文，引着何观察，直至书案边，叫左右挂上回避牌。宋江向前禀道："奉济州府公文，为贼情紧急公务，特差缉捕使臣何观察到此下文书。"知县接来拆开，就当厅看了，大惊，对宋江道："这是太师府差干办来立等要回话的勾当。这一干贼便可差人去捉。"宋江道："日间去只怕走了消息，只可差人就夜去捉。拿得晁保正来，那六人便有下落。"时知县道:"这东溪村晁保正,闻名是个好汉,他如何肯做这等勾当?"随即叫唤尉司并两个都头:一个姓朱名仝,一个姓雷名横。他两个非是等闲人也!

当下朱仝、雷横两个来到后堂,领了知县言语,和县尉上了马,径到尉司,点起马步弓手并土兵一百馀人,就同何观察并两个虞候作眼拿人。当晚都带了绳索军器,县尉骑着马,两个都头亦各乘马,各带了腰刀、弓箭,手拿朴刀,前后马步弓手簇拥着,出得东门,飞奔东溪村晁家来。到得东溪村里,已是一更天气,都到一个观音庵取齐。朱仝道:"前面便是晁家庄。晁盖家有前后两条路:若是一发去打他前门,他望后门走了;一齐哄去打他后门,他奔前门走了。我须知晁盖好生了得,又不知那六个是甚么人,必须也不是良善君子。那厮们都是死命,倘或一齐杀出来,又有庄客协助,却如何抵敌他。只好声东击西,等那厮们乱撺,便好下手。不若我和雷都头分做两路,我与你分一半人,都是步行去,先望他后门埋伏了,等候唿哨响为号,你等向前门只顾打入来,见一个捉一个,见两个捉一双。"雷横道:"也说得是。朱都头,你和县尉相公从前门打入来,我与你截住后路。"朱仝道:"贤弟,你不省得。晁盖庄上有三条活路,我闲常时都看在眼里了。我去那里,须认得他的路数,不用火把便见。你还不知他出没的去处,倘若走漏了事情,不是耍处。"县尉道:"朱都头说得是,你带一半人去。"朱仝道:"只消得三十来个勾了。"朱仝领了十个弓手,二十个土兵,先去了。县尉再上了马,雷横把马步弓手都摆在前后,帮护着县尉。土兵等都在马前,明晃晃照着三二十个火把,拿着桠叉、朴刀、留客住、钩镰刀，一齐都奔晁家庄来。到得庄前，也兀自有半里多路，只见晁盖庄里一缕火起，从中堂烧将起来，涌得黑烟遍地，红焰飞空。又走不到十数步，只见前后门四面八方，约有三四十把火发，焰腾腾地一齐都着。前面雷横拿着朴刀，背后众土兵发着喊，一齐把庄门打开，都扑入里面看时，火光照得如同白日一般明亮，并不曾见有一个人。只听得后面发着喊，叫将起来，叫前面捉人。原来朱仝有心要放晁盖，故意赚雷横去打前门。这雷横亦有心要救晁盖，以此争先要来打后门，却被朱仝说开了，只得去打他前门。故意这等大惊小怪，声东击西，要催逼晁盖走了。

朱仝那里到庄后时，兀自晁盖收拾未了。庄客看见，来报与晁盖说道："官军到了！事不宜迟。"晁盖叫庄客四下里只顾放火，他和公孙胜引了十数个去的庄客，呐着喊，挺起朴刀，从后门杀将出来，大喝道："当吾者死，避我者生！"朱仝在黑影里叫道："保正休走，朱仝在这里等你多时。"晁盖那里顾他说，与同公孙胜舍命只顾杀出来。朱仝虚闪一闪，放开条路，让晁盖走了。晁盖却叫公孙胜引了庄客先走，他独自押着后。朱仝使步弓手从后门扑入去，叫道："前面赶捉贼人。"雷横听的，转身便出庄门外，叫马步弓手分头去赶。雷横自在火光之下，东观西望，做寻人。朱仝撇了土兵，挺着刀去赶晁盖。晁盖一面走，口里说道："朱都头，你只管追我做甚么？我须没歹处。"朱仝见后面没人，方才敢说道："保正，你兀自不见我好处。我怕雷横执迷，不会做人情，被我赚他打你前门，我在后面等你出来放你。你见我闪开条路让你过去。你不可投别处去，只除梁山泊可以

安身。"晁盖道:"深感救命之恩,异日必报。"有诗为证:

> 捕盗如何与盗通,只因仁义动其衷。
> 都头已自开生路,观察焉能建大功。

朱仝正赶间,只听得背后雷横大叫道:"休教走了人!"朱仝分付晁盖道:"保正,你休慌,只顾一面走,我自使转他去。"朱仝回头叫道:"有三个贼望东小路去了。雷都头,你可急赶。"雷横领了人,便投东小路上,并土兵众人赶去。朱仝一面和晁盖说着话,一面赶他,却如防送的相似。渐渐黑影里不见了晁盖,朱仝只做失脚扑地,倒在地下。众土兵向前扶起,急救得朱仝,答道:"黑影里不见路径,失脚走下野田里,滑倒了,闪挫了左腿。"县尉道:"走了正贼,怎生奈何?"朱仝道:"非是小人不赶,其实月黑了,没做道理处。这些土兵全无几个有用的人,不敢向前!"县尉再叫土兵去赶,众土兵心里道:"两个都头尚兀自不济事,近他不得,我们有何用。"都去虚赶了一回,转来道:"黑地里正不知那条路去了。"雷横也赶了一直[1]回来,心内寻思道:"朱仝和晁盖最好,多敢是放了他去,我没来由做甚么恶人。我也有心亦要放他,今已去了,只是不见了人情。晁盖那人也不是好惹的。"回来说道:"那里赶得上,这伙贼端的了得!"

县尉和两个都头回到庄前时,已是四更时分。何观察见众人四分五落,赶了一夜,不曾拿得一个贼人,只叫苦道:"如何回得济州去见府尹!"县尉只得捉了几家邻舍家,解将郓城县里来。

---

〔1〕 一直——指行路的时间和途程,犹如说一阵。

这时知县一夜不曾得睡,立等回报。听得道:"贼都走了,只拿得几个邻舍。"知县把一干拿到的邻舍当厅勘问。众邻舍告道:"小人等虽在晁保正邻近住居,远者三二里田地,近者也隔着些村坊。他庄上如常有搠枪使棒的人来,如何知他做这般的事?"知县逐一问了时,务要问他们一个下落。数内一个贴邻告道:"若要知他端的,除非问他庄客。"知县道:"说道他家庄客也都跟着走了。"邻舍道:"也有不愿去的,还在这里。"知县听了,火速差人,就带了这个贴邻作眼,来东溪村捉人。无两个时辰,早拿到两个庄客。当厅勘问时,那庄客初时抵赖,吃打不过,只得招道:"先是六个人商议,小人只认得一个是本乡中教学的先生,叫做吴学究。一个叫做公孙胜,是全真〔1〕先生。又有一个黑大汉,姓刘。更有那三个,小人不认得,却是吴学究合将来的。听的说道:他姓阮,他在石碣住,他是打鱼的,弟兄三个。只此是实。"知县取了一纸招状,把两个庄客交割与何观察,回了一道备细公文,申呈本府。宋江自周全那一干邻舍,保放回家听候。

且说这众人与何涛押解了两个庄客,连夜回到济州,正值府尹升厅。何涛引了众人到厅前,禀说晁盖烧庄在逃一事,再把庄客口词说一遍。府尹道:"既是恁地说时,再拿出白胜来。"问道:"那三个姓阮的端的住在那里?"白胜抵赖不过,只得供说:"三个姓阮的,一个叫做立地太岁阮小二,一个叫做短命二郎阮小五,一个是活阎罗阮小

---

〔1〕 全真——宋时对道士的称呼之一。

七,都在石碣湖村里住。"知府道:"还有那三个姓甚么?"白胜告道:"一个是智多星吴用,一个是入云龙公孙胜,一个叫做赤发鬼刘唐。"知府听了便道:"既有下落,且把白胜依原监了,收在牢里。"随即又唤何观察,差去石碣村缉捕这几个贼人。

不是何涛去石碣村去,有分教:大闹山东,鼎沸河北。天罡地煞,来寻际会风云;水浒寨中,去聚纵横人马。直使三十六员豪杰聚,七十二位煞星临。毕竟何观察怎生差去石碣村缉捕,且听下回分解。

第十九回

林冲水寨大并火[1]　晁盖梁山小夺泊

诗曰：

> 独据梁山志可羞，嫉贤傲士少优柔。
> 只将富贵为身有，却把英雄作寇仇。
> 花竹水亭生杀气，鹭鸥沙渚落人头。
> 规模卑狭真堪笑，性命终须一旦休。

话说当下何观察领了知府台旨下厅来，随即到机密房里与众人商议。众多做公的道："若说这个石碣村湖荡，紧靠着梁山泊，都是茫茫荡荡芦苇水港。若不得大队官军，舟船人马，谁敢去那里捕捉贼人。"何涛听罢，说道："这一论也是。"再到厅上禀复府尹道："原来这石碣村湖泊，正傍着梁山水泊，周回尽是深港水汊，芦苇草荡。闲常时也兀自劫了人，莫说如今又添了那一伙强人在里面。若不起得大队人马，如何敢去那里捕获得人。"府尹道："既是如此说时，再差一员了得事的捕盗巡检，点与五百官兵人马，和你一处去缉捕。"何观察领了台旨，再回机密房来，唤集这众多做公的，整选了五百余人，各各自去准备什物器械。次日，那捕盗巡检领了济州府帖文，与同何观

---

[1] 并火——自己一伙人相拼。

察两个点起五百军兵,同众多做公的一齐奔石碣村来。

且说晁盖、公孙胜自从把火烧了庄院,带同十数个庄客来到石碣村,半路上撞见三阮弟兄,各执器械,却来接应到家。七个人都在阮小五庄上。那时阮小五已把老小搬入湖泊里。七人商议要去投梁山泊一事,吴用道:"见今李家道口,有那旱地忽律朱贵在那里开酒店,招接四方好汉,但要入伙的,须是先投奔他。我们如今安排了船只,把一应的物件装在船里,将些人情送与他引进。"大家正在那里商议投奔梁山泊,只见几个打鱼的来报道:"官军人马飞奔村里来也!"晁盖便起身叫道:"这厮们赶来,我等休走!"阮小二道:"不妨,我自对付他!叫那厮大半下水里去死,小半都搠杀他。"公孙胜道:"休慌,且看贫道的本事。"晁盖道:"刘唐兄弟,你和学究先生且把财赋老小装载船里,径撑去李家道口左侧相等。我们看些头势,随后便到。"阮小二选两只棹船,把娘和老小,家中财赋,都装下船里;吴用、刘唐各押着一只,叫七八个伴当摇了船,先投李家道口去等。又分付阮小五、阮小七撑驾小船,如此迎敌。两个各棹船去了。

且说何涛并捕盗巡检带领官兵,渐近石碣村,但见河埠有船,尽数夺了,便使会水的官兵且下船里进发。岸上人马,船骑相迎,水陆并进。到阮小二家,一齐呐喊,人马并起,扑将入去,早是一所空屋,里面只有些粗重家伙。何涛道:"且去拿几家附近渔户。"问时,说道:"他的两个兄弟阮小五、阮小七,都在湖泊里住,非船不能去。"何涛与巡检商议道:"这湖泊里港汊又多,路径甚杂,抑且水荡坡塘,不知深浅。若是四分五落去捉时,又怕中了这贼人奸计。我们把马匹都教人看守在这村里,一发都下船里去。"当时捕盗巡检并何观察一同做公的人等,都下了船。那时捉的船非止百十只,也有撑的,亦有摇的,一齐都望阮小五打鱼庄上来。行不到五六里水面,只听得芦苇中间有人嘲歌。众人且住了船听时,那歌道:

"打鱼一世蓼儿洼,不种青苗不种麻。

酷吏赃官都杀尽,忠心报答赵官家。"

何观察并众人听了,尽吃一惊。只见远远地一个人,独棹一只小船儿,唱将来。有认得的,指道:"这个便是阮小五!"何涛把手一招,众人并力向前,各执器械,挺着迎将去。只见阮小五大笑,骂道:"你这等虐害百姓的赃官!直如此大胆,敢来引老爷做么,却不是来捋虎须!"何涛背后有会射弓箭的,搭上箭,拽满弓,一齐放箭。阮小五见放箭来,拿着划楸,翻筋斗钻下水里去。众人赶到跟前,拿个空。又行不到两条港汊,只听得芦花荡里打唿哨。众人把船摆开,见前面两个人,棹着一只船来。船头上立着一个人,头戴青箬笠,身披绿蓑衣,手里拈着条笔管枪,口里也唱着道:

"老爷生长石碣村,禀性生来要杀人。

先斩何涛巡检首,京师献与赵王君!"

何观察并众人又听了吃一惊。一齐看时,前面那个人,拈着枪,唱着歌,背后这个,摇着橹。有认得的说道:"这个正是阮小七!"何涛喝道:"众人并力向前,先拿住这个贼,休教走了!"阮小七听得,笑道:"泼贼!"便把枪只一点,那船便使转来,望小港里串着走。众人发着喊,赶将去。这阮小七和那摇船的,飞也似摇着橹,口里打着唿哨，串着小港汊只顾走。众官兵赶来赶去，看见那水港窄狭了，何涛道："且住！把船且泊了，都傍岸边。"上岸看时，只见茫茫荡荡，都是芦苇，正不见一些旱路。何涛心内疑惑，却商议不定，便问那当村住的人。说道："小人们虽是在此居住，也不知道这里有许多去处。"何涛便教划着两只小船，船上各带三两个做公的，去前面探路。去了两个时辰有馀，不见回报。何涛道："这厮们好不了事！"再差五个做公的，又划两只船去探路。这几个做公的划了两只船，又去了一个多时辰，并不见些回报。何涛道："这几个都是久惯做公的，四清六活〔1〕的人，却怎地也不晓事，如何不着一只船转来回报？不想这些带来的官兵，人人亦不知颠倒〔2〕。天色又看看晚了，在此不着边际，怎生奈何？我须用自去走一遭。"拣一只疾快小船，选了几个老郎做公的，各拿了器械，桨起五六把划楫，何涛坐在船头上，望这个芦苇港里荡将去。

那时已自是日没沉西，划得船开，约行了五六里水面，看见侧边岸上一个人提着把锄头走将来。何涛问道："兀那汉子，你是甚人？这里是甚么去处？"那人应道："我是这村里庄家。这里唤做断头沟，没路了。"何涛道："你曾见两只船过来么？"那人道："不是来捉阮小五的？"何涛道："你怎地知得是来捉阮小五的？"那人道："他们只在前面乌林里厮打。"何涛道："离这里还有多少路？"那人道："只在前

----

〔1〕 四清六活——机灵干练的意思。
〔2〕 不知颠倒——不明事理。

面,望得见便是。"何涛听得,便叫拢船前去接应,便差两个做公的,拿了榥叉上岸来。只见那汉提起锄头来,手到,把这两个做公的,一锄头一个,翻筋斗都打下水里去。何涛见了吃一惊,急跳起身来时,却待奔上岸,只见那只船忽地搪将开去,水底下钻起一个人来,把何涛两腿只一扯,扑桶地倒撞下水里去。那几个船里的却待要走,被这提锄头的赶将上船来,一锄头一个,排头打下去,脑浆也打出来。这何涛被水底下这人倒拖上岸来,就解下他的搭膊来捆了。看水底下这人,却是阮小七;岸上提锄头的那汉,便是阮小二。弟兄两个看着何涛骂道:"老爷弟兄三个,从来爱杀人放火,量你这厮直得甚么!你如何大胆,特地引着官兵来捉我们?"何涛道:"好汉,小人奉上命差遣,盖不由己。小人怎敢大胆要来捉好汉!望好汉可怜见,家中有个八十岁的老娘,无人养赡,望乞饶恕性命则个!"阮家弟兄道:"且把他来捆做个粽子,撇在船舱里。"把那几个尸首都撺去水里去了。两个胡哨一声,芦苇丛中钻出四五个打鱼的人来,都上了船。阮小二、阮小七各驾了一只船出来。

且说这捕盗巡检领着官兵,都在那船里,说道:"何观察他道做公的不了事,自去探路,也去了许多时不见回来。"那时正是初更左右,星光满天,众人都在船上歇凉。忽然只见一阵怪风起处,那风,但见:

飞沙走石,卷水摇天。黑漫漫堆起乌云,昏邓邓催来急雨。满川荷叶,半空中翠盖交加;遍水芦花,绕湖面白旗缭乱。吹折昆仑山顶树,唤醒东海老龙君。

那一阵怪风从背后吹将来,吹得众人掩面大惊,只叫得苦,把那缆船索都刮断了。正没摆布处,只听得后面胡哨响。迎着风看时,只见芦花侧畔射出一派火光来。众人道:"今番却休了!"那大船小船约有四五十只,正被这大风刮得你撞我磕,捉摸不住,那火光却早来到面前。原来都是一丛小船,两只价帮住,上面满满堆着芦苇柴草,刮刮杂杂烧着,乘着顺风直冲将来。那四五十只官船,屯塞做一块,港汊又狭,又没回避处。那头等大船也有十数只,却被他火船推来,钻在大船队里一烧。水底下原来又有人扶助着船烧将来,烧得大船上官兵都跳上岸来逃命奔走。不想四边尽是芦苇野港,又没旱路,只见岸上芦苇又刮刮杂杂也烧将起来,那捕盗官兵两头没处走。风又紧,火又猛,众官兵只得钻去,都奔烂泥里立地。火光丛中,只见一只小快船,船尾上一个摇着船,船头上坐着一个先生,手里明晃晃地拿着一口宝剑,口里喝道:"休教走了一个!"众兵都在烂泥里,只得忍气。说犹未了,只见芦苇东岸,两个人引着四五个打鱼的,都手里明晃晃拿着刀枪走来;这边芦苇西岸,又是两个人,也引着四五个打鱼的,手里也明晃晃拿着飞鱼钩走来。东西两岸四个好汉并这伙人一齐动手,排头儿搠将来,无移时,把许多官兵都搠死在烂泥里。

　　东岸两个是晁盖、阮小五;西岸两个是阮小二、阮小七;船上那个先生,便是祭风的公孙胜。五位好汉引着十数个打鱼的庄家,把这伙官兵都搠死在芦苇荡里,单单只剩得一个何观察,捆做粽子也似,丢在船舱里。阮小二提将上船来,指着骂道:"你这厮是济州一个诈害百姓的蠹虫!我本待把你碎尸万段,却要你回去与那济州府管事的贼驴说:俺这石碣村阮氏三雄、东溪村天王晁盖,都不是好撩拨的。

我也不来你城里借粮,他也休要来我这村中讨死!倘或正眼儿觑着,休道你是一个小小州尹,也莫说蔡太师差干人来要拿我们,便是蔡京亲自来时,我也搠他三二十个透明的窟窿。俺们放你回去,休得再来!传与你的那个鸟官人,教他休要讨死!这里没大路,我着兄弟送你出路口去。"当时阮小七把一只小快船载了何涛,直送他到大路口,喝道:"这里一直去,便有寻路处。别的众人都杀了,难道只恁地好好放了你去,也吃你那州尹贼驴笑。且请下你两个耳朵来做表证!"阮小七身边拔起尖刀,把何观察两个耳朵割下来,鲜血淋漓,插了刀,解下搭膊,放上岸去。何涛得了性命,自寻路回济州去了。

且说晁盖、公孙胜和阮家三弟兄并十数个打鱼的,一发都驾了五七只小船,离了石碣村湖泊,径投李家道口来。到得那里,相寻着吴用、刘唐船只,合做一处。吴用问道拒敌官兵一事,晁盖备细说了。吴用众人大喜。整顿船只齐了,一同来到旱地忽律朱贵酒店里来相投。朱贵见了许多人来,说投托入伙,慌忙迎接。吴用将来历实说与朱贵听了,大喜。逐一都相见了,请入厅上坐定,忙叫酒保安排分例酒来管待众人。随即取出一张皮靶弓来,搭上一枝响箭,望着那对港芦苇中射去。响箭到处,早见有小喽啰摇出一只船来。朱贵急写了一封书呈,备细说众豪杰入伙来历缘由,先付与小喽啰赍了,教去寨里报知,一面又杀羊管待众好汉。过了一夜,次日早起,朱贵唤一只大船,请众多好汉下船,就同带了晁盖等来的船只,一齐望山寨里来。行了多时,早来到一处水口,只听的岸上鼓响锣鸣。晁盖看时,只见七八个小喽啰划出四只哨船来,见了朱贵,都声了喏,自依旧先去了。

再说一行人来到金沙滩上岸,便留老小船只并打鱼的人在此伺候。又见数十个小喽啰下山来,接引到关上。王伦领着一班头领出关迎接。晁盖等慌忙施礼,王伦答礼道:"小可王伦,久闻晁天王大名,如雷灌耳。今日且喜光临草寨。"晁盖道:"晁某是个不读书史的人,甚是粗卤。今日事在藏拙,甘心与头领帐下做一小卒,不弃幸甚。"王伦道:"休如此说,且请到小寨再有计议。"一行从人都跟着两个头领上山来。到得大寨聚义厅下,王伦再三谦让晁盖一行人上阶。晁盖等七人在右边一字儿立下,王伦与众头领在左边一字儿立下。一个个都讲礼罢,分宾主对席坐下。王伦唤阶下众小头目声喏已毕,一壁厢动起山寨中鼓乐。先叫小头目去山下管待来的从人,关下另有客馆安歇。诗曰:

西奔东投竟莫容,那堪造物挫英雄。

敝袍长铗飘蓬客,特地来依水泊中。

且说山寨里宰了两头黄牛、十个羊、五个猪,大吹大擂筵席。众头领饮酒中间,晁盖把胸中之事,从头至尾都告诉王伦等众位。王伦听罢,骇然了半晌,心内踌躇,做声不得。自己沉吟,虚应答筵宴。至晚席散,众头领送晁盖等众人关下客馆内安歇,自有来的人伏侍。晁盖心中欢喜,对吴用等六人说道:"我们造下这等迷天大罪,那里去安身!不是这王头领如此错爱,我等皆已失所,此恩不可忘报!"吴用只是冷笑。晁盖道:"先生何故只是冷笑?有事可以通知。"吴用道:"兄长性直,只是一勇。你道王伦肯收留我们?兄长不看他的心,只观他的颜色动静规模。"晁盖道:"观他颜色怎地?"吴用道:"兄长不看他早间席上,王伦与兄长说话,倒有交情。次后因兄长说出杀了许多官兵捕盗巡检,放了何涛,阮氏三雄如此豪杰,他便有些颜色变了,虽是口中应答,动静规模,心里好生不然。他若是有心收留我们,只就早上便议定了坐位。杜迁、宋万这两个,自是粗卤的人,待客之事如何省得。只有林冲那人,原是京师禁军教头,大郡的人,诸事晓得,今不得已而坐了第四位。早间见林冲看王伦答应兄长模样,他自便有些不平之气,频频把眼瞅这王伦,心内自已踌躇。我看这人倒有顾眄之心,只是不得已。小生略放片言,教他本寨自相火并。"晁盖道:"全仗先生妙策良谋,可以容身。"当夜七人安歇了。

次早天明,只见人报道:"林教头相访。"吴用便对晁盖道:"这人来相探,中俺计了。"七个人慌忙起来迎接,邀请林冲入到客馆里面。吴用向前称谢道:"夜来重蒙恩赐,拜扰不当。"林冲道:"小可有失恭敬。虽有奉承之心,奈缘不在其位,望乞恕罪。"吴学究道:"我等虽是不才,非为草木,岂不见头领错爱之心,顾眄之意,感恩不浅。"晁盖再三谦让林冲上坐,林冲那里肯。推晁盖上首坐了,林冲便在下首坐定。吴用等六人一带坐下。晁盖道:"久闻教头大名,不想今日得会。"林冲道:"小人旧在东京时,与朋友交,礼节不曾有误。虽然今日能勾得见尊颜,不得遂平生之愿,特地径来陪话。"晁盖称谢道:"深感厚意。"吴用便动问道:"小生旧日久闻头领在东京时,十分豪杰,不知缘何与高俅不睦,致被陷害?后闻在沧州亦被火烧了大军草料场,又是他的计策。向后不知谁荐头领上山?"林冲道:"若说高俅这贼陷害一节,但提起,毛发直立,又不能报得此仇!来此容身,皆是柴大官人举荐到此。"吴用道:"柴大官人,莫非是江湖上人称为小旋风柴进的么?"林冲道:"正是此人。"晁盖道:"小可多闻人说,柴大官人仗义疏财,接纳四方豪杰,说是大周皇帝嫡派子孙,如何能勾会他一面也好。"吴用又对林冲道:"据这柴大官人,名闻寰海,声播天下的人,教头若非武艺超群,他如何肯荐上山?非是吴用过称,理合王伦让这第一位头领坐。此合天下之公论,也不负了柴大官人之书信。"林冲道:"承先生高谈。只因小可犯下大罪,投奔柴大官人,非他不留林冲,诚恐负累他不便,自愿上山。不想今日去住无门,非在位次低微。且王伦心术不定,语言不准,失信于人,难以相聚。"吴用道:"王头领待人接物,一团和气,如何心地倒恁窄狭?"林冲道:"今日山寨天幸得众多豪杰到此相扶相助,似锦上添花,如旱苗得雨。此人只怀妒贤嫉能之心,但恐众豪杰势力相压。夜来因见兄长所说众位杀死官兵一节,他便有些不然,就怀不肯相留的模样,以此请众豪杰来关下安歇。"吴用便道:"既然王头领有这般之心,我等休要待他发付,自投别处去便了。"林冲道:"众豪杰休生见外之心,林冲自有分晓。小可只恐众豪杰生退去之意,特来早早说知。今日看他如何相待,若这厮语言有理,不似昨日,万事罢论;倘若这厮今朝有半句话参差时,尽在林冲身上。"晁盖道:"头领如此错爱,俺弟兄皆感厚恩。"吴用便道:"头领为我弟兄面上,倒教头领与旧弟兄分颜[1]。

---

〔1〕分颜——翻脸。

若是可容即容,不可容时,小生等登时告退。"林冲道:"先生差矣!古人有言:惺惺惜惺惺,好汉惜好汉。量这一个泼男女,腌臜畜生,终作何用!众豪杰且请宽心。"林冲起身别了众人,说道:"少间相会。"众人相送出来,林冲自上山去了。正是:

惺惺自古惜惺惺,谈笑相逢眼更青。

可恨王伦心量狭,直教魂魄丧幽冥。

当日没多时,只见小喽啰到来相请,说道:"今日山寨里头领,相请众好汉去山南水寨亭上筵会。"晁盖道:"上复头领,少间便到。"小喽啰去了。晁盖问吴用道:"先生,此一会如何?"吴学究笑道:"兄长放心,此一会倒有分做山寨之主。今日林教头必然有火并王伦之意,他若有些心懒,小生凭着三寸不烂之舌,不由他不火并。兄长身边各藏了暗器,只看小生把手来拈须为号,兄长便可协力。"晁盖等众人暗喜。辰牌已后,三四次人来催请。晁盖和众头领身边各各带了器械,暗藏在身上,结束得端正,却来赴席。只见宋万亲自骑马又来相请。小喽啰抬过七乘山轿,七个人都上轿子,一径投南山水寨里来。到得山南看时,端的景物非常。直到寨后水亭子前下了轿,王伦、杜迁、林冲、朱贵都出来相接,邀请到那水亭子上,分宾主坐定。看那水亭一遭景致时,但见:

四面水帘高卷,周回花压朱阑。满目香风,万朵芙蓉铺绿水;迎眸翠色,千枝荷叶绕芳塘。画檐外阴阴柳影,琐窗前细细松声。一行野鹭立滩头,数点沙鸥浮水面。盆中水浸,无非是沉李浮瓜;壶内馨香,盛贮着琼浆玉液。江山秀气聚亭台,明月清风自无价。

当下王伦与四个头领杜迁、宋万、林冲、朱贵坐在左边主位上,晁盖与六个好汉吴用、公孙胜、刘唐、三阮坐在右边客席。阶下小喽啰轮番把盏。酒至数巡,食供两次,晁盖和王伦盘话,但提起聚义一事,王伦便把闲话支吾开去。吴用把眼来看林冲时,只见林冲侧坐交椅上,把眼瞅王伦身上。

看看饮酒至午后,王伦回头叫小喽啰:"取来。"三四个人去不多时,只见一人捧个大盘子里放着五锭大银。王伦便起身把盏,对晁盖说道:"感蒙众豪杰到此聚义,只恨敝山小寨是一洼之水,如何安得许多真龙。聊备些小薄礼,万望笑留。烦投大寨歇马,小可使人亲到麾下纳降。"晁盖道:"小子久闻大山招贤纳士,一径地特来投托入伙。若是不能相容,我等众人自行告退。重蒙所赐白金,决不敢领。非敢自夸丰富,小可聊有些盘缠使用。速请纳回厚礼,只此告别。"王伦道:"何故推却?非是敝山不纳众位豪杰,奈缘只为粮少房稀,恐日后误了足下,众位面皮不好,因此不敢相留。"

说言未了,只见林冲双眉剔起,两眼圆睁,坐在交椅上大喝道:"你前番我上山来时,也推道粮少房稀。今日晁兄与众豪杰到此山寨,你又发出这等言语来。是何道理?"吴用便说道:"头领息怒!自是我等来的不是,倒坏了你山寨情分。今日王头领以礼发付我们下山,送与盘缠,又不曾热赶[1]将去。请头领息怒,我等自去罢休。"

---

〔1〕 热赶——立即驱赶。

林冲道:"这是笑里藏刀,言清行浊的人!我其实今日放他不过!"王伦喝道:"你看这畜生!又不醉了,倒把言语来伤触我,却不是反失上下!"林冲大怒道:"量你是个落第腐儒,胸中又没文学,怎做得山寨之主!"吴用便道:"晁兄,只因我等上山相投,反坏了头领面皮。只今办了船只,便当告退。"晁盖等七人便起身要下亭子,王伦留道:"且请席终了去。"林冲把桌子只一脚,踢在一边,抢起身来,衣襟底下掣出一把明晃晃刀来,搦〔1〕的火杂杂〔2〕。吴用便把手将髭须一摸,晁盖、刘唐便上亭子来,虚拦住王伦,叫道:"不要火并!"吴用一手扯住林冲,便道:"头领不可造次!"公孙胜假意劝道:"休为我等坏了大义!"阮小二便去帮住杜迁,阮小五帮住宋万,阮小七帮住朱贵,吓得小喽啰们目瞪口呆。林冲拿住王伦,骂道:"你是一个村野穷儒,亏了杜迁得到这里。柴大官人这等资助你,周给盘缠,与你相交,举荐我来,尚且许多推却。今日众豪杰特来相聚,又要发付他下山去。这梁山泊便是你的?你这嫉贤妒能的贼,不杀了要你何用!你也无大量之才,也做不得山寨之主!"杜迁、宋万、朱贵本待要向前来劝,被这几个紧紧帮着,那里敢动。王伦那时也要寻路走,却被晁盖、刘唐两个拦住。王伦见头势不好,口里叫道:"我的心腹都在那里?"虽有几个身边知心腹的人,本待要来救,见了林冲这般凶猛头势,谁敢向前。林冲拿住王伦,骂了一顿,去心窝里只一刀,肐察地搠倒在

---

〔1〕 搦(nuò)——握,持。有时也作挑、惹解释。
〔2〕 火杂杂——十分有力的样子。

亭上。可怜王伦做了半世强人,今日死在林冲之手,正应古人言:量大福也大,机深祸亦深。晁盖见杀了王伦,各揸刀在手。林冲早把王伦首级割下来,提在手里,吓得那杜迁、宋万、朱贵都跪下说道:"愿随哥哥执鞭坠镫!"晁盖等慌忙扶起三人来。吴用就血泊里拽过头把交椅来,便纳[1]林冲坐地,叫道:"如有不伏者,将王伦为例!今日扶林教头为山寨之主。"林冲大叫道:"差矣,先生!我今日只为众豪杰义气为重上头,火并了这不仁之贼,实无心要谋此位。今日吴兄却让此第一位与林冲坐,岂不惹天下英雄耻笑!若欲相逼,宁死而不坐。我有片言,不知众位肯依我么?"众人道:"头领所言,谁敢不依。愿闻其言。"

林冲言无数句,话不一席,有分教:聚义厅上,列三十六员天上星辰;断金亭前,摆七十二位世间豪杰。正是:替天行道人将至,仗义疏财汉便来。毕竟林冲对吴用说出甚言语来,且听下回分解。

---

[1] 纳——这里同"捺"。

第二十回

梁山泊义士尊晁盖　郓城县月夜走刘唐

诗曰：

豪杰英雄聚义间，罡星煞曜降尘寰。
王伦奸诈遭诛戮，晁盖仁明主将班。
魂逐断云寒冉冉，恨随流水夜潺潺。
林冲火并真高谊，凛凛清风不可攀。

话说林冲杀了王伦，手拿尖刀，指着众人说道："据林冲虽系禁军，遭配到此，今日为众豪杰至此相聚，争奈王伦心胸狭隘，嫉贤妒能，推故不纳，因此火并了这厮，非林冲要图此位。据着我胸襟胆气，焉敢拒敌官军，剪除君侧元凶首恶？今有晁兄，仗义疏财，智勇足备，方今天下，人闻其名，无有不伏。我今日以义气为重，立他为山寨之主，好么？"众人道："头领言之极当。"晁盖道："不可！自古强兵不压主。晁盖强杀，只是个远来新到的人，安敢便来占上。"林冲把手向前，将晁盖推在交椅上，叫道："今日事已到头，请勿推却。若有不从者，将此王伦为例！"再三再四扶晁盖坐了。林冲喝道："众人就于亭前参拜了。"一面使小喽啰去大寨里摆下筵席；一面叫人抬过了王伦尸首；一面又着人去山前山后，唤众多小头目，都来大寨里聚义。

林冲等一行人请晁盖上了轿马，都投大寨里来。到得聚义厅前，下了马,都上厅来。众人扶晁天王去正中第一位交椅上坐定,中间焚起一炉香来。林冲向前道:"小可林冲,只是个粗卤匹夫,不过只会些枪棒而已,无学无才,无智无术。今日山寨天幸得众豪杰相聚,大义既明,非比往日苟且。学究先生在此,便请做军师,执掌兵权,调用将校,须坐第二位。"吴用答道:"吴某村中学究,胸次又无经纶济世之才,虽只读些孙吴兵法,未曾有半粒微功,怎敢占上。"林冲道:"事已到头,不必谦让。"吴用只得坐了第二位。林冲道:"公孙先生请坐第三位。"晁盖道:"却使不得。若是这等推让之时,晁盖必须退位。"林冲道:"晁兄差矣!公孙先生名闻江湖,善能用兵,有鬼神不测之机,呼风唤雨之法,谁能及也。"公孙胜道:"虽有些小之法,亦无济世之才,如何便敢占上。还是头领请坐。"林冲道:"今番克敌制胜,谁人及得先生良法。正是鼎分三足,缺一不可,先生不必推却。"公孙胜只得坐了第三位。林冲再要让时,晁盖、吴用、公孙胜都不肯。三人俱道:"适蒙头领所说,鼎分三足,以此不敢违命,我三人占上。头领再要让人时,晁盖等只得告退。"三人扶住林冲,只得坐了第四位。晁盖道:"今番须请宋、杜二头领来坐。"那杜迁、宋万见杀了王伦,寻思道:"自身本事低微,如何近的他们?不若做个人情。"苦苦地请刘唐坐了第五位,阮小二坐了第六位,阮小五坐了第七位,阮小七坐了第八位,杜迁坐了第九位,宋万坐了第十位,朱贵坐了第十一位。梁山泊自此是十一位好汉坐定。山前山后共有七八百人,都来厅前参拜了,分立在两下。

晁盖道:"你等众人在此,今日林教头扶我做山寨之主,吴学究做军师,公孙胜同掌兵权,林教头等共管山寨。汝等众人各依旧职,管领山前山后事务,守备寨栅滩头,休教有失。各人务要竭力同心,共聚大义。"再教收拾两边房屋,安顿了阮家老小,便教取出打劫得的生辰纲金珠宝贝,并自家庄上过活的金银财帛,就当厅赏赐众小头目并众多小喽啰。当下椎牛宰马,祭祀天地神明,庆贺重新聚义。众头领饮酒至半夜方散。次日又办筵宴庆会,一连吃了数日筵席。晁盖与吴用等众头领计议:整点仓廒,修理寨栅,打造军器,枪刀弓箭,衣甲头盔,准备迎敌官军;安排大小船只,教演人兵水手,上船厮杀,好做提备,不在话下。自此梁山泊十一位头领聚义,真乃是交情浑似股肱,义气如同骨肉。有诗为证:

古人交谊断黄金,心若同时谊亦深。

水浒请看忠义士,死生能守岁寒心。

因此,林冲见晁盖作事宽洪,疏财仗义,安顿各家老小在山,蓦然思念妻子在京师,存亡未保,遂将心腹备细诉与晁盖道:"小人自从上山之后,欲要搬取妻子上山来。因见王伦心术不定,难以过活,一向蹉跎过了。流落东京,不知死活。"晁盖道:"贤弟既有宝眷在京,如何不去取来完聚?你快写书,便教人下山去,星夜搬取上山来,以绝心念,多少是好。"林冲当下写了一封书,叫两个自身边心腹小喽啰下山去了。不过两个月回来,小喽啰还寨说道:"直至东京城内殿帅府前,寻到张教头家,闻说娘子被高太尉威逼亲事,自缢身死,已故半载。张教头亦为忧疑,半月之前染患身故。止剩得女使锦儿,已招赘丈夫在家过活。访问邻里,亦是如此说。打听得真实,回来报与头领。"林冲见说了,潜然泪下,自此杜绝了心中挂念。晁盖等见说了,怅然嗟叹。山寨中自此无话,每日只是操练人兵,准备拒敌官军。

忽一日,众头领正在聚义厅上商议事务,只见小喽啰报上山来,说道:"济州府差拨军官,带领约有一千人马,乘驾大小船四五百只,见在石碣村湖荡里屯住,特来报知。"晁盖大惊,便请军师吴用商议道:"官军将至,如何迎敌?"吴用笑道:"不须兄长挂心,吴某自有措置。自古道:水来土掩,兵到将迎。此乃兵家常事。"随即唤阮氏三雄,附耳低言道如此如此;又唤林冲、刘唐受计道,你两个便这般这般;再叫杜迁、宋万也分付了。正是:西迎项羽三千阵,今日先施第一功。

且说济州府尹点差团练使黄安,并本府捕盗官一员,带领一千馀人,拘刷〔1〕本处船只,就石碣村湖荡调拨,分开船只,作两路来取泊子。

且说团练使黄安带领人马上船,摇旗呐喊,杀奔金沙滩来。看看渐近滩头,只听得水面上呜呜咽咽吹将起来。黄安道:"这不是画角之声?"且把船来分作两路,去那芦花荡中湾住看时,只见水面上远远地三只船来。看那船时,每只船上只有五个人,四个人摇着双橹,船头上立着一个人,头带绛红巾,都一样身穿红罗绣袄,手里各拿着留客住,三只船上人都一般打扮。于内有人认得的,便对黄安说道:"这三只船上三个人,一个是阮小二,一个是阮小五,一个是阮小

〔1〕 拘刷——收缴,征用。

七。"黄安道:"你众人与我一齐并力向前,拿这三个人。"两边有四五十只船,一齐发着喊,杀奔前去。那三只船唿哨了一声,一齐便回。黄团练把手内枪拈搭动,向前来叫道:"只顾杀这贼,我自有重赏!"

那三只船前面走,背后官军船上把箭射将去。那三阮去船舱里各拿起一片青狐皮来,遮见箭矢。后面船只只顾赶,赶不过三二里水港,黄安背后一只小船,飞也似划来报道:"且不要赶!我们那一条杀人去的船只,都被他杀下水里去后,把船都夺去了。"黄安问道:"怎的着了那厮的手?"小船上人答道:"我们正行船时,只见远远地两只船来,每船上各有五个人。我们并力杀去赶他,赶不过三四里水面,四下里小港钻出七八只小船来,船上弩箭似飞蝗一般射将来。我们急把船回时,来到窄狭港口,只见岸上约有二三十人,两头牵一条大篾索,横截在水面上。却待向前看索时,又被他岸上灰瓶石子如雨点一般打将来,众官军只得弃了船只,下水逃命。我众人逃得出来,到旱路边看时,那岸上人马皆不见了。马也被他牵去了,看马的军人都杀死在水里。我们芦花荡边寻得这只小船儿,径来报与团练。"

黄安听得说了,叫苦不迭。便把白旗招动,教众船不要去赶,且一发回来。那众船才拨得转头,未曾行动,只见背后那三只船又引着十数只船,都只是这三五个人,把红旗摇着,口里吹着胡哨,飞也似赶来。黄安却待把船摆开迎敌时,只听得芦苇丛中炮响。黄安看时,四下里都是红旗摆满,慌了手脚。后面赶来的船上叫道:"黄安,留下了首级回去!"黄安把船尽力摇过芦苇岸边,却被两边小港里钻出四五十只小船来,船上弩箭如雨点射将来。黄安就箭林里夺路时,只剩得三四只小船了。黄安便跳过快船内,回头看时,只见后面的人一个个都扑桶的跳下水里去了。有和船被拖去的,大半都被杀死。黄安驾着小快船,正走之间,只见芦花荡边一只船上立着刘唐,一挠钩搭住黄安的船,托地跳将过来,只一把,拦腰提住,喝道:"不要挣扎!"别的军人能识水者,水里被箭射死;不敢下水的,就船里都活捉了。

　　黄安被刘唐扯到岸边,上了岸。远远的晁盖、公孙胜山边骑着马,挺着刀,引五六十人,三二十匹马,齐来接应。一行人生擒活捉得一二百人,夺的船只,尽数都收在山南水寨里安顿了。大小头领一齐都到山寨。晁盖下了马,来到聚义厅上坐定。众头领各去了戎装军器,团团坐下。捉那黄安绑在将军柱上,取过金银段匹,赏了小喽啰。点检共夺得六百馀匹好马,这是林冲的功劳;东港是杜迁、宋万的功劳;西港是阮氏三雄的功劳;捉得黄安是刘唐的功劳。众头领大喜,杀牛宰马,山寨里筵会。自酝的好酒,水泊里出的新鲜莲藕,山南树上自有时新的桃、杏、梅、李、枇杷、山枣、柿、栗之类,鱼、肉、鹅、鸡品物,不必细说。众头领只顾庆赏。新到山寨,得获全胜,非同小可。有诗为证:

　　　　水浒英锋不可当,黄安捕捉太诪张。

　　　　战船人马俱亏折,更把何颜见故乡。

　　正饮酒之间,只见小喽啰报道:"山下朱头领使人到寨。"晁盖便唤来问道:"有甚么事?"小喽啰说道:"朱头领探听得有一起客商,约有十数人结联一处,今夜晚间必从旱路经过,特来报知。"晁盖道:"正没金帛使用,谁可领人去走一遭?"三阮道:"我弟兄们去。"晁盖道:"好兄弟,小心在意,速去早来。我使刘唐随后来策应你们。"三阮便下厅去,换了衣裳,跨了腰刀,拿了朴刀、榥叉、留客住,点起一百馀人,上厅来别了众头领,便下山去,就金沙滩把船载过朱贵酒店里去了。晁盖恐三阮担负不下,又使刘唐点起一百馀人,教领了下山去接应,又分付道:"只可善取金帛财物,切不可伤害客商性命。"刘唐去了。晁盖到三更不见回报,又使杜迁、宋万引五十馀人下山接应。

晁盖与吴用、公孙胜、林冲饮酒至天明,只见小喽啰报喜道:"三阮头领得了二十馀辆车子金银财物,并四五十匹驴骡头口。"晁盖又问道:"不曾杀人么?"小喽啰答道:"那许多客人见我们来得势头猛了,都撇下车子、头口、行李,逃命去了,并不曾伤害他一个。"晁盖见说大喜:"我等初到山寨,不可伤害于人。"取一锭白银,赏了小喽啰。四个将了酒果下山来,直接到金沙滩上,见众头领尽把车辆扛上岸来,再叫撑船去载头口马匹。众头领大喜。把盏已毕,教人去请朱贵上山来筵宴。晁盖等众头领都上到山寨聚义厅上,簸箕掌、栲栳圈[1]坐定。叫小喽啰扛抬过许多财物,在厅上一包包打开,将彩帛衣服堆在一边,行货等物堆在一边,金银宝贝堆在正面。众头领看了打劫得许多财物,心中欢喜。便叫掌库的小头目,每样取一半收贮在库,听候支用;这一半分做两分,厅上十一位头领均分一分,山上山下众人均分一分。把这新拿到的军健,脸上刺了字号,选壮浪的分拨去各寨喂马砍柴,软弱的各处看车切草。黄安锁在后寨监房内。

---

〔1〕 簸箕掌、栲栳圈——圆的形象,表示团团地围着。

晁盖道："我等今日初到山寨,当初只指望逃灾避难,投托王伦帐下为一小头目。多感林教头贤弟推让我为尊,不想连得了两场喜事:第一赢得官军,收得许多人马船只,捉了黄安;二乃又得了若干财物金银。此不是皆托众弟兄的才能?"众头领道:"皆托得大哥哥的福荫,以此得采。"晁盖再与吴用道："俺们七人弟兄的性命,皆出于宋押司、朱都头两个。古人道:知恩不报,非为人也。今日富贵安乐从何而来? 早晚将些金银,可使人亲到郓城县走一遭,此是第一件要紧的事务。再有白胜陷在济州大牢里,我们必须要去救他出来。"吴用道："兄长不必忧心,小生自有刮划〔1〕。宋押司处酬谢之恩,早晚必用一个兄弟自去。白胜的事,可教鄷生人去那里使钱,买上嘱下,松宽他便好脱身。我等且商量屯粮造船,制办军器,安排寨栅城垣,添造房屋,整顿衣袍铠甲,打造刀枪弓箭,防备迎敌官军。"晁盖道："既然如此,全仗军师妙策指教。"吴用当下调拨众头领,分派去办,不在话下。

且不说梁山泊自从晁盖上山,好生兴旺。却说济州府太守,见黄安手下逃回的军人,备说梁山泊杀死官军、生擒黄安一事;又说梁山泊好汉十分英雄了得,无人近傍得他,难以收捕;抑且水路难认,港汊多杂,以此不能取胜。府尹听了,只叫得苦,向太师府干办说道："何涛先折了许多人马,独自一个逃得性命回来,已被割了两个耳朵,自

---

〔1〕 刮(bāi)划——处置、安排、计划。

回家将息,至今不能痊。去的五百人,无一个回来。因此又差团练使黄安并本府捕盗官,带领军兵前去追捉,亦皆失陷。黄安已被活捉上山,杀死官军不知其数,又不能取胜,怎生是好?"太守肚里正怀着鬼胎,没个道理处,只见承局来报说:"东门接官亭上有新官到来,飞报到此。"太守慌忙上马,来到东门外接官亭上,望见尘土起处,新官已到亭子前下马。府尹接上亭子,相见已了,那新官取出中书省更替文书来度与府尹。太守看罢,随即和新官到州衙里交割牌印、一应府库钱粮等项。当下安排筵席管待新官。旧太守备说梁山泊贼盗浩大,杀死官军一节。说罢,新官面如土色,心中思忖道:"蔡太师将这件勾当抬举我,却是此等地面,这般府分。又没强兵猛将,如何收捕得这伙强人?倘或这厮们来城里借粮时,却怎生奈何?"旧官太守次日收拾了衣装行李,自回东京听罪。不在话下。

且说新官宗府尹到任之后,请将一员新调来镇守济州的军官来,当下商议招军买马,集草屯粮,招募悍勇民夫,智谋贤士,准备收捕梁山泊好汉。一面申呈中书省,转行牌仰附近州郡,并力剿捕;一面自行下文书所属州县,知会收剿,及仰属县着令守御本境。这个都不在话下。

且说本州孔目,差人赍一纸公文,行下所属郓城县,教守御本境,防备梁山泊贼人。郓城县知县看了公文,教宋江迭成文案,行下各乡村,一体守备。正是:

一纸文书火急催,官司严督势如雷。
只因造下迷天罪,何日金鸡放赦回?

第二十回　梁山泊义士尊晁盖　郓城县月夜走刘唐

且说宋江见了公文,心内寻思道:"晁盖等众人不想做下这般大事,犯了大罪,劫了生辰纲,杀了做公的,伤了何观察,又损害了许多官军人马,又把黄安活捉上山。如此之罪,是灭九族的勾当!虽是被人逼迫,事非得已,于法度上却饶不得。倘有疏失,如之奈何?"自己一个心中纳闷,分付贴书后司张文远,将此文书立成文案,行下各乡各保,自理会文卷。

宋江却信步走出县来,去对过茶房里坐定吃茶。只见一个大汉,头戴白范阳毡笠儿,身穿一领黑绿罗袄,下面腿绷护膝,八搭麻鞋,腰里跨着一口腰刀,背着一个大包,走得汗雨通流,气急喘促,把脸别转着看那县里。宋江见了这个大汉走得跷蹊,慌忙起身赶出茶坊来,跟着那汉走。约走了二三十步,那汉回过头来看了宋江,却不认得。宋江见了这人,略有些面熟:"莫不是那里曾厮会来?"心中一时思量不起。那汉见宋江,看了一回,也有些认得,立住了脚,定睛看那宋江,又不敢问。宋江寻思道:"这个人好作怪,却怎地只顾看我?"宋江亦不敢问他。

只见那汉去路边一个篦头铺里问道:"大哥,前面那个押司是谁?"篦头待诏应道:"这位正是宋押司。"那汉提着朴刀,走到面前,唱个大喏,说道:"押司认得小弟么?"宋江道:"足下有些面善。"那汉道:"可借一步说话。"宋江便和那汉入一条僻静小巷。那汉道:"这个酒店里好说话。"两个上到酒楼,拣个僻静阁儿里坐下。那汉倚了朴刀,解下包裹,撇在桌子底下。那汉扑翻身便拜,宋江慌忙答礼道:"不敢拜问足下高姓?"那人道:"大恩人如何忘了小弟?"宋江道:"兄长是谁？真个有些面熟，小人失忘了。"那汉道："小弟便是晁保正庄上曾拜识尊颜、蒙恩救了性命的赤发鬼刘唐便是。"宋江听了大惊，说道："贤弟，你好大胆！早是没做公的看见，险些儿惹出事来！"刘唐道："感承大恩，不惧怕死，特地来酬谢大恩。"宋江道："晁保正弟兄们近日如何？兄弟，谁教你来？"刘唐道："晁头领哥哥再三拜上大恩人，得蒙救了性命，如何不报。见今做了梁山泊主都头领，吴学究做了军师，公孙胜同掌兵权。林冲一力维持，火并了王伦。山寨里原有杜迁、宋万、朱贵，和俺弟兄七个，共是十一个头领。见今山寨里聚集得七八百人，粮食不计其数。只想兄长大恩，无可报答，特使刘唐赍书一封，并黄金一百两相谢押司，并朱、雷二都头。"刘唐便打开包裹，取出书来递与。宋江看罢，拽起褶子前襟，摸出招文袋。打开包儿时，刘唐取出金子放在桌上。宋江把那封书——就取了一条金子，和这书包了——插在招文袋内，放下衣襟，便道："贤弟将此金子依旧包了，还放桌上。且坐。"随即便唤量酒的打酒来，叫大块切一盘肉来，铺下些菜蔬果子之类，叫量酒的筛酒与刘唐吃。看看天色晚了，刘唐吃了酒，把桌上金子包打开，要取出来。宋江慌忙拦住道："贤弟，你听我说：你们七个弟兄，初到山寨，正要金银使用。宋江家中颇有些过活，且放在你山寨里，等宋江缺少盘缠时，却教兄弟宋清来取。今日非是宋江见外，于内受了一条。朱仝那人也有些家私，不用与他，我自与他说知人情便了。雷横这人，又不知我报与保正，况兼这人贪赌，倘或将些出去赌时，他便惹出事来，不当稳便，金子切不可与他。贤弟，我不敢留你相请去家中住，倘或有人认得时，不是耍处。今夜月色必然明朗,你便可回山寨去,莫在此担阁。宋江再三申意众头领,不能前来庆贺,切乞恕罪。"刘唐道:"哥哥大恩,无可报答,特令小弟送些人情来与押司,微表孝顺之心。保正哥哥今做头领,学究军师号令,非比旧日,小弟怎敢将回去? 到山寨中必然受责。"宋江道:"既是号令严明,我便写一封回书,与你将去便了。"刘唐苦苦相央宋江收受,宋江那里肯接,随即取一幅纸来,借酒家笔砚,备细写了一封回书,与刘唐收在包内。刘唐是个直性的人,见宋江如此推却,想是不肯受了,便将金子依前包了。

看看天色晚来,刘唐道:"既然兄长有了回书,小弟连夜便去。"宋江道:"贤弟,不及相留,以心相照。"刘唐又下了四拜。宋江唤量酒人来道:"有此位官人留下白银一两在此,你且权收了,我明日却自来算。"刘唐背上包裹,拿了朴刀,跟着宋江下楼来。离了酒楼,出到巷口,天色昏黄,是八月半天气,月轮上来。宋江携住刘唐的手,分付道:"贤弟保重,再不可来。此间做公的多,不是耍处。我更不远送,只此相别。"刘唐见月色明朗,拽开脚步,望西路便走,连夜回梁山泊来。

再说宋江与刘唐别了,自慢慢行回下处来。一头走,一面肚里寻思道:"早是没做公的看见,争些儿惹出一场大事来!"一头想:"那晁盖倒去落了草,直如此大弄!"转不过两个湾,只听得背后有人叫一声:"押司,那里去来? 老身甚处不寻遍了!"

不是这个人来寻宋押司,有分教:宋江小胆翻为大胆,善心变为恶心。正是:言谈好似钩和线,从头钓出是非来。毕竟来叫宋押司的是甚么人,且听下回分解。

第二十一回

虔婆[1]醉打唐牛儿　宋江怒杀阎婆惜

古风一首：
> 宋朝运祚将倾覆，四海英雄起寥廓。
> 流光垂象在山东，天罡上应三十六。
> 瑞气盘缠绕郓城，此乡生降宋公明。
> 神清貌古真奇异，一举能令天下惊。
> 幼年涉猎诸经史，长为吏役决刑名。
> 仁义礼智信皆备，曾受九天玄女经。
> 江湖结纳诸豪杰，扶危济困恩威行。
> 他年自到梁山泊，绣旗影摇云水滨。
> 替天行道呼保义，上应玉府天魁星。

话说宋江在酒楼上与刘唐说了话，分付了回书，送下楼来，刘唐连夜自回梁山泊去了。只说宋江乘着月色满街，信步自回下处来，一头走，一面肚里想："那晁盖却空教刘唐来走这一遭，早是没做公的看见，争些儿露出事来。"走不过三二十步，只听得背后有人叫声押司。宋江转回头来看时，却是做媒的王婆，引着一个婆子，却与他说

----
[1] **虔婆**——这里指鸨母，或妓女的母亲。

道:"你有缘,做好事的押司来也。"宋江转身来问道:"有什么话说?"王婆拦住,指着阎婆对宋江说道:"押司不知,这一家儿从东京来,不是这里人家。嫡亲三口儿,夫主阎公,有个女儿婆惜。他那阎公,平昔是个好唱的人,自小教得他那女儿婆惜也会唱诸般耍令[1]。年方一十八岁,颇有些颜色。三口儿因来山东投奔一个官人不着,流落在此郓城县。不想这里的人不喜风流宴乐,因此不能过活,在这县后一个僻净巷内权住。昨日他的家公因害时疫死了,这阎婆无钱津送,停尸在家,没做道理处,央及老身做媒。我道这般时节,那里有这等恰好,又没借换处。正在这里走头没路的,只见押司打从这里过来,以此老身与这阎婆赶来。望押司可怜见他则个,作成一具棺材。"宋江道:"原来恁地。你两个跟我来,去巷口酒店里借笔砚写个帖子与你,去县东陈三郎家取具棺材。"宋江又问道:"你有结果[2]使用么?"阎婆答道:"实不瞒押司说,棺材尚无,那讨使用,其实缺少。"宋江道:"我再与你银子十两做使用钱。"阎婆道:"便是重生的父母,再长的爹娘。做驴做马报答押司。"宋江道:"休要如此说。"随即取出一锭银子,递与阎婆,自回下处去了。且说这婆子将了帖子,径来县东街陈三郎家,取了一具棺材,回家发送了当,兀自馀剩下五六两银子,娘儿两个把来盘缠,不在话下。

忽一朝,那阎婆因来谢宋江,见他下处没有一个妇人家面,回来

---

[1] 耍令——曲子、小调儿。
[2] 结果——这里指办理丧事用的现钱。

问间壁王婆道:"宋押司下处不见一个妇人面,他曾有娘子也无?"王婆道:"只闻宋押司家里在宋家村住,不曾见说他有娘子。在这县里做押司,只是客居。常常见他散施棺材药饵,极肯济人贫苦。敢怕是未有娘子。"阎婆道:"我这女儿长得好模样,又会唱曲儿,省得诸般耍笑。从小儿在东京时,只去行院[1]人家串,那一个行院不爱他。有几个上行首[2]要问我过房几次,我不肯。只因我两口儿无人养老,因此不过房与他,不想今来倒苦了他。我前日去谢宋押司,见他下处无娘子,因此央你与我对宋押司说,他若要讨人时,我情愿把婆惜与他。我前日得你作成,亏了宋押司救济,无可报答他,与他做个亲眷来往。"王婆听了这话,次日来见宋江,备细说了这件事。宋江初时不肯,怎当这婆子撮合山[3]的嘴,撺掇[4]宋江依允了。就在县西巷内,讨了一所楼房,置办些家火什物,安顿了阎婆惜娘儿两个在那里居住。没半月之间,打扮得阎婆惜满头珠翠,遍体金玉。正是:

> 花容裊娜,玉质娉婷。鬓横一片乌云,眉扫半弯新月。金莲窄窄,湘裙微露不胜情;玉笋纤纤,翠袖半笼无限意。星眼浑如点漆,酥胸真似截肪。韵度若风里海棠花,标格似雪中玉梅树。

---

[1] 行(háng)院——指妓院,也用做对妓女的称呼。
[2] 上行首——又称上厅行首,上等妓女。行首,就是班头、花魁的意思。
[3] 撮合山——为双方牵线说合的人。这里指媒人。
[4] 撺掇(cuān duo)——怂恿、促成、劝诱。后文第二十六回"难得何九叔撺掇"的撺掇,是帮忙的意思。

金屋美人离御苑,蕊珠仙子下尘寰。

宋江又过几日,连那婆子也有若干头面衣服,端的养的婆惜丰衣足食。初时宋江夜夜与婆惜一处歇卧,向后渐渐来得慢了。却是为何?原来宋江是个好汉,只爱学使枪棒,于女色上不十分要紧。这阎婆惜水也似后生,况兼十八九岁,正在妙龄之际,因此宋江不中那婆娘意。

一日,宋江不合带后司贴书张文远来阎婆惜家吃酒。这张文远却是宋江的同房押司,那厮唤做小张三,生得眉清目秀,齿白唇红。平昔只爱去三瓦两舍,飘蓬浮荡,学得一身风流俊俏,更兼品竹弹丝,无有不会。这婆惜是个酒色娼妓,一见张三,心里便喜,倒有意看上他。那张三见这婆惜有意,以目送情。等宋江起身净手,倒把言语来嘲惹张三。常言道:风不来,树不动;船不摇,水不浑。那张三亦是个酒色之徒,这事如何不晓得。因见这婆娘眉来眼去,十分有情,记在心里。向后宋江不在时,这张三便去那里,假意儿只做来寻宋江。那婆娘留住吃茶,言来语去,成了此事。谁想那婆娘自从和那张三两个搭识上了,打得火块一般热,亦且这张三又是惯会弄此事的。岂不闻古人之言:一不将,二不带。只因宋江千不合,万不合,带这张三来他家里吃酒,以此看上了他。自古道:风流茶说合,酒是色媒人。正犯着这条款。阎婆惜是个风尘娼妓的性格,自从和那小张三两个搭上了,他并无半点儿情分在那宋江身上。宋江但若来时,只把言语伤他,全不兜揽他些个。这宋江是个好汉胸襟,不以这女色为念,因此半月十日去走得一遭。那张三和这婆惜,如胶似漆,夜去明来。街坊上人也都知了,却有些风声吹在宋江耳朵里。宋江半信不信,自肚里寻思道:"又不是我父母匹配的妻室,他若无心恋我,我没来由惹气做甚么。我只不上门便了。"自此有个月不去。阎婆累使人来请,宋江只推事故,不上门去。

忽一日晚间,却好见那阎婆赶到县前来,叫道:"押司,多日使人相请,好贵人难见面。便是小贱人有些言语高低,伤触了押司,也看得老身薄面,自教训他与押司陪话。今晚老身有缘得见押司,同走一遭去。"宋江道:"我今日县里事务忙,摆拨不开,改日却来。"阎婆道:"这个使不得。我女儿在家里,专望押司,胡乱温顾他便了。直恁地下得!"宋江道:"端的忙些个,明日准来。"阎婆道:"我今晚要和你去。"便把宋江衣袖扯住了,发话道:"是谁挑拨你?我娘儿两个下半世过活都靠着押司,外人说的闲是闲非都不要听他,押司自做个张主。我女儿但有差错,都在老身身上。押司胡乱去走一遭。"宋江道:"你不要缠,我的事务分拨不开在这里。"阎婆道:"押司便误了些公事,知县相公不到得便责罚你。这回错过,后次难逢。押司只得和老身去走一遭,到家里自有告诉。"宋江是个快性的人,吃那婆子缠不过,便道:"你放了手,我去便了。"阎婆道:"押司不要跑了去,老人家赶不上。"宋江道:"直恁地这等!"两个厮跟着来到门前。有诗为证:

酒不醉人人自醉,花不迷人人自迷。

直饶今日能知悔,何不当初莫去为。

宋江立住了脚。阎婆把手一拦,说道:"押司来到这里,终不成不入去了!"宋江进到里面凳子上坐了。那婆子是乖的,自古道,老虔婆,如何出得他手。只怕宋江走去,便帮在身边坐了,叫道:"我儿,你心爱的三郎在这里。"那阎婆惜倒在床上,对着盏孤灯,正在没可寻思处,只等这小张三来。听得娘叫道"你的心爱的三郎在这里",那婆娘只道是张三郎,慌忙起来,把手掠一掠云髻,口里喃喃的骂道:"这短命,等得我苦!老娘先打两个耳刮子着。"飞也似跑下楼来。就槅子眼里张时,堂前琉璃灯却明亮,照见是宋江,那婆娘复翻身再上楼去了,依前倒在床上。阎婆听得女儿脚步下楼来了,又听得再上楼去了。婆子又叫道:"我儿,你的三郎在这里,怎地倒走了去?"那婆惜在床上应道:"这屋里不远,他不会来!他又不瞎,如何自不上来,直等我来迎接他。没了当絮絮聒聒地!"阎婆道:"这贱人真个望不见押司来,气苦了。恁地说,也好教押司受他两句儿。"婆子笑道:"押司,我同你上楼去。"宋江听了那婆娘说这几句,心里自有五分不自在,被这婆子一扯,勉强只得上楼去。原来是一间六椽楼屋,前半间安一副春台桌凳,后半间铺着卧房。贴里安一张三面棱花的床,两边都是栏干,上挂着一顶红罗幔帐。侧首放个衣架,搭着手巾,这边放着个洗手盆。一张金漆桌子上,放一个锡灯台,边厢两个杌子。正面壁上,挂一幅仕女。对床排着四把一字交椅。

宋江来到楼上,阎婆便拖入房里去。宋江便望杌子上朝着床边坐了。阎婆就床上拖起女儿来,说道:"押司在这里。我儿,你只是性气不好,把言语伤触了他,恼得押司不上门,闲时却在家里思量。我如今不容易请得他来,你却不起来陪句话儿,颠倒使性!"婆惜把手拓开,说那婆子:"你做甚么这般鸟乱,我又不曾做了歹事!他自不上门,教我怎地陪话!"宋江听了,也不做声。婆子便掇过一把交椅在宋江肩下,便推他女儿过来,说道:"你且和三郎坐一坐,不陪话便罢,不要焦躁。你两个多时不见,也说一句有情的话儿。"那婆娘那里肯过来,便去宋江对面坐了。宋江低了头不做声。婆子看女儿时,也别转了脸。阎婆道:"没酒没浆,做什么道场。老身有一瓶儿好酒在这里,买些果品来与押司陪话。我儿,你相陪押司坐地,不要怕羞,我便来也。"宋江自寻思道:"我吃这婆子钉住了,脱身不得。等他下楼去,我随后也走了。"那婆子瞧见宋江要走的意思,出得房门去,门上却有屈戌〔1〕,便把房门拽上,将屈戌搭了。宋江暗忖道:"那虔婆倒先算了我。"

且说阎婆下楼来,先去灶前点起个灯,灶里见成烧着一锅脚汤,再凑上些柴头。拿了些碎银子,出巷口去买得些时新果子,鲜鱼嫩鸡肥酢之类,归到家中,都把盘子盛了。取酒倾在盆里,舀半旋子,在锅里盏热了,倾在酒壶里。收拾了数盘菜蔬,三只酒盏,三双箸,一桶盘托上楼来,放在春台上。开了房门,搬将入来,摆在桌子上。看宋江时,只低着头。看女儿时,也朝着别处。阎婆道:"我儿起来把盏酒。"婆惜道:"你们自吃,我不耐烦。"婆子道:"我儿,爷娘手里从小儿惯了你性儿,别人面上须使不得。"婆惜道:"不把盏便怎地我!终不成飞剑来取了我头!"那婆子倒笑起来,说道:"又是我的不是了。

---

〔1〕 屈戌——门上的搭扣、铰链。

押司是个风流人物,不和你一般见识。你不把酒便罢,且回过脸来吃盏儿酒。"婆惜只不回过头来。那婆子自把酒来劝宋江,宋江勉意吃了一盏。婆子道:"押司莫要见责。闲话都打叠起,明日慢慢告诉。外人见押司在这里,多少干热的〔1〕不怯气〔2〕,胡言乱语,放屁辣臊。押司都不要听,且只顾饮酒。"筛了三盏在桌子上,说道:"我儿不要使小孩儿的性,胡乱吃一盏酒。"婆惜道:"没得只顾缠我!我饱了,吃不得。"阎婆道:"我儿,你也陪侍你的三郎吃盏酒使得。"婆惜一头听了,一面肚里寻思:"我只心在张三身上,兀谁奈烦相伴这厮!若不把他灌得醉了,他必来缠我。"婆惜只得勉意拿起酒来,吃了半盏。婆子笑道:"我儿只是焦躁,且开怀吃两盏儿睡。押司也满饮几杯。"宋江被他劝不过,连饮了三五盏。婆子也连连饮了几盏,再下楼去盪酒。那婆子见女儿不吃酒,心中不悦。才见女儿回心吃酒,欢喜道:"若是今夜兜得他住,那人恼恨都忘了。且又和他缠几时,却再商量。"婆子一头寻思,一面自在灶前吃了三大钟酒,觉道有些痒麻上来,却又筛了一碗吃,旋了大半旋,倾在注子里,爬上楼来。见那宋江低着头不做声,女儿也别转着脸弄裙子,这婆子哈哈地笑道:"你两个又不是泥塑的,做甚么都不做声?押司,你不合是个男子汉,只得装些温柔,说些风话儿耍。"宋江正没做道理处,口里只不做声,肚里好生进退不得。阎婆惜自想道:"你不来采我,指望老娘一

---

〔1〕 干热的——看着眼热,略近单相思之类。
〔2〕 不怯气——不服气。

似闲常时来陪你话,相伴你耍笑,我如今却不耍!"那婆子吃了许多酒,口里只管夹七带八嘈,正在那里张家长,李家短,白说绿道。有诗为证:

假意虚脾却似真,花言巧语弄精神。

几多伶俐遭他陷,死后应知拔舌根。

却有郓城县一个买糟腌的唐二哥,叫做唐牛儿,如常在街上只是帮闲,常常得宋江赍助他。但有些公事去告宋江,也落得几贯钱使。宋江要用他时,死命向前。这一日晚,正赌钱输了,没做道理处,却去县前寻宋江,奔到下处寻不见。街坊都道:"唐二哥,你寻谁这般忙?"唐牛儿道:"我喉急了,要寻孤老,一地里不见他。"众人道:"你的孤老是谁?"唐牛儿道:"便是县里宋押司。"众人道:"我方才见他和阎婆两个过去,一路走着。"唐牛儿道:"是了。这阎婆惜贼贱虫,他自和张三两个打得火块也似热,只瞒着宋押司一个。他敢也知些风声,好几时不去了,今晚必然吃那老咬虫[1]假意儿缠了去。我正没钱使,喉急了,胡乱去那里寻几贯钱使,就帮两碗酒吃。"一径奔到阎婆门前,见里面灯明,门却不关。入到胡梯边,听的阎婆在楼上呵呵地笑。唐牛儿捏脚捏手,上到楼上,板壁缝里张时,见宋江和婆惜两个,都低着头;那婆子坐在横头桌子边,口里七十三八十四只顾嘈。唐牛儿闪将入来,看着阎婆和宋江、婆惜,唱了三个喏,立在边头。宋江寻思道:"这厮来的最好。"把嘴望下一努。唐牛儿是个乖的人,便

---

[1] 咬虫——养汉的女人。老咬虫,就指虔婆一类的女人。

瞧科[1],看着宋江便说道:"小人何处不寻过,原来却在这里吃酒耍。好吃得安稳!"宋江道:"莫不是县里有甚么要紧事?"唐牛儿道:"押司,你怎地忘了? 便是早间那件公事,知县相公在厅上发作,着四五替公人来下处寻押司,一地里又没寻处。相公焦躁做一片。押司便可动身。"宋江道:"恁地要紧,只得去。"便起身要下楼。吃那婆子拦住道:"押司不要使这科段。这唐牛儿捻泛[2]过来,你这精贼也瞒老娘,正是鲁般手里调大斧。这早晚知县自回衙去,和夫人吃酒取乐,有甚么事务得发作? 你这般道儿,只好瞒魍魉[3],老娘手里说不过去。"唐牛儿便道:"真个是知县相公紧等的勾当,我却不会说谎。"阎婆道:"放你娘狗屁! 老娘一双眼,却似琉璃葫芦儿一般。却才见押司努嘴过来,叫你发科,你倒不揸掇押司来我屋里,颠倒打抹[4]他去。常言道:杀人可恕,情理难容!"这婆子跳起身来,便把那唐牛儿劈脖子只一叉,踉踉跄跄直从房里叉下楼来。唐牛儿道:"你做甚么便叉我?"婆子喝道:"你不晓得,破人买卖衣饭,如杀父母妻子。你高做声,便打你这贼乞丐!"唐牛儿钻将过来道:"你打!"这婆子乘着酒兴,又开五指,去那唐牛儿脸上连打两掌,直擷出帘子外去。婆子便扯帘子,撇放门背后,却把两扇门关上,拿拴拴了,口里只

----

[1] 瞧科——科,"科分"的省词;指戏剧里面的动作和表情,也指做作出来含有戏剧性的动作和表情。瞧科,是看到而又理解了这种做作出来的动作和表情。
[2] 捻泛——做样子、作状。
[3] 瞒魍魉(wǎng liǎng)——魍魉是鬼怪;瞒魍魉,犹如说骗鬼。
[4] 打抹——料理、怂恿。

顾骂。那唐牛儿吃了这两掌,立在门前大叫道:"贼老咬虫不要慌!我不看宋押司面皮,教你这屋里粉碎,教你双日不着单日着。我不结果了你,不姓唐!"拍着胸,大骂了去。

婆子再到楼上,看着宋江道:"押司没事采那乞丐做甚么。那厮一地里去搪〔1〕酒吃,只是搬是搬非。这等倒街卧巷的横死贼,也来上门上户欺负人。"宋江是个真实的人,吃这婆子一篇道着了真病,倒抽身不得。婆子道:"押司不要心里见责老身,只恁地知重得了。我儿,和押司只吃这杯。我猜着你两个多时不见,以定要早睡,收拾了罢休。"婆子又劝宋江吃两杯,收拾杯盘下楼去,自去灶下去。宋江在楼上自肚里寻思说:"这婆子女儿和张三两个有事,我心里半信不信,眼里不曾见真实。待要去来,只道我村。况且夜深了,我只得权睡一睡,且看这婆娘怎地,今夜与我情分如何。"只见那婆子又上楼来,说道:"夜深了,我叫押司两口儿早睡。"那婆娘应道:"不干你事,你自去睡。"婆子笑下楼来,口里道:"押司安置。今夜多欢,明日慢慢地起。"婆子下楼来,收拾了灶上,洗了脚手,吹灭灯,自去睡了。

却说宋江坐在杌子上,只指望那婆娘似比先时,先来偎倚陪话,胡乱又将就几时。谁想婆惜心里寻思道:"我只思量张三,吃他搅了,却似眼中钉一般。那厮倒直指望我一似先时前来下气,老娘如今却不要耍。只见说撑船就岸,几曾有撑岸就船。你不来采我,老娘倒落得。"看官听说,原来这色最是怕人。若是他有心恋你时,身上便

---

〔1〕 搪——这里作哄、骗解释。

有刀剑水火也拦他不住,他也不怕;若是他无心恋你时,你便身坐在金银堆里,他也不采你。常言道:佳人有意村夫俏,红粉无心浪子村。宋公明是个勇烈大丈夫,为女色的手段却不会。这阎婆惜被那张三小意儿百依百随,轻怜重惜,卖俏迎奸,引乱这婆娘的心,如何肯恋宋江。当夜两个在灯下坐着,对面都不做声,各自肚里踌躇,却似等泥干掇入庙。看看天色夜深,只见窗上月光。但见:

  银河耿耿,玉漏迢迢。穿窗斜月映寒光,透户凉风吹夜气。雁声嘹亮,孤眠才子梦魂惊;蛩韵凄凉,独宿佳人情绪苦。谯楼禁鼓,一更未尽一更催;别院寒砧,千捣将残千捣起。画檐间叮当铁马,敲碎旅客孤怀;银台上闪烁清灯,偏照离人长叹。贪淫妓女心如铁,仗义英雄气似虹。

当下宋江坐在杌子上,睃那婆娘时,复地叹口气。约莫也是二更天气,那婆娘不脱衣裳,便上床去,自倚了绣枕,扭过身,朝里壁自睡了。宋江看了,寻思道:"可奈这贱人全不采我些个,他自睡了。我今日吃这婆子言来语去,央了几杯酒,打熬不得夜深,只得睡了罢。"把头上巾帻除下,放在桌子上,脱下上盖衣裳,搭在衣架上。腰里解下鸾带,上有一把压衣刀和招文袋,却挂在床边栏干子上。脱去了丝鞋净袜,便上床去那婆娘脚后睡了。半个更次,听得婆惜在脚后冷笑。宋江心里气闷,如何睡得着。自古道:欢娱嫌夜短,寂寞恨更长。看看三更交半夜,酒却醒了。捱到五更,宋江起来,面桶里洗了脸,便穿了上盖衣裳,带了巾帻,口里骂道:"你这贼贱人好生无礼!"婆惜也不曾睡着,听得宋江骂时,扭过身回道:"你不羞这脸!"宋江忿那口气,便下楼来。

阎婆听得脚步响,便在床上说道:"押司且睡歇,等天明去。没来由起五更做甚么?"宋江也不应,只顾来开门。婆子又道:"押司出去时,与我拽上门。"宋江出得门来,就拽上了。忿那口气没出处,一直要奔回下处来。却从县前过,见一碗灯明,看时,却是卖汤药[1]的王公,来到县前赶早市。那老儿见是宋江来,慌忙道:"押司如何今日出来得早?"宋江道:"便是夜来酒醉,错听更鼓。"王公道:"押司必然伤酒,且请一盏醒酒二陈汤。"宋江道:"最好。"就凳上坐了。那老子浓浓地奉一盏二陈汤,递与宋江吃。宋江吃了,蓦然想起道:"如常吃他的汤药,不曾要我还钱。我旧时曾许他一具棺材,不曾与得他。"想起前日有那晁盖送来的金子,受了他一条在招文袋里,何不就与那老儿做棺材钱,教他欢喜?宋江便道:"王公,我日前曾许你一具棺木钱,一向不曾把得与你。今日我有些金子在这里,把与你,你便可将去陈三郎家买了一具棺材,放在家里。你百年归寿时,我却再与你些送终之资,若何?"王公道:"恩主如常觑[2]老汉,又蒙与终身寿具,老子今世报答不得押司,后世做驴做马报答官人。"宋江道:"休如此说。"便揭起背子前襟去取那招文袋时,吃了一惊,道:"苦也!昨夜正忘在那贱人的床头栏干子上,我一时气起来,只顾走了,不曾系得在腰里。这几两金子直得甚么,须有晁盖寄来的那一封

---

[1] 汤药——药茶,带汤煮的营养食品。
[2] 觑(qù)——这里是照顾的意思。

书包着这金。我本欲在酒楼上刘唐前烧毁了,他回去说时,只道我不把他来为念。正要将到下处来烧,又谁想王婆布施棺材,就成了这件事,一向蹉跎忘了。昨夜晚正记起来,又不曾烧得,却被这阎婆缠将我去,因此忘在这贱人家里床头栏干子上。我时常见这婆娘看些曲本,颇识几字,若是被他拿了,倒是利害。"便起身道:"阿公休怪。不是我说谎,只道金子在招文袋里,不想出来得忙,忘了在家。我去取来与你。"王公道:"休要去取,明日慢慢的与老汉不迟。"宋江道:"阿公,你不知道,我还有一件物事做一处放着,以此要去取。"宋江慌慌急急,奔回阎婆家里来。正是:

　　合是英雄命运乖,遗前忘后可怜哉。

　　循环莫谓天无意,酝酿原知祸有胎。

且说这阎婆惜听得宋江出门去了,爬将起来,口里自言语道:"那厮搅了老娘一夜睡不着。那厮含脸[1],只指望老娘陪气下情。我不信你,老娘自和张三过得好,谁奈烦采你。你不上门来,倒好!"口里说着,一头铺被,脱下上截袄儿,解了下面裙子,袒开胸前,脱下截衬衣。床面前灯却明亮,照见床头栏干子上拖下条紫罗銮带。婆惜见了,笑道:"黑三那厮吃喝不尽,忘了銮带在这里。老娘且捉了,把来与张三系。"便用手去一提,提起招文袋和刀子来。只觉袋里有些重,便把手抽开,望桌子上只一抖,正抖出那包金子和书来。这婆娘拿起来看时,灯下照见是黄黄的一条金子。婆惜笑道:"天教我和

---
[1] 含脸——板着面孔。

张三买物事吃。这几日我见张三瘦了,我也正要买些东西和他将息。"将金子放下,却把那纸书展开来灯下看时,上面写着晁盖并许多事务。婆惜道:"好呀！我只道吊桶落在井里,原来也有井落在吊桶里。我正要和张三两个做夫妻,单单只多你这厮,今日也撞在我手里。原来你和梁山泊强贼通同往来,送一百两金子与你。且不要慌,老娘慢慢地消遣你！"就把这封书依原包了金子,还插在招文袋里。"不怕你教五圣来摄了去。"正在楼上自言自语,只听得楼下呀地门响。婆子问道:"是谁?"宋江道:"是我。"婆子道:"我说早哩,押司却不信,要去。原来早了又回来,且再和姐姐睡一睡,到天明去。"宋江也不回话,一径奔上楼来。那婆娘听得是宋江回来,慌忙把銮带、刀子、招文袋一发卷做一块,藏在被里,紧紧地靠了床里壁,只做齁齁假睡着。宋江撞到房里,径去床头栏干上取时,却不见了。宋江心内自慌,只得忍了昨夜的气,把手去摇那妇人道:"你看我日前的面,还我招文袋。"那婆惜假睡着,只不应。宋江又摇道:"你不要急躁,我自明日与你陪话。"婆惜道:"老娘正睡哩,是谁搅我?"宋江道:"你晓的是我,假做甚么。"婆惜扭转身道:"黑三,你说什么?"宋江道:"你还了我招文袋。"婆惜道:"你在那里交付与我手里,却来问我讨?"宋江道:"忘了在你脚后小栏干上。这里又没人来,只是你收得。"婆惜道:"呸！你不见鬼来！"宋江道:"夜来是我不是了,明日与你陪话。你只还了我罢,休要作耍。"婆惜道:"谁和你作耍,我不曾收得。"宋江道:"你先时不曾脱衣裳睡,如今盖着被子睡,以定是起来铺被时拿了。"婆惜只是不与。正是:

雨意云情两罢休，无端懊恼触心头。

重来欲索招文袋，致使鸳帏血漫流。

只见那婆惜柳眉踢竖，星眼圆睁，说道："老娘拿是拿了，只是不还你。你使官府的人便拿我去做贼断。"宋江道："我须不曾冤你做贼。"婆惜道："可知老娘不是贼哩。"宋江见这话，心里越慌，便说道："我须不曾歹看承你娘儿两个。还了我罢，我要去干事。"婆惜道："闲常也只嗔老娘和张三有事，他有些不如你处，也不该一刀的罪犯，不强似你和打劫贼通同。"宋江道："好姐姐，不要叫。邻舍听得，不是耍处。"婆惜道："你怕外人听得，你莫做不得！这封书老娘牢牢地收着，若要饶你时，只依我三件事便罢。"宋江道："休说三件事，便是三十件事也依你。"婆惜道："只怕依不得。"宋江道："当行即行。敢问那三件事？"阎婆惜道："第一件，你可从今日便将原典我的文书来还我，再写一纸任从我改嫁张三，并不敢再来争执的文书。"宋江道："这个依得。"婆惜道："第二件，我头上带的，我身上穿的，家里使用的，虽都是你办的，也委一纸文书，不许你日后来讨。"宋江道："这个也依得。"阎婆惜道："只怕你第三件依不得。"宋江道："我已两件都依你，缘何这件依不得？"婆惜道："有那梁山泊晁盖送与你的一百两金子，快把来与我，我便饶你这一场天字第一号官司，还你这招文袋里的款状。"宋江道："那两件倒都依得。这一百两金子，果然送来与我，我不肯受他的，依前教他把了回去。若端的有时，双手便送与你。"婆惜道："可知哩！常言道：公人见钱，如蝇子见血。他使人送金子与你，你岂有推了转去的，这话却似放屁！做公人的，那个猫儿不吃腥？阎罗王面前须没放回的鬼，你待瞒谁？便把这一百两金子与我，直得甚么！你怕是贼赃时，快熔过了与我。"宋江道："你也须知我是老实的人，不会说谎。你若不信，限我三日，我将家私变卖一百两金子与你。你还了我招文袋。"婆惜冷笑道："你这黑三倒乖，把我一似小孩儿般捉弄。我便先还了你招文袋这封书，歇三日却问你讨金子，正是棺材出了讨挽歌郎[1]钱。我这里一手交钱，一手交货。你快把来，两相交割。"宋江道："果然不曾有这金子。"婆惜道："明朝到公厅上，你也说不曾有这金子？"宋江听了公厅两字，怒气直起，那里按纳得住，睁着眼道："你还也不还？"那妇人道："你怎地狠，我便还你不迭！"宋江道："你真个不还？"婆惜道："不还！再饶你一百个不还！若要还时，在郓城县还你！"宋江便来扯那婆惜盖的被。妇人身边却有这件物，倒不顾被，两手只紧紧地抱住胸前。宋江扯开被来，却见这鎏带头正在那妇人胸前拖下来。宋江道："原来却在这里。"一不做，二不休，两手便来夺，那婆娘那里肯放。宋江在床边舍命的夺，婆惜死也不放。宋江狠命只一拽，倒拽出那把压衣刀子在席上，宋江便抢在手里。那婆娘见宋江抢刀在手，叫："黑三郎杀人也！"只这一声，提起宋江这个念头来，那一肚皮气正没出处。婆惜却叫第二声时，宋江左手早按住那婆娘，右手却早刀落，去那婆惜嗓子上只一勒，鲜血飞出，那妇人兀自吼哩。宋江怕他不死，再复一刀，那颗头伶伶仃仃落在枕头上。但见：

---

[1]挽歌郎——出丧时替丧家在棺前唱挽歌的。

手到处青春丧命,刀落时红粉亡身。七魄悠悠,已赴森罗殿上;三魂渺渺,应归枉死城中。紧闭星眸,直挺挺尸横席上;半开檀口,湿津津头落枕边。小院初春,大雪压枯金线柳;寒生庾岭,狂风吹折玉梅花。三寸气在千般用,一日无常万事休。红粉不知归何处?芳魂今夜落谁家?

宋江一时怒气,杀了阎婆惜,取过招文袋,抽出那封书来,便就残灯下烧了,系上鸾带,走出楼来。那婆子在下面睡,听他两口儿论口,倒也不着在意里。只听得女儿叫一声"黑三郎杀人也",正不知怎地,慌忙跳起来,穿了衣裳,奔上楼来,却好和宋江打个胸厮撞。阎婆问道:"你两口儿做甚么闹?"宋江道:"你女儿忒无礼,被我杀了!"婆子笑道:"却是甚话!便是押司生的眼凶,又酒性不好,专要杀人?押司,休取笑老身。"宋江道:"你不信时,去房里看。我真个杀了!"婆子道:"我不信。"推开房门看时,只见血泊里挺着尸首。婆子道:"苦也!却是怎地好?"宋江道:"我是烈汉,一世也不走,随你要怎地。"婆子道:"这贱人果是不好,押司不错杀了。只是老身无人养赡。"宋江道:"这个不妨。既是你如此说时,你却不用忧心。我家岂无珍羞百味,只教你丰衣足食便了,快活过半世。"阎婆道:"恁地时却是好也,深谢押司。我女儿死在床上,怎地断送?"宋江道:"这个容易。我去陈三郎家买一具棺材与你,仵作行人入殓时,我自分付他来。我再取十两银子与你结果。"婆子谢道:"押司,只好趁天未明时讨具棺材盛了,邻舍街坊,都不要见影。"宋江道:"也好。你取纸笔来,我写个批子与你去取。"阎婆道:"批子也不济事,须是押司自去取,便肯早早发来。"宋江道:"也说得是。"两个下楼来。婆子去房里拿了锁钥,出到门前,把门锁了,带了钥匙。宋江与阎婆两个,投县前来。

此时天色尚早,未明,县门却才开。那婆子约莫到县前左侧,把宋江一把结住[1],发喊叫道:"有杀人贼在这里!"吓得宋江慌做一团,连忙掩住口道:"不要叫!"那里掩得住。县前有几个做公的,走将拢来看时,认得是宋江,便劝道:"婆子闭嘴。押司不是这般的人,有事只消得好说。"阎婆道:"他正是凶首。与我捉住,同到县里。"原来宋江为人最好,上下爱敬,满县人没一个不让他。因此做公的都不肯下手拿他,又不信这婆子说。正在那里没个解救,却好唐牛儿托一盘子洗净的糟姜,来县前赶趁,正见这婆子结扭住宋江在那里叫冤屈。唐牛儿见是阎婆一把扭结住宋江,想起昨夜的一肚子鸟气来,便把盘子放在卖药的老王凳子上,钻将过来,喝道:"老贼虫!你做甚么结扭住押司?"婆子道:"唐二,你不要来打夺人去,要你偿命也!"唐牛儿大怒,那里听他说,把婆子手一拆拆开了,不问事由,叉开五指,去阎婆脸上只一掌,打个满天星。那婆子昏撒了,只得放手。宋江得脱,往闹里一直走了。婆子便一把却结扭住唐牛儿,叫道:"宋押司杀了我的女儿,你却打夺去了!"唐牛儿慌道:"我那里得知!"阎婆叫道:"上下!替我捉一捉杀人贼则个。不时,须要带累你们。"众做公的只碍宋江面皮,不肯动手,拿唐牛儿时,须不担搁。众人向前,

---

〔1〕 结住——扭着、扯着的意思。

一个带住婆子,三四个拿住唐牛儿,把他横拖倒拽,直推进郓城县里来。

古人云:祸福无门,惟人自招;披麻救火,惹焰烧身。正是:三寸舌为诛命剑,一张口是葬身坑。毕竟唐牛儿被阎婆结住,怎地脱身,且听下回分解。

第二十二回

阎婆大闹郓城县　朱仝义释宋公明

诗曰：

为恋烟花起祸端，阎婆口状去经官。

若非侠士行仁爱，定使圜扉锁凤鸾。

四海英雄思慷慨，一腔忠义动衣冠。

九原难忘朱仝德，千古高名逼斗寒。

话说当时众做公的拿住唐牛儿，解进县里来。知县听得有杀人的事，慌忙出来升厅。众做公的把这唐牛儿簇拥在厅前。知县看时，只见一个婆子跪在左边，一个汉子跪在右边。知县问道："甚么杀人公事？"婆子告道："老身姓阎，有个女儿唤做婆惜，典与宋押司做外宅。昨夜晚间，我女儿和宋江一处吃酒，这个唐牛儿一径来寻闹，叫骂出门，邻里尽知。今早宋江出去走了一遭回来，把我女儿杀了。老身结扭到县前，这唐二又把宋江打夺了去。告相公做主。"知县道："你这厮怎敢打夺了凶身？"唐牛儿告道："小人不知前后因依[1]。只因昨夜去寻宋江搪碗酒吃，被这阎婆叉小人出来。今早小人自出来卖糟姜，遇见阎婆结扭宋押司在县前。小人见了，不合去劝他，他

---

[1] 因依——经过、缘由。

便走了。却不知他杀死他女儿的缘由。"知县喝道:"胡说!宋江是个君子诚实的人,如何肯造次杀人!这人命之事,必然在你身上。左右在那里?"便唤当厅公吏。当下转上押司张文远来,看了,见说阎婆告宋江杀了他女儿,"正是我的表子。"随即取了各人口词,就替阎婆写了状子,叠了一宗案,便唤当地方仵作行人,并地厢、里正、邻佑一干人等,来到阎婆家,开了门,取尸首登场检验了。身边放着行凶刀子一把。当日再三看验得,系是生前项上被刀勒死。众人登场了当,尸首把棺木盛了,寄放寺院里,将一干人带到县里。

知县却和宋江最好,有心要出脱他,只把唐牛儿来再三推问。唐牛儿供道:"小人并不知前后。"知县道:"你这厮如何隔夜去他家闹?以定是你杀了。"唐牛儿告道:"小人一时撞去,搪碗酒吃。"知县道:"胡说!且把这厮捆翻了,打这厮!"左右两边狼虎一般公人,把这唐牛儿一索捆翻了,打到三五十,前后语言一般。知县明知他不知情,一心要救宋江,只把他来勘问。且叫取一面枷来钉了,禁在牢里。那张文远上厅来禀道:"虽然如此,见有刀子是宋江的压衣刀,可以去拿宋江来对问,便有下落。"知县吃他三回五次来禀,遮掩不住,只得差人去宋江下处捉拿。宋江已自在逃去了,只拿得几家邻人来回话:"凶身宋江在逃,不知去向。"张文远又禀道:"犯人宋江逃去,他父亲宋太公并兄弟宋清,见在宋家村居住,可以勾追到官,责限比捕,跟寻宋江到官理问。"知县本不肯行移,只要朦胧做在唐牛儿身上,日后自慢慢地出〔1〕他。怎当这张文远立主文案,唆使阎婆上厅,只管来

------

〔1〕 出——出脱、释放的意思。后文第四十回"到处看出人"的出,却是杀的意思。

告。知县情知阻当不住，只得押纸公文，差三两个做公的，去宋家庄勾追宋太公并兄弟宋清。

公人领了公文，来到宋家村宋太公庄上。太公出来迎接，至草厅上坐定。公人将出文书，递与太公看了。宋太公道："上下请坐，容老汉告禀。老汉祖代务农，守此田园过活。不孝之子宋江，自小忤逆，不肯本分生理，要去做吏，百般说他不从。因此老汉数年前本县官长处告了他忤逆，出了他籍，不在老汉户内人数。他自在县里住居，老汉自和孩儿宋清在此荒村，守些田亩过活。他与老汉水米无交[1]，并无干涉[2]。老汉也怕他做出事来，连累不便，因此在前官手里告了执凭文帖，在此存照。老汉取来教上下看。"众公人都是和宋江好的，明知道这个是预先开的门路，苦死不肯做冤家。众人回说道："太公既有执凭，把将来我们看，抄去县里回话。"太公随即宰杀些鸡鹅，置酒管待了众人，赍发了十数两银子，取出执凭公文，教他众人抄了。众公人相辞了宋太公，自回县去回知县的话，说道："宋太公三年前出了宋江的籍，告了执凭文帖。见有抄白[3]在此，难以勾捉。"知县又是要出脱宋江的，便道："既有执凭公文，他又别无亲族，可以出一千贯赏钱，行移诸处海捕[4]捉拿便了。"

那张三又挑唆阎婆去厅上披头散发来告道："宋江实是宋清隐

---
〔1〕水米无交——指生活上毫无往来。
〔2〕干涉——这里作牵连、关系解释。
〔3〕抄白——官厅文书、告示的副本。
〔4〕海捕——通缉。

藏在家，不令出官。相公如何不与老身做主，去拿宋江？"知县喝道："他父亲已自三年前告了他忤逆在官，出了他籍，见有执凭公文存照，如何拿得他父亲兄弟来比捕？"阎婆告道："相公，谁不知道他叫做孝义黑三郎！这执凭是个假的，只是相公做主则个。"知县道："胡说！前官手里押的印信公文，如何是假的！"阎婆在厅下叫屈叫苦，哽哽咽咽地假哭，告相公道："人命大如天，若不肯与老身做主时，只得去州里告状。只是我女儿死得甚苦！"那张三又上厅来替他禀道："相公不与他行移拿人时，这阎婆上司去告状，倒是利害。详议得本县有弊，倘或来提问时，小吏难去回话。"知县情知有理，只得押了一纸公文，便差朱仝、雷横二都头当厅发落："你等可带多人，去宋家村宋大户庄上，搜捉犯人宋江来。"

朱、雷二都头领了公文，便来点起土兵四十馀人，径奔宋家庄上来。宋太公得知，慌忙出来迎接。朱仝、雷横二人说道："太公休怪，我们上司差遣，盖不由己。你的儿子押司，见在何处？"宋太公道："两位都头在上，我这逆子宋江，他和老汉并无干涉。前官手里已告开了他，见告的执凭在此。已与宋江三年多各户另籍，不同老汉一家过活。亦不曾回庄上来。"朱仝道："然虽如此，我们凭书请客，奉帖勾人，难凭你说不在庄上。你等我们搜一搜看，好去回话。"便叫土兵三四十人围了庄院。"我自把定前门。雷都头，你先入去搜。"雷横便入进里面，庄前庄后，搜了一遍，出来对朱仝说道："端的不在庄里。"朱仝道："我只是放心不下。雷都头，你和众弟兄把了门，我亲自细细地搜一遍。"宋太公道："老汉是识法度的人，如何敢藏在庄里。"朱仝道:"这个是人命的公事,你却嗔怪我们不得。"太公道:"都头尊便,自细细地去搜。"朱仝道:"雷都头,你监着太公在这里,休教他走动。"朱仝自进庄里,把朴刀倚在壁边,把门来拴了,走入佛堂内,去把供床拖在一边,揭起那片地板来。板底下有条索头,将索子头只一拽,铜铃一声响,宋江从地窨子里钻将出来,见了朱仝,吃那一惊。朱仝道:"公明哥哥,休怪小弟今来捉你。闲常时和你最好,有的事都不相瞒。一日酒中,兄长曾说道:'我家佛座底下有个地窨子,上面放着三世佛,佛堂内有片地板盖着,上面设着供床。你有些紧急之事,可来那里躲避。'小弟那时听说,记在心里。今日本县知县差我和雷横两个来时,无奈何,要瞒生人眼目。相公也有觑兄长之心,只是被张三和这婆子在厅上发言发语,道本县不做主时,定要在州里告状,因此上又差我两个来搜你庄上。我只怕雷横执着,不会周全人,倘或见了兄长,没个做圆活处。因此小弟赚他在庄前,一径自来和兄长说话。此地虽好,也不是安身之处。倘或有人知得,来这里搜着,如之奈何?"宋江道:"我也自这般寻思。若不是贤兄如此周全,宋江定遭缧绁之厄。"朱仝道:"休如此说。兄长却投何处去好?"宋江道:"小可寻思,有三个安身之处:一是沧州横海郡小旋风柴进庄上;二乃是青州清风寨小李广花荣处;三者是白虎山孔太公庄上,他有两个孩儿,长男叫做毛头星孔明,次子叫做独火星孔亮,多曾县里相会。那三处在这里踌躇未定,不知投何处去好。"朱仝道:"兄长可以作急寻思,当行即行,今晚便可动身,勿请迟延自误。"宋江道:"上下官司之事,全望兄长维持。金帛使用,只顾来取。"朱仝道:

"这事放心,都在我身上。兄长只顾安排去路。"宋江谢了朱仝,再入地窨子去。

朱仝依旧把地板盖上,还将供床压了,开门拿朴刀出来,说道:"真个没在庄里。"叫道:"雷都头,我们只拿了宋太公去如何?"雷横见说要拿宋太公去,寻思:"朱仝那人和宋江最好,他怎地颠倒要拿宋太公?这话以定是反说。他若再提起,我落得做人情。"朱仝、雷横叫拢土兵,都入草堂上来。宋太公慌忙置酒管待众人。朱仝道:"休要安排酒食,且请太公和四郎同到本县里走一遭。"雷横道:"四郎如何不见?"宋太公道:"老汉使他去近村打些农器,不在庄里。宋江那厮,自三年已前把这逆子告出了户,见有一纸执凭公文,在此存照。"朱仝道:"如何说得过。我两个奉着知县台旨,叫拿你父子二人自去县里回话。"雷横道:"朱都头,你听我说。宋押司他犯罪过,其中必有缘故。杀了这个婆娘,也未便该死罪。既然太公已有执凭公文,系是印信官文书,又不是假的,我们看宋押司日前交往之面,权且担负他些个,只抄了执凭去回话便了。"朱仝寻思道:"我自反说,要他不疑。"朱仝道:"既然兄弟这般说了,我没来由做甚么恶人。"宋太公谢了道:"深相感二位都头相觑。"随即排下酒食,犒赏众人。将出二十两银子,送与两位都头。朱仝、雷横坚执不受,把来散与众人,四十个土兵分了。抄了一张执凭公文,相别了宋太公,离了宋家村。朱、雷二位都头,自引了一行人回县去了。

县里知县正值升厅,见朱仝、雷横回来了,便问缘由。两个禀道:"庄前庄后,四围村坊,搜遍了二次,其实没这个人。宋太公卧病在床，不能动止，早晚临危。宋清已自前月出外未回。因此只把执凭抄白在此。"知县道："既然如此……"一面申呈本府，一面动了一纸海捕文书，不在话下。

县里有那一等和宋江好的相交之人，都替宋江去张三处说开。那张三也耐不过众人面皮，因此也只得罢了。朱仝自凑些钱物把与阎婆，教不要去州里告状。这婆子也得了些钱物，没奈何只得依允了。朱仝又将若干银两，教人上州里去使用，文书不要驳将下来。又得知县一力主张，出一千贯赏钱，行移开了一个海捕文书。只把唐牛儿问做成个故纵凶身在逃，脊杖二十，刺配五百里外。干连的人，尽数保放宁家〔1〕。这是后话。有诗为证：

　　为诛红粉便遭逃，地窨藏身计亦高。

　　不是朱家施意气，英雄准拟入天牢。

且说宋江他是个庄农之家，如何有这地窨子？原来故宋时为官容易，做吏最难。为甚的为官容易？皆因只是那时朝廷奸臣当道，谗佞专权，非亲不用，非财不取。为甚做吏最难？那时做押司的，但犯罪责，轻则刺配远恶军州，重则抄扎家产，结果了残生性命。以此预先安排下这般去处躲身。又恐连累父母，教爹娘告了忤逆，出了籍册，各户另居，官给执凭公文存照，不相来往，却做家私在屋里。宋时多有这般算的。

---

〔1〕 宁家——回家。

且说宋江从地窨子出来,和父亲兄弟商议:"今番不是朱仝相觑,须吃官司,此恩不可忘报。如今我和兄弟两个,且去逃难。天可怜见,若遇宽恩大赦,那时回来父子相见,安家乐业。父亲可使人暗暗地送些金银去与朱仝处,央他上下使用,及资助阎婆些少,免得他上司去扰官府。"太公道:"这事不用你忧心,你自和兄弟宋清在路小心。若到了彼处,那里使个得托的人,寄封信来。"宋江、宋清收拾了动身。原来这宋清,满县人都叫他做铁扇子。当晚弟兄两个拴束包裹,到四更时分起来,洗漱罢,吃了早饭,两个打扮动身。宋江戴着白范阳毡笠儿,上穿白段子衫,系一条梅红纵线绦,下面缠脚绊,衬着多耳麻鞋。宋清做伴当打扮,背了包裹。都出草厅前,拜辞了父亲宋太公。三人洒泪不住。太公分付道:"你两个前程万里,休得烦恼。"宋江、宋清却分付大小庄客:"小心看家,早晚殷勤伏侍太公,休教饮食有缺。"弟兄两个各跨了一口腰刀,都拿了一条朴刀,径出离了宋家村。两个取路登程,五里单牌,十里双牌,都不在话下。正遇着秋末冬初天气,但见:

柄柄芰荷枯,叶叶梧桐坠。

蛩吟腐草中,雁落平沙地。

细雨湿枫林,霜重寒天气。

不是路行人,怎谙秋滋味。

话说宋江弟兄两个行了数程,在路上思量道:"我们却投奔兀谁的是?"宋清答道:"我只闻江湖上人传说沧州横海郡柴大官人名字,说他是大周皇帝嫡派子孙,只不曾拜识,何不只去投奔他?人都说仗义疏财,专一结识天下好汉,救助遭配的人,是个见世的孟尝君。我两个只投奔他去。"宋江道:"我也心里是这般思想。他虽和我常常书信来往,无缘分上,不曾得会。"两个商量了,径望沧州路上来。途中免不得饥餐渴饮,夜住晓行,登山涉水,过府冲州。但凡客商在路,早晚安歇,有两件事免不得:吃癞碗,睡死人床。且把闲话提过,只说正话。宋江弟兄两个,不则一日,来到沧州界分,问人道:"柴大官人庄在何处?"问了地名,一径投庄前来,便问庄客:"柴大官人在庄上也不?"庄客答道:"大官人在东庄上收租米,不在庄上。"宋江便问:"此间到东庄有多少路?"庄客道:"有四十馀里。"宋江道:"从何处落路[1]去?"庄客道:"不敢动问二位官人高姓?"宋江道:"我是郓城县宋江的便是。"庄客道:"莫不是及时雨宋押司么?"宋江道:"便是。"庄客道:"大官人如常说大名,只怨怅不能相会。既是宋押司时,小人领去。"庄客慌忙便领了宋江、宋清,径投东庄来。没三个时辰,早来到东庄。宋江看时,端的好一所庄院,十分幽雅。但见:

　　门迎阔港,后靠高峰。数千株槐柳疏林,三五处招贤客馆。深院内牛羊骡马,芳塘中凫鸭鸡鹅。仙鹤庭前戏跃,文禽院内优游。疏财仗义,人间今见孟尝君;济困扶倾,赛过当时孙武子。正是:家有馀粮鸡犬饱,户无差役子孙闲。

当下庄客引领宋江来至东庄,便道:"二位官人且在此亭上坐一坐,待小人去通报大官人出来相接。"宋江道:"好。"自和宋清在山亭

---

〔1〕 落路——上路。从何处落路,犹如说从哪里走。

上,倚了朴刀,解下腰刀,歇了包裹,坐在亭子上。那庄客入去不多时,只见那座中间庄门大开,柴大官人引着三五个伴当,慌忙跑将出来,亭子上与宋江相见。柴大官人见了宋江,拜在地下,口称道:"端的想杀柴进!天幸今日甚风吹得到此,大慰平生渴仰之念。多幸,多幸!"宋江也拜在地下,答道:"宋江疏顽小吏,今日特来相投。"柴进扶起宋江来,口里说道:"昨夜灯花报,今早喜鹊噪,不想却是贵兄来。"满脸堆下笑来。宋江见柴进接得意重,心里甚喜,便唤兄弟宋清也来相见了。柴进喝叫伴当:"收拾了宋押司行李,在后堂西轩下歇处。"柴进携住宋江的手,入到里面正厅上,分宾主坐定。柴进道:"不敢动问,闻知兄长在郓城县勾当,如何得暇,来到荒村敝处?"宋江答道:"久闻大官人大名,如雷灌耳。虽然节次收得华翰,只恨贱役无闲,不能勾相会。今日宋江不才,做出一件没出豁〔1〕的事来。弟兄二人寻思无处安身,思起大官人仗义疏财,特来投奔。"柴进听罢笑道:"兄长放心!遮莫做下十恶大罪,既到敝庄,但不用忧心。不是柴进夸口,任他捕盗官军,不敢正眼儿觑着小庄。"宋江便把杀了阎婆惜的事,一一告诉了一遍。柴进笑将起来,说道:"兄长放心,便杀了朝廷的命官,劫了府库的财物,柴进也敢藏在庄里。"说罢,便请宋江弟兄两个洗浴。随即将出两套衣服、巾帻、丝鞋、净袜,教宋江弟兄两个换了出浴的旧衣裳。两个洗了浴,都穿了新衣服。庄客自把宋江弟兄的旧衣裳送在歇宿处。柴进邀宋江去后堂深处,已安排

---

〔1〕 出豁——有办法。有时也作出息或出脱解释。

下酒食了。便请宋江正面坐地,柴进对席,宋清有宋江在上,侧首坐了。三人坐定,有十数个近上的[1]庄客,并几个主管,轮替着把盏,伏侍劝酒。柴进再三劝宋江弟兄宽怀饮几杯,宋江称谢不已。酒至半酣,三人各诉胸中朝夕相爱之念。看看天色晚了,点起灯烛。宋江辞道:"酒止。"柴进那里肯放,直吃到初更左侧。宋江起身去净手,柴进唤一个庄客,点一碗灯,引领宋江东廊尽头处去净手,便道:"我且躲杯酒。"大宽转[2]穿出前面廊下来,俄延走着,却转到东廊前面。

宋江已有八分酒,脚步趄了,只顾踏去。那廊下有一个大汉,因害疟疾,当不住那寒冷,把一锨火在那里向。宋江仰着脸,只顾踏将去,正跐[3]着火锨柄上,把那火锨里炭火,都掀在那汉脸上。那汉吃了一惊,——惊出一身汗来,自此疟疾好了——那汉气将起来,把宋江劈胸揪住,大喝道:"你是什么鸟人,敢来消遣我!"宋江也吃一惊。正分说不得,那个提灯笼的庄客慌忙叫道:"不得无礼!这位是大官人的亲戚客官。"那汉道:"客官,客官!我初来时也是客官,也曾相待的厚。如今却听庄客搬口,便疏慢了我。正是人无千日好,花无摘下红。"却待要打宋江,那庄客撇了灯笼,便向前来劝。正劝不开,只见两三碗灯笼,飞也似来。柴大官人亲赶到说:"我接不着押司,如何却在这里闹?"那庄客便把跐了火锨的事说一遍。柴进笑

---

[1] 近上的——接近上面的,就是上等的。
[2] 大宽转——绕着路走,用在军事上就是指的大迂回。
[3] 跐(cī)——踩、踹。

道:"大汉,你不认的这位奢遮的押司?"那汉道:"奢遮,奢遮!他敢比不得郓城宋押司少些儿!"柴进大笑道:"大汉,你认的宋押司不?"那汉道:"我虽不曾认的,江湖上久闻他是个及时雨宋公明。且又仗义疏财,扶危济困,是个天下闻名的好汉。"柴进问道:"如何见的他是天下闻名的好汉?"那汉道:"却才说不了,他便是真大丈夫,有头有尾,有始有终。我如今只等病好时,便去投奔他。"柴进道:"你要见他么?"那汉道:"我可知要见他哩。"柴进便道:"大汉,远便十万八千,近便在面前。"柴进指着宋江便道:"此位便是及时雨宋公明。"那汉道:"真个也不是?"宋江道:"小可便是宋江。"那汉定睛看了看,纳头便拜,说道:"我不是梦里么?与兄长相见!"宋江道:"何故如此错爱?"那汉道:"却才甚是无礼,万乞恕罪!有眼不识泰山!"跪在地下,那里肯起来。宋江慌忙扶住道:"足下高姓大名?"

　　柴进指着那汉,说出他姓名,叫甚讳字。有分教:山中猛虎,见时魄散魂离;林下强人,撞着心惊胆裂。正是:说开星月无光彩,道破江山水倒流。毕竟柴大官人说出那汉还是何人,且听下回分解。

第二十三回

横海郡柴进留宾　　景阳冈武松打虎

诗曰：

延士声华似孟尝，有如东阁纳贤良。

武松雄猛千夫惧，柴进风流四海扬。

自信一身能杀虎，浪言三碗不过冈。

报兄诛嫂真奇特，赢得高名万古香。

话说宋江因躲一杯酒，去净手了，转出廊下来，趾了火锹柄，引得那汉焦躁，跳将起来，就欲要打宋江。柴进赶将出来，偶叫起宋押司，因此露出姓名来。那大汉听得是宋江，跪在地下，那里肯起，说道："小人有眼不识泰山，一时冒渎兄长，望乞恕罪！"宋江扶起那汉，问道："足下是谁？高姓大名？"柴进指着道："这人是清河县人氏，姓武名松，排行第二。今在此间一年也。"宋江道："江湖上多闻说武二郎名字，不期今日却在这里相会。多幸，多幸！"柴进道："偶然豪杰相聚，实是难得，就请同做一席说话。"宋江大喜，携住武松的手，一同到后堂席上，便唤宋清与武松相见。柴进便邀武松坐地。宋江连忙让他一同在上面坐，武松那里肯坐，谦了半晌，武松坐了第三位。柴进教再整杯盘，来劝三人痛饮。宋江在灯下看那武松时，果然是一条好汉。但见：

身躯凛凛,相貌堂堂。一双眼光射寒星,两弯眉浑如刷漆。胸脯横阔,有万夫难敌之威风;语话轩昂,吐千丈凌云之志气。心雄胆大,似撼天狮子下云端;骨健筋强,如摇地貔貅临座上。如同天上降魔主,真是人间太岁神。

当下宋江看了武松这表人物,心中甚喜,便问武松道:"二郎因何在此?"武松答道:"小弟在清河县,因酒后醉了,与本处机密[1]相争,一时间怒起,只一拳打得那厮昏沉。小弟只道他死了,因此一径地逃来,投奔大官人处躲灾避难,今已一年有馀。后来打听得那厮却不曾死,救得活了。今欲正要回乡去寻哥哥,不想染患疟疾,不能勾动身回去。却才正发寒冷,在那廊下向火,被兄长踢了锨柄,吃了那一惊,惊出一身冷汗,觉得这病好了。"宋江听了大喜,当夜饮至三更。酒罢,宋江就留武松在西轩下做一处安歇。次日起来,柴进安排席面,杀羊宰猪,管待宋江,不在话下。

过了数日,宋江将出些银两来,与武松做衣裳。柴进知道,那里肯要他坏钱,自取出一箱段匹绸绢,门下自有针工,便教做三人的称体衣裳。说话的,柴进因何不喜武松?原来武松初来投奔柴进时,也一般接纳管待。次后在庄上,但吃醉了酒,性气刚,庄客有些顾管不到处,他便要下拳打他们,因此满庄里庄客没一个道他好。众人只是嫌他,都去柴进面前告诉他许多不是处。柴进虽然不赶他,只是相待得他慢了。却得宋江每日带挈他一处饮酒相陪,武松的前病都不发

---

[1] 机密——这里指看机密房的人。

了。相伴宋江住了十数日,武松思乡,要回清河县看望哥哥。柴进、宋江两个,都留他再住几时,武松道:"小弟的哥哥多时不通信息,因此要去望他。"宋江道:"实是二郎要去,不敢苦留。如若得闲时,再来相会几时。"武松相谢了宋江。柴进取出些金银送与武松,武松谢道:"实是多多相扰了大官人。"武松缚了包裹,拴了梢棒要行,柴进又治酒食送路。武松穿了一领新衲红绸袄,戴着个白范阳毡笠儿,背上包裹,提了杆棒,相辞了便行。宋江道:"弟兄之情,贤弟少等一等。"回到自己房内,取了些银两,赶出到庄门前来,说道:"我送兄弟一程。"宋江和兄弟宋清两个送武松,待他辞了柴大官人,宋江也道:"大官人,暂别了便来。"三个离了柴进东庄,行了五七里路,武松作别道:"尊兄,远了,请回。柴大官人必然专望。"宋江道:"何妨再送几步。"路上说些闲话,不觉又过了三二里。武松挽住宋江说道:"尊兄不必远送,常言道:送君千里,终须一别。"宋江指着道:"容我再行几步。兀那官道上有个小酒店,我们吃三钟了作别。"三个来到酒店里,宋江上首坐了,武松倚了梢棒,下席坐了,宋清横头坐定。便叫酒保打酒来,且买些盘馔果品菜蔬之类,都搬来摆在桌子上。三个人饮了几杯,看看红日平西,武松便道:"天色将晚,哥哥不弃武二时,就此受武二四拜,拜为义兄。"宋江大喜,武松纳头拜了四拜。宋江叫宋清身边取出一锭十两银子,送与武松。武松那里肯受,说道:"哥哥客中自用盘费。"宋江道:"贤弟不必多虑。你若推却,我便不认你做兄弟。"武松只得拜受了,收放缠袋里。宋江取些碎银子,还了酒钱,武松拿了梢棒,三个出酒店前来作别。武松堕泪,拜辞了自去。

宋江和宋清立在酒店门前,望武松不见了,方才转身回来。行不到五里路头,只见柴大官人骑着马,背后牵着两匹空马来接。宋江望见了大喜,一同上马回庄上来。下了马,请入后堂饮酒。宋江弟兄两个,自此只在柴大官人庄上。话分两头,有诗为证:

> 别意悠悠去路长,挺身直上景阳冈。
>
> 醉来打杀山中虎,扬得声名满四方。

只说武松自与宋江分别之后,当晚投客店歇了。次日早起来,打火吃了饭,还了房钱,拴束包裹,提了梢棒,便走上路。寻思道:"江湖上只闻说及时雨宋公明,果然不虚。结识得这般弟兄,也不枉了。"武松在路上行了几日,来到阳谷县地面。此去离县治还远。当日晌午时分,走得肚中饥渴,望见前面有一个酒店,挑着一面招旗在门前,上头写着五个字道:"三碗不过冈"。武松入到里面坐下,把梢棒倚了,叫道:"主人家,快把酒来吃。"只见店主人把三只碗、一双箸、一碟热菜,放在武松面前,满满筛一碗酒来。武松拿起碗,一饮而尽,叫道:"这酒好生有气力!主人家,有饱肚的买些吃酒。"酒家道:"只有熟牛肉。"武松道:"好的切二三斤来吃酒。"店家去里面切出二斤熟牛肉,做一大盘子将来,放在武松面前,随即再筛一碗酒。武松吃了道:"好酒!"又筛下一碗,恰好吃了三碗酒,再也不来筛。武松敲着桌子叫道:"主人家,怎的不来筛酒?"酒家道:"客官要肉便添来。"武松道:"我也要酒,也再切些肉来。"酒家道:"肉便切来,添与客官吃,酒却不添了。"武松道:"却又作怪。"便问主人家道:"你如何不肯卖酒与我吃?"酒家道:"客官,你须见我门前招旗,上面明明写道'三碗不过冈'。"武松道:"怎地唤做三碗不过冈?"酒家道:"俺家的酒,虽是村酒,却比老酒的滋味。但凡客人来我店中吃了三碗的,便醉了,过不得前面的山冈去。因此唤做'三碗不过冈'。若是过往客人到此,只吃三碗,更不再问。"武松笑道:"原来恁地。我却吃了三碗,如何不醉?"酒家道:"我这酒叫做'透瓶香',又唤做'出门倒'。初入口时,醇酽好吃,少刻时便倒。"武松道:"休要胡说。没地〔1〕不还你钱,再筛三碗来我吃。"酒家见武松全然不动,又筛三碗。武松吃道:"端的好酒!主人家,我吃一碗,还你一碗钱,只顾筛来。"酒家道:"客官休只管要饮,这酒端的要醉倒人,没药医。"武松道:"休得胡鸟说!便是你使蒙汗药在里面,我也有鼻子。"店家被他发话不过,一连又筛了三碗。武松道:"肉便再把二斤来吃。"酒家又切了二斤熟牛肉,再筛了三碗酒。武松吃得口滑,只顾要吃,去身边取出些碎银子,叫道:"主人家,你且来看我银子,还你酒肉钱勾么?"酒家看了道:"有馀,还有些贴钱〔2〕与你。"武松道:"不要你贴钱,只将酒来筛。"酒家道:"客官,你要吃酒时,还有五六碗酒哩,只怕你吃不的了。"武松道:"就有五六碗多时,你尽数筛将来。"酒家道:"你这条长汉,倘或醉倒了时,怎扶的你住?"武松答道:"要你扶的不算好汉。"酒家那里肯将酒来筛。武松焦躁道:"我又不白吃你的,休要

---

〔1〕 没地——难道、莫非的意思。
〔2〕 贴钱——找补的零钱。

引老爹性发,通教你屋里粉碎,把你这鸟店子倒翻转来!"酒家道:"这厮醉了,休惹他。"再筛了六碗酒与武松吃了。前后共吃了十五碗,绰了梢棒,立起身来道:"我却又不曾醉。"走出门前来,笑道:"却不说'三碗不过冈'!"手提梢棒便走。

酒家赶出来叫道:"客官那里去?"武松立住了,问道:"叫我做甚么?我又不少你酒钱,唤我怎地?"酒家叫道:"我是好意。你且回来我家看官司榜文。"武松道:"甚么榜文?"酒家道:"如今前面景阳冈上,有只吊睛白额大虫,晚了出来伤人,坏了三二十条大汉性命。官司如今杖限打猎捕户,擒捉发落。冈子路口两边人民,都有榜文。可教往来客人,结伙成队,于巳、午、未三个时辰过冈,其馀寅、卯、申、酉、戌、亥六个时辰,不许过冈。更兼单身客人,不许白日过冈,务要等伴结伙而过。这早晚正是未末申初时分,我见你走都不问人,枉送了自家性命。不如就我此间歇了,等明日慢慢凑的三二十人,一齐好过冈子。"武松听了,笑道:"我是清河县人氏,这条景阳冈上少也走过了一二十遭,几时见说有大虫!你休说这般鸟话来吓我!便有大虫,我也不怕。"酒家道:"我是好意救你。你不信我时,进来看官司榜文。"武松道:"你鸟子声!便真个有虎,老爷也不怕。你留我在家里歇,莫不半夜三更要谋我财,害我性命,却把鸟大虫唬吓我?"酒家道:"你看么!我是一片好心,反做恶意,倒落得你恁地说。你不信我时,请尊便自行。"正是:

前车倒了千千辆,后车过了亦如然。

分明指与平川路,却把忠言当恶言。

那酒店里主人摇着头,自进店里去了。这武松提了梢棒,大着步自过景阳冈来。约行了四五里路,来到冈子下,见一大树,刮去了皮,一片白,上写两行字。武松也颇识几字,抬头看时,上面写道:"近因景阳冈大虫伤人,但有过往客商,可于巳、午、未三个时辰,结伙成队过冈。请勿自误。"武松看了,笑道:"这是酒家诡诈,惊吓那等客人,便去那厮家里宿歇。我却怕甚么鸟!"横拖着梢棒,便上冈子来。那时已有申牌时分,这轮红日,厌厌地相傍下山。武松乘着酒兴,只管走上冈子来。走不到半里多路,见一个败落的山神庙。行到庙前,见这庙门上贴着一张印信榜文,武松住了脚读时,上面写道:

"阳谷县示:为这景阳冈上新有一只大虫,近来伤害人命,见今杖限各乡里正并猎户人等,打捕未获。如有过往客商人等,可于巳、午、未三个时辰,结伴过冈。其余时分及单身客人,白日不许过冈,恐被伤害性命不便。各宜知悉。"

武松读了印信榜文,方知端的有虎。欲待发步再回酒店里来,寻思道:"我回去时,须吃他耻笑,不是好汉,难以转去。"存想了一回,说道:"怕甚么鸟!且只顾上去,看怎地!"武松正走,看看酒涌上来,便把毡笠儿背在脊梁上,将梢棒绾在肋下,一步步上那冈子来。回头看这日色时,渐渐地坠下去了。此时正是十月间天气,日短夜长,容易得晚。武松自言自说道:"那得甚么大虫!人自怕了,不敢上山。"武松走了一直,酒力发作,焦热起来,一只手提着梢棒,一只手把胸膛前袒开,踉踉跄跄,直奔过乱树林来。见一块光挞挞大青石,把那梢棒倚在一边,放翻身体,却待要睡,只见发起一阵狂风来。看那风时,但见：

> 无形无影透人怀，四季能吹万物开。
>
> 就树撮将黄叶去，入山推出白云来。

原来但凡世上云生从龙，风生从虎。那一阵风过处，只听得乱树背后扑地一声响，跳出一只吊睛白额大虫来。武松见了，叫声："呵呀！"从青石上翻将下来，便拿那条梢棒在手里，闪在青石边。那个大虫又饥又渴，把两只爪在地下略按一按，和身望上一扑，从半空里撺将下来。武松被那一惊，酒都做冷汗出了。说时迟，那时快，武松见大虫扑来，只一闪，闪在大虫背后。那大虫背后看人最难，便把前爪搭在地下，把腰胯一掀，掀将起来。武松只一躲，躲在一边。大虫见掀他不着，吼一声，却似半天里起个霹雳，振得那山冈也动；把这铁棒也似虎尾倒竖起来，只一剪，武松却又闪在一边。原来那大虫拿人，只是一扑，一掀，一剪，三般提不着时，气性先自没了一半。那大虫又剪不着，再吼了一声，一兜兜将回来。武松见那大虫复翻身回来，双手轮起梢棒，尽平生气力，只一棒，从半空劈将下来。只听得一声响，簌簌地将那树连枝带叶劈脸打将下来。定睛看时，一棒劈不着大虫。原来慌了，正打在枯树上，把那条梢棒折做两截，只拿得一半在手里。那大虫咆哮，性发起来，翻身又只一扑，扑将来。武松又只一跳，却退了十步远，那大虫却好把两只前爪搭在武松面前。武松将半截棒丢在一边，两只手就势把大虫顶花皮胳月荅地[1]揪住，一按按

---

[1] 胳月荅（gē da）地——这里是一下、一把的意思。

将下来。那只大虫急要挣扎,早没了气力,被武松尽气力纳定,那里肯放半点儿松宽。武松把只脚望大虫面门上、眼睛里只顾乱踢。那大虫咆哮起来,把身底下扒起两堆黄泥,做了一个土坑。武松把那大虫嘴直按下黄泥坑里去,那大虫吃武松奈何得没了些气力。武松把左手紧紧地揪住顶花皮,偷出右手来,提起铁锤般大小拳头,尽平生之力,只顾打。打得五七十拳,那大虫眼里、口里、鼻子里、耳朵里都迸出鲜血来。那武松尽平昔神威,仗胸中武艺,半歇儿把大虫打做一堆,却似躺着一个锦布袋。有一篇古风,单道景阳冈武松打虎。但见:

景阳冈头风正狂,万里阴云霾日光。

焰焰满川枫叶赤,纷纷遍地草芽黄。

触目晚霞挂林薮,侵人冷雾满穹苍。

忽闻一声霹雳响,山腰飞出兽中王。

昂头踊跃逞牙爪,谷口麋鹿皆奔忙。

山中狐兔潜踪迹,涧内獐猿惊且慌。

卞庄见后魂魄丧,存孝遇时心胆强。

清河壮士酒未醒,忽在冈头偶相迎。

上下寻人虎饥渴,撞着狰狞来扑人。

虎来扑人似山倒,人去迎虎如岩倾。

臂腕落时坠飞炮,爪牙爬处成泥坑。

拳头脚尖如雨点,淋漓两手鲜血染。

秽污腥风满松林,散乱毛须坠山奄。

近看千钧势未休,远观八面威风敛。

身横野草锦斑销,紧闭双睛光不闪。

当下景阳冈上那只猛虎,被武松没顿饭之间,一顿拳脚,打得那大虫动掸不得,使得口里兀自气喘。武松放了手,来松树边寻那打折的棒橛,拿在手里,只怕大虫不死,把棒橛又打了一回。那大虫气都没了。武松再寻思道:"我就地拖得这死大虫下冈子去。"就血泊里双手来提时,那里提得动!原来使尽了气力,手脚都疏软了,动掸不得。

武松再来青石坐了半歇,寻思道:"天色看看黑了,倘或又跳出一只大虫来时,我却怎地斗得他过?且挣扎下冈子去,明早却来理会。"就石头边寻了毡笠儿,转过乱树林边,一步步捱下冈子来。走不到半里多路,只见枯草丛中钻出两只大虫来。武松道:"呵呀,我今番死也!性命罢了!"只见那两个大虫于黑影里直立起来,武松定睛看时,却是两个人,把虎皮缝做衣裳,紧紧拼在身上。那两个人手里各拿着一条五股叉,见了武松,吃一惊道:"你那人吃了㺝猁心、豹子肝、狮子腿,胆倒包着身躯!如何敢独自一个,昏黑将夜,又没器械,走过冈子来!不知你是人?是鬼?"武松道:"你两个是甚么人?"那个人道:"我们是本处猎户。"武松道:"你们上岭来做甚么?"两个猎户失惊道:"你兀自不知哩!如今景阳冈上有一只极大的大虫,夜夜出来伤人。只我们猎户,也折了七八个;过往客人,不记其数,都被这畜生吃了。本县知县着落当乡里正和我们猎户人等捕捉。那业畜势大,难近得他,谁敢向前!我们为他正不知吃了多少限棒,只捉他不得。今夜又该我们两个捕猎,和十数个乡夫在此,上上下下放了窝弓[1]药箭等他。正在这里埋伏,却见你大剌剌地从冈子上走将下来,我两个吃了一惊。你却正是甚人?曾见大虫么?"武松道:"我是清河县人氏,姓武,排行第二。却才冈子上乱树林边,正撞着那大虫,被我一顿拳脚打死了。"两个猎户听得痴呆了,说道:"怕没这话!"武松道:"你不信时,只看我身上兀自有血迹。"两个道:"怎地打来?"武松把那打大虫的本事,再说了一遍。两个猎户听了,又惊又喜,叫拢那十个乡夫来。只见这十个乡夫,都拿着钢叉、踏弩、刀枪,随即拢来。武松问道:"他们众人如何不随着你两个上山?"猎户道:"便是那畜生利害,他们如何敢上来!"一伙十数个人,都在面前。两个猎户把武松打杀大虫的事,说向众人,众人都不肯信。武松道:"你众人不肯信时,我和你去看便了。"众人身边都有火刀、火石,随即发出火来,点起五七个火把。众人都跟着武松,一同再上冈子来,看见那大虫做一堆儿死在那里。众人见了大喜,先叫一个去报知本县里正,并该管上户。这里五七个乡夫,自把大虫缚了,抬下冈子来。到得岭下,早有七八十人都哄将来,先把死大虫抬在前面,将一乘兜轿,抬了武松,径投本处一个上户家来。那上户、里正都在庄前迎接,把这大虫抬到草厅上。却有本乡上户、本乡猎户三二十人,都来相探武松。众人问道:"壮士高姓大名?贵乡何处?"武松道:"小人是此间邻郡

---

[1] 窝弓——一种伏弩,埋在草丛或浮土中间,踹着机关的就要中箭。猎人捉猛兽用的重要武器。

清河县人氏，姓武名松，排行第二。因从沧州回乡来，昨晚在冈子那边酒店吃得大醉了，上冈来，正撞见这畜生。"把那打虎的身分拳脚，细说了一遍。众上户道："真乃英雄好汉！"众猎户先把野味将来与武松把杯。武松因打大虫困乏了，要睡，大户便教庄客打并客房，且教武松歇息。到天明，上户先使人去县里报知，一面合具虎床，安排端正，迎送县里去。

天明，武松起来洗漱罢，众多上户牵一腔羊，挑一担酒，都在厅前伺候。武松穿了衣裳，整顿巾帻，出到前面，与众人相见。众上户把盏说道："被这个畜生正不知害了多少人性命，连累猎户吃了几顿限棒。今日幸得壮士来到，除了这个大害。第一乡中人民有福，第二客侣通行，实出壮士之赐。"武松谢道："非小子之能，托赖众长上福荫。"众人都来作贺。吃了一早晨酒食，抬出大虫，放在虎床上。众乡村上户都把段匹花红来挂与武松。武松有些行李包裹，寄在庄上，一齐都出庄门前来。早有阳谷县知县相公使人来接武松，都相见了。叫四个庄客，将乘凉轿来抬了武松，把那大虫扛在前面，挂着花红段匹，迎到阳谷县里来。

那阳谷县人民听得说一个壮士打死了景阳冈上大虫，迎喝将来，尽皆出来看，哄动了那个县治。武松在轿上看时，只见亚肩叠背[1]，闹闹穰穰，屯街塞巷，都来看迎大虫。到县前衙门口，知县已在厅上专等。武松下了轿，扛着大虫，都到厅前，放在甬道上。知县

---

〔1〕 亚肩叠背——"亚"同"压"。身子挤着身子的意思。

看了武松这般模样，又见了这个老大锦毛大虫，心中自忖道："不是这个汉，怎地打的这个猛虎！"便唤武松上厅来。武松去厅前声了喏，知县问道："你那打虎的壮士，你却说怎生打了这个大虫。"武松就厅前将打虎的本事，说了一遍。厅上厅下众多人等，都惊的呆了。知县就厅上赐了几杯酒，将出上户凑的赏赐钱一千贯，赏赐与武松。武松禀道："小人托赖相公的福荫，偶然侥幸，打死了这个大虫。非小人之能，如何敢受赏赐。小人闻知这众猎户因这个大虫受了相公责罚，何不就把这一千贯给散与众人去用？"知县道："既是如此，任从壮士。"

武松就把这赏钱在厅上散与众人猎户。知县见他忠厚仁德，有心要抬举他，便道："虽你原是清河县人氏，与我这阳谷县只在咫尺。我今日就参你在本县做个都头，如何？"武松跪谢道："若蒙恩相抬举，小人终身受赐。"知县随即唤押司立了文案，当日便参武松做了步兵都头。众上户都来与武松作贺庆喜，连连吃了三五日酒。武松自心中想道："我本要回清河县去看望哥哥，谁想倒来做了阳谷县都头！"自此上官见爱，乡里闻名。又过了三二日，那一日，武松心闲，走出县前来闲玩。只听得背后一个人叫声："武都头，你今日发迹了，如何不看觑我则个？"武松回过头来看了，叫声："阿也！你如何却在这里？"

不是武松见了这个人，有分教：阳谷县里，尸横血染。直教钢刀响处人头滚，宝剑挥时热血流。正是：只因酒色忘家国，几见诗书误好人。毕竟叫唤武都头的正是甚人，且听下回分解。

第二十四回

王婆贪贿说风情　郓哥不忿闹茶肆

诗曰：

酒色端能误国邦,由来美色陷忠良。

纣因妲己宗祧失,吴为西施社稷亡。

自爱青春行处乐,岂知红粉笑中枪。

武松已杀贪淫妇,莫向东风怨彼苍。

话说当日武都头回转身来看见那人,扑翻身便拜。那人原来不是别人,正是武松的嫡亲哥哥武大郎。武松拜罢,说道:"一年有馀不见哥哥,如何却在这里?"武大道:"二哥,你去了许多时,如何不寄封书来与我？我又怨你,又想你。"武松道:"哥哥如何是怨我、想我？"武大道:"我怨你时,当初你在清河县里,要便吃酒醉了,和人相打,如常吃官司,教我要便随衙听候,不曾有一个月净办〔1〕,常教我受苦,这个便是怨你处。想你时,我近来取得一个老小,清河县人不怯气,都来相欺负,没人做主。你在家时,谁敢来放个屁？我如今在那里安不得身,只得搬来这里赁房居住,因此便是想你处。"看官听说:原来武大与武松是一母所生两个,武松身长八尺,一貌堂堂,浑身

---

〔1〕 净办——清静。

上下有千百斤气力,不恁地,如何打得那个猛虎?这武大郎身不满五尺,面目生得狰狞,头脑可笑,清河县人见他生得短矮,起他一个诨名,叫做"三寸丁谷树皮"。那清河县里有一个大户人家,有个使女,小名唤做潘金莲,年方二十馀岁,颇有些颜色。因为那个大户要缠他,这女使只是去告主人婆,意下不肯依从。那个大户以此恨记于心,却倒赔些房奁,不要武大一文钱,白白地嫁与他。自从武大娶得那妇人之后,清河县里有几个奸诈的浮浪子弟们,却来他家里薅恼。原来这妇人见武大身材短矮,人物猥獕,不会风流,这婆娘倒诸般好,为头的爱偷汉子。有诗为证:

金莲容貌更堪题,笑蹙春山八字眉。

若遇风流清子弟,等闲云雨便偷期。

却说那潘金莲过门之后,武大是个懦弱依本分的人,被这一班人不时间在门前叫道:"好一块羊肉,倒落在狗口里。"因此武大在清河县住不牢,搬来这阳谷县紫石街赁房居住,每日仍旧挑卖炊饼。此日正在县前做买卖,当下见了武松。武大道:"兄弟,我前日在街上听得人沸沸地说道:'景阳冈上一个打虎的壮士,姓武,县里知县参他做个都头。'我也八分猜道是你,原来今日才得撞见。我且不做买卖,一同和你家去。"武松道:"哥哥家在那里?"武大用手指道:"只在前面紫石街便是。"武松替武大挑了担儿,武大引着武松转湾抹角,一径望紫石街来。转过两个湾,来到一个茶坊间壁,武大叫一声:"大嫂开门!"只见芦帘起处,一个妇人出到帘子下,应道:"大哥,怎地半早便归?"武大道:"你的叔叔在这里,且来厮见。"武大郎接了担儿入去,便出来道:"二哥,入屋里来和你嫂嫂相见。"武松揭起帘子,入进里面,与那妇人相见。武大说道:"大嫂,原来景阳冈上打死大虫新充做都头的,正是我这兄弟。"那妇人叉手向前道:"叔叔万福。"武松道:"嫂嫂请坐。"武松当下推金山,倒玉柱,纳头便拜。那妇人向前扶住武松道:"叔叔,折杀奴家。"武松道:"嫂嫂受礼。"那妇人道:"奴家也听得说道,有个打虎的好汉,迎到县前。奴家也正待要去看一看,不想去得太迟了,赶不上,不曾看见。原来却是叔叔。且请叔叔到楼上去坐。"武松看那妇人时,但见:

> 眉似初春柳叶,常含着雨恨云愁;脸如三月桃花,暗藏着风情月意。纤腰袅娜,拘束的燕懒莺慵;檀口轻盈,勾引得蜂狂蝶乱。玉貌妖娆花解语,芳容窈窕玉生香。

当下那妇人叫武大请武松上楼,主客席里坐地。三个人同归到楼上坐了,那妇人看着武大道:"我陪侍着叔叔坐地,你去安排些酒食来管待叔叔。"武大应道:"最好。二哥你且坐一坐,我便来也。"武大下楼去了。那妇人在楼上看了武松这表人物,自心里寻思道:"武松与他是嫡亲一母兄弟,他又生的这般长大。我嫁得这等一个,也不枉了为人一世。你看我那'三寸丁谷树皮',三分像人,七分似鬼,我直恁地晦气!据着武松,大虫也吃他打了,他必然好气力。说他又未曾婚娶,何不叫他搬来我家住?不想这段因缘却在这里!"那妇人脸上堆下笑来,问武松道:"叔叔来这里几日了?"武松答道:"到此间十数日了。"妇人道:"叔叔在那里安歇?"武松道:"胡乱权在县衙里安歇。"那妇人道:"叔叔,恁地时却不便当。"武松道:"独自一身,容易料理。早晚自有土兵伏侍。"妇人道:"那等人伏侍叔叔,怎地顾管得到。何不搬来一家里住?早晚要些汤水吃时,奴家亲自安排与叔叔吃,不强似这伙腌臜人安排饮食。叔叔便吃口清汤,也放心得下。"武松道:"深谢嫂嫂。"那妇人道:"莫不别处有婶婶?可取来厮会也好。"武松道:"武二并不曾婚娶。"妇人又问道:"叔叔青春多少?"武松道:"虚度二十五岁。"那妇人道:"长奴三岁。叔叔今番从那里来?"武松道:"在沧州住了一年有馀,只想哥哥在清河县住,不想却搬在这里。"那妇人道:"一言难尽!自从嫁得你哥哥,吃他忒善了,被人欺负,清河县里住不得,搬来这里。若得叔叔这般雄壮,谁敢道个不字。"武松道:"家兄从来本分,不似武二撒泼。"那妇人道:"怎地这般颠倒说!常言道:人无刚骨,安身不牢。奴家平生快性,看不得这般三答不回头,四答和身转的人。"有诗为证:

叔嫂萍踪得偶逢,妖娆偏逞秀仪容。

私心便欲成欢会,暗把邪言钓武松。

却说潘金莲言语甚是精细撇清。武松道:"家兄却不道得惹事,要嫂嫂忧心。"正在楼上说话未了,武大买了些酒肉果品归来,放在厨下,走上楼来,叫道:"大嫂,你下来安排。"那妇人应道:"你看那不晓事的!叔叔在这里坐地,却教我撇了下来。"武松道:"嫂嫂请自便。"那妇人道:"何不去叫间壁王干娘安排便了?只是这般不见便!"武大自去央了间壁王婆,安排端正了,都搬上楼来,摆在桌子上,无非是些鱼肉果菜之类。随即盏酒上来,武大叫妇人坐了主位,武松对席,武大打横。三个人坐下,武大筛酒在各人面前。那妇人拿起酒来道:"叔叔休怪,没甚管待,请酒一杯。"武松道:"感谢嫂嫂,休这般说。"武大只顾上下筛酒盪酒,那里来管别事。那妇人笑容可掬,满口儿叫:"叔叔,怎地鱼和肉也不吃一块儿?"拣好的递将过来。武松是个直性的汉子,只把做亲嫂嫂相待,谁知那妇人是个使女出身,惯会小意儿,亦不想那妇人一片引人的心。武大又是个善弱的人,那里会管待人。那妇人吃了几杯酒,一双眼只看着武松的身上。武松吃他看不过,只低了头不恁么理会。当日吃了十数杯酒,武松便起身。武大道:"二哥再吃几杯了去。"武松道:"只好恁地,却又来望哥哥。"都送下楼来。那妇人道:"叔叔是必搬来家里住。若是叔叔不搬来时,教我两口儿也吃别人笑话。亲兄弟,难比别人。大哥,你便打点一间房屋,请叔叔来家里过活,休教邻舍街坊道个不是。"武大道:"大嫂说的是。二哥你便搬来,也教我争口气。"武松道:"既是哥哥嫂嫂恁地说时,今晚有些行李便取了来。"那妇人道:"叔叔是必记心,奴这里专望。"有诗为证:

可怪金莲用意深,包藏淫行荡春心。

武松正大元难犯,耿耿清名抵万金。

那妇人情意十分殷勤。武松别了哥嫂,离了紫石街,径投县里来。正值知县在厅上坐衙,武松上厅来禀道:"武松有个亲兄,搬在紫石街居住。武松欲就家里宿歇,早晚衙门中听候使唤。不敢擅去,请恩相钧旨。"知县道:"这是孝悌的勾当,我如何阻你,其理正当。你可每日来县里伺候。"武松谢了,收拾行李铺盖,有那新制的衣服并前者赏赐的物件,叫个土兵挑了,武松引到哥哥家里。那妇人见了,却比半夜里拾金宝的一般欢喜,堆下笑来。武大叫个木匠就楼下整了一间房,铺下一张床,里面放一条桌子,安两个杌子,一个火炉。武松先把行李安顿了,分付土兵自回去,当晚就哥嫂家里歇卧。次日早起,那妇人慌忙起来烧洗面汤,舀漱口水,叫武松洗漱了口面,裹了巾帻,出门去县里画卯。那妇人道:"叔叔,画了卯,早些个归来吃饭,休去别处吃。"武松道:"便来也。"径去县里画了卯,伺候了一早晨,回到家里。那妇人洗手剔甲,齐齐整整,安排下饭食,三口儿共桌儿食。武松是个直性的人,倒无安身之处。吃了饭,那妇人双手捧一盏茶递与武松吃。武松道:"教嫂嫂生受,武松寝食不安。县里拨一个土兵来使唤。"那妇人连声叫道:"叔叔却怎地这般见外? 自家的骨肉,又不伏侍了别人。便拨一个土兵来使用,这厮上锅上灶地不干净,奴眼里也看不得这等人。"武松道:"恁地时,却生受嫂嫂。"有诗为证:

武松仪表甚温柔,阿嫂淫心不可收。

笼络归来家里住,要同云雨会风流。

话休絮繁。自从武松搬将家里来,取些银子与武大,教买饼馓茶果,请邻舍吃茶。众邻舍斗[1]分子来与武松人情,武大又安排了回席,都不在话下。过了数日,武松取出一匹彩色段子与嫂嫂做衣裳。那妇人笑嘻嘻道:"叔叔,如何使得! 既然叔叔把与奴家,不敢推辞,只得接了。"武松自此只在哥哥家里宿歇。武大依前上街挑卖炊饼。

---

[1] 斗——这里是拼、凑的意思。

武松每日自去县里画卯,承应差使。不论归迟归早,那妇人顿羹顿饭,欢天喜地伏侍武松,武松倒安身不得。那妇人常把些言语来撩拨他,武松是个硬心直汉,却不见怪。有话即长,无话即短。不觉过了一月有馀,看看是十一月天气,连日朔风紧起,四下里彤云密布,又早纷纷扬扬飞下一天瑞雪来。怎见得好雪?正是:

尽道丰年瑞,丰年瑞若何?

长安有贫者,宜瑞不宜多。

当日那雪直下到一更天气,却似银铺世界,玉碾乾坤。次日,武松清早出去县里画卯,直到日中未归。武大被这妇人赶出去做买卖,央及间壁王婆买下些酒肉之类,去武松房里簇了一盆炭火,心里自想道:"我今日着实撩斗〔1〕他一撩斗,不信他不动情。"那妇人独自一个冷冷清清立在帘儿下,看那大雪。但见:

万里彤云密布,空中祥瑞飘帘。琼花片片舞前檐。剡溪当此际,冻住子猷船。顷刻楼台如玉,江山银色相连。飞琼撒粉漫遥天。当时吕蒙正,窑内叹无钱。

其日武松正在雪里踏着那乱琼碎玉归来,那妇人推起帘子,陪着笑脸迎接道:"叔叔寒冷。"武松道:"感谢嫂嫂忧念。"入得门来,便把毡笠儿除将下来。那妇人双手去接,武松道:"不劳嫂嫂生受。"自把雪来拂了,挂在壁上。解了腰里缠袋,脱了身上鹦哥绿纻丝衲袄,入房里搭了。那妇人便道:"奴等一早起,叔叔怎地不归来吃早饭?"武

---
〔1〕 撩斗——这里的"斗"同"逗"。是诱惑、挑动、勾惹的意思。

松道:"便是县里一个相识,请吃早饭。却才又有一个作杯,我不奈烦,一直走到家来。"那妇人道:"恁地,叔叔向火。"武松道:"便好。"脱了油靴,换了一双袜子,穿了暖鞋,掇条杌子自近火边坐地。那妇人把前门上了拴,后门也关了,却搬些按酒果品菜蔬,入武松房里来摆在桌子上。

武松问道:"哥哥那里去未归?"妇人道:"你哥哥每日自出去做买卖,我和叔叔自饮三杯。"武松道:"一发等哥哥家来吃。"妇人道:"那里等的他来。"说犹未了,早暖了一注子酒来。武松道:"嫂嫂坐地,等武二去盪酒正当。"妇人道:"叔叔,你自便。"那妇人也掇条杌子近火边坐了。桌儿上摆着杯盘。那妇人拿盏酒,擎在手里,看着武松道:"叔叔,满饮此杯。"武松接过手去,一饮而尽。那妇人又筛一杯酒来说道:"天色寒冷,叔叔饮个成双杯儿。"武松道:"嫂嫂自便。"接来又一饮而尽。武松却筛一杯酒递与那妇人吃。妇人接过酒来吃了,却拿注子再斟酒来,放在武松面前。

那妇人将酥胸微露,云鬟半軃〔1〕,脸上堆着笑容说道:"我听得一个闲人说道,叔叔在县前东街上养着一个唱的,敢端的有这话么?"武松道:"嫂嫂休听外人胡说,武二从来不是这等人。"妇人道:"我不信,只怕叔叔口头不似心头。"武松道:"嫂嫂不信时,只问哥哥。"那妇人道:"他晓的甚么?晓的这等事时,不卖炊饼了。叔叔,且请一杯。"连筛了三四杯酒饮了。那妇人也有三杯酒落肚,哄动春

---

〔1〕 軃(duǒ)——下垂的样子。

心,那里按纳得住,只管把闲话来说。武松也知了八九分,自家只把头来低了,却不来兜揽他。那妇人起身去盪酒,武松自在房里拿起火箸簇火。那妇人暖了一注子酒,来到房里,一只手拿着注子,一只手便去武松肩胛上只一捏,说道:"叔叔只穿这些衣裳,不冷?"武松已自有五分不快意,也不应他。那妇人见他不应,劈手便来夺火箸,口里道:"叔叔你不会簇火,我与你拨火。只要一似火盆常热便好。"武松有八分焦躁,只不做声。那妇人欲心似火,不看武松焦躁,便放了火箸,却筛一盏酒来,自呷了一口,剩了大半盏,看着武松道:"你若有心,吃我这半盏儿残酒。"武松劈手夺来,泼在地下,说道:"嫂嫂休要恁地不识羞耻!"把手只一推,争些儿把那妇人推一跤。武松睁起眼来道:"武二是个顶天立地噙齿带发男子汉,不是那等败坏风俗没人伦的猪狗!嫂嫂休要这般不识廉耻,为此等的勾当。倘有些风吹草动,武二眼里认的是嫂嫂,拳头却不认的是嫂嫂。再来休要恁地!"那妇人通红了脸,便收拾了杯盘盏碟,口里说道:"我自作乐耍子,不值得便当真起来,好不识人敬重!"搬了家火,自向厨下去了。有诗为证:

泼贱操心太不良,贪淫无耻坏纲常。

席间尚且求云雨,反被都头骂一场。

却说潘金莲勾搭武松不动,反被抢白一场。武松自在房里气忿忿地。天色却早未牌时分,武大挑了担儿归来推门,那妇人慌忙开门。武大进来歇了担儿,随到厨下。见老婆双眼哭的红红的,武大道:"你和谁闹来?"那妇人道:"都是你不争气,教外人来欺负我!"武大道:"谁人敢来欺负你?"妇人道:"情知是有谁!争奈武二那厮,我见他大雪里归来,连忙安排酒请他吃。他见前后没人,便把言语来调戏我。"武大道:"我的兄弟不是这等人,从来老实。休要高做声,吃邻舍家笑话。"武大撇了老婆,来到武松房里叫道:"二哥,你不曾吃点心,我和你吃些个。"武松只不则声。寻思了半晌,再脱了丝鞋,依旧穿上油膀靴,着了上盖,带上毡笠儿,一头系缠袋,一面出门。武大叫道:"二哥那里去?"也不应,一直地只顾去了。武大回到厨下来问老婆道:"我叫他又不应,只顾望县前这条路走了去,正是不知怎地了?"那妇人骂道:"糊突桶!有甚么难见处!那厮羞了,没脸儿见你,走了出去。我猜他已定叫个人来搬行李,不要在这里宿歇。却不要又留他!"武大道:"他搬了去,须吃别人笑话。"那妇人道:"混沌魍魉!他来调戏我倒不吃别人笑!你要便自和他道话,我却做不的这样人。你还了我一纸休书来,你自留他便是了。"武大那里敢再开口。

正在家中两口儿絮聒,只见武松引了一个土兵,拿着条扁担,径来房里收拾了行李,便出门去。武大赶出来叫道:"二哥,做甚么便搬了去?"武松道:"哥哥不要问,说起来装你的幌子[1]。你只由我自去便了。"武大那里敢再问备细,由武松搬了去。那妇人在里面喃喃呐呐的骂道:"却也好!只道说是亲难转债。人只道一个亲兄弟

---

[1] 装你的幌子——幌子,商铺设置的标识物,使人一望而知是在卖什么。装幌子,就是把这种标识物摆出去。装你的幌子,意思说,把外人不知道的东西标出来;犹如说出丑、出相。后文第四十五回又写作"装你的望子"。

做都头，怎地养活了哥嫂，却不知反来嚼咬人。正是花木瓜，空好看。你搬了去，倒谢天地，且得冤家离眼前。"武大见老婆这等骂，正不知怎地，心中只是咄咄不乐，放他不下。

自从武松搬了去县衙里宿歇，武大自依然每日上街挑卖炊饼。本待要去县里寻兄弟说话，却被这婆娘千叮万嘱，分付教不要去兜揽他，因此武大不敢去寻武松。有诗为证：

雨意云情不遂谋，心中谁信起戈矛。

生将武二搬离去，骨肉翻令作寇仇。

拈指间，岁月如流，不觉雪晴，过了十数日。却说本县知县自到任已来，却得二年半多了。赚得好些金银，欲待要使人送上东京去与亲眷处收贮，恐到京师转除他处时要使用。却怕路上被人劫了去，须得一个有本事的心腹人去便好。猛可想起武松来："须是此人可去，有这等英雄了得。"当日便唤武松到衙内商议道："我有一个亲戚在东京城里住，欲要送一担礼物去，就捎封书问安则个。只恐途中不好行，须是得你这等英雄好汉方去得。你可休辞辛苦，与我去走一遭，回来我自重重赏你。"武松应道："小人得蒙恩相抬举，安敢推故。既蒙差遣，只得便去。小人也自来不曾到东京，就那里观看光景一遭。相公明日打点端正了便行。"知县大喜，赏了三杯，不在话下。

且说武松领下知县言语，出县门来，到得下处，取了些银两，叫了个土兵，却来街上买了一瓶酒并鱼肉果品之类，一径投紫石街来，直到武大家里。武大恰好卖炊饼了回来，见武松在门前坐地，叫土兵去厨下安排。那妇人馀情不断，见武松把将酒食来，心中自想道："莫不这厮思量我了,却又回来?那厮以定强不过我,且慢慢地相问他。"那妇人便上楼去,重匀粉面,再整云鬟,换些艳色衣服穿了,来到门前,迎接武松。那妇人拜道:"叔叔,不知怎地错见了,好几日并不上门,教奴心里没理会处。每日叫你哥哥来县里寻叔叔陪话,归来只说道'没寻处',今日且喜得叔叔家来。没事坏钱做甚么?"武松答道:"武二有句话,特来要和哥哥嫂嫂说知则个。"那妇人道:"既是如此,楼上去坐地。"三个人来到楼上客位里,武松让哥嫂上首坐了,武松掇条杌子,横头坐了。土兵搬将酒肉上楼来摆在桌子上,武松劝哥哥嫂嫂吃酒。那妇人只顾把眼来睃武松,武松只顾吃酒。酒至五巡,武松讨副劝杯,叫土兵筛了一杯酒,拿在手里,看着武大道:"大哥在上,今日武二蒙知县相公差往东京干事,明日便要起程。多是两个月,少是四五十日便回。有句话特来和你说知:你从来为人懦弱,我不在家,恐怕被外人来欺负。假如你每日卖十扇笼炊饼,你从明日为始,只做五扇笼出去卖;每日迟出早归,不要和人吃酒。归到家里,便下了帘子,早闭上门,省了多少是非口舌。如若有人欺负你,不要和他争执,待我回来自和他理论。大哥依我时,满饮此杯。"武大接了酒道:"我兄弟见得是,我都依你说。"吃过了一杯酒。

武松再筛第二杯酒,对那妇人说道:"嫂嫂是个精细的人,不必用武松多说。我哥哥为人质朴,全靠嫂嫂做主看觑他。常言道:表壮不如里壮。嫂嫂把得家定,我哥哥烦恼做甚么?岂不闻古人言:篱牢犬不入。"那妇人听了这话,被武松说了这一篇,一点红从耳朵边起,紫胀了面皮,指着武大便骂道:"你这个腌臜混沌,有甚么言语在外人处说来欺负老娘！我是一个不带头巾男子汉，叮叮当当响的婆娘，拳头上立得人，胳膊上走的马，人面上行的人！不是那等搠不出的鳖老婆！自从嫁了武大，真个蝼蚁也不敢入屋里来，有甚么篱笆不牢，犬儿钻得入来？你胡言乱语，一句句都要下落，丢下砖头瓦儿，一个也要着地。"武松笑道："若得嫂嫂这般做主，最好。只要心口相应，却不要心头不似口头。既然如此，武二都记得嫂嫂说的话了，请饮过此杯。"那妇人推开酒盏，一直跑下楼来，走到半胡梯上发话道："你既是聪明伶俐，恰不道长嫂为母！我当初嫁武大时，曾不听得说有甚么阿叔。那里走得来，是亲不是亲，便要做乔家公。自是老娘晦气了，鸟撞着许多事！"哭下楼去了。有诗为证：

　　苦口良言谏劝多，金莲怀恨起风波。

　　自家惶愧难存坐，气杀英雄小二哥。

且说那妇人做出许多奸伪张致[1]，那武大、武松弟兄两个吃了几杯，武松拜辞哥哥。武大道："兄弟去了，早早回来，和你相见。"口里说，不觉眼中堕泪。武松见武大眼中垂泪，又说道："哥哥便不做得买卖也罢，只在家里坐地，盘缠兄弟自送将来。"武大送武松下楼来。临出门，武松又道："大哥，我的言语休要忘了。"

武松带了土兵，自回县前来收拾。次日早起来，拴束了包裹，来见知县。那知县已自先差下一辆车儿，把箱笼都装载车子上，点两个精壮土兵，县衙里拨两个心腹伴当，都分付了。那四个跟了武

---

[1] 张致——装模做样。

松就厅前拜辞了知县,拽扎起,提了朴刀,监押车子,一行五人离了阳谷县,取路望东京来。在路免不得饥餐渴饮,夜宿晓行,都不在话下。

话分两头。只说武大郎自从武松说了去,整整的吃那婆娘骂了三四日。武大忍气吞声,由他自骂,心里只依着兄弟的言语,真个每日只做一半炊饼出去卖,未晚便归;一脚歇了担儿,便去除了帘子,关上大门,却来家里坐地。那妇人看了这般,心内焦躁,指着武大脸上骂道:"混沌浊物!我倒不曾见日头在半天里,便把着丧门关了,也须吃别人道我家怎地禁鬼。听你那兄弟鸟嘴,也不怕别人笑耻!"武大道:"由他们笑道说我家禁鬼。我的兄弟说的是好话,省了多少是非。"那妇人道:"呸!浊物!你是个男子汉,自不做主,却听别人调遣!"武大摇手道:"由他!他说的话是金子言语。"自武松去了十数日,武大每日只是晏出早归,归到家里,便关了门。那妇人也和他闹了几场,向后闹惯了,不以为事。自此,这妇人约莫到武大归时,先自去收了帘子,关上大门。武大见了,自心里也喜,寻思道:"恁地时却好。"

又过了三二日,冬已将残,天色回阳微暖。当日武大将次归来,那妇人惯了,自先向门前来叉那帘子。也是合当有事,却好一个人从帘子边走过。自古道:没巧不成话。这妇人正手里拿叉竿不牢,失手滑将倒去,不端不正,却好打在那人头巾上。那人立住了脚,正待要发作,回过脸来看时,是个生的妖娆的妇人,先自酥了半边,那怒气直钻过爪洼国[1]去了,变作笑吟吟的脸儿。这妇人情知不是,叉手深深地道个万福,说道:"奴家一时失手,官人休怪。"那人一头把手整头巾,一面把腰曲着地还礼道:"不妨事,娘子请尊便。"却被这间壁的王婆见了。那婆子正在茶局子里水帘底下看见了,笑道:"兀谁教大官人打这屋檐边过,打得正好!"那人笑道:"倒是小人不是,冲撞娘子,休怪。"那妇人答道:"官人不要见责。"那人又笑着,大大地唱个肥喏道:"小人不敢。"那一双眼都只在这妇人身上,临动身也回了七八遍头,自摇摇摆摆,踏着八字脚去了。有诗为证:

> 风日清和漫出游,偶从帘下识娇羞。
>
> 只因临去秋波转,惹起春心不肯休。

这妇人自收了帘子、叉竿归去,掩上大门,等武大归来。

再说那人姓甚名谁?那里居住?原来只是阳谷县一个破落户财主,就县前开着个生药铺;从小也是一个奸诈的人,使得些好拳棒;近来暴发迹,专在县里管些公事,与人放刁把滥,说事过钱,排陷官吏,因此满县人都饶让他些个。那人复姓西门,单讳一个庆字,排行第一,人都唤他做西门大郎,近来发迹有钱,人都称他做西门大官人。不多时,只见那西门庆一转,踅入王婆茶坊里来,便去里边水帘下坐了。王婆笑道:"大官人,却才唱得好个大肥喏。"西门庆也笑道:"干娘你且来,我问你:间壁这个雌儿是谁的老小?"王婆道:"他是阎罗

---

[1] 爪洼国——古人认为爪洼国是很远很远的外洋地方,好像是一个"无何有之乡",因此,常用爪洼国作为渺茫、空洞、遥远等意义的形容词。

大王的妹子,五道将军的女儿,武大官的妻!问他怎地?"西门庆道:"我和你说正话,休要取笑。"王婆道:"大官人怎么不认得他老公?便是每日在县前卖熟食的。"西门庆道:"莫非是卖枣糕徐三的老婆?"王婆摇手道:"不是。若是他的也是一对儿。大官人再猜。"西门庆道:"敢是银担子李二的老婆?"王婆摇头道:"不是。若是他的时,也倒是一双。"西门庆道:"倒敢是花胳膊陆小乙的妻子?"王婆大笑道:"不是。若是他的时,又是好一对儿。大官人再猜一猜。"西门庆道:"干娘,我其实猜不着。"王婆哈哈笑道:"好教大官人得知了笑一声,他的盖老[1],便是街上卖炊饼的武大郎。"西门庆跌脚笑道:"莫不是人叫他'三寸丁谷树皮'的武大郎?"王婆道:"正是他。"西门庆听了,叫起苦来,说道:"好块羊肉,怎地落在狗口里!"王婆道:"便是这般苦事。自古道:骏马却驮痴汉走,美妻常伴拙夫眠。月下老[2]偏生要是这般配合。"西门庆道:"王干娘,我少你多少茶钱?"王婆道:"不多,由他,歇些时却算。"西门庆又道:"你儿子跟谁出去?"王婆道:"说不得,跟一个客人淮上去,至今不归,又不知死活。"西门庆道:"却不叫他跟我?"王婆笑道:"若得大官人抬举他,十分之好。"西门庆道:"等他归来,却再计较。"再说了几句闲话,相谢起身去了。约莫未及两个时辰,又踅将来王婆店门口帘边坐地,朝着武大门前。半歇,王婆出来道:"大官人吃个梅汤?"西门庆道:"最好,多

---

[1] 盖老——对具有夫妻关系者的一种轻薄称呼:男的叫做盖老,女的叫做底老。
[2] 月下老——迷信的传说:男女婚姻,命中注定;有一个专管配偶名册的神,名叫月下老人,省称月下老或月老。

加些酸。"王婆做了一个梅汤,双手递与西门庆。西门庆慢慢地吃了,盏托放在桌子上。西门庆道:"王干娘,你这梅汤做得好,有多少在屋里?"王婆笑道:"老身做了一世媒,那讨一个在屋里?"西门庆道:"我问你梅汤,你却说做媒,差了多少!"王婆道:"老身只听的大官人问这媒做得好,老身只道说做媒。"西门庆道:"干娘,你既是撮合山,也与我做头媒,说头好亲事,我自重重谢你。"王婆道:"大官人,你宅上大娘子得知时,婆子这脸怎吃得耳刮子。"西门庆道:"我家大娘子最好,极是容得人。见今也讨几个身边人[1]在家里,只是没一个中得我意的。你有这般好的,与我主张一个,便来说不妨。若是回头人也好,只是中得我意。"王婆道:"前日有一个倒好,只怕大官人不要。"西门庆道:"若好时,你与我说成了,我自谢你。"王婆道:"生得十二分人物,只是年纪大些。"西门庆道:"便差一两岁,也不打紧。真个几岁?"王婆道:"那娘子戊寅生,属虎的,新年却好九十三岁。"西门庆笑道:"你看这风婆子,只要扯着风脸取笑!"西门庆笑了起身去。看看天色晚了,王婆却才点上灯来,正要关门,只见西门庆又踅将来,径去帘底下那座头上坐了,朝着武大门前只顾望。王婆道:"大官人,吃个和合汤如何?"西门庆道:"最好,干娘放甜些。"王婆点一盏和合汤,递与西门庆吃。坐个一晚,起身道:"干娘记了帐目,明日一发还钱。"王婆道:"不妨。伏惟安置,来日早请过访。"西

---

[1] 身边人——宋时贵族、官吏和有钱的人,大多都买许多妇女,供给自己玩弄、服役,并且给这种妇女分做若干等级和一些轻蔑的称呼,其中有身边人、本事人、供过人、针线人、堂前人、剧杂人等等。身边人地位最高,仅次于姬妾。

门庆又笑了去。当晚无事。

次日清早,王婆却才开门,把眼看门外时,只见这西门庆又在门前两头来往踅。王婆见了道:"这个刷子[1]踅得紧!你看我着些甜糖,抹在这厮鼻子上,只叫他舐不着。那厮会讨县里人便宜,且教他来老娘手里纳些败缺[2]!"原来这个开茶坊的王婆,也是不依本分的。端的这婆子:

> 开言欺陆贾,出口胜隋何。只凭说六国唇枪,全仗话三齐舌剑。只鸾孤凤,霎时间交仗成双;寡妇鳏男,一席话搬唆捉对。解使三重门内女,遮么九级殿中仙。玉皇殿下侍香金童,把臂拖来;王母宫中传言玉女,拦腰抱住。略施妙计,使阿罗汉抱住比丘尼;稍用机关,教李天王搂住鬼子母。甜言说诱,男如封涉也生心;软语调和,女似麻姑须动念。教唆得织女害相思,调弄得嫦娥寻配偶。

且说这王婆却才开得门,正在茶局子里生炭,整理茶锅,张见西门庆从早晨在门前踅了几遭,一径奔入茶房里来,水帘底下,望着武大门前帘子里坐了看。王婆只做不看见,只顾在茶局里煽风炉子,不出来问茶。西门庆呼道:"干娘,点两盏茶来。"王婆应道:"大官人来了,连日少见。且请坐。"便浓浓的点两盏姜茶,将来放在桌子上。西门庆道:"干娘相陪我吃个茶。"王婆哈哈笑道:"我又不是影射[3]的。"西

---

[1] 刷子——傻瓜,浪子。
[2] 败缺——犹如说破绽。这里含有把柄的意思。
[3] 影射——这里指姘识的男女。

门庆也笑了一回,问道:"干娘,间壁卖甚么?"王婆道:"他家卖拖蒸河漏子,热荡温和大辣酥。"西门庆笑道:"你看这婆子,只是风!"王婆笑道:"我不风,他家自有亲老公!"西门庆道:"干娘,和你说正经话:说他家如法做得好炊饼,我要问他做三五十个,不知出去在家?"王婆道:"若要买炊饼,少间等他街上回了买,何消得上门上户。"西门庆道:"干娘说的是。"吃了茶,坐了一回,起身道:"干娘记了帐目。"王婆道:"不妨事。老娘牢牢写在帐上。"西门庆笑了去。

王婆只在茶局子里张时,冷眼睃见西门庆又在门前,踅过东去,又看一看;走转西来,又睃一睃;走了七八遍,径踅入茶坊里来。王婆道:"大官人稀行,好几个月不见面。"西门庆笑将起来,去身边摸出一两来银子递与王婆,说道:"干娘权收了做茶钱。"婆子笑道:"何消得许多?"西门庆道:"只顾放着。"婆子暗暗地喜欢道:"来了,这刷子当败!"且把银子来藏了,便道:"老身看大官人有些渴,吃个宽煎叶儿茶如何?"西门庆道:"干娘如何便猜得着?"婆子道:"有恁么难猜。自古道:入门休问荣枯事,观着容颜便得知。老身异样跷蹊古怪的事都猜得着。"西门庆道:"我有一件心上的事,干娘若猜的着时,输与你五两银子。"王婆笑道:"老娘也不消三智五猜,只一智便猜个十分。大官人,你把耳朵来。你这两日脚步紧,赶趁得频,以定是记挂着隔壁那个人。我这猜如何?"西门庆笑起来道:"干娘,你端的智赛隋何,机强陆贾[1]! 不瞒干娘说,我不知怎地,吃他那日叉帘子时

---

[1] 智赛隋何,机强陆贾——隋何和陆贾,是汉初两个有智谋而又善词令的人。两人连称,叫做"隋陆"。

见了这一面,却似收了我三魂七魄的一般,只是没做个道理入脚处。不知你会弄手段么?"王婆哈哈的笑起来道:"老身不瞒大官人说,我家卖茶,叫做鬼打更。三年前六月初三下雪的那一日,卖了一个泡茶,直到如今不发市,专一靠些杂趁养口。"西门庆问道:"怎地叫做杂趁?"王婆笑道:"老身为头是做媒,又会做牙婆[1],也会抱腰[2],也会收小的,也会说风情,也会做马泊六[3]。"西门庆道:"干娘,端的与我说得这件事成,便送十两银子与你做棺材本。"

王婆道:"大官人,你听我说:但凡捱光[4]的两个字最难,要五件事俱全,方才行得。第一件,潘安的貌;第二件,驴的大行货;第三件,要似邓通有钱;第四件,小,就要绵里针忍耐;第五件,要闲工夫。此五件,唤做潘、驴、邓、小、闲。五件俱全,此事便获着。"西门庆道:"实不瞒你说,这五件事我都有些。第一,我的面貌虽比不得潘安,也充得过;第二,我小时也曾养得好大龟;第三,我家里也颇有贯伯[5]钱财,虽不及邓通,也颇得过;第四,我最耐得,他便打我四百顿,休想我回他一拳;第五,我最有闲工夫,不然,如何来的恁频?干娘,你只作成我,完备了时,我自重重的谢你。"有诗为证:

---

[1] 牙婆——买卖的居间人、经纪人;男的叫做牙子,女的叫做牙婆。
[2] 抱腰——指接生。
[3] 马泊六——不正当男女关系中的说合人。
[4] 捱光——光,色情的意思。捱光,指调情时所下的功夫。后文第四十八回"要做光起来"的做光,就是调情。
[5] 贯伯——贯是千钱,伯是百钱;贯伯,就是千百文的意思,犹如说串把。不说自己很有钱,只说串把,客气话。

西门浪子意猖狂,死下工夫戏女娘。

亏杀卖茶王老母,生教巫女就襄王。

西门庆意已在言表。王婆道:"大官人,虽然你说五件事都全,我知还有一件事打搅,也多是札地不得[1]。"西门庆说:"你且道甚么一件事打搅?"王婆道:"大官人,休怪老身直言。但凡捱光最难,十分光时,使钱到九分九厘,也有难成就处。我知你从来悭吝,不肯胡乱便使钱。只这一件打搅。"西门庆道:"这个极容易医治,我只听你的言情便了。"王婆道:"若是大官人肯使钱时,老身有一条计,便教大官人和这雌儿会一面。只不知官人肯依我么?"西门庆道:"不拣怎地,我都依你。干娘有甚妙计?"王婆笑道:"今日晚了,且回去。过半年三个月,却来商量。"西门庆便跪下道:"干娘休要撒科,你作成我则个!"

王婆笑道:"大官人却又慌了。老身那条计,是个上着,虽然入不得武成王[2]庙,端的强如孙武子[3]教女兵,十捉九着。大官人,我今日对你说,这个人原是清河县大户人家讨来的养女,却做得一手好针线。大官人你便买一匹白绫,一匹蓝绸,一匹白绢,再用十两好绵,都把来与老身。我却走将过去,问他讨茶吃,却与这雌儿说道:

---

〔1〕 札地不得——解决不了的意思。
〔2〕 武成王——姜尚(后名吕尚),就是历史传说中的姜子牙。周时人,有智谋,帮助姬发(周武王)战胜殷纣,建立了周朝。后来唐宋的皇帝都对他追加封赠,爵号称作武成王。
〔3〕 孙武子——就是孙武。春秋时人。中国历史上著名的军事学家。在吴国,他曾在吴王宫中以宫女一百八十人演练兵法。

'有个施主官人与我一套送终衣料,特来借历头,央及娘子与老身拣个好日,去请个裁缝来做。'他若见我这般说,不采我时,此事便休了。他若说:'我替你做。'不要我叫裁缝时,这便有一分光了。我便请他家来做。他若说:'将来我家里做。'不肯过来,此事便休了。他若欢天喜地说:'我来做,就替你裁。'这光便有二分了。若是肯来我这里做时,却要安排些酒食点心请他。第一日,你也不要来。第二日,他若说不便当时,定要将家去做,此事便休了。他若依前肯过我家做时,这光便有三分了。这一日,你也不要来。到第三日晌午前后,你整整齐齐打扮了来,咳嗽为号。你便在门前说道:'怎地连日不见王干娘?'我便出来,请你入房里来。若是他见你入来,便起身跑了归去,难道我拖住他?此事便休了。他若见你入来,不动身时,这光便有四分了。坐下时,便对雌儿说道:'这个便是与我衣料的施主官人,亏杀他!'我夸大官人许多好处,你便卖弄他的针线。若是他不来兜揽应答,此事便休了。他若口里应答说话时,这光便有五分了。我却说道:'难得这个娘子与我作成出手做。亏杀你两个施主:一个出钱的,一个出力的。不是老身路岐相央,难得这个娘子在这里,官人好做个主人,替老身与娘子浇手[1]。'你便取出银子来央我买。若是他抽身便走时,不成扯住他?此事便休了。他若是不动身时,事务易成,这光便有六分了。我却拿了银子,临出门对他道:'有劳娘子相待大官人坐一坐。'他若也起身走了家去时,我却难道阻当

---

[1] 浇手——对手艺人在工资之外的酬劳。

他？此事便休了。若是他不起身走动时，此事又好了，这光便有七分了。等我买得东西来，摆去桌子上，我便道：'娘子且收拾生活，吃一杯儿酒，难得这位官人坏钞。'他若不肯和你同桌吃时，走了回去，此事便休了。若是他只口里说要去，却不动身时，此事又好了，这光便有八分了。待他吃的酒浓时，正说得入港，我便推道没了酒，再叫你买，你便又央我去买。我只做去买酒，把门拽上，关你和他两个在里面。他若焦躁，跑了归去，此事便休了。他由我拽上门，不焦躁时，这光便有九分了。只欠一分光了便完就。这一分倒难。大官人，你在房里，着几句甜净的话儿说将入去。你却不可躁暴，便去动手动脚，打搅了事，那时我不管。你先假做把袖子在桌上拂落一双箸去，你只做去地下拾箸，将手去他脚上捏一捏。他若闹将起来，我自来搭救，此事也便休了，再也难得成。若是他不做声时，此是十分光了。他必然有意，这十分事做得成。这条计策如何？"西门庆听罢大喜道："虽然上不得凌烟阁[1]，端的好计！"王婆道："不要忘了许我的十两银子。"西门庆道："但得一片桔皮吃，莫便忘了洞庭湖。这条计几时可行？"王婆道："只在今晚便有回报。我如今趁武大未归，走过去细细地说诱他。你却便使人将绫绸绢匹并绵子来。"西门庆道："得干娘完成得这件事，如何敢失信。"作别了王婆，便去市上绸绢铺里，买了绫绸绢段并十两清水好绵，家里叫个伴当，取包袱包了，带了五两碎

---

〔1〕 凌烟阁——唐时，李世民（唐太宗）盖一座房子，把开国功臣的画像挂在里面。这座房子题名凌烟阁。

银,径送入茶坊里。王婆接了这物,分付伴当回去。正是:

  两意相交似蜜脾,王婆撮合更稀奇。

  安排十件挨光事,管取交欢不负期。

  这王婆开了后门,走过武大家里来。那妇人接着,请去楼上坐地。那王婆道:"娘子,怎地不过贫家吃茶?"那妇人道:"便是这几日身体不快,懒走去的。"王婆道:"娘子家里有历么?借与老身看一看,要选个裁衣日。"那妇人道:"干娘裁甚么衣裳?"王婆道:"便是老身十病九痛,怕有些山高水低,头先要制办些送终衣服。难得近处一个财主见老身这般说,布施与我一套衣料,绫绸绢缎,又与若干好绵,放在家里一年有馀,不能勾做。今年觉道身体好生不济,又撞着如今闰月,趁这两日要做,又被那裁缝勒掯,只推生活忙,不肯来做。老身说不得这等苦。"那妇人听了笑道:"只怕奴家做得不中干娘意,若不嫌时,奴出手与干娘做,如何?"那婆子听了这话,堆下笑来,说道:"若得娘子贵手做时,老身便死来也得好处去。久闻得娘子好手针线,只是不敢来相央。"那妇人道:"这个何妨得。既是许了干娘,务要与干娘做了。将历头去叫人拣个黄道好日,奴便与你动手。"王婆道:"若是娘子肯与老身做时,娘子是一点福星,何用选日。老身也前日央人看来,说道明日是个黄道好日。老身只道裁衣不用黄道日了,不记他。"那妇人道:"归寿衣正要黄道日好,何用别选日。"王婆道:"既是娘子肯作成老身时,大胆只是明日,起动娘子到寒家则个。"那妇人道:"干娘不必,将过来做不得?"王婆道:"便是老身也要看娘子做生活则个,又怕家里没人看门前。"那妇人道:"既是干娘恁地说时,我明日饭后便来。"那婆子千恩万谢下楼去了。当晚回复了西门庆的话,约定后日准来。当夜无话。次日清早,王婆收拾房里干净了,买了些线索,安排了些茶水,在家里等候。

且说武大吃了早饭,打当了担儿,自出去做道路。那妇人把帘儿挂了,从后门走过王婆家里来。那婆子欢喜无限,接入房里坐下,便浓浓地点姜茶,撒上些松子、胡桃,递与这妇人吃了。抹得桌子干净,便将出那绫绸绢段来。妇人将尺量了长短,裁得完备,便缝起来。婆子看了,口里不住声假喝采道:"好手段!老身也活了六七十岁,眼里真个不曾见这般好针线!"那妇人缝到日中,王婆便安排些酒食请他,下了一箸面与那妇人吃了。再缝了一歇,将次晚来,便收拾起生活自归去。恰好武大归来,挑着空担儿进门,那妇人拽开门,下了帘子。武大入屋里来,看见老婆面色微红,便问道:"你那里吃酒来?"那妇人应道:"便是间壁王干娘央我做送终的衣裳,日中安排些点心请我。"武大道:"呵呀!不要吃他的。我们也有央及他处。他便央你做得件把衣裳,你便自归来吃些点心,不值得搅恼他。你明日倘或再去做时,带了些钱在身边,也买些酒食与他回礼。常言道:远亲不如近邻。休要失了人情。他若是不肯要你还礼时,你便只是拿了家来做去还他。"那妇人听了,当晚无话。有诗为证:

阿母牢笼设计深,大郎愚卤不知音。

带钱买酒酬奸诈,却把婆娘白送人。

且说王婆子设计已定,赚潘金莲来家。次日饭后,武大自出去了,王婆便踅过来相请去到他房里,取出生活,一面缝将起来。王婆自一边点茶来吃了,不在话下。看看日中,那妇人取出一贯钱付与王婆说道:"干娘,奴和你买杯酒吃。"王婆道:"呵呀!那里有这个道理!老身央及娘子在这里做生活,如何颠倒教娘子坏钱?婆子的酒食,不到的吃伤了娘子。"那妇人道:"却是拙夫分付奴来。若还干娘见外时,只是将了家去做还干娘。"那婆子听了,连声道:"大郎直恁地晓事直头。既然娘子这般说时,老身权且收下。"这婆子生怕打搅了这事,自又添钱去买些好酒好食希奇果子来,殷勤相待。看官听说,但凡世上妇人,由你十八分精细,被人小意儿过纵,十个九个着了道儿。再说王婆安排了点心,请那妇人吃了酒食,再缝了一歇,看看晚来,千恩万谢归去了。

话休絮烦。第三日早饭后,王婆只张武大出去了,便走过后头来叫道:"娘子,老身大胆。"那妇人从楼上下来道:"奴却待来也。"两个厮见了,来到王婆房里坐下,取过生活来缝。那婆子随即点盏茶来,两个吃了。那妇人看看缝到晌午前后。却说西门庆巴不到这一日,裹了顶新头巾,穿了一套整整齐齐的衣服,带了三五两碎银子,径投这紫石街来。到得茶坊门首,便咳嗽道:"王干娘,连日如何不见?"那婆子瞧科,便应道:"兀谁叫老娘?"西门庆道:"是我。"那婆子赶出来看了,笑道:"我只道是谁,却原来是施主大官人。你来得正好,且请你入去看一看。"把西门庆袖子一拖,拖进房里,看着那妇人道:"这个便是那施主,与老身这衣料的官人。"西门庆见了那妇人,便唱个喏。那妇人慌忙放下生活,还了万福。王婆却指着这妇人对西门庆道:"难得官人与老身段匹,放了一年,不曾做得。如今又亏杀这位娘子出手与老身做成全了。真个是布机也似好针线,又密又好,其实难得。大官人,你且看一看。"西门庆把起来,看了喝采,口里说道:"这位娘子怎地传得这手好生活,神仙一般的手段!"那妇人笑道:"官人休笑话。"

西门庆问王婆道:"干娘,不敢问这位是谁家宅上娘子?"王婆道:"大官人,你猜。"西门庆道:"小人如何猜得着。"王婆吟吟的笑道:"便是间壁的武大郎的娘子。"西门庆道:"原来却是武大郎的娘子。小人只认的大郎是个养家经纪人,且是在街上做些买卖,大大小小不曾恶了一个人。又会赚钱,又且好性格,真个难得这等人。"王婆道:"可知哩。娘子自从嫁得这个大郎,但是有事,百依百随。"那妇人应道:"拙夫是无用之人,官人休要笑话。"西门庆道:"娘子差矣。古人道:柔软是立身之本,刚强是惹祸之胎。似娘子的大郎所为良善时,万丈水无涓滴漏。"王婆打着撺鼓儿[1]道:"说的是。"西门庆奖了一回,便坐在妇人对面。王婆又道:"娘子,你认的这个官人么?"那妇人道:"奴不认的。"婆子道:"这个大官人是这本县一个财主,知县相公也和他来往,叫做西门大官人。万万贯钱财,开着个生药铺在县前。家里钱过北斗,米烂陈仓,赤的是金,白的是银,圆的是珠,光的是宝,也有犀牛头上角,亦有大象口中牙。"那婆子只顾夸奖西门庆,口里假嘈。那妇人就低了头缝针线。有诗为证:

水性从来是女流,背夫常与外人偷。

----

[1] 打着撺鼓儿——帮忙。犹如说敲边鼓。

金莲心爱西门庆，淫荡春心不自由。

西门庆得见潘金莲，十分情思，恨不就做一处。王婆便去点两盏茶来，递一盏与西门庆，一盏递与这妇人，说道："娘子相待大官人则个。"吃罢茶，便觉有些眉目送情。王婆看着西门庆，把一只手在脸上摸。西门庆心里瞧科，已知有五分了。自古风流茶说合，酒是色媒人。王婆便道："大官人不来时，老身也不敢来宅上相请。一者缘法，二乃来得恰好。常言道：一客不烦二主。大官人便是出钱的，这位娘子便是出力的，不是老身路岐相烦，难得这位娘子在这里，官人好做个主人，替老身与娘子浇手。"西门庆道："小人也见不到这里。有银子在此。"便取出来，和帕子递与王婆，备办些酒食。那妇人便道："不消生受得。"口里说，却不动身。王婆将了银子便去，那妇人又不起身。婆子便出门，又道："有劳娘子相陪大官人坐一坐。"那妇人道："干娘免了。"却亦是不动身。也是因缘，却都有意了。西门庆这厮一双眼只看着那妇人。这婆娘也把眼偷睃西门庆，见了这表人物，心中倒有五七分意了，又低着头自做生活。

不多时，王婆买了些见成的肥鹅熟肉，细巧果子归来，尽把盘子盛了果子，菜蔬尽都装了，搬来房里桌子上，看着那妇人道："娘子且收拾过生活，吃一杯儿酒。"那妇人道："干娘自便，相待大官人，奴却不当。"那婆子道："正是专与娘子浇手，如何却说这话？"王婆将盘馔都摆在桌子上。三人坐定，把酒来斟。这西门庆拿起酒盏来说道："娘子满饮此杯。"那妇人谢道："多感官人厚意。"王婆道："老身知得娘子洪饮，且请开怀吃两盏儿。"有诗为证：

从来男女不同筵,卖俏迎奸最可怜。

不独文君奔司马,西门庆亦偶金莲。

却说那妇人接酒在手,那西门庆拿起箸来道:"干娘替我劝娘子请些个。"那婆子拣好的递将过来与那妇人吃。一连斟了三巡酒,那婆子便去盪酒来。西门庆道:"不敢动问娘子青春多少?"那妇人应道:"奴家虚度二十三岁。"西门庆道:"小人痴长五岁。"那妇人道:"官人将天比地。"王婆便插口道:"好个精细的娘子,不惟做得好针线,诸子百家皆通。"西门庆道:"却是那里去讨!武大郎好生有福。"王婆便道:"不是老身说是非,大官人宅里枉有许多,那里讨一个赶得上这娘子的!"西门庆道:"便是这等,一言难尽。只是小人命薄,不曾招得一个好的。"王婆道:"大官人先头娘子须好。"西门庆道:"休说!若是我先妻在时,却不恁地家无主,屋倒竖。如今枉自有三五七口人吃饭,都不管事。"那妇人问道:"官人,怎地时,殁了大娘子得几年了?"西门庆道:"说不得!小人先妻是微末出身,却倒百伶百俐,是件都替的小人。如今不幸,他殁了已得三年,家里的事都七颠八倒。为何小人只是走了出来?在家里时便要呕气。"那婆子道:"大官人,休怪老身直言,你先头娘子也没有武大娘子这手针线。"西门庆道:"便是!小人先妻也没此娘子这表人物。"那婆子笑道:"官人,你养的外宅在东街上,如何不请老身去吃茶?"西门庆道:"便是唱慢曲儿的张惜惜。我见他是路岐人[1],不喜欢。"婆子又道:"官

---

[1] 路岐人——宋元时对卖艺人的称呼。

人,你和李娇娇却长久。"西门庆道:"这个人见今取在家里。若得他会当家时,自册正〔1〕了他多时。"王婆道:"若有这般中的官人意的,来宅上说没妨事么?"西门庆道:"我的爹娘俱已没了,我自主张,谁敢道个不字。"王婆道:"我自说耍,急切那里有中得官人意的。"西门庆道:"做甚么了便没?只恨我夫妻缘分上薄,自不撞着。"

西门庆和这婆子一递一句,说了一回,王婆便道:"正好吃酒,却又没了。官人休怪老身差拨,再买一瓶儿酒来吃如何?"西门庆道:"我手帕里有五两来碎银子,一发撒在你处,要吃时只顾取来,多的干娘便就收了。"那婆子谢了官人,起身睃这粉头时,三钟酒落肚,哄动春心,又自两个言来语去,都有意了,只低了头,却不起身。那婆子满脸堆下笑来,说道:"老身去取瓶儿酒来,与娘子再吃一杯儿,有劳娘子相待大官人坐一坐。注子里有酒没?便再筛两盏儿和大官人吃。老身直去县前那家有好酒买一瓶来,有好歇儿担阁。"那妇人口里说道:"不用了。"坐着却不动身。婆子出到房门前,便把索儿缚了房门,却来当路坐了,手里一头绩着绪〔2〕。

且说西门庆自在房里,便斟酒来劝那妇人,却把袖子在桌上一拂,把那双箸拂落地下。也是缘法凑巧,那双箸正落在妇人脚边。西门庆连忙蹲身下去拾,只见那妇人尖尖的一双小脚儿,正跷在箸边。西门庆且不拾箸,便去那妇人绣花鞋儿上捏一把。那妇人便笑将起

---

〔1〕 册正——封建社会里虽是一夫多妻,但在名位上,正妻只有一个;正妻死了,从姬妾中挑一个出来做正妻,叫做册正。后来叫做扶正。

〔2〕 绩绪——搓麻线。现在有些地方叫做绩麻,有些地方叫做绪麻。

来,说道:"官人休要啰唣!你有心,奴亦有意。你真个要勾搭我?"西门庆便跪下道:"只是娘子作成小生!"那妇人便把西门庆搂将起来。当时两个就王婆房里,脱衣解带,共枕同欢。正似:

> 交颈鸳鸯戏水,并头鸾凤穿花。喜孜孜连理枝生,美甘甘同心带结。将朱唇紧贴,把粉面斜偎。罗袜高挑,肩膊上露一弯新月;金钗倒溜,枕头边堆一朵乌云。誓海盟山,搏弄得千般旖旎;羞云怯雨,揉搓的万种妖娆。恰恰莺声,不离耳畔;津津甜唾,笑吐舌尖。杨柳腰脉脉春浓,樱桃口呀呀气喘。星眼朦胧,细细汗流香玉颗;酥胸荡漾,涓涓露滴牡丹心。直饶匹配眷姻偕,真实偷期滋味美。

当下二人云雨才罢,正欲各整衣襟,只见王婆推开房门入来,说道:"你两个做得好事!"西门庆和那妇人都吃了一惊。那婆子便道:"好呀,好呀!我请你来做衣裳,不曾叫你来偷汉子。武大得知,须连累我,不若我先去出首。"回身便走。那妇人扯住裙儿道:"干娘饶恕则个。"西门庆道:"干娘低声。"王婆笑道:"若要我饶恕,你们都要依我一件事。"那妇人便道:"休说一件,便是十件,奴也依干娘。"王婆道:"你从今日为始,瞒着武大,每日不要失约负了大官人,我便罢休。若是一日不来,我便对你武大说。"那妇人道:"只依着干娘便了。"王婆又道:"西门大官人,你自不用老身说得,这十分好事已都完了,所许之物,不可失信。你若负心,我也要对武大说。"西门庆道:"干娘放心,并不失信。"三人又吃几杯酒,已是下午的时分。那妇人便起身道:"武大那厮将归来,奴自回去。"便踅过后门归家,先去下了帘子,武大恰好进门。

且说王婆看着西门庆道:"好手段么?"西门庆道:"端的亏了干娘。我到家里,便取一锭银送来与你。所许之物,岂可昧心。"王婆道:"眼望旌节至,专等好消息。不要叫老身棺材出了讨挽歌郎钱。"西门庆笑了去,不在话下。

那妇人自当日为始,每日赹过王婆家里来和西门庆做一处,恩情似漆,心意如胶。自古道:好事不出门,恶事传千里。不到半月之间,街坊邻舍都知得了,只瞒着武大一个不知。有诗为证:

　　好事从来不出门,恶言丑行便彰闻。

　　可怜武大亲妻子,暗与西门作细君。

断章句,话分两头。且说本县有个小的,年方十五六岁,本身姓乔,因为做军在郓州生养的,就取名叫做郓哥。家中止有一个老爹。那小厮生的乖觉,自来只靠县前这许多酒店里卖些时新果品,如常得西门庆赍发他些盘缠。其日正寻得一篮儿雪梨,提着来绕街寻问西门庆。又有一等的多口人说道:"郓哥,你若要寻他,我教你一处去寻。"郓哥道:"聒噪阿叔,叫我去寻得他见,赚得三五十钱养活老爹也好。"那多口道:"西门庆他如今刮〔1〕上了卖炊饼的武大老婆,每日只在紫石街上王婆茶坊里坐地,这早晚多定正在那里。你小孩儿家只顾撞入去不妨。"那郓哥得了这话,谢了阿叔指教。这小猴子提了篮儿,一直望紫石街走来,径奔入茶坊里去,却好正见王婆坐在小

---

〔1〕 刮——这里作勾搭解释。

凳儿上绩绪。郓哥把篮儿放下,看着王婆道:"干娘拜揖。"那婆子问道:"郓哥,你来这里做甚么?"郓哥道:"要寻大官人赚三五十钱养活老爹。"婆子道:"甚么大官人?"郓哥道:"干娘情知是那个,便只是他那个。"婆子道:"便是大官人也有个姓名。"郓哥道:"便是两个字的。"婆子道:"甚么两个字的?"郓哥道:"干娘只是要作耍。我要和西门大官人说句话。"望里面便走。那婆子一把揪住道:"小猴子,那里去?人家屋里,各有内外。"郓哥道:"我去房里便寻出来。"王婆道:"含鸟猢狲!我屋里那得甚么西门大官人!"郓哥道:"干娘不要独吃自呵,也把些汁水与我呷一呷。我有甚么不理会得。"婆子便骂道:"你那小猢狲,理会得甚么?"郓哥道:"你正是马蹄刀木杓里切菜,水泄不漏,半点儿也没得落地。直要我说出来,只怕卖炊饼的哥哥发作。"那婆子吃了他这两句,道着他真病,心中大怒,喝道:"含鸟猢狲!也来老娘屋里放屁辣臊!"郓哥道:"我是小猢狲,你是马泊六!"那婆子揪住郓哥,凿上两个栗暴[1]。郓哥叫道:"做甚么便打我?"婆子骂道:"贼猢狲!高则声,大耳刮子打出你去!"郓哥道:"老咬虫!没事得便打我!"这婆子一头叉,一头大栗暴凿,直打出街上去,雪梨篮儿也丢出去。那篮雪梨四分五落,滚了开去。这小猴子打那虔婆不过,一头骂,一头哭,一头走,一头街上拾梨儿,指着那王婆茶坊里骂道:"老咬虫!我教你不要慌,我不去说与他,不做出来不信!"提了篮儿,径奔去寻这个人。

----

[1] 栗暴——弯曲手指敲击人的头顶。

不是郓哥来寻这个人,却正是:从前作过事,没兴一齐来。直教险道神脱了衣冠,小郓哥寻出患害。毕竟这郓哥寻甚么人,且听下回分解。

第二十五回

王婆计啜[1]西门庆　淫妇药鸩武大郎

诗曰：

可怪狂夫恋野花，因贪淫色受波查。

亡身丧己皆因此，破业倾资总为他。

半晌风流有何益，一般滋味不须夸。

他时祸起萧墙内，血污游魂更可嗟。

话说当下郓哥被王婆打了这几下，心中没出气处，提了雪梨篮儿，一径奔来街上，直来寻武大郎。转了两条街，只见武大挑着炊饼担儿，正从那条街上来。郓哥见了，立住了脚，看着武大道："这几时不见你，怎么吃得肥了？"武大歇下担儿道："我只是这般模样，有甚么吃得肥处？"郓哥道："我前日要籴些麦稃，一地里没籴处。人都道你屋里有。"武大道："我屋里又不养鹅鸭，那里有这麦稃？"郓哥道："你说没麦稃，你怎地栈[2]得肥膌膌[3]地？便颠倒提起你来也不妨，煮你在锅里也没气。"武大道："含鸟猢狲，倒骂得我好！我的老

---

[1] 啜（chuò）——赚，哄骗、用计引诱的意思。
[2] 栈——养畜鸡鸭猪羊在黑暗而有地板的笼栅里，不使它见光亮，不使它近地，可以迅速肥壮；一般称这种饲养的方法叫做栈。
[3] 膌（dā）膌——形容肥胖的样子。

婆又不偷汉子，我如何是鸭[1]？"郓哥道："你老婆不偷汉子，只偷子汉。"武大扯住郓哥道："还我主来！"郓哥道："我笑你只会扯我，却不咬下他左边的[2]来。"武大道："好兄弟，你对我说是兀谁，我把十个炊饼送你。"郓哥道："炊饼不济事。你只做个小主人，请我吃三杯，我便说与你。"武大道："你会吃酒，跟我来。"武大挑了担儿，引着郓哥，到一个小酒店里，歇了担儿，拿了几个炊饼，买了些肉，讨了一旋酒，请郓哥吃。那小厮又道："酒便不要添了，肉再切几块来。"武大道："好兄弟，你且说与我则个。"郓哥道："且不要慌，等我一发吃了，却说与你。你却不要气苦，我自帮你打捉。"武大看那猴子吃了酒肉，道："你如今却说与我。"郓哥道："你要得知，把手来摸我头上胧臆。"武大道："却怎地来有这胧臆？"郓哥道："我对你说。我今日将这一篮雪梨，去寻西门大郎挂一小勾子[3]，一地里没寻处。街上有人说道：'他在王婆茶房里，和武大娘子勾搭上了，每日只在那里行走。'我指望去赚三五十钱使，叵耐那王婆老猪狗，不放我去房里寻他，大栗暴打我出来。我特地来寻你。我方才把两句话来激你，我不激你时，你须不来问我。"武大道："真个有这等事？"郓哥道："又来了！我道你是这般的鸟人，那厮两个落得快活，只等你出来，便在王婆房里做一处。你兀自问道真个也是假！"武大听罢，道："兄弟，我

---

[1] 鸭——犹如说乌龟、忘八。前文"便颠倒提起你来也不妨，煮你在锅里也没气"，就指的这个。宋时杭州俗语。
[2] 左边的——市井亵语:龟蛇二将，龟在左，"左边的"就是龟，隐喻男子性器。
[3] 挂一小勾子——敲一笔小竹杠、揩一点油。

实不瞒你说：那婆娘每日去王婆家里做衣裳，归来时便脸红，我自也有些疑忌。这话正是了。我如今寄了担儿，便去捉奸，如何？"郓哥道："你老大一个人，原来没些见识！那王婆老狗，什么利害怕人，你如何出得他手！他须三人也有个暗号，见你入来拿他，把你老婆藏过了，那西门庆须了得，打你这般二十来个。若捉他不着，干吃他一顿拳头。他又有钱有势，反告了一纸状子，你便用吃他一场官司。又没人做主，干结果了你。"武大道："兄弟，你都说得是。却怎地出得这口气？"郓哥道："我吃那老猪狗打了，也没出气处。我教你一着，你今日晚些归去，都不要发作，也不可说，自只做每日一般。明朝便少做些炊饼出来卖，我自在巷口等你。若是见西门庆入去时，我便来叫你。你便挑着担儿，只在左近等我。我便先去惹那老狗，必然打我时，我先将篮儿丢出街来。你却抢来，我便一头顶住那婆子，你便只顾奔入房里去，叫起屈来。此计如何？"武大道："既是如此，却是亏了兄弟！我有数贯钱，与你把去籴米。明日早早来紫石街巷口等我。"郓哥得了数贯钱、几个炊饼，自去了。

武大还了酒钱，挑着担儿，自去卖了一遭归去。原来这妇人往常时只是骂武大，百般的欺负他。近日来也自知无礼，只得窝盘[1]他些个。当晚武大挑了担儿归家，也只和每日一般，并不说起。那妇人道："大哥买盏酒吃？"武大道："却才和一般经纪人买三碗吃了。"那妇人安排晚饭与武大吃了，当夜无话。次日饭后，武大只做三两扇炊

---

[1] 窝盘——呵哄、拢住、抚慰。

饼,安在担儿上。这妇人一心只想着西门庆,那里来理会武大做多做少。当日武大挑了担儿,自出去做买卖。这妇人巴不能勾他出去了,便踅过王婆房里来等西门庆。

且说武大挑着担儿,出到紫石街巷口,迎见郓哥提着篮儿在那里张望。武大道:"如何?"郓哥道:"早些个,你且去卖一遭了来。他七八分来了,你只在左近处伺候。"武大云飞也去卖了一遭回来。郓哥道:"你只看我篮儿撇出来,你便奔入去。"武大自把担儿寄了,不在话下。

虎有伥兮鸟有媒,暗中牵陷恣施为。

郓哥指讦西门庆,他日分尸竟莫支。

却说郓哥提着篮儿走入茶坊里来,骂道:"老猪狗!你昨日做甚么便打我?"那婆子旧性不改,便跳起身来喝道:"你这小猢狲!老娘与你无干,你做甚么又来骂我?"郓哥道:"便骂你这马泊六,做牵头的老狗,直甚么屁!"那婆子大怒,揪住郓哥便打。郓哥叫一声:"你打我!"把篮儿丢出当街上来。那婆子却待揪他,被这小猴子叫声"你打"时,就把王婆腰里带个住,看着婆子小肚上只一头撞将去,争些儿跌倒,却得壁子碍住不倒。那猴子死顶住在壁上,只见武大裸起衣裳,大踏步直抢入茶房里来。那婆子见了是武大来,急待要拦当时,却被这小猴子死命顶住,那里肯放。婆子只叫得:"武大来也!"那婆娘正在房里,做手脚不迭,先奔来顶住了门,这西门庆便钻入床底下躲去。武大抢到房门边,用手推那房门时,那里推得开。口里只叫得:"做得好事!"那妇人顶住着门,慌做一团,口里便说道:"闲常时只如鸟嘴,卖弄杀好拳棒,急上场时便没些用。见个纸虎,也吓一跤!"那妇人这几句话,分明教西门庆来打武大,夺路了走。西门庆在床底下听了妇人这几句言语,提醒他这个念头,便钻出来,说道:"娘子,不是我没本事,一时间没这智量。"便来拔开门,叫声:"不要来!"武大却待要揪他,被西门庆早飞起右脚,武大矮短,正踢中心窝里,扑地望后便倒了。西门庆见踢倒了武大,打闹里一直走了。郓哥见不是话头,撇了王婆撒开。街坊邻舍都知道西门庆了得,谁敢来多管。王婆当时就地下扶起武大来,见他口里吐血,面皮蜡查[1]也似黄了,便叫那妇人出来,舀碗水来,救得苏醒。两个上下肩掺着,便从后门扶归楼上去,安排他床上睡了。当夜无话。

次日,西门庆打听得没事,依前自来和这妇人做一处,只指望武大自死。武大一病五日,不能勾起。更兼要汤不见,要水不见,每日叫那妇人不应。又见他浓妆艳抹了出去,归来时便面颜红色。武大几遍气得发昏,又没人来采着。武大叫老婆来分付道:"你做的勾当,我亲手来捉着你奸,你倒挑拨奸夫踢了我心!至今求生不生,求死不死,你们却自去快活。我死自不妨,和你们争不得了。我的兄弟武二,你须得知他性格,倘或早晚归来,他肯干休!你若肯可怜我,早早伏侍我好了,他归来时,我都不提。你若不肯觑我时,待他归来,却和你们说话。"

------

〔1〕 蜡查——就是蜡渣子。虫蜡的渣子是白的,蜂蜡的渣子是黄的,所以古人常用"蜡渣"这两个字去形容惨白或者惨黄。有时也写作"蜡滓"。

这妇人听了这话,也不回言,却蓦过来一五一十都对王婆和西门庆说了。那西门庆听了这话,却似提在冰窨子里,说道:"苦也!我须知景阳冈上打虎的武都头,他是清河县第一个好汉。我如今却和你眷恋日久,情孚意合,却不恁地理会。如今这等说时,正是怎地好?却是苦也!"王婆冷笑道:"我倒不曾见,你是个把柁的,我是趁船的,我倒不慌,你倒慌了手脚。"西门庆道:"我枉自做了男子汉,到这般去处,却摆布不开。你有甚么主见,遮藏我们则个。"王婆道:"你们却要长做夫妻,短做夫妻?"西门庆道:"干娘,你且说如何是长做夫妻,短做夫妻?"王婆道:"若是短做夫妻,你们只就今日便分散,等武大将息好了起来,与他陪了话,武二归来,都没言语。待他再差使出去,却再来相约,这是短做夫妻。你们若要长做夫妻,每日同一处不担惊受怕,我却有一条妙计,只是难教你。"

西门庆道:"干娘,周全了我们则个!只要长做夫妻。"王婆道:"这条计用着件东西,别人家里都没,天生天化大官人家里却有。"西门庆道:"便是要我的眼睛,也剜来与你。却是甚么东西?"王婆道:"如今这捣子〔1〕病得重,趁他狼狈里,便好下手。大官人家里取些砒霜来,却教大娘子自去赎一帖心疼的药来,把这砒霜下在里面,把这矮子结果了,一把火烧得干干净净的,没了踪迹。便是武二回来,待敢怎地?自古道:嫂叔不通问;初嫁从亲,再嫁由身。阿叔如何管得。暗地里来往半年一载,便好了。等待夫孝满日,大官人娶了家

---

〔1〕 捣子——对穷光蛋的称呼。

去,这个不是长远夫妻,谐老同欢?此计如何?"西门庆道:"干娘此计神妙。自古道:欲求生快活,须下死工夫。罢,罢,罢!一不做,二不休!"王婆道:"可知好哩。这是斩草除根,萌芽不发。若是斩草不除根,春来萌芽再发。官人便去取些砒霜来,我自教娘子下手。事了时,却要重重的谢我。"西门庆道:"这个自然,不消你说。"有诗为证:

云情雨意两绸缪,恋色迷花不肯休。

毕竟难逃天地眼,武松还砍二人头。

且说西门庆去不多时,包了一包砒霜来,把与王婆收了。这婆子却看着那妇人道:"大娘子,我教你下药的法度。如今武大不对你说道,教你看活[1]他?你便把些小意儿贴恋他。他若问你讨药吃时,便把这砒霜调在心痛药里。待他一觉身动,你便把药灌将下去,却便走了起身。他若毒药转时,必然肠胃迸断,大叫一声,你却把被只一盖,都不要人听得。预先烧下一锅汤,煮着一条抹布。他若毒药发时,必然七窍内流血,口唇上有牙齿咬的痕迹。他若放了命,便揭起被来,却将煮的抹布一揩,都没了血迹,便入在棺材里,扛出去烧了,有甚么鸟事!"那妇人道:"好却是好,只是奴手软了,临时安排不得尸首。"王婆道:"这个容易。你只敲壁子,我自过来撺掇你。"西门庆道:"你们用心整理,明日五更来讨回报。"西门庆说罢,自去了。王婆把这砒霜用手捻为细末,把与那妇人拿去藏了。

那妇人却暂将归来,到楼上看武大时,一丝没两气,看看待死。

---

[1] 看活——照料、服侍。

那妇人坐在床边假哭,武大道:"你做甚么来哭?"那妇人拭着眼泪说道:"我的一时间不是了,吃那厮局骗了,谁想却踢了你这脚。我问得一处好药,我要去赎来医你,又怕你疑忌了,不敢去取。"武大道:"你救得我活,无事了,一笔都勾,并不记怀,武二家来亦不提起。快去赎药来救我则个。"那妇人拿了些铜钱,径来王婆家里坐地,却叫王婆去赎了药来。把到楼上,教武大看了,说道:"这贴心疼药,太医叫你半夜里吃。吃了倒头把一两床被发些汗,明日便起得来。"武大道:"却是好也!生受大嫂,今夜醒睡些个,半夜里调来我吃。"那妇人道:"你自放心睡,我自伏侍你。"

看看天色黑了,那妇人在房里点上碗灯,下面先烧了一大锅汤,拿了一片抹布,煮在汤里。听那更鼓时,却好正打三更。那妇人先把毒药倾在盏子里,却舀一碗白汤,把到楼上,叫声:"大哥,药在那里?"武大道:"在我席子底下枕头边,你快调来与我吃。"那妇人揭起席子,将那药抖在盏子里,把那药贴安了,将白汤冲在盏内,把头上银牌儿只一搅,调得匀了,左手扶起武大,右手把药便灌。武大呷了一口,说道:"大嫂,这药好难吃!"那妇人道:"只要他医治得病,管甚么难吃。"武大再呷第二口时,被这婆娘就势只一灌,一盏药都灌下喉咙去了。那妇人便放倒武大,慌忙跳下床来。武大哎了一声,说道:"大嫂,吃下这药去,肚里倒疼起来。苦呀,苦呀!倒当不得了!"这妇人便去脚后扯过两床被来,劈脸只顾盖。武大叫道:"我也气闷!"那妇人道:"太医分付,教我与你发些汗,便好得快。"武大再要说时,这妇人怕他挣扎,便跳上床来,骑在武大身上,把手紧紧地按住被角,那里肯放些松。正似：

> 油煎肺腑，火燎肝肠。心窝里如雪刃相侵，满腹中似钢刀乱搅。痛剐剐烟生七窍，直挺挺鲜血模糊。浑身冰冷，口内涎流。牙关紧咬，三魂赴枉死城中；喉管枯干，七魄投望乡台上。地狱新添食毒鬼，阳间没了捉奸人。

那武大当时哎了两声，喘息了一回，肠胃迸断，呜呼哀哉，身体动不得了。那妇人揭起被来，见了武大咬牙切齿，七窍流血，怕将起来，只得跳下床来敲那壁子。王婆听得，走过后门头咳嗽。那妇人便下楼来，开了后门。王婆问道："了也未？"那妇人道："了便了了，只是我手脚软了，安排不得。"王婆道："有什么难处，我帮你便了。"那婆子便把衣袖卷起，舀了一桶汤，把抹布撇在里面，掇上楼来。卷过了被，先把武大嘴边唇上都抹了，却把七窍淤血痕迹拭净，便把衣裳盖在尸上。两个从楼上一步一掇，扛将下来，就楼下将扇旧门停了。与他梳了头，戴上巾帻，穿了衣裳，取双鞋袜与他穿了，将片白绢盖了脸，拣床干净被盖在死尸身上。却上楼来收拾得干净了，王婆自转将归去了。那婆娘却号号地假哭起养家人来。看官听说，原来但凡世上妇人哭有三样哭：有泪有声谓之哭；有泪无声谓之泣；无泪有声谓之号。当下那妇人干号了半夜。

次早五更，天色未晓，西门庆奔来讨信，王婆说了备细。西门庆取银子把与王婆，教买棺材津送，就呼那妇人商议。这婆娘过来和西门庆说道："我的武大今日已死，我只靠着你做主。"西门庆道："这个何须得你说费心。"王婆道："只有一件事最要紧，地方上团头何九叔,他是个精细的人,只怕他看出破绽,不肯殓。"西门庆道:"这个不妨,我自分付他便了。他不肯违我的言语。"王婆道:"大官人便用去分付他,不可迟误。"西门庆去了。

到天大明,王婆买了棺材,又买些香烛纸钱之类,归来与那妇人做羹饭,点起一对随身灯。邻舍坊厢都来吊问,那妇人虚掩着粉脸假哭。众街坊问道:"大郎因甚病患便死了?"那婆娘答道:"因患心疼病症,一日日越重了,看看不能勾好,不幸昨夜三更死了。"又哽哽咽咽假哭起来。众邻舍明知道此人死得不明,不敢死问他,只自人情劝道:"死自死了,活得自安过,娘子省烦恼。"那妇人只得假意儿谢了,众人各自散了。

王婆取了棺材,去请团头何九叔。但是入殓用的都买了,并家里一应物件也都买了;就叫了两个和尚,晚些伴灵。多样时,何九叔先拨几个火家来整顿。

且说何九叔到巳牌时分,慢慢地走出来,到紫石街巷口,迎见西门庆叫道:"九叔何往?"何九叔答道:"小人只去前面殓这卖炊饼的武大郎尸首。"西门庆道:"借一步说话则个。"何九叔跟着西门庆来到转角头一个小酒店里,坐下在阁儿内。西门庆道:"何九叔请上坐。"何九叔道:"小人是何者之人,对官人一处坐地!"西门庆道:"九叔何故见外,且请坐。"二人坐定,叫取瓶好酒来。小二一面铺下菜蔬果品按酒之类,即便筛酒。何九叔心中疑忌,想道:"这人从来不曾和我吃酒,今日这杯酒必有跷蹊。"两个吃了一个时辰,只见西门庆去袖子里摸出一锭十两银子放在桌上,说道:"九叔休嫌轻微,明日别有酬谢。"何九叔叉手道:"小人无半点用功效力之处,如何敢受大官人见赐银两?若是大官人便有使令小人处,也不敢受。"西门庆道:"九叔休要见外,请收过了却说。"何九叔道:"大官人但说不妨,小人依听。"西门庆道:"别无甚事,少刻他家也有些辛苦钱。只是如今殓武大的尸首,凡百事周全,一床锦被遮盖则个。别不多言。"何九叔道:"是这些小事,有甚利害,如何敢受银两。"西门庆道:"九叔不受时,便是推却。"那何九叔自来惧怕西门庆是个刁徒,把持官府的人,只得受了。两个又吃了几杯,西门庆呼酒保来记了帐,明日来铺里支钱。两个下楼,一同出了店门。西门庆道:"九叔记心,不可泄漏,改日别有报效。"分付罢,一直去了。

何九叔心中疑忌,肚里寻思道:"这件事却又作怪!我自去殓武大郎尸首,他却怎地与我许多银子?这件事必定有跷蹊。"来到武大门前,只见那几个火家在门首伺候,何九叔问道:"这武大是甚病死了?"火家答道:"他家说害心疼病死了。"何九叔揭起帘子入来,王婆接着道:"久等阿叔多时了。"何九叔应道:"便是有些小事绊住了脚,来迟了一步。"只见武大老婆穿着些素淡衣裳从里面假哭出来。何九叔道:"娘子省烦恼,可伤大郎归天去了。"那妇人虚掩着泪眼道:"说不可尽!不想拙夫心疼症候,几日子便休了,撇得奴好苦!"何九叔上上下下看了那婆娘的模样,口里自暗暗地道:"我从来只听的说武大娘子,不曾认得他,原来武大却讨着这个老婆!西门庆这十两银子有些来历。"何九叔看着武大尸首,揭起千秋幡,扯开白绢,用五轮八宝犯着两点神水眼定睛看时,何九叔大叫一声,望后便倒,口里喷出血来。但见：指甲青，唇口紫，面皮黄，眼无光。未知五脏如何，先见四肢不举。正是：身如五鼓衔山月，命似三更油尽灯。毕竟何九叔性命如何，且听下回分解。

第二十六回

郓哥大闹授官厅　武松斗杀西门庆

诗曰：

参透风流二字禅，好因缘是恶因缘。

痴心做处人人爱，冷眼观时个个嫌。

野草闲花休采折，贞姿劲质自安然。

山妻稚子家常饭，不害相思不损钱。

话说当时何九叔跌倒在地下，众火家扶住。王婆便道："这是中了恶，快将水来。"喷了两口，何九叔渐渐地动转，有些苏醒。王婆道："且扶九叔回家去却理会。"两个火家使扇板门，一径抬何九叔到家里，大小接着，就在床上睡了。老婆哭道："笑欣欣出去，却怎地这般归来！闲时曾不知中恶。"坐在床边啼哭。何九叔觑得火家都不在面前，踢那老婆道："你不要烦恼，我自没事。却才去武大家入殓，到得他巷口，迎见县前开药铺的西门庆，请我去吃了一席酒，把十两银子与我，说道：'所殓的尸首，凡事遮盖则个。'我到武大家，见他的老婆是个不良的人模样，我心里有八九分疑忌。到那里揭起千秋幡看时，见武大面皮紫黑，七窍内津津出血，唇口上微露齿痕，定是中毒身死。我本待声张起来，却怕他没人做主，恶了西门庆，却不是去撩蜂虿蝎?待要胡卢提[1]入了棺殓了,武大有个兄弟,便是前日景阳冈上打虎的武都头,他是个杀人不斩眼的男子,倘或早晚归来,此事必然要发。"老婆便道:"我也听得前日有人说道:'后巷住的乔老儿子郓哥,去紫石街帮武大捉奸,闹了茶坊。'正是这件事了。你却慢慢的访问他。如今这事有甚难处,只使火家自去殓了,就问他几时出丧。若是停丧在家,待武松归来出殡,这个便没甚么皂丝麻线[2];若他便出去埋葬了,也不妨;若是他便要出去烧他时,必有跷蹊。你到临时,只做去送丧,张人眼错,拿了两块骨头,和这十两银子收着,便是个老大证见。他若回来,不问时便罢,却不留了西门庆面皮,做一碗饭却不好?"何九叔道:"家有贤妻,见得极明!"随即叫火家分付:"我中了恶,去不得。你们便自去殓了,就问他几时出丧,快来回报。得的钱帛,你们分了,都要停当。与我钱帛,不可要。"火家听了,自来武大家入殓。停丧安灵已罢,回报何九叔道:"他家大娘子说道:'只三日便出殡,去城外烧化。'"火家各自分钱散了。何九叔对老婆道:"你说这话正是了。我至期只去偷骨殖便了。"

且说王婆一力撺掇那婆娘,当夜伴灵。第二日,请四僧念些经文。第三日早,众火家自来扛抬棺材,也有几家邻舍街坊相送。那妇人带上孝,一路上假哭养家人,来到城外化人场上,便教举火烧化。只见何九叔手里提着一陌纸钱来到场里,王婆和那妇人接见道:"九

---
[1] 胡卢提——含糊、笼统、糊里糊涂、马马虎虎等意思。有时也写作"葫芦提"、"胡卢题"等等。
[2] 皂丝麻线——线索、痕迹、牵连等意思。

叔，且喜得贵体没事了。"何九叔道："小人前日买了大郎一扇笼子母炊饼，不曾还得钱，特地把这陌纸来烧与大郎。"王婆道："九叔如此志诚！"何九叔把纸钱烧了，就揎掇烧化棺材。王婆和那妇人谢道："难得何九叔揎掇，回家一发相谢。"何九叔道："小人到处只是出热[1]。娘子和干娘自稳便，斋堂里去相待众邻舍街坊，小人自替你照顾。"使转了这妇人和那婆子，把火挟去拣两块骨头，损去侧边，拿去澌骨池内只一浸，看那骨头酥黑。何九叔收藏了，也来斋堂里和哄了一回。棺木过了杀火，收拾骨殖，澌在池子里。众邻舍回家，各自分散。那何九叔将骨头归到家中，把幅纸都写了年月日期，送丧的人名字，和这银子一处包了，做个布袋儿盛着，放在房里。

再说那妇人归到家中，去橱子前面设个灵牌，上写"亡夫武大郎之位"。灵床子前点一盏琉璃灯，里面贴些经幡、钱垛、金银锭、采缯之属。每日却自和西门庆在楼上任意取乐。却不比先前在王婆房里，只是偷鸡盗狗之欢，如今家中又没人碍眼，任意停眠整宿。自此西门庆整三五夜不归去，家中大小亦各不喜欢。原来这女色坑陷得人，有成时必须有败。有首《鹧鸪天》，单道这女色。正是：

> 色胆如天不自由，情深意密两绸缪。只思当日同欢庆，岂想萧墙有祸忧！　贪快乐，恣优游，英雄壮士报冤仇。请看褒姒幽王事，血染龙泉是尽头。

且说西门庆和那婆娘，终朝取乐，任意歌饮，交得熟了，却不顾外

---

[1] 出热——热心给别人帮忙。

人知道。这条街上远近人家,无有一人不知此事,却都惧怕西门庆那厮是个刁徒泼皮,谁肯来多管。

常言道:乐极生悲,否极泰来。光阴迅速,前后又早四十馀日。却说武松自从领了知县言语,监送车仗到东京亲戚处,投下了来书,交割了箱笼,街上闲行了几日,讨了回书,领一行人取路回阳谷县来。前后往回,恰好将及两个月。去时新春天气,回来三月初头。于路上只觉得神思不安,身心恍惚,赶回要见哥哥,且先去县里交纳了回书。知县见了大喜,看罢回书,已知金银宝物交得明白,赏了武松一锭大银,酒食管待,不必用说。武松回到下处,房里换了衣服鞋袜,戴上个新头巾,锁上了房门,一径投紫石街来。两边众邻舍看见武松回了,都吃一惊,大家捏两把汗,暗暗地说道:"这番萧墙祸起了!这个太岁归来,怎肯干休?必然弄出事来!"

且说武松到门前揭起帘子,探身入来,见了灵床子写着"亡夫武大郎之位"七个字,呆了,睁开双眼道:"莫不是我眼花了?"叫声:"嫂嫂,武二归来!"那西门庆正和那婆娘在楼上取乐,听得武松叫一声,惊得屁滚尿流,一直奔后门,从王婆家走了。那妇人应道:"叔叔少坐,奴便来也。"原来这婆娘自从药死了武大,那里肯带孝,每日只是浓妆艳抹,和西门庆做一处取乐。听得武松叫声"武二归来了",慌忙去面盆里洗落了胭粉,拔去了首饰钗环,蓬松挽了个髻儿,脱去了红裙绣袄,旋穿上孝裙孝衫,便从楼上哽哽咽咽假哭下来。

武松道:"嫂嫂且住,休哭!我哥哥几时死了?得甚么症候?吃谁的药?"那妇人一头哭,一面说道:"你哥哥自从你转背一二十日,猛可的害急心疼起来。病了八九日,求神问卜,甚么药不吃过!医治不得,死了。撇得我好苦!"隔壁王婆听得,生怕决撒[1],只得走过来帮他支吾。武松又道:"我的哥哥从来不曾有这般病,如何心疼便死了?"王婆道:"都头,却怎地这般说!天有不测风云,人有暂时祸福。谁保得长没事?"那妇人道:"亏杀了这个干娘!我又是个没脚蟹[2],不是这个干娘,邻舍家谁肯来帮我!"武松道:"如今埋在那里?"妇人道:"我又独自一个,那里去寻坟地?没奈何,留了三日,把出去烧化了。"武松道:"哥哥死得几日了?"妇人道:"再两日,便是断七。"

武松沉吟了半晌,便出门去,径投县里来。开了锁,去房里换了一身素净衣服,便叫土兵打了一条麻绦系在腰里,身边藏了一把尖长柄短、背厚刃薄的解腕刀,取了些银两带在身上。叫了个土兵,锁上了房门,去县前买了些米面椒料等物,香烛冥纸,就晚到家敲门。那妇人开了门,武松叫土兵去安排羹饭。武松就灵床子前点起灯烛,铺设酒肴。到两个更次,安排得端正,武松扑翻身便拜道:"哥哥阴魂不远!你在世时软弱,今日死后不见分明。你若是负屈衔冤,被人害了,托梦与我,兄弟替你做主报仇!"把酒浇奠了,烧化冥用纸钱,武松放声大哭,哭得那两边邻舍无不凄惶。那妇人也在里面假哭。武

---

[1] 决撒——败露、识破、坏了事之类的意思。
[2] 没脚蟹——意思说行动不得。一般的指六亲无靠的妇女。

松哭罢，将羹饭酒肴和土兵吃了，讨两条席子，叫土兵中门傍边睡，武松把条席子就灵床子前睡。那妇人自上楼去，下了楼门自睡。约莫将近三更时候，武松翻来覆去睡不着，看那土兵时，鼾鼾的却似死人一般挺着。武松爬将起来，看了那灵床子前琉璃灯半明半灭，侧耳听那更鼓时，正打三更三点。武松叹了一口气，坐在席子上自言自语，口里说道："我哥哥生时懦弱，死了却有甚分明！"说犹未了，只见灵床子下卷起一阵冷气来。那冷气如何？但见：

无形无影，非雾非烟。盘旋似怪风侵骨冷，凛冽如煞气透肌寒。昏昏暗暗，灵前灯火失光明；惨惨幽幽，壁上纸钱飞散乱。隐隐遮藏食毒鬼，纷纷飘动引魂幡。

那阵冷气逼得武松毛发皆竖，定睛看时，只见个人从灵床底下钻将出来，叫声："兄弟，我死得好苦！"武松看不仔细，却待向前来再问时，只见冷气散了，不见了人。武松一跤颠翻，在席子上坐地，寻思是梦非梦。回头看那土兵时，正睡着。武松想道："哥哥这一死必然不明！却才正要报我知道，又被我的神气冲散了他的魂魄！"直在心里不题，等天明却又理会。

天色渐明了，土兵起来烧汤，武松洗漱了。那妇人也下楼来，看着武松道："叔叔，夜来烦恼！"武松道："嫂嫂，我哥哥端的甚么病死了？"那妇人道："叔叔却怎地忘了？夜来已对叔叔说了，害心疼病死了。"武松道："却赎谁的药吃？"那妇人道："见有药贴在这里。"武松道："却是谁买棺材？"那妇人道："央及隔壁王干娘去买。"武松道："谁来扛抬出去？"那妇人道："是本处团头何九叔，尽是他维持出去。"武松道:"原来恁地。且去县里画卯却来。"便起身带了土兵,走到紫石街巷口,问土兵道:"你认得团头何九叔么?"土兵道:"都头恁地忘了?前项他也曾来与都头作庆。他家只在狮子街巷内住。"武松道:"你引我去。"土兵引武松到何九叔门前,武松道:"你自先去。"土兵去了。武松却揭起帘子,叫声:"何九叔在家么?"这何九叔却才起来,听得是武松来寻,吓得手忙脚乱,头巾也戴不迭,急急取了银子和骨殖藏在身边,便出来迎接道:"都头几时回来?"武松道:"昨日方回到这里。有句话闲说则个,请那尊步同往。"何九叔道:"小人便去。都头,且请拜茶。"武松道:"不必,免赐!"

两个一同出到巷口酒店里坐下,叫量酒人打两角酒来。何九叔起身道:"小人不曾与都头接风,何故反扰?"武松道:"且坐。"何九叔心里已猜八九分。量酒人一面筛酒,武松便不开口,且只顾吃酒。何九叔见他不做声,倒捏两把汗,却把些话来撩他。武松也不开言,并不把话来提起。酒已数杯,只见武松揭起衣裳,飕地掣出把尖刀来插在桌子上。量酒的都惊得呆了,那里肯近前看。何九叔面色青黄,不敢抖气。武松捋起双袖,握着尖刀,对何九叔道:"小子粗疏,还晓得冤各有头,债各有主。你休惊怕,只要实说,对我一一说知武大死的缘故,便不干涉你。我若伤了你,不是好汉。倘若有半句儿差错,我这口刀,立定教你身上添三四百个透明的窟窿!闲言不道,你只直说,我哥哥死的尸首是怎地模样?"武松道罢,一双手按住胲膝,两只眼睁得圆彪彪地看着。

何九叔去袖子里取出一个袋儿放在桌子上,道:"都头息怒。这个袋儿便是一个大证见。"武松用手打开,看那袋儿里时,两块酥黑骨头,一锭十两银子。便问道:"怎地见得是老大证见?"何九叔道:"小人并然不知前后因地。忽于正月二十二日在家,只见开茶坊的王婆来呼唤小人殓武大郎尸首。至日,行到紫石街巷口,迎见县前开生药铺的西门庆大郎,拦住邀小人同去酒店里,吃了一瓶酒。西门庆取出这十两银子付与小人,分付道:'所殓的尸首,凡百事遮盖。'小人从来得知道那人是个刁徒,不容小人不接。吃了酒食,收了这银子,小人去到大郎家里,揭起千秋幡,只见七窍内有瘀血,唇口上有齿痕,系是生前中毒的尸首。小人本待声张起来,只是又没苦主,他的娘子已自道是害心疼病死了。因此小人不敢声言,自咬破舌尖,只做中了恶,扶归家来了。只是火家自去殓了尸首,不曾接受一文。第三日,听得扛出去烧化,小人买了一陌纸去山头假做人情,使转了王婆并令嫂,暗拾了这两块骨头,包在家里。这骨殖酥黑,系是毒药身死的证见。这张纸上,写着年月日时,并送丧人的姓名,便是小人口词了。都头详察!"武松道:"奸夫还是何人?"何九叔道:"却不知是谁。小人闲听得说来,有个卖梨儿的郓哥,那小厮曾和大郎去茶坊里捉奸。这条街上,谁人不知。都头要知备细,可问郓哥。"武松道:"是。既然有这个人时,一同去走一遭。"

武松收了刀,入鞘藏了,算还酒钱,便同何九叔望郓哥家里来。却好走到他门前,只见那小猴子挽着个柳笼栲栳在手里,籴米归来。何九叔叫道:"郓哥,你认得这位都头么?"郓哥道:"解大虫来时,我便认得了。你两个寻我做甚么?"郓哥那小厮也瞧了八分,便说道:

"只是一件,我的老爹六十岁,没人养赡,我却难相伴你们吃官司耍。"武松道:"好兄弟!"便去身边取五两来银子,道:"郓哥,你把去与老爹做盘缠,跟我来说话。"郓哥自心里想道:"这五两银子,如何不盘缠得三五个月?便陪侍他吃官司也不妨。"将银子和米把与老儿,便跟了二人出巷口一个饭店楼上来。武松叫过卖造三分饭来,对郓哥道:"兄弟,你虽年纪幼小,倒有养家孝顺之心。却才与你这些银子,且做盘缠,我有用着你处。事务了毕时,我再与你十四五两银子做本钱。你可备细说与我:你怎地和我哥哥去茶坊里捉奸?"

郓哥道:"我说与你,你却不要气苦。我从今年正月十三日,提得一篮儿雪梨,我去寻西门庆大郎挂一勾子,一地里没寻他处。问人时,说道:'他在紫石街王婆茶坊里,和卖炊饼的武大老婆做一处;如今刮上了他,每日只在那里。'我听得了这话,一径奔去寻他,叵耐王婆老猪狗拦住不放我入房里去。吃我把话来侵他底子,那猪狗便打我一顿栗暴,直叉我出来,将我梨儿都倾在街上。我气苦了,去寻你大郎,说与他备细,他便要去捉奸。我道:'你不济事,西门庆那厮手脚了得。你若捉他不着,反吃他告了,倒不好。我明日和你约在巷口取齐,你便少做些炊饼出来。我若张见西门庆入茶坊里去时,我先入去,你便寄了担儿等着。只看我丢出篮儿来,你便抢入来捉奸。'我这日又提了一篮梨儿,径去茶坊里。被我骂那老猪狗,那婆子便来打我,吃我先把篮儿撇出街上,一头顶住那老狗在壁上。武大郎却抢入去时,婆子要去拦截,却被我顶住了,只叫得:'武大来也。'原来倒吃他两个顶住了门。大郎只在房门外声张,却不提防西门庆那厮,开了房门奔出来,把大郎一脚踢倒了。我见那妇人随后便出来,扶大郎不动,我慌忙也自走了。过得五七日,说大郎死了。我却不知怎地死了。"武松听道:"你这话是实了?你却不要说谎!"郓哥道:"便到官府,我也只是这般说。"武松道:"说得是,兄弟!"便讨饭来吃了。还了饭钱,三个人下楼来。何九叔道:"小人告退。"武松道:"且随我来,正要你们与我证一证。"把两个一直带到县厅上。

知县见了,问道:"都头告甚么?"武松告说:"小人亲兄武大,被西门庆与嫂通奸,下毒药谋杀性命,这两个便是证见。要相公做主则个!"知县先问了何九叔并郓哥口词,当日与县吏商议。原来县吏都是与西门庆有首尾[1]的,官人自不必得说,因此官吏通同计较道:"这件事难以理问。"知县道:"武松,你也是个本县都头,不省得法度?自古道:捉奸见双,捉贼见赃,杀人见伤。你那哥哥的尸首又没了,你又不曾捉得他奸,如今只凭这两个言语,便问他杀人公事,莫非忒偏向么?你不可造次,须要自己寻思,当行即行。"武松怀里去取出两块酥黑骨头,一张纸,告道:"复告相公,这个须不是小人捏合出来的。"知县看了道:"你且起来,待我从长商议。可行时便与你拿问。"何九叔、郓哥都被武松留在房里。当日西门庆得知,却使心腹人来县里许官吏银两。

次日早晨,武松在厅上告禀,催逼知县拿人。谁想这官人贪图贿赂,回出骨殖并银子来,说道:"武松,你休听外人挑拨你和西门庆做

---

〔1〕 首尾——勾结,关系,干系。

对头。这件事不明白,难以对理。圣人云:经目之事,犹恐未真;背后之言,岂能全信? 不可一时造次。"狱吏便道:"都头,但凡人命之事,须要尸、伤、病、物、踪五件事全,方可推问得。"武松道:"既然相公不准所告,且却又理会。"收了银子和骨殖,再付与何九叔收了。下厅来到自己房内,叫土兵安排饭食与何九叔同郓哥吃,留在房里:"相等一等,我去便来也。"又自带了三两个土兵,离了县衙,将了砚瓦笔墨,就买了三五张纸藏在身边;就叫两个土兵买了个猪首,一只鹅,一双鸡,一担酒,和些果品之类,安排在家里。约莫也是巳牌时候,带了个土兵来到家中。那妇人已知告状不准,放下心不怕他,大着胆看他怎的。武松叫道:"嫂嫂下来,有句话说。"那婆娘慢慢地行下楼来,问道:"有甚么话说?"武松道:"明日是亡兄断七。你前日恼了众邻舍街坊,我今日特地来把杯酒,替嫂嫂相谢众邻。"那妇人大剌剌地说道:"谢他们怎地?"武松道:"礼不可缺。"唤土兵先去灵床子前,明晃晃地点起两枝蜡烛,焚起一炉香,列下一陌纸钱,把祭物去灵前摆了,堆盘满宴,铺下酒食果品之类。叫一个土兵后面盪酒,两个土兵门前安排桌凳,又有两个前后把门。

武松自分付定了,便叫:"嫂嫂来待客,我去请来。"先请隔壁王婆。那婆子道:"不消生受,教都头作谢。"武松道:"多多相扰了干娘,自有个道理。先备一杯菜酒,休得推故。"那婆子取了招儿[1],收拾了门户,从后头走过来。武松道:"嫂嫂坐主位,干娘对席。"婆

---
[1] 招儿——招牌。

子已知道西门庆回话了,放心着吃酒。两个都心里道:"看他怎地!"武松又请这边下邻开银铺的姚二郎姚文卿。二郎道:"小人忙些,不劳都头生受。"武松拖住便道:"一杯淡酒,又不长久,便请到家。"那姚二郎只得随顺到来,便教去王婆肩下坐了。又去对门请两家:一家是开纸马铺的赵四郎赵仲铭。四郎道:"小人买卖撒不得,不及陪奉。"武松道:"如何使得?众高邻都在那里了。"不由他不来,被武松扯到家里道:"老人家爷父一般。"便请在嫂嫂肩下坐了。又请对门那卖冷酒店的胡正卿。那人原是吏员出身,便瞧道有些尴尬,那里肯来,被武松不管他,拖了过来,却请去赵四郎肩下坐了。武松道:"王婆,你隔壁是谁?"王婆道:"他家是卖馉饳儿的张公。"却好正在屋里,见武松入来,吃了一惊,道:"都头没甚话说?"武松道:"家间多扰了街坊,相请吃杯淡酒。"那老儿道:"哎呀!老子不曾有些礼数到都头家,却如何请老子吃酒?"武松道:"不成微敬,便请到家。"老儿吃武松拖了过来,请去姚二郎肩下坐地。说话的,为何先坐的不走了?原来都有土兵前后把着门,都似监禁的一般。

且说武松请到四家邻舍,并王婆和嫂嫂,共是六人。武松掇条凳子,却坐在横头,便叫土兵把前后门关了。那后面土兵自来筛酒。武松唱个大喏,说道:"众高邻休怪小人粗卤,胡乱请些个。"众邻舍道:"小人们都不曾与都头洗泥接风,如今倒来反扰!"武松笑道:"不成意思,众高邻休得笑话则个。"土兵只顾筛酒。众人怀着鬼胎,正不知怎地。看看酒至三杯,那胡正卿便要起身,说道:"小人忙些个。"武松叫道:"去不得。既来到此,便忙也坐一坐。"那胡正卿心头十五个吊桶打水,七上八下,暗暗地寻思道:"既是好意请我们吃酒,如何却这般相待,不许人动身?"只得坐下。武松道:"再把酒来筛。"土兵斟到第四杯酒,前后共吃了七杯酒过,众人却似吃了吕太后一千个筵宴[1]。只见武松喝叫土兵:"且收拾过了杯盘,少间再吃。"武松抹了桌子。众邻舍却待起身,武松把两只手只一拦,道:"正要说话。一干高邻在这里,中间高邻那位会写字?"姚二郎便道:"此位胡正卿极写得好。"武松便唱个喏道:"相烦则个!"便卷起双袖,去衣裳底下飕地只一掣,掣出那口尖刀来。右手四指笼着刀靶,大母指按住掩心,两只圆彪彪怪眼睁起,道:"诸位高邻在此,小人冤各有头,债各有主,只要众位做个证见!"

只见武松左手拿住嫂嫂,右手指定王婆,四家邻舍惊得目睁口呆,罔知所措,都面面相觑,不敢做声。武松道:"高邻休怪,不必吃惊!武松虽是粗卤汉子,便死也不怕,还省得有冤报冤,有仇报仇,并不伤犯众位,只烦高邻做个证见。若有一位先走的,武松翻过脸来休怪,教他先吃我五七刀了去!武松便偿他命也不妨。"众邻舍道:"却吃不得饭了!"武松看着王婆喝道:"兀那老猪狗听着!我的哥哥这个性命都在你的身上,慢慢地却问你!"回过脸来看看妇人骂道:"你那淫妇听着!你把我的哥哥性命怎地谋害了?从实招了,我便饶你!"那妇人道:"叔叔,你好没道理!你哥哥自害心疼病死了,干我

---

〔1〕 吕太后一千个筵宴——刘邦(汉高祖)死后,他的老婆吕雉专政,人称吕太后。吕雉请群臣吃酒,用军法劝酒,有一人不肯吃酒,当场被杀了头。因此,后来有"吕太后的筵席"这句谚语,表示这酒不是好吃的。

甚事！"说犹未了，武松把刀朌查了插在桌子上，用左手揪住那妇人头髻，右手劈胸提住，把桌子一脚踢倒了，隔桌子把这妇人轻轻地提将过来，一跤放翻在灵床子上，两脚踏住。右手拔起刀来，指定王婆道："老猪狗！你从实说！"那婆子只要脱身脱不得，只得道："不消都头发怒，老身自说便了。"

武松叫土兵取过纸墨笔砚，排在桌子上，把刀指着胡正卿道："相烦你与我听一句写一句。"胡正卿朌膪膪抖着道："小人便写。"讨了些砚水，磨起墨来。胡正卿拿起笔，拂开纸道："王婆，你实说！"那婆子道："又不干我事，与我无干！"武松道："老猪狗，我都知了，你赖那个去！你不说时，我先剐了这个淫妇，后杀你这老狗！"提起刀来，望那妇人脸上便捆两捆。那妇人慌忙叫道："叔叔，且饶我！你放我起来，我说便了！"武松一提，提起那婆娘，跪在灵床子前。武松喝一声："淫妇快说！"那妇人惊得魂魄都没了，只得从实招说，将那时放帘子因打着西门庆起，并做衣裳入马〔1〕通奸，一一地说；次后来怎生踢了武大，因何设计下药，王婆怎地教唆拨置，从头至尾说了一遍。武松再叫他说，却叫胡正卿写了。王婆道："咬虫！你先招了，我如何赖得过，只苦了老身！"王婆也只得招认了。把这婆子口词，也叫胡正卿写了。从头至尾都说在上面，叫他两个都点指画了字；就叫四家邻舍书了名，也画了字。叫土兵解搭膊来，背剪绑了这老狗，卷了口词，藏在怀里。叫土兵取碗酒来，供养在灵床子前，拖过这妇人来

---

〔1〕 入马——上手的意思。

跪在灵前,喝那婆子也跪在灵前。武松道:"哥哥灵魂不远,兄弟武二与你报仇雪恨!"叫土兵把纸钱点着。那妇人见头势不好,却待要叫,被武松脑揪〔1〕倒来,两只脚踏住他两只胳膊,扯开胸脯衣裳。说时迟,那时快,把尖刀去胸前只一剜,口里衔着刀,双手去斡开胸脯,取出心肝五脏,供养在灵前。肐查一刀,便割下那妇人头来,血流满地。四家邻舍,吃了一惊,都掩了脸,见他凶了,又不敢动,只得随顺他。武松叫土兵去楼上取下一床被来,把妇人头包了,揩了刀,插在鞘里。洗了手,唱个喏,说道:"有劳高邻,甚是休怪。且请众位楼上少坐,待武二便来。"四家邻舍都面面相看,不敢不依他,只得都上楼去坐了。武松分付土兵,也教押那婆子上楼去。关了楼门,着两个土兵在楼下看守。

武松包了妇人那颗头,一直奔西门庆生药铺前来,看着主管唱个喏:"大官人宅上在么?"主管道:"却才出去。"武松道:"借一步,闲说一句话。"那主管也有些认得武松,不敢不出来。武松一引引到侧首僻净巷内,武松翻过脸来道:"你要死却是要活?"主管慌道:"都头在上,小人又不曾伤犯了都头。"武松道:"你要死,休说西门庆去向;你若要活,实对我说,西门庆在那里?"主管道:"却才和一个相识,去狮子桥下大酒楼上吃酒。"武松听了,转身便走。那主管惊得半晌移脚不动,自去了。

且说武松径奔到狮子桥下酒楼前,便问酒保道:"西门庆大郎和

---

〔1〕 脑揪——从脑后一把抓住。

甚人吃酒?"酒保道:"和一个一般的财主,在楼上边街阁儿里吃酒。"武松一直撞到楼上,去阁子前张时,窗眼里见西门庆坐着主位,对面一个坐着客席,两个唱的粉头坐在两边。武松把那被包打开一抖,那颗人头血渌渌的滚出来。武松左手提了人头,右手拔出尖刀,挑开帘子,钻将入来,把那妇人头望西门庆脸上掼将来。西门庆认得是武松,吃了一惊,叫声:"哎呀!"便跳起在凳子上去,一只脚跨上窗槛,要寻走路,见下面是街,跳不下去,心里正慌。说时迟,那时快,武松却用手略按一按,托地已跳在桌子上,把些盏儿碟儿都踢下来。两个唱的行院惊得走不动。那个财主官人慌了脚手,也惊倒了。西门庆见来得凶,便把手虚指一指,早飞起右脚来。武松只顾奔入去,见他脚起,略闪一闪,恰好那一脚正踢中武松右手,那口刀踢将起来,直落下街心里去了。西门庆见踢去了刀,心里便不怕他,右手虚照一照,左手一拳,照着武松心窝里打来。却被武松略躲了过,就势里从胁下钻入来,左手带住头,连肩胛只一提,右手早捽〔1〕住西门庆左脚,叫声:"下去!"那西门庆一者冤魂缠定,二乃天理难容,三来怎当武松勇力,只见头在下,脚在上,倒撞落在当街心里去了,跌得个发昏章第十一〔2〕。街上两边人都吃了一惊。武松伸手去凳子边提了淫妇的头,也钻出窗子外,涌身望下只一跳,跳在当街上,先抢了那口刀在手里。看这西门庆已自跌得半死,直挺挺在地下,只把眼来动,武松按

---

〔1〕 捽(zuó)——抓、捉。
〔2〕 发昏章第十一——发昏、昏迷的戏谑语。"发昏章第十一"是套用有的古书"某某章第几"的句式,无义。

住,只一刀,割下西门庆的头来。把两颗头相结做一处,提在手里,把着那口刀,一直奔回紫石街来。叫土兵开了门,将两颗人头供养在灵前,把那碗冷酒浇奠了,说道:"哥哥魂灵不远,早生天界!兄弟与你报仇,杀了奸夫和淫妇。今日就行烧化。"便叫土兵,楼上请高邻下来,把那婆子押在前面。武松拿着刀,提了两颗人头,再对四家邻舍道:"我还有一句话,对你们四位高邻说则个。"那四家邻舍叉手拱立,尽道:"都头但说,我众人一听尊命。"

武松说出这几句话来,有分教:名标千古,声播万年。直教英雄相聚满山寨,好汉同心赴水洼。正是:古今壮士谈英勇,猛烈强人仗义忠。毕竟武松对四家邻舍说出甚言语来,且听下回分解。

第二十七回

母夜叉孟州道卖人肉　武都头十字坡遇张青

诗曰：

平生作善天加福，若是刚强受祸殃。

舌为柔和终不损，齿因坚硬必遭伤。

杏桃秋到多零落，松柏冬深愈翠苍。

善恶到头终有报，高飞远走也难藏。

话说当下武松对四家邻舍道："小人因与哥哥报仇雪恨，犯罪正当其理，虽死而不怨。却才甚是惊吓了高邻。小人此一去，存亡未保，死活不知。我哥哥灵床子就今烧化了。家中但有些一应物件，望烦四位高邻与小人变卖些钱来，作随衙用度之资，听候使用。今去县里首告，休要管小人罪重，只替小人从实证一证。"随即取灵牌和纸钱烧化了。楼上有两个箱笼，取下来，打开看了，付与四邻收贮变卖。却押那婆子，提了两颗人头，径投县里来。此时哄动了一个阳谷县，街上看的人不记其数。知县听得人来报了，先自骇然，随即升厅。武松押那王婆在厅前跪下，行凶刀子和两颗人头放在阶下。武松跪在左边，婆子跪在中间，四家邻舍跪在右边。武松怀中取出胡正卿写的口词，从头至尾告说一遍。知县叫那令史先问了王婆口词，一般供说。四家邻舍，指证明白。又唤过何九叔、郓哥，都取了明白供状。

唤当该仵作行人,委吏一员,把这一干人押到紫石街检验了妇人身尸,狮子桥下酒楼前检验了西门庆身尸,明白填写尸单格目,回到县里,呈堂立案。知县叫取长枷,且把武松同这婆子枷了,收在监内。一干平人,寄监在门房里。

且说县官念武松是个义气烈汉,又想他上京去了这一遭,一心要周全他,又寻思他的好处,便唤该吏商议道:"念武松那厮是个有义的汉子,把这人们招状从新做过,改作:'武松因祭献亡兄武大,有嫂不容祭祀,因而相争。妇人将灵床推倒。救护亡兄神主,与嫂斗殴,一时杀死。次后西门庆因与本妇通奸,前来强护,因而斗殴。互相不伏,扭打至狮子桥边,以致斗杀身死。'"写了招解送文书,把一干人审问相同,读款状与武松听了。写一道申解公文,将这一干人犯解本管东平府,申请发落。这阳谷县虽然是个小县分,倒有仗义的人。有那上户之家都资助武松银两,也有送酒食钱米与武松的。武松到下处,将行李寄顿土兵收了,将了十二三两银子,与了郓哥的老爹。武松管下的土兵,大半相送酒肉不迭。当下县吏领了公文,抱着文卷并何九叔的银子、骨殖、招词、刀仗,带了一干人犯上路,望东平府来。众人到得府前,看的人哄动了衙门口。且说府尹陈文昭,听得报来,随即升厅。那官人但见:

> 平生正直,禀性贤明。幼年向雪案攻书,长成向金銮对策。常怀忠孝之心,每行仁慈之念。户口增,钱粮办,黎民称德满街衢;词讼减,盗贼休,父老赞歌喧市井。攀辕截镫,名标青史播千年;勒石镌碑,声振黄堂传万古。慷慨文章欺李杜,贤良方正胜

龚黄。

且说东平府府尹陈文昭,已知这件事了。便叫押过这一干人犯,就当厅先把阳谷县申文看了,又把各人供状招款看过,将这一干人一一审录一遍。把赃物并行凶刀仗封了,发与库子,收领上库。将武松的长枷换了一面轻罪枷枷了,下在牢里。把这婆子换一面重囚枷钉了,禁在提事都监死囚牢里收了。唤过县吏,领了回文,发落何九叔、郓哥、四家邻舍:"这六人且带回县去,宁家听候;本主西门庆妻子,留在本府羁管听候。等朝廷明降,方始结断。"那何九叔、郓哥、四家邻舍、县吏领了,自回本县去了。武松下在牢里,自有几个土兵送饭。西门庆妻子,羁管在里正人家。

且说陈府尹哀怜武松是个有义的烈汉,如常差人看觑他,因此节级牢子都不要他一文钱,倒把酒食与他吃。陈府尹把这招稿卷宗都改得轻了,申去省院详审议罪;却使个心腹人,赍了一封紧要密书,星夜投京师来替他干办。那刑部官多有和陈文昭好的,把这件事直禀过了省院官,议下罪犯:"据王婆生情造意,哄诱通奸,立主谋故武大性命,唆使本妇下药毒死亲夫;又令本妇赶逐武松,不容祭祀亲兄,以致杀伤人命:唆令男女故失人伦,拟合凌迟处死。据武松虽系报兄之仇,斗杀西门庆奸夫人命,亦则自首,难以释免:脊杖四十,刺配二千里外。奸夫淫妇虽该重罪,已死勿论。其馀一干人犯释放宁家。文书到日,即便施行。"东平府尹陈文昭看了来文,随即行移,拘到何九叔、郓哥并四家邻舍和西门庆妻小,一干人等都到厅前听断。牢中取出武松,读了朝廷明降,开了长枷,脊杖四十。上下公人都看觑他,止有五七下着肉。取一面七斤半铁叶团头护身枷钉了,脸上免不得刺了两行金印,迭配孟州牢城。其馀一干众人,省谕发落,各放宁家。大牢里取出王婆,当厅听命。读了朝廷明降,写了犯由牌,画了伏状,便把这婆子推上木驴〔1〕,四道长钉,三条绑索,东平府尹判了一个剐字,拥出长街。两声破鼓响,一棒碎锣鸣,犯由前引,混棍后催,两把尖刀举,一朵纸花摇,带去东平府市心里,吃了一剐。

话里只说武松带上行枷,看剐了王婆。有那原旧的上邻姚二郎,将变卖家私什物的银两交付与武松收受,作别自回去了。当厅押了文帖,着两个防送公人领了,解赴孟州交割。府尹发落已了。只说武松自与两个防送公人上路,有那原跟的土兵付与了行李,亦回本县去了。武松自和两个公人离了东平府,迤逦取路投孟州来。那两个公人知道武松是个好汉,一路只是小心去伏侍他,不敢轻慢他些个。武松见他两个小心,也不和他计较,包裹内有的是金银,但过村坊铺店,便买酒买肉,和他两个公人吃。

话休絮繁。武松自从三月初头杀了人,坐了两个月监房,如今来到孟州路上,正是六月前后,炎炎火日当天,烁石流金之际,只得赶早凉而行。约莫也行了二十馀日,来到一条大路,三个人已到岭上,却是巳牌时分。武松道:"两个公人,你们且休坐了,赶下岭去,寻买些酒肉吃。"两个公人道:"也说得是。"三个人奔过岭来,只一望时,见

----
〔1〕 木驴——古代使用的一种惨酷刑具:在执行死刑之前,把罪人钉在这种刑具上,游街示众。后文第四十回又写作"利子"。

远远地土坡下约有十数间草屋,傍着溪边,柳树上挑出个酒帘儿。武松见了,把手指道:"兀那里不有个酒店!离这岭下只有三五里路,那大树边厢便是酒店。"两个公人道:"我们今早吃饭时五更,走了这许多路,如今端的有些肚饥。真个快走,快走!"三个人奔下岭来,山冈边见个樵夫,挑一担柴过来。武松叫道:"汉子,借问你,此去孟州还有多少路?"樵夫道:"只有一里便是。"武松道:"这里地名叫做甚么去处?"樵夫道:"这岭是孟州道。岭前面大树林边,便是有名的十字坡。"武松问了,自和两个公人一直奔到十字坡边看时,为头一株大树,四五个人抱不交,上面都是枯藤缠着。看看抹过大树边,早望见一个酒店,门前窗槛边坐着一个妇人,露出绿纱衫儿来,头上黄烘烘的插着一头钗环,鬓边插着些野花。见武松同两个公人来到门前,那妇人便走起身来迎接。下面系一条鲜红生绢裙,搽一脸胭脂铅粉,敞开胸脯,露出桃红纱主腰,上面一色金钮。见那妇人如何?

眉横杀气,眼露凶光。辘轴般蠢坌腰肢,棒槌似桑皮手脚。厚铺着一层腻粉,遮掩顽皮;浓搽就两晕胭脂,直侵乱发。红裙内斑斓裹肚,黄发边皎洁金钗。钏镯牢笼魔女臂,红衫照映夜叉精。

当时那妇人倚门迎接,说道:"客官,歇脚了去。本家有好酒好肉,要点心时,好大馒头。"两个公人和武松入来,那妇人慌忙便道万福。三个人入到里面,一副柏木桌凳座头上,两个公人倚了棍棒,解下那缠袋,上下肩坐了。武松先把脊背上包裹解下来,放在桌子上,解了腰间搭膊,脱下布衫。两个公人道:"这里又没人看见,我们担些利害,且与你除了这枷,快活吃两碗酒。"便与武松揭了封皮,除下枷来放在桌子底下。都脱了上半截衣裳,搭在一边窗槛上。只见那妇人笑容可掬道:"客官,打多少酒?"武松道:"不要问多少,只顾筛来。肉便切三五斤来,一发算钱还你。"那妇人道:"也有好大馒头。"武松道:"也把二三十个来做点心。"那妇人嘻嘻地笑着,入里面托出一大桶酒来,放下三只大碗,三双箸,切出两盘肉来。一连筛了四五巡酒,去灶上取一笼馒头来放在桌子上。两个公人拿起来便吃。

武松取一个拍开看了,叫道:"酒家,这馒头是人肉的,是狗肉的?"那妇人嘻嘻笑道:"客官休要取笑。清平世界,荡荡乾坤,那里有人肉的馒头,狗肉的滋味?自来我家馒头,积祖是黄牛的。"武松道:"我从来走江湖上,多听得人说道:'大树十字坡,客人谁敢那里过?肥的切做馒头馅,瘦的却把去填河。'"那妇人道:"客官那得这话!这是你自捏出来的。"武松道:"我见这馒头馅内有几根毛,一像人小便处的毛一般,以此疑忌。"武松又问道:"娘子,你家丈夫却怎地不见?"那妇人道:"我的丈夫出外做客未回。"武松道:"恁地时,你独自一个须冷落。"那妇人笑着寻思道:"这贼配军却不是作死,倒来戏弄老娘!正是灯蛾扑火,惹焰烧身。不是我来寻你。我且先对付那厮!"这妇人便道:"客官,休要取笑。再吃几碗了,去后面树下乘凉。要歇,便在我家安歇不妨。"武松听了这话,自家肚里寻思道:"这妇人不怀好意了,你看我且先耍他!"武松又道:"大娘子,你家这酒好生淡薄,别有甚好的,请我们吃几碗。"那妇人道:"有些十分香美的好酒,只是浑些。"武松道:"最好,越浑越好吃。"那妇人心里暗喜,便去里面托出一旋浑色酒来。武松看了道:"这个正是好生酒,只宜热吃最好。"那妇人道:"还是这位客官省得。我盪来你尝看。"妇人自忖道:"这个贼配军正是该死。倒要热吃,这药却是发作得快。那厮当是我手里行货!"盪得热了,把将过来筛做三碗,便道:"客官,试尝这酒。"两个公人那里忍得饥渴,只顾拿起来吃了。武松便道:"大娘子,我从来吃不得寡酒,你再切些肉来与我过口。"张得那妇人转身入去,却把这酒泼在僻暗处,口中虚把舌头来咂道:"好酒!还是这酒冲得人动!"

那妇人那曾去切肉,只虚转一遭,便出来拍手叫道:"倒也,倒也!"那两个公人只见天旋地转,强禁了口,望后扑地便倒。武松也把眼来虚闭紧了,扑地仰倒在凳边。那妇人笑道:"着了!由你奸似鬼,吃了老娘的洗脚水。"便叫:"小二,小三,快出来!"只见里面跳出两个蠢汉来,先把两个公人扛了进去。这妇人后来,桌上提了武松的包裹并公人的缠袋,捏一捏看,约莫里面是些金银。那妇人欢喜道:"今日得这三头行货,倒有好两日馒头卖,又得这若干东西。"把包裹缠袋提了入去,却出来看。这两个汉子扛抬武松,那里扛得动,直挺挺在地下,却似有千百斤重的。那妇人看了,见这两个蠢汉拖扯不动,喝在一边,说道:"你这鸟男女,只会吃饭吃酒,全没些用,直要老娘亲自动手!这个鸟大汉却也会戏弄老娘,这等肥胖,好做黄牛肉卖。那两个瘦蛮子,只好做水牛肉卖。扛进去先开剥这厮。"那妇人一头说,一面先脱去了绿纱衫儿,解下了红绢裙子,赤膊着便来把武松轻轻提将起来。武松就势抱住那妇人,把两只手一拘,拘将拢来,当胸前搂住,却把两只腿望那妇人下半截只一挟,压在妇人身上。那妇人杀猪也似叫将起来。那两个汉子急待向前,被武松大喝一声,惊的呆了。那妇人被按压在地上,只叫道:"好汉饶我!"那里敢挣扎。只见门前一人挑一担柴歇在门首,望见武松按倒那妇人在地上,那人大踏步跑将进来叫道:"好汉息怒!且饶恕了,小人自有话说。"

武松跳将起来,把左脚踏住妇人,提着双拳,看那人时,头带青纱凹面巾,身穿白布衫,下面腿系护膝,八搭麻鞋,腰系着缠袋;生得三拳骨叉脸儿,微有几根髭髯,年近三十五六。看着武松,叉手不离方寸,说道:"愿闻好汉大名。"武松道:"我行不更名,坐不改姓,都头武松的便是。"那人道:"莫不是景阳冈打虎的武都头?"武松回道:"然也。"那人纳头便拜道:"闻名久矣,今日幸得拜识。"武松道:"你莫非是这妇人的丈夫?"那人道:"是。小人的浑家有眼不识泰山,不知怎地触犯了都头。可看小人薄面,望乞恕罪。"正是:

自古嗔拳输笑面,从来礼数服奸邪。

只因义勇真男子,降伏凶顽母夜叉。

武松见他如此小心,慌忙放起妇人来,便问:"我看你夫妻两个也不是等闲的人,愿求姓名。"那人便叫妇人穿了衣裳,快近前来拜了都头。武松道:"却才冲撞阿嫂,休怪。"那妇人便道:"有眼不识好人,一时不是,望伯伯恕罪。且请去里面坐地。"武松又问道:"你夫妻二位高姓大名?如何知我姓名?"那人道:"小人姓张名青,原是此间光明寺种菜园子。为因一时间争些小事,性起把这光明寺僧行杀了,放把火烧做白地。后来也没对头,官司也不来问,小人只在此大树坡下剪径。忽一日,有个老儿挑担子过来。小人欺负他老,抢出去和他厮并，斗了二十馀合，被那老儿一匾担打翻。原来那老儿年纪小时专一剪径，因见小人手脚活便，带小人归去到城里，教了许多本事，又把这个女儿招赘小人做了女婿。城里怎地住得？只得依旧来此间盖些草屋，卖酒为生。实是只等客商过往，有那入眼的，便把些蒙汗药与他吃了，便死。将大块好肉，切做黄牛肉卖，零碎小肉，做馅子包馒头，小人每日也挑些去村里卖，如此度日。小人因好结识江湖上好汉，人都叫小人做菜园子张青。俺这浑家姓孙，全学得他父亲本事，人都唤他做母夜叉孙二娘。他父亲殁了三四年，江湖上前辈绿林中有名，他的父亲唤做山夜叉孙元。小人却才回来，听得浑家叫唤，谁想得遇都头！小人多曾分付浑家道：'三等人不可坏他：第一是云游僧道，他又不曾受用过分了，又是出家的人。'则恁地，也争些儿坏了一个惊天动地的人。原是延安府老种经略相公帐前提辖，姓鲁名达，为因三拳打死了一个镇关西，逃走上五台山落发为僧。因他脊梁上有花绣，江湖上都呼他做花和尚鲁智深，使一条浑铁禅杖，重六十来斤，也从这里经过。浑家见他生得肥胖，酒里下了些蒙汗药，扛入在作坊里，正要动手开剥，小人恰好归来，见他那条禅杖非俗，却慌忙把解药救起来，结拜为兄。打听得他近日占了二龙山宝珠寺，和一个甚么青面兽杨志霸在那方落草。小人几番收得他相招的书信，只是不能勾去。"武松道："这两个，我也在江湖上多闻他名。"张青道："只可惜了一个头陀[1]，长七八尺一条大汉，也把来麻坏了，小人归得迟

---

〔1〕头陀——指行脚乞食的留发僧人。

了些个,已把他卸下四足。如今只留得一个箍头的铁戒尺,一领皂直裰,一张度牒在此。别的都不打紧,有两件物最难得:一件是一百单八颗人顶骨做成的数珠,一件是两把雪花镔铁打成的戒刀。想这头陀也自杀人不少,直到如今,那刀要便半夜里啸响。小人只恨道不曾救得这个人,心里常常忆念他。又分付浑家道:'第二等是江湖上行院妓女之人,他们是冲州撞府,逢场作戏,陪了多少小心得来的钱物。若还结果了他,那厮们你我相传,去戏台上说得我等江湖上好汉不英雄。'又分付浑家道:'第三等是各处犯罪流配的人,中间多有好汉在里头,切不可坏他。'不想浑家不依小人的言语,今日又冲撞了都头,幸喜小人归得早些。却是如何了起这片心?"母夜叉孙二娘道:"本是不肯下手,一者见伯伯包裹沉重,二乃怪伯伯说起风话,因此一时起意。"武松道:"我是斩头沥血的人,何肯戏弄良人?我见阿嫂瞧得我包裹紧,先疑忌了,因此特地说些风话,漏[1]你下手。那碗酒我已泼了,假做中毒。你果然来提我,一时拿住。甚是冲撞了嫂子,休怪!"张青大笑起来,便请武松直到后面客席里坐定。武松道:"兄长,若是恁地,你且放出那两个公人则个。"张青便引武松到人肉作坊里看时,见壁上绷着几张人皮,梁上吊着五七条人腿;见那两个公人一颠一倒,挺着在剥人凳上。武松道:"大哥,你且救起他两个来。"张青道:"请问都头,今得何罪?配到何处去?"武松把杀西门庆并嫂的缘由一一说了一遍。张青夫妻两个称赞不已,便对武松说道:

---

[1] 漏——行骗、引逗的意思。

"小人有句话说,未知都头如何?"武松道:"大哥,但说不妨。"

张青不慌不忙,对武松说出那几句话来,有分教:武松大闹了孟州城,哄动了安平寨。倚八九分美酒神威,仗千百斤英雄气力。直教打翻拽象拖牛汉,撅倒擒龙捉虎人。毕竟张青对武松说出甚言语来,且听下回分解。

第二十八回

武松威镇安平寨　施恩义夺快活林

诗曰：

功业如将智力求,当年盗跖合封侯。

行藏有义真堪羡,富贵非仁实可羞。

乡党陆梁施小虎,江湖任侠武都头。

巨林雄寨俱侵夺,方把平生志愿酬。

话说当下张青对武松说道:"不是小人心歹,比及都头去牢城营里受苦,不若就这里把两个公人做翻,且只在小人家里过几时。若是都头肯去落草时,小人亲自送至二龙山宝珠寺,与鲁智深相聚入伙,如何?"武松道:"最是兄长好心顾盼小弟,只是一件却使不得:武松平生只要打天下硬汉,这两个公人于我分上只是小心,一路上伏侍我来,我跟前又不曾道个不字,我若害了他,天理也不容我。你若敬爱我时,便与我救起他两个来,不可害了他性命。"张青道:"都头既然如此仗义,小人便救醒了。"当下张青叫火家便从剥人凳上搀起两个公人来,孙二娘便去调一碗解药来,张青扯住耳朵灌将下去。没半个时辰,两个公人如梦中睡觉的一般,爬将起来,看了武松,说道:"我们却如何醉在这里? 这家甚么好酒,我们又吃不多,便恁地醉了! 记着他家,回来再问他买吃。"武松笑将起来,张青、孙二娘也笑,两个公人正不知怎地。那两个火家自去宰杀鸡鹅,煮得熟了,整顿杯盘端正。张青教摆在后面葡萄架下,放了桌凳坐头,张青便邀武松并两个公人到后园内。武松便让两个公人上面坐了,张青、武松在下面朝上坐了,孙二娘坐在横头。两个汉子轮番斟酒,来往搬摆盘馔。张青劝武松饮酒至晚,取出那两口戒刀来,叫武松看了,果是镔铁打的,非一日之功。两个又说些江湖上好汉的勾当,却是杀人放火的事。武松又说:"山东及时雨宋公明,仗义疏财,如此豪杰,如今也为事逃在柴大官人庄上。"两个公人听得,惊得呆了,只是下拜。武松道:"难得你两个送我到这里了,终不成有害你之心?我等江湖上好汉们说话,你休要吃惊,我们并不肯害为善的人。我不是忘恩负义的,你只顾吃酒,明日到孟州时,自有相谢。"当晚就张青家里歇了。

次日,武松要行,张青那里肯放,一连留住,管待了三日。武松因此感激张青夫妻两个厚意,论年齿,张青却长武松五年,因此武松结拜张青为兄。武松再辞了要行,张青又置酒送路,取出行李、包裹、缠袋来交还了,又送十来两银子与武松,把二三两零碎银子赍发两个公人。武松就把这十两银子一发送了两个公人,再带上行枷,依旧贴了封皮。张青和孙二娘送出门前,武松作别了,自和公人投孟州来。未及晌午,早来到城里,直至州衙,当厅投下了东平府文牒。州尹看了,收了武松,自押了回文与两个公人回去,不在话下。随即却把武松帖发本处牢城营来。当日,武松来到牢城营前,看见一座牌额,上书三个大字,写着道"安平寨"。公人带武松到单身房里,公人自去下文书,讨了收管,不必得说。

第二十八回　武松威镇安平寨　施恩义夺快活林

　　武松自到单身房里,早有十数个一般的囚徒来看武松,说道:"好汉,你新到这里,包裹里若有人情的书信并使用的银两,取在手头,少刻差拨到来,便可送与他,若吃杀威棒时,也打得轻。若没人情送与他时,端的狼狈。我和你是一般犯罪的人,特地报你知道。岂不闻兔死狐悲,物伤其类。我们只怕你初来不省得,通你得知。"武松道:"感谢你们众位指教我。小人身边略有些东西,若是他好问我讨时,便送些与他;若是硬问我要时,一文也没。"众囚徒道:"好汉,休说这话! 古人道:不怕官,只怕管。在人矮檐下,怎敢不低头。只是小心便好。"

　　说犹未了,只见一个道:"差拨官人来了!"众人都自散了。武松解了包裹,坐在单身房里。只见那个人走将入来,问道:"那个是新到囚徒武松?"武松道:"小人便是。"差拨道:"你也是安眉带眼的人,直须要我开口说。你是景阳冈打虎的好汉,阳谷县做都头,只道你晓事,如何这等不达时务? 你敢来我这里,猫儿也不吃你打了!"武松道:"你倒来发话,指望老爷送人情与你,半文也没! 我精拳头有一双相送! 金银有些,留了自买酒吃,看你怎地奈何我! 没地里倒把我发回阳谷县去不成?"那差拨大怒去了。又有众囚徒走拢来说道:"好汉,你和他强了,少间苦也! 他如今去和管营相公说了,必然害你性命!"武松道:"不怕。随他怎么奈何我,文来文对,武来武对。"正在那里说言未了,只见三四个人来单身房里叫唤新到囚人武松。武松应道:"老爷在这里,又不走了,大呼小喝做甚么?"那来的人把武松一带,带到点视厅前。那管营相公正在厅上坐,五六个军汉押武松在当面。管营喝叫除了行枷,说道:"你那囚徒,省得太祖武德皇帝旧制,但凡初到配军,须打一百杀威棒。那兜拕的,背将起来!"武松道:"都不要你众人闹动。要打便打,也不要兜拕。我若是躲闪一棒的,不是好汉。从先打过的都不算,从新再打起!我若叫一声,也不是好男子!"两边看的人都笑道:"这痴汉弄死!且看他如何熬。"武松又道:"要打便打毒些,不要人情棒儿,打我不快活!"两下众人都笑起来。那军汉拿起棍来,却待下手,只见管营相公身边立着一个人,六尺以上身材,二十四五年纪,白净面皮,三柳髭须,额头上缚着白手帕,身上穿着一领青纱上盖,把一条白绢搭膊络着手。那人便去管营相公耳朵边略说了几句话。只见管营道:"新到囚徒武松,你路上途中曾害甚病来?"武松道:"我于路不曾害!酒也吃得,肉也吃得,饭也吃得,路也走得。"管营道:"这厮是途中得病到这里,我看他面皮才好,且寄下他这顿杀威棒。"两边行杖的军汉低低对武松道:"你快说病。这是相公将就你,你快只推曾害便了。"武松道:"不曾害,不曾害!打了倒干净。我不要留这一顿寄库棒,寄下倒是钩肠债,几时得了!"两边看的人都笑。管营也笑道:"想是这汉子多管害热病了,不曾得汗,故出狂言。不要听他,且把去禁在单身房里。"

　　三四个军人引武松依先送在单身房里,众囚徒都来问道:"你莫不有甚好相识书信与管营么?"武松道:"并不曾有。"众囚徒道:"若没时,寄下这顿棒,不是好意,晚间必然来结果你。"武松道:"他还是怎地来结果我?"众囚徒道:"他到晚把两碗干黄仓米饭,和些臭鲞鱼来与你吃了,趁饱带你去土牢里去,把索子捆翻,着一床干藁荐把你卷了，塞住了你七窍，颠倒竖在壁边，不消半个更次，便结果了你性命。这个唤做盆吊。"武松道："再有怎地安排我？"众人道："再有一样，也是把你来捆了，却把一个布袋，盛一袋黄沙，将来压在你身上，也不消一个更次便是死的。这个唤土布袋压杀。"武松又问道："还有甚么法度害我？"众人道："只是这两件怕人些，其馀的也不打紧。"众人说犹未了，只见一个军人，托着一个盒子入来，问道："那个是新配来的武都头？"武松答道："我便是，有甚么话说？"那人答道："管营叫送点心在这里。"武松看时，一大旋酒，一盘肉，一盘子面，又是一大碗汁。武松寻思道："敢是把这些点心与我吃了，却来对付我？我且落得吃了，却又理会。"武松把那旋酒来一饮而尽，把肉和面都吃尽了。那人收拾家火回去了。武松坐在房里寻思，自己冷笑道："看他怎地来对付我！"看看天色晚来，只见头先那个人又顶一个盒子入来。武松问道："你又来怎地？"那人道："叫送晚饭在这里。"摆下几般菜蔬，又是一大旋酒，一大盘煎肉，一碗鱼羹，一大碗饭。武松见了，暗暗自忖道："吃了这顿饭食，必然来结果我。且由他！便死也做个饱鬼，落得吃了，恰再计较。"那人等武松吃了，收拾碗碟回去了。不多时，那个人又和一个汉子两个来，一个提着浴桶，一个提一大桶汤来，看着武松道："请都头洗浴。"武松想道："不要等我洗浴了来下手？我也不怕他，且落得洗一洗。"那两个汉子安排倾下汤，武松跳在浴桶里面洗了一回，随即送过浴裙手巾，教武松拭了，穿了衣裳。一个自把残汤倾了，提了浴桶去。一个便把藤簟纱帐将来挂起，铺了藤簟，放个凉枕，叫了安置，也回去了。武松把门关上，拴了，自在里面思想道："这个是甚么意思？随他便了，且看如何。"放倒头便自睡了，一夜无事。

天明起来，才开得房门，只见夜来那个人提着桶洗面汤进来，教武松洗了面，又取漱口水漱了口；又带个篦头待诏来替武松篦了头，绾上髻子，裹了巾帻。又是一个人将个盒子入来，取出菜蔬下饭，一大碗肉汤，一大碗饭。武松道："由你走道儿，我且落得吃了。"武松吃罢饭，便是一盏茶。却才茶罢，只见送饭的那个人来请道："这里不好安歇，请都头去那壁房里安歇，搬茶搬饭却便当。"武松道："这番来了！我且跟他去，看如何！"一个便来收拾行李被卧，一个引着武松离了单身房里，来到前面一个去处，推开房门来，里面干干净净的床帐，两边都是新安排的桌凳什物。武松来到房里看了，存想道："我只道送我入土牢里去，却如何来到这般去处？比单身房好生齐整！"

定拟将身入土牢，谁知此处更清标。

施恩暗地行仁惠，遂使生平凤恨消。

武松坐到日中，那个人又将一个大盒子入来，手里提着一注子酒。将到房中，打开看时，排下四般果子，一只熟鸡，又有许多蒸卷儿。那人便把熟鸡来撕了，将注子里好酒筛下，请都头吃。武松心里忖道："由他对付我，我且落得吃了。"到晚，又是许多下饭，又请武松洗浴了，乘凉歇息。武松自思道："众囚徒也是这般说，我也这般想，却是怎地这般请我？"到第三日，依前又是如此送饭送酒。武松那日早饭罢，行出寨里来闲走，只见一般的囚徒都在那里，担水的，劈柴的,做杂工的,却在晴日头里晒着。正是五六月炎天,那里去躲这热。武松却背叉着手,问道:"你们却如何在这日头里做工?"众囚徒都笑起来,回说道:"好汉,你自不知,我们拨在这里做生活时,便是人间天上了,如何敢指望嫌热坐地!还别有那没人情的,将去锁在大牢里,求生不得生,求死不得死,大铁链锁着,也要过哩!"武松听罢,去天王堂前后转了一遭,见纸炉边一个青石墩,是插那天王纸旗的,约有四五百斤。武松看在眼里,暂回房里来坐地了,自存想,只见那个人又搬酒和肉来。

话休絮烦。武松自到那房里,住了三日,每日好酒好食搬来请武松吃,并不见害他的意。武松心里正委决不下,当日晌午,那人又搬将酒食来。武松忍耐不住,按定盒子,问那人道:"你是谁家伴当?怎地只顾将酒食来请我?"那人答道:"小人前日已禀都头说了,小人是管营相公家里梯己[1]人。"武松道:"我且问你,每日送的酒食,正是谁教你将来?请我吃了怎地?"那人道:"是管营相公的家里小管营教送与都头吃。"武松道:"我是个囚徒,犯罪的人,又不曾有半点好处到管营相公处,他如何送东西与我吃?"那人道:"小人如何省得。小管营分付道,教小人且送半年三个月,却说话。"武松道:"却又作怪!终不成将息得我肥胖了,却来结果我?这个鸟闷葫芦教我如何猜得破!这酒食不明,我如何吃得安稳?你只说与我,你那小管

---

〔1〕 梯己——这里是心腹、亲信的意思。后文第六十二回"来日宋江梯己聊备小酌"的梯己,是私下、私自的意思。

营是甚么样人？在那里曾和我相会？我便吃他的酒食。"那个人道："便是前日都头初来时，厅上立的那个白手帕包头，络着右手那人，便是小管营。"武松道："莫不是穿青纱上盖，立在管营相公身边的那个人？"那人道："正是老管营相公儿子。"武松道："我待吃杀威棒时，敢是他说救了我，是么？"那人道："正是小管营对他父亲说了，因此不打都头。"武松道："却又跷蹊！我自是清河县人氏，他自是孟州人，自来素不相识，如何这般看觑我？必有个缘故。我且问你，那小管营姓甚名谁？"那人道："姓施，名恩，使得好拳棒，人都叫他做金眼彪施恩。"武松听了道："想他必是个好男子。你且去请他出来，和我相见了，这酒食便可吃你的。你若不请他出来和我厮见时，我半点儿也不吃你的！"那人道："小管营分付小人道：'休要说知备细。'教小人待半年三个月，方才说知相见。"武松道："休要胡说！你只去请小管营出来和我相会了便罢。"那人害怕，那里肯去。武松有些焦躁起来，那人只得去里面说知。

多时，只见施恩从里面跑将出来，看着武松便拜。武松慌忙答礼，说道："小人是个治下的囚徒，自来未曾拜识尊颜，前日又蒙救了一顿大棒，今又蒙每日好酒好食相待，甚是不当。又没半点儿差遣，正是无功受禄，寝食不安。"施恩答道："小弟久闻兄长大名，如雷灌耳，只恨云程阻隔，不能勾相见。今日幸得兄长到此，正要拜识威颜，只恨无物款待，因此怀羞，不敢相见。"武松问道："却才听得伴当所说，且教武松过半年三个月，却有话说。正是小管营要与小人说甚话？"施恩道："村仆不省得事，脱口便对兄长说知道。却如何造次说得!"武松道:"管营恁地时,却是秀才耍,倒教武松鳖破肚皮,闷了怎地过得!你且说正是要我怎地?"施恩道:"既是村仆说出了,小弟只得告诉。因为兄长是个大丈夫,真男子,有件事欲要相央,除是兄长便行得。只是兄长路远到此,气力有亏,未经完足。且请将息半年三五个月,待兄长气力完足,那时却对兄长说知备细。"

武松听了,呵呵大笑道:"管营听禀:我去年害了三个月疟疾,景阳冈上酒醉里打翻了一只大虫,也只三拳两脚便自打死了,何况今日!"施恩道:"而今且未可说。且等兄长再将养几时,待贵体完完备备,那时方敢告诉。"武松道:"只是道我没气力了!既是如此说时,我昨日看见天王堂前那个石墩,约有多少斤重?"施恩道:"敢怕有四五百斤重。"武松道:"我且和你去看一看,武松不知拔得动也不。"施恩道:"请吃罢酒了同去。"武松道:"且去了回来吃未迟。"两个来到天王堂前,众囚徒见武松和小管营同来,都躬身唱喏。武松把石墩略摇一摇,大笑道:"小人真个娇惰了,那里拔得动!"施恩道:"三五百斤石头,如何轻视得他。"武松笑道:"小管营也信真个拿不起?你众人且躲开,看武松拿一拿。"武松便把上半截衣裳脱下来,拴在腰里,把那个石墩只一抱,轻轻地抱将起来,双手把石墩只一撒,扑地打下地里一尺来深。众囚徒见了,尽皆骇然。武松再把右手去地里一提,提将起来,望空只一掷,掷起去离地一丈来高。武松双手只一接,接来轻轻地放在原旧安处,回过身来,看着施恩并众囚徒。武松面上不红,心头不跳,口里不喘。施恩近前抱住武松便拜道:"兄长非凡人也!真天神!"众囚徒一齐都拜道:"真神人也!"施恩便请武松到私宅堂上请坐了。武松道:"小管营今番须同说知,有甚事使令我去?"施恩道:"且请少坐,待家尊出来相见了时,却得相烦告诉。"武松道:"你要教人干事,不要这等儿女相,颠倒恁地,不是干事的人了!便是一刀一割的勾当,武松也替你去干。若是有些谄佞的,非为人也!"

那施恩叉手不离方寸,才说出这件事来。有分教:武松显出那杀人的手段,重施这打虎的威风,来夺一个有名的去处,撷翻那厮盖世的英雄。正是:双拳起处云雷吼,飞脚来时风雨惊。毕竟施恩对武松说出甚事来,且听下回分解。

第二十九回

施恩重霸孟州道　武松醉打蒋门神

诗曰：

堪叹英雄大丈夫，飘蓬四海谩嗟吁。

武松不展魁梧略，施子难为远大图。

顷刻赵城应返璧，逡巡合浦便还珠。

他时水浒驰芳誉，方识男儿盖世无。

话说当时施恩向前说道："兄长请坐。待小弟备细告诉衷曲之事。"武松道："小管营不要文文诌诌，拣紧要的话直说来。"施恩道："小弟自幼从江湖上师父学得些小枪棒在身，孟州一境起小弟一个诨名，叫做金眼彪。小弟此间东门外有一座市井，地名唤做快活林。但是山东、河北客商们，都来那里做买卖，有百十处大客店，三二十处赌坊、兑坊[1]。往常时，小弟一者倚仗随身本事，二者捉着营里有八九十个弃命囚徒，去那里开着一个酒肉店，都分与众店家和赌坊、兑坊里。但有过路妓女之人，到那里来时，先要来参见小弟，然后许他去趁食。那许多去处每朝每日都有闲钱，月终也有三二百两银子寻觅，如此赚钱。近来被这本营内张团练，新从东潞州来，带一个人

---

[1] 兑坊——兑换店、小押铺。

到此。那厮姓蒋名忠,有九尺来长身材,因此,江湖上起他一个诨名,叫做蒋门神。那厮不说长大,原来有一身好本事,使得好枪棒,拽拳飞脚,相扑为最。自夸大言道:'三年上泰岳争跤,不曾有对;普天之下,没我一般的了!'因此来夺小弟的道路。小弟不肯让他,吃那厮一顿拳脚打了,两个月起不得床。前日兄长来时,兀自包着头,兜着手,直到如今,伤痕未消。本待要起人去和他厮打,他却有张团练那一班儿正军,若是闹将起来,和营中先自折理。有这一点无穷之恨不能报得。久闻兄长是个大丈夫,不在蒋门神之下,怎地得兄长与小弟出得这口无穷之怨气,死而瞑目。只恐兄长远路辛苦,气未完,力未足,因此且教将息半年三月,等贵体气完力足方请商议。不期村仆脱口失言说了,小弟当以实告。"

武松听罢,呵呵大笑,便问道:"那蒋门神还是几颗头,几条臂膊?"施恩道:"也只是一颗头,两条臂膊,如何有多!"武松笑道:"我只道他三头六臂,有那吒的本事,我便怕他!原来只是一颗头,两条臂膊。既然没那吒的模样,却如何怕他?"施恩道:"只是小弟力薄艺疏,便敌他不过。"武松道:"我却不是说嘴,凭着我胸中本事,平生只要打天下硬汉,不明道德的人!既是恁地说了,如今却在这里做甚么!有酒时,拿了去路上吃,我如今便和你去,看我把这厮和大虫一般结果他。拳头重时打死了,我自偿命!"施恩道:"兄长少坐。待家尊出来相见了,当行即行,未敢造次。等明日先使人去那里探听一遭,若是本人在家时,后日便去;若是那厮不在家时,却再理会。空自去打草惊蛇,倒吃他做了手脚,却是不好。"武松焦躁道:"小管营!

你可知〔1〕着他打了,原来不是男子汉做事。去便去,等甚么今日明日!要去便走,怕他准备!"

正在那里劝不住,只见屏风背后转出老管营来,叫道:"义士,老汉听你多时也。今日幸得相见义士一面,愚男如拨云见日一般。且请到后堂少叙片时。"武松跟了到里面。老管营道:"义士且请坐。"武松道:"小人是个囚徒,如何敢对相公坐地。"老管营道:"义士休如此说。愚男万幸,得遇足下,何故谦让?"武松听罢,唱个无礼喏,相对便坐了。施恩却立在面前。武松道:"小管营如何却立地?"施恩道:"家尊在上相陪,兄长请自尊便。"武松道:"恁地时,小人却不自在。"老管营道:"既是义士如此,这里又无外人。"便教施恩也坐了。仆从搬出酒肴果品盘馔之类。老管营亲自与武松把盏,说道:"义士如此英雄,谁不钦敬!愚男原在快活林中做些买卖,非为贪财好利,实是壮观孟州,增添豪杰气象。不期今被蒋门神倚势豪强,公然夺了这个去处,非义士英雄,不能报仇雪恨。义士不弃愚男,满饮此杯,受愚男四拜,拜为长兄,以表恭敬之心。"武松答道:"小人年幼无学,如何敢受小管营之礼?枉自折了武松的草料〔2〕!"当下饮过酒,施恩纳头便拜了四拜。武松连忙答礼,结为弟兄。当日武松欢喜饮酒,吃得大醉了,便教人扶去房中安歇,不在话下。

〔1〕 可知——当然、难怪、无怪其然等意思。
〔2〕 折了草料——折寿的意思。迷信的说法:一个人一生食料多少,命中注定;倘若超过了应有的享受、待遇,把注定的食料提前吃完,就要折减寿命。草料,是牲口的食料;称自己吃草料,客气话。

远戍牢城作配军,偶从公廨遇知音。

施恩先有知人鉴,双手擎还快活林。

次日,施恩父子商议道:"武松昨夜痛醉,必然中酒,今日如何敢叫他去?且推道使人探听来,其人不在家里,延挨一日,却再理会。"当日施恩来见武松,说道:"今日且未可去,小弟已使人探知这厮不在家里。明日饭后却请兄长去。"武松道:"明日去时不打紧,今日又气我一日!"早饭罢,吃了茶,施恩与武松去营前闲走了一遭,回来到客房里,说些枪法,较量些拳棒。看看晌午,邀武松到家里,只具数杯酒相待,下饭按酒,不记其数。武松正要吃酒,见他只把按酒添来相劝,心中不快意。吃了晌午饭,起身别了,回到客房里坐地。只见那两个仆人又来伏侍武松洗浴。武松问道:"你家小管营今日如何只将肉食出来请我,却不多将些酒出来与我吃,是甚意故?"仆人答道:"不敢瞒都头说,今早老管营和小管营议论,今日本是要央都头去,怕都头夜来酒多,恐今日中酒,怕误了正事,因此不敢将酒出来。明日正要央都头去干正事。"武松道:"怎地时,道我醉了,误了你大事?"仆人道:"正是这般计较。"仆人少间也自去了。

当夜武松巴不得天明,早起来洗漱罢,头上裹了一顶万字头巾,身上穿了一领土色布衫,腰里系条红绢搭膊,下面腿绷护膝,八搭麻鞋。讨了一个小膏药,贴了脸上金印。施恩早来请去家里吃早饭,武松吃了茶饭罢,施恩便道:"后槽有马,备来骑去。"武松道:"我又不脚小,骑那马怎地?只要依我一件事。"施恩道:"哥哥但说不妨,小弟如何敢道不依。"武松道:"我和你出得城去,只要还我无三不过望。"施恩道:"兄长,如何是无三不过望?小弟不省其意。"武松笑道:"我说与你。你要打蒋门神时,出得城去,但遇着一个酒店便请我吃三碗酒,若无三碗时,便不过望子去。这个唤做无三不过望。"施恩听了,想道:"这快活林离东门去有十四五里田地,算来卖酒的人家也有十二三家,若要每店吃三碗时,恰好有三十五六碗酒,才到得那里,恐哥哥醉也,如何使得!"武松大笑道:"你怕我醉了没本事?我却是没酒没本事,带一分酒便有一分本事,五分酒五分本事,我若吃了十分酒,这气力不知从何而来。若不是酒醉后了胆大,景阳冈上如何打得这只大虫!那时节,我须烂醉了好下手,又有力,又有势!"施恩道:"却不知哥哥是恁地。家下有的是好酒,只恐哥哥醉了失事,因此夜来不敢将酒出来请哥哥深饮。待事毕时,尽醉方休。既然哥哥原来酒后越有本事时,恁地先教两个仆人,自将了家里的好酒果品肴馔,去前路等候,却和哥哥慢慢地饮将去。"武松道:"怎么却才中我意。去打蒋门神,教我也有些胆量。没酒时,如何使得手段出来!还你今朝打倒那厮,教众人大笑一场。"施恩当时打点了,叫两个仆人先挑食箩酒担,拿了些铜钱去了。施老管营又暗暗地选拣了一二十条大汉壮健的人,慢慢的随后来接应,都分付下了。

且说施恩和武松两个离了安平寨,出得孟州东门外来。行过得三五百步,只见官道旁边,早望见一座酒肆望子挑出在檐前。看那个酒店时,但见:

　　门迎驿路,户接乡村。芙蓉金菊傍池塘,翠柳黄槐遮酒肆。壁上描刘伶贪饮,窗前画李白传杯。渊明归去,王弘送酒到东篱;佛印山居,苏轼逃禅来北阁。闻香驻马三家醉,知味停舟十里香。不惜抱琴沽一醉,信知终日卧斜阳。

那两个挑食担的仆人已先在那里等候。施恩邀武松到里面坐下,仆人已自安下肴馔,将酒来筛。武松道:"不要小盏儿吃。大碗筛来,只斟三碗。"仆人排下大碗,将酒便斟。武松也不谦让,连吃了三碗便起身。仆人慌忙收拾了器皿,奔前去了。武松笑道:"却才去肚里发一发,我们去休。"两个便离了这座酒肆,出得店来。此时正是七月间天气,炎暑未消,金风乍起。两个解开衣襟,又行不得一里多路,来到一处,不村不郭,却早又望见一个酒旗儿,高挑出在林树里。来到林木丛中看时,却是一座卖村醪小酒店。但见:

古道村坊,傍溪酒店。杨柳阴森门外,荷花旖旎池中。飘飘酒旆舞金风,短短芦帘遮酷日。磁盆架上,白泠泠满贮村醪;瓦瓮灶前,香喷喷初蒸社酝。村童量酒,想非昔日相如;少妇当垆,不是他年卓氏。休言三斗宿醒,便是二升也醉。

当时施恩、武松来到村坊酒肆门前,施恩立住了脚,问道:"兄长,此间是个村醪酒店,哥哥饮么?"武松道:"遮莫酸咸苦涩,问甚滑辣清香,是酒还须饮三碗。若是无三,不过帘便了。"两个人来坐下,仆人排了果品按酒。武松连吃了三碗,便起身走。仆人急急收了家火什物,赶前去了。两个出得店门来,又行不到一二里,路上又见个酒店,武松入来,又吃了三碗便走。

话休絮繁。武松、施恩两个一处走着,但遇酒店便入去吃三碗,约莫也吃过十来处好酒肆。施恩看武松时,不十分醉。武松问施恩道:"此去快活林还有多少路?"施恩道:"没多了,只在前面,远远地望见那个林子便是。"武松道:"既是到了,你且在别处等我,我自去寻他。"施恩道:"这话最好。小弟自有安身去处。望兄长在意,切不可轻敌。"武松道:"这个却不妨。你只要叫仆人送我,前面再有酒店时,我还要吃。"施恩叫仆人仍旧送武松。施恩自去了。

武松又行不到三四里路,再吃过十来碗酒。此时已有午牌时分,天色正热,却有些微风。武松酒却涌上来,把布衫摊开,虽然带着五七分酒,却装做十分醉的,前颠后偃,东倒西歪,来到林子前。那仆人用手指道:"只前头丁字路口,便是蒋门神酒店。"武松道:"既是到了,你自去躲得远着。等我打倒了,你们却来。"武松捱过林子背后,见一个金刚来大汉,披着一领白布衫,撒开一把交椅,拿着蝇拂子,坐在绿槐树下乘凉。武松看那人时,生得如何?但见:

形容丑恶,相貌粗疏。一身紫肉横生,几道青筋暴起。黄髯斜起,唇边扑地蝉蛾;怪眼圆睁,眉目对悬星象。坐下狰狞如猛虎,行时仿佛似门神。

这武松假醉佯颠,斜着眼看了一看,心中自忖道:"这个大汉以定是蒋门神了。"直抢过去。又行不到三五十步,早见丁字路口一个大酒店,檐前立着望竿,上面挂着一个酒望子,写着四个大字道:"河阳风月"。转过来看时,门前一带绿油阑干,插着两把销金旗,每把上五个金字,写道:"醉里乾坤大,壶中日月长"。一边厢肉案砧头,操刀的家生,一壁厢蒸作馒头,烧柴的厨灶。去里面一字儿摆着三只大酒缸,半截埋在地里,缸里面各有大半缸酒。正中间装列着柜身子,里面坐着一个年纪小的妇人,正是蒋门神初来孟州新娶的妾,原是西瓦子[1]里唱说诸般宫调的顶老[2]。那妇人生得如何?

眉横翠岫,眼露秋波。樱桃口浅晕微红,春笋手轻舒嫩玉。冠儿小,明铺鱼魫,掩映乌云;衫袖窄,巧染榴花,薄笼瑞雪。金钗插凤,宝钏围龙。尽教崔护去寻浆,疑是文君重卖酒。

武松看了,瞅着醉眼,径奔入酒店里来,便去柜身相对一副座头上坐了,把双手按着桌子上,不转眼看那妇人。在柜身里那妇人瞧见,回转头看了别处。武松看那店里时,也有五七个当撑的酒保。武松却敲着桌子叫道:"卖酒的主人家在那里?"一个当头的酒保过来,看着武松道:"客人要打多少酒?"武松道:"打两角酒,先把些来尝看。"那酒保去柜上叫那妇人舀两角酒下来,倾放桶里,盪一碗过来,道:"客人尝酒。"武松拿起来闻一闻,摇着头道:"不好,不好!换将来!"酒保见他醉了,将来柜上道:"娘子,胡乱换些与他噇。"那妇人接来,倾了那酒,又舀些上等酒下来。酒保将去,又盪一碗过来。武松提起来,呷了一口,叫道:"这酒也不好,快换来便饶你!"酒保忍气吞声,拿了酒去柜边道:"娘子,胡乱再换些好的与他,休和他一般见识。这客人醉了,只待要寻闹相似,胡乱换些好的与他噇。"那妇人又舀了一等上色好的酒来与酒保。酒保把桶儿放在面前,又盪一碗过来。武松吃了道:"这酒略有些意思。"问道:"过卖,你那主人家姓

----
〔1〕 西瓦子——瓦子就是瓦舍。西瓦子,某地西边的瓦舍。
〔2〕 顶老——妓女、歌妓。

甚么?"酒保答道:"姓蒋。"武松道:"却如何不姓李?"那妇人听了道:"这厮那里吃醉了,来这里讨野火〔1〕么?"酒保道:"眼见得是个外乡蛮子,不省得了。休听他放屁。"武松问道:"你说甚么?"酒保道:"我们自说话,客人你休管,自吃酒。"武松道:"过卖,你叫柜上那妇人下来相伴我吃酒。"酒保喝道:"休胡说!这是主人家娘子。"武松道:"便是主人家娘子待怎地?相伴我吃酒也不打紧!"那妇人大怒,便骂道:"杀才!该死的贼!"推开柜身子,却待奔出来。

武松早把土色布衫脱下,上半截揣在腰里,便把那桶酒只一泼,泼在地上,抢入柜身子里,却好接着那妇人。武松手硬,那里挣扎得。被武松一手接住腰胯,一只手把冠儿捏做粉碎,揪住云髻,隔柜身子提将出来,望浑酒缸里只一丢,听得扑同的一声响,可怜这妇人正被直丢在大酒缸里。武松托地从柜身前踏将出来。有几个当撑的酒保,手脚活些个的,都抢来奔武松。武松手到,轻轻地只一提,撇入怀里来,两手揪住,也望大酒缸里只一丢,桩〔2〕在里面。又一个酒保奔来,提着头只一掠,也丢在酒缸里。再有两个来的酒保,一拳一脚,都被武松打倒了。先头三个人,在三只酒缸里,那里挣扎得起。后面两个人,在地下爬不动。这几个火家捣子,打得屁滚尿流,乖的走了一个。武松道:"那厮必然去报蒋门神来。我就接将去,大路上打倒他好看,教众人笑一笑。"武松大踏步赶将出来。

---

〔1〕 讨野火——火,指饭食;讨野火,犹如说打野食,就是找便宜的意思。
〔2〕 桩——倒栽。

那个捣子径奔去报了蒋门神。蒋门神见说,吃了一惊,踢翻了交椅,丢去蝇拂子,便钻将来。武松却好迎着,正在大阔路上撞见。蒋门神虽然长大,近因酒色所迷,淘虚了身子,先自吃了那一惊,奔将来,那步不曾停住,怎地及得武松虎一般似健的人,又有心来算他。蒋门神见了武松,心里先欺他醉,只顾赶将入来。说时迟,那时快,武松先把两个拳头去蒋门神脸上虚影一影,忽地转身便走。蒋门神大怒,抢将来,被武松一飞脚踢起,踢中蒋门神小腹上,双手按了,便蹲下去。武松一踅,踅将过来,那只右脚早踢起,直飞在蒋门神额角上,踢着正中,望后便倒。武松追入一步,踏住胸脯,提起这醋钵儿大小拳头,望蒋门神脸上便打。原来说过的打蒋门神扑手:先把拳头虚影一影,便转身,却先飞起左脚,踢中了,便转过身来,再飞起右脚。这一扑有名,唤做"玉环步,鸳鸯脚"。这是武松平生的真才实学,非同小可!打的蒋门神在地下叫饶。武松说道:"若要我饶你性命,只要依我三件事。"蒋门神在地下叫道:"好汉饶我! 休说三件,便是三百件,我也依得!"

武松指定蒋门神,说出那三件事来,有分教:大闹孟州城,来上梁山泊。且教改头换面来寻主,剪发齐眉去杀人。毕竟武松对蒋门神说出那三件事来,且听下回分解。

第三十回

施恩三入死囚牢　武松大闹飞云浦

诗曰：

一切诸烦恼，皆从不忍生。

见机而耐性，妙悟生光明。

佛语戒无论，儒书贵莫争。

好条快活路，只是少人行。

话说当时武松踏住蒋门神在地下，指定面门道："若要我饶你性命，只依我三件事便罢！"蒋门神便道："好汉但说，蒋忠都依。"武松道："第一件，要你便离了快活林回乡去，将一应家火什物，随即交还原主金眼彪施恩。谁教你强夺他的？"蒋门神慌忙应道："依得，依得！"武松道："第二件，我如今饶了你起来，你便去央请快活林为头为脑的英雄豪杰，都来与施恩陪话。"蒋门神道："小人也依得。"武松道："第三件，你从今日交割还了，便要你离了这快活林，连夜回乡去，不许你在孟州住。在这里不回去时，我见一遍打你一遍，我见十遍打十遍。轻则打你半死，重则结果了你命！你依得么？"蒋门神听了，要挣扎性命，连声应道："依得，依得！蒋忠都依！"武松就地下提起蒋门神来看时，打得脸青嘴肿，脖子歪在半边，额角头流出鲜血来。武松指着蒋门神说道："休言你这厮鸟蠢汉，景阳冈上那只大虫，也只打三拳两脚,我兀自打死了。量你这个值得甚的!快交割还他!但迟了些个,再是一顿,便一发结果了你这厮!"蒋门神此时方才知是武松,只得喏喏连声告饶。

正说之间,只见施恩早到,带领着三二十个悍勇军健,都来相帮。却见武松赢了蒋门神,不胜之喜,团团拥定武松。武松指着蒋门神道:"本主已自在这里了,你一面便搬,一面快去请人来陪话。"蒋门神答道:"好汉,且请去店里坐地。"武松带一行人都到店里看时,满地尽是酒浆。这两个鸟男女正在缸里扶墙摸壁扎挣。那妇人方才从缸里爬得出来,头脸都吃磕破了,下半截淋淋漓漓都拖着酒浆。那几个火家酒保走得不见影了。

武松与众人入到店里坐下,喝道:"你等快收拾起身!"一面安排车子,收拾行李,先送那妇人去了;一面叫不着伤的酒保,去镇上请十数个为头的豪杰之士,都来店里替蒋门神与施恩陪话。尽把好酒开了,有的是按酒,都摆列了桌面,请众人坐地。武松叫施恩在蒋门神上首坐定。各人面前放只大碗,叫酒保只顾筛来。酒至数碗,武松开话道:"众位高邻都在这里。小人武松,自从阳谷县杀了人,配在这里,闻听得人说道:快活林这座酒店,原是小施管营造的屋宇等项买卖,被这蒋门神倚势豪强,公然夺了,白白地占了他的衣饭。你众人休猜道是我的主人,我和他并无干涉。我从来只要打天下这等不明道德的人!我若路见不平,真乃拔刀相助,我便死了不怕!今日我本待把蒋家这厮一顿拳脚就打死,除了一害,且看你众高邻面上,权寄下这厮一条性命。则今晚便教他投外府去。若不离了此间,再撞见我时,景阳冈上大虫便是模样!"众人才知道他是景阳冈打虎的武都头,都起身替蒋门神陪话道:"好汉息怒。教他便搬了去,奉还本主。"那蒋门神吃他一吓,那里敢再做声。施恩便点了家火什物,交割了店肆。蒋门神羞惭满面,相谢了众人,自唤了一辆车儿去了,就装了行李起身,不在话下。且说武松邀众高邻直吃得尽醉方休。至晚,众人散了,武松一觉直睡到次日辰牌方醒。

却说施老管营听得儿子施恩重霸得快活林酒店,自骑了马直来店里相谢武松,连日在店内饮酒作贺。快活林一境之人都知武松了得,那一个不来拜见武松。自此,重整店面,开张酒肆。老管营自回安平寨理事。施恩使人打听蒋门神带了家小不知去向,这里只顾自做买卖,且不去理他,就留武松在店里居住。自此,施恩的买卖比往常加增三五分利息,各店家并各赌坊、兑坊,加利倍送闲钱来与施恩。施恩得武松争了这口气,把武松似爷娘一般敬重。施恩自此重霸得孟州道快活林,不在话下。正是:

　　恶人自有恶人磨,报了冤仇是若何。
　　从此施恩心下喜,武松终日醉颜酡。

荏苒光阴,早过了一月之上。炎威渐退,玉露生凉,金风去暑,已及深秋。有话即长,无话即短。当日施恩正和武松在店里闲坐说话,论些拳棒枪法,只见店门前两三个军汉,牵着一匹马,来店里寻问主人道:"那个是打虎的武都头?"施恩却认得是孟州守御兵马都监张蒙方衙内亲随人。施恩便向前问道:"你等寻武都头则甚?"那军汉说道:"奉都监相公钧旨,闻知武都头是个好男子,特地差我们将马来取他。相公有钧帖在此。"施恩看了,寻思道:"这张都监是我父亲的上司官,属他调遣;今者武松又是配来的囚徒,亦属他管下,只得教他去。"施恩便对武松道:"兄长,这几位郎中,是张都监相公处差来取你。他既着人牵马来,哥哥心下如何?"武松是个一勇之夫,终无计较,便道:"他既是取我,只得走一遭,看他有甚话说。"随即换了衣裳巾帻,带了个小伴当,上了马,一同众人投孟州城里来。到得张都监宅前,下了马,跟着那军汉直到厅前参见张都监。

那张蒙方在厅上,见了武松来,大喜道:"教进前来相见。"武松到厅下,拜了张都监,叉手立在侧边。张都监便对武松道:"我闻知你是个大丈夫,男子汉,英雄无敌,敢与人同死同生。我帐前见缺恁地一个人,不知你肯与我做亲随梯己么?"武松跪下称谢道:"小人是个牢城营内囚徒,若蒙恩相抬举,小人当以执鞭坠镫,伏侍恩相。"张都监大喜,便叫取果盒酒出来。张都监亲自赐了酒,叫武松吃的大醉,就前厅廊下收拾一间耳房与武松安歇。次日,又差人去施恩处取了行李来,只在张都监家宿歇。早晚都监相公不住地唤武松进后堂,与酒与食,放他穿房入户,把做亲人一般看待;又叫裁缝与武松彻里彻外做秋衣。武松见了,也自欢喜,心内寻思道:"难得这个都监相公,一力要抬举我!自从到这里住了,寸步不离,又没工夫去快活林与施恩说话。虽是他频频使人来相看我,多管是不能勾入宅里来。"武松自从在张都监宅里,相公见爱,但是人有些公事来央浼他的,武松对都监相公说了,无有不依。外人都送些金银、财帛、段匹等件,武松买个柳藤箱子,把这送的东西都锁在里面,不在话下。

时光迅速,却早又是八月中秋。怎见得中秋好景?但见:

> 玉露泠泠,金风淅淅。井畔梧桐落叶,池中菡萏成房。新雁初鸣,南楼上动人愁惨;寒蛩韵急,旅馆中孤客忧怀。舞风杨柳半摧残,带雨芙蓉逞妖艳。秋色平分催节序,月轮端正照山河。

当时,张都监向后堂深处鸳鸯楼下安排筵宴,庆赏中秋,叫唤武松到里面饮酒。武松见夫人宅眷都在席上,吃了一杯,便待转身出来。张都监唤住武松问道:"你那里去?"武松答道:"恩相在上,夫人宅眷在此饮宴,小人理合回避。"张都监大笑道:"差了,我敬你是个义士,特地请将你来一处饮酒,如自家一般,何故却要回避?你是我心腹人,何碍?便一处饮酒不妨。"武松道:"小人是个囚徒,如何敢与恩相坐地!"张都监道:"义士,你如何见外?此间又无外人,便坐不妨。"武松三回五次谦让告辞,张都监那里肯放,定要武松一处坐地。武松只得唱个无礼喏,远远地斜着身坐了。张都监着丫嬛、养娘斟酒,相劝一杯两盏。看看饮过五七杯酒,张都监叫抬上果桌饮酒,又进了一两套。食次说些闲话,问了些枪法。张都监道:"大丈夫饮酒,何用小杯!"叫:"取大银赏钟斟酒与义士吃。"连珠箭劝了武松几锺。看看月明,光彩照入东窗,武松吃的半醉,却都忘了礼数,只顾痛饮。张都监叫唤一个心爱的养娘,叫做玉兰,出来唱曲。那玉兰生得如何?但见:

> 脸如莲萼,唇似樱桃。两弯眉画远山青,一对眼明秋水润。纤腰袅娜,绿罗裙掩映金莲;素体馨香,绛纱袖轻笼玉笋。凤钗

斜插笼云髻,象板高擎立玳筵。

那张都监指着玉兰道:"这里别无外人,只有我心腹之人武都头在此。你可唱个中秋对月时景的曲儿,教我们听则个。"玉兰执着象板,向前各道个万福,顿开喉咙,唱一支东坡学士中秋《水调歌》。唱道是:

"明月几时有?把酒问青天。不知天上宫阙,今夕是何年?我欲乘风归去,只恐琼楼玉宇,高处不胜寒。起舞弄清影,何似在人间。　　高卷珠帘,低绮户,照无眠。不应有恨,何事常向别时圆?人有悲欢离合,月有阴晴圆缺,此事古难全。但愿人长久,万里共婵娟。"

这玉兰唱罢,放下象板,又各道了一个万福,立在一边。张都监又道:"玉兰,你可把一巡酒。"这玉兰应了,便拿了一副劝杯,丫嬛斟酒,先递了相公,次劝了夫人,第三便劝武松饮酒。张都监叫斟满着。武松那里敢抬头,起身远远地接过酒来,唱了相公、夫人两个大喏,拿起酒来一饮而尽,便还了盏子。张都监指着玉兰,对武松道:"此女颇有些聪明伶俐,善知音律,极能针指。如你不嫌低微,数日之间,择了良辰,将来与你做个妻室。"武松起身再拜道:"量小人何者之人,怎敢望恩相宅眷为妻?枉自折武松的草料!"张都监笑道:"我既出了此言,必要与你。你休推故阻,我必不负约。"当时一连又饮了十数杯酒。约莫酒涌上来,恐怕失了礼节,便起身拜谢了相公、夫人,出到厅前廊下房门前。开了门,觉道酒食在腹,未能便睡,去房里脱了衣裳,除下巾帻,拿条梢棒,来厅心里月明下使几回棒,打了几个轮头。仰面看天时,约有三更时分。

武松进到房里,却待脱衣去睡,只听得后堂里一片声叫起"有贼"来。武松听得道:"都监相公如此爱我,又把花枝也似个女儿许我,他后堂内里有贼,我如何不去救护?"武松献勤,提了一条梢棒径抢入后堂里来。只见那个唱的玉兰,慌慌张张走出来指道:"一个贼奔入后花园里去了!"武松听得这话,提着梢棒,大踏步直赶入花园里去寻时,一周遭不见。复翻身却奔出来,不提防黑影里撇出一条板凳,把武松一跤绊翻,走出七八个军汉,叫一声:"捉贼!"就地下把武松一条麻索绑了。武松急叫道:"是我!"那众军汉那里容他分说。只见堂里灯烛荧煌,张都监坐在厅上,一片声叫道:"拿将来!"

众军汉把武松一步一棍打到厅前,武松叫道:"我不是贼,是武松。"张都监看了大怒,变了面皮,喝骂道:"你这个贼配军,本是个强盗,贼心贼肝的人!我倒要抬举你一力成人,不曾亏负了你半点儿。却才教你一处吃酒,同席坐地。我指望要抬举与你个官,你如何却做这等的勾当?"武松大叫道:"相公,非干我事!我来捉贼,如何倒把我捉了做贼?武松是个顶天立地的好汉,不做这般的事!"张都监喝道:"你这厮休赖!且把他押去他房里,搜看有无赃物!"众军汉把武松押着,径到他房里,打开他那柳藤箱子看时,上面都是些衣服,下面却是些银酒器皿,约有一二百两赃物。武松见了,也自目睁口呆,只得叫屈。众军汉把箱子抬出厅前,张都监看了,大骂道:"贼配军,如此无礼!赃物正在你箱子里搜出来,如何赖得过!常言道:众生好度人难度。原来你这厮外貌像人,倒有这等贼心贼肝。既然赃证明白,没话说了！"连夜便把赃物封了，且叫："送去机密房里监收，天明却和这厮说话！"武松大叫冤屈，那里肯容他分说。众军汉扛了赃物，将武松送到机密房里收管了。张都监连夜使人去对知府说了，押司孔目上下都使用了钱。

次日天明，知府方才坐厅，左右缉捕观察把武松押至当厅，赃物都扛在厅上。张都监家心腹人赍着张都监被盗的文书，呈上知府看了。那知府喝令左右把武松一索捆翻。牢子节级将一束问事狱具放在面前。武松却待开口分说，知府喝道："这厮原是远流配军，如何不做贼，必定是一时见财起意。既是赃证明白，休听这厮胡说，只顾与我加力打这厮！"那牢子狱卒拿起批头竹片，雨点地打下来。武松情知不是话头，只得屈招做："本月十五日，一时见本官衙内许多银酒器皿，因而起意，至夜乘势窃取入己。"与了招状。知府道："这厮正是见财起意，不必说了。且取枷来钉了监下。"牢子将过长枷，把武松枷了，押下死囚牢里监禁了。正是：

都监贪污重可嗟，得人金帛售奸邪。

假将歌女为婚配，却把忠良做贼拿。

且说武松下在大牢里，寻思道："叵耐张都监那厮安排这般圈套坑陷我，我若能勾挣得性命出去时，却又理会！"牢子狱卒把武松押在大牢里，将他一双脚昼夜匣着[1]，又把木杻钉住双手，那里容他些松宽。

---

[1] 匣着——夹住、套住的意思。

话里却说施恩已有人报知此事,慌忙入城来和父亲商议。老管营道:"眼见得是张团练替蒋门神报仇,买嘱张都监,却设出这条计策陷害武松。必然是他着人去上下都使了钱,受了人情贿赂,众人以此不由他分说,必然要害他性命。我如今寻思起来,他须不该死罪。只是买求两院押牢节级便好,可以存他性命,在外却又别作商议。"施恩道:"见今当牢节级姓康的,和孩儿最过得好。只得去求浼他如何?"老管营道:"他是为你吃官司,你不去救他,更待何时。"

施恩将了一二百两银子,径投康节级,却在牢未回。施恩叫他家着人去牢里说知。不多时,康节级归来,与施恩相见。施恩把上件事一一告诉了一遍,康节级答道:"不瞒兄长说,此一件事,皆是张都监和张团练两个同姓结义做弟兄,见今蒋门神躲在张团练家里,却央张团练买嘱这张都监,商量设出这条计来。一应上下之人,都是蒋门神用贿赂,我们都接了他钱。厅上知府一力与他做主,定要结果武松性命。只有当案一个叶孔目不肯,因此不敢害他。这人忠直仗义,不肯要害平人,亦不贪爱金宝,只有他不肯要钱,以此武松还不吃亏。今听施兄所说了,牢中之事尽是我自维持。如今便去宽他,今后不教他吃半点儿苦。你却快央人去,只买叶孔目,要求他早断出去,便可救得他性命。"施恩取一百两银子与康节级,康节级那里肯受,再三推辞,方才收了。

施恩相别出门来,径回营里,又寻一个和叶孔目知契的人,送一百两银子与他,只求早早紧急决断。那叶孔目已知武松是个好汉,亦自有心周全他,已把那文案做得活着。只被这知府受了张都监贿赂嘱托,不肯从轻勘来。武松窃取人财,又不得死罪,因此互相延挨,只要牢里谋他性命。今来又得了这一百两银子,亦知是屈陷武松,却把这文案都改得轻了,尽出豁了武松,只待限满决断。有诗为证:

赃吏纷纷据要津,公然白日受黄金。

西厅孔目心如水,海内清廉播德音。

且说施恩于次日安排了许多酒馔,甚是齐备,来央康节级引领,直进大牢里看视武松,见面送饭。此时武松已自得康节级看觑,将这刑禁都放宽了。施恩又取三二十两银子分俵〔1〕与众小牢子,取酒食叫武松吃了。施恩附耳低言道:"这场官司明明是都监替蒋门神报仇,陷害哥哥。你且宽心,不要忧念,我已央人和叶孔目说通了,甚有周全你的好意。且待限满断决你出去,却再理会。"此时武松得松宽了,已有越狱之心,听得施恩说罢,却放了那片心。施恩在牢里安慰了武松,归到营中。过了两日,施恩再备些酒食钱财,又央康节级引领,入牢里与武松说话。相见了,将酒食管待,又分俵了些零碎银子与众人做酒钱。回归家来,又央浼人上下去使用,催趱打点文书。过得数日,施恩再备了酒肉,做了几件衣裳,再央康节级维持,相引将来牢里请众人吃酒,买求看觑武松。叫他更换了些衣服,吃了酒食。

出入情熟,一连数日,施恩来了大牢里三次。却不提防被张团练家心腹人见了,回去报知。那张团练便去对张都监说了其事。张都

---

〔1〕 分俵——分散、分配的意思。有时也写作"俵分"。

监却再使人送金帛来与知府,就说与此事。那知府是个赃官,接受了贿赂,便差人常常下牢里来觑看,但见闲人便要拿问。施恩得知了,那里敢再去看觑。武松却自得康节级和众牢子自照管他。施恩自此早晚只去得康节级家里讨信,得知长短,都不在话下。

看看前后将及两月,有这当案叶孔目一力主张,知府处早晚说开就里。那知府方才知得张都监接受了蒋门神若干银子,通同张团练设计排陷武松,自心里想道:"你倒赚了银两,教我与你害人!"因此心都懒了,不来管看。捱到六十日限满,牢中取出武松,当厅开了枷。当案叶孔目读了招状,定拟下罪名,脊杖二十,刺配恩州牢城,原盗赃物给还本主。张都监只得着家人当官领了赃物。当厅把武松断了二十脊杖,刺了金印,取一面七斤半铁叶盘头枷钉了,押一纸公文,差两个壮健公人防送武松,限了时日要起身。那两个公人领了牒文,押解了武松出孟州衙门便行。有诗为证:

孔目推详秉至公,武松垂死又疏通。

今朝远戍恩州去,病草凄凄遇暖风。

且说叶孔目从公拟断,决配了武松。原来武松吃断棒之时,却得老管营使钱通了,叶孔目又看觑他,知府亦知他被陷害,不十分来打重,因此断得棒轻。武松忍着那口气,带上行枷,出得城来,两个公人监在后面。约行得一里多路,只见官道旁边酒店里钻出施恩来,看着武松道:"小弟在此专等。"武松看施恩时,又包着头,络着手臂。武松问道:"我好几时不见你,如何又做恁地模样?"施恩答道:"实不相瞒哥哥说,小弟自从牢里三番相见之后,知府得知了,不时差人下来牢里点闸,那张都监又差人在牢门口左近两边寻看着,因此小弟不能勾再进大牢里来看望兄长,只在得康节级家里讨信。半月之前,小弟正在快活林中店里,只见蒋门神那厮又领着一伙军汉到来厮打。小弟被他又痛打一顿,也要小弟央浼人陪话,却被他仍复夺了店面,依旧交还了许多家火什物。小弟在家将息未起,今日听得哥哥断配恩州,特有两件绵衣送与哥哥路上穿着,煮得两只熟鹅在此,请哥哥吃两块了去。"施恩便邀两个公人,请他入酒肆。那两个公人那里肯进酒店里去,便发言发语道:"武松这厮,他是个贼汉!不争我们吃你的酒食,明日官府上须惹口舌。你若怕打,快走开去!"施恩见不是话头,便取十来两银子送与他两个公人。那厮两个那里肯接,恼忿忿地只要催促武松上路。施恩讨两碗酒叫武松吃了,把一个包裹拴在武松腰里,把这两只熟鹅挂在武松行枷上。施恩附耳低言道:"包裹里有两件绵衣,一帕子散碎银子,路上好做盘缠,也有两双八搭麻鞋在里面。只是要路上仔细提防,这两个贼男女不怀好意!"武松点头道:"不须分付,我已省得了,再着两个来也不惧他。你自回去将息,且请放心,我自有措置。"施恩拜辞了武松,哭着去了,不在话下。有诗为证:

朝磨暮折走天涯,坐趱行催重可嗟。

多谢施恩深馈送,棱棱义气实堪夸。

武松和两个公人上路,行不数里之上,两个公人悄悄地商议道:"不见那两个来?"武松听了,自暗暗地寻思,冷笑道:"没你娘鸟兴,那厮倒来扑复老爷!"武松右手却吃钉住在行枷上,左手却散着。武松就枷上取下那熟鹅来,只顾自吃,也不采那两个公人。又行了一二里路,再把这只熟鹅除来,右手扯着,把左手撕来只顾自吃。行不过五里路,把这两只熟鹅都吃尽了。

约莫离城也有八九里多路,只见前面路边先有两个人,提着朴刀,各跨口腰刀,先在那里等候。见了公人监押武松到来,便帮着做一路走。武松又见这两个公人与那两个提朴刀的挤眉弄眼,打些暗号。武松早睃见,自瞧了八分尴尬,只安在肚里,却且只做不见。又走不过数里多路,只见前面来到一处济济荡荡鱼浦,四面都是野港阔河。五个人行至浦边,一条阔板桥,一座牌楼,上有牌额,写着道"飞云浦"三字。武松见了,假意问道:"这里地名唤做甚么去处?"两个公人应道:"你又不眼瞎,须见桥边牌额上写道'飞云浦'!"

武松踅住道:"我要净手则个。"那一个公人走近一步,却被武松叫声:"下去!"一飞脚早踢中,翻筋斗踢下水里去。这一个急待转身,武松右脚早起,扑咚地也踢下水里去。那两个提朴刀的汉子望桥下便走。武松喝一声:"那里去!"把枷只一扭,折做两半个,扯开封皮,将来撇在水里,赶将下桥来。那两个先自惊倒了一个。武松奔上前去,望那一个走的后心上只一拳打翻,便夺过朴刀来,搠上几朴刀,死在地上。却转身回来,这个才挣得起,正待要走。武松追着,劈头揪住,喝道:"你这厮实说,我便饶你性命!"那人道:"小人两个是蒋门神徒弟。今被师父和张团练定计,使小人两个来相帮防送公人,一处来害好汉。"武松道:"你师父蒋门神今在何处?"那人道:"小人临来时,和张团练都在张都监家里后堂鸳鸯楼上吃酒,专等小人回报。"武松道:"原来恁地,却饶你不得!"手起刀落,也把这人杀了。解下他腰刀来,拣好的带了一把。将两个尸首都撺在浦里。又怕那两个公人不死,提起朴刀,每人身上搠了几朴刀。立在桥上看了一回,思量道:"虽然杀了这四个贼男女,不杀得张都监、张团练、蒋门神,如何出得这口恨气!"提着朴刀,踌躇了半晌,一个念头,竟奔回孟州城里来。

不是这个武松投孟州城里来要杀张都监,有分教:画堂深处,尸横厅事阶前;红烛光中,血满彩楼阁内。哄动乾坤,大闹寰宇。正是:两只大虫分胜败,一双恶兽并输赢。毕竟武松再奔回孟州城里来怎地结末,且听下回分解。

第三十一回

张都监血溅鸳鸯楼　武行者夜走蜈蚣岭

词曰：

神明照察，难除奸狡之心。国法昭彰，莫绝凶顽之辈。损人益己，终非悠远之图；害众成家，岂是久长之计。福缘善庆，皆因德行而生；祸起伤财，盖为不仁而至。知廉识耻，不遭罗网之灾；举善荐贤，必有荣华之地。行慈行孝，乃后代之昌荣。怀妒怀奸，是终身之祸患。广施恩惠，人生何处不相逢；多结冤仇，路逢狭处难回避。

话说这篇言语，劝人行善逢善，行恶逢恶。话里所说，张都监听信这张团练说诱嘱托，替蒋门神报仇，贪图贿赂，设出这条奇计，陷害武松性命。临断出来，又使人买嘱两个防送公人，却教蒋门神两个徒弟相帮公人，同去路上结果他性命。谁想四个人倒都被武松搠死在飞云浦了。当时武松立于桥上，寻思了半晌，踌躇起来，怨恨冲天："不杀得张都监，如何出得这口恨气！"便去死尸身边取下腰刀，选好的取把将来跨了，拣条好朴刀提着，再径回孟州城里来。进得城中，早是黄昏时候，只见家家闭户，处处关门。但见：

十字街荧煌灯火，九曜寺香霭钟声。一轮明月挂青天，几点疏星明碧汉。六军营内，呜呜画角频吹；五鼓楼头，点点铜壶正滴。四边宿雾，昏昏罩舞榭歌台；三市寒烟，隐隐蔽绿窗朱户。

两两佳人归绣幕,双双士子掩书帏。

当下武松入得城来,径踅去张都监后花园墙外,却是一个马院。武松就在马院边伏着,听得那后槽却在衙里,未曾出来。正看之间,只见呀地角门开,后槽提着个灯笼出来,里面便关了角门。武松却躲在黑影里,听那更鼓时,早打一更四点。那后槽上了草料,挂起灯笼,铺开被卧,脱了衣裳,上床便睡。武松却来门边挨那门响,后槽喝道:"老爷方才睡,你要偷我衣裳,也早些哩。"武松把朴刀倚在门边,却掣出腰刀在手里,又呀呀地推门。那后槽那里忍得住,便从床上赤条条地跳将起来,拿了搅草棍,拔了拴,却待开门,被武松就势推开去,抢入来把这后槽劈头揪住。却待要叫,灯影下见明晃晃地一把刀在手里,先自惊得八分软了,口里只叫得一声:"饶命!"武松道:"你认得我么?"后槽听得声音,方才知是武松,便叫道:"哥哥,不干我事,你饶了我罢!"武松道:"你只实说,张都监如今在那里?"后槽道:"今日和张团练、蒋门神他三个吃了一日酒,如今兀自在鸳鸯楼上吃哩。"武松道:"这话是实么?"后槽道:"小人说谎,就害疔疮。"武松道:"恁地却饶你不得!"手起一刀,把这后槽杀了,砍下头来,一脚踢过尸首。武松把刀插入鞘里,就灯影下去腰里解下施恩送来的绵衣,将出来,脱了身上旧衣裳,把那两件新衣穿了,拴缚得紧凑,把腰刀和鞘跨在腰里。却把后槽一床絮被包了散碎银两,入在缠袋里,却把来挂在门边。又将两扇门立在墙边,先去吹灭了灯火,却闪将出来,拿了朴刀,从门上一步步爬上墙来。

月却明亮,照耀如同白日。武松从墙头上一跳,却跳在墙里,便先来开了角门,拨过了门扇,复翻身入来,虚掩上角门,拴都提过了。武松却望灯明处来看时,正是厨房里。只见两个丫嬛正在那汤罐边埋怨,说道:"伏侍了一日,兀自不肯去睡,只是要茶吃!那两个客人也不识羞耻,噇得这等醉了,也兀自不肯下楼去歇息,只说个不了。"那两个女使正口里喃喃讷讷地怨怅,武松却倚了朴刀,掣出腰里那口带血刀来,把门一推,呀地推开门,抢入来,先把一个女使鬏角儿揪住,一刀杀了。那一个却待要走,两只脚一似钉住了的,再要叫时,口里又似哑了的,端的是惊得呆了。休道是两个丫嬛,便是说话的见了,也惊得口里半舌不展。武松手起一刀,也杀了,却把这两个尸首拖放灶前,去了厨下灯火,趁着那窗外月光,一步步挨入堂里来。

武松原在衙里出入的人,已自都认得路数,径踅到鸳鸯楼胡梯边来。捏脚捏手摸上楼时,早听得那张都监、张团练、蒋门神三个说话。武松在胡梯口听,只听得蒋门神口里称赞不了,只说:"亏了相公与小人报了冤仇。再当重重地答报恩相。"这张都监道:"不是看我兄弟张团练面上,谁肯干这等的事!你虽费用了些钱财,却也安排得那厮好。这早晚多是在那里下手,那厮敢是死了。只教在飞云浦结果他。待那四人明早回来,便见分晓。"张团练道:"这一夜四个对付他一个,有甚么不了!再有几个性命也没了。"蒋门神道:"小人也分付徒弟来,只教就那里下手,结果了快来回报。"正是:

暗室从来不可欺,古今奸恶尽诛夷。

金风未动蝉先觉,暗送无常死不知。

武松听了,心头那把无明业火高三千丈,冲破了青天。右手持刀,左手叉开五指,抢入楼中。只见三五枝画烛高明,一两处月光射入,楼上甚是明朗,面前酒器,皆不曾收。蒋门神坐在交椅上,见是武松,吃了一惊,把这心肝五脏都提在九霄云外。说时迟,那时快,蒋门神急待挣扎时,武松早落一刀,劈脸剁着,和那交椅都砍翻了。武松便转身回过刀来,那张都监方才伸得脚动,被武松当时一刀,齐耳根连脖子砍着,扑地倒在楼板上。两个都在挣命。这张团练终是个武官出身,虽然酒醉,还有些气力,见剁翻了两个,料道走不迭,便提起一把交椅轮将来。武松早接个住,就势只一推,休说张团练酒后,便清醒白醒时,也近不得武松神力,扑地望后便倒了。武松赶入去,一刀先剁下头来。蒋门神有力,挣得起来,武松左脚早起,翻筋斗踢一脚,按住也割下头。转身来,把张都监也割了头。见桌子上有酒有肉,武松拿起酒钟子,一饮而尽,连吃了三四钟,便去死尸身上割下一片衣襟来,蘸着血,去白粉壁上大写下八字道:

"杀人者,打虎武松也!"

把桌子上银酒器皿踏匾了,揣几件在怀里。却待下楼,只听得楼下夫人声音叫道:"楼上官人们都醉了,快着两个上去搀扶。"说犹未了,早有两个人上楼来。武松却闪在胡梯边看时,却是两个自家亲随人,便是前日拿捉武松的。武松在黑处让他过去,却拦住去路。两个入进楼中,见三个尸首横在血泊里,惊得面面厮觑,做声不得。正如分开八片顶阳骨〔1〕,倾下半桶冰雪水。急待回身,武松随在背后,手

---

〔1〕 顶阳骨——天灵盖。

起刀落,早剁翻了一个。那一个便跪下讨饶,武松道:"却饶你不得。"揪住,也砍了头。杀得血溅画楼,尸横灯影。武松道:"一不做,二不休。杀了一百个,也只是这一死。"提了刀下楼来。夫人问道:"楼上怎地大惊小怪?"武松抢到房前,夫人见条大汉入来,兀自问道:"是谁?"武松的刀早飞起,劈面门剁着,倒在房前声唤。武松按住,将去割时,刀切头不入。武松心疑,就月光下看那刀时,已自都砍缺了。武松道:"可知割不下头来。"便抽身去后门外去拿取朴刀,丢了缺刀,复翻身再入楼下来。只见灯明,前番那个唱曲儿的养娘玉兰,引着两个小的,把灯照见夫人被杀死在地下,方才叫得一声:"苦也!"武松握着朴刀,向玉兰心窝里搠着。两个小的亦被武松搠死,一朴刀一个,结果了。走出中堂,把拴拴了前门,又入来寻着两三个妇女,也都搠死了在房里。武松道:"我方才心满意足。"有诗为证:

都监贪婪甚可羞,漫施奸计结深仇。

岂知天道能昭鉴,渍血横尸满画楼。

武松道:"走了罢休。"撇了刀鞘,提了朴刀,出到角门外来。马院里除下缠袋来,把怀里踏匾的银酒器,都装在里面,拴在腰里,拽开脚步,倒提朴刀便走。到城边,寻思道:"若等开门,须吃拿了,不如连夜越城走。"便从城边踏上城来。这孟州城是个小去处,那土城苦不甚高。就女墙[1]边,望下先把朴刀虚按一按,刀尖在上,棒梢向下,托地只一跳,把棒一拄,立在濠堑边。月明之下看水时,只有一二

---

[1] 女墙——这里指城墙上的矮墙。

尺深。此时正是十月半天气，各处水泉皆涸。武松就濠堑边脱了鞋袜，解下腿绑护膝，抓扎起衣服，从这城濠里走过对岸。却想起施恩送来的包裹里，有两双八搭麻鞋，取出来穿在脚上。听城里更点时，已打四更三点。武松道："这口鸟气今日方才出得松臊[1]。梁园虽好，不是久恋之家，只可撒开。"提了朴刀，投东小路，便走了一五更。天色朦朦胧胧，尚未明亮。

武松一夜辛苦，身体困倦，棒疮发了又疼，那里熬得过。望见一座树林里一个小小古庙，武松奔入里面，把朴刀倚了，解下包裹来做了枕头，扑翻身便睡。却待合眼，只见庙外边探入两把挠钩，把武松搭住。两个人便抢入来，将武松按定，一条绳索绑了。那四个男女道："这鸟汉子却肥了，好送与大哥去。"武松那里挣扎得脱，被这四个人夺了包裹、朴刀，却似牵羊的一般，脚不点地，拖到村里来。

这四个男女于路上自言自说道："看这汉子一身血迹，却是那里来？莫不做贼着了手来？"武松只不做声，由他们自说。行不到三五里路，早到一所草屋内，把武松推将进去。侧首一个小门里面，点着碗灯，四个男女将武松剥了衣裳，绑在亭柱上。武松看时，见灶边梁上，挂着两条人腿。武松自肚里寻思道："却撞在横死人手里，死得没了分晓！早知如此时，不若去孟州府里首告了，便吃一刀一剐，却也留得一个清名于世。"那四个男女提着那包裹，口里叫道："大哥、大嫂快起来，我们张得一个好行货在这里了。"只听得前面应道："我

---

[1] 松臊(sǎng)——轻松、舒服、痛快的意思。

来也！你们不要动手,我自来开剥。"没一盏茶时,只见两个人入屋后来。武松看时,前面一个妇人,背后一个大汉。两个定睛看了武松,那妇人便道:"这个不是叔叔武都头?"那大汉道:"快解了我兄弟。"武松看时,那大汉不是别人,却正是菜园子张青,这妇人便是母夜叉孙二娘。这四个男女吃了一惊,便把索子解了,将衣服与武松穿了。头巾已自扯碎,且拿个毡笠子与他戴上。便请出前面客席里,叙礼罢,张青大惊,连忙问道:"贤弟如何恁地模样?"武松答道:"一言难尽。自从与你相别之后,到得牢城营里,得蒙施管营儿子唤做金眼彪施恩,一见如故,每日好酒好肉管顾我。为是他有一座酒肉店,在城东快活林内,甚是趁钱,却被一个张团练带来的蒋门神那厮,倚势豪强,公然白白地夺了。施恩如此告诉,我却路见不平,我醉打了蒋门神,复夺了快活林。施恩以此敬重我。后被张团练买嘱张都监,定了计谋,取我做亲随,设智陷害,替蒋门神报仇。八月十五日夜,只推有贼,赚我到里面,却把银酒器皿预先放在我箱笼内,拿我解送孟州府里,强扭做贼,打招了监在牢里。却得施恩上下使钱透了,不曾受苦。又得当案叶孔目仗义疏财,不肯陷害平人。又得当牢一个康节级,与施恩最好。两个一力维持,待六十日限满,脊杖二十,转配恩州。昨夜出得城来,叵耐张都监设计,教蒋门神使两个徒弟和防送公人相帮,就路上要结果我。到得飞云浦僻静去处,正欲要动手,先被我两脚把两个公人踢下水里去。赶上这两个鸟男女,也是一朴刀一个搠死了,都撇在水里。思量这口鸟气怎地出得,因此再回孟州城里去。一更四点进去,马院里先杀了一个养马的后槽。扒入墙内去,就厨房里杀了两个丫嬛。直上鸳鸯楼上,把张都监、张团练、蒋门神三个都杀了,又砍了两个亲随。下楼来,又把他老婆、儿女、养娘都戳死了。连夜逃走,跳城出来,走了一五更路。一时困倦,棒疮发了又疼,因行不得,投一小庙里权歇一歇,却被这四个绑缚了来。"

那四个捣子便拜在地下道:"我们四个都是张大哥的火家,因为连日赌钱输了,去林子里寻些买卖。却见哥哥从小路来,身上淋淋漓漓都是血迹,却在土地庙里歇,我四个不知是甚人。早是张大哥这几时分付道:'只要捉活的。'不分付时,也坏了大哥性命。因此我们只拿挠钩、套索出去。正是有眼不识泰山,一时误犯着哥哥,恕罪则个!"张青夫妻两个笑道:"我们因有挂心,这几时只要他们拿活的行货。他这四个如何省的,那里知我心里事。若是我这兄弟不困乏时,不说你这四个男女,更有四十个也近他不得。因此我叫你们等我自来。"武松道:"既然如此,他们没钱去赌,我赏你些。"便把包裹打开,取十两银子把与四人将去分。那四个捣子拜谢武松。张青看了,也取三二两银子,赏与他们四个自去分了。

张青道:"贤弟不知我心。从你去后,我只怕你有些失支脱节,或早或晚回来。因此上分付这几个男女,但凡拿得行货,只要活的。那厮们慢仗些的,趁活捉了;敌他不过的,必致杀害。以此不教他们将刀仗出去,只与他挠钩、套索。方才听得说,我便心疑,连忙分付等我自来看,谁想果是贤弟。我见一向无信,只道在孟州快活了,无事不寄书来,不期如此受苦。"孙二娘道:"只听得叔叔打了蒋门神,又是醉了赢他,那一个来往人不吃惊。有在快活林做买卖的客商,只说到这里,却不知向后的事。叔叔困倦,且请去客房里将息,却再理会。"张青引武松去客房里睡了。两口儿自去厨下安排些佳肴美馔酒食,管待武松。不移时,整治齐备,专等武松起来相叙。有诗为证:

逃生潜越孟州城,虎穴狼坡暮夜行。

珍重佳人识音语,便开绑缚叙高情。

却说孟州城里张都监衙内,也有躲得过的,直到五更,才敢出来。众人叫起里面亲随,外面当直的军牢,都来看视,声张起来。街坊邻舍,谁敢出来。捱到天明时分,却来孟州府里告状。知府听说罢大惊,火速差人下来,检验了杀死人数,行凶人出没去处,填画了图样格目,回府里禀复知府道:"先从马院里入来,就杀了养马的后槽一人,有脱下旧衣二件。次到厨房里,灶下杀死两个丫嬛,后门边遗下行凶缺刀一把。楼上杀死张都监一员并亲随二人,外有请到客官张团练与蒋门神二人。白粉壁上,衣襟蘸血,大写八字道:'杀人者,打虎武松也!'楼下搠死夫人一口。在外搠死玉兰并奶娘二口,儿女三口。共计杀死男女一十五名,掳掠去金银酒器六件。"知府看罢,便差人把住孟州四门,点起军兵等官并缉捕人员,城中坊厢里正,逐一排门搜捉凶人武松。

次日,飞云浦地里保正人等告称:"杀死四人在浦内,见有杀人血痕在飞云浦桥上,尸首俱在水中。"知府接了状子,当差本县县尉下来,一面着人打捞起四个尸首,都检验了。两个是本府公人,两个自有苦主,各备棺木,盛殓了尸首,尽来告状,催促捉拿凶首偿命。城里闭门三日,家至户到,逐一挨查。五家一连,十家一保,那里不去搜寻。眼见得施管营暗地使钱,不出城里,捉获不着。知府押了文书,委官下该管地面,各乡各保各都各村,尽要排家搜捉,缉捕凶首。写了武松乡贯年甲,貌相模样,画影图形,出三千贯信赏钱。如有人知得武松下落,赴州告报,随文给赏;如有人藏匿犯人在家宿食者,事发到官,与犯人同罪。遍行邻近州府,一同缉捕。

且说武松在张青家里将息了三五日,打听得事务簸刺一般紧急,纷纷攘攘,有做公人出城来各乡村缉捕。张青知得,只得对武松说道:"二哥,不是我怕事不留你安身。如今官司搜捕得紧急,排门挨户,只恐明日有些疏失,必须怨恨我夫妻两个。我却寻个好安身去处与你,在先也曾对你说来,只不知你中心肯去也不?"武松道:"我这几日也曾寻思,想这事必然要发,如何在此安得身牢? 止有一个哥哥,又被嫂嫂不仁害了。甫能来到这里,又被人如此陷害。祖家亲戚都没了。今日若得哥哥有这好去处叫武松去,我如何不肯去?只不知是那里地面?"张青道:"是青州管下一座二龙山宝珠寺,花和尚鲁智深和一个青面兽好汉杨志,在那里打家劫舍,霸着一方落草。青州官军捕盗,不敢正眼觑他。贤弟只除去那里安身立命,方才免得这罪犯。若投别处去,终久要吃拿了。他那里常常有书来取我入伙,我只为恋土难移,不曾去的。我写一封书去,备细说二哥的本事,于我面上,如何不着你入伙。那里去做个头领,谁敢来拿你!"武松道:"大哥也说的是。我也有心,恨时辰未到,缘法不能凑巧。今日既是杀了人,事发了,没潜身处,此为最妙。大哥,你便写书与我去,只今日便行。"

　　张青随即取幅纸来,备细写了一封书,把与武松,安排酒食送路。只见母夜叉孙二娘指着张青说道:"你如何便只这等叫叔叔去?前面定吃人捉了!"武松道:"阿嫂,你且说我怎地去不得?如何便吃人捉了?"孙二娘道:"阿叔,如今官司遍处都有了文书,出三千贯信赏钱,画影图形,明写乡贯年甲,到处张挂。阿叔脸上见今明明地两行金印,走到前路,须赖不过。"张青道:"脸上贴了两个膏药便了。"孙二娘笑道:"天下只有你乖,你说这痴话!这个如何瞒得过做公的。我却有个道理,只怕叔叔依不得。"武松道:"我既要逃灾避难,如何依不得?"孙二娘大笑道:"我说出来,阿叔却不要嗔怪。"武松道:"阿嫂,但说便依。"孙二娘道:"二年前,有个头陀打从这里过,吃我放翻了,把来做了几日馒头馅。却留得他一个铁戒箍,一身衣服,一领皂布直裰,一条杂色短穗绦,一本度牒,一串一百单八颗人顶骨数珠,一个沙鱼皮鞘子插着两把雪花镔铁打成的戒刀。这刀如常半夜里鸣啸的响。叔叔既要逃难,只除非把头发剪了,做个行者,须遮得额上金印,又且得这本度牒做护身符,年甲貌相又和叔叔相等,却不是前缘前世。阿叔便应了他的名字,前路去谁敢来盘问。这件事好么?"张青拍手道:"二嫂说得是,我倒忘了这一着。"正是:

　　缉捕急如星火,颠危好似风波。

　　若要免除灾祸,且须做个头陀。

张青道:"二哥,你心里如何?"武松道:"这个也使得,只恐我不像出家人模样。"张青道:"我且与你扮一扮看。"孙二娘去房中取出包袱来打开,将出许多衣裳,教武松里外穿了。武松自看道:"却一似与我身上做的!"着了皂直裰,系了绦,把毡笠儿除下来,解开头发,折叠起来,将戒箍儿箍起,挂着数珠。张青、孙二娘看了,两个喝采道:"却不是前生注定!"武松讨面镜子照了,也自哈哈大笑起来。张青道:"二哥为何大笑?"武松道:"我照了自也好笑,我也做得个行者!大哥便与我剪了头发。"张青拿起剪刀,替武松把前后头发都剪了。武松见事务看看紧急,便收拾包裹要行。张青又道:"二哥,你听我说。不是我要便宜,你把那张都监家里的酒器留下在这里,我换些零碎银两与你去路上做盘缠,万无一失。"武松道:"大哥见的分明。"尽把出来与了张青,换了一包散碎金银,都拴在缠袋内,系在腰里。武松饱吃了一顿酒饭,拜辞了张青夫妻二人,腰里跨了这两口戒刀,当晚都收拾了。孙二娘取出这本度牒,就与他缝个锦袋盛了,教武松挂在贴肉胸前。武松拜谢了他夫妻两个。临行,张青又分付道:"二哥于路小心在意,凡事不可托大。酒要少吃,休要与人争闹,也做些出家人行径。诸事不可躁性,省得被人看破了。如到了二龙山,便可写封回信寄来。我夫妻两个在这里也不是长久之计,敢怕随后收拾家私也来山上入伙。二哥,保重,保重!千万拜上鲁、杨二头领。"

武松辞了出门,插起双袖,摇摆着便行。张青夫妻看了,喝采道:"果然好个行者!"但见:

> 前面发掩映齐眉,后面发参差际颈。皂直裰好似乌云遮体,杂色绦如同花蟒缠身。额上戒箍儿灿烂,依稀火眼金睛;身间布衲袄斑斓,仿佛铜筋铁骨。戒刀两口,擎来杀气横秋;顶骨百颗,

念处悲风满路。神通广大,远过回生起死佛图澄;相貌威严,好似伏虎降龙卢六祖。直饶揭帝也归心,便是金刚须拱手。

当晚武行者辞了张青夫妻二人,离了大树十字坡,便落路走。此时是十月间天气,日正短,转眼便晚了。约行不到五十里,早望见一座高岭。武行者趁着月明,一步步上岭来,料道只是初更天色。武行者立在岭头上看时,见月从东边上来,照得岭上草木光辉。看那岭时,果然好座高岭。但见:

高山峻岭,峭壁悬崖。石角棱层侵斗柄,树梢仿佛接云霄。烟岚堆里,时闻幽鸟闲啼;翡翠阴中,每听哀猿孤啸。弄风山鬼,向溪边侮弄樵夫;挥尾野狐,立岩下惊张猎户。好似峨嵋山顶过,浑如大庾岭头行。

当下武行者正在岭上看着月明,走过岭来,只听得前面林子里有人笑声。武行者道:"又来作怪!这般一条净荡荡高岭,有甚么人笑语?"走过林子那边去,打一看,只见松树林中,傍山一座坟庵,约有十数间草屋,推开着两扇小窗,一个先生搂着一个妇人,在那窗前看月戏笑。武行者见了,怒从心上起,恶向胆边生,便想道:"这是山间林下出家人,却做这等勾当!"便去腰里掣出那两口烂银也似戒刀来,在月光下看了道:"刀却自好,到我手里不曾发市,且把这个鸟先生试刀!"手腕上悬了一把,再将这把插放鞘内,把两只直裰袖结起在背上,竟来到庵前敲门。那先生听得,便把后窗关上。武行者拿起块石头,便去打门。只见呀地侧首门开,走出一个道童来,喝道:"你是甚人?如何敢半夜三更,大惊小怪,敲门打户做甚么?"武行者睁圆怪眼,大喝一声:"先把这鸟道童祭刀!"说犹未了,手起处,铮地一声响,道童的头落在一边,倒在地下。只见庵里那个先生大叫道:"谁敢杀了我道童!"托地跳将出来。那先生手轮着两口宝剑,竟奔武行者。武松大笑道:"我的本事不要箱儿里去取,正是挠着我的痒处!"便去鞘里再拔了那口戒刀,轮起双戒刀,来迎那先生。两个就月明之下,一来一往,一去一回,两口剑寒光闪闪,双戒刀冷气森森。斗了良久,浑如飞凤迎鸾;战不多时,好似角鹰拿兔。两个斗了十数合,只听得山岭傍边一声响亮,两个里倒了一个。但见:月光影里,纷纷红雨喷人腥;杀气丛中,一颗人头从地滚。正是:三寸气在千般用,一旦无常万事休。毕竟两个里厮杀倒了一个的是谁,且听下回分解。

第三十二回

武行者醉打孔亮　锦毛虎义释宋江

诗曰：

　　风波世事不堪言，莫把行藏信手拈。
　　投药救人翻致恨，当场排难每生嫌。
　　婵娟负德终遭辱，谲诈行凶独被歼。
　　列宿相逢同聚会，大施恩惠及闾阎。

当时两个斗了十数合，那先生被武行者卖个破绽，让那先生两口剑砍将入来，被武行者转过身来，看得亲切，只一戒刀，那先生的头滚落在一边，尸首倒在石上。武行者大叫："庵里婆娘出来！我不杀你，只问你个缘故。"只见庵里走出那个妇人来，倒地便拜。武行者道："你休拜我。你且说这里是甚么去处？那先生却是你的甚么人？"那妇人哭着道："奴是这岭下张太公家女儿。这庵是奴家祖上坟庵。这先生不知是那里人，来我家里投宿，言说善习阴阳，能识风水。我家爹娘不合留他在庄上，因请他来这里坟上观看地理，被他说诱，又留他住了几日。那厮一日见了奴家，便不肯去了。住了三两个月，把奴家爹娘哥嫂都害了性命，却把奴家强骗在此坟庵里住。这个道童也是别处掳掠来的。这岭唤做蜈蚣岭。这先生见这条岭好风水，以此他便自号飞天蜈蚣王道人。"武行者道："你还有亲眷么？"那妇人道："亲戚自有几家,都是庄农之人,谁敢和他争论。"武行者道："这厮有些财帛么?"妇人道："他已积蓄得一二百两金银。"武行者道："有时,你快去收拾,我便要放火烧庵也。"那妇人问道："师父,你要酒肉吃么?"武行者道："有时,将来请我。"那妇人道："请师父进庵里去吃。"武行者道："怕别有人暗算我么?"那妇人道："奴有几颗头,敢赚得师父!"武行者随那妇人入到庵里,见小窗边桌子上摆着酒肉。武行者讨大碗吃了一回。那妇人收拾得金银财帛已了,武行者便就里面放起火来。那妇人捧着一包金银,献与武行者乞性命。武行者道："我不要你的,你自将去养身。快走,快走!"那妇人拜谢了,自下岭去。武行者把那两个尸首,都撺在火里烧了,插了戒刀,连夜自过岭来。迤逦取路,免不得饥餐渴饮,夜宿晓行,望着青州地面来。

又行了十数日,但遇村房道店,市镇乡城,果然都有榜文张挂在彼处,捕获武松。到处虽有榜文,武松已自做了行者,于路却没人盘诘他。时遇十一月间,天色好生严寒。当日武松一路上买酒买肉吃,只是敌不过寒威。上得一条土冈,早望见前面有一座高山,生得十分险峻。武行者下土冈子来,走得三五里路,早见一个酒店,门前一道清溪,屋后都是颠石乱山。看那酒店时,却是个村落小酒肆。但见:

门迎溪涧,山映茅茨。疏篱畔梅开玉蕊,小窗前松偃苍龙。乌皮桌椅,尽列着瓦钵磁瓯;黄泥墙壁,都画着酒仙诗客。一条青旆舞寒风,两句诗词招过客。端的是:走骠骑闻香须住马,使风帆知味也停舟。

武行者过得那土冈子来,径奔入那村酒店里坐下,便叫道:"酒店主人家,先打两角酒来,肉便买些来吃。"店主人应道:"实不瞒师父说,酒却有些茅柴白酒,肉却都卖没了。"武行者道:"且把酒来荡寒。"店主人便去打两角酒,大碗价筛来,教武行者吃,将一碟熟菜与他过口。片时间吃尽了两角酒,又叫再打两角酒来。店主人又打了两角酒,大碗筛来。武行者只顾吃。比及过冈子时,先有三五分酒了,一发吃过这四角酒,又被朔风一吹,酒却涌上。武松却大呼小叫道:"主人家,你真个没东西卖,你便自家吃的肉食,也回些与我吃了,一发还你银子!"店主人笑道:"也不曾见这个出家人,酒和肉只顾要吃,却那里去取?师父,你也只好罢休!"武行者道:"我又不白吃你的,如何不卖与我?"店主人道:"我和你说过,只有这些白酒,那得别的东西卖!"正在店里论口,只见外面走入一条大汉,引着三四个人入店里来。武行者看那大汉时,但见:

> 顶上头巾鱼尾赤,身上战袍鸭头绿。脚穿一对踢土靴,腰系数尺红搭膊。面圆耳大,唇阔口方。长七尺以上身材,有二十四五年纪。相貌堂堂强壮士,未侵女色少年郎。

那条大汉引着众人入进店里,主人笑容可掬,迎着道:"大郎请坐。"那汉道:"我分付你的,安排也未?"店主人答道:"鸡与肉都已煮熟了,只等大郎来。"那汉道:"我那青花瓮酒在那里?"店主人道:"有在这里。"那汉引了众人,便向武行者对席上头坐了。那同来的三四人却坐在肩下。店主人却捧出一尊青花瓮酒来,开了泥头,倾在一个大白盆里。武行者偷眼看时,却是一瓮窨下的〔1〕好酒,被风吹过酒的香味来。武行者闻了那酒香味,喉咙痒将起来,恨不得钻过来抢吃。只见店主人又去厨下把盘子托出一对熟鸡、一大盘精肉来,放在那汉面前,便摆下菜蔬,用杓子舀酒去盪。武行者看了自己面前,只是一碟儿熟菜,不由的不气。正是眼饱肚中饥,武行者酒又发作,恨不得一拳打碎了那桌子,大叫道:"主人家,你来!你这厮好欺负客人!岂我不还你钱?"店主人连忙来问道:"师父休要焦躁,要酒便好说。"武行者睁着双眼喝道:"你这厮好不晓道理!这青花瓮酒和鸡肉之类如何不卖与我?我也一般还你银子!"店主人道:"青花瓮酒和鸡肉都是那大郎家里自将来的,只借我店里坐地吃酒。"武行者心中要吃,那里听他分说,一片声喝道:"放屁,放屁!"店主人道:"也不曾见你这个出家人恁地蛮法!"武行者喝道:"怎地是老爷蛮法?我白吃你的?"那店主人道:"我倒不曾见出家人自称'老爷'!"武行者听了,跳起身来,叉开五指,望店主人脸上只一掌,把那店主人打个踉跄,直撞过那边去。

那对席的大汉见了大怒。看那店主人时,打的半边脸都肿了,半日挣扎不起。那大汉跳起身来,指定武松道:"你这个鸟头陀好不依本分,却怎地便动手动脚的!却不道是出家人勿起嗔心!"武行者道:"我自打他,干你甚事!"那大汉怒道:"我好意劝你,你这鸟头陀敢把言语伤我!"武行者听得大怒,便把桌子推开,走出来喝道:"你

----
〔1〕 窨(yìn)下的——在地窨(地窖)里收藏的。

那厮说谁?"那大汉笑道:"你这鸟头陀要和我厮打,正是来太岁头上动土!"那大汉便点手[1]叫道:"你这贼行者出来!和你说话!"武行者喝道:"你道我怕你,不敢打你?"一抢抢到门边。那大汉便闪出门外去。武行者赶到门外,那大汉见武松长壮,那里敢轻敌,便做个门户等着他。武行者抢入去,接住那汉手。那大汉却待用力跌武松,怎禁得他千百斤神力,就手一扯,扯入怀来,只一拨,拨将去,恰似放翻小孩儿的一般,那里做得半分手脚。那三四个村汉看了,手颤脚麻,那里敢上前来。武行者踏住那大汉,提起拳头来,只打实落处,打了二三十拳,就地下提起来,望门外溪里只一丢。那三四个村汉叫声苦,不知高低,都下溪里来救起那大汉,就挽扶着投南去了。这店主人吃了这一掌,打得麻了,动掸不得,自入屋后去躲避了。

  武行者道:"好呀!你们都去了,老爷却吃酒肉!"把个碗去白盆内舀那酒来只顾吃。桌子上那对鸡、一盘子肉,都未曾吃动,武行者且不用箸,双手扯来任意吃。没半个时辰,把这酒肉和鸡都吃个八分。武行者醉饱了,把直裰袖结在背上,便出店门,沿溪而走。却被那北风卷将起来,武行者捉脚不住,一路上抢将来。离那酒店走不得四五里路,旁边土墙里走出一只黄狗,看着武松叫。武行者看时,一只大黄狗赶着吠。武行者大醉,正要寻事,恨那只狗赶着他只管吠,便将左手鞘里掣出一口戒刀来,大踏步赶。那只黄狗绕着溪岸叫,武行者一刀砍将去,却砍个空,使得力猛,头重脚轻,翻筋斗倒撞下溪里

---

[1] 点手——招手。

去,却起不来。冬月天道,溪水正涸,虽是只有一二尺深浅的水,却寒冷的当不得。扒起来,淋淋的一身水,却见那口戒刀浸在溪里,武行者便低头去捞那刀时,扑地又落下去了,只在那溪水里滚。

岸上侧首墙边转出一伙人来,当先一个大汉,头戴毡笠子,身穿鹅黄纻丝衲袄,手里拿着一条梢棒,背后十数个人跟着,都拿木杷白棍。数内一个指道:"这溪里的贼行者,便是打了小哥哥的。如今小哥哥寻不见大哥哥,自引了二三十个庄客径奔酒店里捉他去了,他却来到这里!"说犹未了,只见远远地那个吃打的汉子,换了一身衣服,手里提着一条朴刀,背后引着三二十个庄客,都是有名的汉子。怎见的?正是叫做:

  长王三,矮李四,急三千,慢八百,笆上粪,屎里蛆,米中虫,饭内屁,鸟上刺,沙小生,木伴哥,牛筋等。

这一二十个尽是为头的庄客,馀者皆是村中捣子,都拖枪拽棒,跟着那个大汉吹风胡哨来寻武松。赶到墙边见了,那汉指着武松,对那穿鹅黄袄子的大汉道:"这个贼头陀正是打兄弟的。"那个大汉道:"且捉这厮,去庄里细细拷打。"那汉喝声:"下手!"三四十人一发上。可怜武松醉了,挣扎不得,急要爬起来,被众人一齐下手,横拖倒拽,捉上溪来。转过侧首墙边,一所大庄院,两个都是高墙粉壁,垂柳乔松,围绕着墙院。众人把武松推抢入去,剥了衣裳,夺了戒刀、包裹,揪过来绑在大柳树上,教取一束藤条来,细细的打那厮。

却才打得三五下,只见庄里走出一个人来,问道:"你兄弟两个又打甚么人?"只见这两个大汉叉手道:"师父听禀:兄弟今日和邻庄三四个相识,去前面小路店里吃三杯酒,叵耐这个贼行者到来寻闹,把兄弟痛打了一顿,又将来揎在水里,头脸都磕破了,险不冻死,却得相识救了回来。归家换了衣服,带了人再去寻他。那厮把我酒肉都吃了,却大醉倒在门前溪里,因此捉拿在这里,细细地拷打。看起这贼头陀来,也不是出家人,脸上见刺着两个金印,这贼却把头发披下来遮了,必是个避罪在逃的囚徒。问出那厮根原,解送官司理论。"这个吃打伤的大汉道:"问他做甚么!这秃贼打得我一身伤损,不着一两个月将息不起。不如把这秃贼一顿打死了,一把火烧了罢,才与我消得这口恨气!"说罢,拿起藤条,恰待又打。只见出来的那人说道:"贤弟且休打,待我看他一看。这人也像是一个好汉。"

此时武行者心中,已自酒醒了,理会得,只把眼来闭了,由他打,只不做声。那个人先去背上看了杖疮,便道:"作怪!这模样想是决断不多时的疤痕。"转过面前看了,便将手把武松头发揪起来,定睛看了,叫道:"这个不是我兄弟武二郎?"武行者方才闪开双眼,看了那人道:"你不是我哥哥?"那人喝叫:"快与我解下来!这是我的兄弟。"那穿鹅黄袄子的并吃打的尽皆吃惊,连忙问道:"这个行者如何却是师父的兄弟?"那人便道:"他便是我时常和你们说的,那景阳冈上打虎的武松。我也不知他如今怎地做了行者。"那弟兄两个听了,慌忙解下武松来,便讨几件干衣服与他穿了,便扶入草堂里来。武松便要下拜,那个人惊喜相半,扶住武松道:"兄弟酒还未醒,且坐一坐说话。"武松见了那人,欢喜上来,酒早醒了五分;讨些汤水洗漱了,吃些醒酒之物,便来拜了那人,相叙旧话。

那人不是别人,正是郓城县人氏,姓宋名江,表字公明。武行者道:"只想哥哥在柴大官人庄上,却如何来在这里?兄弟莫不是和哥哥梦中相会么?"宋江道:"我自从和你在柴大官人庄上分别之后,我却在那里住得半年。不知家中如何,恐父亲烦恼,先发付兄弟宋清归去。后却收拾得家中书信,说道:'官司一事,全得朱、雷二都头气力,已自家中无事,只要缉捕正身。因此已动了个海捕文书,各处追获。'这事已自慢了。却有这里孔太公屡次使人去庄上问信,后见宋清回家,说道宋江在柴大官人庄上,因此特地使人直来柴大官人庄上取我在这里。此间便是白虎山,这庄便是孔太公庄上。恰才和兄弟相打的便是孔太公小儿子,因他性急,好与人厮闹,到处叫他做独火星孔亮。这个穿鹅黄袄子的便是孔太公大儿子,人都叫他做毛头星孔明。因他两个好习枪棒,却是我点拨他些个,以此叫我做师父。我在此间住半年了。我如今正欲要上清风寨走一遭,这两日方欲起身。我在柴大官人庄上时,只听得人传说道,兄弟在景阳冈上打了大虫;又听知你在阳谷县做了都头;又闻斗杀了西门庆。向后不知你配到何处去。兄弟如何做了行者?"武松答道:"小弟自从柴大官人庄上别了哥哥去,到得景阳冈上打了大虫,送去阳谷县,知县就抬举我做了都头。后因嫂嫂不仁,与西门庆通奸,药死了我先兄武大,被武松把两个都杀了,自首告到本县,转发东平府。后得陈府尹一力救济,断配孟州。……"至十字坡怎生遇见张青、孙二娘;到孟州怎地会施恩,怎地打了蒋门神,如何杀了张都监一十五口,又逃在张青家,母夜叉孙二娘教我做了头陀行者的缘故;过蜈蚣岭,试刀杀了王道人;至村店吃酒,醉打了孔兄。把自家的事,从头备细告诉了宋江一遍。

孔明、孔亮两个听了大惊,扑翻身便拜。武松慌忙答礼道:"却才甚是冲撞,休怪,休怪!"孔明、孔亮道:"我弟兄两个有眼不识泰山,万望恕罪!"武行者道:"既然二位相觑武松时,却是与我烘焙度牒书信,并行李衣服,不可失落了那两口戒刀,这串数珠。"孔明道:"这个不须足下挂心,小弟已自着人收拾去了,整顿端正拜还。"武行者拜谢了。宋江请出孔太公,都相见了。孔太公置酒设席管待,不在话下。

当晚宋江邀武松同榻,叙说一年有馀的事,宋江心内喜悦。武松次日天明起来,都洗漱罢,出到中堂,相会吃早饭。孔明自在那里相陪;孔亮捱着疼痛,也来管待。孔太公便叫杀羊宰猪,安排筵宴。是日,村中有几家街坊亲戚都来相探,又有几个门下人亦来谒见。宋江心中大喜。当日筵宴散了,宋江问武松道:"二哥今欲要往何处去安身立命?"武松道:"昨日已对哥哥说了,菜园子张青写书与我,着兄弟投二龙山宝珠寺花和尚鲁智深那里入伙。他也随后便上山来。"宋江道:"也好。我不瞒你说,我家近日有书来,说道清风寨知寨小李广花荣他知道我杀了阎婆惜,每每寄书来与我,千万教我去寨里住几时。此间又离清风寨不远,我这两日正待要起身去,因见天气阴晴不定,未曾起程。早晚要去那里走一遭,不若和你同往,如何?"武松道:"哥哥怕不是好情分,带携兄弟投那里去住几时。只是武松做下的罪犯至重,遇赦不宥,因此发心只是投二龙山落草避难。亦且我又做了头陀,难以和哥哥同往,路上被人设疑。便是跟着哥哥去,倘或有些决撒了,须连累了哥哥。便是哥哥与兄弟同死同生,也须累及了花荣山寨不好。只是由兄弟投二龙山去了罢。天可怜见,异日不死,受了招安,那时却来寻访哥哥未迟。"宋江道:"兄弟既有此心归顺朝廷,皇天必祐。若如此行,不可苦谏,你只相陪我住几日了去。"

自此两个在孔太公庄上,一住过了十日之上。宋江与武松要行,相辞孔太公父子,孔明、孔亮那里肯放。又留住了三五日,宋江坚执要行,孔太公苦留不住,只得安排筵席送行了。次日,将出新做的一套行者衣服,皂布直裰,并带来的度牒、书信、戒箍、数珠、戒刀、金银之类,交还武松。又各送银五十两,权为路费。宋江推却不受,孔太公父子那里肯,只顾将来拴缚在包裹里。宋江整顿了衣服、器械,武松依前穿了行者的衣裳,带上铁戒箍,挂了人顶骨数珠,跨了两口戒刀,收拾了包裹,拴在腰里。宋江提了朴刀,悬口腰刀,带上毡笠子,辞别了孔太公。孔明、孔亮叫庄客背了行李,弟兄二人直送了二十余里路,拜辞了宋江、武行者两个。宋江自把包裹背了,说道:"不须庄客远送,我自和武兄弟去。"孔明、孔亮相别,自和庄客归家,不在话下。

只说宋江和武松两个在路上行着,于路说些闲话,走到晚,歇了一宵。次日早起,打伙又行。两个吃罢饭,又走了四五十里,却来到一市镇上,地名唤做瑞龙镇,却是个三岔路口。宋江借问那里人道:"小人们欲投二龙山、清风寨上,不知从那条路去?"那镇上人答道:"这两处不是一条路去了。这里要投二龙山去,只是投西落路;若要投清风镇去,须用投东落路,过了清风山便是。"宋江听了备细,便

道:"兄弟,我和你今日分手,就这里吃三杯相别。"词寄《浣溪沙》,单题别意:

握手临期话别难,山林景物正阑珊,壮怀寂寞客衣单。

旅次愁来魂欲断,邮亭宿处铗空弹,独怜长夜苦漫漫。

武行者道:"我送哥哥一程了却回来。"宋江道:"不须如此。自古道:送君千里,终有一别。兄弟,你只顾自己前程万里,早早的到了彼处。入伙之后,少戒酒性。如得朝廷招安,你便可撺掇鲁智深、杨志投降了,日后但是去边上,一枪一刀,博得个封妻荫子,久后青史上留得一个好名,也不枉了为人一世。我自百无一能,虽有忠心,不能得进步。兄弟,你如此英雄,决定得做大官。可以记心,听愚兄之言,图个日后相见。"武行者听了。酒店上饮了数杯,还了酒钱,二人出得店来,行到市镇梢头三岔路口,武行者下了四拜。宋江洒泪,不忍分别,又分付武松道:"兄弟,休忘愚兄之言,少戒酒性。保重,保重!"武行者自投西去了。看官牢记话头,武行者自来二龙山投鲁智深、杨志入伙了,不在话下。

且说宋江自别了武松,转身投东,望清风山路上来,于路只忆武行者。又自行了几日,却早远远的望见清风山。看那山村,但见:

八面嵯峨,四围险峻。古怪乔松盘翠盖,杈枒老树挂藤萝。瀑布飞流,寒气逼人毛发冷;巅崖直下,清光射目梦魂惊。涧水时听,樵人斧响;峰峦倒卓,山鸟声哀。麋鹿成群,狐狸结党,穿荆棘往来跳跃,寻野食前后呼号。伫立草坡,一望并无商旅店;

行来山坳,周回尽是死尸坑。若非佛祖修行处,定是强人打劫场。

宋江看了前面那座高山生得古怪,树木稠密,心中欢喜,观之不足,贪走了几程,不曾问的宿头。看看天色晚了,宋江内心惊慌,肚里寻思道:"若是夏月天道,胡乱在林子里歇一夜。却恨又是仲冬天气,风霜正冽,夜间寒冷,难以打熬。倘或走出一个毒虫虎豹来时,如何抵当,却不害了性命!"只顾望东小路里撞将去,约莫走了也是一更时分,心里越慌,看不见地下,踬了一条绊脚索。树林里铜铃响,走出十四五个伏路小喽啰来,发声喊,把宋江捉翻,一条麻索缚了,夺了朴刀、包裹,吹起火把,将宋江解上山来。宋江只得叫苦。却早押到山寨里。宋江在火光下看时,四下里都是木栅,当中一座草厅,厅上放着三把虎皮交椅,后面有百十间草房。小喽啰把宋江捆做粽子相似,将来绑在将军柱上。有几个在厅上的小喽啰说道:"大王方才睡,且不要去报。等大王酒醒时,却请起来,剖这牛子心肝做醒酒汤,我们大家吃块新鲜肉。"宋江被绑在将军柱上,心里寻思道:"我的造物只如此偃蹇〔1〕!只为杀了一个烟花妇人,变出得如此之苦!谁想这把骨头却落在这里,断送了残生性命。"只见小喽啰点起灯烛荧煌。宋江已自冻得身体麻木了,动掸不得,只把眼来四下里张望,低了头叹气。

----

〔1〕 造物偃蹇(yǎn jiǎn)——造物,指运气、造化。造物偃蹇,就是运气不好、造化低;犹如说倒霉。

约有二三更天气，只见厅背后走出三五个小喽啰来，叫道："大王起来了！"便去把厅上灯烛剔得明亮。宋江偷眼看时，见那个出来的大王，头上绾着鹅梨角儿，一条红绢帕裹着，身上披着一领枣红纻丝衲袄，便来坐在当中虎皮交椅上。看那大王时，生得如何？但见：

赤发黄须双眼圆，臂长腰阔气冲天。

江湖称作锦毛虎，好汉原来却姓燕。

那个好汉祖贯山东莱州人氏，姓燕名顺，别号锦毛虎。原是贩羊马客人出身，因为消折了本钱，流落在绿林丛内打劫。那燕顺酒醒起来，坐在中间交椅上，问道："孩儿们那里拿得这个牛子？"小喽啰答道："孩儿们正在后山伏路，只听得树林里铜铃响。原来这个牛子独自个背些包裹，撞了绳索，一跤绊翻，因此拿得来献与大王做醒酒汤。"燕顺道："正好。快去与我请得二位大王来同吃。"小喽啰去不多时，只见厅侧两边走出两个好汉来。左边一个五短身材，一双光眼。怎生打扮？但见：

驼褐衲袄锦绣补，形貌峥嵘性粗卤。

贪财好色最强梁，放火杀人王矮虎。

这个好汉祖贯两淮人氏，姓王名英。为他五短身材，江湖上叫他做矮脚虎。原是车家出身，为因半路里见财起意，就势劫了客人，事发到官，越狱走了，上清风山，和燕顺占住此山，打家劫舍。左边这个生的白净面皮，三牙掩口髭须，瘦长膀阔，清秀模样，也裹着顶绛红头巾。怎地结束？但见：

绿衲袄圈金翡翠，锦征袍满缕红云。

江湖上英雄好汉,郑天寿白面郎君。

这个好汉祖贯浙西苏州人氏,姓郑,双名天寿。为他生得白净俊俏,人都号他做白面郎君。原是打银为生,因他自小好习枪棒,流落在江湖上,因来清风山过,撞着王矮虎,和他斗了五六十合,不分胜败。因此燕顺见他好手段,留在山上,坐了第三把交椅。

当下三个头领坐下,王矮虎便道:"孩儿们,正好做醒酒汤。快动手取下这牛子心肝来,造三分醒酒酸辣汤来。"只见一个小喽啰掇一大铜盆水来,放在宋江面前;又一个小喽啰卷起袖子,手中明晃晃拿着一把剜心尖刀。那个掇水的小喽啰便把双手泼起水来,浇那宋江心窝里。原来但凡人心都是热血裹着,把这冷水泼散了热血,取出心肝来时,便脆了好吃。那小喽啰把水直泼到宋江脸上,宋江叹口气道:"可惜宋江死在这里!"燕顺亲耳听得"宋江"两字,便喝住小喽啰道:"且不要泼水!"燕顺问道:"他那厮说甚么'宋江'?"小喽啰答道:"这厮口里说道:'可惜宋江死在这里!'"燕顺便起身来问道:"兀那汉子,你认得宋江?"宋江道:"只我便是宋江。"燕顺走近跟前又问道:"你是那里的宋江?"宋江答道:"我是济州郓城县做押司的宋江。"燕顺道:"你莫不是山东及时雨宋公明,杀了阎婆惜,逃出在江湖上的宋江么?"宋江道:"你怎得知?我正是宋三郎。"燕顺听罢,吃了一惊,便夺过小喽啰手内尖刀,把麻索都割断了,便把自身上披的枣红纻丝袄袄脱下来,裹在宋江身上,抱在中间虎皮交椅上,唤起王矮虎、郑天寿快下来,三人纳头便拜。

宋江滚下来答礼,问道:"三位壮士何故不杀小人,反行重礼?

此意如何?"亦拜在地。那三个好汉一齐跪下。燕顺道:"小弟只要把尖刀剜了自己的眼睛!原来不识好人,一时间见不到处,少问个缘由,争些儿坏了义士。若非天幸,使令仁兄自说出大名来,我等如何得知仔细!小弟在江湖上绿林丛中走了十数年,也只久闻得贤兄仗义疏财、济困扶危的大名,只恨缘分浅薄,不能拜识尊颜。今日天使相会,真乃称心满意。"宋江答道:"量宋江有何德能,教足下如此挂心错爱。"燕顺道:"仁兄礼贤下士,结纳豪强,名闻寰海,谁不钦敬!梁山泊近来如此兴旺,四海皆闻,曾有人说道,尽出仁兄之赐。不知仁兄独自何来,今却到此?"宋江把这救晁盖一节,杀阎婆惜一节,却投柴进,向孔太公许多时,并今次要往清风寨寻小李广花荣这几件事,一一备细说了。三个头领大喜,随即取套衣服与宋江穿了。一面叫杀牛宰马,连夜筵席。当夜直吃到五更,叫小喽啰伏侍宋江歇了。次日辰牌起来,诉说路上许多事务,又说武松如此英雄了得,三个头领拊髀长叹道:"我们无缘!若得他来这里,十分是好。却恨他投那里去了!"话休絮繁。宋江自到清风山住了五七日,每日好酒好食管待,不在话下。

当时腊月初旬,山东人年例,腊日上坟。只见小喽啰山下报上来说道:"大路上有一乘轿子,七八个人跟着,挑着两个盒子去坟头化纸。"王矮虎是个好色之徒,见报了,想此轿子必是个妇人,便点起三五十小喽啰,便要下山。宋江、燕顺那里拦当得住。绰了枪刀,敲一棒铜锣,下山去了。宋江、燕顺、郑天寿三人自在寨中饮酒。那王矮虎去了约有三两个时辰,远探小喽啰报将来说道:"王头领直赶到半路里,七八个军汉都走了,拿得轿子里抬着的一个妇人。只有一个银香盒,别无物件财帛。"燕顺问道:"那妇人如今抬在那里?"小喽啰道:"王头领已自抬在山后房中去了。"燕顺大笑。宋江道:"原来王英兄弟要贪女色,不是好汉的勾当。"燕顺道:"这个兄弟诸般都肯向前,只是有这些毛病。"宋江道:"二位和我同去劝他。"燕顺、郑天寿便引了宋江,直来到后山王矮虎房中。推开房门,只见王矮虎正搂住那妇人求欢。见了三位入来,慌忙推开那妇人,让三位坐。宋江看那妇人时,但见:

> 身穿缟素,腰系孝裙。不施脂粉,自然体态妖娆;懒染铅华,生定天姿秀丽。云鬟半整,有沉鱼落雁之容;星眼含愁,有闭月羞花之貌。恰似嫦娥离月殿,浑如织女下瑶池。

宋江看见那妇人,便问道:"娘子,你是谁家宅眷?这般时节出来闲走,有甚么要紧?"那妇人含羞向前,深深地道了三个万福,便答道:"侍儿是清风寨知寨的浑家。为因母亲弃世,今得小祥[1],特来坟前化纸,那里敢无事出来闲走。告大王垂救性命!"宋江听罢,吃了一惊,肚里寻思道:"我正来投奔花知寨,莫不是花荣之妻?我如何不救!"宋江问道:"你丈夫花知寨如何不同你出来上坟?"那妇人道:"告大王,侍儿不是花知寨的浑家。"宋江道:"你恰才说是清风寨知寨的恭人。"那妇人道:"大王不知,这清风寨如今有两个知寨,一文一武。武官便是知寨花荣,文官便是侍儿的丈夫知寨刘高。"宋江

---

〔1〕 小祥——死人的周年祭。

寻思道:"他丈夫既是和花荣同僚,我不救时,明日到那里须不好看。"宋江便对王矮虎说道:"小人有句话说,不知你肯依么?"王英道:"哥哥有话,但说不妨。"宋江道:"但凡好汉,犯了'溜骨髓'〔1〕三个字的,好生惹人耻笑。我看这娘子说来,是个朝廷命官的恭人〔2〕。怎生看在下薄面并江湖上大义两字,放他下山回去,教他夫妻完聚如何?"王英道:"哥哥听禀。王英自来没个押寨夫人做伴,况兼如今世上都是那大头巾〔3〕弄得歹了,哥哥管他则甚!胡乱容小弟这些个。"宋江便跪一跪道:"贤弟若要压寨夫人时,日后宋江拣一个停当好的,在下纳财进礼,娶一个伏侍贤弟。只是这个娘子,是小人友人同僚正官之妻,怎地做得人情,放了他则个。"燕顺、郑天寿一齐扶住宋江道:"哥哥且请起来,这个容易。"宋江又谢道:"恁地时,重承不阻。"燕顺见宋江坚意要救这妇人,因此不顾王矮虎肯与不肯,燕顺喝令轿夫抬了去。那妇人听了这话,插烛也似拜谢宋江,一口一声叫道:"谢大王!"宋江道:"恭人,你休谢我。我不是山寨里大王,我自是郓城县客人。"那妇人拜谢了下山,两个轿夫也得了性命,抬着那妇人下山来,飞也似走,只恨爷娘少生了两只脚。

这王矮虎又羞又闷,只不做声,被宋江拖出前厅,劝道:"兄弟,你不要焦躁。宋江日后好歹要与兄弟完娶一个,教你欢喜便了。小人并不失信。"燕顺、郑天寿都笑起来。王矮虎一时被宋江以礼义缚

〔1〕 溜骨髓——"好色"的隐语。
〔2〕 恭人——皇帝给官吏老婆封号的一种,一般用作对妇人的一种尊称。
〔3〕 大头巾——指做官的。

了,虽不满意,敢怒而不敢言,只得陪笑,自同宋江在山寨中吃筵席,不在话下。

且说清风寨军人一时间被掳了恭人去,只得回来,到寨里报与刘知寨,说道:"恭人被清风山强人掳去了。"刘高听了大怒,喝骂去的军人不了事,"如何撇了恭人!"大棍打那去的军汉。众人分说道:"我们只有五七个,他那里三四十人,如何与他敌得?"刘高喝道:"胡说!你们若不去夺得恭人回来时,我都把你们下在牢里问罪!"那几个军人吃逼不过,没奈何只得央浼本寨内军健七八十人,各执枪棒,用意来夺。不想来到半路,正撞见两个轿夫抬得恭人飞也似来了。众军汉接见恭人,问道:"怎地能勾下山?"那妇人道:"那厮捉我到山寨里,见我说道是刘知寨的夫人,唬得那厮慌忙拜我,便叫轿夫送我下山来。"众军汉道:"恭人可怜见我们,只对相公说我们打夺得恭人回来,权救我众人这顿打。"那妇人道:"我自有道理说便了。"众军汉拜谢了,簇拥着轿子便行。众人见轿夫走得快,便说道:"你两个闲常在镇上抬轿时,只是鹅行鸭步,如今却怎地这等走的快?"那两个轿夫应道:"本是走不动,却被背后老大栗暴打将来。"众人笑道:"你莫不见鬼?背后那得人。"轿夫方才敢回头,看了道:"哎也!是我走的慌了,脚后跟只打着脑杓子。"众人都笑,簇着轿子,回到寨中。刘知寨见了大喜,便问恭人道:"你得谁人救了你回来?"那妇人道:"便是那厮们掳我去,不从奸骗,正要杀我,见我说是知寨的恭人,不敢下手,慌忙拜我,却得这许多人来抢夺得我回来。"刘高听了这话,便叫取十瓶酒、一口猪赏了众人,不在话下。

且说宋江自救了那妇人下山,又在山寨中住了五七日,思量要来投奔花知寨,当时作别要下山。三个头领苦留不住,做了送路筵席饯行,各送些金宝与宋江,打缚在包裹里。当日宋江早起来,洗漱罢,吃了早饭,拴束了行李,作别了三位头领下山。那三个好汉将了酒果肴馔,直送到山下二十馀里官道旁边,把酒分别。三人不舍,叮嘱道:"哥哥去清风寨回来,是必再到山寨相会几时。"宋江背上包裹,提了朴刀,说道:"再得相见。"唱个大喏,分手去了。若是说话的同时生,并肩长,拦腰抱住,把臂拖回。宋公明只因要来投奔花知寨,险些儿死无葬身之地。只教:青州城外,出几筹好汉英雄;清风寨中,聚六个丈夫豪杰。正是:遭逢龙虎皆天数,际会风云岂偶然。毕竟宋江来寻花知寨撞着甚人,且听下回分解。

第三十三回

宋江夜看小鳌山[1]　花荣大闹清风寨

诗曰：

花开不择贫家第，月照山河到处明。

世间只有人心恶，万事还须天养人。

盲聋喑哑家豪富，智慧聪明却受贫。

年月日时该载定，算来由命不由人。

话说这清风山离青州不远，只隔得百里来路。这清风寨却在青州三岔路口，地名清风镇。因为这三岔路上通三处恶山，因此特设这清风寨在这清风镇上。那里也有三五千人家，却离这清风山只有一站多路。当日三位头领自上山去了。

只说宋公明独自一个，背着些包裹，迤逦来到清风镇上，便借问花知寨住处。那镇上人答道："这清风寨衙门在镇市中间。南边有个小寨，是文官刘知寨住宅；北边那个小寨，正是武官花知寨住宅。"宋江听罢，谢了那人，便投北寨来。到得门首，见有几个把门军汉，问了姓名，入去通报。只见寨里走出那个年少的军官来，拖住宋江便拜。那人生得如何，但见：

---

[1] 鳌山——把灯彩堆座山，搭成传说中的鳌鱼形状。

齿白唇红双眼俊,两眉入鬓常清。细腰宽膀似猿形。能骑乖劣马,爱放海东青。百步穿杨神臂健,弓开秋月分明。雕翎箭发迸寒星。人称小李广,将种是花荣。

出来的年少将军不是别人,正是清风寨武知寨小李广花荣。宋江见了,看那花荣,怎生打扮?但见:

身上战袍金翠绣,腰间玉带嵌山犀。

渗青巾帻双环小,文武花靴抹绿低。

花荣见宋江,拜罢,喝叫军汉接了包裹、朴刀、腰刀,扶住宋江,直至正厅上,便请宋江当中凉床上坐了。花荣又纳头拜了四拜,起身道:"自从别了兄长之后,屈指又早五六年矣,常常念想。听得兄长杀了一个泼烟花,官司行文书各处追捕。小弟闻得,如坐针毡,连连写了十数封书去贵庄问信,不知曾到也否?今日天赐,幸得哥哥到此,相见一面,大称平生渴仰之思。"说罢又拜。宋江扶住道:"贤弟休只顾讲礼,请坐了,听在下告诉。"花荣斜坐着。宋江把杀阎婆惜一事和投奔柴大官人并孔太公庄上遇见武松、清风山上被捉遇燕顺等事,细细地都说了一遍。花荣听罢,答道:"兄长如此多磨难!今日幸得仁兄到此,且住数年,却又理会。"宋江道:"若非兄弟宋清寄书来孔太公庄上时,在下也特地要来贤弟这里走一遭。"花荣道:"前次连连奉书去拜问兄长,不见回音。后闻知令弟说,兄长在白虎山孔太公庄上,也特地要差人请兄长来此间住几时。今蒙仁兄不弃到此,只恨无甚罕物管待。"便请宋江去后堂里坐,唤出浑家崔氏来拜伯伯。拜罢,花荣又叫妹子出来拜了哥哥。便请宋江更换衣裳鞋袜,香汤沐浴,在后堂安排筵席洗尘。

当日筵宴上,宋江把救了刘知寨恭人的事,备细对花荣说了一遍。花荣听罢,皱了双眉说道:"兄长没来由救那妇人做甚么!正好教灭这厮的口。"宋江道:"却又作怪!我听得说是清风寨知寨的恭人,因此把做贤弟同僚面上,特地不顾王矮虎相怪,一力要救他下山。你却如何恁的说?"花荣道:"兄长不知。不是小弟说口,这清风寨还是青州紧要去处,若还是小弟独自在这里守把时,远近强人怎敢把青州搅得粉碎!近日除[1]将这个穷酸饿醋来做个正知寨,这厮又是文官,又没本事,自从到任,把此乡间些少上户诈骗,乱行法度,无所不为。小弟是个武官副知寨,每每被这厮呕气,恨不得杀了这滥污贼禽兽!兄长却如何救了这厮的妇人?打紧这婆娘极不贤,只要调拨他丈夫行不仁的事,残害良民,贪图贿赂。正好叫那贱人受些玷辱。兄长错救了这等不才的人。"宋江听了,便劝道:"贤弟差矣。自古道:冤仇可解不可结。他和你是同僚官,又不合活生世[2]。亦且他是个文墨的人,你如何不谏他?他虽有些过失,你可隐恶而扬善。贤弟休如此浅见。"花荣道:"兄长见得极明。来日公廨内见刘知寨时,与他说过救了他老小之事。"宋江道:"贤弟若如此,见常也显你的好处。"花荣夫妻几口儿,朝暮精精致致供茶献酒供食,伏侍宋江。当时就晚,安排床帐在后堂轩下,请宋江安歇。次日,又备酒食筵宴

---

〔1〕 除——任命。
〔2〕 生世——这里是一生一世、一辈子的意思。

管待。

话休絮烦。宋江自到花荣寨里，吃了四五日酒。花荣手下有几个梯己人，一日换一个，拨些碎银子在他身边，每日教陪宋江去清风镇街上观看市井喧哗，村落宫观寺院，闲走乐情。自那日为始，这梯己人相陪着闲走，邀宋江去市井上闲玩。那清风镇上也有几座小勾栏并茶房酒肆，自不必说得。当日宋江与这梯己人在小勾栏里闲看了一回，又去近村寺院道家宫观游赏一回，请去市镇上酒肆中饮酒。临起身时，那梯己人取银两还酒钱。宋江那里肯要他还钱，却自取碎银还了。宋江归来，又不对花荣说。那个同去的人欢喜，又落得银子，又得身闲。自此，每日拨一个相陪，和宋江缓步闲游，又只是宋江使钱。自从到寨里，无一个不敬他的。宋江在花荣寨里住了将及一月有馀，看看腊尽春回，又早元宵节近。

且说这清风寨镇上居民商量放灯一事，准备庆赏元宵，科敛钱物，去土地大王庙前扎缚起一座小鳌山，上面结采悬花，张挂五七百碗花灯。土地大王庙内，逞应诸般社火[1]。家家门前扎起灯棚，赛悬灯火。市镇上，诸行百艺都有。虽然比不得京师，只此也是人间天上。当下宋江在寨里和花荣饮酒，不觉又早是元宵节到。至日，晴明得好。花荣到巳牌前后，上马去公廨内点起数百个军士，教晚间去市镇上弹压；又点差许多军汉，分头去四下里守把栅门。未牌时分，回

---

[1] 社火——这里是指各种游艺节目。后文第五十八回"必然是社火中人故旧交友"的社火，指同行、同业的行会组织。

寨来邀宋江吃点心。宋江对花荣说道:"听闻此间市镇上今晚点放花灯,我欲去观看观看。"花荣答道:"小弟本欲陪侍兄长去看灯,正当其理。只是奈缘我职役在身,不能勾自在闲步同往。今夜兄长自与家间二三人去看灯,早早的便回。小弟在家专待,家宴三杯,以庆佳节。"宋江道:"最好。"却早天色向晚,东边推出那轮明月上来。正是:

玉漏铜壶且莫催,星桥火树彻明开。

鳌山高耸青云上,何处游人不看来。

当晚,宋江和花荣家亲随梯己人两三个,跟随着宋江缓步徐行。到这清风镇上看灯时,只见家家门前搭起灯棚,悬挂花灯,不记其数。灯上画着许多故事,也有剪采飞白牡丹花灯,并荷花芙蓉异样灯火。四五个人手厮挽着,来到土地大王庙前,看那小鳌山时,怎见的好灯?但见:

山石穿双龙戏水,云霞映独鹤朝天。金莲灯,玉梅灯,晃一片琉璃;荷花灯,芙蓉灯,散千团锦绣。银蛾斗采,双双随绣带香球;雪柳争辉,缕缕拂华幡翠幕。村歌社鼓,花灯影里竞喧阗;织女蚕奴,画烛光中同赏玩。虽无佳丽风流曲,尽贺丰登大有年。

当下宋江等四人在鳌山前看了一回,迤逦投南看灯。走不过五七百步,只见前面灯烛荧煌,一伙人围住在一个大墙院门首热闹,锣声响处,众人喝采。宋江看时,却是一伙舞鲍老[1]的。宋江矮矬,

----

[1] 鲍老——一种戴面具的滑稽舞。

人背后看不见。那相陪的梯己人却认得社火队里,便教分开众人,让宋江看。那跳鲍老的,身躯扭得村村势势[1]的。宋江看了,呵呵大笑。只见这墙院里面,却是刘知寨夫妻两口儿和几个婆娘在里面看。听得宋江笑声,那刘知寨的老婆于灯下却认的宋江,便指与丈夫道:"兀那个黄矮汉子,便是前日清风山抢掳下我的贼头!"刘知寨听了,吃一惊,便唤亲随六七人,叫捉那个笑的黑汉子。宋江听得,回身便走。走不过十馀家,众军汉赶上,把宋江捉住,拿了来。却似皂雕追紫燕,正如猛虎唦羊羔。拿到寨里,用四条麻索绑了,押至厅前。那三个梯己人见捉了宋江去,自跑回来报与花荣知道。

且说刘知寨坐在厅上,叫解过那厮来。众人把宋江簇拥在厅前跪下。刘知寨喝道:"你这厮是清风山打劫强贼,如何敢擅自来看灯!今被擒获,你有何理说?"宋江告道:"小人自是郓城县客人张三,与花知寨是故友,来此间多日了,从不曾在清风山打劫。"刘知寨老婆却从屏风背后转将出来,喝道:"你这厮兀自赖哩!你记得教我叫你做大王时?"宋江告道:"恭人差矣。那时小人不对恭人说来:小人自是郓城县客人,亦被掳掠在此间,不能勾下山去。"刘知寨道:"你既是客人被掳劫在那里,今日如何能勾下山来,却到我这里看灯?"那妇人便说道:"你这厮在山上时,大落落的坐在中间交椅上,由我叫大王,那里采人!"宋江道:"恭人全不记我一力救你下山,如何今日倒把我强扭做贼?"那妇人听了大怒,指着宋江骂道:"这等顽

---

[1] 村村势势——犹如现在说土头土脑。

皮赖骨,不打如何肯招!"刘知寨道:"说得是!"喝叫:"取过批头来打那厮!"一连打了两料[1],打得宋江皮开肉绽,鲜血迸流。便叫:"把铁锁锁了,明日合个囚车,把郓城虎张三解上州里去。"

却说相陪宋江的梯己人慌忙奔回来报知花荣。花荣听罢大惊,连忙写一封书,差两个能干亲随人去刘知寨处取。亲随人赍了书,急忙到刘知寨门前。把门军士入去报复道:"花知寨差人在门前下书。"刘高叫唤至当厅。那亲随人将书呈上,刘高拆开封皮,读道:

"花荣拜上僚兄相公座前:所有薄亲刘丈,近日从济州来,因看灯火,误犯尊威,万乞情恕放免,自当造谢。草字不恭,烦乞照察。不宣。"

刘高看了大怒,把书扯的粉碎,大骂道:"花荣这厮无礼! 你是朝廷命官,如何却与强贼通同,也来瞒我! 这贼已招是郓城县张三,你却如何写道是刘丈? 俺须不是你侮弄的! 你写他姓刘,是和我同姓,恁地我便放了他?"喝令左右把下书人推抢出去。那亲随人被赶出寨门,急急归来禀复花荣知道。花荣听了,只叫得:"苦了哥哥! 快备我的马来!"花荣披挂,拴束了弓箭,绰枪上马,带了三五十名军汉,都拖枪拽棒,直奔到刘高寨里来。把门军人见了,那里敢拦当;见花荣头势不好,尽皆吃惊,都四散走了。花荣抢到厅前,下了马,手中拿着枪,那三五十人都两摆在厅前。花荣口里叫道:"请刘知寨说话!"刘高听得,见花荣头势不好,惊的魂飞魄散,惧怕花荣是个武

------

[1] 料——量词。打了两料,就是打了两遍。

官,那里敢出来相见。花荣见刘高不出来,立了一回,喝叫左右去两边耳房里搜人。那三五十军汉一齐去搜时,早从廊下耳房里寻见宋江,被麻索高吊起在梁上,又使铁索锁着两腿,打得肉绽。几个军汉便把绳索割断,铁锁打开,救出宋江。花荣便叫军士先送回家里去。花荣上了马,绰枪在手,口里发语道:"刘知寨!你便是个正知寨,待怎的奈何了花荣!谁家没个亲眷,你却甚么意思?我的一个表兄,直拿在家里,强扭做贼,好欺负人!明日和你说话,却再理会!"花荣带了众人,自回到寨里来看视宋江。

却说刘知寨见花荣救了人去,急忙点起一二百人,也叫来花荣寨夺人。那二百人内,新有两个教头,为首的教头虽然了得些枪刀,终不及花荣武艺,不敢不从刘高,只得引了众人奔花荣寨里来。把门军士入去报知花荣。此时天色未甚明亮,那二百来人拥在门首,谁敢先入去,都惧怕花荣了得。看看天大明了,却见两扇大门不关,只见花知寨在正厅上坐着,左手拿着弓,右手拿着箭。众人都拥在门前。花荣竖起弓,大喝道:"你这军士们,不知冤各有头,债各有主?刘高差你来,休要替他出色[1]。你那两个新参教头,还未见花知寨的武艺。今日先教你众人看花知寨弓箭,然后你那厮们要替刘高出色,不怕的入来。看我先射大门上左边门神的骨朵头。"搭上箭,拽满弓,只一箭,喝声道:"着!"正射中门神骨朵头。众人看了,都吃一惊。花荣又取第二枝箭,大叫道:"你们众人再看我这第二枝箭,要射右

---

〔1〕 出色——卖力。

边门神的头盔上朱缨。"飕的又一箭,不偏不斜,正中缨头上。那两枝箭却射定在两扇门上。花荣再取第三枝箭,喝道:"你众人看我第三枝箭,要射你那队里穿白的教头心窝。"那人叫声:"哎呀!"便转身先走。众人发声喊,一齐都走了。

花荣且教闭上寨门,却来后堂看觑宋江。花荣说道:"小弟误了哥哥,受此之苦。"宋江答道:"我却不妨。只恐刘高那厮不肯和你干休,我们也要计较个常便〔1〕。"花荣道:"小弟舍着弃了这道官诰〔2〕,和那厮理会。"宋江道:"不想那妇人将恩作怨,教丈夫打我这一顿。我本待自说出真名姓来,却又怕阎婆惜事发,因此只说郓城客人张三。叵耐刘高无礼,要把我做郓城虎张三解上州去,合个囚车盛我。要做清风山贼首时,顷刻便是一刀一剐。不得贤弟自来力救,便有铜唇铁舌,也和他分辩不得。"花荣道:"小弟寻思,只想他是读书人,须念同姓之亲,因此写了刘丈,便是忘了忌讳这一句话。如今既已救了来家,且却又理会。"宋江道:"贤弟差矣。既然仗你豪势,救了人来,凡事三思而后行,再思可矣。自古道:吃饭防噎,行路防跌。他被你公然夺了人来,急使人来抢,又被你一吓,尽都散了。我想他如何肯干罢,必然要和你动文书。今晚我先走上清风山去躲避,你明日却好和他白赖,终久只是文武不和相殴的官司。我若再被他拿出去时,你便和他分说不过。"花荣道:"小弟只是一勇之夫,却无兄长

---

〔1〕 常便——长远而稳妥的打算。后文第四十回中"问你个常便备细",是原委的意思。也写作"长便"。
〔2〕 官诰——皇帝给予官吏的文凭、证件。

的高明远见。只恐兄长伤重了,走不动。"宋江道:"不妨。事急难以担阁,我自捱到山下便了。"当时敷贴了膏药,吃了些酒肉,把包裹都寄在花荣处。黄昏时分,便使两个军汉送出栅外去了。宋江自连夜捱去,不在话下。

再说刘知寨见军士一个个都散回寨里来说道:"花知寨十分英勇了得,谁敢去近前当他弓箭!"两个教头道:"着他一箭时,射个透明窟窿,却是都去不得!"刘高那厮终是个文官,还有些谋略算计。花荣虽然勇猛豪杰,不及刘高的智量。正是将在谋而不在勇。当下刘高寻思起来:"想他这一夺去,必然连夜放他上清风山去了,明日却来和我白赖。便争竞到上司,也只是文武不和斗殴之事,我却如何奈何的他?我今夜差二三十军汉,去五里路头等候。倘若天幸捉着时,将来悄悄的关在家里,却暗地使人连夜去州里报知军官下来取,就和花荣一发拿了,都害了他性命。那时我独自霸着这清风寨,省得受这厮们的气。"当晚点了二十馀人,各执枪棒,就夜去了。约莫有二更时候,去的军汉背剪绑得宋江到来。刘知寨见了,大喜道:"不出吾之所料!且与我囚在后院里,休教一个人得知。"连夜便写了封申状,差两个心腹之人星夜来青州府飞报。次日,花荣只道宋江上清风山去了,坐视在家,心里自道:"我且看他怎的。"竟不来采着。刘高也只做不知。两下都不说着。

且说青州府知府正值升厅坐公座。那知府复姓慕容,双名彦达,是今上徽宗天子慕容贵妃之兄,倚托妹子的势要,在青州横行,残害良民,欺罔僚友,无所不为。正欲回后堂退食,只见左右公人接上刘知寨申状,飞报贼情公事。知府接来,看了刘高的文书,吃了一惊,便道:"花荣是个功臣之子,如何结连清风山强贼?这罪犯非小,未委虚的。"便教唤那本州兵马都监来到厅上,分付他去。

原来那个都监姓黄名信,为他本身武艺高强,威镇青州,因此称他为镇三山。那青州地面所管下有三座恶山,第一便是清风山,第二便是二龙山,第三便是桃花山。这三处都是强人草寇出没的去处。黄信却自夸要捉尽三山人马,因此唤做镇三山。那人生的如何?但见:

相貌端方如虎豹,身躯长大似蛟龙。

平生惯使丧门剑,威镇三山立大功。

这兵马都监黄信上厅来领了知府的言语出来,点起五十个壮健军汉,披挂了衣甲,马上擎着那口丧门剑,连夜便下清风寨来,径到刘高寨前下马。刘知寨出来接着,请到后堂,叙礼罢,一面安排酒食管待,一面犒赏军士。后面取出宋江来,教黄信看了。黄信道:"这个不必问了。连夜合个囚车,把这厮盛在里面。"头上抹了红绢,插一个纸旗,上写着"清风山贼首郓城虎张三"。宋江那里敢分辩,只得由他们安排。黄信再问刘高道:"你拿得张三时,花荣知也不知?"刘高道:"小官夜来二更拿了他,悄悄提得来藏在家里。花荣只知道张三去了,自坐视在家。"黄信道:"既是恁地,却容易。明日天明,安排一副羊酒去大寨里公厅上摆着,却教四下里埋伏下二三十人预备着。我却自去花荣家请得他来,只推道慕容知府听得你文武不和,因此特差我来置酒劝谕。赚到公厅,只看我掷盏为号,就下手拿住了,一同解上州里去。此计如何?"刘高喝采道:"还是相公高见!此计大妙,却似瓮中捉鳖,手到拿来!"

当夜定了计策。次日天晓,先去大寨左右两边帐幕里,预先埋伏了军士,厅上虚设着酒食筵宴。早饭前后,黄信上了马,只带三两个从人,来到花荣寨前。军人入去传报,花荣问道:"来做甚么?"军汉答道:"只听得教报道:黄都监特来相探。"花荣听罢,便出来迎接。黄信下马,花荣请至厅上,叙礼罢,便问道:"都监相公有何公干到此?"黄信道:"下官蒙知府呼唤,发落道:为是你清风寨内文武官僚不和,未知为甚缘由。知府诚恐二官因私仇而误其公事,特差黄某赍到羊酒,前来与你二官讲和。已安排在大寨公厅上,便请足下上马同往。"花荣笑道:"花荣如何敢欺罔刘高,他又是个正知寨,只是本人累累要寻花荣的过失。不想惊动知府,有劳都监下临草寨,花荣将何以报?"黄信附耳低言道:"知府只为足下一人。倘有些刀兵动时,他是文官,做得何用。你只依着我行。"花荣道:"深谢都监过爱。"黄信便邀花荣同出门首上马。花荣道:"且请都监少叙三杯了去。"黄信道:"待说开了,畅饮何妨。"花荣只得叫备马。

当时两个并马而行,直来到大寨,下了马。黄信携着花荣的手,同上公厅来,只见刘高已自先在公厅上。三个人都相见了,黄信叫取酒来。从人已先自把花荣的马牵将出去,闭了寨门。花荣不知是计,只想黄信是一般武官,必无歹意。黄信擎一盏酒来,先劝刘高道:"知府为因听得你文武二官同僚不和,好生忧心。今日特委黄信到来,与你二公陪话。烦望只以报答朝廷为重,再后有事,和同商议。"刘高答道:"量刘高不才,颇识些理法,何足道哉,直教知府恩相如此挂心。我二人也无甚言语争执,此是外人妄传。"黄信大笑道:"妙哉!"刘高饮过酒,黄信又斟第二杯酒来劝花荣道:"虽然是刘知寨如此说了,想必是闲人妄传,故是如此。且请饮一杯。"花荣接过酒吃了。刘高拿副台盏,斟一盏酒,回劝黄信道:"动劳都监相公降临敝地,满饮此杯。"

黄信接过酒来,拿在手里,把眼四下一看,有十数个军汉簇上厅来。黄信把酒盏望地下一掷,只听得后堂一声喊起,两边帐幕里走出三五十个壮健军汉,一发上,把花荣拿倒在厅前。黄信喝道:"绑了!"花荣一片声叫道:"我得何罪?"黄信大笑,喝道:"你兀自敢叫哩!你结连清风山强贼,一同背反朝廷,当得何罪?我念你往日面皮,不去惊动拿你家老小。"花荣道:"相公也有个证见。"黄信道:"还你一个证见,教你看真赃正贼,我不屈你。左右,与我推得来!"无移时,一辆囚车,一个纸旗儿,一条红抹额,从外面推将入来。花荣看了,见是宋江陷着,目睁口呆,面面厮觑,做声不得。黄信喝道:"这须不干我事,见有告人刘高在此。"花荣道:"不妨,不妨。这是我的亲眷,他自是郓城县人。你要强扭他做贼,到上司自有分辩处。"黄信道:"你既然如此说时,我只解你上州里,你自去分辩。"便叫刘知寨点起一百兵防送:"就要你同去,便解投青州。此是知府相公立等回报的公事,不可耽迟。"花荣便对黄信说道:"都监赚我来,虽然捉了我,便到朝廷,和他还有分辩。可看我和都监一般武职官面,休去我衣服,容我坐在囚车里。"黄信道:"这几件容易,便都依你。就叫刘知寨一同去州里折辩明白,休要枉害人性命。"当时黄信与刘高都上了马,监押着两辆囚车,并带三五十军士、一百寨兵,簇拥着车子,取路奔青州府来。

不是黄信、刘高解宋江、花荣望青州来,有分教:火焰堆里,送数百间屋宇人家;刀斧丛中,杀一二千残生性命。且教大闹了青州,纵横山寨。直使玉屏风上题名字,丹凤门中降赦书。毕竟解宋江投青州来怎地脱身,且听下回分解。